SARIT YISHAI-LEVI
Die Schönheitskönigin von Jerusalem

atb aufbau taschenbuch

SARIT YISHAI-LEVI, geboren 1947 in Jerusalem in eine seit Generationen dort ansässige sephardische Familie, war als Schauspielerin, Journalistin, Korrespondentin und Moderatorin tätig. Nach vier Sachbüchern eroberte sie mit ihrem ersten Roman, »Die Schönheitskönigin von Jerusalem«, die israelischen Bestsellerlisten.

Seit Urgroßvater Rafael gegen seinen Willen verheiratet wurde, scheint ein Fluch auf der Familie Ermoza zu lasten, denn ihre Erstgeborenen suchen vergeblich das Glück in der Liebe. Bis Gabriela, diese »merkwürdigste aller Kreaturen«, wie ihre Mutter sie abfällig nennt, Rosa nach und nach das gut gehütete Familiengeheimnis entlockt und den vermeintlichen Fluch abschüttelt.

In ihrem großen, packenden Familienroman, der sich zwei Jahre auf den israelischen Bestsellerlisten hielt, zeigt Sarit Yishai-Levi nicht nur, wie unerbittlich erfahrenes Leid über Generationen fortwirken kann, sie erzählt auch die Geschichte Israels und Palästinas aus dem weniger bekannten Blickwinkel einer vor Jahrhunderten eingewanderten spaniolischen Familie.

SARIT YISHAI-LEVI

Die
Schönheitskönigin
von Jerusalem

ROMAN

Aus dem Hebräischen
von Ruth Achlama

atb aufbau taschenbuch

Die Originalausgabe unter dem Titel
Malkat Ha-Yofi Shel Yerushalayim
erschien 2013 bei Modan, Jerusalem.

»Und zu jeglichem Volk nach seiner Sprache« Ester 1, 22

Die Publikation dieses Werks wurde gefördert vom israelischen Institut für die Übersetzung hebräischer Literatur und von der Botschaft des Staates Israel in Berlin.

ISBN 978-3-7466-3345-9

Aufbau Taschenbuch ist eine Marke der Aufbau Verlag GmbH & Co. KG

3. Auflage 2020
Vollständige Taschenbuchausgabe
© Aufbau Verlag GmbH & Co. KG, Berlin 2016
Die deutsche Erstausgabe erschien 2016 bei Aufbau,
einer Marke der Aufbau Verlag GmbH & Co. KG
Copyright © by Sarit Yishai-Levi and Modan Publishing House Ltd.
Published by arrangement with the Institute for the
Translation of Hebrew Literature
Umschlaggestaltung zero-media.net, München
unter Verwendung des Fotos *The Beauty Queen of Jerusalem* von David Rubinger
und eines Motivs von FinePic®, München
Satz LVD GmbH, Berlin
Druck und Binden CPI books GmbH, Leck, Germany

www.aufbau-verlag.de

Für meine Eltern

I

Kurz vor meinem 18. Geburtstag starb meine Mutter Luna. Ein Jahr zuvor, als wir, die ganze Familie, wie gewohnt am Mittagstisch saßen und sie ihr berühmtes *sofrito* und dazu Erbsen und weißen Reis aufgetragen hatte, sagte sie unvermittelt: »*Dio santo*, ich spüre das Bein nicht mehr.«

Vater ignorierte ihre Worte, las weiter seine *Yedioth Ahronot* und aß. Mein kleiner Bruder Ronny fand es lustig. Er schlenkerte Mutters Bein unterm Tisch und sagte: »Mamas Bein ist wie ein Puppenbein.«

»Es ist nicht zum Lachen«, schimpfte meine Mutter, »ich kann mit dem Fuß nicht auftreten.«

Vater aß weiter und ich auch.

»*Por Dio*, David, ich kann den Fuß nicht aufsetzen«, sagte sie erneut. »Er gehorcht mir nicht.«

Jetzt war sie schon beinah hysterisch. Vater hörte endlich auf zu essen und hob die Augen von der Zeitung.

»Versuch aufzustehen«, sagte er. Mutter konnte sich nicht aufrecht halten und packte die Tischecke.

»Wir müssen mit dir zum Arzt, und zwar sofort«, sagte Vater.

Aber kaum waren sie aus der Tür, gehorchte Mutters Bein ihr wieder, sie spürte es und trat damit auf, als wäre nichts geschehen.

»Siehst du, es ist nichts weiter«, sagte Vater, »du bist wieder mal hysterisch.«

»Klar, hysterisch«, konterte Mutter. »Wäre dir das passiert, hätte man den Krankenwagen von hier bis Katamon heulen hören.«

Diese Episode ging vorüber wie nie gewesen, aber Mutter erzählte sie Rachelika und Bekki und allen, die es hören wollten, bis Vater genervt sagte: »Genug damit! Wie oft willst du die Geschichte von deinem Marionettenbein denn noch wiederholen?«

Und dann passierte es zum zweiten Mal. Auf dem Rückweg vom Lebensmittelladen, kurz vor der Haustür, fiel Mutter hin und verlor das Bewusstsein. Nun alarmierte man schon den Roten Davidstern, und sie kam ins Bikkur-Cholim-Krankenhaus. Mutter war an Krebs erkrankt, konnte weder stehen noch gehen und musste im Rollstuhl sitzen. Damals begann sie zu schweigen. Vor allem schwieg sie Vater gegenüber. Er redete mit ihr, und sie gab keine Antwort. Ihre Schwestern, Rachelika und Bekki, vernachlässigten ihre Männer und Kinder, um fast rund um die Uhr bei ihr zu sein. Trotz aller Bitten weigerte sie sich, das Haus zu verlassen, sie wollte nicht, dass man sie so sah, sie, Luna, die die schönsten Beine von Jerusalem hatte, im Rollstuhl.

So hartherzig ich seinerzeit auch reagierte, war es doch mitleiderregend anzusehen, wie Rachelika eine Orange für Mutter schälte und sie anflehte, etwas von ihrer Lieblingsfrucht zu essen, und wie Bekki ihr behutsam die Nägel rot lackierte, weil Mutter, auch als sie krank und schwach war, auf Maniküre und Pediküre Wert legte. Beide, Rachelika und Bekki, verhielten sich möglichst normal, als wäre nichts Schlimmes geschehen, und gackerten »*dale dale dale* wie zwei Hennen«, hätte Oma Rosa gesagt, doch gerade Luna, das größte Plappermaul unter den dreien, schwieg.

Nachts blieb abwechselnd eine von ihnen bei Mutter, die jetzt auf der Bettcouch im Wohnzimmer schlief, umstellt mit Stühlen vom Esstisch, damit sie nicht rausfiel.

Alle Bitten meines Vaters, doch im Schlafzimmer zu schlafen und ihn aufs Sofa umziehen zu lassen, halfen nichts.

»Sie behauptet, sie bekäme keine Luft im Schlafzimmer«, sagte Rachelika zu Vater. »Schlaf wenigstens du richtig, damit du Kraft hast, auf die Kinder aufzupassen.«

Aber Ronny und ich brauchten keine väterliche Aufsicht. Wir nutzten den Umstand, dass alle mit Mutter beschäftigt waren, und stromerten frei durch die Straßen. Ronny war gern mit seinen Altersgenossen zusammen, verbrachte ganze Tage und auch viele Nächte bei ihnen. Und ich war oft bei meinem Freund Amnon. Seine Eltern hatten eine Buchhandlung im Stadtzentrum, seine Schwester war schon verheiratet, und die große Wohnung in der Hama'alot-Straße stand uns zur freien Verfügung. Hätte mein Vater gewusst, was wir taten, wenn er sich nicht darum kümmerte, wo ich mich nach der Schule herumtrieb, hätte er Amnon verprügelt und mich in einen Kibbuz gesteckt.

Kam ich später als normal nach Hause, nannte meine Mutter mich nicht mehr »Straßenmädchen« und drohte mir nicht mehr: »Warte, warte, bis Vater kommt und ich ihm erzähle, um welche Uhrzeit du heimgekehrt bist.« Sie blickte nicht mal in meine Richtung, saß nur in ihrem Rollstuhl, starrte in die Luft oder tuschelte mit einer ihrer Schwestern, die ihr als Einzige ein paar Worte entlocken konnten. Vater machte Abendessen, und auch er fragte mich kaum etwas, interessierte sich nicht groß für mein Tun und Lassen. Anscheinend waren alle froh, wenn ich möglichst wenig im Haus war und nicht etwa meine Mutter ärgerte, der ich auch im Rollstuhl nichts nachgab.

Eines Nachmittags, als ich gerade zu Amnon gehen wollte, hielt Rachelika mich auf.

»Ich muss schnell zu Hause vorbeischauen«, sagte sie. »Bleib bei Mama, bis Bekki kommt.«

»Aber ich hab einen Test! Ich muss zu einer Freundin gehen, zum Lernen.«

»Lad deine Freundin ein und lernt hier.«

»Nein!« Die Stimme meiner Mutter, die damals sonst kaum zu hören war, ließ uns beide zusammenzucken. »Du lädst hier niemanden ein. Wenn du gehen willst, dann geh, ich brauch dich nicht zum Aufpassen.«

»Luna«, sagte Rachelika, »du kannst nicht allein bleiben.«

»Sie muss mir nicht die Hand halten. Ich brauche weder Gabriela noch dich oder Bekki oder den Teufel als Aufpasser, ich brauche gar nichts, lasst mich in Ruhe!«

»Luna, reg dich nicht auf, schon zwei Tage habe ich Moise und die Kinder nicht mehr gesehen, ich muss auf einen Sprung nach Hause.«

»Spring hin, wo du willst«, sagte meine Mutter und verstummte wieder.

»*Kaparavonó*, mögen uns unsere Sünden vergeben werden«, sagte Rachelika händeringend. Noch nie hatte ich meine Tante so verzweifelt gesehen, aber sie fing sich sofort wieder und befahl mir: »Du bleibst hier bei deiner Mutter und rührst dich nicht vom Fleck! Ich schau für ein paar Minuten zu Hause vorbei und bin gleich wieder da, und wag bloß nicht, Mama eine Sekunde allein zu lassen.«

Damit wandte sie sich ab und ging, und ich blieb zu meinem großen Unbehagen mit meiner Mutter allein. Man hätte die Luft schneiden können. Meine Mutter saß säuerlich und verärgert im Rollstuhl, und ich stand mitten im Wohnzimmer wie eine Idiotin. In jenem Augenblick wäre ich zu allem bereit gewesen, nur nicht dazu, mit ihr allein zu bleiben.

»Ich geh in mein Zimmer zum Lernen«, sagte ich. »Ich lass die Tür auf. Ruf mich, wenn du was brauchst.«

»Setz dich«, sagte meine Mutter.

Was? Meine Mutter fordert mich auf, bei ihr zu sitzen, wenn wir beide allein im Zimmer sind?

»Ich möchte dich um etwas bitten.«

Ich erstarrte. Meine Mutter hatte mich nie um etwas gebeten, mir immer nur Anweisungen erteilt.

»Ich bitte dich, keine Freunde und Freundinnen hierherzubringen. Bis ich sterbe, möchte ich keine fremden Menschen im Haus haben.«

»Wieso denn sterben?« Vor lauter Schreck konnte ich ihre Worte nur mit Phrasen abwehren, von denen ich selbst kaum glaubte, dass sie mir über die Lippen kamen: »Du wirst uns alle noch begraben.«

»Sei unbesorgt, Gabriela, du wirst mich begraben«, sagte sie ruhig.

Das Zimmer war zu eng für uns beide.

»Mama, du solltest Gott danken. Manche Leute kriegen Krebs und sterben gleich auf der Stelle. Dich liebt Gott, du sprichst, du siehst, du lebst.«

»Das nennst du leben?«, lachte meine Mutter hämisch. »Sollen meine Feinde so leben! Das hier ist sterben bei lebendigem Leib.«

»Es ist deine Wahl, so zu leben«, erwiderte ich. »Wenn du wolltest, könntest du dich anziehen und schminken und aus dem Haus gehen.«

»Ja sicher«, zischte sie, »aus dem Haus gehen im Rollstuhl.«

»Dein Freund, der Rotschopf, der im Krieg als Versehrter neben dir im Hadassa-Krankenhaus gelegen hat, saß auch im Rollstuhl, und ich kann mich nicht erinnern, dass er nicht das Haus verlassen hätte, erinnere mich aber sehr wohl, dass er immer gelächelt hat.«

Meine Mutter blickte mich ungläubig an.

»Du erinnerst dich an ihn?«, fragte sie leise.

»Klar erinnere ich mich an ihn, er hat mich auf den Schoß genommen und ist mit mir im Rollstuhl rumgekurvt wie mit dem Autoskooter im Lunapark.«

»Lunapark«, murmelte Mutter, »Geisterbahn.« Und plötzlich brach sie in Tränen aus und bedeutete mir, aus dem Zimmer zu gehen.

Natürlich flüchtete ich. Mir fiel es ohnehin schwer, das beinah intime Gespräch zu verkraften, das einzige Gespräch zwischen uns, das je einem Gespräch zwischen Mutter und Tochter nahekam, und auch das endete in Tränen.

Sie weinte an- und abschwellend wie ein Klageweib, und ich hielt mir in meinem Zimmer die Ohren zu. Ich konnte ihr verzweifeltes Schluchzen, ihr lautes Klagen nicht ertragen, hatte nicht die Herzensgröße, aufzustehen und sie in die Arme zu schließen, zu trösten.

Viele Jahre später bedauerte ich diesen Moment. Statt mein Herz zu öffnen, verschloss ich es damals mehr und mehr. Ich lag auf dem kalten Boden in meinem Zimmer, hielt mir die Ohren zu und schrie tonlos zu Gott: Bring sie zum Schweigen, bitte, Gott, bring sie zum Schweigen.

Und Gott, in seiner Torheit, hörte auf mich und brachte sie zum Schweigen. Noch in derselben Nacht hörte man die Sirene des Krankenwagens heulen, der mit knirschenden Reifen vor unserem Haus anhielt. Vier kräftige Männer stiegen die vierundfünfzig Stufen zum Dachgeschoss hinauf, legten meine Mutter auf eine Trage und brachten sie ins Krankenhaus. Auf dem Operationstisch entdeckten die Ärzte zu ihrem Entsetzen, dass der Körper meiner Mutter innen völlig zerfressen war.

»Das war's«, sagte mir mein Vater, »die Ärzte können nichts mehr tun, deine Mutter geht holen.« Mit diesem Ausdruck umschrieb man bei uns damals das Sterben.

Viele Jahre nach ihrem Tod, als ich Platz in meinem Herzen fand, um meine Mutter kennenzulernen, sie anzunehmen, verriet mir meine Tante Rachelika das Geheimnis ihrer Leiden, den Schmerz, der niemals versiegte, aber da war es zu spät, um das zu kitten, was zwischen mir und meiner Mutter zerbrochen war.

Eine Frau des Herbstes bin ich, eine Frau vom Gelb des fallenden Laubes. Ich wurde an seinem hinteren Tor geboren, zwei Schritte vorm Winter.

Als Kind wartete ich auf den ersten Regen im Herbst und auf das Erblühen der Meerzwiebeln. Ich rannte aufs freie Feld hinaus, kugelte mich im feuchten Gras, schmiegte das Gesicht an die Erde und atmete den Duft des Regens. Ich hob Schildkröten auf und strich mit meinen dünnen Fingern über ihren harten Panzer, barg Bachstelzennester, die aus dem Baum gefallen waren, pflückte Herbstzeitlose und Astern und beobachtete die Schnecken, die nun in Scharen die Felder bevölkerten.

Ich verschwand für Stunden, und meine Mutter, die mich bei den Großeltern wähnte, suchte mich nie. Kam ich dann mit Lehm an den Kleidern und einer verdatterten Schildkröte in der Hand heim, musterte sie mich mit ihren grünen Augen und zischte in einem Flüsterton, der wie eine Ohrfeige klang: »Merkwürdigste aller Kreaturen. Wie nur? Wie konnte ich so ein Mädchen wie dich bekommen?«

Auch ich wusste nicht, wie sie ein Mädchen wie mich bekommen hatte. Sie war so zart und zerbrechlich, trug immer gutgeschnittene Kleider oder Kostüme, die ihre schmale Taille betonten, und spitze Absatzschuhe wie in den bunten Zeitschriften der Schneiderin Sara, die ihr alles so nähte, wie es die Hollywood-Schauspielerinnen trugen.

Eine Zeitlang ließ Mutter für sich und für mich genau dieselben Kleider nähen, aus demselben Stoff und nach demselben Schnitt. Sie zog mir das Kleid an, ermahnte mich immer wieder, es nicht schmutzig zu machen, band mir eine Schleife aus dem Kleiderstoff in die roten Locken, wischte mir mit Spucke die Lackschuhe ab und nahm mich mit ins Café Atara neben unserem Haus in der Ben-Jehuda-Straße. Aber da ich die Kleider immer wieder schmutzig machte und sie nicht genügend würdigte, ließ sie es bald bleiben. Auch weiße Lackschuhe und feine Söckchen kaufte sie mir nicht mehr.

»Was für ein Mädchen? Eine Hinterwäldlerin! Aus dir wird nie eine Lady. Manchmal meine ich, du wärst im Kurdenviertel geboren!«, erklärte sie, und Schlimmeres hätte sie mir gar nicht sagen können, denn die Kurden waren die Volksgruppe, die ihr am verhasstesten war.

Ich verstand nicht, warum Mutter die Kurden hasste. Nicht mal Oma Rosa hasste sie. Gewiss nicht so, wie sie die Engländer hasste. Ich habe sie nie sagen hören: »Ausgelöscht sei ihr Name, diese Kurden!« Aber wenn man die Engländer erwähnte, die im Land waren, bevor ich geboren wurde, fügte sie unweigerlich hinzu: »Ausgelöscht sei ihr Name, diese Ingländer!« So sagte sie immer, mit I statt mit E am Anfang.

Es war bekannt, dass Oma Rosa die Engländer noch aus der Mandatszeit hasste, seit der Zeit, als ihr kleiner Bruder Efraim jahrelang verschwunden war und sich der Untergrundorganisation Lechi angeschlossen hatte.

Meine Mutter hingegen hatte nichts gegen die Engländer. Im Gegenteil, oft hörte ich sie sagen, es sei schade, dass sie das Land verlassen hatten. »Wären die Engländer dageblieben, wären die Kurden vielleicht gar nicht gekommen.«

Ich liebte die Kurden nun gerade, besonders die Barazanis, die neben Opa und Oma in der zweiten Hälfte des Hauses wohnten. Nur ein schmaler Zaun trennte die beiden Höfe, und einmal in der Woche befeuerte Frau Barazani den Lehmofen draußen und buk wunderbare Käsetaschen mit brodelnder Füllung, und ich wartete auf den Moment, in dem »die Kurdia«, wie Oma sie nannte, mich einlud, mit ihnen auf dem Boden am Ofen zu sitzen und die paradiesisch schmeckenden Käsetaschen zu essen. Das war, bevor meine Mutter mir Schläge androhte für den Fall, dass ich mich noch einmal der Seite der Barazanis nähern sollte.

Herr Barazani trug ein weites Kleid – »wie die Araber in der Altstadt«, sagte meine Mutter – und schlang sich ein aufgerolltes Tuch um den Kopf, lachte mit zahnlosem Mund, nahm mich auf den Schoß und sagte mir Worte, die ich nicht verstand.

»*Papukata*, Mädchen, wo hat deine Mama dich gekauft, auf dem Machane-Jehuda-Markt?«, pflegte Frau Barazani lachend zu sagen. »Kann nämlich nicht sein, dass du zur selben Familie gehörst wie sie.«

Erst Jahre später erzählte mir meine Tante Bekki, dass unsere Familie seit langem eine offene Rechnung mit den Kurden hatte.

Tante Bekki war die jüngste Tochter von Opa und Oma Ermoza, und mich liebte sie, als wäre ich ihre kleine Schwester. Sie passte auf mich auf und verbrachte weit mehr Stunden mit mir als meine Mutter. Ich war auch ihr Alibi, wenn sie sich draußen mit ihrem Freund Eli Cohen treffen wollte, der so schön war wie Alain Delon. Jeden Nachmittag kam der schöne Eli Cohen mit seinem funkelnden schwarzen Motorrad an die Treppe und pfiff »Auf dem Hügel steht eine Blume«. Dann ging Tante Bekki raus auf den Hof, machte ihm ein Zeichen, zog mich mit und rief Oma Rosa zu: »Ich geh mit Gabriela auf den Spielplatz.« Ehe Oma noch antworten konnte, waren wir schon an der Treppe, wo Eli Cohen der Schöne wartete. Bekki setzte mich zwischen ihn und sich, und wir fuhren die

Agrippas-Straße entlang bis zur King-George. Sobald wir das bescheidene Gebäude gegenüber der Parfümerie Zilla passierten, wo meine Mutter Eau de Cologne und Lippenstifte kaufte, sagte Bekki: »Da ist unsere Knesset.« Einmal sahen wir sogar Ben Gurion aus unserer Knesset kommen und Richtung Hillel-Straße gehen. Eli Cohen der Schöne fuhr mit dem Motorrad hinter ihm her, und wir sahen ihn im Eden-Hotel verschwinden. Dort, erzählte mir Bekki, geht er schlafen, wenn er in unserer Knesset ist, in unserem Jerusalem.

Nachdem wir Ben Gurion gesehen hatten, wendete Eli Cohen und fuhr zurück zur King-George. »Eli! Du fährst wie ein Irrer!«, rief Bekki, aber er achtete nicht darauf und sauste weiter, vorbei an der Hama'alot-Straße, und hielt am Stadtpark. Dort lief die Sache immer gleich ab: Sie schickten mich los, um auf der Schaukel zu schaukeln oder die Rutsche runterzurutschen, und knutschten, bis es Abend und fast dunkel wurde. Dann erst, wenn Mütter und Kinder den Park verließen und ich als Einzige im Sandkasten zurückblieb, brachte Eli Cohen der Schöne uns auf seinem Motorrad nach Hause, ich zwischen ihm und Bekki eingequetscht. Und Mutter, die mich abholen gekommen war, schrie Tante Bekki an »Wo zum Teufel warst du mit dem Kind? Ich hab euch in ganz Jerusalem gesucht!« Worauf Bekki zurückgab: »Wenn du selbst mit ihr auf den Spielplatz gegangen wärst, statt den ganzen Tag im Café Atara zu sitzen, hätte ich vielleicht für die Klausur lernen können, die ich morgen im Seminar habe, also sag lieber danke!«

Meine Mutter zog ihren gutgeschnittenen Rock glatt, fuhr sich mit der Hand über die tadellose Frisur, musterte ihre rot lackierten Fingernägel und murmelte: »Geh nach Gaza und nach Aschkelon!« Dann nahm sie mich an der Hand und ging mit mir nach Hause.

Tante Bekki feierte im Café Armon Verlobung mit Eli Cohen dem Schönen. Es war ein tolles Fest mit reich beladenen Tischen, und ein Sänger sang Lieder von Israel Itzhaki. Tante Bekki war schön wie Gina Lollobrigida, Eli Cohen war schön wie Alain Delon, und als wir uns mit dem Verlobungspaar fürs Familienfoto ablichten ließen, saß Opa Gabriel in der Mitte, umgeben von der ganzen Familie, während ich, auf den Schultern meines Vaters, alle von oben sah. Das war das letzte Bild von Opa Gabriel, denn fünf Tage später starb er.

Erst als er tot war, in der Schiva, der Trauerwoche, in der meine Mutter vor lauter Weinen dauernd in Ohnmacht fiel und man sie mit Wasser begießen musste, damit sie wieder zu sich kam, während Oma Rosa immer wieder sagte: »*Basta*, Luna! Fass dich, damit nicht noch ein Unheil über uns kommt!«, und *tia* Allegra, Opa Gabriels Schwester, konterte: »Er ruhe in Frieden, Gabriel, nicht genug, dass sie nicht um ihn weint, lässt sie auch ihre Tochter seinetwegen nicht in Ohnmacht fallen«, gerade da fand Bekki es an der Zeit, allen mitzuteilen, wann sie und Eli Cohen der Schöne heiraten würden. Alle sagten: »Herzlichen Glückwunsch, aber man muss warten, bis ein Jahr vorüber ist, um Gabriels Andenken zu ehren«, worauf Bekki erwiderte, das käme überhaupt nicht in Frage, denn dann wäre sie zu alt, um Kinder zu kriegen, und Tia Allegra klagte: »*Kaparavonó*, Gabriel, was hast du für Töchter großgezogen, die dir nicht mal ein Jahr lang Ehre erweisen.«

Doch meine Mutter, aus ihrer Ohnmacht erwacht, flüsterte: »Gott sei Dank, dass sie endlich heiratet, ich dachte schon, sie würde als alte Jungfer sterben.« Da brach ein Tumult aus. Tante Bekki rannte meiner Mutter mit den *sapatos*, den Pantoffeln, hinterher und drohte ihr, sie zu ermorden, falls sie es noch einmal wagen sollte, sie als alte Jungfer zu betiteln, worauf meine Mutter zurückgab: »Was kann man machen, *kerida*, meine Liebe, es ist eine Tatsache, in deinem Alter war ich schon Mutter.« Tante Bekki floh aus dem Haus, und ich rannte ihr nach die Stufen zur Agrippas-Straße hinunter, bis wir an den Friedhof des Wallach-Krankenhauses kamen. Dort setzte sie sich auf die Friedhofsmauer und ließ mich neben ihr sitzen, und auf einmal weinte sie bitterlich.

»*Oj papú, papú*, wie konntest du gehen, wie konntest du uns allein lassen, Papa? Was machen wir bloß ohne dich?« Plötzlich hörte sie auf zu weinen, wandte sich mir zu, drückte mich fest an sich und sagte: »Weißt du, Gabriela, alle sagen, Opa Gabriel habe deine Mutter Luna am liebsten gehabt, aber ich hatte nie das Gefühl, dass er mich weniger liebt. Opa Gabriel hatte ein goldenes Herz, und deshalb haben ihn alle ausgenutzt. Du, meine Hübsche, lass dich nie von jemand ausnutzen, hörst du! Du suchst dir einen Jungen wie meinen Eli und heiratest ihn und wirst glücklich, nicht wahr, mein gutes Mädchen? Such nicht rechts oder links. Sobald du einen wie Eli gefunden hast, spürst du die Liebe hier im Herzen.«

Sie nahm meine Hand und legte sie sich oberhalb des Bauchs mitten zwischen ihre schönen Brüste. »Genau hier, Gabriela, wirst du die Liebe spüren, und wenn du sie spürst, dann weißt du, du hast deinen Eli gefunden, und heiratest ihn. Und jetzt komm zurück nach Hause, bevor Opa Gabriel ärgerlich wird, weil ich ihm aus der Schiva weggelaufen bin.«

Letzten Endes wartete Tante Bekki bis zum Ablauf des Trauerjahrs, ehe sie Eli Cohen den Schönen heiratete, im Café Armon, wo sie auch ihre Verlobung gefeiert hatten. Mir zogen sie ein weißes Kleid an und ließen mich Bonbons vor der Braut ausstreuen, zusammen mit meinem Cousin Boas, Tante Rachelikas Erstgeborenem, der ein paar Monate älter war als ich und in Anzug mit Fliege steckte wie ein Bräutigam.

Mutter und ihre mittlere Schwester Rachelika taten alles gemeinsam. Sogar mein Kleid und Boas' Anzug hatten sie gemeinsam ausgesucht. Wenn Rachelika nicht daheim in der Ussischkin-Straße war, hielt sie sich bei meiner Mutter auf, und wenn meine Mutter nicht bei uns zu Hause in der Ben-Jehuda-Straße war, war sie bei meiner Tante.

Nach Opas Tod blieb meine Großmutter Rosa allein in dem großen Haus, das sie vorher gemeinsam bewohnt hatten. Gelegentlich kam sie uns besuchen oder ging zu ihren anderen Töchtern. Sie brachte jedes Mal Schokolade und Lakritze mit und hatte immer spannende Geschichten über die Zeit, als sie bei den »Ingländern« gearbeitet hatte, auf Lager.

»Jetzt reicht's aber mal mit diesen Geschichten!«, fauchte meine Mutter. »Es ist keine so große Ehre, die Toiletten von Engländern zu putzen.«

Doch Oma blieb nichts schuldig und fauchte zurück: »Es ist auch keine so große Schande! Ich bin nicht wie du als Prinzessin mit einem goldenen Löffel im Mund geboren, ich musste meinen Bruder Efraim durchbringen, und außerdem habe ich von den Ingländern viel gelernt.«

»Was, was hast du von den Iiing-läään-deeern gelernt?«, gab meine Mutter abfällig zurück, wobei sie das Wort Ingländer möglichst lange dehnte. »Und außerdem, wie oft muss man dir denn noch sagen: Engländer, es heißt Engländer.«

Oma überhörte Mutters Geringschätzung und erwiderte ruhig: »Ich habe gelernt, einen Tisch zu decken, habe Inglisch gelernt. Ich spreche besser Inglisch als du, die es in der Schule der Ingländer gelernt hat, und bis heute ist dein Inglisch wie meine Plagen.«

»Ich? Ich soll kein Englisch können?!«, brauste meine Mutter dann auf. »Ich lese englische Journale, und im Kino brauche ich nicht mal die hebräischen Untertitel, ich verstehe alles!«

»Gut, gut, haben wir gehört, alles verstehst du, abgesehen

von einem, dem Wichtigsten: Respekt und Höflichkeit, davon verstehst du nichts, du Schönheitskönigin von Jerusalem.«

Darauf rauschte Mutter aus der Küche, und Oma Rosa nahm mich auf den Schoß und sagte: »Merk dir, Gabriela, es gibt keine Arbeit, die den Menschen nicht ehrt. Falls du, Gott behüte, mal in die Lage kommen solltest, dass dir nichts anderes übrigbleibt, dann ist es auch keine Schande, Toiletten von Ingländern zu putzen.«

Ich war gern mit Oma Rosa zusammen. Sie war eine hervorragende Geschichtenerzählerin, und ich war eine gute Zuhörerin.

»Bevor du geboren wurdest, lange, lange vor deiner Geburt, Gabriela *kerida*, war unser Jerusalem wie Ausland. Im Café Europa am Zion-Platz spielte ein Orchester, und die Gäste tanzten Tango, und auf der Terrasse des King David gab es Five o' Clock-Tea mit einem Klavierspieler, und man trank Kaffee aus feinen Porzellantassen, und die arabischen Kellner, soll was über sie kommen, trugen Frack mit Fliege. Und was für Torten wurden dort serviert, mit Schokolade und Sahne und Erdbeeren, und die Herren kamen in weißen Anzügen und Strohhüten und die Damen mit Hüten und Kleidern wie bei ihren Pferderennen in Ingland.«

Doch meine Großmutter war, wie ich Jahre später erfuhr, damals noch nie im Café Europa gewesen und auch nicht im King David. Sie erzählte mir, was sie in den Häusern, in denen sie einst putzte, aufgeschnappt hatte. Sie erzählte mir ihre Träume, Träume, die zum Teil Jahre später wahr wurden, als ihr reicher Bruder Nick, den Oma Nissim nannte, aus Amerika zu Besuch nach Jerusalem kam und die ganze Familie auf die Terrasse des King-David-Hotels, wo er wohnte, zu Kaffee und Kuchen einlud. Als der Pianist spielte, blickte ich verstohlen zu Oma hinüber, die ihre besten Kleider trug, und sah einen Funken Freude in ihren Augen und einen zufriedenen Ausdruck, der nur selten auf ihr Gesicht trat.

Oma Rosa hatte Schweres im Leben erfahren. Sie lebte mit einem Mann, der ihr Respekt zollte, sie aber nicht so liebte, wie ein Mann seine Frau lieben sollte. Ihr ganzes Leben lang kannte sie keine wahre Liebe, doch nie klagte oder weinte sie – selbst als meine Mutter und ihre Schwestern bei Opa Gabriels Schiva wahre Tränenströme vergossen, die ganz Jerusalem zu überschwemmen drohten, weinte sie keine einzige Träne –, und nur mit mir lächelte sie oder lachte gar. Oma Rosa suchte keinen Körperkontakt. Sie mochte nicht gern berühren oder berührt werden. Aber ich setzte mich auf ihren Schoß, schlang ihr meine Ärmchen um den Hals und drückte ihr Küsse auf die welken Wangen.

»Genug, genug jetzt, Gabriela, *basta*, du nervst mich«, schimpfte sie dann und versuchte mich abzuschütteln, doch ich achtete nicht darauf, nahm ihre derben Hände und legte sie mir um den Leib, zwang sie, mich zu umarmen.

Nach Opas Tod lud Oma die Familie an Schabbat- und Feiertagen nicht mehr zum Essen ein, und das traditionelle Makkaroni-Chamin wurde nun bei uns eingenommen. Nach dem üppigen Schabbatmittagessen, dem Chamin, das die Aschkenasen Tscholent nennen, begleitete ich meine Großmutter meist nach Hause und blieb bei ihr, bis Mutter oder Vater mich abholten. Ich liebte die schweren Holzkommoden, die Vitrinenschränke, in denen in mustergültiger Ordnung Porzellan- und Kristallsachen standen, und die Hochzeitsfotos von Mutter, Rachelika und Bekki in silbernen Rahmen. Ich liebte das große Foto von Opa und Oma an der Wand: Opa als gutaussehender junger Mann im schwarzen Anzug mit weißem Hemd, passender Krawatte und weißem Einstecktuch sitzt aufrecht auf einem Holzstuhl am Tisch, in der Hand eine aufgerollte Zeitung. Oma steht neben ihm, im hochgeschlossenen schwarzen Kleid, ein goldenes Medaillon um den Hals. Das Kleid ist fast knöchellang, dazu trägt sie schwarze Strümpfe und blankgeputzte Schuhe. Sie berührt meinen Großvater nicht, hält nur die Stuhllehne. Opas Gesichtszüge sind fein geschnitten, Nase, Augen, Lippen nahezu perfekt. Oma hat ein breites Gesicht, ihr schwarzes Haar scheint am Schädel zu kleben, und die Augen sind weit aufgerissen. Die beiden lächeln nicht, blicken vielmehr mit abgrundtiefem Ernst in die Kamera. Wie alt sind sie? Opa vielleicht einundzwanzig? Oma sechzehn?

An der Wand gegenüber hing ein großes Ölgemälde, das einen Flusslauf zwischen Bergen mit schneebedeckten Gipfeln zeigte. Auf dem Fluss fuhren Segelboote, und steinerne Häuser schienen dem Wasser zuzustreben. Eine Brücke verband die beiden Ufer, und über allem wölbte sich ein klarer blauer Himmel mit leichten Federwölkchen.

Ich liebte den schweren Esstisch mit der Spitzendecke und der großen, stets vollen Obstschale in der Mitte, die Polsterstühle um den Tisch, das breite, dunkelrote Sofa mit den ordentlich aufgereihten Gobelinkissen, die Oma bestickt hatte, und die Bilderteppiche an den Wänden, die jeweils ein Märchen erzählten. Besonders aber liebte ich den Kleiderschrank aus Holz mit den in Metall getriebenen Löwen oben. Der Schrank mit seinen Spiegeltüren stand im Schlafzimmer von Oma, die nicht in einem Zimmer mit Opa schlief. Stundenlang konnte ich vorm Spiegel stehen und mir vorstellen, ich sei Sandra Dee und küsste Troy Donahue, mit dem ich glücklich und zufrieden lebte. Ich liebte auch den Hof, der zum Teil von einem Ziegeldach überdeckt war, das im Sommer Schatten spendete. Am eisernen Zaun ringsum rankte lila Bougainvillea, und Geranien wuchsen in weiß gestrichenen Kanistern. Im Hof standen Schemel und der mit Kissen gepolsterte Korbstuhl, auf dem Opa Gabriel abends gern gesessen hatte, und ein Holztisch, auf dem Oma das Abendbrot servierte. Nach Opas Tod wurde sein Stuhl zum Gedenkobjekt, und lange setzte sich kein Mensch mehr darauf.

Der Hof war mein Reich. Ich saß gern auf einem Schemel, guckte in den Himmel und wartete auf einen Regenbogen, denn einmal hatte ich Oma Rosa gefragt, was Gott sei, und sie hatte mir geantwortet, Gott sei der Regenbogen. Guckte ich nicht in den Himmel, stellte ich mir vor, eine jener Hollywood-Diven zu sein, für die meine Mutter so schwärmte. In unserem Jerusalem wurde der Film »Exodus« gedreht, und Paul Newman, der Hauptdarsteller, von dem Mutter behauptete, er sei sogar noch schöner als Eli Cohen der Schöne, wohnte im King David. Jeden Nachmittag nahm meine Mutter mich an die Hand und ging mit mir zum Hoteleingang, um womöglich einen Blick auf Paul Newman zu ergattern. Nachdem sie ihn mehrere Tage nicht hatte erspähen können, überquerten wir die Straße zum YMCA-Gebäude, Mutter kaufte für fünf Grusch Karten, und wir fuhren mit dem Fahrstuhl auf den Turm, der der höchste in Jerusalem war. »Dort«, sagte sie, »kann keiner mir Paul Newman verdecken.«

Aber auch von dort konnten wir ihn nicht sehen, denn wann immer er ins King David kam, fuhr die schwarze Limousine ihn bis vor die gläserne Drehtür des Hotels, und er schlüpfte hinein, ohne die Menschen, die eigens gekommen waren, um ihn zu sehen, eines Blickes zu würdigen.

Letzten Endes bekam Mutter Paul Newman doch noch zu sehen, als sie als Statistin in der Massenszene mitwirkte, die den Moment der Staatsgründung verewigte und auf dem Russenplatz gedreht wurde. An dem Morgen nahm sie eigens das Fernglas mit, das Vater gekauft hatte, um auf unseren Ausflügen in die Jerusalemer Berge Vögel beobachten zu können.

Doch auch als meine Mutter Paul Newman endlich durchs Fernglas gesehen hatte, war sie nicht zufrieden.

»Ich habe ihn gesehen, aber er, *nada*, hat mich nicht gesehen. Gut, wie soll er das auch auf einen Kilometer Entfernung?«

Meine Mutter glaubte felsenfest, wenn Paul Newman sie nur aus der Nähe sähe, könnte er ihr nicht widerstehen. Keiner konnte meiner Mutter widerstehen. Es hätte nur jemand Paul Newman mitteilen müssen, dass meine Mutter die Schönheitskönigin von Jerusalem war, aber keiner sagte es ihm, und Mutter begnügte sich damit, dass wir den Film »Exodus« tagtäglich im Orion-Kino sahen, weil der Saalordner Alberto, der im Krieg verwundet neben ihr im Krankenhaus gelegen hatte, uns gratis einließ.

Mutter schwärmte mächtig für Filmstars, vor allem für Paul Newman und Joanne Woodward, Doris Day und Rock Hudson, und ich träumte davon, eines Tages nach Hollywood zu fahren, obwohl ich nicht wusste, wo dieses Hollywood lag, und als berühmte Filmschauspielerin heimzukehren. Dann würde meine Mutter mich nämlich nicht mehr »Hinterwäldlerin« nennen und sagen, ich sei die merkwürdigste aller Kreaturen. Und ehe ich nach Hollywood fuhr, übte ich.

Wann immer der großelterliche Hof leer war, spielte ich, in einem Film zu leben. Im Film hieß ich Natalie, wie Natalie Wood, und tanzte stundenlang in den Armen von James Dean. Wenn James und ich aufhörten zu tanzen, verbeugte ich mich leicht vor einem imaginären Publikum. Als ich einmal fertig getanzt hatte, hörte ich stürmischen Applaus und Bravo-Rufe. Ich hielt erschrocken inne und sah, dass das ganze Viertel vom Zaun aus meiner Vorstellung zugesehen hatte. Tief beschämt rannte ich ins Haus, geradewegs in Opas Zimmer, warf mich auf sein Bett, barg das Gesicht im Kissen und brach in Tränen aus. Oma Rosa, die Zeugin der ganzen Szene gewesen war, folgte mir nicht. Erst als ich nach geraumer Zeit wieder ins Wohnzimmer kam, wo sie auf ihrem Sessel saß, sah sie mich an und sagte: »Gabriela *kerida*, warum schämst du dich? Du tanzt so schön, du musst Mama und Papa sagen, sie sollen dich für Ballettstunden bei Rina Nikowa anmelden.«

Von allen Familienmitgliedern stand ich Oma Rosa am nächsten. Solange Opa Gabriel lebte, war das großelterliche Haus das Zentrum der Familie. Dort traf man sich am Freitagabend zum Kiddusch und zum Abendessen und am Schabbatmorgen zu *huevos haminados*, die Oma aus dem Topf mit Chamin nahm. Wir aßen diese harten Eier zu mit Käse gefüllten *borekitas* und zu *sütlaç*, einem süßen Grießbrei, auf den Oma mit Zimt einen Davidstern malte.

Nach dem Schabbatfrühstück spielten wir Kinder auf dem Hof. Mutter, Rachelika und Bekki plauderten, und Vater, Rachelikas Moise und Bekkis schöner Eli Cohen unterhielten sich über Fußball, was lautstark ablief, weil Vater Hapoel Jerusalem favorisierte, während Eli und Moise Fans von Betar Jerusalem waren. So verging die Zeit bis zum mittäglichen Makkaroni-Chamin. Nach dem Chamin legte Opa sich zum Mittagsschlaf hin, und damit wir ihn nicht störten, wurden auch wir Kinder schlafen geschickt. Mutter, Rachelika und Bekki plauderten weiter, Vater, Moise und Eli gingen zu Tante Klara und ihrem Mann Jakob, genannt Jakotel, denn sie wohnten in der Lincoln-Straße genau gegenüber dem YMCA-Sportplatz, auf dem jeden Schabbatnachmittag Betar Jerusalem spielte. »Fußball gucken von Klaras und Jakobs Balkon ist besser, als auf der Ehrentribüne sitzen«, pflegte Onkel Moise zu schwärmen.

Den Spitznamen Jakotel hatte man Jakob angehängt, als mein kleiner Bruder Ronny und ich den Film »Jack der Riesentöter« – »Jack *kotel ha'anakim*« auf Hebräisch – vielleicht hundertmal gesehen hatten, denn auch Jizchak, der Saalordner vom Orna-Kino, hatte als Kriegsversehrter mit Mutter im Krankenhaus gelegen. »Was für ein Glück, dass Mutter im Unabhängigkeitskrieg beinah gestorben wäre«, sagte Ronny immer, »wie sollten wir sonst gratis ins Kino kommen?«

Als Opa tot war und Oma nicht mehr groß kochte, das schabbatmittägliche Makkaroni-Chamin daher bei uns eingenommen wurde, begaben wir uns danach, ohne Nickerchen, alle zum Spiel des Betar. Schon von unten sah ich, dass der Balkon von Tante Klara und Jakotel gleich abstürzen würde, mit all den Menschen drauf, die sämtlich zur Familie gehörten, und ging vorsichtshalber nicht darunter, sondern gegenüber an der Mauer des YMCA-Platzes entlang.

Notgedrungen musste Vater nun jeden Schabbat den verhassten Betar Jerusalem spielen sehen. Solange das von Klaras und Jakobs Balkon aus gratis ging, kam er mit, obwohl er die »Hundesöhne« immer verfluchte und ihnen eine Niederlage wünschte, weshalb alle ihn anschrien: »Zum Teufel, David, dafür kommst du her? Um einem die Freude zu vermiesen?«

Oma Rosa ging nach dem Makkaroni-Chamin nie mit zum Fußballgucken, sondern nach Hause. Oft begleitete ich sie. Während sie dann Mittagsschlaf hielt, durchstöberte ich ihre Schubladen auf der Suche nach Schätzen, und wenn sie aufwachte, schimpfte sie mich aus: »Wie oft habe ich dir schon gesagt, du sollst deine Finger nicht in was reinstecken, was dir nicht gehört? Weißt du, was der Katze passiert ist, die ihre Pfote in eine Schublade gesteckt hat, die ihr nicht gehörte? Die Pfote wurde eingeklemmt und die Krallen abgeschnitten. Willst du eine Hand ohne Finger haben?« Ich bohrte vor lauter Schreck die Hände tief, tief in die Taschen und gelobte, sie im Leben nicht mehr in etwas reinzustecken, was mir nicht gehörte, hielt aber nie Wort.

Werktagnachmittags, wenn Mutter ins Café Atara oder sonst wo hinging, kam Oma manchmal, um auf Ronny und mich aufzupassen, und ich setzte mich zu ihr und bestürmte sie, mir Geschichten von früher, vor meiner Geburt, zu erzählen, aus der Zeit der Ingländer, über Opa Gabriels Laden im Machane-Jehuda-Markt, über sein schwarzes Auto, mit dem sie ans Tote Meer und nach Tel Aviv gefahren waren, und von damals, als sie in einem Haus mit Fahrstuhl in der King-George-Straße, gegenüber der Jeschurun-Synagoge wohnten, wo die ganze Familie angelaufen kam, um die Badewanne mit den zwei Wasserhähnen, einen für heißes und einen für kaltes Wasser, zu bestaunen, eine Badestube, wie meine Großmutter sie sonst nur in den Häusern der Engländer gesehen hatte, in denen sie putzte.

Ich stellte eine Menge Fragen, weshalb meine Großmutter oft sagte, ich hätte ein Radio verschluckt und sie bekäme Kopfweh davon, aber man sah ihr an, dass sie mir gern Dinge erzählte, die sie sonst vielleicht noch niemandem erzählt hatte.

Eines Tages setzte Oma sich auf Opas Stuhl, zum ersten Mal seit seinem Tod, und sagte zu mir: »Gabriela *kerida*, deine Oma ist alt, hat schon viele Dinge im Leben gesehen. Ich habe ein schweres Leben gehabt, mein Papa und meine Mama sind an der Choleraepidemie gestorben, die wir in unserem Jerusalem hatten, und da wurden wir Waisenkinder. Ich war zehn Jahre alt, Gabriela, so wie du heute, und Efraim, er ruhe in Frieden, war fünf und der Einzige, der mir geblieben war: Mein Bruder Nissim war nach Amerika geflüchtet, noch ehe die Türken, ausgelöscht sei ihr Name, unseren Bruder Rachamim am Damaskustor aufgehängt hatten, weil er nicht in ihrer Armee dienen wollte. Wir hatten nichts zu essen und nichts anzuziehen, und jeden Tag bin ich zum Machane-Jehuda-Markt gegangen, wenn dort schon alles geschlossen war, um Reste vom Boden aufzulesen: Tomaten, Gurken, vielleicht einen Kanten Brot. Ich musste für Efraim sorgen und habe angefangen, bei den Ingländern im Haushalt zu arbeiten, dort gab mir die gnädige Frau zu essen, und ich aß die eine Hälfte und brachte Efraim die andere.

Als ich dann sechzehn war, hat mich *nona* Merkada, sie ruhe in Frieden, mit ihrem Sohn, er ruhe in Frieden, deinem Opa Gabriel verheiratet, und da hatte ich plötzlich ein gutes Leben. Gabriel war sehr reich und sah gut aus, alle Mädchen in Jerusalem wollten ihn, und trotzdem hat Merkada mich erwählt. Warum sie gerade mich arme Waise ausgesucht hat, habe ich erst *muchos anyos*, viele Jahre später erfahren, aber damals habe ich keine Fragen gestellt. Ich kannte Gabriel von dem Laden im Markt. Jeden Freitag bin ich hingegangen, um Käse und Oliven zu holen, die er und Senyor Rafael, sein Vater, er ruhe in Frieden, an die Armen verteilt haben. Wer hätte sich träumen lassen, dass er mein Mann werden würde? Ich die Mutter seiner Töchter? Welche Chance hatte ich, eine Waise aus dem Viertel Schamma ohne Familie und ohne vornehme Herkunft, den Ermozas auch nur nahe zu kommen? Und dann, einfach so, ohne dass ich begriff, wie mir geschah, wählte sie unter allen Töchtern Jerusalems gerade mich als Braut für ihren Sohn. *Dio santo*, ich glaubte zu träumen, und obwohl sie mir sagte, ich könne mir Zeit zum Überlegen nehmen, antwortete ich ihr sofort mit ja, und mein Leben änderte sich von Grund auf. Plötzlich hatte ich ein Haus, hatte Kleidung, hatte Essen, hatte Familie. Nicht, dass alles rosarot gewesen wäre, viele Dinge waren leider pechschwarz, aber das war mir nicht wichtig, Hauptsache, ich musste keine Häuser von Ingländern mehr putzen und Efraim wuchs menschlich auf und hatte was anzuziehen und was zu essen. Hauptsache, ich hatte anstelle der verlorenen Familie eine neue: Ehemann, Kinder, eine Schwiegermutter, von der ich hoffte, sie würde mir wie eine Mutter sein, Schwägerinnen und Schwager, von denen ich hoffte, sie wären mir wie Geschwister.

Gabriela, *mi alma*, meine Seele, ich bin alt und werde bald sterben, und wenn ich tot bin, wirst du mich als Einzige vermissen. Meine Töchter, sie sollen gesund sein, werden ein bisschen weinen und ihr Leben weiterleben. Das ist die Natur des Menschen, die Zeit tut das Ihre. Aber du, *kerida*, du vergisst nicht, nicht wie deine Mama, die ein Gedächtnis hat wie ein Spatz, einen Moment etwas sagt und im nächsten Moment nicht mehr weiß, was sie gesagt hat. Mir ist das schon aufgefallen, als du noch ein Baby warst. Du hast keinen Augenblick den Mund gehalten, du *avlastina de la Palestina*, Plappertante von Palästina, hast dauernd Fragen gestellt, wolltest die ganze Welt verschlingen. Jetzt, *kerida mia*, werde ich dir von deiner Oma Rosa und von deinem Opa Gabriel und von unserer Familie erzählen, wie wir von wohlhabenden Leuten, die in einem Haus mit Fahrstuhl und Badewanne wohnten und den schönsten Laden im Machane-Jehuda-Markt besaßen, zu armen Schluckern wurden, die kaum genug Geld hatten, um Wein für den Kiddusch am Freitagabend zu kaufen.

Alles, was ich weiß, hat mir dein Opa Gabriel erzählt, der die Familiengeschichte so wiedergab, wie er sie von seinem Vater Rafael, er ruhe in Frieden, gehört hatte. Als Rafael starb, gelobte Gabriel, seinen Kindern und Kindeskindern die Geschichte der Familie weiterzuerzählen, vom Tag ihrer Ankunft aus Toledo, als König Ferdinand und Königin Isabella, mögen ihre Seelen in der Hölle schmoren, die Juden aus Spanien ins Land Israel vertrieben. Und da Gabriel und mir, *kaparavonó*, keine Söhne, sondern nur Töchter geblieben sind, hat er sie Luna, Rachelika und Bekki immer wieder erzählt, damit sie sie ihren Kindern weitergeben. Aber ich verlasse mich nicht darauf, dass deine Mama sie dir erzählt, denn sie hat den

Kopf in den Wolken, und ihr Gedächtnis, *wai de mi sola*, schweigen wir lieber darüber. Also komm, setz dich deiner alten Oma auf den Schoß und hör dir an, was ich Opa Gabriel habe erzählen hören.«

Und ich tat wie geheißen, kletterte auf ihre Knie, kuschelte mich in ihren Schoß und schloss die Augen, sog ihren warmen, vertrauten Geruch ein, der so süß war wie *sütlaç* und Rosenwasser. Meine Großmutter spielte mit meinen Locken, wickelte sie um ihren knochigen Zeigefinger, seufzte tief und hielt inne, wie man es tut, ehe man wichtige Dinge ausspricht, und dann setzte sie ihre Geschichte fort, als erzählte sie sie nicht mir, sondern sich selbst.

»Als die Juden aus Toledo vertrieben wurden, fuhr das Familienoberhaupt, Senyor Abraham, mit seinen Eltern und Geschwistern den ganzen Weg von Toledo zum Hafen von Saloniki und ging an Bord eines Schiffes, das ihn geradewegs zum Hafen von Jaffa brachte.«

»Und deine Familie, Oma?«

»Meine Familie, *mi alma*, kam auch aus Toledo nach Saloniki und ist dort viele Jahre geblieben, bis mein Urgroßvater, er ruhe in Frieden, ins Land Israel eingewandert ist. Aber ich werde dir nicht von meiner Familie erzählen, Gabriela, denn die Familiengeschichte richtet sich nach dem Vater, und an dem Tag, als ich deinen Opa geheiratet habe und bei der Familie Ermoza einzog, wurde auch ich eine Ermoza, und Gabriels Familiengeschichte wurde die Geschichte meiner Familie.

Also hör gut zu und stör mich nicht noch mal, denn wenn du mich störst, erinnere ich mich nicht mehr, wo ich aufgehört habe, und weiß nicht, wo weitermachen.«

Ich nickte und versprach, sie nicht mehr zu unterbrechen.

»Von Jaffa fuhr Senyor Abraham vielleicht drei Tage, vielleicht drei Nächte nach Jerusalem, weil es sein ganzer Traum war, die Steine der Westmauer zu küssen. In Jerusalem traf er noch weitere Spaniolen, die ihn in die Synagoge brachten und ihm einen Platz zum Schlafen gaben. Im jüdischen Viertel der Altstadt wohnten damals Kaufleute, Händler, Handwerker und auch Goldschmiede, die mit den Arabern Geschäfte machten. Vor langen Zeiten herrschten respektvolle und gutnachbarliche Beziehungen zu den Ismaeliten, und die Spaniolen trugen Kleider wie sie, sprachen sogar Arabisch, und manche Araber konnten Spaniolisch.

Es war ein hartes Leben damals hierzulande – *Dio santo*. Eine Frau gebar acht Kinder, eins nach dem anderen, und alle starben bei der Geburt oder als Baby.

Auch ich habe deinem Opa Gabriel fünf Kinder geboren, und nur, mögen sie lange leben, meine drei Töchter, *pishkado i limón*, sind am Leben geblieben. Die Söhne waren noch keinen Monat alt, als sie starben, und nach Bekkis Geburt hat sich mein Schoß verschlossen.

Ich habe alles Nötige getan, um Gabriel einen Sohn zu schenken. Zwischen Verlobung und Hochzeit wurden ich und mein zukünftiger Ehemann, dein Opa, zur Beschneidungsfeier eines Verwandten eingeladen. Während der Zeremonie ließ man mich den Säugling halten und ihn an meinen Zukünftigen weiterreichen, der ihn den übrigen Herrschaften übergab. So war es Brauch, um zu garantieren, dass das junge Paar Söhne bekommen würde.

Und tatsächlich, gottlob, wurde ich wenige Tage nach der Hochzeit schwanger. Was war ich gern schwanger. Sogar meine Schwiegermutter Merkada, die mir das Leben nie leichtgemacht hat, war gut zu mir. Sie und all ihre weiblichen Verwandten verwöhnten mich mit Honigbonbons, damit es um Himmels willen kein Mädchen würde, sondern mit Gottes Hilfe ein Junge.

Man redet nicht schlecht von Toten, Gabriela, aber meine Schwiegermutter Merkada, sie ruhe in Frieden, rammte mir, wann immer sie konnte, ein Messer in den Rücken und auch ins Herz, aber während jener ersten Schwangerschaft sorgte sie dafür, dass alle mich mit Liebe umgaben.

Was ich mir nur wünschte, wurde erfüllt, sogar die sonderbarsten Dinge, denn bekanntlich konnte andernfalls, Gott behüte, ein hässliches Baby mit einem Muttermal geboren werden. Und ich wollte, mitten im Winter, Trauben und Kaktusfeigen haben. Gut, woher sollten sie mir Trauben und Kaktusfeigen bringen, wenn es draußen in Strömen goss? Die bittren Etrogim hingegen hat man mir in Hülle und Fülle gebracht. Denn bei uns glaubte man, der Etrog, und vor allem sein Nippel, sei ein erprobtes Mittel, damit es ein Junge würde.

Und als es losging mit der Geburt, eilte Gabriel mit den übrigen Männern der Familie in die Synagoge, um für mein und des Babys Wohlergehen zu beten. Ich blieb im Zimmer mit der Hebamme und den weiblichen Verwandten, angeführt von Merkada, und meine Schreie hörte man jene Nacht von unserem Haus in der Altstadt bis nach Nachlat Schiva in der Neustadt, und ich presste und presste, *dale dale dale*, bis mir fast die Luft ausging, ehe das Baby noch heraus war, und erst als ich schon meinte, der Herr der Welt würde mich zu sich nehmen, wurde glücklich ein Junge geboren, und Merkada machte die Tür auf und rief ›*bien nasido*‹, ein gesund Geborener, und all die Nachbarinnen, die draußen vor der Tür standen, antworteten ihr mit ›*sano k'esté*‹, soll er gesund sein, und die Hebamme nahm den Jungen und wusch ihn und wickelte seinen Leib in weißen Baumwollstoff und legte ihn mir in den Schoß, doch ehe ich ihn noch auf sein rotes Haar küssen konnte, nahm Merkada ihn mir weg und schrie die Kinder an, sie sollten schnell zur Synagoge rennen und Gabriel rufen, damit er kam und seinen Erstgeborenen sah.

Als Gabriel kam, nahm er Merkada das Baby ab, hielt es so vorsichtig, als sei es ein teurer Kristallkelch, der, zu fest angefasst, gleich zerbrechen würde, drückte ihn ans Herz und dankte dem Herrn der Welt. Dann erst wandte er sich mir zu, die wie eine Tote im Bett lag, und zum ersten Mal in unserer Ehe küsste er mich auf die Stirn.

Was soll ich dir sagen, *kerida mia*, das war einer der glücklichsten Momente in meinem Leben. Zum ersten Mal seit der Hochzeit spürte ich von Gabriels Seite ein wenig Liebe. Sogar Merkada mit ihrem zitronensauren Gesicht, die mir niemals zulächelte, immer nur kurz angebunden war und mich nie nach meinem Befinden fragte, wandte sich mir zu und sagte: ›*Komo estás, Rosa? Keres una koza?*‹ Wie geht es dir, Rosa, brauchst du etwas?, und ehe ich noch antworten konnte, wies sie ihre Tochter Allegra an, mir Milch mit Honig zu bringen.

Ich war froh, Gabriela, hatte zum ersten Mal seit meinem Eintritt in die Familie Ermoza das Gefühl, dass Merkada und Gabriel zufrieden mit mir waren. Ich hatte Merkada einen Enkel und Gabriel einen erstgeborenen Sohn geschenkt. Ich spürte so eine Wärme im Herzen, wie Stolz, meinte, jetzt gehörte ich vielleicht dazu, wäre jetzt vielleicht Teil der Familie.

Das Baby hieß Rafael, nach deinem Urgroßvater, der kurz vor meiner Heirat mit Gabriel gestorben war.

Was habe ich Rafael, meinen Augapfel, geliebt. Ich putzte das Zimmer, in dem wir wohnten, bis es glänzte. So erschöpft ich nach der Niederkunft auch war, wurde ich doch nicht müde sauberzumachen, damit das Baby, Gott behüte, nicht irgendeine Krankheit bekam und, Gott behüte, nicht starb wie die Babys der Jemeniten in Silwan, die wie die Fliegen verendeten, bloß von dem Dreck. Unterm Fenster stand Rafaels Bettchen, darüber hatte ich eine Öllampe, die Gabriel aus der Synagoge mitgebracht hatte, gehängt, und jeden Abend nach dem Abendgebet kamen Talmudstudenten und lasen im Buch ›Sohar‹ zu Ehren des kleinen Rafael.

Aber der Kleine, sosehr wir ihn verwöhnten und wie sehr wir ihn liebten und wie sehr wir für ihn beteten, weinte und schrie die ganze Zeit. Ich kam Tag und Nacht nicht zur Ruhe. Den ganzen Tag weint und weint er auf meinem Arm, und ich weiß nicht, was ich machen soll. Ich bin selbst noch ein Kind, vielleicht sechzehn, vielleicht siebzehn, und das Baby schreit in seinem Bettchen, schreit auf meinem Arm. Ich flüstere ihm liebevolle Worte zu: ›*Kerido mio, ijo mio, mi alma*, mein geliebter Sohn, was tut dir weh, Rafuli, was hast du nur?‹ Doch er weint, und ich weine, bis mir die Tränen ausgehen, aber ihm gehen sie nicht aus, er macht nicht mal Pause zum Atmen.

Merkada meinte, vielleicht hätte ich nicht genug Milch, vielleicht müsse man eine Amme holen. Doch ich wollte nicht, dass mein Kind an der Brust einer anderen Frau trank, wollte nicht, dass fremde Hände den kleinen Körper an fremde Brüste drückten. Um den Milchfluss zu erhöhen, zwang Merkada mich, Knoblauch zu essen, obwohl ich ihn hasste, und sagte mir immer wieder, nur Knoblauch würde den kleinen Rafael ermuntern, eifrig zu saugen, und so wäre er zufrieden und würde aufhören zu weinen.

Am meisten fürchtete ich mich vor dem bösen Blick und vor Dämonen. Vor allem musste man die schlimmste Dämonin, Lilith, täuschen, die bekanntlich in erster Linie kleinen Jungen schaden will, dass sie, Gott behüte, nicht kam und Rafael mitnahm. Daher zog ich ihm Mädchenkleider an. Nach unserem Glauben, Gabriela, musste man, um den Dämon zu täuschen, das Kind jemand anderem ›verkaufen‹. So hatte man auch Gabriels Mutter verkauft, und deshalb hieß sie ›Merkada‹, was ›Verkaufte‹ bedeutet.

Als es Zeit wurde, den kleinen Rafael zu verkaufen, wandte

ich mich an Viktoria Siton, meine gute Nachbarin, und sagte zu ihr: ›Ich habe einen Sklaven zu verkaufen‹, was ein Zeichen für den Verkauf des Kindes war. Viktoria war bereit, den ›Sklaven‹ zu ›kaufen‹, und gab mir dafür einen goldenen Armreif. Am nächsten Tag kamen wir zwei Familien zusammen, schlachteten eine Ziege als Sühneopfer und änderten Rafaels Namen in Merkado – Verkaufter.«

»Viktoria, meine zweite Oma?«, störte ich Oma Rosa erneut.

»Damals wussten wir noch nicht, dass Viktorias Sohn, dein Vater David, Luna heiraten und wir Verwandte werden würden. Damals war Viktoria Siton unsere Nachbarin in Ohel Mosche, und so war es Brauch.

Drei Tage behielt Viktoria Siton den kleinen Rafael bei sich im Haus, danach machten wir einen neuen Handel und kauften ihn von ihr zurück. Aber nichts half, Gabriela, nicht die Mädchenkleider, die ich ihm anzog, und nicht, dass wir ihn Viktoria Siton verkauft hatten. Die bösen Geister waren schlauer als wir. Eines Tages, als Rafael noch keinen Monat alt war und wir mit ihm noch nicht den Ritus der Auslösung des Erstgeborenen gemacht hatten, wurde er so blau wie das Glasauge, das ich ihm zum Schutz gegen den bösen Blick übers Bettchen gehängt hatte, und ehe ich noch schreien und Gabriel rufen konnte und ehe Gabriel und Merkada ankamen, war er schon tot. Merkada hob Rafaels Decke an, sah Gabriel in die Augen und sagte ihm, das sei eine Strafe von Gott. Damals verstand ich noch nicht, warum dein Großvater so eine Strafe von Gott verdient hätte, und erst nach *muchos anyos* begriff ich, was die säuerliche Alte gemeint hatte.

In der Nacht, als der kleine Rafael starb, bin auch ich gestorben. Ich bin nicht gestorben, als die Türken, ausgelöscht sei ihr Name, meinen Bruder Rachamim am Damaskustor aufgehängt haben, ich bin nicht gestorben, als mein Papa und dann auch meine Mama an der Choleraepidemie starben und ich allein auf der Welt blieb, ein zehnjähriges Waisenmädchen mit einem fünfjährigen Bruder. Ich bin nicht gestorben, als ich begriff, dass mein Mann mich nicht liebte und vielleicht nie lieben würde und dass meine Schwiegermutter nichts anderes im Sinn hatte, als mir das Leben schwerzumachen. Aber als Rafael, mein Kind, starb, starb auch ich, und dein Opa Gabriel starb auch, und erst als Luna, deine Mama, geboren wurde, hat er wieder angefangen zu leben.

Nachdem Luna zur Welt gekommen war, wurde uns noch ein Sohn geboren, und der starb in der ersten Woche, ehe wir ihn beschneiden lassen und ihm einen Namen geben konnten. Mir war schon nach Lunas Geburt die Freude nicht ins Herz zurückgekehrt, und das tat sie auch nicht, als Rachelika und Bekki zur Welt kamen. Weißt du, wer deiner Oma die Freude zurückgebracht hat?«

»Wer?«, fragte ich und sah meine Großmutter mit großen Augen an.

»Du, *mi alma*«, antwortete Rosa, und obwohl sie das sonst nie tat, küsste sie mich auf den Kopf, und ich meinte, das Herz würde mir zerspringen.

»Du hast mir die Freude ins Herz zurückgebracht. Meine Töchter, sie sollen gesund sein, haben mich nie so geliebt wie du, *ija mia*, mein Mädchen, mich liebst, und vielleicht habe auch ich sie nicht so geliebt, wie eine Mutter ihr Kind lieben sollte. Ich hatte keinen Platz im Herzen, mein Herz war voll mit Schmerz und mit Sehnsucht nach dem kleinen Rafael, und es blieb kein Platz für sie. Aber dich, *mi vida*, mein Leben, dich liebe ich sehr. Als du geboren wurdest, ist mir von neuem das Herz aufgegangen, es hat sich geweitet, und die Freude ist reingekommen, von der ich schon vergessen hatte, dass es sie auf dieser Welt gibt ...«

»Ich hab dich lieb, Oma, am meisten auf der Welt liebe ich dich«, und ich fasste meine Großmutter noch fester um die breite Taille.

»Liebe«, lachte Oma Rosa, »bei uns in der Familie, Gabriela, ist Liebe ein Wort, das nie ausgesprochen wurde. Von meiner Mama, seligen Angedenkens, habe ich Worte wie Liebe nicht gehört. Ihr ganzes Leben hat sie in Armut verbracht, bis sie an der Epidemie starb, die fast ganz Jerusalem tötete, und von Gabriel, er ruhe in Frieden, habe ich kein einziges Mal ›Ich liebe dich‹ hören dürfen. Was ist denn auch Liebe? Wer weiß es? Meine Töchter haben mir, bevor sie heirateten, gesagt: ›Ich liebe David‹, ›Ich liebe Moise‹, ›Ich liebe Eli‹. Und ich habe geguckt und gesagt: ›Du liebst? Dann ist die Zeit des Messias angebrochen.‹ Ein Glück, ein Glück vom Himmel, dass uns nur Töchter verblieben sind, denn bei uns in der Familie heiraten die Männer Frauen, die sie nicht lieben. Die Männer der Familie Ermoza, Gabriela, bringen das Wort ›Liebe‹ nicht über die Lippen, nicht mal sich selbst gegenüber. Aber Geschichten über Liebe, die das Herz gebrochen hat, Geschichten über Liebe, in der keine Liebe vorhanden war, die gibt's nun gerade bei uns in der Familie genug, daran hat Gott, gelobt sei sein Name, es uns nicht mangeln lassen.

Gut, das reicht für heute, ich habe schon mehr geredet, als ich wollte. *Hayde*, los, steh auf, bald kommt deine Mutter dich abholen und wird sich aufregen, weil du noch kein Abendbrot gegessen hast. Komm, hilf mir Gemüse für den Salat schneiden.«

Erst am nächsten Schabbat, als nach dem Makkaroni-Chamin alle aufbrachen, um von Klaras und Jakotels Balkon Betar spielen zu sehen, und ich zu Oma ging, setzte sie mich wieder auf ihre Knie und erzählte die Familiengeschichte der Ermozas weiter.

»Dein Urgroßvater, Rafael, war ein großer Zaddik, der sich in das Studium der Kabbala vertiefte und sogar den ganzen Weg von Jerusalem nach Safed fuhr, um bei dem heiligen Ari, Rabbi Isaak Luria, zu beten. Es heißt, Rafael habe im Herzen beschlossen, auf die Ehe zu verzichten, und beinah hätte er gelobt, keine Kinder zu zeugen und sich ganz dem Thorastudium zu verschreiben.«

»Aber wie wurde denn Opa Gabriel geboren, wenn sein Vater nicht geheiratet hat?«

»*Pasensia, kerida*, Geduld, alles zu seiner Zeit. Hör gut zu und platz mir nicht immer dazwischen, denn wenn du mir dazwischenplatzt, vergesse ich, was ich dir sagen wollte, und du erfährst gar nichts. *Dio santo*, warum haben alle Töchter der Familie Ermoza Wespen im Hintern und bringen keine Geduld auf?«, seufzte sie.

Oma nahm sich Zeit, ehe sie mit der Geschichte fortfuhr, doch dann senkte sie die Stimme geheimnisvoll und erzählte: »Es heißt, eines Tages sei der Vater von Rafael, dem Zaddik, in Safed eingetroffen, um seinem Sohn mitzuteilen, dass er eine Braut für ihn gefunden habe: Rebekka Merkada, die fünfzehnjährige Tochter von Rabbi Jochanan Toledo, einem frommen Juden und großen Kaufmann. Rafael konnte seinem Vater nicht widersprechen, erbat und erhielt jedoch die Erlaubnis, die drei Monate bis zur Hochzeit in Safed zu bleiben, und führte von nun an ein noch bescheideneres und asketischeres Leben.

Langsam gingen die drei Monate vorüber, und es wurde Zeit für Rafael, nach Jerusalem zurückzukehren, um die Jungfrau Rebekka Merkada zu heiraten, wie es ihr Vater und sein Vater vereinbart hatten. Je näher das Datum rückte, desto strenger hielt Rafael seine Askese und sein Fasten. Doch dann, Gabriela, dann geschah etwas, was Rafaels Leben für immer veränderte.

Du bist noch ein kleines Mädchen, Gabriela, aber du sollst wissen, *mi alma*: Die Liebe ist nicht nur blind, sie macht auch blind, die Liebe kann großes Glück, aber auch großes Unglück bringen. Deine Oma, Gabriela, hat dieses Gefühl der Liebe nie kennengelernt. Dein Opa hat mich nie geliebt, wie ein Mann seine Frau lieben sollte, vielleicht habe auch ich ihn nicht so geliebt, wie es im Hohelied steht, habe nur neben ihm gelebt, habe ihm Töchter geschenkt, mögen sie gesund sein, habe ihn und die Töchter versorgt und mich bemüht, uns ein gutes Leben zu bereiten, nicht weniger und nicht mehr. Aber nachts vorm Einschlafen habe ich immer überlegt, was Liebe wohl ist, und diese Geschichte, die ich über deinen Urgroßvater Rafael gehört hatte, ging mir nicht aus dem Kopf.

Eines Tages, hieß es, ging Rafael durch eine der Gassen Safeds zur Josef-Karo-Synagoge, und als er so selbstvergessen und mit halbgeschlossenen Augen Gebete vor sich hin murmelte, kam ihm unverhofft ein junges Mädchen entgegen. Rafael schreckte auf und hob den Kopf, und seine Augen begegneten ihren Augen, die so blau wie das Meer und so tief wie ein Brunnen waren. Zwei blonde Zöpfe umrahmten ihr Gesicht, dessen Haut weiß und rein schimmerte. Rafael, der meinte, die Schönheit der Schechina, der göttlichen Gegenwart, zu schauen, beeilte sich, die Hand vor die Augen zu halten und seines Weges zu gehen. Doch alle Tage und Nächte nach dieser Begegnung konnte er die Gestalt des Mädchens nicht aus seinen Gedanken vertreiben. Sie kam ihm in der Frühe in den Sinn, wenn er das Morgengebet sprach, und abends beim Abendgebet, sie bemächtigte sich seiner Gedanken, wenn er in der Mikwe untertauchte ebenso wie wenn er sich schlafen legte. Er verstand nicht, was er fühlte, wusste nur, ihre blauen Augen hatten ihn wie ein Blitzschlag getroffen. *Dio santo*, dachte er, es ist sündhaft, was ich für eine fremde Frau empfinde, eine Sünde.

Er nahm sich vor, noch mehr zu fasten und Orte zu meiden, an denen Frauen verkehrten, denn er wusste ja, dass seine Zukünftige ihn in Jerusalem erwartete, wie ihr Vater und sein Vater es vereinbart hatten. Aber die Gestalt der Aschkenasin, der er in Safeds Gassen begegnet war, verfolgte ihn wie ein Dämon, und er fand Tag und Nacht keine Ruhe. Was er auch tat, er wurde die Gedanken an das Mädchen mit den blauen Augen und den blonden Zöpfen nicht los, bis er sich eines Tages dazu verstieg, sie oben an der Gasse abzupassen, wo er sie zum ersten Mal getroffen hatte. Und tatsächlich sah er sie aus einem der Häuser kommen und tappte ihr nach wie ein Irrer, aber als sie sich nach ihm umdrehte und ihre blauen Augen auf ihn heftete, rannte er um sein Leben.

An jenem Tag beschloss Rafael, noch vor dem Termin, den sein Vater ihm gesetzt hatte, nach Jerusalem zurückzukehren, rasch den Hochzeitsbaldachin aufzustellen und ein für alle Mal den Dibbuk mit den blauen Augen abzuschütteln. Er kam nicht einmal auf den Gedanken, das Mädchen aus der Gemeinde der Aschkenasen anzusprechen. Er wusste, solche Dinge waren so verboten, als wären sie eine Sünde. Verstehst du, Gabriela? Eine Sünde!«

Ich verstand nicht so recht, was die Gemeinde der Aschkenasen war, und gewiss nicht, was Sünde sein sollte. Doch Oma merkte gar nicht, dass ich nicht verstand. Sie erzählte weiter, mehr an sich selbst, als an mich gerichtet, redete und redete, wie vom Dibbuk besessen, wiegte mich auf dem Schoß, ohne mein Gewicht zu spüren, und redete auch dann noch weiter, als ich eingeschlafen war.

Als ich aufwachte, war es still auf der Straße, nur die gemurmelten Gebete aus der nahen Synagoge und die Rufe der Beter waren zu hören, und hier und da klang Kinderlachen aus einem Hof. Ich fand Oma versonnen auf Opas Stuhl sitzen. »Guten Morgen, *kerida mia*«, rief sie mir zu, obwohl es Abend war und das Abendbrot auf dem Tisch im Hof stand. Manchmal, wenn ich bei Oma übernachtete, buk sie mir extra *borekitas* und machte mir *sütlaç* mit dem Davidstern, genau wie ich es gern mochte.

»Aber nicht deiner Mama erzählen, Gabriela, damit sie sich nicht daran gewöhnt! Damit sie euch weiter *borekas* macht und mich nicht darum bittet.«

Oma wusste ebenso wenig wie die übrige Familie, dass Mutter fertige *borekas* bei Kadosch kaufte, glaubte vielmehr, Mutter würde sie selbst backen, und ich, der meine Mutter das Versprechen abgenommen hatte, niemals zu verraten, dass die *borekas* bei uns fertig gekauft waren, blieb stumm wie ein Fisch und wies meine Großmutter nicht auf ihren Irrtum hin.

Oma pellte sorgfältig das harte Ei für mich, setzte sich wieder auf Opas Stuhl und erzählte die Geschichte weiter von dem Punkt, an dem ich einige Stunden zuvor eingeschlafen war.

»Verstehst du, was passiert ist, Gabriela? Rafael, er ruhe in Frieden, hatte sich in die Aschkenasin aus Safed verliebt, aber Spaniolen durften auf keinen Fall Aschkenasen heiraten. Das war zur Türkenzeit, als es im Land vielleicht sechstausend Juden gab, die fast alle in Jerusalem wohnten. Damals gab es nicht mehr nur spaniolische Juden hierzulande, sondern auch Juden aus den aschkenasischen Ländern. *Wai, wai*, wie schwer die Aschkenasen es hatten. *Miskenikos*, die Ärmsten, sie konnten kein Arabisch und kein Spaniolisch und wussten weder ein noch aus. Gut, auch die Aschkenasen sind Juden, nicht wahr? Also öffneten die Spaniolen ihre Türen, ließen sie in der Synagoge beten, und die Aschkenasen machten alles so wie die Spaniolen, fingen sogar an, Arabisch zu sprechen und Kleider wie die Spaniolen zu tragen, die sich wie die Araber kleideten. Sie taten alles Mögliche, um sich den Spaniolen anzupassen, na, was kann man machen, wir sind alle Juden, helfen muss man. Aber heiraten, Gott behüte! Denn die Spaniolen wollten für sich bleiben und nur untereinander heiraten, damit sie sich nicht, bewahre, mit den Aschkenasen vermischten und die Kinder halbe-halbe würden.

Wai de mi, Gabriela, was für einen Skandal und was für eine Schande konnte eine aschkenasische Braut der Familie bringen. Wie damals, als Sara, die Tochter von Jehuda Jecheskel, den Aschkenasen Jehoschua Jellin geheiratet hat. Da konnte Jehuda Jecheskel noch so oft wiederholen, der Vater des Schwiegersohns sei ein großer Thoragelehrter, es half ihm nichts, welch eine Schande. Die Sefarden waren so gegen Ehen mit Aschkenasen, dass Sir Moses Montefiore höchstpersönlich einen Preis von hundert Napoleon in Gold für diejenigen aussetzte, die eine Mischehe eingingen. Und weißt du, wie viel das war, hundert Napoleon, Gabriela? Vielleicht wie tausend Pfund, vielleicht wie zehntausend Pfund. Und trotz der Armut, die in Jerusalem herrschte, und obwohl hundert Napoleon eine Summe waren, von der die meisten nur träumen konnten, ist niemand darauf eingegangen.

Rafael, er ruhe in Frieden, konnte nicht aufhören, an die Aschkenasin zu denken, und er kehrte auch nicht vor dem festgesetzten Termin nach Jerusalem zurück. Ihre blauen Augen verfolgten ihn an jeden Ort. Verstehst du, Gabriela, *mi alma*, obwohl er sie nur einen flüchtigen Wimpernschlag lang gesehen hatte, war sie ihm tief ins Herz gedrungen und wich nicht wieder, und statt sich Tag und Nacht in die Thora zu vertiefen, dachte er an die Aschkenasin. Als wäre ein Dämon in ihn gefahren. Wie mondsüchtig ging er durch die Gassen und suchte sie, morgens nach dem Morgengebet, mittags, wenn die Hitze die Menschen in die kühlen Steinhäuser trieb und die Gassen sich leerten, und gegen Abend nach dem Nachmittagsgebet, wenn seine Freunde sich im Lehrhaus versammelten. Auch spätnachts, wenn sogar der Mond und die Sterne schlafen gingen, streifte er in Safed umher, lugte in die Fenster der Häuser, öffnete die Hofpforten, vielleicht würde er ihr zufällig begegnen. Aber die Aschkenasin war wie vom Erdboden verschluckt. Er sah sie kein einziges Mal wieder, und obwohl sie ihm nicht aus dem Herzen ging, spürte er tief drinnen große Erleichterung und erblickte darin ein Zeichen des Himmels. Er tauchte in der Mikwe des heiligen Isaak Luria unter, reinigte seinen Leib und kehrte schleunigst zurück nach Jerusalem.

Einige Tage vor dem Hochzeitstermin ging er mit seinem Vater zum Haus des Vaters der Braut, um sie zum ersten Mal zu sehen. Den ganzen Weg schwieg Rafael wie stumm und stellte seinem Vater keine einzige Frage über die Braut. Und die Braut, die Ärmste, verschanzte sich hinter Schloss und Riegel in einem Zimmer des Hauses und weigerte sich herauszukommen, um ihren Bräutigam zu treffen. Drei Tage und drei Nächte, so erzählte man, hatte sie nicht aufgehört zu weinen vor lauter Angst, da halfen auch nicht die sanften und liebevollen Worte, mit denen ihre Mutter sie überhäufte. Je mehr sie ihr von ihren Aufgaben als Hausfrau erzählte und je mehr sie ihr genaue Anweisungen erteilte, wie sie sich in der Hochzeitsnacht ihrem Ehemann gegenüber verhalten sollte, desto mehr schwoll ihr Weinen an.

Lange saßen der Bräutigam Rafael und sein Vater im Wohnzimmer der Toledos, warteten, dass die zukünftige Braut erschiene, bis ihrem Vater der Geduldsfaden riss. Mit einer knappen Entschuldigung ging er in das Zimmer, in dem seine Tochter bitterlich weinte, drohte ihr mit tausend Todesarten, wenn sie nicht augenblicklich herauskäme, statt ihm weiter

Schande zu bereiten, und warf ihrer Mutter vor, sie verwöhne die Tochter über die Maßen und erlaube ihr, alles zu tun, was ihr einfiele.

Schließlich kam Rebekka Merkada aus dem Zimmer, linste hinter dem Rücken ihrer Mutter hervor zu dem rotbärtigen Bräutigam hinüber, wagte jedoch nicht, ihm in die zu Boden gesenkten Augen zu sehen. Das Treffen verlief kurz, und Rafael war froh, dass sein Vater auf dem Heimweg nicht einmal fragte, wie ihm die Braut gefiel.

Am Morgen der Hochzeit versammelten sich im Haus der Braut die Mutter des Bräutigams, die Mutter der Braut, ihre engsten Freundinnen sowie weibliche Verwandte beider Seiten, um die Braut mit Gesang und Tanz zum *banyo* zu begleiten, wobei sie sie mit Bonbons bewarfen. Nach dem Tauchbad nahm Rafaels Mutter den Kuchen, den sie von zu Hause mitgebracht hatte, schnitt ihn über dem Kopf der Braut auf und verteilte die Stücke an die jungfräulichen Freundinnen, verbunden mit dem Wunsch, sie mögen ebenfalls einen Bräutigam finden, bald in unseren Tagen, amen. Danach gingen die Frauen nach Hause, und Rafaels Mutter führte ein Gespräch mit dem Sohn und Bräutigam und erteilte ihm genaue Anweisungen, wie er in der Hochzeitsnacht mit seiner Braut umgehen sollte.

›*Kerido mio*‹, sagte sie zu ihm, ›heute übergebe ich dich in die Hände einer anderen Frau. Von heute an gehörst du ihr, aber vergiss nicht, ich bin deine Mutter, und ich werde immer wichtiger sein als deine Frau. Und wenn dir, mit Gottes Hilfe, ein Sohn geboren wird und er zu guter Stunde einmal heiratet, dann wird deine Frau, seine Mutter, wichtiger sein als seine Frau. So ist es bei uns, die Mutter kommt stets vor der Ehefrau, die Mutter ist die erste *senyora*. Deine Frau, *mi alma*, ist eine von uns, eine gute Frau. Dein Vater und ich haben sie ausgewählt, nachdem wir viele Kandidatinnen getroffen hatten. Ihr Vater und ihre Mutter haben sie allerdings sehr verwöhnt, und deshalb solltest du sie von Anfang an auf ihren Platz verweisen, damit sie genau weiß, wer der Herr im Haus ist! Damit sie sich bei dir nicht so schont wie bei ihrem Vater. Sie muss das Haus sauber halten, muss für dich kochen und waschen und dir mit Gottes Hilfe gesunde Söhne gebären, aber du musst auch für sie sorgen, sie ernähren, sie ehren und sie wie eine Königstochter behandeln. In der Hochzeitsnacht, *mi alma*, tue mit ihr nach Art des Mannes bei der jungen Frau, aber geh sanft mit ihr um, sachte, sachte, nicht mit Gewalt, und wenn es beim ersten Mal nicht geht, versuche es noch mal, und wenn es beim zweiten Mal nicht geht, versuche es ein drittes Mal, sachte, sachte, sanft, und mit Gottes Hilfe steht uns in neun Monaten eine Beschneidungsfeier ins Haus.‹

Rafael senkte verlegen den Kopf und versuchte nicht zu hören, was seine Mutter ihm sagte, aber sie redete und redete, und erst als er die Augen hob und sie durchdringend anblickte, verstummte sie.

›Nur noch eines, *kerido*‹, sagte sie, bevor er endgültig die Geduld verlor: ›Kurz bevor du das Glas zertrittst, setz deinen Fuß einen Augenblick auf den Fuß der Braut, um zu garantieren, dass in eurem Haus du der *senyor*, der Hausherr, der König bist.‹

Als der Moment der Hochzeit glücklich gekommen war, zog Rafael seine besten Kleider an, die seine Mutter ihm zurechtgelegt hatte, und ging an der Spitze eines großen Zuges zur Synagoge Jochanan Ben Sakkai, auf deren Hof man den Hochzeitsbaldachin errichtet hatte. Nach der Trauzeremonie, nachdem er geschworen hatte, seine Rechte solle verdorren, wenn er Jerusalem vergäße, flüsterte seine Mutter ihm ins Ohr, er solle die Sache mit dem Fuß nicht vergessen, und er tat wie geheißen, zertrat das Glas, und alle riefen Masel tov, herzlichen Glückwunsch! Später, als er sich allein mit seiner Braut im Zimmer der Zusammenführung befand, wo beide sich verlegen gegenüberstanden und nicht wussten, was sie tun sollten, da spürte Rafael, dass in seinem Innern etwas zerbrach, und von diesem Augenblick an kam ihm der Glaubenseifer abhanden. Ja, er verlor ihn dermaßen, dass er spontan beschloss, sein Fasten und seine Askese und das Thorastudium aufzugeben. Wenn der Himmel ihm auferlegt hatte, kein Wort und keinen Blick mit der Frau zu wechseln, von der er tage- und nächtelang träumte, sondern eine andere an ihrer Stelle zu heiraten, dann wollte er jetzt für seinen Hausstand sorgen. Und als er das Kinn seiner frischgebackenen Ehefrau nahm, ihr schamrotes Gesicht anhob und sie zwang, ihm in die Augen zu sehen, schwor er sich, diese Frau in eine glückliche Frau zu verwandeln und alles für sie und für die Kinder zu tun, die ihnen geboren werden würden.

In der Hochzeitsnacht behandelte er sie mit unendlicher Sanftheit, und sie gab der Berührung seiner Hände nach und ließ seinen Körper in ihren dringen. Aber bei all den Liebesakten dieser ersten Nacht und der folgenden Nächte küsste er sie kein einziges Mal, und Rebekka Merkada, deren Mutter ihr kein Wort von Küssen gesagt hatte, merkte nicht, dass Rafael ihr etwas vorenthielt, lag nur still da, bis er fertig war, aufstand, in sein Bett ging und sie in Ruhe schlafen ließ.

Ach ... *kaparavonó*«, seufzte Oma Rosa, »so hat alles angefangen.«

»Was hat angefangen?« Ich verstand nicht, was meine Großmutter meinte.

»So hat die Sache angefangen, dass die Männer der Familie Ermoza andere Frauen wollen und nicht ihre eigenen«, antwortete sie mir so leise, dass ich sie kaum hörte. »Das hat mit Rafael und Merkada begonnen, er wollte eine andere und hat sie geheiratet, er kam bei Nacht zu ihr, aber nicht aus Liebe, und sie wusste nicht mal, dass er ihr etwas vorenthielt. Auch ich hatte nie Vergnügen am Liebesakt, lag nur auf dem Rücken und wartete, dass es vorüber war. Du bist noch klein und weißt nicht, was ein Liebesakt ist. Wenn du mal groß bist, wünsche ich dir, dass der Fluch an dir vorübergeht. Guck mich nicht so an, *mi alma*, jetzt verstehst du nicht, wovon ich rede, aber wenn du mal groß bist und deinen Zukünftigen triffst, dann versprich mir, dass du alles tust, um die Liebe zu spüren, verpasse sie nicht, wie ich sie verpasst habe. Versprich mir, Gabriela, niemals einen Mann zu heiraten, bei dem du nicht spürst, dass er dich mehr liebt als du ihn, damit dein Leben nicht vorbeigeht und du so eine vertrocknete Alte wirst wie ich, denn ich bin verdorrt, habe Falten im Gesicht bekommen und bin gealtert, noch ehe ich den Jahren nach alt war. Die Liebe, Gabriela, bewässert den Menschen, und wem die Liebe nicht in den Adern fließt, der vertrocknet, merk dir gut, was deine Oma dir sagt.«

Meine Großmutter Rosa sprach mit mir nie wieder über die Liebe und auch nicht über unsere Familie, in der die Männer andere Frauen liebten und nicht ihre Angetrauten. Ich habe nicht mehr auf ihrem Schoß gesessen, während sie auf Opas Stuhl saß. Mutter ließ mich nicht mehr bei ihr übernachten, und Oma kam nicht mehr zu uns, um auf Ronny und mich aufzupassen, wenn Vater und Mutter ins Kino oder zum Tanzen in den Menora-Club gingen. Jetzt holte Vater sie am Schabbat mit seinem weißen Studebaker Lark ab, und wenn ich zu ihr lief und meine Arme um ihren Körper schlang, sie an mich drückte und ihre runzligen Wangen küsste, wehrte sie mich nicht mehr lachend ab wie früher und sagte: »*Basta, basta*, Gabriela, du plagst mich.« Sie sagte gar nichts, starrte mich nur an, als ob ich Luft wäre. Sie vergaß auch ihr Hebräisch, sprach nur Spaniolisch, das ich nicht verstand, und wenn ich sagte: »Oma, ich versteh dich nicht, sprich Hebräisch mit mir«, wurde Mutter böse und sagte: »Das hat mir gerade noch gefehlt, dass du auch anfängst zu nerven. Lass Oma in Ruhe und geh ihr nicht auf den Geist.« Mein Vater nahm mich in Schutz: »Was willst du von dem Mädchen, sie versteht nicht, was Rosa passiert ist.« Worauf meine Mutter erwiderte: »Und du verstehst es? Wer versteht denn, was ihr passiert ist? Alte Menschen werden krank, aber sie ist gesund wie ein Gaul, nur vergesslich. Die merkwürdigste aller Kreaturen ist sie, meine Mutter.«

Jetzt war auch Oma, nicht nur ich, merkwürdiger als alle Kreaturen. Vielleicht hatte ich deshalb das Gefühl, wir hätten einen Bund der Merkwürdigen geschlossen, und je mehr sie sich in ihre Welt zurückzog, desto mehr wollte ich darin eindringen. Aber meine geliebte Oma rückte von Tag zu Tag ferner. Ihr Gesicht, das ich so liebte, wurde verschlossen, ihre Augen erloschen, ihr großer, weicher Körper wurde hart und abweisend, und wenn ich die Arme um sie schlang, meinte ich eine Wand zu umarmen.

Oma fing auch an, merkwürdige Sachen anzustellen. Als Vater sie an einem Schabbat zu uns brachte und an den Tisch führte, an dem wir alle schon versammelt saßen, um Makkaroni-Chamin zu essen, zog sie ihr Kleid aus und blieb im Unterrock. Ronny fing an zu lachen, doch ich begriff, dass etwas Schreckliches passiert war, denn Mutter bekam einen hysterischen Anfall, während Vater Oma rasch mit dem Kleid bedeckte, und zum ersten Mal, seit ich geboren war, zwang man mich nicht, den Teller leerzuessen, sondern schickte uns Kinder mitten beim Makkaroni-Chamin zum Spielen runter. Sie blieben im Wohnzimmer mit Rachelika und Moise und Bekki und Eli Cohen dem Schönen und redeten und redeten, bis es Nacht wurde. Da sie vergaßen, uns reinzurufen, gingen wir ungerufen hinauf und spähten in das kleine Wohnzimmer. Dort sah ich Tante Bekki und Tante Rachelika weinen, meine Mutter rauchend am Fenster stehen und meinen Vater, Moise und den schönen Eli Cohen miteinander reden. Mittendrin saß Oma Rosa, unberührt von dem ganzen Tumult ringsum. Ich hörte Rachelika sagen, man dürfe Oma nicht allein lassen, sie solle die Nacht lieber bei uns schlafen, worauf Mutter ausrief: »Aber wo soll sie denn schlafen? Bei David und mir im Bett?« Vater schlug vor: »Ich schlafe auf dem Sofa im Wohnzimmer, und sie schläft bei dir.« Und Mutter erwiderte: »Red keinen Unsinn, David, wie soll ich mit meiner Mutter in einem Bett schlafen?« Da trat ich ins Zimmer und sagte: »Ich schlafe mit Oma Rosa in meinem Bett.« Mutter fand: »Das ist eine gute Idee. Gabriela schläft bei Großmutter im Haus und passt auf sie auf.« Doch Vater entgegnete scharf: »Du hast wohl den Verstand verloren! Wie soll eine Zehnjährige ›auf sie aufpassen‹?« – »Gut, dann schläft sie hier auf dem Wohnzimmersofa«, lenkte Mutter ein, »aber nur heute Nacht, morgen müssen wir an eine dauerhafte Lösung denken, so kann es nicht weitergehen.«

So betteten sie meine Großmutter aufs Sofa im Wohnzimmer, und als alle schlafen gegangen waren, kam ich im Dunkeln und sah, dass sie mit offenen Augen dalag. Ich flüsterte: »Oma«, aber sie antwortete nicht, also streichelte ich ihr runzliges Gesicht, küsste sie und umarmte sie fest, bis ich einschlief.

Am Morgen fand mein Vater mich auf dem Sofa, aber Oma war weder dort noch sonst wo im Haus. Den ganzen Tag suchte man sie vergebens, Oma war verlorengegangen.

Erst spätnachts fand man sie vor dem Laden sitzend, den Großvater einst im Machane-Jehuda-Markt gehabt hatte. Ein andermal wurde sie im Viertel Abu Tor aufgegriffen, wohl unterwegs zum Viertel Schamma, in dem sie geboren war und das seit dem Unabhängigkeitskrieg nah an der Grenze zum jordanisch verwalteten Teil Jerusalems lag. Daraufhin beschloss meine Tante Rachelika, sie zu sich zu nehmen und auf sie aufzupassen, »denn wenn ich sie nicht aufnehme, wird man sie ins Irrenhaus in Talbiye bringen«.

Am Vorabend des Jom Kippur starb Oma Rosa im Schlaf.

»Der Tod von Gerechten«, sagte Tante Rachelika. Mutter erlaubte mir unter keinen Umständen, zur Beerdigung mitzukommen.

»Ein Friedhof ist kein Ort für Kinder«, sagte sie, und zum ersten Mal setzte mein Vater sich nicht für mich ein. Ronny und ich blieben allein zu Hause, und da Ronny merkte, dass ich ungewöhnlich traurig war, ärgerte er mich nicht wie sonst immer. Auf der Anrichte im elterlichen Wohnzimmer stand in einem schön gehämmerten Kupferrahmen ein Foto von meinem Großvater Gabriel, meiner Großmutter Rosa und ihren drei Töchtern: Luna, Rachelika und Bekki. Ich betrachtete das Bild, führte es an die Lippen und küsste meine Oma, und die Tränen, die mir aus den Augen schossen, drohten mich zu ertränken. Ich sehnte mich so sehr nach ihr, konnte mich einfach nicht damit abfinden, dass ich sie nie wiedersehen und sie mir nie mehr von unserer Familie erzählen würde, in der die Männer Frauen heirateten, die sie nicht liebten.

Noch Monate nach Oma Rosas Tod ging ich zu Fuß von unserem Haus in der Ben-Jehuda-Straße zu ihrem Haus, stand vor dem geschlossenen Hoftor und wartete auf sie. Vielleicht war Oma nicht wirklich gestorben, vielleicht hatte sie sich bloß wieder verlaufen, und gleich würde sie sich zurechtfinden und kommen, würde die fünf Stufen zu der schmalen Gasse, an deren Ende das großelterliche Haus stand, herabsteigen, gemessenen Schritts über das Pflaster gehen, vorsichtig, um nicht irgendwo hängenzubleiben und, behüte, zu fallen und sich den Schädel zu brechen, wovor Oma mich früher so oft gewarnt hatte, würde schwanken mit ihrem üppigen Körper – »wie eine Betrunkene«, hatte Mutter gemäkelt – und mit sich selbst reden, wie sie es vor ihrem Tod zu tun pflegte, »*komo una loka*«, hatte meine Mutter auf Spaniolisch gesagt, damit wir Kinder es nicht verstehen sollten, wie eine Verrückte.

Opas Stuhl stand noch an seinem Platz, mit dem Gobelinkissen darauf, und daneben der Tisch, an dem ich so oft *sütlaç* mit einem Davidstern aus Zimt gegessen hatte. Ich trat näher an das kleine Steinhaus, drückte das Gesicht an die Fenster und spähte hinein. Alles stand an seinem Platz wie in den Tagen, als Opa und Oma noch quicklebendig waren. Kein Mensch hatte das Haus angerührt, seit Oma holen gegangen war, wie mein Vater sagte. Ich drückte die Nase, so fest ich konnte, an die Fensterscheibe, bemüht, das Bild von Opa und Oma an der Wand zu erkennen, das ich immer so gern angeschaut hatte, aber es gelang mir nicht.

Eine Hand berührte mich an der Schulter: »*Chaytaluch*, mein Leben für dich, was machst du denn hier, Gabriela?«

Ich fuhr herum. Vor mir stand Frau Barazani, die meiner Mutter verhasste Nachbarin, in ihrer großen, geblümten Kittelschürze, auf dem Kopf ein aufgerolltes Tuch. Sie drückte mich an ihren warmen Leib, der dem meiner Großmutter überraschend ähnlich war.

»Wo ist deine Mama? Seit wann stehst du hier? Deine Mama ist sicher schon zur Polizei gegangen.«

Sie nahm mich an der Hand und führte mich in ihr Haus, bot mir einen Stuhl an und schickte einen ihrer Söhne weg, um meine Mutter zu holen.

Ich saß zusammengesunken auf dem Stuhl, sah Omas Nachbarin zu, wie sie hastig hierhin und dorthin lief, den anderen

Nachbarinnen, die uns ins Haus gefolgt waren, in Kurdisch und holprigem Hebräisch erklärte, dass sie mich auf dem Hof gefunden hatte, »beim Versuch, ins Haus reinzukommen. Die Ärmste, wie sie sich nach ihrer Oma sehnt.« Im gleichen Atemzug sagte sie zu mir: »Gleich kommt deine Mama und nimmt dich mit heim, aber iss erst mal was«, und stellte einen Teller mit einer *kubbe* vor mich hin, die in einer gelben Soße schwamm. Aber ich war nicht hungrig, sehnte mich bloß schrecklich nach meiner Oma und hoffte immer noch, gleich ginge die Tür auf und sie käme herein und würde mich umarmen und in die andere Hofhälfte holen, würde mich auf den Schoß nehmen und mir weiter von unserer Familie erzählen. Doch anstelle meiner Oma stürmte meine Mutter zur Tür herein und versetzte mir, noch ehe sie »guten Tag« gesagt hatte, zwei Ohrfeigen.

»Was für eine Göre!«, zischte sie. »Wer hat dir erlaubt, allein ins Kurdenviertel zu gehen?«

Vor lauter Scham darüber, dass sie mich vor Frau Barazani und vor fremden Leuten geohrfeigt hatte, gab ich ihr keine Antwort, weinte nicht mal, legte nur die Hand an die schmerzende Wange und blickte sie gerade an.

»Straßenmädchen!«, fauchte sie leise, um sich vor Frau Barazani nicht noch mehr zu blamieren. »Warte, warte, was dein Vater mit dir machen wird«, flüsterte sie, »meine Ohrfeige war noch gar nichts, halte deinen kleinen Popo bereit.«

»Dieses Mädchen hat mir schier einen Herzschlag verpasst«, sagte sie entschuldigend zu Frau Barazani.

»Setzen Sie sich, nehmen Sie Platz, Sie sind sicher viel gelaufen«, gab diese freundlich zurück.

Meine Mutter stieß einen tiefen Seufzer aus, schluckte ihren berühmten Stolz hinunter und setzte sich auf den Stuhl, den die Nachbarin ihr anbot, wobei sie den Rücken streckte, sosehr sie konnte, und sich den Rock über den Knien glattstrich.

»Hier, trinken Sie, trinken Sie«, drängte Frau Barazani und reichte meiner Mutter ein Glas Wasser, und ich dachte, wieso sieht meine Mutter nicht, was für ein guter Mensch Frau Barazani ist, wie sie sich um sie kümmert und ihr zu trinken anbietet, obwohl meine Mutter sie hasst und seit Jahren kein Wort mehr mit ihr gewechselt hat.

Meine Mutter rührte das Wasserglas nicht an. Sie war ganz offenbar weniger besorgt um mich als darüber, dass sie jetzt nett zu der Kurdin sein musste, die ihren Sohn nach ihr ausgeschickt hatte, damit sie sich keine Sorgen um mich machte. Sie rutschte unbehaglich auf dem Stuhl herum, wollte sichtlich möglichst schnell weg aus dem Haus der Kurdin, andererseits aber auch nicht unhöflich erscheinen.

Trotz der schrecklich schmerzenden Wange frohlockte ich im Stillen hämisch über Mutters Verlegenheit. Damals verstand ich nicht, warum sie Frau Barazani nicht mochte und warum bloß wegen irgendeines Kurden, der meinen Großvater vor x Jahren schwer übers Ohr gehauen hatte, alle Kurden auf der Welt schuldig sein sollten.

Dann sprang sie plötzlich auf, packte meine Hand und riss mich vom Sitz hoch. Sie hielt mich so fest, dass ich vor Schmerz schreien wollte, es mir jedoch verkniff, und zerrte mich zur Tür. Dort drehte sie sich kurz um, sagte gezwungen: »Danke, dass Sie auf sie aufgepasst und nach mir geschickt haben«, stieß mich, ohne eine Antwort abzuwarten, hinaus und schloss die Tür hinter uns.

Auf dem Weg zu den Stufen, an denen mein Vater mit dem weißen Lark auf uns wartete, fand sie noch Zeit, mich wie eine Irre anzubrüllen: »Das tust du aus Trotz, nicht wahr? Weil du weißt, dass ich diese Leute nicht ausstehen kann, stimmt's?«

»Aber ich bin nicht zu den Kurden gegangen«, versuchte ich einzuwenden.

»Nicht? Na, das hat man ja gesehen«, sagte sie und stieß mich auf die Rückbank des Lark. »Sie holt mir die Seele aus dem Leib, deine Tochter, sie bringt mich um«, erklärte sie meinem Vater, indem sie sich entkräftet auf den Beifahrersitz sinken ließ.

Unterwegs sagte mein Vater keine Silbe, aber ab und zu schaute er in den Innenspiegel, um zu sehen, was ich auf dem Rücksitz durchmachte.

»Welche Blamagen sie mir bereitet«, fuhr meine Mutter fort, »was hat sie in dem Kurdenviertel zu suchen? Mich in eine Lage zu bringen, dass ich der Kurdin danken muss, dass ich wie ein Golem dastehe und nicht weiß, was ich mit mir anfangen soll, und dann noch vor wem?«, redete meine Mutter weiter über mich, als wäre ich Luft und säße dort nicht zusammengekauert, die Nase an die Seitenscheibe des Lark gedrückt.

»Wozu haben wir ein Darlehen aufgenommen und sind in die Ben-Jehuda-Straße gezogen? Wozu habe ich sie in den Kindergarten in Rechavia geschickt? Und danach in David Benvenistis Schule in Bet Hakerem?«

Ja wozu eigentlich?, fragte ich mich, warum muss ich mit dem Bus bis nach Bet Hakerem fahren, wenn alle Kinder aus der Nachbarschaft einen Meter von zu Hause in die Arlozoroff-Schule gehen? Aber ich wagte nicht, laut zu sagen, was ich dachte, sondern duckte mich nur noch tiefer in meinen Sitz.

»Warte, warte nur ab, was Vater mit dir macht, wenn wir nach Hause kommen«, drohte sie. »Sag's ihr, David, sag ihr, dass du sie versohlst, bis ihr Po so rot wird wie der des Affen im Biblischen Zoo.«

»Hör auf, mir Worte in den Mund zu legen«, gebot mein Vater ihr zum ersten Mal Einhalt. Meine Mutter wollte noch etwas einwenden, aber Vater fixierte sie mit einem Blick von der Sorte, die sie immer zum Schweigen brachte, und so reckte sie nur den Rücken, korrigierte ihre perfekte Frisur, holte einen Lippenstift aus der Handtasche, um sich sorgfältig die roten Lippen nachzuziehen, und zischte mit verkniffenem Mund ein paar Worte auf Spaniolisch, die ich nicht verstand.

Zu Hause schickte sie mich in mein Zimmer. Ich setzte mich aufs Bett und wartete. Kurz darauf kam mein Vater herein, in der Hand den Gürtel mit der schmerzenden Schnalle, aber statt mir den Popo zu versohlen, wie von meiner Mutter angekündigt, fragte er mich leise: »Was hattest du bei den Kurden zu suchen? Du weißt doch, dass deine Mutter dir das nicht erlaubt.«

»Ich bin nicht zu den Kurden gegangen«, flüsterte ich.

»Wohin denn dann?« Mein Vater verstand nicht.

»Ich bin zu Oma Rosa gegangen«, sagte ich und brach in Tränen aus.

»Mein Liebes«, Vater ließ den Gürtel fallen, ging auf die Knie und drückte mich ans Herz, »meine Süße, du weißt doch, dass Oma Rosa nicht mehr in ihr Haus kommen wird, sie wohnt jetzt auf dem Har Hamenuchot.«

»Ich dachte, sie hätte sich wieder verirrt wie früher und würde gleich den Rückweg finden«, weinte ich laut, »aber sie kam und kam nicht«, schluchzte ich. Mein Vater küsste mich und versuchte mich zu beruhigen, aber meine Tränen flossen unaufhaltsam.

»*Dio santo*, David, ich hatte dich gebeten, dem Mädchen einen kleinen Klaps zu geben, nicht sie umzubringen.« Meine Mutter stand im Türrahmen und blickte verständnislos auf ihre weinende Tochter und ihren Mann, der auf dem Boden kniete und sie an sich drückte.

»Sie hat sich nach Rosa gesehnt«, sagte mein Vater, »sie ist sie in ihrem Haus suchen gegangen.«

Meine Mutter sah mich an, als traute sie ihren Ohren nicht. Sie betrachtete mich mit einem Blick, den ich von früher nicht kannte, vielleicht lag sogar Zärtlichkeit darin, oder Erregung, aber statt mich zu umarmen, wie ich es mir so sehr wünschte, statt mich zu trösten, wie mein Vater es tat, verließ sie das Zimmer und schloss die Tür hinter sich.

Und dann kam der Tag, an dem man beschloss, die Möbel und Sachen aus Oma Rosas Haus zu räumen und die Wohnung den Barazanis zurückzugeben. Mutter sagte, man solle das gesamte Inventar dem Altwarenhändler verhökern, denn alles, was etwas einbrächte, hätten wir längst verkauft, als wir das Geld brauchten, und der Rest sei nichts wert.

»Für dich ist alles wertlos«, platzte Bekki heraus. »Was heißt, nichts wert, das Service? Und die Schabbatleuchter? Und der Kronleuchter? Das ist nichts wert?«

»Dann nimm sie dir, aber alles andere verkaufen wir dem Altwarenhändler.«

»Luna, beruhig dich«, sagte Rachelika, die bedachteste unter den drei Schwestern, »die Vitrine ist viel Geld wert, die Spiegel sind aus Kristall, und die Platte ist aus Marmor.«

»Dann nimm dir die Vitrine, ich hol mir keine alten Sachen ins Haus, ich habe ohnehin schon genug Krempel.«

»Gut«, sagte Rachelika, »ich nehme das Buffet und die Vitrine.«

»Und ich nehme das Service«, sagte Bekki.

»Nein, das Service will ich haben«, brauste meine Mutter auf.

»Gerade hast du noch gesagt, das sei alles alter Krempel«, erwidere Bekki irritiert.

»Nein, das Service haben Papa und Mama von Nona Merkada zur Hochzeit geschenkt bekommen.«

»Warum sollst du es dann kriegen?«, ließ Bekki nicht locker.

»Weil ich die Älteste bin, deshalb, ich habe gewisse Rechte.«

»Na, seht sie euch an, das ist doch zum Platzen!« Bekki sprang auf und begann zu schreien: »Vor einer Minute war alles alter Plunder, aber sobald ich sage, ich möchte das Service haben, will sie es für sich selbst. Wenn Rachelika das Buffet nimmt und du das Service, was bleibt dann für mich?« Bekki war den Tränen nahe.

»Was du willst«, sagte meine Mutter, »meinetwegen nimm alles, die Sessel, das Sofa, den Tisch, die Bilder, alles.«

»Ich will den Schrank mit den Spiegeln und den Löwen«, sagte ich.

Alle drei sahen mich verblüfft an.

»Was hast du gesagt?«, fragte meine Mutter.

»Dass ich den Schrank haben möchte, der in Omas Zimmer war, mit den Spiegeln und den Löwen.«

»Red keinen Unsinn«, fuhr meine Mutter mich an.

»Ich will ihn«, sagte ich und stampfte mit dem Fuß auf.

»Und wo willst du den Schrank mit den Löwen hintun? Auf meinen Kopf?«

»In mein Zimmer.«

»Gut, wir haben dich gehört, Gabriela, misch dich nicht in die Angelegenheiten der Erwachsenen ein, geh raus spielen.«

»Ich will den Schrank mit den Löwen haben!«, beharrte ich.

»Und ich will einen Cadillac Kabriolett«, gab meine Mutter bissig zurück. »Geh runter und stör nicht.« Sie kehrte mir den Rücken und verteilte weiter die Sachen, als wäre ich nicht im Zimmer.

»Gut, dann sind wir uns also einig«, sagte sie zu ihren Schwestern, »Rachelika nimmt das Buffet, ich nehme das Service, und du, Bekki, nimmst dir vom Rest alles, was du möchtest.«

»Ich will den Schrank mit den Spiegeln und den Löwen!«, sagte ich erneut.

»Daraus wird nichts werden! David, sag deiner Tochter, sie soll aufhören zu nerven.«

»Was hast du denn mit diesem Schrank?«, fragte Rachelika sanft.

»Ich möchte ein Andenken an Oma«, heulte ich.

»Aber meine Süße«, sagte Rachelika, »er ist riesig, wer soll ihn fünf Stockwerke bis zu eurer Wohnung hochwuchten? Deine Mutter hat recht, ihr habt keinen Platz dafür. Ich nehme dich mit ins Haus von Opa und Oma, und du suchst dir als Andenken aus, was du möchtest.«

»Aber der Schrank«, wimmerte ich, »ich will den Schrank mit den Löwen.«

»Es reicht, lass sie, was gibst du dich überhaupt mit ihr ab«, fauchte meine Mutter Rachelika an.

»Luna, *basta!* Siehst du denn nicht, dass das Kind traurig ist? Es ist nicht der Schrank, es ist die Sehnsucht, nicht wahr, Püppchen?«

Ich nickte. Wäre Rachelika doch meine Mutter, dachte ich im Stillen, das wäre gut. Wenn ich nur tauschen könnte, dass Rachelika meine Mama wäre und meine Mutter die Mama von Boas, sie hatte Boas ja ohnehin lieber als mich.

Rachelika drückte mich an ihren großen, warmen Körper und küsste mich auf die Stirn. Ich versank in ihrem breiten Schoß. Ihre Hände, ihr Geruch, ihr Bauch und ihr üppiger Busen umhüllten mich weich von allen Seiten. Einen Augenblick meinte ich, in Oma Rosas tröstenden Armen zu sein, mir war wohlig und angenehm, und ich beruhigte mich.

Den Schrank mit den Löwen verkauften sie dem Altwarenhändler zusammen mit dem Kronleuchter, dem Sofa, dem Tisch, den Stühlen, den Sesseln und den Gobelins. Mutter nahm das Service, überließ Bekki jedoch die Kerzenhalter und das übrige Porzellan. Rachelika nahm das Buffet mit der Vitrine und die große Standuhr, die sonst keinen Abnehmer fand, und ich wollte noch einmal zu Opas und Omas Haus gehen.

Als ich dort stand, während der Altwarenhändler und seine Gehilfen die geliebten Sachen meiner Großeltern auf den Wagen luden, vor den ein müder, alter Gaul geschirrt war, rollten mir hemmungslos die Tränen herunter. Rachelika wischte sie mir ab und zeigte mir einen Stapel Krimskrams, der in eine alte Tischdecke gewickelt war, um auch gleich auf dem Wagen zu landen. »Such dir aus, was du haben möchtest.« Ich wählte das Bild mit den schneebedeckten Bergen und den Häusern, die dem Fluss zuzustreben schienen, und drückte es fest ans Herz.

Als die Packer den Schrank mit den Spiegeln und Löwen abtransportieren wollten, bekamen sie ihn nicht durch die Haustür. Der Schrank widersetzte sich gewissermaßen, wollte nicht hinaus, bis nichts anderes übrigblieb, als die Türen auszuhängen. So standen sie dann auf dem Hof, jede Tür mit ihrem Spiegel und ihrem Löwen, und ich konnte den Anblick dieser Türen nicht ertragen, die, so abgetrennt, etwas von ihrer Kraft und Schönheit eingebüßt hatten. Ich floh zu den Stufen, woraufhin meine Mutter Bekki zurief: »Halt sie fest, warum musste sie überhaupt mit herkommen!«

Jeden Tag um Punkt vierzehn Uhr kam Vater aus der Bank nach Hause. Noch von unten pfiff er unseren Familienpfiff nach der Melodie »Susanna, Susanna, Susanna«, damit wir wussten, dass er nahte, und ich rannte aufs Dach und spähte übers Geländer. Er hatte immer eine aufgerollte Ausgabe der *Yedioth Ahronot* unterm Arm, die er beim Zeitungsverkäufer neben der Bank holte. Im Haus wusch er sich als Erstes die Hände, dann nahm er das Jackett von den Schultern und hängte es vorsichtig über die Stuhllehne, damit es nicht verknitterte. Vater achtete immer auf seine Kleidung, wenn er zur Bank ging. Selbst im Sommer, wenn alle ringsum in Kurzarmhemden und Sandalen herumliefen, legte er Jackett und Krawatte nicht ab und trug stets sorgfältig geputzte Schuhe.

»Der Mensch muss seinen Arbeitsplatz ehren«, sagte er, »damit der Arbeitsplatz ihn ehrt.«

Nachdem er das Jackett ausgezogen hatte, nahm er die Krawatte ab, dann erst setzte er sich an die Stirnseite des Tischs zum Mittagessen, das wir alle gemeinsam einnahmen. An jenem Tag hatte Mutter Makkaroni und dazu *kiftikas kon kezo*, Käsebällchen mit Tomatensoße, aufgetischt. Vater nahm sich eine Portion Makkaroni, gab einen ordentlichen Haufen Käsebällchen mit Tomatensoße darüber, rührte um und aß alles zusammen.

Meine Mutter regte sich auf: »Warum isst du wie ein Hinterwäldler, David, man isst alles getrennt, erst die *kiftikas*, dann die Makkaroni, es gibt Tomatensoße mit Korbkäse für die Makkaroni.«

»Schreib mir nicht vor, wie ich essen soll«, sagte mein Vater, »ich habe Makkaroni essen gelernt, ehe du überhaupt wusstest, was Makkaroni sind. Die Italiener essen Makkaroni genau so, aber mit Fleischbällchen, und darüber streuen sie Käse.«

»Ich will auch so wie Papa«, sagte ich.

»Klar willst du wie Papa«, fauchte meine Mutter. »Jetzt wird auch deine Tochter eine Hinterwäldlerin wie du.«

Vater ignorierte ihre Worte und aß weiter. »Es fehlt Salz«, sagte er zu meiner Mutter.

»Das kommt, weil ich nicht verliebt bin«, gab sie zurück, und ich verstand nicht, was sie meinte.

»Und auch Pfeffer«, setzte mein Vater hinzu, »dein Essen schmeckt wie eingeschlafene Füße.«

»Dann iss im Tarablus, wenn's dir nicht schmeckt.«

Ronny und ich versuchten, die verbalen Messerstechereien zu ignorieren, die sie unablässig gegeneinander führten, ihre Beziehung war schon lange explosiv. Durch die Wand zwischen unserem und ihrem Zimmer hörte ich ihre nächtlichen

Debatten, Mutters Weinen, Vaters Drohungen, er werde das Haus verlassen, wenn sie ihn weiter nerve, das Türenschlagen, die gedämpften Stimmen, in die sich hasserfüllte Worte mischten, aber alles im Flüsterton, damit die Kinder im Nebenzimmer es nicht hörten. Ich hielt mir mit meinen kleinen Händen die Ohren zu und betete zu Gott, dass Ronny schlief und nichts davon mitkriegte.

Wenn Rachelika nachmittags mit ihren Kindern kam, schickte man uns zum Spielen, und die beiden Schwestern zogen sich in die Küche zurück und tuschelten. Einmal hörte ich meine Mutter sagen: »Wenn die Kinder nicht wären, hätte ich ihn längst zum Teufel geschickt.« Rachelika erwiderte: »*Pasensia, ermanita*, Geduld, Schwesterchen, das ist nur eine Kleinigkeit, es wird vorübergehen.« Doch meine Mutter gab zurück: »Das wird nie vorübergehen. So ist er nun mal, guckt immer andere Frauen an, neuerdings allerdings immer dieselbe, und ich muss damit leben.«

Darauf sagte Rachelika: »Ich dachte, er wäre dir egal.« Und meine Mutter entgegnete: »Sicher ist er mir egal, aber er ist mein Mann, und er blamiert mich. Das ärgert mich dermaßen, dass ich ihn umbringen könnte, und am meisten ärgert mich, dass er lügt. Ich weiß doch, dass er eine hat, aber er streitet es ab.«

Rachelika sagte: »Genug damit, Luna, du musst dich zusammenreißen, damit dir nichts zustößt, und du musst an die Kinder denken, damit du, behüte, nicht die Familie zerstörst.«

»Wenn hier jemand die Familie zerstört, dann er«, sagte meine Mutter, »und das macht mir Angst, denn was soll ich machen, wenn er nicht nur von mir genug hat, sondern auch von den Kindern? Wie soll ich zwei Kinder allein durchbringen? Diese Frau, möge ihr was zustoßen, der würde ich am liebsten die Kleider vom Leib reißen und sie nackt auf die Jaffa-Straße schicken.«

Danach sprachen sie so leise weiter, dass ich das Ohr noch so eng an die Wand drücken konnte, ich hörte nichts mehr und fand nicht heraus, wer diese Frau war, der meine Mutter die Kleider herunterreißen wollte, um sie dann nackt auf die Jaffa-Straße zu schicken. Am wenigsten aber verstand ich, wie meiner Mutter mein Vater egal sein konnte, und warum sie Angst hatte, er könnte die Familie zerstören. Was bedeutete das überhaupt, eine Familie zerstören? War das wie ein Gebäude zerstören, wie man Esras Lebensmittelladen in Nachlat Schiva abgerissen und an seiner Stelle ein neues Haus gebaut hatte?

Nach dem Mittagessen stand mein Vater vom Tisch auf und ging direkt ins Schlafzimmer, ohne meiner Mutter wie sonst beim Abräumen zu helfen.

Meine Mutter verlor, entgegen ihrer Gewohnheit, kein Wort darüber, räumte das Geschirr allein ab, stellte es in die Spüle, wischte Ronny die Tomatensoße aus dem verschmierten Gesicht und zog ihm das Hemd aus, das ebenfalls rote Flecken abbekommen hatte.

»Du bist auch ein Hinterwäldler«, tadelte sie ihn, ehe sie ihm ein sauberes Hemd anzog und mich zum Hausaufgabenmachen ins Zimmer schickte. Dann spülte sie das Geschirr und legte sich aufs Wohnzimmersofa, nachdem sie uns ermahnt hatte, ruhig zu sein und sie nicht zu stören. Mir wurde bewusst, dass meine Mutter nach dem Mittagessen schon lange nicht mehr zu meinem Vater ins Schlafzimmer ging.

Als ich sah, dass Mutter die Augen schloss, stahl ich mich ins Elternschlafzimmer.

Vater schlief wie gewohnt in Trägerhemd und Unterhose auf der Seite, ohne sich zugedeckt zu haben. Ich schlich zu ihm und führte ihm die Hand über die Augen, um sicherzugehen, dass er tatsächlich schlief und nicht etwa plötzlich aufsah und mich überraschte. Aus seiner Hose, die sorgfältig gefaltet über der Stuhllehne hing, lugte seine lederne Geldbörse. Ich zog sie vorsichtig heraus, entnahm ihr eine Fünf-Pfund-Note und steckte die Geldbörse an ihren Platz zurück.

Als ich am nächsten Tag an der Endstation der Linie 12, die mich von der Schule in Bet Hakerem zurückbrachte, ausgestiegen war, ging ich ins Kaufhaus Schwarz und kaufte mir ein neues Federmäppchen, neue Bleistifte und Malfarben und hatte immer noch genug Geld für gelbes Kaugummi Marke Alma und ein Schoko-Bananen-Eis am Stiel. Da mein Vater kein Wort darüber verlor, dass ihm fünf Pfund im Geldbeutel fehlten, klaute ich ihm weiterhin wechselnde Summen, aber nie mehr als fünf Pfund auf einmal.

Mit der Zeit wurde ich kühner. Ich begann, Geld aus den Portemonnaies der Lehrerinnen und Sachen aus den Schultaschen meiner Mitschüler zu klauen: Radiergummis, Federmäppchen, Aufkleber und das Taschengeld, das sie von ihren Eltern erhalten hatten. Einmal stahl ich so viel Geld auf einmal, dass es reichte, um Ronny in den Lunapark am Jerusalem-Teich einzuladen, dort alle Attraktionen durchzuprobieren und uns auch noch je eine Pita mit Falafel und eine Brause zu genehmigen.

Mutter und Vater waren so mit ihren Streitereien beschäftigt, dass sie gar nicht merkten, was mit mir los war. Selbst als Ronny Mutter von meiner Einladung in den Lunapark erzählte, obwohl ich ihm eingeschärft hatte, es ja nicht auszuplaudern, sagte sie nur »super-duper« und stellte keine Fragen.

Die Wortgefechte hinter der Wand zum Elternschlafzimmer wurden immer häufiger. Mutters Schluchzen zerriss die nächtliche Stille, und Vater versuchte vergebens, sie zu beschwichtigen. Manchmal ging er türenknallend weg, und ehe ich ihn nicht Stunden später wiederkommen hörte, konnte ich nicht einschlafen. Als sie sich eines Nachts nicht mal mehr leise zanken konnten und selbst meine Finger in den Ohren mich nicht mehr vorm Hören bewahrten, kroch Ronny zu mir ins Bett, umschlang mich fest und weinte. Ich drückte ihn an mich und strich ihm über den Kopf, bis er einschlief. Am Morgen wachte ich patschnass auf, Ronny hatte in mein Bett gepinkelt. Als Mutter das feuchte Laken sah, fragte sie mich entsetzt: »Was ist das? Hast du Pipi ins Bett gemacht?« Ich wollte ihr sagen, ich sei's nicht gewesen, aber die traurigen Augen meines kleinen Bruders hielten mich davon ab, ihn als Schuldigen zu entlarven, und ich schwieg.

»Das hat mir jetzt gerade noch gefehlt«, blaffte sie, »schäm dich! Ein großer Esel wie du macht Pipi ins Bett.«

An jenem Tag wurde ich nach der Zehn-Uhr-Pause, gleich zu Beginn der dritten Stunde, ins Zimmer des Direktors gerufen und wusste, es war so weit, ich war erwischt.

Mir zitterten die Beine, als ich an die Tür des Direktors klopfte. Er saß hinter seinem großen Schreibtisch. An der Wand hinter ihm hingen ein Bild von Ministerpräsident David Ben Gurion und daneben das Porträt des Staatspräsidenten Jizchak Ben Zwi. Der Direktor bedeutete mir wortlos, auf dem Stuhl gegenüber Platz zu nehmen. Als ich mich gesetzt hatte, stand meine Lehrerin Pnina Cohen auf und trat neben den Direktor, dessen Hand auf meiner Schultasche lag.

»Ist das deine Schultasche?«, fragte Pnina Cohen.

»Ja«, sagte ich und nickte.

»Ja was?«, fragte sie hart.

»Ja, Frau Lehrerin.«

Daraufhin entleerte die Lehrerin den Inhalt meiner Schultasche wortlos auf den Tisch. Radiergummis, Buntstifte, Federmäppchen und ein Haufen Münzen und Geldscheine schneiten mit meinen Büchern und Heften heraus. Der Direktor blickte mich an und sagte: »Gabriela Siton, kannst du das erklären?«

Ich konnte und wollte nichts erklären, wünschte mir bloß, dass die Erde mich verschlingen möge und ich aus diesem Zimmer, dieser Schule, dieser Welt verschwinden würde, für immer.

Alles, was danach im Zimmer des Direktors geschah, ist aus meinem Gedächtnis gelöscht. Erst zu Hause erfuhr ich von meinem Vater, dass sich häufende Beschwerden der Lehrerinnen über Diebstähle den Verdacht genährt hatten, ein Langfinger treibe sein Unwesen in der Schule. Kein Mensch verdächtigte die Schüler, aber als auch sie anfingen, über den Klau von Radiergummis, Stiften, Federmäppchen und Taschengeld zu klagen, begriff man, dass es sich um einen Schüler handelte. Als schließlich meiner Lehrerin auffiel, dass ich als Einzige keine Verluste anzeigte, und die Kinder anfingen, von den tollen Touren zu erzählen, die ich nach dem Unterricht unternahm und zu denen ich auch Mitschüler einlud, kam sofort der Verdacht auf, die Diebin sei Gabriela Siton. Um sicherzugehen, dass ich es tatsächlich war, beschloss man, mich aus der Klasse zu holen und in meiner Abwesenheit meine Schultasche zu durchsuchen.

Danach schickte man mich nach Hause, bestellte meine Eltern zum Direktor ein, und als sie wiederkamen, schlug mein Vater mich mit dem Gürtel, an der die schmerzende Schnalle saß, aber diesmal nicht nur zum Schein, um meine Mutter zu beruhigen, sondern richtig. Er schlug und schlug voller Wut, bis Ronny sich bitterlich weinend auf den Boden warf und mir sogar meine Mutter zu Hilfe kam. »Genug, David, du bringst das Mädchen noch um.« Erst da hörte er auf, ließ mich schmerzverkrampft auf dem Badezimmerboden liegen und knalle die Tür hinter sich zu.

Aber das war nichts, verglichen mit der wahren Strafe, die mir noch bevorstand: am nächsten Tag meinen Mitschülern gegenüberzutreten. An jenem Tag änderte sich meine Stellung. Ich war nun geächtet. Noch Jahre später zählte ich, wenn ich nachts nicht einschlafen konnte, keine Schafe, sondern ging meine Mitschüler in der Volksschule durch. Ich hatte sie alle nach ihrer Sitzordnung im Klassenzimmer in Erinnerung: »Ita Pita«, die gehänselt wurde, weil sie dick war, »lose Lola«, von der man munkelte, sie lasse nach dem Unterricht Jungs ihre Nippel berühren, »London Bridge«, der aus London eingewandert war, als wir gerade begannen, Englisch zu lernen, und »Ganoviela«, wie man mich nun nannte, mich, die bis dahin die Königin der Klasse gewesen war.

Zu Hause blieb die Lage katastrophal. Mein Vater lief herum wie ein Löwe im Käfig, hatte eine Mordswut auf mich.

»Ich bin ein Bankmensch«, sagte er, »ehrlich bis zum Letzten, aber meine Tochter ist eine Diebin!« Er konnte es sich nicht verzeihen, bei meiner Erziehung derart versagt zu haben, vor allem aber wollte er mir nicht verzeihen, und gewiss unternahm er keinen Versuch, zu verstehen, warum ein Mädchen, das aaallleees hat, wie meine Mutter immer wieder sagte, klauen musste.

An mich und daran, wie ich mein Gesicht noch in der Schule zeigen konnte, dachte sie nicht. Sie wusste nichts von der Hölle, die ich tagtäglich durchmachte, von den Beleidigungen, die ich einsteckte, von meiner Ächtung, und auch wenn sie davon gewusst hätte, hätten sie oder mein Vater wohl kaum etwas gegen die Schikanen unternommen, denen ich seit der Entlarvung meiner Diebstähle ausgesetzt war. Sie hätten sicher gedacht, es sei eine gerechte Strafe für eine, die solche Schande über die Familie gebracht hatte.

Meine Eltern setzten ihr kleines und trauriges Leben fort.

Mit der Zeit nahmen die Wortwechsel ab, und an ihre Stelle trat dröhnendes Schweigen. Scheinbar führten wir weiter ein normales Familienleben: Vater-Mutter-zwei-Kinder in einer Wohnung mit Dachterrasse, auf der meine Mutter Dutzende Blumentöpfe pflegte, sodass sie ein blühender Garten wurde.

Vater und Mutter erwähnten die Diebstähle nicht mehr. Als ich mich am Ende der achtjährigen Volksschule strikt weigerte, mit meinen Klassenkameraden auf das Gymnasium neben der Hebräischen Universität zu wechseln, zeigten sie zwar ihre Missbilligung, zwangen mich aber nicht. Als ich mich auf eigene Faust an einem weit weniger renommierten Gymnasium anmeldete, kamen sie nicht einmal mit zur Besprechung beim Direktor und ließen mich den ganzen Papierkram selbst regeln. Doch als ich mit sechzehn Jahren zu einer Party ins Freizeithaus für Soldaten ging, mit einem schmucken Marinesoldaten in weißer Uniform heimkehrte und dann vor der Haustür knutschte, als gäbe es kein Morgen, kam mein Vater herunter, riss mich grob aus den Armen des Matrosen, versetzte mir ein paar heftige Schläge, schloss mich im Badezimmer ein und gab mir eine strenge Strafe: Zehn Tage lang musste ich nach dem Unterricht sofort nach Hause kommen, durfte keine Freundinnen treffen, nicht Radio Ramallah hören, nicht ins Kino gehen. Ich hatte auf mein Zimmer zu verschwinden und nicht wieder rauszukommen.

Das war der Tag, an dem der jahrelang bestehende Geheimbund zwischen meinem Vater und mir endgültig endete, ein Bund, der mich oft vor der Wut meiner Mutter bewahrt hatte und davor, ein ungeliebtes, nicht geherztes und nicht geküsstes Kind zu sein, ein Bund, der mir mein ganzes bisheriges Leben das Vertrauen geschenkt hatte, mein Vater sei eine sichere Adresse für mich, ein Ort, an dem man mich bedingungslos akzeptierte. Seit Oma Rosas Tod war mein Vater mein einziger Ansprechpartner. Doch aus damit. Jetzt war auch mein Vater nicht mehr für mich da. Die Ablösung war in den Jahren meiner Pubertät schrittweise erfolgt, von dem Moment, da er mich nicht mehr in der Badewanne wusch, weil ich schon »ein großer Esel« sei, über die wüsten Schläge, die er mir wegen der Diebstähle verpasst hatte, ohne im Geringsten nachzuforschen, wie es dazu gekommen war, bis zu dem Abend, als er mich vor dem fremden Marinesoldaten blamierte. Mein Vater kam nicht damit zurecht, dass ich eine junge Frau wurde, mit eigenen Bedürfnissen, über die er nicht nachdenken und von denen er nichts wissen wollte.

Am dritten Tag der Strafe spazierte ich – statt zur Schule und gleich danach heimzugehen, in Schuluniform, den Ranzen auf dem Rücken – zur Egged-Station und stieg in den Bus nach Tel Aviv. Dort ging ich vom Busbahnhof zu Fuß bis zur Rothschild-Allee, zu Tia Allegra, der alten Tante meiner Mutter.

Ich kannte die Allee sehr gut, schließlich hatte ich dort lange und angenehme Ferien verbracht. Ich blieb vor Tia Allegras Haus stehen und besah mir das wunderschöne Bauhaus-Gebäude, in dem sie seit Jahren wohnte, mit den gerundeten Balkonen, den hohen Bäumen und den niedrigen Sträuchern im Vorgarten. Ich sog tief die Luft der Freiheit ein, die mich in Tel Aviv stets umwehte, stieß die Holztür auf, in deren Mitte ein rundes Guckloch wie das Bullauge eines Schiffes prangte, stieg die Marmorstufen hoch, die Hand auf dem glatten Holzgeländer, bis hinauf zu Tia Allegras Wohnung im zweiten Stock, und klingelte an der Tür.

»Wer ist da?«, fragte Mutters alte Tante, bevor sie die Tür aufmachte.

»Ich bin's, Gabriela«, sagte ich und hörte durch die geschlossene Tür, wie die alte Frau mit ihrem Stock herantappte.

»*Dio santo*, Gabriela, was machst du denn hier, *kerida*? Sag bloß nicht, wir haben heute Laubhüttenfest, und ich hab's vergessen?«

Ich fiel Tia Allegra um den Hals und fing an zu weinen.

»Was ist denn passiert, *kerida mia*? Was ist passiert, *ija*? Warum weinst du?«

»Ich bin müde«, antwortete ich nur, »ich möchte schlafen.«

Sie brachte mich in eines der Zimmer und sagte: »Leg dich hin, *kerida*, und später, wenn du ausgeschlafen hast, erzählst du mir, was du hier machst ohne Papa und Mama. Aber jetzt ruh dich erst mal aus, und ich koche dir unterdessen Reis mit Bohnen, du wirst hungrig sein, wenn du aufstehst.«

Ich weiß nicht, wie viele Stunden ich schlief, aber als ich aufwachte, war es draußen schon dunkel, und Tia Allegra saß in ihrem tiefen Sessel am Fenster zum Balkon, neben sich ihren vertrauten Servierwagen mit dem Holztablett und darauf ein Glas Tee und ein Teller mit Keksen.

»Guten Morgen, meine Liebe«, sagte sie lächelnd, »hast du gut geschlafen?«

»Ja«, erwiderte ich und nickte. »Ich war so müde.«

»Geh in die Küche«, sagte sie, »ich habe dir was zu essen gemacht. Wärme es dir auf. Meine Beine tragen mich nirgends mehr hin. Sie haben ohnehin schon weh getan, als ich am Herd gestanden habe.«

Ich ging in die Küche, nahm mir eine Kelle voll weißen Reis, gab die Bohnen in Tomatensoße darüber und ging ins Wohnzimmer, um bei meiner Tante zu essen.

»Wie ist das *avas kon arroz*?«, fragte sie. »In der letzten Zeit schmecke ich nichts, und meine Kinder bemängeln dauernd, es würde Salz fehlen.«

»Lecker«, sagte ich und kaute genussvoll das tröstende Essen, das ich von Kindesbeinen an kannte.

»Ich habe deinen Vater in der Bank angerufen«, sagte Tia Allegra.

»Und was hat er gesagt?«

»Ich solle dich augenblicklich in den Bus setzen und nach Jerusalem zurückschicken. Ich habe ihm gesagt, es sei besser, du bliebst über Nacht hier. Morgen Vormittag kommt mein Schwiegersohn Schmulik und nimmt dich im Auto mit nach Jerusalem, damit wir sicher sind, dass du geradewegs heimkehrst und nicht weiß der Teufel wohin flüchtest.«

Ich schwieg. Wenigstens hatte ich eine Nacht Freiheit gewonnen.

»Was ist denn passiert, *kerida*?«, fragte Tia Allegra sanft. »Warum bist du von zu Hause ausgerissen?«

»Mein Vater hat mich verprügelt und mir zehn Tage Hausarrest aufgebrummt.«

»Warum, was hast du denn angestellt?«

»Ich habe einen Marinesoldaten geküsst, der mich von einer Party im Soldatenheim nach Hause begleitet hat.«

Mutters alte Tante lachte. »*Wai de mi sola*, deswegen hat dein Vater dich geschlagen? Hat er etwa schon vergessen, dass er selbst mal jung war?«

»Erinnerst du dich daran, dass du jung warst?«, fragte ich.

»Ich erinnere mich besser an alles, was ich in meinen jungen Jahren erlebt habe, als an das, was gestern war«, seufzte sie. »Ich erinnere mich an längst Verlorenes und verliere dauernd Dinge von heute.«

Mir fiel ein, dass Oma Rosa mir einmal erzählt hatte, nichts ginge verloren, denn es gäbe ein Land für all die verlorenen Dinge, auch die verlorenen Erinnerungen, die verlorenen Momente, die verlorenen Lieben. Als ich Oma fragte, wo das Land der verlorenen Dinge liege, sagte sie: »Erinnerst du dich, *kerida*, dass du mich mal gefragt hast, was Gott ist, und ich habe dir geantwortet, er sei der Regenbogen? Also, dort in dem Land, in dem es Gott gibt, im Land des Regenbogens, da befinden sich auch all die verlorenen Dinge.«

»Aber wie gelangt man in das Land des Regenbogens?«, fragte ich meine geliebte Großmutter.

»Das Land des Regenbogens, *mi alma*, liegt in weiter Ferne«, antwortete sie, »man braucht viel Geduld, und man muss lange gehen, bis man es erreicht.«

»Aber wo ist der Weg dahin?«, beharrte ich.

»*Korasón*, mein Herz, um in das Land des Regenbogens zu gelangen, muss man bis ans Ende unseres Viertels gehen und von dort bis zu den Feldern von Scheich Bader, wo sie jetzt das neue Knesset-Gebäude bauen, und nachdem man lange durch die Felder gegangen ist, kommt man an einen kleinen Bach, und an dem Bach gibt es einen langen, langen Weg zwischen Bergen und Tälern, und nach vielleicht Tagen, vielleicht Nächten stößt er an den Strand von Tel Aviv, und von dort führt der Weg übers Meer und geht weiter und weiter, bis ans Ende des Meeres, und dort am Ende des Meeres, wo die Sonne den Regen trifft, befindet sich das Land des Regenbogens, und in dem Land des Regenbogens liegt das Land der verlorenen Dinge.«

Ich erzählte Tia Allegra von Oma Rosas Land der verlorenen Dinge, und sie lachte und sagte: »Sie ruhe in Frieden, deine Großmutter, ich wusste gar nicht, dass sie Geschichten erzählen konnte.«

»Sie hat mir viele Geschichten erzählt«, sagte ich stolz, »sie hat mir Geschichten über unsere Familie erzählt und über die Männer der Familie, die ihre Frauen nicht liebten.«

»*Kaparavonó*, das hat dir Rosa gesagt? *El Dio ke mi salva*, Gott steh mir bei, redet man so mit einem Kind?«

»Sie hat mir erzählt, dass Uropa Rafael Nona Merkada nicht

liebte und dass Opa Gabriel sie nicht liebte, und ich weiß, dass mein Vater meine Mutter auch nicht liebt.«

»*Pishkado i limón, ija,* was redest du denn? Wo hast du diesen Unsinn her, dass dein Vater deine Mutter nicht liebt?«

»Stimmt es?«, fragte ich die alte Frau, die auf ihrem Stuhl zusammengesackt war und mir jetzt kleiner denn je erschien. »Stimmt es, dass die Männer in unserer Familie ihre Frauen nicht lieben? Und dass Opa Gabriel Oma Rosa nicht geliebt hat?«

»Gabriela Siton, genug mit dem Quatsch«, tadelte mich die Alte, »du hast deine Oma sicher nicht richtig verstanden, sie hat gewiss gesagt, Gabriel habe sie geliebt.«

»Nein!«, beharrte ich. »Sie hat gesagt, er habe sie nicht geliebt, sie hat mir von Uropa Rafael erzählt, der eine Aschkenasin liebte, aber Merkada geheiratet hat, und sie hat mir erzählt, Merkada habe unter allen Mädchen Jerusalems sie, die arme Waise, als Braut für Opa Gabriel ausgesucht, und als sie mir weiter erzählen wollte, warum Merkada gerade sie ausgewählt hatte, ist sie gestorben.«

»Sie ruhe in Frieden, ich weiß nicht, aus welchem Grund sie dir den Kopf verdreht hat.«

Tia Allegra, die, wenn Oma Rosa nicht gestorben wäre, in etwa ihre Altersgenossin gewesen wäre, war ganz anders als meine Großmutter. »Tel Aviv hat eine Aschkenasin aus ihr gemacht«, pflegte Oma Rosa zu sagen. Sie trug weite Hosen, eine weiße Bluse mit einer Strickjacke darüber und auf der Nase eine runde Brille. Oma Rosa hatte sich, obwohl sie zum Schluss nicht mehr gut sah, immer geweigert, eine Brille aufzusetzen. Tia Allegra konnte lesen und schreiben, und auf ihrem Teewagen lag stets die Gewerkschaftszeitung *Davar.* Sie hatte jahrelang Nona Merkada gepflegt, die bis zu ihrem Tod bei ihr wohnte. Ich wusste, sie konnte dort weitermachen, wo

Oma Rosa aufgehört hatte, und mir die Geschichte unserer Familie erzählen.

Ich aß fertig, trug Teller und Löffel in die Küche, spülte sie, legte sie zum Trocknen auf die Arbeitsplatte und ging zurück ins Wohnzimmer. Die alte Tante meiner Mutter saß in sich gekehrt in ihrem Sessel. Ich blickte sie an und dachte, was tun Menschen, wenn sie altern, wenn ihnen die Füße schwer werden und sie nicht mehr die Treppen hinuntergehen können, um auf der Allee die Vögel zu füttern. Was tun alte Menschen, wenn der Abend einzieht und die Straßengeräusche verebben, wenn der Lärm der unten vorüberfahrenden Busse und Autos einer beklemmenden Stille weicht und sogar die Vögel auf den Baumwipfeln das Zwitschern einstellen und schlafen gehen. Ich erkannte, dass ich durch mein Hiersein Tia Allegras Einsamkeit linderte, erkannte, dass ich die Gelegenheit nutzen musste und den Moment nicht zu einem weiteren im Land der verlorenen Momente verstreichen lassen durfte. Ich musste sie bitten, mir das zu erzählen, was meine Großmutter mir nicht mehr hatte erzählen können.

»Und warum willst du das so gern wissen?«, fragte Tia Allegra. »Warum Tote aufwecken? Warum von Dingen reden, die die Zeit nicht mehr heilen kann und die ohnehin verloren sind?«

»Ich möchte verstehen«, sagte ich zu Tia Allegra, »ich möchte etwas von unserer Familie wissen und von den Männern, die ihre Frauen nicht so liebten wie die Frauen sie.«

Tia Allegra seufzte tief und versank in Gedanken. Sie schwieg lange, und ich saß ihr gegenüber, blickte in ihr schönes Gesicht, das mich so sehr an die Züge meines Großvaters erinnerte, die gleichen hohen Wangenknochen, die ihr auch im Alter ein edles Aussehen verliehen, die gleichen schrägen, grünen Augen, die gleiche scharfgeschnittene, gerade Nase. Im Lampenschein konnte ich sie mir als junge Frau vorstellen, so aufrecht wie mein Großvater, eine junge Frau, die ihren über alles geliebten älteren Bruder verehrte, der der Stolz der Familie war.

Ich saß angespannt auf der Stuhlkante, fürchtete, die Gelegenheit zu verpassen. Ich hoffte, Tia Allegra würde mir erzählen, warum Nona Merkada meinen gutaussehenden Großvater gezwungen hatte, meine arme, verwaiste Großmutter aus dem Viertel Schamma zu heiraten, die keine Abkunft und keine Anmut hatte. Tia Allegra sollte für mich den Schleier von dem Fluch lüften, der auf den Frauen der Familie Ermoza lastete, ein Fluch, mit dem vielleicht auch ich behaftet war, obwohl ich es damals noch nicht wusste.

Und dann, als ich schon dachte, meine Großtante würde sich in ihrem Schweigen verschanzen und wieder würde niemand mir Oma Rosas Geschichte weitererzählen, sagte sie auf einmal mit ruhiger Stimme, die die Stille zerriss: »Unsere Familie, *kerida*, die Familie Ermoza, ist eine gute Familie, eine Familie aus Gold. Aber es hat diesen Vorfall gegeben, und danach ist sie nicht wieder so geworden wie zuvor. Ein Vorfall, der sich auf alle Frauen und alle Männer in unserer Familie ausgewirkt hat. Ich werde dir von meiner Mutter Merkada erzählen, die, wie meine selige Schwägerin Rosa sagte, eine säuerliche Alte war. Doch um von Merkada zu erzählen, muss man mit meinem Vater Rafael anfangen, damals, als er nach Safed gegangen war. Hör gut zu, Gabriela, denn ich erzähle dir das nur einmal, und selbst dabei bin ich nicht sicher, ob ich richtig handle.«

Der weiche Lampenschein beleuchtete Tia Allegras runzliges Gesicht. Das wird eine lange Nacht, dachte ich und machte es mir auf dem Sofa zwischen den Kissen bequem. Ich hing mit den Augen an der alten Frau und sehnte mich so nach meiner Großmutter. Tia Allegra erinnerte mich fast gar nicht an sie, nicht mit ihrem schmalen Körperbau gegenüber Rosas plumpem Leib, nicht mit ihrem grauen Haar, das zu einem Knoten im Nacken geschlungen war, gegenüber der Zopfkrone meiner Großmutter, nicht mit der weichen Strickjacke, die ihre kleinen Brüste umhüllte, und nicht mit den schlanken Knöcheln ihrer Füße, die in Gesundheitsschuhen steckten, gegenüber den geschwollenen Knöcheln meiner Großmutter, die immer in *sapatos* ging. Aber in einem Punkt erinnerte sie mich sehr an sie: in ihrer Sprache, die holpriges und exzellentes Hebräisch vermischte und spaniolische Ausdrücke einflocht, welche ich zwar nicht in ihrer wörtlichen Bedeutung, aber sehr wohl ihrem Sinn nach verstand.

»Ich höre«, sagte ich wie eine aufmerksame Schülerin, »ich bin ganz Ohr.«

»Wo sollen wir anfangen?«, fragte Tia Allegra mehr sich als mich.

»Da, wo Rafael die Aschkenasin in Safed getroffen und sich in sie verliebt hat«, antwortete ich.

»*Dio santo*, auch das hat deine Oma dir erzählt? Was denn noch alles?«

»Dass sie in ihn gefahren war wie ein Dibbuk und er sich hastig nach Jerusalem aufgemacht hat, um Nona Merkada zu heiraten.«

»*Kaparavonó*, wo reißt du mich da bloß rein, Kleines, ich hoffe wahrlich, dass deine Oma, sie ruhe in Frieden, mir nicht nachts im Traum erscheint und mir die Leviten liest.«

»Sie wird dir nachts im Traum erscheinen und dir sagen, dass du das Richtige tust«, sagte ich, »sie wird dir sagen, wenn sie nicht holen gegangen wäre, hätte sie mir die Geschichte unserer Familie selbst zu Ende erzählt.«

»Gut«, seufzte Tia Allegra, »möge Gott mir vergeben, falls ich einen Fehler begehe.«

2

»Von dem Tag, als er Merkada heiratete, wurde mein Vater Rafael Ermoza, er ruhe in Frieden, ein unglaublich fleißiger Mensch. Jeden Morgen stand er früh auf, lobte seinen Schöpfer, dass er ihm die Seele wieder eingehaucht hatte, legte die Gebetsriemen an, hastete zum Morgengebet in die Synagoge, und gleich danach, während andere Beter noch ein wenig beisammenstanden, war Rafael schon unterwegs zum Gewürzmarkt, dem Suk al-Atarin, wo sein Schwiegervater seinen Laden betrieb. Gleich nach der Hochzeit hatte der Schwiegervater ihn in die Geschäftsgeheimnisse eingeweiht. Er war ein großer Kaufmann, der Schwiegervater, Senyor Jochanan Toledo, der Gewürze und andere gute Dinge aus dem Libanon und Syrien einführte. Neben Kurkuma und Zimt, Kardamom, Curry und Nelken verkaufte er Heilkräuter zur Linderung von Schmerzen und gegen den bösen Blick, und er trieb Handel mit Arabern und Juden gleichermaßen. Damals herrschte großer Bedarf an Heilkräutern, denn es gab viele Kranke in Jerusalem, und wie die Zahl der Kranken wuchs, wuchs auch die Zahl der Heiler, die mit Heilpflanzen kurierten.

Rafael Ermoza liebte die quirlige und bunte Atmosphäre des Marktes. Er liebte die Ströme der Fellachen, die jeden Morgen mit ihrer Ware aus den Dörfern rings um Jerusalem kamen. Er beobachtete staunend die Fellachinnen, die Körbe voll Obst und Gemüse auf dem Kopf trugen und sich beim Gehen in den Hüften wiegten.

Tausend Gerüche und Aromen hatte der Markt, berauschende Düfte von Gewürzen aus aller Welt, den Geruch gerösteter Kichererbsen, die in den Marktgassen feilgeboten wurden, wobei die Verkäufer laut ›*hamla malama, hamla ma-*

lama‹ riefen, den der Pitas, die im Lehmofen buken, den süßen Duft des Tamarindensaftes, den Gestank des Kots der Esel, die mit Säcken und Krügen beladen durch die engen Gassen trotteten, den Geruch der Menschen, Araber und Juden, die in buntem Durcheinander schrien, rempelten und gerempelt wurden.

Als sein Erstgeborener, dein Opa Gabriel, zwölf Monate alt wurde, ging er auf den Suk al-Hawadschat und bestellte beim Goldschmied einen goldenen Armreif für Merkada. Vom Tag seiner Hochzeit, an dem er gelobt hatte, seine Frau zur glücklichsten aller Frauen zu machen, bemühte er sich, das Gelübde einzuhalten, und behandelte sie wie eine Königstochter.

Doch noch immer suchte er unter den aschkenasischen Frauen, denen er im Suk begegnete, jene aus Safed. Obwohl er sich nach besten Kräften bemühte, ihre Gestalt aus seinem Herzen zu verbannen, ertappte er sich mehr als ein- oder zweimal dabei, wie er an sie dachte und sich ihr Bild vor Augen führte. Manchmal trugen ihn seine Füße ins Viertel Mea Schearim, wo die strenggläubigen Aschkenasen wohnten. Er streifte durch die Gassen zwischen den engstehenden Häusern, spähte verstohlen und mit gesenkten Augen nach den Frauen, deren Schädel unter den Hauben kahlgeschoren waren. Auch wenn sie, nach Art der Strenggläubigen, von Kopf bis Fuß verhüllt wäre, würde er sie an den blauen Augen erkennen. Aber seit sie sich damals in Safed begegnet waren, hatte er sie kein einziges Mal mehr gesehen, und wann immer er von seinen Streifzügen nach Hause in die Altstadt zurückkehrte, behandelte er seine Frau noch respektvoller, erfüllte ihr jeden Wunsch, lauschte aufmerksam ihren Reden und beschwerte sich nie.

Nicht, dass er Grund zur Klage gehabt hätte. Rebekka Merkada behandelte ihn ebenfalls mit großem Respekt und hatte ein offenes Ohr für all seine Einfälle und Wünsche. Zudem war sie eine wunderbare Hausfrau. Alles verwöhnte Gehabe hatte sie abgelegt, und die Einzimmerwohnung, in der sie wohnten, glänzte vor Sauberkeit. Das weinerliche Mädchen, das sich zu Tode vor dem Moment fürchtete, da sie das Haus ihres Vaters und den Schürzenzipfel ihrer Mutter verlassen und einen Mann heiraten sollte, hatte sich in eine fleißige und kluge Frau verwandelt, eine *balebuste*, wie die Aschkenasen sagten. Sie führte ihre Familie und den Haushalt mit sicherer Hand und erwarb sich den Respekt der Nachbarn und Verwandten. Und je mehr Macht, Einfluss und Stärke sie gewann, desto mehr behandelte sie ihren Mann wie einen König. Sie war eine wissbegierige Frau, die sich nicht mit Kochen, Putzen und Kindererziehung begnügte. Mit den Jahren wurde Merkada eine bekannte Heilerin, sehr gesucht unter den Bewohnern des jüdischen Viertels. Besonders sachkundig war sie in *livianos*, der Heilung von Ängsten und Neurosen.

In den ersten Jahren ihres Lebens mit Rafael wohnten sie in einem Haus neben der Elijahu-Hanavi-Synagoge im jüdischen Viertel der Altstadt, nicht weit von ihrem Elternhaus. Erst nach dem Tod ihres Vaters, als Rafael dessen Geschäft verkaufte und für das erhaltene Geld eines im Machane-Jehuda-Markt in der Neustadt außerhalb der Mauern erwarb, übersiedelten sie ins Viertel Ohel Mosche, wo damals noch eine Zisterne auf dem gemeinsamen Hof in der Mitte die Anwohner mit Wasser versorgte.

Das Haus von Rafael und Merkada Ermoza war ein Anziehungspunkt für die Juden des Viertels und der Nachbarviertel Maskeret Mosche und Sukkat Schalom. Sie kamen zu Rafael, um Spenden zu sammeln, und zu Merkada, um sich behandeln zu lassen. Das Haus war gepflegt und makellos sauber, umgeben von einem zauberhaften, lichtüberfluteten Hof, auf dem ringsum Behälter mit Heilkräutern und Geranien standen. Manche Pflanzen wuchsen in alten Töpfen, andere in großen, leeren Blechkanistern, die Rafael aus dem Laden in Machane Jehuda mitbrachte, wenn die Oliven oder die eingelegten Gurken daraus verkauft waren. Ein paar duftende Kräuter brachte Merkada samstagabends mit in die Synagoge, zur Hawdala. So verlief ihr Leben in ruhigen Bahnen.

Senyor Rafael Ermoza hatte Erfolg mit seinen Geschäften und fuhr gelegentlich fort, um frische Ware aus dem Libanon und Syrien zu holen, und als sein Sohn Gabriel zehn Jahre alt war, nahm er ihn mit auf seine Touren, führte ihn so als seinen Erben ein und lehrte ihn den Kaufmannsberuf. Wenn sie von ihren Reisen zurückkehrten, ging Gabriel morgens in die Talmud-Thora-Schule und arbeitete nachmittags im Geschäft, wo er sich derart gelehrig anstellte, dass Rafael ihm bald schon das meiste anvertraute und immer öfter müßig auf seinem hölzernen Ehrenstuhl am Eingang des Ladens saß.

Im Ersten Weltkrieg begannen die Türken, Jugendliche zwangsweise zum Militärdienst einzuziehen. Um Gabriel dieses Schicksal vieler junger Juden zu ersparen, wollte Rafael ihn nach Amerika schmuggeln. Damit Gabriel die lange Reise nicht allein unternehmen musste, beschloss man, Mosche, den ältesten Sohn von Leon, einem Ladenangestellten, auf Rafaels Kosten mitzuschicken. Und so gingen die beiden an Bord eines Schiffs, das von Jaffa nach New York auslief. Die beiden jungen Leute kamen in Manhattan unter, Gabriel fand Arbeit bei einem Fleischer, Mosche bei einem Schneider. Fast zwei Jahre lang bestand kein Kontakt zwischen Gabriel in New York und seinen Eltern in Jerusalem. Rafael verlor schier den Verstand vor Sehnsucht und Sorge, doch Merkada wahrte die Fasson und ermutigte ihn: Vertrau dem *senyor del mundo*, er wacht über den Jungen, und wenn die Türken, ausgelöscht seien ihr Name und Andenken, in ihr Land zurückkehren, wird er heimkommen, *sano k'esté*, heil und gesund.

Die Tage vergingen, die Türken, ausgelöscht sei ihr Name, verließen das Land, und an ihrer Stelle kamen die Engländer, ausgelöscht sei ihr Name, und eines Tages, ohne jede Vorankündigung, klopfte Gabriel an die Haustür seiner Eltern. Merkada, die gerade die Topfpflanzen goss, ließ die Gießkanne fallen, und Rafael kippte vor Aufregung um, sodass Merkada, ehe sie ihrem aus Amerika heimgekehrten Sohn um den Hals fallen konnte, erst einmal Wasser über ihren Mann schüttete und wohlriechende Kräuter für ihn pflückte, um ihn wieder zu sich zu bringen. Sie erkannte ihren Sohn kaum wieder. Er hatte Jerusalem als sechzehnjähriger Junge verlassen, mit zartem Bartflaum, klein und dünn wie eine Gerte, und zurück kam er als junger Mann von achtzehn Jahren, gutaussehend, groß und prächtig gebaut. Gleich nach seiner Heimkehr holten sie alle Verwandten und Nachbarn zusammen, Merkada machte kalte Limonade mit Minzblättern, holte Wassermelonen aus der Zisterne und schnitt Ziegenkäse dazu auf. Dann ließen sie Gabriel in der Mitte des Hofs neben der Zisterne Platz nehmen, und alle setzten sich ringsum und drängten ihn: ›Erzähl, erzähl, *komo es* Amerika, wie ist Amerika?‹

Gabriel erzählte von einer Stadt mit Gebäuden, die bis in den Himmel ragen, und mit Automobilen, die *komo lokos*, wie Verrückte, fahren, und von seiner Arbeit bei dem Fleischer Isaac in der Lower East Side, der nur Jiddisch und kein Wort Englisch sprach; von den ersten Wörtern, die er gelernt hatte, und wie er heute jeden Aschkenasen auf dem Markt mit seinem Jiddisch reinlegen könne, und von Mosche, der beschlossen habe, in New York zu bleiben und nicht nach Jerusalem zurückzukehren. Als sein Vater Leon das hörte, brach er in lautes Weinen aus, doch Gabriel tröstete ihn mit den Worten: ›Nicht weinen, Senyor Leon, Mosche wird es schaffen, er hat schon eine Frau von den unseren gefunden und steht vor der Hochzeit, und eines Tages wird er auch Sie nach Amerika holen.‹«

»Onkel Mosche?«, unterbrach ich Tia Allegra. »Unser reicher Onkel aus Amerika?«

»Er und kein anderer, *kerida*. In den Jahren, die sie gemeinsam in New York verbrachten, wurden er und Gabriel wie Brüder, sie blieben einander ihr Leben lang verbunden. Mosche wurde steinreich, irgendwann gehörten ihm Fabriken und Ladengeschäfte für Damenbekleidung in ganz Amerika.«

»Er hat uns immer Pakete geschickt!«, störte ich Tia Allegra erneut. »Dank ihm war ich das erste Mädchen in der Schule, das echte Jeans hatte.«

Ich kannte die Geschichte von dem reichen Onkel in Amerika, der kurze Zeit nach Opa Gabriels Rückkehr heiratete, Kinder zeugte und in New York eine mustergültige Familie gründete. Oft hörte ich, wie Onkel Mosche sich über die Jahre seinen Traum verwirklichte und Millionär wurde. Die enge Freundschaft zwischen ihm und Opa Gabriel hielt für immer. Alle drei Monate kam eine große Kiste aus Amerika, von denen eine besonders schöne grüne im Schlafzimmer meiner Eltern stand und zum Verstauen von Bettzeug diente.

Einmal kam ein langes Kleid aus Seide und Spitze, ein Brautkleid, an dem ein Foto der Braut, Onkel Mosches jüngster Tochter Reina, festgesteckt war.

»Dummköpfe«, sagte Mutter, »haben sie aus diesem Kleid ein Purimkostüm gemacht? Ist es nicht schade, so ein teures Kleid?«

»Wieso Purim?«, sagte Bekki. »Sie haben es für Gabriela geschickt.«

»*Pishkado i limón*«, sagte Oma Rosa, »das hat noch Zeit.«

»Wenn es für Gabriela ist, dann nehme ich das Kleid«, sagte

Mutter, und keine widersprach, denn niemand hatte Verwendung für ein Brautkleid.

Nachts, als alle schlafen gegangen waren, stieg ich leise aus dem Bett und tappte ins Wohnzimmer. Auf dem Sofa lag das Brautkleid, schimmernd in der Dunkelheit. Ich trat näher und streichelte ehrfürchtig den seidigen Stoff und die hübschen Perlenknöpfe vorne, hob das Kleid vorsichtig hoch und knöpfte es behutsam auf. Das dauerte eine Menge Zeit, weil es eine Menge Perlenknöpfe waren. Dann versuchte ich meinen kleinen Körper hineinzufädeln, langsam, langsam, um, Gott behüte, nicht das Kleid zu zerreißen, das so riesig war, dass ich darin versank. Als es mir schließlich gelungen war, die Arme in die Ärmel zu stecken, versuchte ich aufzustehen, um es zuknöpfen zu können, verheddere mich jedoch mit den Füßen im Saum und hielt mich im Fallen gerade noch an dem niedrigen Tisch, auf dem eine Vase mit Blumen stand. Der Tisch wackelte, die Vase zerbrach, ich und das Kleid bekamen einen Schwall Wasser und Glasscherben ab, und plötzlich stand meine Mutter vor mir und kreischte: »Was zum Teufel tust du?« Ohne sich darum zu sorgen, ob mir etwas passiert war, betastete sie sofort das Kleid, um zu prüfen, ob es Schaden gelitten hatte, dann erst zog sie mich auf die Beine und versetzte mir Schläge auf den Po.

»Du unartige Göre! Was hast du mitten in der Nacht im Wohnzimmer zu suchen? Und wer hat dir erlaubt, das Kleid anzufassen? Geh sofort Pipi machen und ins Bett.«

Von dem Lärm wachten Vater und Ronny auf. Vater schrie Mutter an: »Was weckst du denn die ganze Nachbarschaft!« Er schloss mich laut Weinende in die Arme, führte mich ins Badezimmer, wusch mir das Gesicht, holte einen sauberen Pyjama und zog ihn mir statt des nassen an, wobei er murmelte: »Ist ja nichts passiert, gar nichts passiert, gutes Kind.« Danach brachte er mich ins Bett, deckte mich zu und sang mir leise ins Ohr: »Schlaf, schlaf ein, mein Kind.« Einen Moment bevor ich die Augen schloss, hörte ich Mutter wütend flüstern: »Alles macht sie kaputt, dieser Trampel.«

Am nächsten Tag trug Mutter das Brautkleid zu ihrer Schneiderin und ließ es umarbeiten für den Ball der entlassenen Soldaten im Menora-Club, wo sie und Vater geheiratet hatten. Diesmal bekam ich nicht dasselbe Modell.

Das Kleid war ein glänzender Erfolg, und Mutter war, wie mir Tante Rachelika erzählte, die Schönste auf dem Ball. Aber das war nichts Neues. Meine Mutter galt immer als die schönste unter den Töchtern Jerusalems. Wenn Ronny und ich mit ihr auf der Jaffa-Straße gingen, drehten Männer sich nach ihr um, doch Mutter reckte nur den Kopf, nahm Ronny und mich fester an die Hand und ignorierte die Blicke.

Vor Rosch Haschana und vor Pessach nahm Mutter uns mit zum Schuhgeschäft Freimann & Bein im Ha'amudim-Gebäude, wo sie uns Festtagsschuhe kaufte. Aber wir gingen auch an normalen Tagen zu Freimann & Bein, weil meine Mutter auch unabhängig von Schabbat und Feiertag gern Schuhe kaufte. Während sie Schuhe anprobierte, umschwärmt von Verkäufern, die ihr Komplimente wegen ihrer schmalen Fesseln machten, drehten Ronny und ich uns auf dem Karussell oder rutschten die Rutsche runter, die extra für Kinder im Laden standen. Mutter kaufte nicht jedes Mal Schuhe. Manchmal probierte sie einfach den ganzen Laden durch und erklärte, kein Schuh gefalle ihr. Die Verkäufer waren Mutter nie böse, wetteiferten vielmehr, wer die Leiter höher hinaufkletterte, um ihr noch und noch Schuhkartons zu holen. Meine Mutter schäkerte mit ihnen, sagte »Schalom, danke und auf Wiedersehen« und verließ hocherhobenen Hauptes mit uns das Geschäft Richtung Taxistand in der Luncz-Straße. Dort unterhielt sie sich eine Weile mit den Onkeln Fahrern, die im Krieg mit ihr verwundet im Hadassa-Krankenhaus gelegen hatten. Manchmal sagte sie zu uns: »Wartet hier ein paar Minuten bei den Onkeln, ich bin gleich wieder da«, und verschwand. Bis sie nach einer Weile, die mir wie eine Ewigkeit vorkam, zurückkehrte, saßen wir auf kleinen Stühlen auf dem Bürgersteig und warteten. Einmal blieb sie so lange weg, dass Ronny anfing zu weinen. Als sie endlich angerannt kam, entschuldigte sie sich vielmals und sagte uns zum hundertsten Mal: »Ihr wisst, wer die Onkel Fahrer sind? Sie sind Helden-Onkel, sie haben uns im Unabhängigkeitskrieg unser Jerusalem erhalten. Deshalb seid immer brav und geduldig, wenn wir die Helden-Onkel treffen, und du, Gabriela«, sie sah mich drohend an und wedelte mit dem Zeigefinger: »Kein Wort zu Papa. Wenn du Papa was erzählst, nehme ich dich nie mehr mit zum Karussell von Freimann & Bein.«

Eines Tages ließ Mutter Ronny bei Oma Rosa und nahm nur mich mit. Schon auf dem Weg zu Freimann & Bein kamen wir am Taxistand vorbei. Ich sah, dass alle Onkel Fahrer an ihren Autos standen und bei Mutters Anblick plötzlich verstummten. Meine Mutter, die immer Rouge auf den Wangen hatte, wurde kreidebleich. Ihre Hand, die meine hielt, zitterte. Einer der Fahrer trat zu ihr und schloss sie fest in die Arme. Ich fand es seltsam, dass jemand, der nicht mein Vater war, meine Mutter umarmte. Er flüsterte ihr etwas ins Ohr, sie ließ meine Hand los und unterdrückte einen Aufschrei, »*Dio mio!*«

Jemand brachte ihr einen Stuhl, sie setzte sich, zog ihr Taschentuch aus der Handtasche und fing an zu weinen. Ich wusste nicht, was ich tun sollte. Meine Mutter sitzt mitten auf der Straße weinend am Taxistand, und ich weiß nicht, warum: Was ist los, weint sie meinetwegen? War ich nicht brav und habe sie wieder mal geärgert? Ich stand lange da wie ein Trottel, während die Onkel Fahrer meine Mutter trösteten, bis einer mich schließlich bemerkte. »Komm, Kind, nimm einen Bonbon«, sagte er und bot mir einen Karamellbonbon an. »Hab keine Angst, gleich geht Mama mit dir heim.«

Ich nahm den Bonbon, und der Onkel hob mich auf den Arm und sagte: »Weißt du, warum Mama weint?«

Ich schüttelte den Kopf.

»Weil der rothaarige Onkel holen gegangen ist«, sagte der Onkel Fahrer.

Ich war verwirrt. Einerseits begriff ich nicht ganz, was der Rotschopf holen gegangen war, andererseits verstand ich, dass es etwas sehr Schlechtes war. Dem Onkel mit den roten Haaren und den lachenden Augen, der mich immer auf seinen Schoß gehoben und mit mir eine Runde im Rollstuhl gedreht hatte, musste etwas sehr Schlimmes zugestoßen sein. »Halt dich gut fest«, sagte er immer und legte meine Arme enger um seinen Hals. Dann drehte er schnell die Räder des Rollstuhls und sauste mit mir den Bürgersteig entlang, bis ich mich vor Lachen kugelte und Mutter rief: »Genug, setz sie ab, sie ist schwer, es ist nicht gut für dich, sie so zu halten!«

»Ist holen gegangen«, fuhr der Fahrer fort, »weil er im Unabhängigkeitskrieg schwer verwundet wurde, als er unser Jerusalem verteidigt hat, seine Wunde ist nie richtig verheilt, und nun ist er gestorben.« Ich saß lange bei dem Onkel Fahrer, bis Mutter meine Hand nahm und mit mir nach Hause ging.

Mutter brachte den ganzen Abend kaum ein Wort über die Lippen. Mitten in der Nacht weckte mich ihr Schluchzen. Meinem Vater gelang es nicht, sie zu beruhigen. Er kam aus dem Elternschlafzimmer, und als er Ronny und mich auf dem Flur vor ihrer Tür stehen sah, sagte er: »Geht ins Bett, ich bin gleich zurück«, dann verließ er das Haus.

Bald kam er wieder mit Tante Rachelika, die ins Elternschlafzimmer eilte. Als Mutter ihre Schwester erblickte, begann sie erneut herzzerreißend zu weinen und sank ihr in die Arme. Vater kam zu Ronny und mir ins Zimmer und legte sich neben mich ins Bett. »Rück mal ein Stück«, flüsterte er mir zu, »mach Papa Platz.«

Danach schlief Vater viele Nächte in meinem Jugendbett und erst viel später wieder bei Mutter. Mutter hörte die ganze Nacht nicht auf zu weinen und auch nicht an den Tagen, die jener Nacht folgten. Warum sie traurig war, warum sie sich von einer Frau, die den ganzen Tag draußen herumlief, »die Straßen durchmaß«, wie mein Vater sagte, in eine traute Hausfrau verwandelte, warum sie sich mit Tante Rachelika zurückzog und erst Monate später ihr normales Leben wiederaufnahm, habe ich erst viele Jahre später begriffen.

In jener Nacht, als ich zu Tia Allegra geflüchtet war, bei ihr auf dem Wohnzimmersofa saß und sie mir von meiner Familie erzählte, wusste ich noch nichts, spürte jedoch, dass ich es wissen musste. Es war stärker als ich, ich lechzte danach, die Geschichte der Frauen in meiner Familie zu verstehen, strebte danach wie der Falter zum Licht. Ich würde mich vielleicht versengen, vielleicht Dinge erfahren, die ich später lieber nicht gewusst hätte, aber seit meine Großmutter mir die Büchse der Pandora geöffnet hatte, musste ich ihr auch auf den Grund gehen, um weiterleben zu können. Das Bedürfnis, die Wahrheit zu erfahren, prickelte mir wie siedendes Blut in den Adern und ließ mir keine Ruhe, und so bestürmte ich die alte Tante meiner Mutter, weiterzuerzählen.

»Aber nur, wenn du mich nicht wieder aufhältst«, warnte sie, »denn es ist schon spät, und bald werden die Erinnerungen zusammen mit mir ermüden.«

Ich versicherte, von nun an zu schweigen und ihren Gedankenfaden nicht mehr zu unterbrechen, streckte mich auf den Kissen aus, schloss die Augen und hörte zu.

»Endlich verließen die Türken das Land Israel, und an ihrer Stelle kamen die Engländer. Einige Zeit später kehrte dein Opa Gabriel aus Amerika zurück und begann im Geschäft von Uropa Rafael zu arbeiten. Er war ein gutaussehender Mann, hochgewachsen wie eine Zypresse, achtzehn Jahre jung und voller Kraft im Leib. Er arbeitete von morgens bis abends im Laden auf dem Machane-Jehuda-Markt, schulterte Säcke voll guter Waren. Jeden Morgen, nach dem Dankgebet an Gott, der ihm die Seele zurückgegeben hatte, und nach Anlegen der Gebetsriemen, eilte er zu seinem Tagewerk, in seinem Beutel *borekas*, gefüllt mit Käse und Spinat, die unsere Mutter ihm gebacken hatte. Gabriel passierte das Tor von Ohel Mosche, überquerte die Agrippas-Straße Richtung Markt und eilte leichtfüßig zum Laden, ehe die Nacht dem Tag begegnete. Während die übrigen Kaufleute noch gar nicht die Augen aufgeschlagen hatten, um das morgendliche ›Höre Israel‹ zu beten, stellte er schon die Säcke vor den Laden, reihte die Kanister mit Oliven und sauren Gurken auf und wartete auf den ersten Kunden. Gabriel war nicht nur unglaublich fleißig, er hatte auch viele Ideen, wie man die Geschäfte unseres Vaters erweitern, den Laden vergrößern und Waren anbieten könnte, die auch aschkenasische Kunden anlockten. Er überredete unsere Mutter, Mengen an Oliven und sauren Gurken in großen Behältern einzulegen. Ihre sauren Gurken wurden so berühmt, dass Leute aus ganz Jerusalem in den Laden strömten, um sich an Merkadas eingelegtem Gemüse zu laben.

Den Salzlakenkäse, den sie den arabischen Fellachinnen abkauften, nahm er aus den Blechbehältern und stellte ihn zur Ansicht auf die Theke, ›damit die Kunden ihn mit den Augen schmecken können‹. Neben den Heil- und Gewürzkräutern und dem Tee nahm er auch Salzheringe und geräucherte Makrelen ins Sortiment, und das Dörrobst in den Säcken vor dem Laden ordnete er so, dass die großen, schönen Früchte oben herauslugten und die leicht verschrumpelten unten lagen. Das ›Leder‹ aus ausgewalzten Trockenaprikosen platzierte er auf der Theke, neben dem Salzlakenkäse und den Salzheringen. Später legte er auch bunte Süßigkeiten daneben, reihenweise Lakritze und rosa-weiße Zuckermandeln, die man am Bräutigam-Schabbat und bei Bar-Mizwa-Feiern in der Synagoge warf, dazu Pistazien direkt aus Aleppo, ein wahrer Augenschmaus. So wurde der Laden der Familie Ermoza in ganz Jerusalem berühmt, und jeden Freitag bildete sich eine lange Schlange Hausfrauen, die von der Ladentür in der Etz-Chaim-Straße bis zu Elijahu Banais Gemüseladen in der Ha'agass-Straße reichte.

Eines Tages bat Leon, dessen Frau gestorben war, Senyor Rafael um ein Gespräch unter vier Augen. Dabei sagte er ihm, er beabsichtige, eine verwitwete Aschkenasin mit zwei Töchtern zu heiraten.

›Eine Aschkenasin?‹, fragte Senyor Rafael entsetzt. ›Warum suchen Sie sich keine gute Witwe von den unsrigen?‹

›Ich habe ja gesucht‹, erwiderte Leon, ›aber keine unserer Witwen ist bereit, einen armen Verkäufer vom Markt zu heiraten, der einen kleinen Sohn zu ernähren, einen größeren zu verheiraten und noch einen in Amerika hat und dessen Jugend längst hinter ihm liegt. Der aschkenasischen Witwe macht es nichts aus, dass ich nicht mehr jung bin und Söhne zu versorgen habe. Ich brauche eine Frau, die kocht, wäscht, mich und meinen jüngsten Sohn umsorgt, ich bitte Sie um Ihren Segen.‹

Als Rafael begriff, dass Leon die Aschkenasin auf jeden Fall heiraten wollte, gab er ihm seinen Segen und schenkte dem Paar zur Hochzeit sogar eine schöne Geldsumme, um ihnen den Start ins gemeinsame Leben zu erleichtern.

Die aschkenasische Witwe integrierte sich schnell in die Gesellschaft der sefardischen Frauen im Viertel Ohel Mosche und lernte deren Gebräuche, ohne jedoch ihre eigenen aufzugeben. Sie kochte für ihren Mann sowohl spaniolische als auch aschkenasische Gerichte. Ihre Spezialität waren Fruchtpuddings in verschiedenen Geschmacksrichtungen. Die waren so lecker, dass Gabriel Leon vorschlug, freitags im Laden einen eigenen Stand einzurichten, um den köstlichen Pudding seiner aschkenasischen Frau für Schabbat anzubieten.

Noch in derselben Woche kam die Aschkenasin mit Puddingtöpfen in den Laden. Der Erfolg stellte sich augenblicklich ein. Gabriel, Leon und auch die Aschkenasin hatten alle Hände voll zu tun, und Uropa Rafael beschloss, seinen jüngeren Bruder Elijahu, den alle Leito nannten, mit einzustellen.

Leito war fürs Kassieren zuständig, Leon half, die Säcke, Blechkanister und Gläser mit neuer Ware zu füllen, und Gabriel verkehrte mit den Kunden und animierte sie mit glatter Zunge, mehr als beabsichtigt einzukaufen.

›*Pishkado i limón*‹, erzählte der Uropa seiner Frau Merkada am Ende des Tages, ›dein Sohn, gesund soll er sein, kann Steine verkaufen, als wären sie Korbkäse.‹

›Ein junger Fruchtbaum ist Josef‹, zitierte Merkada zufrieden seufzend die Thora. ›Dieser Junge ist ein Geschenk des Himmels, Gott liebt ihn, er wird uns noch sehr reich machen.‹

›Man muss nicht reicher sein, als wir jetzt sind‹, grummelte Rafael. ›Wir haben alles, was wir brauchen. Wir haben ein Haus, wir haben zu essen, wir sind gesund und die Kinder auch, man soll keine zu großen Wünsche haben, und es ist auch nicht gut, von anderen missgünstig beäugt zu werden. Wir müssen dem *senyor del mundo* für alles danken, was er uns geschenkt hat, und jetzt *basta*, hör auf zu quatschen, mach mir Tee.‹

Merkada verstummte und eilte auf den Hof, um Salbeiblätter für seinen Tee zu pflücken, und im Stillen betete sie, dass ihr Sohn Gabriel in allem Erfolg haben möge. Aber vielleicht hatte ihr Mann recht und man sollte sich bescheiden. Schließlich gab es in Jerusalem viele Menschen, die nichts zu essen hatten, während es ihnen an nichts mangelte. Also erhöhte sie, um den bösen Blick abzuwenden, den Beitrag der Familie für die Armen, und weil es doch, wie sie wusste, immer jemanden gab, der noch was zu meckern hatte und missgünstig schaute, verteilte sie ein paar mehr Fatima-Hände im Geschäft und an den Wänden des Hauses, gelobt sei Gott, der ihren Jungen und ihre Familie vor dem bösen Blick, tfu tfu tfu, beschützte.

Wie alle Jerusalemer glaubte Merkada an den bösen Blick und fürchtete sich vor Dämonen. Wenn sie in der Dämmerung schwer bepackt vom Markt zurückkehrte, hätte sie schwören können, Schritte hinter sich auf dem Pflaster zu hören, murmelte ›pishkado i limón‹ und ging schneller, überzeugt, es gleich mit einem Geist zu tun zu bekommen. Wie die übrigen Spaniolen glaubte auch sie, dass die Wortverbindung von Fisch und Zitrone die Dämonen verscheuchte. Der schlimmste Dämon war Abu Lele. Mütter warnten ihre Kinder, wenn sie nicht folgsam seien, käme nachts Abu Lele, und da könnten sie sich auf was gefasst machen.

Merkada hatte einen derartigen Horror vor Dämonen und dem bösen Blick, dass sie ihre Namen nicht auszusprechen wagte und sie *los d'abasho*, die von unten, nannte. Wie die Menschen unterschieden sich auch die Dämonen in männliche und weibliche, jeweils angeführt von dem Dämon Aschmedai und der Dämonin Lilith. Von Lilith hieß es, sie fürchte sich vor der Farbe Rot, weshalb Merkada sich, ihren Kindern und ihrem Ehemann einen roten Faden ums Handgelenk band, um die satanische Dämonin fernzuhalten. Und als Gabriel aufbegehrte und ihn abnehmen wollte, weil er sich damit wie eine Frau vorkäme, packte seine Mutter ihn am Arm und wies ihn zurecht: ›Versteck den roten Faden im Ärmel, aber wag um Himmels willen nicht, ihn abzunehmen, damit nicht Lilith, tfu auf sie, dir Schaden bringt. Auf uns liegt ohnehin schon ein Auge, *kerido*.‹

Ihr ganzer Wunsch war es, die Geister von ihrer Familie und ihrem Haus fernzuhalten. Deshalb beschäftigte sie sich noch mehr mit *livianos*, den Heilungsritualen, die angeblich Ängste vertrieben. Wenn ich die Ängste anderer austreibe, vertreibe ich auch meine eigenen, glaubte sie.

Merkada und ihre *livianos* waren berühmt unter den Juden Jerusalems, und viele angstgeplagte Kranke kamen zu ihrem Haus. Sie ließ die Heilungssuchenden auf einem Schemel im Hof Platz nehmen und breitete ihnen ein weißes Laken über den Kopf. Dann schmolz sie Bleiklumpen über einem Feuer, das sie im Hof entfacht hatte, murmelte ein Gebet und goss das heiße Blei in eine Wasserschüssel über dem Kopf des Mannes oder der Frau. Das Wasser ließ dichten, rätselhaften Rauch aufsteigen. Sobald der Rauch sich verzogen hatte, fischte Merkada das Blei aus dem Wasser und deutete seine bizarre Form. Sah sie die Gestalt eines Hundes, fragte sie den Menschen vor sich, ob er von einem Hund gebissen worden sei, sah sie die Gestalt eines Dämons, fragte sie, ob ihm ein Dämon im Traum erschienen sei, und sah sie die Gestalt eines Menschen, versuchte sie herauszufinden, wer es war. An den Formen erkannte sie, welche Ängste der Betreffende hegte, redete mit ihm darüber und versorgte ihn mit Kräutern und mit Anweisungen, was er tun solle, um die Ängste aus seinem Herzen zu vertreiben. Die Leute waren derart zufrieden mit der Behandlung, dass Merkada noch so oft beteuern konnte, sie sei gratis – die Spendendose am Eingang des Hauses quoll immer über, und einmal die Woche nahm Merkada das ganze gesammelte Geld heraus und brachte es in die Elijahu-Hanavi-Synagoge. Doch so emsig sie ihre *Livianos*-Behandlungen auch betrieb, so sorgfältig sie auf jedes kleinste Detail achtete, so konsequent sie all ihr Geld für wohltätige Zwecke spendete – ihre Ängste wuchsen, und die Vorahnung einer aufziehenden Katastrophe über ihrem Haus ließ sich nicht abschütteln.

Da sie sich nicht selbst kurieren konnte, beschloss Merkada, sich bei Jilda la Vieja im jüdischen Viertel der Altstadt Hilfe zu holen. Jilda war hochbetagt, vielleicht hundert, vielleicht auch mehr Jahre alt und galt als weise Frau, zu der sogar Aschkenasen kamen, um sich mit ihr zu beraten und sich von Ängsten heilen zu lassen.

Eines Morgens, als Rafael und Gabriel zum Markt aufgebrochen und die übrigen Familienmitglieder ihrer Wege gegangen waren, nahm Merkada ihre Tasche und ging die Agrippas-Straße bis zur Jaffa-Straße hinunter und von dort weiter, bis sie die Mauern der Altstadt und das Jaffator erblickte. Als sie den Hof von Jilda la Vieja betrat, saßen dort schon am frühen Morgen Dutzende von Menschen auf Schemeln und warteten, dass sie bei der greisen Heilerin an die Reihe kämen. Sie setzte sich auf die steinernen Stufen am Eingang, da kein einziger Schemel mehr frei war, und wartete.

›*Wai de mi sola*‹, dachte sie im Stillen, ›bis ich bei der Alten drankomme, werden Stunden vergehen, und mir wird nichts anderes übrigbleiben, als unverrichteter Dinge heimzukehren.‹ Sie nahm den Psalter aus ihrer Tasche und begann darin zu lesen. In solchen Momenten freute sie sich, dass sie, anders als ihre weiblichen Verwandten und die Nachbarinnen, lesen und schreiben konnte, denn in ihren jungen Jahren hatte ihr Mann ihr die hebräischen Buchstaben beigebracht. Beim Unterricht hatte sie glänzenden Verstand und rasche Auffassungsgabe bewiesen, und wenn er gelegentlich die Zeitung *Hazewi* nach

Hause brachte, konnte sie bereits die Nachrichten lesen und unterhielt sich mit ihrem Mann über die Neuigkeiten und über die Aufsätze des Herrn Elieser Ben Jehuda, versuchte sogar, mit ihm über die Liebesgeschichte zwischen seinem Sohn Itamar und der schönen Lea des Senyor Abu Schdid zu tratschen, von der ganz Jerusalem redete, doch er gebot ihr mit einer Geste Einhalt. Er verheimlichte ihr natürlich, dass die Liebesgeschichte zwischen dem gebildeten Aschkenasen und der Sefardin Lea ihm den Schlaf raubte. Die Zeiten haben sich geändert, dachte er, Senyor Schdid bleibt nichts anderes übrig, seine Tochter wird den Aschkenasen heiraten. Wer weiß, vielleicht, wenn ich meinem Vater von der blauäugigen Aschkenasin erzählt hätte … Doch sofort verscheuchte er diesen Gedanken, wohl wissend, dass sein Vater um nichts in der Welt von seiner Übereinkunft mit Merkadas Vater abgerückt wäre. Auch hätte er unter keinen Umständen der Eheschließung mit einer Tochter der aschkenasischen Gemeinde zugestimmt.

Und obwohl er, wenn er Merkadas Lager aufsuchte, niemals so etwas empfand wie damals, als ihn die blauen Augen der Aschkenasin anblitzten, und er in all den Ehejahren bei der körperlichen Berührung mit seiner Frau niemals wirklich in Erregung geraten war, wusste Rafael, dass das Schicksal es letzten Endes gut mit ihm gemeint und der gütige Gott ihn mit einer tüchtigen Hausfrau und mustergültigen Mutter gesegnet hatte. Merkada wiederum war dankbar, dass der Mann, der sie aus dem Haus ihres Vaters geholt hatte, sie fast gleichwertig behandelte und sie oft lobte, sogar vor anderen, ganz im Gegensatz zu den Männern anderer Frauen, die sie kannte.

Nun las Merkada andächtig den Psalter, wippte mit dem Oberkörper vor und zurück, brachte die Seiten an ihre Lippen und küsste sie. Doch obwohl sie sich wie vom Dibbuk besessen auf die Lektüre der heiligen Buchstaben konzentrierte, lenkte etwas im Augenwinkel ihre Aufmerksamkeit ab und störte ihre Konzentration: Auf der Einfriedung, nicht weit von ihr, saß ein junges Mädchen und schlenkerte die Beine. Das monotone Schlenkern und das Geräusch beim Aufschlagen ihrer Fersen am Mäuerchen machten Merkada schier verrückt.

›Geht es vielleicht auch ohne Klopfen?‹, wandte sie sich an das junge Mädchen. Die Angesprochene hob den Kopf und heftete den Blick auf Merkada, und Merkada sah die blauesten Augen, die ihr je begegnet waren, in einem perfekt ovalen Gesicht, umrahmt von einem blonden Zopf. Merkada riss die Augen auf angesichts der atemberaubenden Schönheit der Jugendlichen, die sie ansah, als würde sie sie mit dem Blick entkleiden. Merkada empfand Unbehagen, dieses junge Mädchen verwirrte sie. Sie stand auf und setzte sich wieder, ohne sich zu erinnern, warum sie das Mädchen angesprochen hatte, und dann traf sie die Erkenntnis wie ein Schlag: Dieses Mädchen ist kein Mädchen, sondern eine Dämonin, dieses Mädchen ist Lilith, der gegenüber Aschmedai, der König der Dämonen, ein wahrer Gerechter ist. Rasch griff sie ihre Tasche, hastete aus Jilda la Viejas Hof und spuckte unterwegs dreimal aus, tfu tfu tfu. Ihre Füße trugen sie in panischer Hast aus der Altstadt. Sie vergaß Jilda la Vieja und das *Livianos*-Ritual, wollte nichts als heim, und das möglichst schnell. Neunmal, hatte ihre Mutter sie gelehrt, muss man das Stufenlied, den 126. Psalm, wiederholen, damit ein Wunsch erfüllt wird. Noch nie hatte sie inbrünstiger gebetet, nie war sie überzeugter gewesen, gerade eben dem bösen Blick höchstpersönlich begegnet zu sein, jener Lilith, ausgelöscht seien ihr Name und Andenken, die abseits auf eine günstige Gelegenheit lauerte, um ihre Lieben anzufallen. Der rote Faden, den sie ihnen umgebunden hatte, hatte Lilith, *ija de un mamzer*, Tochter eines Bastards, nicht fernhalten können!

Entschlossen, den bösen Blick auszutreiben, begab sie sich gleich am nächsten Tag zu dem Kabbalisten Rabbenu Schmuel von der Elijahu-Hanavi-Synagoge in der Altstadt, an deren einer Ecke sich ein Durchgang zur Höhle des Propheten Elijahu befand, wo angeblich, auf einem uralten Stuhl, der Prophet selbst saß. Der Kabbalist pflegte weit bis nach Mitternacht zu beten und Mischna-Abschnitte zu lesen, und Merkada brachte ihm und seinen Schülern stets heißen Tee und selbstgebackene *biskocho*-Kringel.

›Rabbenu Schmuel‹, sprach sie ihn an, ›ich bin zu Ihnen gekommen, damit Sie den bösen Blick vertreiben, der auf mir und meiner Familie liegt und dessentwegen ich Tag und Nacht keine Ruhe finde.‹

Rabbenu ging mit Merkada auf den Hof hinaus, entzündete ein kleines Feuer und wies sie an, sich mit gespreizten Beinen darüberzustellen und ihren Namen, den ihrer Mutter und den der Mutter ihrer Mutter zu sagen. Er schloss die Augen und sprach ein Gebet, und da plötzlich begann die Glut zu prasseln, Funken stoben in alle Richtungen. Rabbenu Schmuel öffnete die Augen, blickte tief in ihre und forderte sie auf, ihm die Worte des Gebets und des Wunsches nachzusprechen. Als er fertig war mit seinen Segenssprüchen, hörte das Feuer auf, Funken zu stieben, legte sich, und Rabbenu sagte: ›Sie hatten recht, Senyora Merkada, es lag viel böser Blick auf Ihnen, aber jetzt ist alles weg, im Winde verweht, wir haben alles vertrieben, und mit Gottes Hilfe sind Sie davon befreit. Kehren Sie zurück zu Ihrem Mann und zu Ihren Kindern und seien Sie gesund.‹

Merkada fühlte sich geläutert. Die glimmende Glut, die Funken, das Prasseln der vom Feuer verzehrten Holzscheite, die guten Augen des Kabbalisten und der Anblick des Berges Moria, den man vom Hof seines Hauses aus sah, all das verlieh ihr das

Gefühl, sie sei von Dämonen und Geistern und vom bösen Blick gereinigt. Sie dankte dem Rabbiner und hinterließ einen ordentlichen Betrag in der Sammelbüchse an der Haustür. Auf dem Heimweg machte sie im *banyo* Station, tauchte in der Mikwe unter und richtete dabei ein Dankgebet an den *senyor del mundo*. Als sie zu Hause ankam, fühlte sie sich so rein, lauter und sauber wie eine Braut am Tag ihrer Hochzeit.

Die Geschäfte der Familie Ermoza florierten, und der Laden wurde zu klein für die vielen Waren und Kunden. Als nebenan zwei Ladenräume frei wurden, weil ihre Besitzer einer nach dem anderen das Zeitliche segneten, kaufte Rafael sie dazu. Gabriel riss die Zwischenwände ein, und nun war das Geschäft der Ermozas groß und geräumig.

Nachdem er Gabriel die Zügel übergeben hatte, arbeitete Rafael kaum noch im Laden, saß lieber auf seinem Holzstuhl am Eingang, stützte sich auf seinen Stock, zwirbelte seinen ergrauten Bart, ließ die Perlen seiner Bernsteinkette durch die Finger gleiten und beobachtete zufrieden die wachsende Kundschaft und seinen Sohn, der das Geschäft tüchtig führte.

Gabriel hatte viele Ideen. Eines Tages kam er mit weißen Schürzen in den Laden, band sich eine um und forderte Leon und Leito auf, es ihm gleichzutun. Wie in Amerika, erklärte er seinem Vater, der seinen Sohn erstaunt anschaute. Jetzt, sagte Gabriel, müssen wir dem Laden auch einen Namen geben wie in Amerika. Und schon am nächsten Tag hing ein großes Schild über dem Eingang: *Rafael Ermoza & Söhne – Delikatessen.*

Das Geschäft ging gut, die finanzielle Lage der Familie besserte sich außerordentlich, und auch die übrigen Söhne und Töchter fanden ihren Platz im Leben: Klara hatte geheiratet und erwartete ihr erstes Kind, Abraham und Matzliach hatten eine Schreinerei eröffnet, und Schmuel ging noch auf die Talmud-Thora-Schule. Ich, Allegra, hatte schon geheiratet, als Gabriel noch in Amerika war, war mit meinem Mann Eleasar nach Tel Aviv gezogen und hatte Merkada und Rafael bereits zwei Enkel geschenkt.

Damals sagte Merkada zu Rafael: ›Es wird Zeit, eine Braut für Gabriel zu suchen, der Junge ist schon zwanzig Jahre alt, und solange er nicht heiratet, werden es auch seine kleineren Brüder nicht tun.‹ Rafael gab seine Einwilligung, und Merkada ging im Geist die Liste aller Anwärterinnen durch, die in Frage kamen. Es war nicht schwer. Schließlich lebten die Spaniolen in einer engen Gemeinschaft und kannten sich untereinander gut, heirateten oft sogar entfernte Verwandte. Deswegen dachte sie, Estherika, die Tochter von Schlomo Molcho, einem Verwandten dritten Grades, könnte eine passende Partie sein.

Die Rabbiner der Gemeinde unterstützten Eheschließungen innerhalb der Familie, unter der Bedingung, dass keine Blutsverwandtschaft ersten Grades vorlag, damit, Gott behüte, keine geschädigten Babys geboren würden. Mit den Jahren ging die Zahl der Spaniolen zurück, und die Rabbiner fürchteten, die Gemeindemitglieder könnten, Gott bewahre, Angehörige anderer Volksgruppen heiraten.

›Ehe du anfängst, über eine Braut nachzudenken, sprich in Ruhe mit deinem Sohn‹, verlangte Rafael von Merkada.

›Was gibt's da zu reden?‹, erwiderte sie. ›Es wird Zeit für ihn zu heiraten, und ich werde ihm die beste Braut von ganz Jerusalem aussuchen.‹

Trotzdem nahm sie ihren Sohn für ein Gespräch beiseite. Er war ihr Lieblingssohn, ihr Lebenselixier, ihr Augapfel und ihr Stolz. All ihre Kinder hatte sie prächtig großgezogen. ›Sie wurden eins nach dem anderen geboren‹, sagte sie gern, ›ohne Pause, wie Gott es wollte.‹

Die vier Kinder, die bei der Geburt oder vor dem ersten Geburtstag gestorben waren, erwähnte sie nicht. Ich habe dir schon erzählt, Gabriela *kerida*, dass der Tod von Kleinkindern seinerzeit nichts Außergewöhnliches war. Auch ihr Mann Rafael war nach einem toten Kind geboren worden, und bis seine Mutter wusste, dass er am Leben bleiben würde, erlitt sie Höllenqualen, denn der Junge war sehr krank, und ehe er nicht gesund wurde, beschnitt man ihn nicht und gab ihm keinen Namen. Als er genesen war, bekam er den Namen Rafael, und auch seinem Sohn Gabriel gab man den Namen eines Erzengels, der ihn beschützen sollte, damit er nicht, Gott behüte, starb, ehe man mit ihm die Auslösung des Erstgeborenen gefeiert hatte. Auch nach der Geburt der anderen Kinder behandelte Merkada ihn, als sei er ihr einziger Sohn, packte ihn in Watte und fasste ihn mit Samthandschuhen an. Als er nach Amerika fuhr, verzehrte sie sich schier vor Sehnsucht, und als er wiederkam, gab es keine Glücklichere als sie. Sie bedauerte Leon, dessen Sohn Mosche in Amerika bleiben wollte. Ich bin wie eine Glucke, sagte sie, habe meine Küken gern unter meinen Fittichen. Nun war sie entschlossen, die würdigste Braut für Gabriel zu finden.

›*Ijo kerido*‹, sagte sie zu ihm, ›es wird Zeit, dass wir dir die Hochzeit ausrichten.‹

Er widersprach ihr nicht und begann keine Debatte. Er wusste, es wurde Zeit für ihn, nur gefiel ihm keine der jungen Frauen, die er kannte. Während seine gleichaltrigen Freunde und Verwandten einer nach dem anderen geheiratet hatten, allen voran sein Freund Mosche in Amerika, der ihm wie ein Bruder war, und auch Klara und ich, die jünger waren als er, blieb Gabriel immer noch Junggeselle.

Also gab er unserer Mutter seine Einwilligung, und sie ging augenblicklich auf Brautsuche.

›In zwei Monaten feiern wir Hochzeit‹, sagte sie zu ihrem Mann. ›Alle Töchter Jerusalems stehen Schlange, um deinen Sohn zu ergattern.‹ Sie wusste, ihr Sohn war begehrt. Er stammte aus einer guten und ehrenwerten Familie, die finanziell besser dastand als die meisten Familien in den Vierteln Ohel Mosche, Maskeret Mosche, Nachlat Schiva, Sukkat Schalom und der Altstadt. Er sah gut aus, er war gebildet, und er war in Amerika gewesen. Estherika, sagte sie sich, wäre wirklich eine passende Wahl, aber ich setze nicht auf die Erstbeste für Gabriel. Sie nahm sich Zeit und besuchte unermüdlich die Häuser vieler Anwärterinnen. Junge Mädchen aus wohlhabenden und respektablen Familien im Alter von sechzehn oder siebzehn Jahren standen zuoberst auf der Liste, erst danach prüfte sie ihre äußere Erscheinung. Eine zu magere Anwärterin wurde sofort gestrichen, ein Mädchen, das es wagte, den Kopf zu heben und ihr direkt in die Augen zu sehen, galt als zu frech, ein gebildetes Mädchen schied ebenfalls aus. Die sind nicht gehorsam genug, sagte sie sich, werden sich mir sicher nicht unterordnen. Sie beurteilte die Bräute auch nach der Bewirtung, die sie in ihren Häusern erfuhr. Fiel sie bescheiden aus, wurde die Braut auf der Stelle disqualifiziert, wer seine Tochter nur mit *biskochos* ehrte, war nicht begütert. Deckte man ihr jedoch den Tisch, und die Mutter der Ausersehenen trug noch und noch Leckereien auf, und beide, Mutter und Tochter, baten sie, doch von diesem und jenem zu kosten, bis sie schier platzte, dann rückte die Kandidatin sofort auf einen vorderen Listenplatz.

›Ich werde die beste Braut finden, die schönste unter den Töchtern Jerusalems‹, versicherte sie Rafael, wenn sie erschöpft von einer neuen Runde durch die Häuser potenzieller Schwiegertöchter heimkam. ›Die Frau, die die Mutter meiner Enkel wird, werde ich persönlich auswählen und gründlich in Augenschein nehmen, ehe sie würdig ist, in die Familie Ermoza einzuziehen.‹

Rafael saß auf seinem gewohnten Stuhl vor dem Laden. Nach vielen Regentagen war endlich die Sonne herausgekommen, und ihre warmen Strahlen streichelten sein Gesicht. Der intensive Duft der Orangen, erst kürzlich auf den Plantagen in der Küstenebene gepflückt und kistenweise im Güterzug nach Jerusalem gelangt, mischte sich mit dem Geruch der Gewürze und des frischen Gemüses, von Fisch und Fleisch. Rafael nahm einen tiefen Atemzug und fühlte sich von einer Woge des Glücks erfüllt.

Und dann sah er sie nahen. Die Ältere zog einen Fuß nach, war nach Art der Strenggläubigen von Kopf bis Fuß in Schwarz gekleidet und hielt die Hand der Jüngeren, die ihr blondes Haar in zwei Zöpfen um den Kopf geschlungen trug. Sie kamen langsam voran. Etwas an der älteren Frau und an dem jungen Mädchen, das ihr nachtappte, erregte seine Aufmerksamkeit, und er begleitete sie mit dem Blick, bis sie vor dem Laden stehen blieben. Als die Augen der älteren Frau ihn erfassten, setzte sein Herz einen Schlag aus. Das ist sie! Das ist sie! Der Dibbuk aus Safed! *El Dio ke mi mate*, soll Gott mich töten, das ist die Frau, deren blaue Augen ich schon über zwanzig Jahre zu vergessen suche. Er spürte das Blut in seinen Schläfen pochen und umklammerte fest die beiden Armlehnen. Die ältere Frau wandte die Augen sofort ab und zog die junge hastig weiter, bestürmte sie auf Jiddisch, schneller zu gehen. Er hatte sie mit Sicherheit erkannt. Ihr Körper war eingefallen und gebeugt, das Gesicht runzlig, aber die Augen, obwohl etwas erloschen, waren dieselben blauen Augen, die ihn verhext hatten, dieselben Augen, derentwegen er überstürzt aus Safed nach Jerusalem zurückgekehrt war, um Merkada zur

Frau zu nehmen. Er atmete tief durch, und gerade als er meinte, sich beruhigt zu haben, standen die beiden Frauen wieder vor dem Laden und stritten auf Jiddisch. Die Junge wollte hineingehen, die Ältere nicht. Plötzlich hob die Junge die Augen und verharrte wie gebannt. Rafael folgte ihrem Blick, um zu sehen, was ihre Aufmerksamkeit erregt hatte, und sah zu seinem Entsetzen Gabriel hinter der Theke stehen, ganz in den Anblick des jungen Mädchens versunken. Das Messer, mit dem er gerade Käse geschnitten hatte, schien in der Luft erstarrt zu sein, seine Kinnlade hing herab. Rafael sah wieder zu der Jungen hin, die Gabriels Blick nicht etwa auswich, wie es sich gehört hätte, sondern ihn ohne Scham erwiderte. *Dio santo*, sie verhext ihn, wie ihre Mutter mich verhext hat, huschte es ihm durch den Kopf. Das alles dauerte nur einen Wimpernschlag, und im nächsten Moment zerrte die Mutter ihre Tochter schon weg vom Laden, aber die wandte das Gesicht und ließ die Augen nicht von Gabriel, der wie gelähmt dastand, sich jedoch gleich wieder fasste, den Laden verließ und ihr folgte. Rafaels dröhnende Stimme hielt ihn auf: ›*Donde vaz?* Wo gehst du hin?‹ Gabriel kehrte wortlos an seinen Platz hinter der Theke zurück. Sie sprachen nicht über den Vorfall, erwähnten weder Mutter noch Tochter. Und zum ersten Mal, seit er Merkada zur Frau genommen hatte, verheimlichte Rafael ihr etwas: Er erzählte ihr nichts von dem, was an jenem Tag im Laden geschehen war.

In jener Nacht fand Rafael keine Ruhe. Die Gestalt des Dibbuks aus Safed wich ihm nicht aus dem Sinn. Trotz all seiner Gelübde musste er immer wieder an sie denken: Sie war mit ihrer Tochter, *ija de una putana*, dieser Hurentochter, angekommen, um ihn und seinen Sohn zu verfolgen. Aber nichts da, er würde sie aus dem Markt vertreiben. Die Aschkenasin würde den Machane-Jehuda-Markt nicht mehr betreten, würde mit ihrer Tochter Lilith nicht in sein Territorium eindringen. Oder vielleicht schien es ihm nur so, dachte er, vielleicht phantasierte er, vielleicht verdächtigte er seinen Sohn zu Unrecht dessen, was er selbst damals in Safed empfunden hatte, als er dem blauäugigen Mädchen begegnete, vielleicht war alles nur Einbildung und Wahn, vielleicht meinte er nur gesehen zu haben, was er sah. Seufzend stieg er aus dem Bett und fragte sich, was er Merkada erzählen sollte, falls sie aufwachte. Doch sie schlief fest, kam gar nicht darauf, dass dies ihre letzte Nacht in seligem Schlummer sein sollte, umgeben von ihren Kindern, die den Schlaf der Gerechten schliefen. Merkada ahnte nicht, dass ihr Mann unterdessen ruhelos, wie vom Teufel besessen, umherlief und dass ihr ältester Sohn, ihr Liebling Gabriel, keine Minute dieser Nacht die Augen zutat.

Rochel war entschlossen, auf den Machane-Jehuda-Markt zurückzukehren. Es war nicht das erste Mal, dass sie Gabriel hinter der Theke des Delikatessengeschäfts hatte stehen sehen, aber das erste Mal, dass sie seinen Blick hatte erhaschen können. Eigentlich durfte sie nicht wieder auf den Markt gehen, so viel war ihr klar. Wenn ihr Vater erführe, dass sie ein Auge auf einen Mann, zudem noch einen Sefarden, geworfen hatte, würde er ihr die Zöpfe abschneiden und sie im Haus einschließen, bis sie ihre Seele aushauchte.

Rochel war ein komischer Vogel. Anders als ihre gehorsamen Schwestern widersprach sie ihrer Mutter und weigerte sich standhaft, im Haushalt zu helfen oder sich um ihre kleinen Geschwister zu kümmern. Die meiste Zeit des Tages saß sie auf den Stufen und sah zu, wie die Kinder im Hof spielten oder die Frauen Wäsche aufhängten.

›Rochel, *kim aher*, Rochel, komm her‹, rief ihre Mutter, aber Rochel stellte sich taub und ignorierte ihre Rufe, die mit dem

Kinderlachen und den Gebeten der Schüler in der nahen Jeschiwa schon zur üblichen Geräuschkulisse des Hofs gehörte.

›Rochel, *kim aher*‹, imitierten die Kinder die schrille Stimme ihrer Mutter und zogen sie an den Zöpfen. Was hatten ihre Eltern nicht alles unternommen, um den bösen Geist auszutreiben, der sich ihrer bemächtigt hatte. Der Vater hatte einen Kabbalisten aus Safed geholt, damit er ihr den Dibbuk austrieb, aber sie hatte nicht mitgemacht, hatte mit den Füßen aufgestampft und geschrien wie eine Irre, sodass man sie schließlich ans Bett fesseln musste. Ihr großer Bruder ließ sie mit Erlaubnis und Ermunterung ihrer Eltern seinen starken Arm spüren, aber auch das half wenig. Letzten Endes sah Rochel ein, dass es besser war, mit ihren Eltern zu kooperieren. Sie fand sich bereit, die sonderbare alte Spaniolin in der Altstadt aufzusuchen und das *Livianos*-Ritual über sich ergehen zu lassen, ja folgte ihnen sogar zu einem kabbalistischen Rabbiner, den ihre Eltern inständig baten, ihrer Tochter den Dibbuk auszutreiben, welcher sie befallen hatte.

›*Wer wellen keinmol a schidduch gefinen for ihr*, wer wird sie heiraten wollen?‹, klagte ihre Mutter. Und nicht genug damit, dass keiner sie würde heiraten wollen, ihretwegen waren auch die anderen Kinder kaum zu vermitteln, Gott schütze uns.

Rochel musste immerzu an den Mann denken, der im Machane-Jehuda-Markt hinter der Ladentheke gestanden und mit dem Mund voll weißer Zähne gelächelt hatte, wobei zwei Grübchen auf seinen Wangen erschienen. Ihr Herz pochte, wenn sie an ihn dachte, das Blut stieg ihr bis zum Hals und trieb ihr die Röte ins Gesicht. Und sie, die sonst lieber auf den Stufen saß und in den Himmel guckte, erbot sich jetzt eilfertig, die Einkaufstaschen zu tragen, wenn ihre Mutter auf den Markt ging, um für den Schabbat einzukaufen. Die Mutter machte nie halt bei *Rafael Ermoza & Söhne – Delikatessen*. Die dort feilgebotenen Leckereien waren unerschwinglich für den bescheidenen Haushalt, den ihre Mutter führte. Nur Grundnahrungsmittel kaufte sie ein: etwas Gemüse, glattkoscheres Fleisch, zumeist Innereien, die billiger waren, und zu Festtagen ein Huhn.

Und weil sie nie bei *Rafael Ermoza & Söhne – Delikatessen* eintraten, sah Rochel Gabriel nur von weitem. Einmal, als ihre Mutter bei der Araberin mit den Tomaten stehen blieb, schlich Rochel davon und hielt vor dem Laden inne, scheinbar um die Säcke mit Trockenfrüchten näher in Augenschein zu nehmen. Ab und zu schielte sie verstohlen nach dem gutaussehenden Mann hinter der Theke. Ihr Gesicht errötete, als er eine Kundin anlächelte und sich dabei die Grübchen auf seinen Wangen zeigten. Ehe sie ihre Mutter noch ›Rochel, *kim aher*‹ kreischen hörte, wollte sie weglaufen, bevor er sie womöglich bemerkte. Aber er hatte sie schon entdeckt, ihre Blicke kreuzten sich. Sie sah, dass sich seine Stirn verdüsterte, während er sie ohne Scham musterte. Und sie, statt die Augen abzuwenden, fixierte ihn mit ihrem Blick! Sähen ihr Vater oder ihr Bruder sie jetzt, würden sie sie mächtig verprügeln. Würde ihre Mutter erkennen, was in ihrem wild klopfenden Herzen vorging, würde sie ihr den Schädel kahlrasieren und sie zu den Nonnen ins Ratisbonne-Kloster stecken, wie sie es schon oft angedroht hatte.

Am nächsten Tag, als ihre Mutter in der Küche und ihre Schwestern mit Putzen und Kinderhüten beschäftigt waren, schlich sie die Treppen zum Hof hinunter, trat auf die Mea-Schearim-Straße, überquerte die Fahrbahn und ging eng an den Hauswänden entlang, inständig betend, auf dem Weg zum Markt nicht etwa ihrem Vater oder dem großen Bruder oder, behüte, einem Verwandten oder Bekannten zu begegnen. Sie passierte die Viertel Ge'ula und Mekor Baruch bis zur Jaffa-Straße, ging durchs Tor und stand schließlich vor dem Geschäft.

Um diese Zeit brummte der Laden. Gabriel, Leito und Leon hatten alle Hände voll zu tun, und keiner bemerkte Rochel, die hineinschlüpfte und sich an der Theke anstellte. Als sie dann an der Reihe war, stand sie direkt vor Gabriel, der den Blick hob und beinah in Ohnmacht gefallen wäre: Es waren dieselben blauen Augen, die jetzt schamlos in seine sahen und lächelten. Er war völlig verdattert. Sie machte den Mund nicht auf.

›Womit kann ich Ihnen dienen?‹, fragte er zögernd.

Sie gab keine Antwort, blickte ihn nur an, wandte keine Sekunde ihre Augen ab.

›Oliven, Käse, Salzhering?‹

›Nein.‹ Sie schüttelte den Kopf.

›*Hayde*, los, Mädchen, ich habe nicht den ganzen Tag Zeit‹, sagte die Frau hinter ihr in der Schlange.

Gabriel nahm eine Handvoll rosa Zuckermandeln und legte sie ihr in die Hand. Seine Berührung jagte ihr einen Schauer über den Rücken, hastig schloss sie die Faust um die Zuckermandeln und verließ ohne Dank oder Bezahlung den Laden.

Sie wartete stundenlang auf ihn, bis er Feierabend machte, saß auf den Stufen, die zur nahen Schule der Alliance française führten. Sie wurde weder müde noch hungrig, noch durstig, dachte nicht an ihre Eltern, die sie gewiss, schier verrückt vor Sorge, in ganz Mea Schearim suchten, und nicht an die Prügel, die ihr Bruder ihr nach der Heimkehr verpassen würde. Sie saß auf den schmutzigen Stufen und wartete auf ihn. Gegen Mittag sah sie den alten Mann kommen, sich auf seinen Holzstuhl vor den Laden setzen und seine Bernsteinkette befingern, wie es die Araber taten. Sie sah ihm zu, wie er mehrere Gläser Tee trank und sich mit Passanten oder mit seinem Sohn unterhielt, der gelegentlich vor die Tür trat, um ein paar Worte mit ihm zu wechseln, sah ihn einige Stunden später aufstehen und auf den Stock gestützt seines Weges gehen. Sie wartete auf ihn, als Leon und Leito gegen Abend anfingen, die Säcke und Fässer hereinzuholen. Sie sah sie die Schürzen abnehmen und nach Hause gehen.

Der Markt leerte sich, die Inhaber der Läden und Stände schlossen ihre Waren ein, die Straßenverkäufer machten sich auf in ihre Dörfer, die Geräusche des Tages verstummten, und nun, da der große Sonnenball tief im Westen stand, trat er endlich aus dem Laden, verrammelte die schweren Holztüren und machte sich auf nach Ohel Mosche. Sie kam aus ihrem Versteck hervor und folgte ihm, bis er ihre Absätze klacken hörte und sich umblickte. Verblüfft schaute er wieder in die meerblauen Augen. Kein Mensch war zu sehen, nur sie und er in der Etz-Chaim-Straße.

Die letzten sanften Sonnenstrahlen brachten ihr Gesicht zum Leuchten, und ihm fiel ein, dass seine Mutter einmal, vor langer Zeit, auf seine Frage, wie Gott aussehe, geantwortet hatte, ›wie goldenes Licht‹. Und da machte sie abrupt kehrt und ging davon.

Er wusste nicht, was ihn veranlasste, gewissermaßen aus sich herauszutreten und dem blauäugigen Mädchen zu folgen. Seine Füße gingen wie von selbst, während sein Herz heftig pochte. Merkada, Rafael und die Geschwister, die zu Hause mit dem Abendessen auf ihn warteten, waren vergessen. Wie ein Blinder ging er ihr nach, bis sie den Hof der Alliance-Schule betrat, sich auf die Stufen setzte und die Augen zu ihm aufhob. Gabriel war ein Mann, der seine Gefühle im Griff hatte, aber was er in diesen Minuten für das blauäugige Mädchen empfand, war anders als alles, was ihn je bewegt hatte. Gelegentlich kamen ihm sündige Gedanken über den Umgang des Mannes mit der jungen Frau, aber nie hatte er sich davon hinreißen lassen, dem aufkommenden Verlangen nachzugeben. Er erinnerte sich an einen frühlingshaften Schabbat in New York: Er war mit Mosche die 5th Avenue hinaufgegangen, als seine Augen die schlanken Fesseln einer jungen Frau in einem leichten, luftigen Kleid und durchsichtigen Seidenstrümpfen erspähten. Lust wallte in ihm auf, sein ganzer Leib prickelte, und er konnte die Augen nicht von den Fesseln lösen, bis sein Freund ihn mit dem Ellbogen anstieß und sagte: ›Pass auf, dass du die Dame nicht umrennst.‹ Er hatte durchaus ein Auge für die Schönheit der Frauen und überlegte zuweilen, was sich unter ihren Kleidern versteckte, stellte sich ihre Rundungen unter dem fließenden Stoff vor, berührte sie sacht in seiner Phantasie.

Doch anders als Mosche, der seine Gedanken laut aussprach, behielt er sie für sich.

Mosche wagte es, Frauen anzusprechen, sie zu grüßen, sich nach ihrem Befinden zu erkundigen. Gabriel hingegen sprach nie mit einer fremden Frau, es sei denn, sie hatte ihn angesprochen, und auch dann begnügte er sich mit knappen Worten und beendete rasch das Gespräch. Eines frühen Abends, als beide von der Arbeit in ihr schäbiges Zimmer zurückgekehrt waren, schlug Mosche ihm vor, ins Badehaus zu gehen.

›Was haben wir denn für einen besonderen Tag?‹, fragte Gabriel verwundert. ›Es ist doch kein Freitag.‹

›Heute ist ein besonderer Abend‹, antwortete ihm Mosche, ›heute gehen wir ins Badehaus und danach ins Bordell.‹

Gabriel hielt in seinem Tun inne und blickte Mosche verblüfft an. Gewiss hatte er manchmal mit dem Gedanken gespielt, das Bordell aufzusuchen, jenes einstöckige Haus in der Bowery Street, dessen dunkle Vorhänge das Treiben im Innern verdeckten, während Gelächter und Musik auf die Straße schallten. Manchmal, wenn sie auf dem Weg zum Badehaus dort vorbeikamen, sah er angesäuselte Männer durch die stets geschlossene Tür herauskommen, begleitet von Frauen mit üppigem Busen, großzügigem Dekolleté und starkem Make-up. Doch vom Gedanken zur Tat war es ein weiter Weg.

›Zieh in Frieden‹, sagte er zu Mosche. ›Ich gehe schlafen.‹

Mosche lachte, er hatte seinen Freund von Herzen gern. Wann würde der *troncho*, der Dummkopf, merken, dass Frauen ihn mehr begehrten als er sie, wann würde er einsehen, dass es Zeit wurde, die Leidenschaft auszuleben, und dass es, trotz allem, was die Lehrer in der Talmud-Thora-Schule ihnen immer wieder eingeschärft hatten, keine Sünde war. Aber er kannte Gabriel gut genug, um nicht auf ihn einzureden. Es war zwecklos, unnötige Worte zu verschwenden, sein Freund würde sich nicht verführen lassen. Mosche sagte ihm auf Wiedersehen und ging allein ins Bordell.

An jenem Abend fand Gabriel keinen Schlaf. Im Geist sah er Mosche zwischen roten Satinlaken liegen, eine vollbusige Frau sich über ihn beugen, ihre fleischigen, knallrot geschminkten Lippen auf Mosches schmale Lippen drücken. Beinah konnte er die Lustschreie aus dem Mund seines Freundes hören. Sein Körper wurde stramm wie eine Geigensaite. Er fasste an sein Glied, die großen Brüste der imaginären Frau und ihr runder Hintern wogten auf und ab, ihr roter Mund stand offen. Er kam, und ehe er noch bereuen konnte, seinen Samen wieder einmal umsonst vergossen zu haben, fiel er endlich in tiefen Schlaf.

Mosche ging fortan regelmäßig ins Bordell. Gabriel blieb trotz seiner Neugierde und trotz Mosches wiederholter Ermunterungen standfest.

Wenn er im Markt hinter der Theke stand und die Frauen ihm schöne Augen machten, senkte er den Blick. Nicht, dass er sie nicht bemerkte. Er sah sie in den Laden kommen, einige plump und beleibt, andere schlank, wieder andere mit Schenkeln so rund wie die Berge rings um Jerusalem. Aber die junge Frau, die jetzt auf den Stufen der Alliance-Schule saß, glich keiner von ihnen. Ihr Körper war mager, ohne ein Gramm überflüssiges Fleisch, ihre Arme waren lang und dünn und ihre Brüste mädchenhaft klein. Ein langärmeliges, schwarzes Kleid und schwarze Strümpfe verhüllten Körper und Beine. Nur ihr schlanker Hals, ihr schönes Gesicht und die goldenen Zöpfe waren zu sehen, aber er konnte sich ihre reine, weiße Haut unter der Kleidung vorstellen. Was tat er hier im Dunkeln mit einem blauäugigen und blondbezopften frommen Mädchen, während seine Eltern und Geschwister gewiss schon verrückt wurden vor Sorge? Er musste augenblicklich heimgehen. Aber seine Füße waren wie am Boden festgenagelt. Er stand vor ihr, versank in ihren Augen. Die Sonne war längst untergegangen, die Dämmerung vorbei, heute würde er das Abendgebet nicht mehr in der Synagoge verrichten. Der Jerusalemer Himmel war von Sternen übersät, sie sahen einander an, und auch die Zeit schien stillzustehen, bis sie plötzlich aufsprang, am ganzen Leib zitternd.

›*Oj, weh is mir*‹, sagte sie auf Jiddisch, ›mein Vater bringt mich um.‹ Und ehe er noch begriff, wie ihm geschah, war sie verschwunden, wie vom Erdboden verschluckt.

Ihm blieb die Luft weg, er konnte nicht begreifen, wie ihm geschehen war seit dem Moment, als er den Laden abgeschlossen und in diese Augen geblickt hatte. Er klopfte seine Kleidung aus, rückte die Schirmmütze zurecht und machte sich auf nach Ohel Mosche.

Seine Mutter sah ihn als Erste. ›*Kerido mio,* wo warst du? Was ist dir zugestoßen? Ich habe schon Leito zum Laden geschickt, um dich zu suchen, bin zu deiner Schwester Klara gelaufen, und du, *nada*, nichts, als hätte dich die Erde verschluckt!‹

Er gab keine Antwort, schwieg wie ein Holzklotz. Nie hatte er seine Mutter angelogen, und was sollte er ihr jetzt wohl sagen? Ich bin den blauen Augen einer jungen Aschkenasin nachgegangen und darin versunken?

›*Kaparavonó, ijo*‹, sie rang die Hände, ›was ist los mit dir? Hast du die Sprache verloren, warum schweigst du? Sie haben ihn ausgeraubt! Haben ihm die gesamten Geschäftseinnahmen gestohlen, die Araber aus Scheich Bader, ausgelöscht sei ihr Name, ausgeraubt haben sie ihn!‹

›Kein Mensch hat mich ausgeraubt‹, gab er rasch zurück. Das stimmte wenigstens.

In diesem Moment kam Rafael herein, den grauen Bart zerzaust, das Gesicht kreidebleich. Er stützte sich auf den Tisch und sagte in eisiger Ruhe zu seinem Sohn: ›In die Synagoge bin ich nicht gegangen, das Abendgebet habe ich nicht gesprochen, zu Abend habe ich nicht gegessen, wasch dir die Hände und setz dich zu Tisch.‹

Rafael hegte keinen Zweifel, wo sein Sohn die letzten Stunden verbracht hatte. Er wusste, das Befürchtete war eingetroffen. Sein Sohn war, wie er seinerzeit, blauen Augen verfallen.

Er hatte es keinem erzählt, erst recht nicht Merkada, aber seit er den Dibbuk aus Safed mit ihrer Tochter vor dem Laden gesehen hatte, fand seine Seele keine Ruhe mehr. Er atmete kaum bei Tag und schlief kaum bei Nacht. Ihre Gestalt verfolgte ihn, und immer wieder musste er an sie denken. Aber hatte er früher voll Verlangen und Sehnen nach dem Unerreichbaren an sie gedacht, waren seine Gedanken jetzt von Angst und Entsetzen begleitet.

Als die scharfsinnige Merkada spürte, dass ihr Mann nicht wie sonst war, und ihn fragte: ›*Ke pasa, mi marido*, ist alles in Ordnung?‹, antwortete er entgegen seiner Gewohnheit ungeduldig, speiste sie mit nichtigen Ausreden ab.

Er spendete mehr für wohltätige Zwecke, betete inständiger in der Synagoge, flehte zum Ewigen, dass die Aschkenasin genauso plötzlich verschwände, wie sie gekommen war, dass der Familie weder durch sie noch durch ihre merkwürdige Tochter ein Leid geschehen und das Leben wieder so normal wie zuvor verlaufen möge, ehe Mutter und Tochter, weiß der Teufel woher, aufgetaucht waren, um ihn bei Tag und Nacht zu plagen.

Und als wäre sein Gebet erhört worden, erschienen die Aschkenasin und ihre Tochter in den nächsten Tagen nicht vor dem Laden. Er dankte dem Ewigen. Die erneute Begegnung mit dem Dibbuk aus Safed hatte nicht etwa seine Leidenschaft entfacht, sondern das Gegenteil bewirkt: Als wäre das Feuer mehr und mehr heruntergebrannt und hätte nur trockene Reiser hinterlassen, die langsam verglühen, bis es für immer erlöschen würde. Er dankte wieder seinem Vater, er ruhe in Frieden, dass er ihn mit einer tüchtigen Frau wie Merkada verbunden hatte, und fand sogar, als sie allein waren, eine Gelegenheit, nach langer Enthaltsamkeit ihr Lager aufzusuchen. Und sie, die in Sachen Männer nichts mehr überraschen konnte, schloss wieder die Augen und wünschte nur, er möge bald fertig sein und sie in Ruhe lassen. Doch zu ihrer Verwunderung stand er erstmals seit ihrer Hochzeit nicht gleich auf, um in sein Bett zu gehen, sondern blieb bei ihr, lehnte den Kopf ans Kissen und sagte: ›Du musst schneller machen mit Gabriels Hochzeit.‹

›Wozu die Eile?‹, gab sie überrascht zurück. ›Ich habe noch nicht alle Jungfrauen überprüft, die in Frage kommen.‹

›Es eilt, benachrichtige Schlomo Molcho, dass wir am Schabbatausgang nach der Hawdala mit Gabriel zu ihnen kommen und die Bedingungen vereinbaren.‹

›Rafael *kerido*, die Hast ist vom Teufel, warum dieses Beharren?‹

›Streite nicht mit mir, Frau! Damit der Teufel sich nicht etwa beeile und du noch den Tag verfluchst, an dem du nicht auf mich gehört hast und wir nicht rechtzeitig zu Estherika gegangen sind.‹

Große Angst überkam Merkada, wovon sprach ihr Mann? Sollte ihr schlimmster Alptraum, Gott behüte, wahr werden?

War das ungute Gefühl, das sie monatelang empfunden hatte, doch keine Einbildung gewesen? War der böse Blick trotz der Reinigung, die der kabbalistische Rabbiner vorgenommen hatte, nicht von der Familie gewichen, und Lilith lauerte an der Tür?

Sie sagte nichts mehr, und schon am nächsten Abend nach dem Abendessen klopfte sie bei Schlomo Molcho an die Tür und erklärte, sie möchten das Haus vorbereiten, nach Schabbatausgang kämen sie und ihr Mann mit Gabriel, um um die Hand der Tochter anzuhalten und die Bedingungen zu vereinbaren.

Rafael atmete erleichtert auf. Jetzt, hoffte er, würde Gabriel Estherika Molcho zur Frau nehmen, und sein Leben würde wieder in ruhigen und geordneten Bahnen verlaufen.

Er blickte auf seinen gutaussehenden Sohn, der sich seiner Schönheit kaum bewusst war, diesen edlen, hochanständigen jungen Mann. *Miskeniko*, er ahnte gar nicht, dass er eben um Haaresbreite vor blauen Augen errettet worden war. Rafael atmete auf. Sein Sohn würde sich nicht, wie er, jahrelang auf seinem Lager wälzen, voll Sehnsucht nach einer unerreichbaren Frau.

Doch gerade als er seinen Frieden wiedergefunden hatte und, vor seinem Laden sitzend, die Bernsteinkette durch die Finger gleiten ließ und die Vorübergehenden musterte, erblickte er erneut das merkwürdige Mädchen und meinte, das Herz stände ihm still. Er sah, dass sie Gabriel anstarrte und dieser auch nicht die Augen von ihr löste. Als Rafael den Blick wieder dem Mädchen zuwandte, war sie nicht mehr da. Ein Dämon, flüsterte er und spuckte dreimal aus, ein böser Geist, eben noch da und schon wieder weg! *Kaparavonó*, dieses merkwürdige Mädchen, wenn Merkada von ihrer Existenz wüsste, sie würde ganz Jerusalem mit Ritualen zur Vertreibung des bösen Blicks und der Dämonen ausräuchern, würde alle Rabbiner der Stadt aufsuchen, um diese Plage auszumerzen, würde nachts nicht mehr schlafen, und ihr Leben würde sich in einen Alptraum verwandeln. Nein, er würde ihr nichts davon erzählen. Das merkwürdige Mädchen würde aus ihrem Leben verschwinden, wenn nicht im Guten, dann im Bösen, dafür würde er schon sorgen, er würde sie ihrem Vater zurückbringen, damit er sie verprügelte und ihr den Kopf schor und sie als *loka* deklarierte. Das war ihm egal, wenn sie sich nicht freiwillig packte, würde er dafür sorgen, dass sie zum Teufel ging. *Allah yachda inschallah*, fand er sich in der Sprache der Araber fluchen, soll Gott sie holen.

Und an jenem Tag, an dem Gabriel lange nicht vom Markt heimkehrte und Leito zurückkam und berichtete, der Laden sei fest verrammelt und er habe ihn bei seiner Schwester Klara und in der Synagoge und bei den Backgammon-Spielern auf dem Markt der Lastträger gesucht und nicht gefunden, da wusste Rafael: Sein teurer Sohn, sein liebstes Kind war den blauen Augen des merkwürdigen Mädchens erlegen. Das Schicksal verfolgte ihn weiter, war vom Himmel verhängt. Er war einst den Augen der Mutter verfallen und jetzt sein Sohn den Augen der Tochter. Nein, nie und nimmer! Wenn es tatsächlich Schicksal war, dann würde er das Gebot des Schicksals außer Kraft setzen! Um nichts in der Welt würde sein Sohn sich mit der jungen Aschkenasin verbinden!

In jener Nacht sprach er kein Wort mit seinem Sohn.

Am nächsten Morgen standen sie früh auf und gingen zum Laden. Rafael merkte, dass Gabriel verändert war. Um ihn unter Beobachtung zu halten, blickte er immer wieder zur Ladentür und blieb, entgegen seiner Gewohnheit, den ganzen Tag im Geschäft, ohne mittags nach Hause zu gehen. Als Merkada mit einem Topf *sofrito* ankam, das sie für ihn gekocht hatte, erklärte er ihr, es gäbe viel Arbeit, die Kunden kämen in Strömen und Gabriel brauche ihn, um auf die Diebe zu achten, die das Gedränge ausnutzten, um Waren zu klauen.

Ihm fiel auf, dass Gabriel es an jenem Tag nicht eilig hatte, den Laden zu schließen.

›Geh nach Hause, Papú‹, sagte er zu Rafael, ›ich habe hier noch ein bisschen was zu tun, ich komme bald nach.‹

›Nichts da!‹, erwiderte Rafael energisch. ›Entweder kommst du jetzt, oder ich warte auf dich, bis du zumachst, und wir gehen gemeinsam nach Hause.‹

Leito und Leon hatten schon die Fässer und Säcke hineingebracht und waren gegangen, die Fellachinnen waren in ihre Dörfer zurückgekehrt, die Eselführer trieben ihre Tiere an, die Straßenverkäufer packten ihre Waren ein, der Markt leerte sich von Kunden und Verkäufern, und sie kam nicht. Aber selbst wenn sie käme, dachte Gabriel, wie sollte ich ihr folgen, wenn mein Vater darauf wartet, dass ich mit ihm nach Hause gehe.

Rafael bemerkte die Nervosität seines Sohnes, seine fahrigen Bewegungen, die Ungeduld, die ihm sonst nicht eigen war. Er wird mir, behüte, noch zum Brillenträger vor lauter Schielen zur Ladentür. Ich muss mit ihm sprechen, muss ihn warnen, ich werde einen günstigen Zeitpunkt abpassen und ihn für ein Gespräch beiseitenehmen, beschloss er.

Als Gabriel endlich den Laden abgeschlossen hatte, gingen sie beide nach Ohel Mosche, ein alter Mann am Stock und ein kräftiger junger, der ihn am Ellbogen hielt, als wolle er ihn beim Gehen stützen. Den ganzen Weg schwiegen sie. Rafael fand nicht den Mut, mit seinem Sohn zu reden, Gabriel schwelgte in Gedanken an das Mädchen, das in sein Herz eingedrungen war. Doch was, wenn sie nicht mehr zum Laden käme, um ihn zu suchen? Was, wenn er sie nicht wiedersähe?

Nein! Nichts damit! Wenn sie nicht kommt, gehe ich sie suchen! Und dann, einen Moment bevor sie die Agrippas-Straße überquerten, um das steinerne Tor von Ohel Mosche zu passieren, sah er sie: Ihre transparente Gestalt huschte wie ein Schemen durch die Gassen.

Lilith, schoss es Rafael durch den Kopf, der sie ebenfalls bemerkt hatte.

Gabriel suchte das Mädchen mit den Augen. ›Rochel‹, rief er, vergaß seinen Vater, der neben ihm ging, und seine Mutter, die zu Hause auf sie beide wartete.

Rafael erschrak, Rochel, *kaparavonó*, er kennt ihren Namen. Und während er noch zu verstehen suchte, was vor sich ging, ließ Gabriel schon seinen Arm los und rannte dem merkwürdigen Mädchen nach.

Rafael schwenkte seinen Stock und rief in biblischer Sprache: ›Du Sohn verkehrter Widerspenstigkeit! Komm sofort zurück! Bleib stehen, sag ich dir, stehengeblieben!‹

Gabriel zögert einen Moment, schließlich hat er noch nie gegen seinen Vater aufbegehrt, aber die Angst, Rochel könnte verschwinden und er sie nie wiedersehen, ist stärker, und er folgt ihr weiter durch die Marktgassen, lässt seinen Vater allein im Dunkeln stehen, den Stock schwenken und zum Himmel schreien, hört wie von ferne die Stimme seines Vaters: ›Gabriel, Gabriel!‹, und läuft weiter wie irre hinter Rochel her, bis sie stehen bleibt und ihm in die Arme fällt. Wie blind umfasst er sie, drückt sie ans Herz, bringt seine Lippen an ihre. Noch nie hat er solch tiefe, starke Liebe empfunden, als zögen ihre Körper sich magisch an. Sie schlingt ihm ihre dünnen Arme um den Hals, steht auf Zehenspitzen, er fasst sie um die Taille, drückt ihren Leib an seinen, spürt ihre kleinen Brüste durch das grobe Kleid, und dann hält er sie von sich ab, und sie schaut ihm in die Augen und sagt: ›*Ich hob dich lieb*, ich liebe dich.‹

In diesem Augenblick hat das Universum aufgehört zu existieren. Sie lassen nicht ab, sich zu küssen, zu halten, als hinge ihr Leben davon ab. Ihr schmächtiger Körper schmiegt sich an seinen großen, seine Arme umschlingen sie, sein Mund flüstert ihr Dinge zu, die ihm noch nie über die Lippen gekommen sind, und sie saugt durstig jedes Wort auf. Auch wenn sie nicht alle Wörter versteht, versteht sie doch seinen Atemhauch, die Berührung seiner Lippen auf ihren Wangen, sein heftig pochendes Herz an ihrem Herzen, das im gleichen Takt schlägt.

Sein Vater, den er allein auf der Straße zurückgelassen hatte, war gänzlich vergessen, und er dachte auch nicht an den Preis, den er bezahlen würde, denn das, was er für das junge Mädchen empfand, das jetzt seine Hand nahm und sie unter ihr Kleid führte, hatte keinen Preis. Er berührte ihre nackte Haut, erbebte und zog die Hand hastig wieder zurück.

›Nein, Rochel, warten wir, halten wir uns zurück, bis wir heiraten.‹

Rochel war sehr ruhig, sehr mutig. Wenn ihr Vater oder ihr Bruder erführen, dass eine Männerhand ihren Körper berührt hatte, würden sie sie eigenhändig umbringen und ihre Leiche auf die Straße werfen, und keiner in Mea Schearim würde sie dafür rügen.

Sie wollte mit Gabriel auf dem dreckigen Bürgersteig im Machane-Jehuda-Markt bleiben, um bloß nicht nach Hause zurückzukehren. Sie wusste, was sie daheim erwartete, konnte die Schläge ihres Vaters und die Hiebe mit dem Gürtel ihres Bruders spüren, unter denen ihre Haut aufspringen und bluten würde, sie wusste, man würde sie ans Bett fesseln und ihr tagelang Brot und Wasser vorenthalten, bis ihre Arme kraftlos wurden, aber sie war bereit, sieben Tode zu erleiden für diese wenigen Minuten in Gabriels Armen.

Der Skandal, der in den nächsten Wochen ausbrach, drohte Jerusalem zu zerreißen. Die außergewöhnliche Liebesgeschichte zwischen der Aschkenasin Rochel Weinstein aus Mea Schearim und dem Spaniolen Gabriel Ermoza aus Ohel Mosche war in der Stadt in aller Munde. Nicht nur, dass Gabriel sich in eine Aschkenasin, noch dazu eine Strenggläubige aus Mea Schearim, verliebt hatte, man sah sie auch noch am helllichten Tag auf den Stufen der Alliance-Schule Händchen halten. Weh den Augen, die solches schauten. Rafael tobte, Merkada fiel in Ohnmacht. Da half kein Schreien, kein Weinen, kein Kleiderzerreißen, halfen weder Schwüre noch *Livianos*-Rituale und Geisteraustreibungen. Gabriel war sich seiner Liebe zu Rochel sicher und erklärte seinen Eltern, wenn sie ihren Segen nicht gäben, würde er sie auch gegen ihren Willen zur Frau nehmen.

›Nichts da!‹, brüllte Rafael. ›Mein Sohn wird keine Aschkenasin heiraten!‹

›*Adío senyor del mundo*, womit habe ich gesündigt‹, klagte Merkada und erinnerte sich an den schrecklichen Tag, an dem sie Rochel zum ersten Mal gesehen und als Lilith, die Satanstochter, erkannt hatte. ›*El Dio ke la mati*‹, verfluchte sie sie und schlug sich mit der Faust auf die Brust. ›Nur über meine Leiche wirst du die aschkenasische *putana* heiraten, die dir *invalide* Kinder gebären wird!‹

Und Rochel – die wurde mit Schimpf und Schande aus ihrem Vaterhaus verjagt.

›*Ich hob nischt mehr ejn Tochter*‹, schrie ihr Vater. Er stand auf, zerriss den Blusenkragen seiner Frau und den Hemdkragen seines ältesten Sohns und dann auch seinen.

›*Mir sitzen Schiwe noch Rochel*‹, wir sind in Trauer, sagte er zu Frau und Kindern, ›informiert alle in Mea Schearim, wir sitzen Schiva, Rochel ist gestorben.‹

Seit man sie aus dem Haus gejagt hatte, übernachtete Rochel jeden Tag an einem anderen Ort, den Gabriel ihr vermittelte. Eine Nacht schlief sie bei Leon, dessen aschkenasische Frau Mitleid mit ihr hatte und sie gegen den Widerstand ihres Mannes, der Merkada und Rafael ungern zuwiderhandelte, bei ihren Kindern unterbrachte.

›Aber nur heute Nacht‹, sagte sie zu Gabriel, ›länger erlaubt es Leon nicht.‹

Andere Nächte verbrachte sie im Altersheim gegenüber dem Wallach-Krankenhaus, wo sie fürs Logis die Betten machen und die Töpfe der alten Leute ausgießen musste, aber sie konnte den furchtbaren Gestank und die aufkommende Übelkeit nicht ertragen und erklärte Gabriel, sie wolle lieber auf dem Friedhof gegenüber nächtigen, als die Notdurft alter Menschen wegzuschütten. Gabriel war ratlos. Er versicherte ihr, er werde die Hochzeit möglichst schnell arrangieren und eine Unterkunft für sie beide finden. Doch fürs Erste flehte er sie an, noch ein paar Tage im Altersheim auszuhalten, bis er eine Lösung fände. Rochel willigte ein unter der Bedingung, dass sie die Nachtschicht bekam, während der die meisten Bewohner schliefen und es, abgesehen von den haarsträubenden Schreien eines von Alpträumen geplagten Alten, relativ ruhig war, sodass sie auf dem harten Bett, das man ihr zuwies, schlafen konnte. Morgens hielt sie sich die Nase zu, leerte die Nachttöpfe aus und suchte schnellstens das Weite, um erst zur Nachtwache wiederzukommen.

Am Tag ging Rochel an die Westmauer, betete stundenlang, flehte den Ewigen an, ihr Vater möge ihr verzeihen und Gabriels Eltern möchten sie akzeptieren, damit sie mit ihrem Liebsten eine Familie gründen und ihm Kinder gebären könnte. Da sie weder lesen noch schreiben konnte, steckte sie einen Zettel, auf den sie ihre Tränen vergossen hatte, zwischen die Quader. Die Tränen, glaubte sie, würden den Heiligen, gelobt sei er, schneller erreichen als Worte.

Danach lief sie sich die Füße in den Straßen der Stadt müde, ging nach Jemin Mosche, betrachtete die kreisenden Windmühlenflügel, streifte durch die Gassen von Nachalat Schiva. ›Geh, wohin du willst‹, hatte Gabriel gesagt, ›aber komm nicht zum Machane-Jehuda-Markt. Man muss nicht noch Salz auf die Wunde meines Vaters streuen und ihn erzürnen. Lass mich ihn langsam überreden, und mit Gottes Hilfe wird er dich letzten Endes als Tochter der Familie akzeptieren.‹

Auch ihr Viertel Mea Schearim mied sie, aber das tat sie willig. Fast von Geburt an hatte sie sich durch die dicht stehenden Hausmauern, die verwinkelten Gassen, die gedrängten Höfe, die Wäsche an den Leinen beengt gefühlt. Ihre Seele wollte Freiheit, wollte in die Welt hinaus. Sie war ein wissbegieriges, rebellisches und hartnäckiges Mädchen, suchte immer das Verbotene, stellte immer Fragen, und ihre Eltern wussten nicht, wie sie mit ihr fertig werden sollten. Ihnen fiel nichts anderes ein, als sie zu verprügeln oder ans Bett zu fesseln.

Eines Abends, als der Markt sich leerte und Gabriel zu ihrem festen Treffpunkt an den Stufen der Alliance-Schule kam und sie schützend in seine Jacke hüllte, schmiegte sie sich an ihn und bettelte: ›Bleib heute Nacht bei mir, bitte.‹

›Das ist verboten, *kerida mia*, das ist Gotteslästerung, wir können nicht zusammen sein, ehe wir rechtmäßig verheiratet sind.‹

›Ich kann keine einzige Nacht mehr in dem Altersheim zubringen, ich kann den Hauch des Todes nicht ertragen, die Schreie der Alten bei Nacht, das ängstigt mich sogar noch mehr als die Schläge meines Bruders.‹

›Wenn nichts anderes übrigbleibt, spreche ich mit Leon, dass du noch mal bei ihnen schlafen kannst, Liebling, noch ein paar Nächte, und alles wird sich regeln, in ein paar Tagen sind wir Mann und Frau und haben ein Heim für uns. *Pasensia*, meine Teure, *pasensia*, du wirst sehen, alles wird gut ausgehen.‹

Sie wollte nicht wieder zu Leon, der sie anschaute, als wünschte er, die Erde möge sich auftun, um sie zu verschlingen, und der mit seiner Frau schimpfte und ihr drohte, wenn sie die Aschkenasin nicht fortjagte, würde er auch sie verstoßen. Sie zitterte am ganzen Leib und fing an zu weinen. ›Ich will bei dir bleiben, will weder im Altersheim noch in Leons Haus schlafen.‹

Gabriel strich ihr über den Kopf. Sie war so schön im Mondschein, das Gesicht von blondem Haar bekränzt, die blauen Augen voller Tränen. Rasch trocknete er ihre Wangen und küsste sie. ›Komm‹, sagte er, indem er sie bei der Hand nahm und hochzog. Sie ging ihm nach, ohne zu fragen, wohin.«

Es war sehr spät, und Tia Allegra schien vom Erzählen erschöpft zu sein. Sie schloss seufzend die Augen, als würde sie gleich in tiefen Schlaf sinken. »*Basta, kerida*«, sagte sie, »ich habe dir genug erzählt, ich bin müde. Vielleicht machen wir ein anderes Mal weiter.«

»Bitte, bitte, Tia«, bettelte ich, »wenn du schon bis hierher erzählt hast, musst du auch weitermachen und mir verraten, wohin Opa Gabriel die Aschkenasin gebracht hat und was aus ihrer Liebesgeschichte geworden ist!«

»Was aus ihrer Liebesgeschichte geworden ist, *kerida mia*, habe ich von meiner Schwester Klara gehört. Ich selbst war damals in Tel Aviv, schlief den Schlaf der Gerechten neben meinem Eleasar, er ruhe in Frieden, ahnte nicht, dass, während ich in Träumen schwelgte, das Leben meines geliebten Bruders eine dramatische Wende nahm, wusste nicht, dass die Familie Ermoza bei meinem Erwachen nicht mehr die sein würde, die sie gewesen war, als ich ins Bett ging.« Tia Allegra seufzte erneut und schloss die Augen. Gleich wird sie einschlafen, fürchtete ich. Ich rückte meinen Stuhl näher an ihren Sessel heran, schüttelte ihren Arm und bestürmte sie: »Was ist mit Gabriel und Rochel geschehen, bitte, Tia, wo hat er sie hingebracht? Wer hat sie für die Nacht aufgenommen?«

»Sturkopf«, tadelte mich Tia Allegra, »stur wie meine Mutter Merkada, stur wie deine Mutter Luna, ihr alle habt den Samen der Sturheit in euch. Wenn ihr was wollt, geht ihr mit dem Kopf durch die Wand, schlagt eure Zähne in die Beute und lasst nicht locker, bis ihr es erreicht habt.«

Der Vergleich mit meiner Mutter und mit der »säuerlichen Alten Merkada«, wie Oma Rosa sie zu titulieren pflegte, gefiel mir gar nicht, aber es war nicht der richtige Moment, um darüber zu streiten. Ich wünschte mir so sehr, dass Tia Allegra mit ihrer Geschichte fortfuhr, dass ich nur ergeben nickte.

»Es war spät, als Gabriel an Klaras grüne Holztür klopfte«, fuhr sie schließlich fort. »Klara, ihr Mann Jakob und die Kinder hatten selig geschlafen, bis sie von dem Pochen geweckt wurden. Jakob öffnete benommen und erschrocken die Tür.

›Ruf meine Schwester‹, forderte Gabriel.

›Jetzt? Um diese Uhrzeit? *Ke pasa?*‹, fragte Jakob, indem er verwirrt von Gabriel zu Rochel blickte.

›Stell keine Fragen, Jakob, ruf meine Schwester.‹

Klara kam aufgeregt, im Nachthemd und mit zerzaustem Haar. ›Was willst du?‹, fragte sie und blickte misstrauisch auf Rochel, die wie ein herbeigewehtes Blatt an der Schwelle stand.

›Sie schläft bei dir‹, sagte Gabriel.

›Vater bringt mich um, wenn er erfährt, dass ich die Aschkenasin ins Haus gelassen habe‹, schnauzte sie aufgebracht.

›Und ich bring dich um, wenn du sie nicht reinlässt‹, gab Gabriel zurück.

Klara war bass erstaunt über seine Bestimmtheit. Ihr umgänglicher Bruder drohte ihr, noch dazu in so scharfem Ton?

›Sie hat keinen Schlafplatz, und morgen wird sie deine Schwägerin, ein Familienmitglied, also lass sie ins Haus!‹

Klara blieb vor Verblüffung der Mund offen stehen, aber sie trat wortlos beiseite.

Gabriel nahm, ungeachtet seiner Schwester, Rochels Gesicht in beide Hände, küsste sie auf die Lider und sagte: ›Mach dir keine Sorgen, *mi alma*, ab morgen haben wir ein Heim.‹

Nachdem er Rochel bei seiner Schwester gelassen hatte, machte er sich auf zu seinen Eltern. Leise, leise wie ein Dieb öffnete er die Tür und betrat das Haus. Seine Eltern lagen in ihren Betten, aber er wusste, sie schliefen nicht. Er war darauf gefasst, dass seine Mutter wieder aufstehen und Rochel verfluchen würde: *Ija de un perro, ija de una putana*, möge Gott sie töten. Aber seine Mutter sagte nichts, und auch sein Vater wurde nicht laut, sondern sagte nur müde: ›Wieder kommst du von der aschkenasischen *putana*? Wann wirst du begreifen, dass man bei uns keine Aschkenasinnen heiratet!‹

Gabriel schlüpfte in sein Zimmer, deckte sich zu, und bevor er die Lider schloss, sah er Rochels blaue Augen vor sich. Er dachte an das Leben, das ihn an ihrer Seite erwartete. Hätte ihm früher, ehe er Rochel kannte, jemand gesagt, er würde gegen den Willen seiner Eltern eine Aschkenasin zur Frau nehmen, ohne Beisein der Familie, hätte er ihm ins Gesicht gelacht oder ihn mächtig verprügelt. Doch nun stand er im Begriff, Rochel zu heiraten, in Auflehnung gegen seinen Vater und seine Mutter. Es war stärker als er, er kam nicht an gegen seine Gefühle, gegen die große Liebe, die er empfand, seit er sie zum ersten Mal gesehen hatte. Es war größer als er, es war Schicksal. Ihre Eltern saßen Schiva für sie, seine Eltern waren unter keinen Umständen bereit, sie zu akzeptieren. Nach der Hochzeit, wenn sie Kinder bekämen, würden sie vielleicht weicher werden, hoffte er. Wenn sie die große Liebe sähen, die sie füreinander empfanden, würden sie vielleicht ein Einsehen haben. Er schloss die Augen und verfiel in tiefen, traumlosen Schlaf.

Ohrenbetäubende Schreie gellten durchs Haus. ›*Dio mio! Si muriyo!* Rafael, der Zaddik, *si muriyo!*‹

Gabriel schreckte aus dem Schlaf hoch. Die Schreie erfüllten das Haus. ›Er ist tot! Er ist tot!‹, hörte er seine Mutter kreischen. Er verließ sein Zimmer, das Haus war voll mit Menschen, seinen Geschwistern, Nachbarn, Verwandten. Er hatte tief geschlafen, keiner hatte daran gedacht, ihn zu wecken. Kaum hatte seine Mutter ihn erblickt, bearbeitete sie ihn auch schon mit Fäusten: ›Ihr habt ihn umgebracht! Ihr habt deinen Vater umgebracht, du und deine aschkenasische *putana*, ihr habt deinen Vater umgebracht!‹

Gabriel war zu verstört, um das Geschehen zu begreifen. ›Wovon redest du?‹, fragte er seine Mutter.

›Dein Vater, dein Vater Rafael, der Gerechte, der Heilige, ist tot. Es hat ihm das Herz gebrochen, du hast ihm das Herz gebrochen, du! Du!‹

Gabriel trat ans Bett seines Vaters. Familie und Verwandte gaben ihm den Weg frei. Rafael lag auf dem Rücken, bleich wie ein Gespenst, die Augen weit aufgerissen. Gabriel brachte sein Gesicht nahe an das des Vaters und legte ihm die Hand unter die Nase, in der Hoffnung, seine Mutter sei nur in Hysterie verfallen und ihre Angst würde sich als irrig erweisen, gleich würde sein Vater wieder atmen, und alles wäre gut, aber da kam kein Atem. Sein Vater war tot. Er brach über dem Leichnam zusammen und weinte hemmungslos: ›*Pardóne me, pardóne me, papú, Dio mio*, großer Gott, Papa, vergib mir, was habe ich dir nur angetan!‹

Merkada, selbst zutiefst erschüttert, traute ihren Augen nicht: Ihr starker Sohn, der gestandene Mann, brach zusammen und weinte wie eine Frau. Obwohl sie von Trauer und

Schmerz überwältigt war, erfasste sie, dies war der richtige Augenblick, um die Lage auszunutzen. Ohne Zögern trat sie zu ihrem Sohn, legte ihm die Hand auf die Schulter, hieß ihn vom Leichnam seines Vaters aufstehen und sagte in eiskaltem Ton: ›Du hast deinen Vater umgebracht, hast mich zur Witwe und deine Geschwister zu Waisen gemacht. Wenn du mich nicht auch noch umbringen willst, dann gelobe mir bei deinem Vater, der hier deinetwegen tot vor uns liegt, dass du die Aschkenasin nicht heiraten und im Leben nicht wiedertreffen wirst.‹

Gabriel, benommen vor Schmerz, fiel ihr um den Hals und wimmerte: ›Ich gelobe es, Mama, ich gelobe es, ich bitte um Vergebung, es tut mir so furchtbar leid.‹

›Bei wem gelobst du?‹, verlangte Merkada die Wiederholung seines Schwurs.

›Ich gelobe es bei meinem Vater.‹

›Was?‹, beharrte Merkada. ›Sag es, dass deine Geschwister es hören. Dass deine Schwester Klara es hört, dass deine Schwester Allegra es in Tel Aviv hört, dass ganz Ohel Mosche es hört, dass ganz Jerusalem es hört, dass dein Vater, der hier tot liegt, es hört, was gelobst du?‹

›Ich gelobe, dass ich die Aschkenasin nicht heiraten und sie im Leben nicht wiedertreffen werde‹, wimmerte Gabriel.

Merkada ließ von ihm ab. ›Nimm‹, sie reichte ihm ein Taschentuch, ›wisch dir die Tränen ab, genug geweint, sei ein Mann! Wir müssen deinen Vater auf den Ölberg bringen.‹

Von jenem Tag an hat dein Großvater Gabriel Rochel kein einziges Mal wiedergetroffen«, seufzte Tia Allegra. »Er hat nicht Abschied von ihr genommen und ihr nichts von seinem Beschluss erzählt, sie nicht zu heiraten. Er tat so, als hätte sie nie existiert. Merkada erwähnte ihren Namen nicht mehr, und wir taten es auch nicht. Nur die Klatschbasen von Ohel Mosche schnalzten mit den Zungen und erzählten unter dem Siegel der Verschwiegenheit von Gabriels großer Liebe zu der Aschkenasin aus Mea Schearim, die Senyor Rafael Ermoza, dem Zaddik, das Herz gebrochen und seinen Tod herbeigeführt hatte.«

»Und Rochel?«, fragte ich Tia Allegra, »was ist mit ihr passiert?«

»Ah, das weiß ich nicht, *kerida*, und ehrlich gesagt habe ich mich auch nicht danach erkundigt. Ich weiß nur, dass meine Schwester Klara, nachdem man sie mitten in der Nacht vom Tod unseres Vaters, er ruhe in Frieden, benachrichtigt hatte, Rochel unter Flüchen auf die Straße gejagt und als ›Mörderin‹ bezeichnet hat und dass ihre Spur sich seither verloren hat.

Und deinen Opa Gabriel hat unsere Mutter ein Jahr nach Rafaels Tod mit Rosa verheiratet. Das war eine Hochzeit, wie ich sie meinen ärgsten Feinden nicht wünsche, eine Hochzeit ohne Gäste, ohne Familie, ohne Bewirtung, ohne Freude. Nur mit zehn Männern für den Minjan. Keiner von uns kannte die Braut oder ihre Familie. Wir wussten bloß, dass sie eine Waise aus dem Viertel Schamma war und als Putzfrau in Häusern von Engländern gearbeitet hatte.«

Fahlgraues Licht fiel in Tia Allegras Fenster. Der Sonnenaufgang stand bevor. Doch trotz der durchwachten Nacht war ich kein bisschen müde. Ich dachte an meinen Großvater und an seine glühende, unverwirklichte Liebe zu der Aschkenasin aus Mea Schearim, eine Liebe, die sein Herz erfüllt und keinen Platz für Oma Rosa darin gelassen hatte. Ich dachte an Merkada, die Rafaels Tod so schändlich ausgenutzt hatte, um Gabriel ein furchtbares Versprechen abzunehmen, ihn bei seinem toten Vater geloben ließ, die Liebe seines Lebens nie wiederzusehen. Ich dachte an die willkürlich aufgezwungene Eheschließung, bei der die arme Oma Rosa nicht ahnte, dass

Merkada sie kalt berechnend als Spielfigur in dem Rachefeldzug einsetzte, den sie gegen ihren Sohn führte.

Und ich dachte an das Schlimmste von allem: Wie konnte es angehen, dass meine Familie ein so düsteres Geheimnis hegte und damit in Frieden lebte? Wie konnte es sein, dass niemand sich je verplappert, keiner je ein Wort preisgegeben hatte? Wie konnte man zulassen, dass meine Großmutter sich all die Jahre ihrer Ehe quälte, ohne zu verstehen, warum ihr Mann sie nicht so liebte wie sie ihn? Und wie war es möglich, dass niemand sich je gefragt hatte, was aus der bedauernswerten Geliebten meines Großvaters geworden war, die man in jener Nacht mit Schimpf und Schande aus dem Haus seiner Schwester gejagt hatte?

Ich hatte so viele Fragen, wollte Antworten, wünschte mir, Tia Allegra möge weitererzählen. Aber Tia Allegra war müde, sehr müde.

»*Hayde*«, sagte sie leise, »ich habe für hundert Jahre geredet, bitte hilf mir aus dem Sessel und in mein Zimmer.«

Ich half ihr aufstehen, sie stützte sich auf ihren Stock und tappte in ihr Zimmer.

»Möge Gott mir helfen, Gabriela«, sagte sie zu mir, bevor sie ihre Schlafzimmertür zumachte, »ich weiß nicht mehr, warum du aus Jerusalem zu mir gekommen bist, aber ich erinnere mich an jede kleinste Begebenheit, die sich vor vierzig Jahren ereignet hat. So ist das im Alter, man hängt vielem nach.«

3

Rosa war sechzehn, als sie den einundzwanzigjährigen Gabriel heiratete. Schön war sie nicht, gelinde ausgedrückt. Sie hatte ein breites, grobes Gesicht und eine kräftige Statur wie eine Bäuerin. Er hingegen sah gut aus, edel und hochgewachsen wie eine Zypresse. Auf diese Weise rächte sich meine Urgroßmutter Merkada an ihrem geliebten Sohn. Sie verheiratete ihn mit einer Frau ohne Familie, ohne Abkunft, ohne Vermögen und ohne Anmut. Gabriel tat nicht den Mund auf und leistete keinen Widerstand. Genau ein Jahr nachdem sie seinen Vater Rafael begraben hatten, nahm er Rosa in der Elijahu-Hanavi-Synagoge zur Frau, nur in Anwesenheit des gebotenen Gebetsquorums von zehn Männern.

Es war, erzählte man sich, *una boda sin kantadores*, eine Hochzeit ohne Sänger, wie es bei den Armen, nicht aber bei den Ermozas üblich war. Und erst als er das Glas zertrat und sagte: »Wenn ich dich je vergesse, Jerusalem, dann soll mir die rechte Hand verdorren«, und sie nun Mann und Frau waren, wurde ihm bewusst, dass er nicht mal die Augenfarbe seiner frischgebackenen Ehefrau kannte.

Rosa war zwar hässlich und hatte das Benehmen armer Leute, erwies sich aber als tüchtig. Gleich bei ihrer Heirat gab sie die Arbeit als Putzfrau in englischen Häusern auf und half dafür ihrem Mann im Geschäft. Neun Monate nach der Hochzeit brachte sie ihr erstes Kind zur Welt, doch der Kleine starb, bevor er einen Monat alt wurde. Ihr Mann tat seine Pflicht als Ernährer und erfüllte all ihre Bedürfnisse, aber nicht mehr als das. Seit dem Tod seines Vaters war er in sich gekehrt, redete wenig, und sein fein geschnittenes Gesicht war häufig wie von einer Wolke verdüstert. Urgroßmutter Merkada, die bei ihm und seiner jungen Frau im Haus wohnte, merkte, dass Gabriel, der früher stets heiter gewesen war, jetzt selten lächelte und seit seiner Hochzeit kein einziges Mal gelacht hatte.

Wenn sie ihre Schwiegertochter so sah, huschte ihr manchmal der Gedanke durch den Kopf, es sei vielleicht eine zu harte Strafe gewesen, ihren gutaussehenden Sohn mit dieser plumpen Waise zu verheiraten, aber dann verscheuchte sie rasch den Gedanken und sagte sich: Trügerisch ist Anmut, vergänglich die Schönheit – schau doch, wohin die Schönheit der Aschkenasin, ausgelöscht seien ihr Name und Andenken, uns gebracht hat.

Meine Mutter Luna kam genau achtzehn Monate nach dem Tod von Großmutter Rosas Erstgeborenem zur Welt. Sie erzählte mir gern, als sie geboren wurde, hätten alle Vögel in Jerusalem so laut gezwitschert und alle Kirchenglocken so mächtig geläutet, dass man es sogar in der Geburtsklinik Misgav Ladach hörte, wo sie das Licht der Welt erblickte. Wenn ich Großmutter Rosa danach fragte, sagte sie: »Die mit ihrem Spatzengedächtnis will sich erinnern, dass bei ihrer Geburt die Vögel gezwitschert haben? Ich erinnere mich nicht daran, wie soll sie es dann?«

Doch Großmutter erinnerte sich sehr gut daran, wie Opa Gabriel meine Mutter, nachdem man sie gesäubert und gebadet und ihr Batistkleider angezogen hatte, zum ersten Mal auf den Arm nahm. Er drückte sie ans Herz, und sie packte seinen kleinen Finger und schlug die Augen auf. In diesem Moment setzte sein Herz einen Schlag aus, und er sah zum zweiten Mal in seinem Leben goldene Lichtstrahlen: Sie erleuchteten das Gesicht des Babys wie die, von denen ihm seine Mutter früher, als er klein war, gesagt hatte, so sähe Gott aus.

»*Presioza mia*, meine Hübsche, meine Schöne.« Und dann geschah ein Wunder, denn Opa Gabriel, der seit dem Tag, an dem Urgroßvater Rafael wegen ihm und der Aschkenasin gestorben war, kaum je gelächelt und seit der Hochzeit mit der Waise Rosa aus dem Viertel Schamma kein einziges Mal gelacht hatte, lachte vor Glück. Er schwang seine Tochter über seinen Kopf und tanzte mit ihr durch das Zimmer, in dem Oma Rosa mit anderen Wöchnerinnen lag. Vor dem Fenster stand der Vollmond. Sein Schein fiel ins Zimmer, überflutete es mit schimmerndem Licht, und mein Großvater blickte meine Baby-Mutter an, trug sie ans Fenster und sagte zu ihr: »Schau, *presioza mia*, schau, der Mond leuchtet wie du, *luna mia*, meine Luna.« Und so stand der Name meiner Mutter fest: Luna, nach dem Mond, der am Tag ihrer Geburt wieder Licht ins Leben meines Großvaters gebracht hatte.

Jeden Feierabend eilte Gabriel heim zu seiner kleinen Luna, und auch tagsüber wollte er sie sehen. »Bring sie in den Laden«, sagte er zu Rosa, »bring sie mindestens zwei-, dreimal am Tag, dieses Mädchen ist ein Segen, sie bringt mir Glück.«

Rosa wickelte Luna in Baumwollwindeln, zog ihr eine Hose und darüber ein rosa Kleidchen mit Bommeln an, streifte ihr weiße Strümpfe über die Beinchen und setzte ihr eine weiße Mütze auf, alles selbstgestrickt während der Schwangerschaft, eine neue Garnitur für das neue Baby, das sie erwartete. Die Kleider des toten kleinen Rafael, er ruhe in Frieden, hatte Merkada zu Rosas Leidwesen gleich nach seiner Beerdigung aus dem Haus geschafft, damit, *pishkado i limón*, die Kleider des toten Kindes nicht etwa Unglück brächten. Als sie zusammen mit seinem Bettchen dem sefardischen Waisenhaus übergeben wurden, weinte Rosa bitterlich und wollte sich nicht trösten. Ihre Schwiegermutter ließ sie weinen und wies ihre Töchter an, sie nicht zu stören. »Bis sie wieder ein Kind im Leib hat, wird es ihr vergehen«, sagte sie, und Gabriel, der nicht wusste, wie er mit dem Schmerz seiner jungen Frau umgehen sollte, tat nichts, um ihr beizustehen, sondern widmete sich ganz dem Geschäft und sprach kein einziges Mal mit ihr über den toten Sohn, über ihre oder seine Gefühle.

Nachdem Rosa die Kleine gut angezogen hatte, legte sie sie in den weißen, hölzernen Wagen, der beiderseits Fenster hatte, damit Luna in die Welt gucken konnte. Rosa war sehr stolz auf den klobigen Wagen. Gabriel war eigens nach Tel Aviv gefahren, um ihn zu kaufen. Nur wenige konnten sich einen so prächtigen Kinderwagen leisten. Rosa deckte Luna mit einer dick wattierten Flickendecke zu und fuhr mit ihr spazieren.

Im Machane-Jehuda-Markt angelangt, kam sie sich vor wie die Königin von England. Alle Ladenbesitzer und Händler grüßten sie und riefen ihr zu: »*Masel tov, senyora Ermoza, k'estés sanas tú i tú ninya!*«, und Rosa lächelte übers ganze Gesicht. Das war ihre beste Zeit. Die Frauen traten an den Wagen, schnalzten mit der Zunge und bewunderten das bildschöne Baby, die hübsche Kleidung, den prächtigen Wagen und die hochwertige Decke. Und Rosa, die längst die schweren Zeiten vergessen hatte, als sie und ihr Bruder kaum etwas zu essen gehabt hatten, dankte lächelnd den Gratulanten. Keiner, auch ihr Mann nicht, wusste, dass sie daheim, allein mit dem Kind, kaum Geduld aufbrachte. Das Schreien des Babys machte sie verrückt. Sie hob Luna grob aus dem Bettchen, entblößte die Brust und stopfte ihr den Nippel in den Mund, um sie zum Schweigen zu bringen. Kein Mensch wusste, und gewiss nicht ihr Mann, dass sie, wenn sie frühmorgens allein im Haus war, bei geschlossenen Läden im Bett saß und in die Luft starrte, Schafe zählte und wartete, dass die Sonne aufging, damit sie das Kind wieder spazieren fahren konnte.

Rosa sah Gabriels Augen aufleuchten, sobald er Luna anblickte, sah, wie unendlich behutsam er sie auf den Arm nahm, auf die Augen küsste, in Babysprache mit ihr redete, sie in die Luft schwang und sich mit ihr brüstete, als sei sie ein Meisterwerk. Doch ihr eigenes Herz schien sich vor der Kleinen zu verschließen. Ich habe noch keinen Platz für sie im Herzen, dachte sie, habe noch nicht genug um den kleinen Rafael getrauert, als die hier kam, zu früh war sie da. Insgeheim war sie auch eifersüchtig wegen der besonderen Zuneigung, die Gabriel der Tochter schenkte. Sie, Rosa, hatte von ihm noch nie Nähe und Zuwendung erfahren, von Liebe ganz zu schweigen.

Im Bett hatte er sie seit der Hochzeit nur selten aufgesucht und seit Lunas Geburt bisher kein einziges Mal. Er war in sich gekehrt, distanziert, redete nur über Dinge, die das Baby und den Haushalt betrafen, und beteiligte sie nicht an seinen Angelegenheiten. Nie schenkte er ihr Aufmerksamkeit oder verwöhnte sie mit liebevollen Worten oder Gesten. Immer erfüllte er nur seine Pflicht. Auch wenn er sie im Bett aufsuchte, tat er, was es zu tun galt, und stand gleich wieder auf, um in sein Bett am anderen Ende des Zimmers zu gehen. Sie beklagte sich nicht, das Leben an seiner Seite war weit besser als ihr früheres. Sie hatte genug zu essen und anzuziehen und konnte ihren jüngeren Bruder mit versorgen. Sie war dankbar dafür, hoffte jedoch im Stillen, ihr verehrter Mann werde ihr letzten Endes Gunst erweisen, sie ganz vielleicht einmal so berühren, wie sie ihn berühren wollte, lustvoll, zärtlich. Vielleicht würde er sie, wenn er nachts zu ihr kam, einmal auf den Mund küssen. Er hatte ihr noch nie einen Kuss gegeben, nicht einmal unter dem Hochzeitsbaldachin. Obwohl er kein Wort gesagt hatte, wusste sie, sie hatte ihn enttäuscht, als der kleine Rafael starb. Er hatte sie mit keinem Wort getröstet, als sie nachts über den Tod des Kindes weinte, das nicht durchgekommen war, hatte ihr nie die Hand auf die Schulter gelegt, sie nur weinen lassen, bis ihr Tränenfluss versiegte. Aber er hatte ihr Zeit zum Trauern gegeben, war nach dem Tod des Kindes monatelang nicht in ihr Bett gekommen. Sogar Merkada hatte keinen Tadel geäußert. Und als sie erneut schwanger wurde, sorgten alle dafür, dass sie es bequem hatte, nicht schwer arbeitete, nichts anhob, sich nicht bückte. Ihre Schwägerin Klara kam ein- bis zweimal in der Woche, um sich des Fußbodens anzunehmen, die Cousinen wechselten sich auf

Merkadas Anweisung beim übrigen Hausputz ab. Sogar das Kochen untersagte ihr Merkada. Die Nachbarinnen brachten reihum *kiftikas, sofrito* und Reis mit Bohnen. Das Makkaroni-Chamin mit den hartgekochten Eiern sowie die *borekitas* und den *sütlaç* für Schabbat bereitete Merkada selbst zu.

Manchmal, wenn sie ihre plumpe Schwiegertochter anschaute, hob Merkada das Gesicht zum Himmel und sprach mit ihrem Mann: Rafael *kerido*, wenn ich ein oder zwei Tage abgewartet hätte, bevor ich Gabriel verheiratete, hätte ich vielleicht eine etwas weniger hässliche Braut für ihn gefunden? Merkada unterhielt sich täglich mit Rafael, und als Luna geboren war, sagte sie zu ihm: »Ein Glück, dass das Mädchen Gabriel ähnlich sieht, Gott behüte, wenn sie nach Rosa gekommen wäre.«

Wie gekränkt sie war, weil Gabriel sie nicht damit geehrt hatte, seiner Tochter, wie es üblich war, ihren Namen zu geben, ließ sie keinen merken und gewiss nicht ihren Sohn oder ihre Schwiegertochter. Dass Gabriel den Namen Luna ausgesucht hatte, kam auch Rosa seltsam vor, doch als er ihr und seinen Angehörigen sagte, das Baby werde Luna heißen, hatte sie nicht mit ihm diskutiert, hatte kein einziges Wort verloren. Sie wünschte der Neugeborenen, dass ihr ein langes Leben und viele gute Taten beschieden wären, alles andere war nicht so wichtig. Merkada hingegen hegte keinen Zweifel: Damit bekundete Gabriel seinen Unwillen darüber, dass sie ihm die Heirat mit Rosa aufgezwungen hatte, ohne ihn überhaupt zu fragen. Wenn ihm das guttut, soll er gesund sein, ich brauche keine Gefälligkeiten, dachte sie und sprach das Thema niemals an. Und als ihre Tochter Klara zu mäkeln begann, Gabriel hätte dem Mädchen ihren Namen geben müssen, gebot sie ihr mit einer Geste, zu schweigen, und sagte: »Gottlob, Hauptsache, das Mädchen ist heil und gesund zur Welt gekommen, nur das ist wichtig, und du, halt den Mund. Kein Wort zu diesem Thema, nicht zu mir, nicht zu deinem Bruder und auch sonst zu keinem!«

Sie verstand den Zorn ihres Sohnes. In den Abendstunden, wenn die Nachbarinnen auf kleinen Schemeln um den Brunnen saßen und plauderten, ließ Merkada die Augen über die Frauen schweifen. Jede erschien ihr würdiger als Rosa. Immer häufiger besuchte sie ihre anderen Kinder, vor allem Klara, der sie besonders nahestand. »Verzeih mir Gott«, sagte sie einmal zu ihrer Tochter, »ich glaubte Gabriel zu strafen, habe mich aber selbst bestraft. Ich kann seine Frau nicht ausstehen, kann ihren Geruch nicht ertragen, kann nicht atmen in einem Haus mit ihr, ich zieh zu dir!«

»Es ehrt mich, Mama *kerida*«, sagte Klara, »aber bedenke, dass wir – ich, Jakob und die Kinder – alle in einem Zimmer schlafen, wo sollen wir dich denn noch unterbringen?«

»Ist mir egal, ich schlafe auf dem Boden, wenn's sein muss, aber ich wohne nicht mit der Dicken in einem Haus.«

Am nächsten Tag packte sie ein paar Sachen zusammen und zog zu Klara, ohne Gabriel oder Rosa davon zu unterrichten.

Als Gabriel an jenem Abend nach Hause kam, fragte er Rosa, wo seine Mutter sei. Rosa antwortete, sie habe sie nicht mehr gesehen, seit sie am Morgen mit dem Kinderwagen ausgegangen sei. Gabriel maß der Abwesenheit seiner Mutter keine Bedeutung bei. Er nahm Luna auf den Arm. Sie war sein Trost, sie war der Grund, warum er am Feierabend gern nach Hause kam. Er ging mit ihr auf den Hof, setzte sich auf einen Schemel zu den Nachbarinnen und plauderte mit ihnen, als gehöre er zu der Frauenrunde, bewunderte das rote Haar und die hellen, grün-braunen Augen seiner Tochter, ihre kleine Hand, die perfekten Finger. Wenn sie seinen Zeigefinger umklammerte, tat sein Herz einen Sprung, und wenn sie ihn anlächelte, lachte er vor Glück und gab ihr kleine Küsschen auf den ganzen Körper.

Die Nachbarinnen waren höchst angetan von Gabriels großer Liebe zu seiner Tochter, *sano k'esté*. »Er ist nicht wie ein Mann, er ist wie eine Frau«, sagte eine von ihnen. »Mein Mann war nie so mit seinen Kindern. Rosa ist ein Glückspilz, dass sie ihn hat.« Und als man ihn einmal die Kleine windeln sah, erreichte die Bewunderung schwindelnde Höhen. Wo hatte man je gehört, dass ein Mann sein Kind wickelte? In ganz Jerusalem hatte es so was noch nicht gegeben. Als eine Nachbarin gar hinzufügte, er wickele sie nicht nur, er bade sie auch, und bei ihrem Augenlicht schwor, sie habe Gabriel seine Tochter in der Waschwanne baden sehen, als sei er die Amme oder die Mutter höchstpersönlich, stiegen seine Aktien noch weit mehr, obwohl er vorher schon als Supermann gegolten hatte, den jede sich gewünscht hätte.

Rosa teilte Lunas Pflege gern mit jedem, der sich dazu erbot, und erst recht mit ihrem Ehemann. Er klagte nie, sie kümmere sich nicht genug um das Kind. Kaum hatte er das Haus betreten, lief er ans Bettchen seiner Tochter. Vor der Geburt des Babys war er vom Laden erst ins *banyo* gegangen und sauber gebadet heimgekommen, aber jetzt eilte er lieber gleich nach Hause, wusch sich mit dem warmen Wasser, das Rosa ihm bereitete, und wechselte rasch die Kleidung, damit sich keine Marktgerüche an die Kleine hefteten. Danach hob er sie aus ihrem Bettchen und legte sie erst wieder ab, wenn es Zeit zum Stillen und Schlafen wurde. Er liebte Luna von ganzem Herzen. Nur sie ließ ihn zeitweise jene andere Liebe vergessen, die zu vergessen er gelobt und die ihm für immer das Herz gebrochen hatte.

Erst als er Luna mit Kitzeln und Kichern gebadet, gewickelt, ins Bett gebracht und ihr ein spaniolisches Schlaflied vorgesungen hatte, erst da wunderte er sich über die Abwesenheit seiner Mutter.

»Wo bleibt meine Mutter?«, fragte er Rosa, und sie antwortete, vielleicht sei sie bei den Nachbarinnen. Er ging von Haus zu Haus. »*Vizina,* Nachbarin, *onde 'ste mi madre?*«

Alle beteuerten, Merkada den ganzen Tag nicht gesehen zu haben.

»Vielleicht ist sie zur Westmauer gegangen«, meinte eine.

»Vielleicht ist sie in die Elijahu-Hanavi-Synagoge gegangen«, sagte eine andere.

»Heute sind auch keine Leute für *livianos* zu ihr gekommen«, erklärte eine dritte, »kein Einziger war hier auf dem Hof.«

Sorge schlich sich in Gabriels Herz. Seine Mutter blieb normalerweise nicht so lang fort. Sie war immer im Haus oder auf dem Hof. Seit Rafaels Tod kam sie nicht mehr in den Laden und redete kaum mit ihm, nur das Nötigste. Sie war mit der Zeit zwar weicher geworden, und ihre ungeheure Wut auf ihn hatte nachgelassen, aber das ließ sie ihn nicht merken. Auch als Luna zur Welt kam, geriet sie nicht aus dem Häuschen, bestaunte sie nicht, freute sich jedoch insgeheim, als sie sah, dass das Baby ihm großes Glück bereitete. Sie hatte ihn fürs ganze Leben bestraft, als sie ihn mit Rosa verheiratete, und das genügte ihr, er musste nicht noch mehr leiden.

Er selbst in seinem Schuldbewusstsein bemühte sich nach Kräften, sie zufriedenzustellen. Er hatte Rosa geheiratet, führte erfolgreich das Geschäft weiter, und obwohl er seit seines Vaters Tod und Rochels Verbannung aus seinem Leben von Gott abgerückt war, ging er nach wie vor täglich in die Synagoge, um das Andenken seines Vaters zu ehren und für die Erhebung seiner Seele zu beten. Er war nicht wütend oder verbittert. Bis zu Lunas Geburt hatte er seine Gefühle einfach nur abgeschottet. Und anders, als Merkada dachte, hatte er seine Tochter nicht Luna genannt, um sie wegen der aufgezwungenen Ehe mit Rosa zu bestrafen. Ihm war es tatsächlich so vorgekommen, als bringe der Mondschein am Tag ihrer Geburt neues Licht in sein Leben, und zweifellos würde er einer zweiten Tochter den Namen seiner Mutter geben, dachte er. Ängstlich und besorgt hastete er nach Sukkat Schalom und klopfte bei Klara an die Tür. Als er seine Mutter mit Enkeln, Tochter und Schwiegersohn beim Abendbrot sitzen sah, seufzte er erleichtert auf.

»Gottlob, ich habe dich in ganz Jerusalem gesucht.«

»Hast mich gefunden«, erwiderte Merkada, ohne ihre Mahlzeit zu unterbrechen.

»Aber warum hast du Rosa nicht gesagt, dass du zu Klara gehst? Warum machst du mir solchen Kummer?«

»Nicht mehr Kummer, als du mir gemacht hast«, gab sie mit säuerlicher Miene zurück.

»Mama«, sagte er flehentlich, »ist etwas passiert? Hat Rosa etwas getan?«

»Sie braucht nichts zu tun, es genügt, dass sie im Hause ist und mir wie eine Gräte im Hals sitzt.«

»Aber sie ist meine Frau, wo soll sie denn sonst sein?«

»Soll sie in ihrem Haus sein und ich hier bei Klara, ab heute wohne ich bei deiner Schwester.«

»Wieso bei meiner Schwester? Du hast ein Zuhause.«

»Ich habe kein Zuhause, jetzt ist es Rosas Haus, und dank dir habe ich auch keinen Ehemann mehr, also bin ich nun hier«, sie stieß mit dem Stock auf den Boden, wie um die Tatsache zu bekräftigen.

»Mutter, *por Dio!* Komm mit nach Hause.«

»Nur über meine Leiche.«

»Was war mit Rosa?«, fragte er erneut. »Was hat sie getan? Hat sie nicht nett mit dir gesprochen?«

»Sie hat überhaupt nicht mit mir gesprochen, und ich spreche nicht mit ihr, fertig, aus.«

Gabriel verstummte. Nachdem er seine Gefühle lange unterdrückt und sich Emotionslosigkeit antrainiert hatte, kam ihm nun die Wut hoch. Er bemühte sich nach Kräften, seinen Zorn niederzuringen, knirschte mit den Zähnen und ballte die Fäuste, doch vergebens. Schließlich packte er eines der Kinder seiner Schwester derb an der Schulter, bedeutete ihm aufzustehen und setzte sich seiner Mutter gegenüber.

Die verdatterten Kinder hörten auf zu essen, die Schwester und der Schwager blickten ungläubig in sein zornrotes Gesicht, und nur seine Mutter schlürfte weiter ihre Suppe, als gehe sie das alles nichts an. Er schlug mit der Faust auf den Tisch und sagte mit einer Stimme, die er nicht kannte: »Du sprichst nicht mit Rosa! Du kannst Rosa nicht ausstehen! Und was ist mit mir? Spreche ich denn mit ihr? Kann ich sie ausstehen? Ohne dich wäre Rosa jetzt nicht in unserem Haus. Du hattest es eilig, mich mit der plumpesten aller Töchter Jerusalems und des ganzen Landes zu verheiraten, du hast mir das Leben zur Hölle gemacht, und ich habe die Strafe angenommen, die der Heilige, gelobt sei er, mir auferlegt hat und die du mir auferlegt hast, habe willig eine Frau geheiratet, für die ich nichts empfinde, *nada!* Eine Frau, deren Bett ich in den drei Jahren unserer Ehe nicht öfter als dreimal aufgesucht habe, und auch das nur, damit dir Enkel geboren werden. Eine Frau, die mich nicht die Bohne interessiert, mit der ich nichts zu reden weiß, und du, du sprichst nicht mit ihr?!«

Klara schickte hastig ihre Kinder aus dem Zimmer, sie und ihr Mann zogen vom Tisch aufs Sofa um, konnten kaum glauben, was sich vor ihren Augen abspielte: Gabriel wagte, seine Stimme gegen Merkada zu erheben.

Merkada aß gelassen ihre Suppe weiter und sagte: »Bist du fertig?«

»Nein, ich bin nicht fertig, du hast mein Leben zerstört, und jetzt beklagst du dich?«

Erstmals seit Beginn seiner Rede hörte sie auf zu essen, stützte sich auf ihren Stock und baute sich vor ihm auf: »Hör gut zu, du aufsässiger und widerspenstiger Sohn! Hättest du deinen Vater nicht umgebracht wegen der Aschkenasin, wäre dies alles nicht passiert. Wäre dein Vater nicht gestorben wegen der Katastrophe, die du über die Familie gebracht hast, wärst du heute mit einer Frau unserer Gemeinde aus guter und ehrbarer Familie verheiratet, einer Frau, die uns Ehre gebracht hätte, und nicht mit einer, die bei den Engländern Toiletten geputzt hat! Du hättest geheiratet wie ein König und nicht wie ein Bettelmann. Nicht ich, sondern du hast den Fluch und die Braut über dich gebracht.«

Gabriel atmete tief durch, beugte sich über den Tisch, blickte seiner Mutter gerade in die Augen und sagte ruhig: »Du bist meine Mutter, und mein ganzes Leben lang habe ich dich geehrt, du warst immer die wichtigste Frau in meinem Leben, auch als es eine andere Frau gab, die ich mehr geliebt habe als mein Leben«, erklärte er, ohne Rochels Namen auszusprechen, »aber jetzt hör mir gut zu: Du hast diese Braut für mich ausgesucht, du hast mich mit Rosa verheiratet, und sie ist die Mutter meiner Tochter, deiner Enkelin. Sie wird mir noch weitere Kinder gebären, und sie wird die Mutter meiner Kinder sein. Von jetzt an bis zuletzt, bis zum Tag meines oder ihres Todes, werde ich für ihre Kleidung, ihren Unterhalt und ihr Wohl aufkommen. Wenn sie vor mir stirbt, werde ich das Kaddisch für sie sprechen, wenn ich vor ihr sterbe, wird sie meine Witwe sein, und wenn ihre Stunde gekommen ist, wird sie einen Platz neben mir auf dem Ölberg haben. Von heute an ist sie die Herrin in meinem Haus, ist sie die *senyora*. Du wirst in ihrem Haus wohnen, nicht sie in deinem. Von heute an wirst du sie respektvoll behandeln, als wäre sie eine Königin, nichts Geringeres, eine Königin! Von heute an ist Rosa

Senyora Ermoza, die Ehefrau von Gabriel Ermoza, die Mutter von Luna Ermoza und die Schwiegertochter von Merkada Ermoza, und du wirst dich ihr gegenüber so verhalten, wie es sich für eine Schwiegermutter gebührt, genau wie ich sie so behandle, wie es sich für einen Ehemann gebührt.«

Merkada wich nicht von ihrem Platz, Klara und ihr Mann schienen förmlich am Sofa zu kleben, und Gabriel holte noch einmal tief Luft, ehe er ruhig und bestimmt zu seiner Mutter sagte: »Jetzt steh auf *por favor*, such deine Sachen zusammen, du kommst mit mir nach Hause zu Rosa.«

Einige Tage später, als Rosa mit Luna ihren täglichen Spaziergang zum Machane-Jehuda-Markt angetreten hatte, schloss Merkada sich in ihrem und Rafaels Zimmer ein und rückte mit großer Mühe das schwere Doppelbett von der Wand. Nun zählte sie sieben Fliesen von jeder Seite, hob die Fliese genau dazwischen an und zog einen Haufen Geld und Gold darunter hervor, das sie über Jahre für alle Fälle beiseitegelegt hatte. Sie zählte das Geld nicht einmal, holte nur alles heraus, legte es auf ein Kopftuch und verknotete es fest. Dann ging sie an den Kleiderschrank, nahm ein paar Kleider, einige Kopftücher und den Schmuckkasten heraus, packte alles in eine Tasche, küsste die Türkapsel und verließ ohne einen Blick zurück das Haus. An der Omnibusstation in der Jaffa-Straße bezahlte sie den Fahrer und fuhr zu Allegra nach Tel Aviv.

Als Gabriel am Abend vom Markt heimkam, ging er ins Zimmer seiner Mutter, sah das abgerückte Bett und die ausgehobene Fliese. Das Loch im Boden war leer. Wortlos setzte er die Fliese wieder ein und rückte das Bett an die Wand, verließ den Raum und betrat ihn nicht mehr.

Gabriel mochte keine Minute länger in dem Haus leben, in dem sein Vater gestorben war und seine Mutter ihn verlassen hatte. Aber sein Herz wagte nicht, aus dem Haus auszuziehen, in dem er und seine Geschwister geboren waren. Am liebsten wäre er mit seiner Familie möglichst weit von Ohel Mosche weggezogen. Hätte er gekonnt, wäre er zu allem auf Abstand gegangen, hätte auch das Geschäft im Machane-Jehuda-Markt aufgegeben und ein neues Kapitel angefangen. Aber er musste für den Lebensunterhalt sorgen und war entschlossen, Frau und Kind ehrlich zu ernähren.

Der charismatische junge Mann wurde still und traurig. Nur seine Tochter Luna konnte noch ein Lächeln auf seine Lippen zaubern. Als der kleine Junge, der nach ihr zur Welt kam, knapp eine Woche später starb, blieben seine Augen trocken. Er vergoss keine einzige Träne und war erleichtert, dass es Rosa genauso ging. Sie begruben das Kind und setzten ihr normales Leben fort.

Alle paar Monate fuhr er nach Tel Aviv, um seine Mutter zu besuchen, aber sie blieb hartherzig und behandelte ihn wie einen Fremden.

»*Dio santo*, Gabriel, wozu machst du dir die Mühe?«, fragte seine Schwester Allegra. »Möge Gott mir vergeben, sie ist meine Mutter, aber so eine Mutter wünsche ich nicht mal meinen Feinden.«

Er zuckte mit den Achseln und besuchte Merkada trotz ihres abweisenden und verletzenden Benehmens auch weiterhin in Tel Aviv.

Bei einer dieser Gelegenheiten schlug sein Schwager Eleasar ihm vor, eine Filiale von *Rafael Ermoza & Söhne – Delikatessen* in Tel Aviv zu eröffnen: »Es gibt einen guten Standort in der Schabasi-Straße, im Viertel Newe Zedek, was meinst du, machen wir hier einen zweiten Laden auf?«

Gabriel erwog den Vorschlag: Leon und Leito können das Geschäft in Jerusalem weiterführen, ich übersiedle mit Frau und Tochter nach Tel Aviv und kann vielleicht das Herz meiner Mutter zurückerobern, überlegte er.

Die junge Familie bezog ein kleines Haus in der Hajarkon-Straße, von der aus die Schabasi-Straße zu Fuß erreichbar war. Das neue Geschäft gegenüber der Alliance-Schule verwandelte sich fast augenblicklich in einen einfachen Lebensmittelladen, der anstelle von Delikatessen Grundnahrungsmittel verkaufte. Die Anwohner der Schabasi-Straße konnten sich keine Leckereien erlauben, und auch Gabriels Traum, Zugang zum Herzen seiner Mutter zu finden, blieb unerfüllt. In der ganzen Zeit, da er mit Frau und Kind in Tel Aviv wohnte, kam sie kein einziges Mal in sein Haus. Allerdings besuchte er sie regelmäßig bei seiner Schwester und nahm auch seine hübsche kleine Tochter mit. Wenigstens ihr zeigte sie kein böses Gesicht, spielte sogar mit ihr und verwöhnte sie mit Bonbons und anderen Süßigkeiten.

Rosa hasste jede Minute in Tel Aviv und träumte von einer baldigen Rückkehr nach Jerusalem, wagte sogar, es ihrer Schwägerin Allegra anzuvertrauen: »Mir fehlt die Jerusalemer Luft. Ich kann die Luft hier nicht atmen, in Tel Aviv ist alles Staub und Sand und Kamele, *basta*, ich sehne mich nach Jerusalem, nach dem Machane-Jehuda-Markt, nach meinen Nachbarinnen in Ohel Mosche. Und das Meer, gütiger Himmel, wie ich mich vor dem Meer fürchte, wo man reinkommt und, Gott behüte, womöglich nicht mehr raus!«

Anders als Rosa liebte Gabriel die weiße Stadt in den Dünen, und obwohl der Laden in der Schabasi-Straße weniger einbrachte als erhofft, wollte er nicht so leicht aufgeben, sondern kämpfte darum, ihn rentabel zu machen. Um durchzukommen, entließen sie den einzigen Angestellten, und Gabriel musste nun jeden Tag von Newe Zedek nach Jaffa radeln, um bei den Arabern Waren einzukaufen. Das war schließlich der Tropfen, der das Fass zum Überlaufen brachte, denn er hielt es für unter seiner Würde. Bei erster Gelegenheit verkaufte er seinen Anteil an seinen Schwager Eleasar und wollte schon wieder nach Jerusalem ziehen. Doch just da kehrte Rosas Bruder Nissim, der zur Türkenzeit aus Palästina nach Amerika geflohen war, ins Land zurück und machte Gabriel einen unwiderstehlichen Vorschlag.

»Der Renner in New York ist jetzt ein Schuhputzsalon«, erklärte er Gabriel. »Man mietet einen großen Ladenraum, setzt ein paar Schuhputzer hinein, und die polieren den Gentlemen die Schuhe.«

Opa Gabriel, der als Gentleman und Geck seine Schuhe gern spiegelblank sah, fand die Idee großartig und beschloss zum Unmut von Rosa, die gar nichts davon hielt, aber nicht wagte, sich zwischen ihren Bruder und ihren Mann zu stellen, vorläufig in Tel Aviv zu bleiben. Er und sein Schwager mieteten einen großen Laden in der Nachalat-Benjamin-Straße, setzten zehn Schuhputzer hinein und warteten auf Kunden. Doch schon in der ersten Woche erwies sich die Sache als kompletter Reinfall. Anders als in New York gab es in Tel Aviv nicht genug Männer, die für geputzte Schuhe das Doppelte des Betrags auszugeben bereit waren, den die Schuhputzer auf der Straße verlangten. Selbst der große Deckenventilator, der die Tel Aviver Sommerhitze ein wenig linderte, lockte keine Kunden in den Laden, und nach einem Monat machte der Schuhputzsalon zu. Großvater Gabriel hatte viel Geld verloren, und sein Schwager kehrte abgebrannt nach Amerika zurück.

Müde, deprimiert und um einiges ärmer zog Opa Gabriel mit Frau und Tochter wieder in das leerstehende Haus in Ohel Mosche. Doch dort musste er feststellen, dass auch das einst florierende Geschäft *Rafael Ermoza & Söhne – Delikatessen* vor der Pleite stand. Wehen Herzens sah er sich gezwungen, Leon zu entlassen und auch seinen Bruder Leito heimzuschicken, der sich als schlechter Finanzverwalter erwiesen und – wie man hinter verschlossener Tür beklagte, um die dreckige Wäsche nicht außerhalb der Familie zu waschen – Gabriel überdies schamlos bestohlen hatte.

Gabriel stellte sich wieder hinter den Ladentisch, redlich bemüht, das Geschäft flottzumachen wie in seinen guten Zeiten. Aber die schienen dahin zu sein. Er verdiente gerade genug für das Nötigste. Meist waren keine Kunden im Laden und auch nur wenig Ware, denn womit sollte er Nachschub bezahlen, wenn die Kasse leer blieb. Doch dann geschah ein Wunder, das die alten Glanzzeiten zurückbrachte, und der Laden brummte wieder: Die britischen Soldaten aus den Kasernen in Jerusalem entdeckten *Rafael Ermoza & Söhne – Delikatessen*. Sie kauften verschiedene Teesorten, vor allem englischen Tee, der ihnen nach Heimat schmeckte, und auch Kondensmilch in Dosen. Rosa, die in englischen Haushalten kochen gelernt hatte, buk allerlei Pies, die die Soldaten an Mutters Küche erinnerten, vor allem den *kidney pie* mit Nieren und anderen Innereien. Auch Fische briet Rosa für die Engländer. *Fish and chips* verlangten sie und wollten, dass Gabriel ihnen auch Bratkartoffeln machte, doch das lehnte er ab. Er liebte sie ohnehin nicht besonders, aber Geschäft ist Geschäft, und dank der »Ingländer, ausgelöscht sei ihr Name«, besserte sich die Lage, und Opa Gabriel war wieder zufrieden.

Luna spielte auf dem Hof mit ihren beiden Puppen. Gabriel hatte sie ihr von seiner letzten Reise aus Beirut mitgebracht. Wann immer er geschäftlich in den Libanon oder nach Syrien fuhr, kehrte er mit einem Armvoll Geschenke für Luna, seinen Augapfel, zurück. Nur selten brachte er auch Rosa etwas mit. Heimweh hatte er sonst keines, wenn er außer Landes war, nicht mal nach dem Laden. Nur wenn er an seine Luna dachte, wurde ihm unweigerlich das Herz weit. Wie sehnte er sich nach seinem kleinen Sonnenschein, ihren hübschen Locken und ihren grünen Augen, die mandelförmig waren wie die einer Chinesin, nach ihrem Stupsnäschen, ihrer schneeweißen Haut und ihrem perlenden Lachen. Er wollte sie in die Arme schließen, sie an sich drücken, vorsichtig, um ihr ja nicht die Knochen zu brechen vor lauter Liebe. Luna, sein Mädchen, das Glück seines Lebens, die ihm das Licht in die Augen, die Liebe ins Herz zurückgebracht hatte, seinem Leben neuen Sinn verlieh, als er es schon abgeschrieben hatte.

»*Bonyika, basta*«, plapperte das Mädchen, imitierte ihre Mutter, wenn sie böse auf sie war. Sie saß auf einem niedrigen Schemel und fütterte die eine Puppe, steckte ihr den Löffel zwischen die Augen statt in den Mund. Dann nahm sie die zweite Puppe aus dem Wagen, murmelte liebevolle Worte wie die, die ihr Vater ihr ins Ohr flüsterte, Worte, die sie niemals von ihrer Mutter hörte.

»*Dio santo*, möge Gott mir Kraft geben«, sagte Rosa zu ihrer Nachbarin Tamar, »*ésta avlastina de la Palestina* kann Stunden mit der Puppe reden, da kann ich sie noch so oft hereinrufen, sie hört nichts. Was soll ich mit diesem Mädchen machen, das nie auf mich hört?«

»Was willst du von dem Kind«, antwortete die Nachbarin Tamar, »sie langweilt sich, *miskenika*, es wird Zeit, dass du ihr ein Geschwisterchen schenkst, mit Gottes Hilfe.«

Und Rosa seufzt. Denn was soll sie der Nachbarin Tamar wohl sagen? Dass Gabriel seit dem Tod des Jungen, der nach Luna geboren wurde, vor zwei Jahren, ihr Bett kein einziges Mal aufgesucht hat? Soll sie ihr etwa erzählen, dass er an einem Ende des Zimmers schläft und sie am anderen? Wie könnte sie der Nachbarin Tamar offenbaren, dass ihr Mann sie kaum anschaut? Sie kaum sieht? Dass er sich nur für Luna interessiert, die es aus Trotz ihrem Vater nachtut, Rosa auch nicht sieht, nicht hört, nicht anspricht. Nur mit ihrem Papa lacht sie, nur ihren Papa küsst sie, und sie, Rosa, weist sie ab. Auch wenn Rosa, selten genug, mal versucht, sie an sich zu drücken, sie auf den Arm zu nehmen, wie alle Mütter es mit ihren Kindern tun, entschlüpft ihr das Mädchen, entwindet sich ihren Armen.

»Mögt ihr gesund sein, ihr erzieht das Mädchen wie eine *prenseza*«, sagt die Nachbarin Tamar zu Rosa, »und wenn sie kein Brüderchen oder Schwesterchen bekommt, wird euch ein verwöhntes Prinzesschen heranwachsen.«

»Dein Wort in Gottes Ohr«, sagt Rosa und nickt, »sie beschäftigt sich jetzt schon den ganzen Tag mit ihren Puppen, und sonst kümmert sie gar nichts. Sie zieht sie an, zieht sie aus, füttert sie, stundenlang. Und ich, ihre Mutter, rufe sie, aber *nada*, sie stellt sich taub. Doch kaum hat ihr Vater einen Fuß auf den Hof gesetzt, wirft sie die Puppen weg, springt ihm in die Arme: ›Papú! Papú! Papú!‹ und kugelt sich vor Lachen.«

»Und das, gottlob, hört man bis Nachlaot«, lacht die Nachbarin Tamar.

Und sie, wer hört sie wohl lachen?, denkt Rosa, ohne sich ihrer Nachbarin anzuvertrauen. Wann hat sie das letzte Mal gelacht? Und Gabriel, wann hat er sie zum letzten Mal angeschaut? Er nimmt Luna auf den Arm, geht mit ihr ins Haus, setzt sich zu ihr, spielt mit ihr. Und Rosa sagt zu ihm: »Wasch dir die Hände, *kerido*, mein Ehemann, das Essen steht auf dem Tisch.« Und er: »Ich spiele jetzt mit meiner Tochter, das Essen kann warten.« Und bis er fertig ist, mit seiner Tochter zu spielen, mit ihr zu lachen und unter den Tisch zu kriechen, als wäre er selbst ein Kind, ist das Essen kalt, und sie muss es auf dem Dochtbrenner aufwärmen. Heute hat sie *avas kon arroz* mit ein wenig *sofrito* gekocht, aber wenn Gabriel sich dann an den

Tisch setzt, nimmt er erst mal Luna auf den Schoß, und ehe er zu essen anfängt, füttert er sie, und sie hält sich absichtlich den Mund zu, drückt die kleine Faust drauf, damit er einen Löffel voll nimmt, einen großen Bogen beschreibt und die Lippen spitzt: »Tut-tut, wo ist die Eisenbahn?« Wer hätte das geglaubt. So ein stattlicher Mann, so ein ernster Mensch macht sich zum *troncho de Tveria*, zum Dummkopf aus Tiberias, vor seinem Kind. Öffnet Luna dann den Mund und es gelingt ihm, ihr den Reis und die Bohnen hineinzuschieben, ist er froh, als hätte er einen Goldschatz gefunden. Und erst wenn Luna fertig gegessen hat, nur ein paar Löffel voll, nicht mehr, sie isst nicht gern, diese *flaka*, die Dünne, fängt er selbst an. »Rosa, das Essen ist nicht heiß«, beklagt er sich dann. »Natürlich nicht, wie soll es denn heiß sein, wenn du dich mit deiner Tochter abgibst, während es schon auf dem Tisch steht«, grummelt sie vor sich hin, aber ihm sagt sie nichts. Der merkwürdigste aller Männer ist dieser Gabriel. Ein Mann will, kaum dass er das Haus betritt, sein Essen auf dem Tisch haben. Gabriel will erst seine Tochter, na, und was soll sie da tun? Manchmal hat sie Lust, ihm das Essen ins Gesicht zu kippen und auf Nimmerwiedersehen aus der Tür zu laufen! Aber wo soll sie hin? Wieder Toiletten bei den Ingländern putzen? So nimmt sie halt den Teller, gibt das Essen zurück in den Topf und zündet den Dochtbrenner wieder an. Aber ehe es warm wird, ist Gabriel *kerido* schon aufgestanden und bringt seine Tochter ins Bett, zieht sie aus, zieht ihr das Nachthemd an, kämmt ihr die Locken, bindet sie mit einer Schleife zusammen, und die ganze Zeit hört sie die beiden lachen und plaudern. Und sie? *Nada*. Wer hört sie? Sie sitzt am Fenster mit Blick auf den Olivenbaum im Hof, sitzt da wie ein Ding, das keiner haben will. Sie hört, wie Gabriel Luna zudeckt, hört sie gemeinsam dasselbe Schlaflied wie immer singen: »*Detrás de la montanya, uno, dos, tres«* – hinter dem Berg, eins, zwei drei. Lunas kindliche Stimme mischt sich mit Gabriels warmer. Erst singen sie laut, dann leise, und zum Schluss flüstern sie. Und nun kommen die Küsschen: eines auf die Stirn, eines auf die Nase und eines auf den Mund. Und endlich ist sie gottlob eingeschlafen. Gabriel steckt die Decke um ihren Körper fest, gibt ihr einen letzten Kuss auf die Stirn und geht ins Schlafzimmer, auf seine Seite, zieht sich aus und legt sich ins Bett. Keine fünf Minuten später hört sie ihn schon schnarchen, soll er gesund sein, er schläft gut, der Gabriel, zählt kaum bis fünf, und schon überkommt ihn der Schlaf, geht einfach so ins Bett, ohne zu essen, vergisst überhaupt das Abendessen, das sie für ihn gekocht hat.

Und Rosa sitzt auf der Fensterbank, starrt auf den Olivenbaum und fragt sich: Was habe ich getan, dass mein Mann mich nicht liebt? Nicht nur das, er sieht mich nicht mal. Er behandelt mich zwar großzügig, ehrt mich vor anderen Menschen, lobt mich sogar vor ihnen, aber wenn er mit mir allein im Zimmer ist, sagt er kaum ein Wort.

Wie hatte sie gehofft, nachdem Merkada, *grasias al Dio*, zu Allegra nach Tel Aviv übersiedelt war, würden sie es besser haben, ungestört durch die säuerliche Alte mit ihren Blicken und ihren Bemerkungen, die bösartiger als Schlangengift waren. Die säuerliche Alte hatte ihr wenigstens das Leben schwergemacht, es war ein bisschen was los, aber jetzt ist gar nichts, *nada*, Totenstille.

Doch diese Nacht zögert Gabriel, anders als sonst. Er ist zwar schon zu seiner Seite des Schlafzimmers gegangen, hat aber noch nicht die Kleider abgelegt. Scheinbar unschlüssig steht er da, wendet sich dann plötzlich an sie und fragt: »Gehst du nicht ins Bett?«

»Gleich«, antwortet sie ihm, »ich spüle nur noch das Geschirr und lege mich dann hin.«

»Lass das Geschirr bis morgen stehen«, sagt er zu ihr, »geh ins Bett.«

Rosa ist überrascht, seit wann schert sich Gabriel darum, wann sie ins Bett geht? Und seit wann tut sie es vor ihm? Normalerweise wartet sie, bis sie seinen schweren Atem und sein Schnarchen hört, zieht sich dann erst aus und legt sich hin. Und nun sagt er ihr, sie soll vor ihm ins Bett gehen. Wie soll sie, im Namen des barmherzigen und gnädigen Gottes, ihre Kleider ablegen, wenn Licht im Zimmer brennt und er noch wach ist? Wie soll sie vor den Augen ihres Mannes ihr Kleid aus- und das Nachthemd anziehen?

Als hätte er ihre Gedanken gelesen, löscht er das Licht. Sie zieht sich schnell aus, die Kleiderknöpfe wollen nicht aufgehen, ihre Hände verheddern sich in den Ärmeln. Gabriel steht mit dem Rücken zu ihr, aber sie hat das Gefühl, er habe hinten Augen, und versucht schamhaft, ihren Körper mit den Händen zu verbergen. Endlich gelingt es ihr, das Kleid abzustreifen, das Nachthemd anzuziehen und unter die Decke zu schlüpfen. Sie macht die Augen zu und betet um Schlaf.

Täuscht sie sich, oder spürt sie einen Atemhauch an ihrem Gesicht? Sie schlägt die Augen auf und traut ihnen nicht, Gabriels Augen sind ihren Augen nahe, seine Nase stößt fast an ihre Nase, seine Lippen schweben über ihren Lippen. Seine Hand tastet im Dunkeln, schiebt ihr Nachthemd bis zur Taille hoch, streichelt ihr sanft den Bauch, zieht ihr behutsam die große Unterhose herunter.

Ihr Herz klopft wie wild, ihr Gesicht errötet, ihr Blut siedet, sie möchte ihren Körper an seinen schmiegen, wie hat sie den Augenblick herbeigewünscht, in dem Gabriel zu ihr käme, aber sie ist gelähmt vor Angst, unfähig, sich zu rühren. Gabriel versucht behutsam, ihre zusammengepressten Schenkel zu trennen, aber die scheinen aneinanderzukleben und wollen nicht auseinander. Er versucht es erneut. Er ist ein sehr sanfter Mensch, ihr Ehemann, hebt nie die Stimme, wird nie wütend, nie gewaltsam. Sie wünschte sich, er würde wütend werden, würde schreien, sie mit Gewalt nehmen, etwas fühlen! Aber er fühlt nichts, tut nur das Nötige, kümmert sich um ihre Kleidung und ihren Unterhalt und endlich, gottlob, auch um ihre Leidenschaft.

Gabriel dreht sie behutsam auf die Seite, schmiegt sich an ihren Rücken und kommt von hinten zu ihr wie die Hunde auf dem Hof. Er versucht, sein Ding in ihres zu stecken, und schafft es nicht, sagt nichts, drückt sie nur an sich, die eine Hand hält ihren Bauch, die andere versucht es erneut. Sie ist trocken wie die Wüste, er hat so lange nicht ihr Bett aufgesucht, dass sie verdorrt ist. Es tut ihr weh, schrecklich weh, aber sie beißt die Zähne zusammen und macht keinen Mucks. Auch der dritte Versuch scheitert. Angst beschleicht ihr Herz, er könnte aufgeben und in sein Bett gehen. Nein! Sie muss mit ihm schlafen, sie muss mit ihm Verkehr haben, das ist die einzige Methode, ihn zu halten, damit er sie nicht verstößt und gegen eine andere austauscht, damit er sie nicht auf die Straße setzt, *Dio mio*, dass er ihrer bloß nicht müde wird und in sein Bett geht und sie so liegen lässt.

Sie weiß nicht, wer die Frau ist, die sich jetzt zu Gabriel umdreht und ihm mit unbekannter Stimme sagt: »So ist es besser.« Die sich mit gespreizten Beinen auf den Rücken legt und sein Ding in ihre Hände nimmt und es sich zwischen die Schenkel steckt. Das Ding fühlt sich glatt an, ist aber steif und fest, sie hält es so, dass es ihr nicht etwa wegrutscht und schrumpft, und führt es tief in sich ein, und dann wölbt sie den Rücken.

Gabriel hält ihre Schultern gepackt, sie spürt, wie seine Armmuskeln sich spannen, er dringt tief und tiefer in sie ein, er wird ihr noch alle Knochen brechen. Sie schließt die Augen und beißt sich auf die Lippen, um ja keinen Schrei auszustoßen, damit er um Himmels willen nicht denkt, er tue ihr weh, und rausgeht. Er stößt einmal, zweimal, dreimal, und dann gibt er einen unterdrückten Aufschrei von sich und sinkt wie ohnmächtig auf ihren Leib.

Sein Körper ist schwer, sie bekommt kaum Luft unter ihm, es brennt ihr wie Feuer, aber sie lächelt, endlich kommt ihr Mann zu ihr, endlich tun sie nach fast zwei Jahren das, was die Nachbarinnen mit ihren Ehemännern jede Nacht tun, endlich kann auch sie über ihren *troncho* meckern, der sie nachts nicht schlafen lässt, genau wie ihre Nachbarinnen lästern, wenn sie sich unterm Olivenbaum am Brunnen im Hof treffen.

Keine fünf Minuten später schnarcht Gabriel schon. Sie versucht behutsam, unter ihm hervorzukommen. Das weckt ihn. Er steht auf und geht, ohne sie anzusehen, zu seinem Bett auf der anderen Seite des Zimmers.

Neun Monate später kam Rachelika zur Welt.

Als ihr Mann ihr sagte, die Neugeborene solle den Namen ihrer Mutter Rachel, sie ruhe in Frieden, erhalten, war sie überglücklich. Er erklärte nicht und sie fragte nicht, wieso er auch seine zweite Tochter nicht nach Merkada benannte. Sie dankte dem Heiligen, gelobt sei er, dass er ihr eine gesunde Tochter geschenkt hatte, und dankte ihrem Ehemann, dass er ihrer seligen Mutter Ehre erwies.

Gabriel hatte es nicht fertiggebracht, dem Mädchen den Namen seiner Mutter zu geben. Bei seinen Besuchen in Tel Aviv fragte sie ihn kein einziges Mal, wie es Luna ging, und gewiss hatte sie sich nicht nach dem Befinden der schwangeren Rosa erkundigt. Warum sollte er seiner Tochter dann ihren Namen geben? Selbst als er seinen Bruder Matzliach eigens nach Tel Aviv schickte, um Merkada die Geburt seiner zweiten Tochter anzuzeigen, machte sie sich nicht die Mühe, in einen Omnibus zu steigen und nach Jerusalem zu fahren, um ihre neue Enkelin mit eigenen Augen zu sehen.

Seine Schwester Allegra kam, sein Schwager Eleasar kam, seine Geschwister und seine anderen Verwandten, auch die entfernteren, kamen, aber Ihre Majestät, seine Mutter, trug Allegra nicht mal einen Glückwunsch für die Neugeborene auf.

»Ach«, seufzte Allegra, »erwarte nichts von unserer Mutter, *ermano kerido*, sie ist eine sture alte Frau, nimm dir ihre Dummheit nicht zu Herzen.«

»Wenn das so ist«, sagte er zu seiner Schwester, »dann bin ich nicht weniger stur als sie.« Und auf der Stelle beschloss er, seine zweite Tochter Rachel zu nennen, nach Rosas seliger Mutter.

Drei Jahre war Luna alt, als ihre Schwester geboren wurde, und überraschenderweise hatte sie sie vom ersten Augenblick an lieb. Rosas Ängste, die verwöhnte Göre könnte sich weigern, die Liebe ihres Vaters zu teilen, verflogen angesichts der Zuneigung, mit der Luna das Baby überhäufte.

»Hast du die *flaka* gesehen«, sagt Rosa zu ihrer Nachbarin Tamar, »hast du gesehen, wie sie ihre Schwester liebt?«

»Ja«, lacht Tamar, »das messianische Zeitalter ist angebrochen, wer hätte das gedacht? Die liebt doch sonst nur sich selbst.«

»Und ihren Papa, soll er gesund sein«, fügt Rosa hinzu und blickt auf ihre Tochter, die Rachelikas Wiege wiegt und ihr Kinderlieder vorsingt.

Gabriel, nun schon stolzer Vater von zwei Töchtern, verteilt seine Liebe gleichmäßig auf beide, obwohl er, wie Rosa meint, immer noch eine große Schwäche für die *flaka* hegt. Wenn er aus dem Laden nach Hause kommt, eilt er zu den Töchtern, hebt mit einem Arm Luna hoch und streichelt mit der anderen Hand das Baby.

»Und Rachelika ist, anders als Luna, ein ruhiges Baby, trinkt und schläft«, sagt Rosa. »Man hört keinen Ton von ihr, was für ein Unterschied zu der *flaka*, die dauernd schrie und heulte, sich wie eine Katze anhörte, Tag und Nacht, immer wollte sie auf den Arm genommen werden. Rachelika schlägt nur die Augen auf, ich stecke ihr die Brustwarze in den Mund, und *dale*, sie saugt, bis sie wieder einschläft. Gottlob, sie ist ein Goldkind, *ija de oro*.«

Tamar nickt zustimmend. Als Nachbarin, die auf der anderen Seite des Hofes wohnt, erinnert sie sich nur zu gut an Lunas unaufhörliches Geschrei und an Gabriel, der ganze Nächte lang mit ihr im Hof auf und ab ging, womit beide zusammen die Ruhe der Nachbarn störten.

»*Dio mio*«, hatte Tamar ihrem Mann damals ins Ohr geflüstert, »dieses Mädchen wird uns noch alle verrückt machen.«

Und jetzt die ruhige kleine Rachelika, man hört sie kaum, gottlob, na gut, Rosa hat wirklich ein bisschen Freude verdient.

Während Luna ihrem Vater ähnelte, seine mandelförmigen grünen Augen und die Grübchen in den Wangen geerbt hatte, war Rachelika wie ein Abbild ihrer Mutter. Sie hatte Rosas breites Gesicht mit Stupsnase und kleine, braune Augen. Auch im Körperbau ähnelte sie Rosa, war recht groß und kräftig für ihr Alter.

Luna war vier Jahre alt, als Rachelika anfing, ihr auf dem Hof nachzulaufen. Sie stand und fiel um, rappelte sich auf und fiel wieder, und der Hof füllte sich mit Kinderjauchzen, mit Lunas perlendem Lachen und dem süßen Quieken von Rachelika, die gerade sprechen lernte. »Und was ist das erste Wort, das sie sagt?«, erzählt Rosa Tamar. »Nuna, noch ehe sie Mama und Papa sagte, hat sie schon Nuna gesagt, so sehr liebt sie ihre Schwester Luna.«

Jetzt ist Rosa ruhiger, sie hat bereits zwei Beweise, dass Gabriel nachts zu ihr kommt. Zwar haben die Nachbarinnen vier, fünf oder sogar sechs gesunde Kinder, außer denen, die bei der Geburt oder im Säuglingsalter gestorben sind, aber sie dankt Gott, geheiligt sei sein Name, für ihre zwei Töchter, *sanos k'estén*. Ohnehin ist die *flaka* wie zehn Kinder, ohne den bösen Blick heraufzubeschwören, so viel Kraft kostet dieses Mädchen. Mal ist sie hier, mal dort, sitzt keinen Moment still, die Göre, eben ist sie auf dem Hof, dann wieder im Haus, mal in der Küche, mal im Zimmer, mal auf dem Bett, mal auf dem Tisch.

»*Basta!* Du bringst mich um den Verstand!«, schreit Rosa, doch Luna hört und sieht nichts, die Mutter ist Luft für sie. Nur wenn Gabriel ihr sagt – niemals schreit, nur sagt – »*basta, kerida*«, nur dann ist sie kurz ruhig, bis sie von neuem anfängt.

»Ich weiß nicht, *senyor del mundo*, ich weiß nicht, wo ich dieses Kind herhabe.«

»Gut, wem sieht sie ähnlich?«, fragt die Nachbarin Tamar.

»Einem bösen Geist«, antwortet Rosa, »glaub mir, *vizina*, hätte man sie nicht gleich nach der Geburt neben mich gelegt, hätte ich gedacht, vielleicht hat man sie in Misgav Ladach vertauscht.«

»Wer weiß«, lacht Tamar, »vielleicht hat man sie wirklich vertauscht, sieht aus wie eine Aschkenasin, die da.«

»Von wegen vertauscht!«, erwidert Rosa. »Man braucht sich bloß ihre Augen anzugucken, genau die vom Papa, braucht bloß ihr rotes Haar zu betrachten, genau wie ihr Papa, also ist sie meine Tochter, mein eigen Fleisch und Blut, doch sie ist wie ... wie soll ich sagen, verzeih mir Gott, wie ein Mädchen, das mir zufällig ins Haus geraten ist, wie nicht von mir.«

»*Kiyata, kiyata*, schweig, sei ruhig«, sagt *vizina* Tamar zu Rosa, »dass du, Gott bewahre, nicht solche Worte über die Lippen bringst. Gewiss macht Luna Schwierigkeiten, aber sie ist nur ein Kind, warte, bis sie groß ist, sie wird sich ändern, wird ruhiger werden. *Pasensia, kerida* Rosa. So wie du *pasensia* gehabt hast, bis der Große Krieg vorbei war und die Türken, ausgelöscht seien ihr Name und Andenken, das Land verlassen haben, so solltest du Geduld mit dem Kind haben. Die Kinder werden nun einmal nicht immer so, wie wir sie gern hätten.«

Rosa wusste, dass Tamar recht hatte, sie brauchte Geduld, viel Geduld. Sie war seit der Geburt nicht mit dem Kind zurechtgekommen und das Kind nicht mit ihr. Vielleicht spürte Luna, dass sie keinen Raum für sie im Herzen hatte. Nachdem der kleine Rafael gestorben war, hatte sich ihr Herz verschlossen und nicht mehr aufgetan. Was hatte sie Angst gehabt, mit Luna allein zu bleiben, als sie geboren war, hatte gefürchtet, auch sie würde noch im ersten Monat sterben. Wie der kleine Rafael hatte auch Luna endlos geschrien, da konnte Rosa machen, was sie wollte, das Weinen hörte nicht auf, das Kind schrie und schrie, bis Rosa am liebsten zurückgebrüllt hätte, sich die Ohren zuhielt und zu Gott betete, er möge das Schreien des Babys stoppen, bevor sie selbst den Verstand verlor.

Gabriel wusste nichts davon, aber sobald er noch vor Tagesanbruch zum Laden ging, bekam sie schreckliche Angst nur bei dem Gedanken, mit diesem Kind allein zu bleiben. Sie schloss die Läden und saß im Dunkeln, wartete, dass die Sonne höher stieg und sie das hübsche Kind in den hübschen Wagen legen konnte, mit den hübschen Kleidern – aber ihr Herz war leer. Wehmütig sah sie, wie ihr Mann beim Anblick der Kleinen dahinschmolz, und ihr Herz war leer. Niemals lächelte er sonst so breit von einem Ohr zum anderen, nur wenn er Luna erblickte.

Sie würde noch im Höllenfeuer schmoren für diese Gedanken, aber sie konnte nicht umhin, eifersüchtig zu sein auf die Küsse und Umarmungen, auf die Liebe, Geduld und Aufmerksamkeit, mit denen ihr Mann das Mädchen überhäufte. Und all das verschloss sie in ihrem Herzen, denn wem soll sie es wohl sagen, den Nachbarinnen? Die sind Klatschbasen, überbringen einander Geschichten, als wären sie Brieftauben. Nein, Gott behüte, dass sie ein Wort verlauten ließe. Für die Nachbarinnen ist alles bestens, Gott sei Dank, sie und Gabriel sind ein Paar Turteltauben. Aber innerlich verbrennt sie, ihr Mann liebt sie nicht. Sie hat nie verstanden, wieso Merkada unter allen Jungfrauen Jerusalems gerade sie ausgesucht hatte, um unverzüglich eine Heirat zu arrangieren. Zuerst war sie heilfroh über ihr gnädiges Schicksal und begnügte sich mit dem, was sie bekam, aber was kann man machen, wenn das Herz seine eigenen Wege geht. Sie hatte nicht geplant, sich in Gabriel zu verlieben, wollte nur ein Dach überm Kopf, genug zu essen und eine Familie. Sie hatte nicht an Liebe gedacht, und jetzt empfindet sie Liebe für ihren Ehemann und ist eifersüchtig auf ihre Tochter, ihr eigen Fleisch und Blut! Gott bewahre, welche Mutter ist denn wohl eifersüchtig auf ihre Tochter?

Was wundert es da, dass das Kind sie hasst und nichts auf sie gibt? Kinder merken alles, man kann sie nicht belügen. Ein Glück, dass Rachelika zur Welt gekommen ist, gottlob, jetzt, wo sie Rachelika hat, fühlt sie sich mit Gabriel endlich als Familie.

Als sie ihm erzählte, dass sie ein Kind erwarte, hatte er sich gefreut und gesagt: »Mit Gottes Hilfe, Rosa.«

»Ohne den bösen Blick heraufzubeschwören, gebe Gott, dass es ein Junge wird«, sagte sie.

»Junge, Mädchen, was immer kommt, ist willkommen«, erwiderte er. Und so war es, er war nicht enttäuscht, als noch ein Mädchen geboren wurde. Er ist ein echter Mann, ihr Ehegatte, ein *Mensch*, wie die Aschkenasen sagen, gebe Gott, *senyor del mundo*, dass ein Wunder geschieht, dass er sie liebt.

Als Rachelika gerade stehen und laufen lernte, wurde Rosa erneut schwanger, auch diesmal war Gabriel zu ihr gekommen, ohne dass sie sich vorbereiten konnte. Eines Nachts kam er, und wie in der Nacht, als sie Rachelika gemacht hatten, half sie ihm, in sie einzudringen, und auch diesmal empfing sie sofort.

Ich bin wie eine Kuh, dachte sie, jedes Mal, wenn ich mit meinem Mann schlafe, werde ich schwanger. Hätte er öfter mit mir geschlafen, hätte ich ihm zwölf Kinder geboren. Was hatte sie gebetet, diesmal nicht schwanger zu werden, damit Gabriel es erneut versuchte, wieder und wieder zu ihr käme, und vielleicht, mit Gottes Hilfe, würde, wenn sein Körper zu ihrem fand, auch sein Herz zu ihr finden. Niemand hatte ihr je beigebracht, wie ein Mann mit einer Frau umgeht, was der Weg der Liebe ist, ob die Art, wie Gabriel nachts zu ihr kam, ein Liebesakt war. Legten alle Ehemänner die Lippen nicht auf den Körper ihrer Frau, wenn sie bei ihr waren? Und gaben sie ihr keinen solchen Kuss wie im Kino? Sie hat nie geküsst, wurde nie geküsst und hat sich nie beklagt.

Und als Bekki, soll sie gesund sein, da war, kam Gabriel nicht mehr zu ihr.

Merkada, deren andere Söhne die erste Tochter jeweils nach ihr benannt hatten, verlor kein Wort darüber, dass ihr Ältester ihr diese Ehre bisher als Einziger versagt hatte. Nur nachts im Bett, wenn sie ihr tägliches Gespräch mit Rafael führte, ehe sie die Augen schloss, sagte sie zu ihm: Er bestraft mich, dein Sohn. Gelegentlich besucht er mich in Tel Aviv, redet aber außer guten Tag und auf Wiedersehen kein Wort mit mir. Er kommt, setzt sich mit seiner Schwester auf den Balkon, guckt auf die Allee und geht wieder, und sagt er doch mal was, schaut er mir nie in die Augen. Ehrlich gesagt, Rafael *kerido*, schaue ich ihm auch nicht in die Augen. Ich bin eine alte Frau, Rafael, mir fehlt die Kraft zu streiten, aber im Herzen kann ich ihm nicht verzeihen, dass du seinetwegen von mir gegangen bist. Seit du gegangen bist, Rafael, habe ich kein Leben mehr, ich sitze nur da und warte darauf, dir dorthin nachzufolgen. Ich sehne mich nach dir, sehne mich nach Jerusalem, sehne mich nach meinen Kindern und meinen Enkeln, die dortgeblieben sind, nach dem Leben, das wir hatten, bevor Gabriel und seine aschkenasische *putana* es uns zerstört haben. Ich bin in Tel Aviv, aber mein Herz ist in Jerusalem, ich will zurück in mein Haus in Ohel Mosche, ich mag Tel Aviv nicht und auch nicht Allegras weißes Haus. Fünfundzwanzig Stufen, hättest du das geglaubt, Rafael? Fünfundzwanzig Stufen muss man raufklettern, um an die Wohnungstür zu gelangen.

Ich mag die Menschen hier in Tel Aviv nicht, allesamt neu, eben erst aus Europa eingetroffen. Und wenn schon welche von uns dabei sind, sind sie auch Aschkenasen geworden. Ich mag die jungen Mädchen nicht, schamlos sind sie, laufen halbnackt auf der Straße herum. Ich geh nicht gern ans Meer, haufenweise Ingländer dort auf der Promenade, mit jüdischen Mädchen, Gott bewahre. Nur die Allee gefällt mir, ich sitze auf der Bank, füttere die Tauben, denke daran, wie ich mit den *vizinas* auf unserem Hof in Ohel Mosche unterm Baum gesessen habe. Hättest du geglaubt, Rafael, dass ich jetzt nichts anderes mehr tue, als Tauben zu füttern? Keine *livianos* mehr, keine Wohlfahrtstätigkeit, niemand pilgert mehr zu Merkadas Haus, um guten Rat einzuholen. So sitze ich den ganzen Tag auf der Bank und füttere Tauben, das ist aus mir geworden, wie sollte ich da wohl deinem Sohn vergeben? Wie soll ich ihm verzeihen, dass er uns die Familie und das Leben zerstört und uns dich genommen hat, *kerido mio*, wo es mir das Herz zerreißt vor lauter Sehnsucht nach dir.

Jetzt hat er seine zweite Tochter nach der Mutter der *feya*, der Hässlichen, benannt. Soll er halt. Manchmal huscht mir der Gedanke durch den Kopf, vielleicht sei es Zeit für Vergebung und Versöhnung, Rafael, aber mein Stolz lässt es nicht zu, und auch mein Herz, das bis heute schmerzt von dem Tag, an dem du gegangen bist, lässt mich nicht. Und dein Sohn, ich werde ihn nicht fortjagen und ihm nicht sagen, er solle mich nicht mehr in Tel Aviv besuchen, aber er wird kein gutes Wort von mir hören. Nur seine Tochter, die, der er den Namen des Mondes gegeben hat, die unbändige, soll sie gesund sein, bringt es fertig, mir ein Lächeln zu entlocken. Als sie im Sommer kamen, bin ich mit dem Mädchen auf die Allee gegangen, und wir haben gemeinsam die Tauben gefüttert, und da ist mir das Kind plötzlich auf den Schoß geklettert und hat mich fest umarmt, und ihr Geruch hat mich an Gabriels Geruch als kleiner Junge erinnert, und mir schmolz das Herz. Als ich dann den Kopf hob, sah ich Gabriel auf dem Balkon stehen und mit traurigem Blick auf uns beide sehen, und ich wusste, ihm tut das Herz genauso weh wie mir. Soll er gesund sein und seiner zweiten Tochter den Namen der Mutter der Waise aus Schamma geben, ich kann damit leben.

Als Merkada von Gabriels Beschluss hörte, seine dritte Tochter nach ihr Rebekka zu nennen, stieß sie einen tiefen Seufzer aus. Das Geschehene lässt sich nicht rückgängig machen, dachte sie, aber jetzt, da die kleine Rebekka geboren ist, wird es Zeit, die Waffen zu strecken. Von nun an bis zu ihrem letzten Tag würde sie ihren Sohn und seine Familie, wenn sie zu Besuch kamen, freundlich empfangen, würde nett zu ihrer stämmigen Schwiegertochter sein und die schönen Töchter ihres Sohnes lieben, die Kinder waren ja nicht schuld. An dem Tag, als sie von der Geburt der kleinen Rebekka erfuhr, beschloss sie gar, ihren Sohn und seine Familie ausnahmsweise in Jerusalem zu besuchen.

Jahrelang war sie nicht in ihrer Stadt gewesen, jahrelang hatte sie ihr Haus nicht gesehen, jahrelang ihr Viertel nicht aufgesucht. Doch als der Tag und die Stunde gekommen waren und ihre Tochter mit ihr zur Omnibusstation gehen wollte, sagte Merkada zu ihr: »Vergiss es, ich fahre nirgendshin.«

»Aber warum denn, Mama?«, beharrte Allegra. »Gabriel erwartet uns schon an der Omnibusstation in der Jaffa-Straße. Rosa hat das Haus für dich vorbereitet, und die ganze Familie wird kommen, um dich zu treffen, all die *vizinas* und die *kuzinas* und alle, die du in Jerusalem gernhast, werden da sein, um dich zu sehen.«

»*Basta!*«, befahl Merkada. »Mach mich nicht verrückt. Ich fahre nicht, und fertig.«

»Aber Mama *kerida*, wird es nicht Zeit, diesen Streit beizulegen, jetzt wo das Mädchen geboren ist, dem Gabriel deinen Namen gegeben hat? Das ist ein Zeichen, verstehst du denn nicht, ein Zeichen, dass auch er den Zwist beenden möchte.«

»Soll er beenden, was er will«, fauchte Merkada, »ich fahre nicht!«

Nichts brachte die sture Alte von ihrer Entscheidung ab, sie blieb in Tel Aviv.

Allegra fuhr allein nach Jerusalem. Gabriel erwartete sie mit Rosa und den drei Töchtern an der Omnibusstation. Die großen Mädchen trugen Festtagskleider, blanke Schuhe, weiße Strümpfe und Mützen mit Bommeln, die Kleine im Wagen war schön wie ein Engel, mit hellem, klarem Gesicht, und als sie die Augen aufschlug, war Allegra verblüfft, darin die Augen ihrer Mutter zu erkennen. Das Mädchen war seiner Großmutter wie aus dem Gesicht geschnitten, der, die nicht hatte kommen wollen, um ihr Enkelkind zu sehen, die es nicht fertigbrachte, Vergebung in ihrem Herzen zu finden, die vor Stolz verschrumpelt und hässlich geworden war. Allegra kochte vor Wut.

»Gabriel *kerido*«, sagte sie zu ihrem Bruder, »nimm es dir nicht zu Herzen, unsere Mutter ist störrisch wie ein Esel.«

Er verzog keine Miene, nahm Luna und Rachelika an die Hand und ging die Jaffa-Straße hinauf Richtung Ohel Mosche. Rosa blieb mit dem Kinderwagen zurück und sah Allegra hilflos fragend an.

»Geh, geh mit ihm«, sagte Allegra, »ich fahre zurück nach Tel Aviv, wollte euch nur ausrichten, dass Mutter nicht kommt.«

Aber kaum hatte sie den Satz ausgesprochen, drehte Gabriel sich um und sagte: »*Hayde*, Allegrita, worauf wartest du? Komm mit nach Hause, uns erwartet ein königliches Mahl, das Rosa zubereitet hat, wir werden kein Essen in den Mülleimer werfen, nur weil eine sture Alte beschlossen hat, in Tel Aviv zu bleiben.«

Allegra verkrampfte es das Herz, als sie den festlich gedeckten Tisch voll guter Dinge sah, die Gabriel für den Besuch seiner Mutter aufgeboten hatte. Die Großfamilie saß schon darum versammelt: Merkadas Kinder und Enkel mit ferneren Verwandten und Nachbarn und Freunden, ja sogar der Muchtar, alle waren sie gekommen, um Merkada zu begrüßen, die sich schon jahrelang nicht mehr in Jerusalem hatte blicken lassen.

»Meine Mutter kommt nicht«, erklärte Gabriel den Gästen, »sie hat entschieden, dass es ihr in Tel Aviv wohler ist, aber wir werden essen und trinken und die Geburt der kleinen Bekki feiern, also, *hayde, lechaim,* auf das Leben!«

Genau sieben Tage lang hatte er seine dritte Tochter Rebekka genannt. Vom achten Tag an, als Merkada nicht nach Jerusalem kam, nannte er sie Bekki, und alle taten es ihm nach.

Gabriel besuchte seine Mutter weiterhin alle paar Monate in Tel Aviv und brachte gelegentlich auch Frau und Töchter mit. Er erwähnte niemals den Tag, an dem sie nicht nach Jerusalem gekommen war, und auch sie schwieg darüber. Allegra hatte ihr von dem Festessen berichtet, zu dem er die ganze Familie und ihre Bekannten eingeladen hatte. Keine Miene habe er verzogen, als sie ihm mitteilte, dass seine Mutter nicht käme, habe diejenigen zum Schweigen gebracht, die herauszufinden suchten, warum Merkada nicht kam, um die Geburt ihrer Enkelin zu feiern. Sie beschrieb, wie er zwischen den Gästen umhergegangen war, um sie zum Essen, Trinken und Feiern zu animieren und mit Wein zu versorgen. »Für jedes Glas, das er einschenkte, genehmigte er sich selbst eines«, erzählte Allegra, »und am Ende kletterte er sturzbesoffen auf den Tisch und sang, schwankend wie ein Schilfrohr, ›Lobt, meine Freunde, Gott, den Fels, von dessen Gaben wir gegessen haben‹, bis er umkippte und vom Tisch geradewegs in die Arme der Gäste stürzte, die ihn auffingen, ehe er sich den Schädel brach.«

Merkada lauschte dem Bericht ihrer Tochter, sagte aber kein Wort.

Die drei Töchter wuchsen heran, wurden immer hübscher und waren Gabriels ganzer Stolz. Er kaufte ihnen die schönsten Kleider in den teuersten Geschäften Jerusalems und Tel Avivs und kehrte mit randvollen Koffern von seinen Reisen nach Beirut zurück. Er plusterte sich auf wie ein Pfau, wenn man ihm Komplimente über seine Töchter machte. Schabbatmorgens ging Rosa mit den Mädchen auf die Frauenempore der Magen-Zion-Synagoge im Viertel. Wenn sie ankamen, hob Gabriel den Blick, und egal, welches Gebet er gerade sprach – er lächelte und winkte ihnen zu. Die anderen Frauen beglückwünschten Rosa zu ihrem Ehemann, der seine Familie so liebte, aber Rosa wusste, das Lächeln galt nicht ihr. Nach dem Gottesdienst warteten Rosa und die Mädchen im Hof der Synagoge auf Gabriel, und sie gingen gemeinsam nach Hause. Gabriel hob Luna und Rachelika mit seinen starken Armen hoch, trug sie je auf einer Hüfte, und Rosa schob den Kinderwagen mit der kleinen Bekki. Was für eine schöne Familie, sagten die Nachbarinnen, was hat Rosa für ein Glück, gebe Gott, dass meine Tochter so einen Mann wie Gabriel bekommt.

Die Zeit verging schnell, und schon hatte sich die Kunde von ihren schönen und wohlgeratenen Töchtern in Ohel Mosche, Maskeret Mosche, Sichron Ja'akov und im Machane-Jehuda-Markt herumgesprochen: Die Große, Luna, ist eine Schönheitskönigin, die zweite, Rachelika, hat den scharfen Verstand ihres Vaters, die dritte, Bekki, hat ein goldenes Herz, schenkt alles weg. Gibst du ihr einen Bonbon, nimmt sie ihn aus dem Mund, um ihn ihren Schwestern weiterzugeben.

Böse Winde wehen im Land, die Stimmung ist denkbar schlecht. Die Briten, deren Einzug alle bejubelt hatten, regieren schlimmer als die Türken.

»Was haben wir von diesen Ingländern?«, sagt Rosa zu Tamar. »Sie blicken von oben auf uns herab. Für sie sind die Araber aus der Altstadt besser als Juden.«

»Schotten«, schnaubt Gabriel verächtlich, wann immer von den Engländern die Rede ist, »stecken die Hand nicht gern in die Geldbörse.« Und Rosa ergänzt sofort: »Ausgelöscht seien ihr Name und Andenken.«

Die jungen Jüdinnen, die mit Engländern gehen, sind Tagesgespräch. Fast in jedem Viertel gibt es eine, die es tut und große Schande über ihre Familie bringt. In Ohel Mosche kursieren Gerüchte, Matilda, die Tochter der Frankos, gehe mit einem englischen Offizier. »Eine Meisterin im Spagat«, sagt man von ihr, »tfu, macht Spagat für die Ingländer, ausgelöscht sei ihr Name.«

Eines Tages ging Tamar zu Viktoria Franko, und auf dem Tisch stand eine Dose Kaffee aus Ingland neben Keksen aus

Ingland. Viktoria räumte Kaffee und Kekse hastig weg, damit Tamar sie nicht sah, »aber Tamar hat sie gesehen und es mir erzählt«, sagt Rosa zu Gabriel, »das hat ihnen sicher der Ingländer ihrer Tochter aus der Kantine der Ingländer in der Jaffa-Straße mitgebracht.«

»Sollen sie ersticken an ihrem Kaffee und ihren Keksen«, schnaubt Gabriel und beendet die Diskussion.

Als die Nachbarinnen gegen Abend im Hof sitzen, um Tee zu trinken und *biskochos* zu essen, sagt Tamar: »Ich an Viktoria Frankos Stelle würde Matilda nicht die Nase ins Freie stecken lassen!«

»Und was soll sie machen, *kaparavonó?*«, sagt Rosa. »Soll sie sie im Haus einsperren und ans Bett fesseln?«

»Ausgelöscht sei ihr Name, diese Gojim, schnappen sich all unsere guten Töchter!«, fährt Tamar fort.

»Und diese Töchter bringen das Volk Israel in Verruf, und wofür? Für einen Nylonstrumpf? Für Eau de Cologne? Für Kaffee? Ist es nicht schade um Viktoria und Meir Franko? Die Ärmsten, man sieht sie kaum noch im Viertel wegen der Schande, die das Kind ihnen macht«, sagt Rosa.

»Es heißt, die von der Lechi packen diese Mädchen und rasieren ihnen den Schädel«, fügt Tamar hinzu.

»Gott behüte, ein Glück, dass meine *chikitikas* noch klein sind und man sie noch im Haus halten kann«, sagt Rosa.

»Tfu, ausgelöscht sei ihr Name, diese Gojim, was redest du, Rosa, die Chancen stehen nicht mal eins zu einer Million, dass eine Tochter von Gabriel Ermoza mit einem Ingländer geht«, erwidert Tamar entrüstet.

»*Pishkado i limón, leshos*, natürlich besteht keine Chance, aber wer weiß, auch Matilda war mal ein braves Mädchen, und schau, was aus ihr geworden ist.«

Mehr als alles andere verabscheut Gabriel die jungen Jüdinnen, die mit den Briten gehen. »Huren« nennt er sie, und das ist das erste Mal, dass Rosa ihren Mann ein solches Wort gebrauchen hört. »Eine Tochter verkehrter Widerspenstigkeit«, beschimpft er Matilda in biblischer Sprache und warnt Rosa: »Lass sie bloß nicht unseren Töchtern nahekommen, hörst du, nicht mal guten Tag sagen, dieser Hure.«

»Aber Gabriel«, wendet Rosa zaghaft ein, »wie soll ich ihr nicht guten Tag sagen? Wir kennen sie von Kindesbeinen an, Meir und Viktoria Franko gehören praktisch zur Familie.«

»Entschuldige mal, Rosa«, gibt er, beherrscht wie immer, zurück, »wir sind nicht verwandt, wir sind Nachbarn, haben sie nur behandelt, als ob sie zur Familie gehörten, und jetzt mit dieser Tochter, dem Engländer-Flittchen, ziehen wir es vor, nicht mit ihnen verwandt zu sein. Alles, hörst du, Rosa, alles bin ich bereit zu verzeihen, aber nicht, dass eine Tochter Israels mit Engländern geht, das verzeihe ich nicht!«

Anders als Gabriel verabscheut Rosa nicht die Mädchen, die mit den Engländern gehen. Sie kann verstehen, wie Töchter aus bedürftigen Familien ihren Eltern unter allen Umständen helfen möchten. Und Meir Franko, *miskeniko*, hat schon lange keine Arbeit mehr, er sitzt zu Hause, es ist kein Brot auf dem Tisch, und da bringt Matilda ihnen Kaffee und Kekse und sicher noch andere gute Dinge, vielleicht sogar Geld, Gott bewahre. Matilda hat keine Schuld, schuld sind die Ingländer, zum Teufel mit ihnen, sie haben alle guten Dinge in ihrer Kantine, und die Einheimischen haben kaum was zu essen. Gottlob fehlt es Gabriel und ihr an nichts, sie und die Töchter haben alle guten Gaben der Erde und des Landes. Aber sie ist nicht blind. Sieht sie etwa nicht, dass die Nachbarn weniger haben? Manchmal ist nicht mal Fleisch für den Schabbatabend da.

»Was haben wir uns gefreut, als die Ingländer kamen«, sagt sie zu Tamar, »wie dringend wollten wir die Türken endlich loswerden. Wir dachten, die Ingländer kommen aus Europa, sie sind menschlicher als die türkischen Bestien, aber was kann man machen, die einen taugen so wenig wie die anderen.«

»Sag das nicht, Rosa«, widerspricht Tamar, »obwohl auch die Engländer *bastardos* sind, ist es doch kein Vergleich. Die *Turkos*, tfu auf sie, mit ihren schwarzen Schnäuzern wie Besen, haben Kinder und Alte in Angst und Schrecken versetzt. Wie sie gepeitscht haben, patsch, patsch, patsch, wer ihnen im Weg stand, kriegte was ab. In den Suk al-Atarin in der Altstadt sind sie reingestürmt und haben Obst- und Gemüsestände umgestoßen, grundlos, einfach so. Und die Kishle, Gott bewahre, wen die Türken in ihr Gefängnis steckten, der kam nicht mehr lebendig raus, und wenn doch, war er *madschnun*, hatte einen Dachschaden bis zum Tod. Wie der arme Nachum Levi, einfach so, ohne Grund hat ihn eines Tages ein *Turko* geschnappt, ihn in die Kishle gesteckt, aus der er vielleicht nach sechs Monaten wieder rauskam, und danach streunte er durchs Hinnomtal, unterhalb des Hauses seiner Mutter in Jemin Mosche, und schlief in Höhlen. Er ließ sich den Bart wachsen und die Haare bis zur Taille, und wann immer er aus dem Wadi raufstieg, hat er den Kindern Angst gemacht, Abu Lele nannten sie ihn, nach dem Dämon. Seine Mutter, die ihn so sah, ist gestorben vor Trauer, und das alles wegen der Türken, ausgelöscht seien ihr Name und Andenken.«

Rosa schweigt, erzählt weder Tamar noch sonst jemandem von jener Nacht, in der die Türken bei ihnen an die Haustür geklopft hatten, als ihre Eltern, mögen sie in Frieden ruhen, noch lebten, erzählt nicht, wie sie sie und ihren kleinen Bruder Efraim aus dem Schlaf rissen und das ganze armselige Zimmer, in dem sie wohnten, auf den Kopf stellten, wie sie auf die Rücken der Eltern einpeitschten, die schon unter der verfluchten Krankheit litten und sich kaum auf den Beinen halten konnten, wie sie selbst ihren Bruder Efraim unters Bett geschoben, sich auf ihn gelegt und ihm den Mund zugehalten hatte, damit er keinen Mucks machte, beinah erstickt hatte sie ihn, *miskeniko*. Sie erzählt nicht, wie die Türken ihren Vater auf den Hof gezerrt und ihm gedroht hatten, wenn er seine Söhne Nissim und Rachamim nicht den Militärbehörden ausliefere, werde man ihn am Damaskustor aufhängen.

Nissim war damals schon in Amerika, hatte per Schiff aus Jaffa fliehen können, Rachamim versteckte sich dauernd woanders. Er schwor, auch wenn man ihn aufhängen sollte – in den türkischen Militärdienst werde er nicht gehen. Der Große Krieg war in vollem Gange, die Türken entführten ständig jüdische Jungen und zwangen sie zum Wehrdienst, keiner von ihnen kehrte lebend zurück. Keine Mutter sah ihren Sohn wieder, nachdem die Türken ihn verschleppt hatten. Auch Gerüchte von den Lagern, die die Türken für aufgegriffene jüdische Deserteure unterhielten, gelangten nach Jerusalem. Es hieß, es gebe ein Lager bei Haifa, wo man sie interniere und mit Schwerarbeit knechte, wie einst der Pharao die Kinder Israels in Ägypten, von Sonnenaufgang bis zum Aushauchen der Seele. Die bedauernswerten Deserteure bauten den Türken, ausgelöscht sei ihr Name, die große Eisenbahnlinie, und dabei starben sie an Erschöpfung, Hunger, Krankheiten und vor allem an Schlägen.

Nein, Rosa erzählt keinem Menschen von jenen Dingen. Rund einen Monat nachdem die Türken in ihr Elternhaus eingedrungen waren, klopfte jemand mitten in der Nacht an die Tür. Ihre Eltern wachten auf und öffneten, und dann erklang ein Aufschrei, der den Himmel über dem Viertel Schamma zerriss: Ihre Mutter, die schon sehr krank war, fiel auf den Steinboden und verlor das Bewusstsein, und sie, Rosa, nahm den verstörten Efraim auf den Arm und versuchte zu begreifen, was los war. Gegen Morgen, als die Sonne gerade über den Bergen aufstieg, gingen sie, die ganze Familie, begleitet von allen Nachbarn, in stiller Prozession vom Schamma-Viertel im Hinnomtal zum Damaskustor in der Altstadt. Auf dem Vorplatz des Tors sahen sie ihren Bruder. Nie würde sie diesen Anblick vergessen: Rachamim hing am Galgen, der Kopf war auf die Brust gesunken, das schwarzgelockte Haar, das sie so liebte, staubig, die hübschen Augen geschlossen, und der lange, schlanke Körper schlaff wie eine Marionette. Nein, sie würde dieses Bild nie vergessen, das sich ihr für immer und alle Zeiten eingebrannt hatte. Am nächsten Tag erschien das Foto in der Zeitung, und obwohl sie nicht lesen und schreiben konnte, stellte sie sich zum Betteln ans Jaffator und kaufte dann mit den paar Münzen, die Passanten ihr zuwarfen, das Blatt, um das Bild ihres erhängten Bruders auszuschneiden. Bis heute liegt das Foto in ihrem Geheimkästchen, zusammen mit dem Medaillon ihrer Mutter, einem blauen Stein in goldener Fassung. Später, wenn Rachelika mal heiratete, würde sie ihr das Medaillon geben, und auch das Foto des erhängten Rachamim. Rachelika würde verwahren, was Rosa wichtig und teuer war. Einmal wird sie vielleicht auch von jener Nacht und von Rachamim erzählen, jetzt nicht. Keiner weiß davon, außer Efraim, und der ist ohnehin dauernd besoffen und weiß kaum noch, wie er heißt.

Kurz nachdem man Rachamim erhängt hatte, starben ihre Eltern gleich nacheinander an der verfluchten Krankheit und auch, so glaubte sie fest, an gebrochenem Herzen. Kaum war die Trauerwoche um, kam schon der Muchtar angelaufen und setzte sie und Efraim vor die Tür. Sie war zehn, er fünf Jahre alt, und sie hatten niemanden, zu dem sie hätten gehen können. Sie schnürte ein paar Kleidungsstücke zum Bündel, nahm Efraim an die Hand und machte sich auf den Weg zur Neustadt, ohne zu wissen, wo sie und ihr kleiner Bruder die Nacht verbringen sollten.

Schmutz und Verwahrlosung herrschten auf den Straßen. Viele Flüchtlinge wanderten wie sie von Ort zu Ort, suchten eine Unterkunft. Wie sollte sie mit ihren zehn Jahren zurechtkommen, wenn Menschen im Alter von Papa und Mama, mögen sie in Frieden ruhen, es nicht schafften?

Es wurde Nacht, als sie endlich nach Nachalat Schiva gelangten, wo der Bruder ihrer Mutter mit seiner Familie wohnte. Sie klopfte an die Tür, die Frau des Onkels öffnete ihnen, rieb sich die Augen beim Anblick der beiden Kinder, die auf der Schwelle standen. »*Dio santo, ijos*, was macht ihr hier um diese Uhrzeit?«

»Der Muchtar hat uns aus dem Haus gejagt, und wir wissen nicht, wo wir hinsollen«, sagte Rosa.

»Deshalb seid ihr hergekommen? Wir haben kaum Platz für unsere eigenen Kinder, wo sollen wir euch denn hintun, auf den Schrank?«

»Wer ist da?«, erklang die Stimme des Onkels.

»Ich bin's, Tio«, sagte Rosa, »ich mit Efraim, der Muchtar hat uns rausgeworfen, und wir haben keinen Platz zum Schlafen.«

Der Onkel stand auf und kam an die Tür. »Gut, was lässt du sie denn auf der Straße stehen? Hol sie rein«, befahl er seiner Frau, die ihren Unwillen gar nicht zu verhehlen suchte.

Wenn es nach ihr ginge, würde sie uns die Tür vor der Nase zuknallen und uns wie Hunde auf die Straße jagen, dachte Rosa. Die fünf Kinder des Onkels lagen zusammengedrängt auf einer Strohmatratze auf dem kalten Betonboden und sagten keinen Ton über den nächtlichen Besuch des Cousins und der Cousine. »Schlaft bei euren kleinen Verwandten«, sagte der Onkel, und zum ersten Mal seit dem Morgen jenes Tages atmete Rosa erleichtert auf.

Doch zwei Tage später stand sie mit Efraim erneut auf der Straße. Die Frau des Onkels wollte sie unter keinen Umständen im Haus behalten. »Wir haben kaum genug, um unsere eigenen Kinder zu ernähren, wie sollen wir dann noch zwei Münder stopfen?«, keifte sie. Nach stürmischen Wortwechseln und endlosen Debatten gab der Onkel ihr nach, und obwohl er bettelarm war, drückte er Rosa etwas Geld in die Hand und schickte die Waisen seiner Schwester ihres Weges.

Sie war zurechtgekommen, gewiss war sie das. Sie konnte immer auf eigenen Füßen stehen. Vom Todestag ihrer Eltern an wusste sie vor allem, dass man sich nur auf sich selbst verlassen durfte und nicht auf andere. Bis die *Turkos*, ausgelöscht seien ihr Name und Andenken, das Land verließen, lebten sie und Efraim von der Hand in den Mund. Sie ging in den Markt, um Obst- und Gemüsereste aufzulesen, die nach Ladenschluss auf dem dreckigen Bürgersteig liegen geblieben waren, und sie bettelte, in der Hoffnung, gute Menschen würden Erbarmen mit ihr und ihrem kleinen Bruder haben, der immer still neben ihr saß, nicht weinte, nicht klagte, ein Fünfjähriger, der begriff, dass ihm, auch wenn er weinte, keiner helfen würde.

Und dann geschah eines Tages ein Wunder, und nach über vierhundert Jahren Besatzung verließen die Türken das Land. Sie würde niemals die Ochsenkarren vergessen, die durch Jerusalems Straßen fuhren, tote und verwundete türkische Soldaten transportierten, sie würde die Schreie der Verwundeten nicht vergessen, die um Hilfe flehten, aber sie hatte kein Mitleid mit ihnen, keine einzige Träne vergoss sie über diese *ijos de putanas*. Die Strecke von der Jaffa-Straße zum Bahnhof in der Bethlehem-Straße war voll mit Ochsenkarren und Automobilen und türkischen Soldaten, die herumrannten wie Mäuse in der Falle, alles taten, um in den Zug zu kommen und zu fliehen, unterwegs ihre Waffen wegwarfen oder an Araber zu verhökern suchten. Sie stand da und betrachtete das Treiben, Efraim fest an der Hand. Menschen flohen aus Angst vor den Granaten, die auf die Stadt niedergingen, die Geschäfte in der Jaffa-Straße wurden aufgebrochen und geplündert, Panik herrschte auf den Straßen, aber sie hatte keine Angst, wartete nur darauf, den letzten verhassten türkischen Soldaten in den Zug steigen und auf Nimmerwiedersehen wegfahren zu sehen.

Und nun kamen die Engländer, *wai*, welche Freude! Menschenmassen strömten auf die Straßen und bereiteten ihnen einen Heldenempfang. Sie war so glücklich, jubelte den Engländern zu in der großen Menge, die herbeigelaufen war, um sie beim Einzug in Jerusalem willkommen zu heißen, küsste den Rockschoß der heldenhaften Soldaten, die da kamen, um sie vom Joch der türkischen Horden zu befreien. Was war das für eine Freude! Was für ein Glücksgefühl! Sie ging im Menschenstrom Richtung Jaffator, Efraim fest an der Hand haltend, aus Angst, er könnte losgerissen und von der Menge niedergetrampelt werden, und sah mit eigenen Augen General Allenby von seinem Pferd absteigen und zu Fuß die Altstadt betreten, wo Bürgermeister al-Husseini ihn persönlich begrüßte.

Gottlob, sagte man in Jerusalem, ein Chanukka-Wunder. Aber nix mit Wunder. Die Engländer brauchten nicht lange, um ihr wahres Gesicht zu zeigen. Sie wurden des Chaos nicht Herr, das beim Abzug der Türken entstanden war. Außer ihr und Efraim gab es in Jerusalem noch dreitausend verlassene und hungernde Waisenkinder, und Mädchen prostituierten sich, gingen mit den englischen Soldaten, um etwas zu essen zu haben.

Möge nicht mal Gott ihre Gedanken hören, aber auch sie hatte ein paarmal daran gedacht, ihren Körper zu verkaufen, damit sie und Efraim etwas zu essen hätten. *Grasias al Dio* hatte sie die gute Erziehung ihrer Eltern genossen, die ihr eingeschärft hatten, in jeder Situation ihre Würde zu wahren, und statt, tfu auf sie, den englischen Soldaten, bot sie den englischen Frauen, die ihren Männern nach Palästina gefolgt waren, ihre Dienste an. Besser die Klos der Ingländer putzen, als ihr Klo zu werden.

Und jetzt ist sie, *maschallah*, Senyora Ermoza, hat ein stattliches Haus mit einem schönen, gepflegten Hof in Ohel Mosche, hat drei Töchter, sollen sie gesund sein, und einen Ehemann, der sich weithin Ansehen erworben hat, der angesehenste Mann in der spaniolischen Gemeinde, *wai de mi sola*, wenn jemand sie damals gesehen hatte, als sie Toiletten von Ingländern putzte oder abends in den Markt kam, um Obst und Gemüse vom Boden aufzulesen, würde er nicht glauben, dass dieses arme Mädchen, diese kleine Bettlerin, Senyora Ermoza geworden war.

Gabriel packt einen Koffer für die Reise nach Beirut. Er packt immer selbst, hat es nicht gern, dass sie es für ihn tut. »Ich habe meine eigene Ordnung«, hat er einmal gesagt, »ich mag es nicht, wenn man sie mir durcheinanderbringt.« Und sie hat nachgegeben, wie bei anderen Dingen, die ihr seltsam vorkamen. Was die Männer ihrer Nachbarinnen betraf, machten ihre Frauen, sobald sie das Haus betraten, Wasser heiß und wuschen ihnen die Füße. Gabriel hatte sich nie die Füße von ihr waschen lassen. Sie erwärmte das Wasser, und er wusch sie sich selbst. Er saß auch nie wie ein Effendi auf dem Stuhl und wartete, dass sie ihn bediente. Wenn er Kaffee trinken wollte, stand er auf und kochte ihn selbst, wollte er Tee mit Minze, brühte er ihn eigenhändig auf, ließ gerade mal zu, dass sie in den Hof ging, um für ihn Minze und Salbei aus den Blumentöpfen zu pflücken. Schande, Schande, sagte sie sich, es reicht schon, dass er den Mädchen auf dem Hof nachrennt, da würde es mir gerade noch fehlen, dass man ihn Minze zupfen sieht. Manchmal hat sie den Eindruck, es sei ihm unangenehm ihr gegenüber, als meine er, weil er seine Pflichten als Ehemann nicht voll erfüllte und nachts nicht ihr Bett aufsuchte, stände es ihm nicht zu, dass sie ihn bediente.

Jetzt legt er Kleidungsstücke in den Koffer, und je voller der Koffer wird, desto leerer wird sie, ihre Kräfte schwinden, ihre Geduld desgleichen. Mit seinem Schweigen bringt er sie langsam um, jedes Falten einer Hose, eines Hemdes verkrampft ihr das Herz. Warum, *ya rabi*, o Gott, warum? Warum tut er mir das an? Warum lässt er mich nicht eine Frau für ihn sein? Wie, wie macht er mich so kaputt? Und alles höflich, still. Man kann die Luft mit dem Messer schneiden. Sie wartet angespannt, dass er ein Wort sagt, dass er sie nur um etwas bittet, und schon würde sie losrennen, um seinen Wunsch zu erfüllen. Aber er bittet um nichts, er packt weiter, als stände sie nicht neben ihm, als wäre er allein im Raum. Plötzlich hebt er die Augen und sagt: »Rosa, warum stehst du da wie ein Golem? Geh raus und sieh nach den Mädchen.«

Der Koffer ist gepackt, die Mädchen spielen im Hof. Jetzt, wusste sie, würde das Theater losgehen: Sobald Luna Gabriel mit dem Koffer auf der Schwelle sah, würde sie in Tränen ausbrechen. Eine Zehnjährige heult wie ein Baby, wirft sich auf die Erde: »Papú, Papú, geh nicht weg!« Und ihre Schwestern stimmen mit ein, nun gemeinsam im Chor: Die eine kreischt, die anderen schreien, und so lassen sie ihren Vater lange nicht gehen, hängen sich an ihn, umklammern sein Bein, Luna hält mit der einen Hand seine freie Hand und mit der anderen die Tür und lässt ihn nicht weg. Wie viel Kraft diese *flaka* hat, staunt Rosa, steht wie eine Barriere zwischen ihrem Vater und der Tür, und Rachelika weint, und die kleine Bekki weint mit, ohne zu wissen, warum, ihre Schwestern weinen, also tut sie es auch. Und Gabriel zerreißt es das Herz. Wenn sie so weitermachen, wird er den Zug verpassen, und erst als Rosa eingreift und Luna mit Gewalt von ihm löst, kann er den Hof verlassen. Er verabschiedet sich nicht einmal von Rosa, ist schon auf der Agrippas-Straße, wo ihn das Taxi erwartet, das ihn zum Bahnhof fährt. Von dort wird ihn die Bahn nach Jaffa bringen, und nach einem kurzen Zwischenaufenthalt in Tel Aviv wird er mit dem Schiff nach Beirut fahren.

Rosa bleibt bei ihren jammernden Töchtern auf dem Hof stehen. Luna wirft sich auf die Steinplatten, schreit wie am Spieß, Rachelika klammert sich weinend an Rosas Schürze, und die kleine Bekki hält ihre Beine fest. Rosa steht dem Verhalten der Mädchen hilflos gegenüber, nicht mal die Nachbarinnen mischen sich ein. Sie wissen, nach einer halben Stunde wird sich alles beruhigen, und bis Gabriel wohlbehalten zurückkehrt, wird Rosa den Haushalt und die Kinder gut im Griff haben. Sie ahnen nichts von den Kämpfen, die sie täglich mit Luna ausficht, und von den Wörtern, die die freche Göre über die Lippen bringt. Vorerst liegt sie auf den Steinplatten, strampelt mit den Beinen und kreischt: »Papú, Papú«, als ob er sie hören könnte. Jetzt sitzt er in der Eisenbahn, der Herr Ermoza, liest Zeitung, schaut aus dem Fenster in die Landschaft und hat das Weinen und Schreien seiner Töchter längst vergessen und sie, Rosa, gleich mit. Ach ... er hat ein bisschen Ruhe. Was würde sie nicht alles tun, um mit ihm zu tauschen, zwei Wochen ohne Luna wären ihrer Gesundheit zuträglich. Sie lässt die kreischende Luna auf dem Hof, nimmt die anderen zwei an die Hand und geht mit ihnen ins Haus. Rachelika hat sich schon beruhigt, nur Luna, stur wie ein Esel, ist noch draußen, eine halbe Stunde schon, hört nicht auf zu schreien und die Nachbarn zu stören.

»Ruhe!«, hört Rosa den Nachbarn Attias Luna anschreien. Aber die, *nada*, wie blamiert dieses Mädchen sie vor den Nachbarn. Einige Zeit später tritt endlich Ruhe ein. Rachelika und die kleine Bekki sitzen am Tisch, und sie setzt ihnen das Abendbrot vor: Ein hartes Ei und frisches Gemüse, ein Glas Milch und eine Scheibe Weißbrot, beträufelt mit Olivenöl und bestreut mit Ysop. Rachelika isst ordentlich was und füttert auch die kleine Bekki, die unaufhörlich plappert.

Beim Anblick ihrer beiden friedlich speisenden Töchter denkt Rosa unwillkürlich: Wie schön mein Leben doch ohne Luna sein könnte, und fügt sofort hinzu, tfu tfu tfu, *pishkado i limón*, Gott behüte, ich muss mir den Mund mit Wasser und Seife auswaschen, wie ich es Luna verordne, wenn sie frech wird. Gott bewahre mich vor solchen Gedanken, was bin ich bloß für eine Mutter, tadelt sie sich.

Luna ist noch nicht ins Haus gekommen, aber ihre Schreie sind verstummt. Rosa macht sich keine Sorgen. Soll sie im eigenen Saft schmoren, danach wird sie auf allen vieren angekrochen kommen.

Die Kleinen haben fertig gegessen, Rosa füllt ihnen die Waschwanne. Sie badet Bekki, und Rachelika wäscht sich mit demselben Wasser. Gabriel mag das nicht, aber er ist jetzt weg, und es ist schade um das Wasser und erst recht um die Seife. Sie hasst Verschwendung.

Als die Mädchen ihre Nachthemden angezogen haben und ins Bett gehen, fragt Rachelika: »Mama, wo ist Luna?« Da erst dämmert ihr, dass Lunas Schreie vor Stunden versiegt sind und das Kind nicht ins Haus gekommen ist. Sie geht auf den Hof, an die Stelle, wo Luna sich auf die Steinplatten geworfen hatte. Leer. »Luna!«, ruft sie, aber nichts regt sich. »Luna! Ich komm gleich mit den *sapatos*«, droht Rosa. »*Onde 'stas?* Wo bist du?« Erst als alle Nachbarn auf ihr Geschrei hin angelaufen kommen, begreift Rosa, dass Luna tatsächlich verschwunden ist.

»*Dio santo*, was mache ich bloß mit diesem Mädchen? Das hat mir gerade noch gefehlt, dass ihr was zustößt, Gabriel bringt mich um!« Sie wird dermaßen hysterisch, dass die

Nachbarin Tamar ihr sagt: »*Kalmata*, Rosa, beruhig dich, sie ist sicher hier im Viertel, wo soll sie denn sonst hingegangen sein? Ich bleibe hier, um auf die Kleinen aufzupassen, und du gehst sie mit den Männern suchen. Los, verlier keine Zeit.«

Rosa eilt mit ihren Nachbarn davon, um Luna in den verwinkelten Gassen von Ohel Mosche und in der Grünanlage inmitten des Viertels zu suchen. Gott behüte, dass sie bloß nicht in die Zisterne gefallen ist, beschleicht sie die Angst. In der Anlage herrscht ägyptische Finsternis, und Senyor Attias holt eine Petroleumlampe, um die Zisterne auszuleuchten. Keine Ecke der Anlage, die er nicht absucht, und er schickt seinen Sohn Abramino auch auf den Baum, vielleicht versteckt sich Luna ja in seinen Zweigen. *Nada*, das Mädchen ist und bleibt verschwunden.

Rosa ist schon einer Ohnmacht nahe, *adió senyor del mundo*, mach, dass Luna sich findet, dass ihr nichts passiert, denn falls diesem Mädchen, Gott behüte, etwas zustoßen sollte, ist es aus mit meinem Leben, mit meiner Familie. Die Nachbarn, die sie so besorgt sehen, versuchen ihr Mut zuzusprechen: »Seien Sie unbesorgt, Senyora Rosa, Ohel Mosche ist klein, wo kann sie schon hingelaufen sein? Gleich werden wir sie finden«, und verraten ihr nicht, dass auch sie der Verdacht beschlichen hat, es könnte dem Mädchen etwas Schreckliches zugestoßen sein. Es sind schwere Zeiten, Juden kämpfen gegen Juden, und die Araber sind auch nicht mehr das, was sie mal waren, entführen Juden, schlachten sie ab. Außerdem gibt es kranke Menschen, *pishkado i limón*, und ein Mädchen mit bronzefarbenen Locken und grünen Augen, da kann man nicht wissen, *leshos, leshos, pishkado i limón* …

Sie suchen und suchen, es ist schon tiefe Nacht, und finden das Mädchen nicht. Rosa setzt sich auf die Torstufen von Ohel Mosche zur Agrippas-Straße, birgt den Kopf in den Händen und weint bitterlich, und da kommt plötzlich aus dem Nichts ein Jeep der britischen Polizei und hält vor Rosa. Heraus steigt Matilda Franko, das Gesicht so angemalt wie, *el Dio ke me salva*, die jungen Frauen, die ihren Körper verkaufen. Sie trägt ein Kleid, das ihr wie Gummi am Leib klebt, dazu Nylonstrümpfe und Schuhe mit so hohen Absätzen, dass sie sich, wenn sie damit fiele, den Schädel aufschlagen würde. Soll sie ihn sich doch aufschlagen, die *putana*. Rosa starrt sie an, als sähe sie einen Dämon, und alle Nachbarn stehen vor dem Tor von Ohel Mosche, die Münder offen vor Verblüffung. Sie hatten von Matilda und ihrem englischen Offizier gehört, sie aber niemals mit eigenen Augen zusammen gesehen. Ihr Vater, Meir Franko, wünscht, die Erde möge ihn verschlingen, und ihre Mutter, Viktoria Franko, hält fest seine Rechte, damit er sie nicht gegen die Tochter erhebt. Die überraschte Matilda steht vor Rosa, die weinend auf den Stufen sitzt, und fragt, was geschehen sei. Da rappelt Rosa sich auf, fällt Matilda um den Hals und jammert: »Luna, Luna ist weg.«

»Wieso weg?«, fragt Matilda.

»Ist aus dem Hof verschwunden, schon seit Stunden suchen alle sie im Viertel und finden sie nicht«, schluchzt Rosa.

»Wieso findet man sie nicht?«, fragt Matilda erstaunt, und Abramino Attias, der Sohn von Senyor Attias, tritt näher und schreit: »Was interessiert's dich, ob man sie findet oder nicht, du erbärmliche Engländer-Nutte.«

Nun bricht ein Tumult aus, alle beschimpfen Matilda Franko, und nur aus Respekt für ihre Eltern fallen sie nicht über sie her. Viktoria möchte ihrer Tochter zu Hilfe eilen, aber ihr Mann hält sie zurück.

Aus dem Augenwinkel sieht Rosa das Ehepaar Franko abseits stehen, ohne zugunsten ihrer Tochter einzugreifen. Sie sieht die schwarzen Augen ihrer Brüder im Dunkeln blitzen, aber sie stehen wie Zinnsoldaten hinter den Eltern und rühren keinen Finger für ihre große Schwester. Schon hat das ganze Viertel ihre verschwundene Luna vergessen, alle wollen nichts als Matilda Franko schmähen und mit Schimpfkanonaden überhäufen, und dann plötzlich hört man einen Schuss in die Luft, dem Stille folgt, und Matildas englischer Offizier steht mit gezogener Pistole an seinem Jeep und schreit auf Englisch: »Ruhe!!!«

»Ruhe in deinem *kulo*, einen Scheiß werd ich tun«, flüstert Abramino, verstummt aber wie alle.

»Was geht hier vor?«, wendet der Engländer sich an Matilda, und sie antwortet ihm auf Englisch, ein kleines Mädchen sei aus dem Haus verschwunden.

So wahr ich lebe, denkt Rosa, die hat ein Inglisch drauf wie aus Ingland.

Der Offizier stellt weitere Fragen, und Matilda verweist ihn an Rosa. Er fragt sie nach ihrem Namen, und Matilda übersetzt, aber Rosa braucht keine Übersetzung, sie hat nicht umsonst jahrelang in den Häusern dieser Aase geputzt. So antwortet sie ihm in seiner Muttersprache und erzählt in fließendem Englisch, das Mädchen sei vor drei Stunden aus ihrem Hof verschwunden, nachdem ihr Vater geschäftlich nach Beirut abgereist ist.

Der britische Offizier bedeutet den versammelten Nachbarn, sich zu zerstreuen und in ihre Häuser zurückzukehren, und bittet Rosa, in den Jeep zu steigen. Rosa zögert, ist nicht sicher, dass sie sich in den Jeep des Offiziers setzen möchte.

»Haben Sie keine Angst, Senyora Rosa«, flüstert Matilda, »er ist ein Engländer, aber ein guter Mensch, er wird Ihnen helfen, Luna zu finden.«

Rosa überlegt, ist ihr ja gleich, ob Engländer, Türke, Araber, Spaniole oder Aschkenase, Hauptsache, sie finden ihre Tochter.

Der Engländer fährt die wenigen Minuten bis zur Polizeistation in der Jaffa-Straße. Höflich öffnet er Rosa den Wagenschlag und hilft ihr heraus. Ein Ingländer, ausgelöscht sei sein Name, aber ein Gentleman, denkt sie. Danach hilft er Matilda, die trotz ihrer hohen Absätze leichtfüßig aus dem Jeep springt. Sie betreten die Polizeistation, und dort, gottlob, sieht sie Luna neben dem diensthabenden Polizisten sitzen. *Grasias al Dio!* Einerseits ist ihr Herz überglücklich, ihre Tochter zu sehen, andererseits möchte sie sie am liebsten umbringen, fast hätte sie ihretwegen ihre Seele ausgehaucht.

»Luna«, ruft sie, und das Mädchen sieht sie an und rennt auf sie zu. Rosa breitet die Arme aus, um die Kleine an sich zu drücken, aber die läuft achtlos an ihr vorbei, springt in die Arme der hinter ihr stehenden Matilda, ohne ihre Mutter eines Blickes zu würdigen. Was für eine Schmach, denkt Rosa, was sollen die Ingländer von mir denken? Was ist das für ein Mädchen, das seine Mutter derart bloßstellt? Was habe ich in meinem Leben falsch gemacht, *adío senyor del mundo*, dass ich eine solche Tochter verdient habe?

Matildas englischer Offizier setzt sich an seinen Schreibtisch und bittet Rosa, auf dem Stuhl ihm gegenüber Platz zu nehmen. Matilda setzt sich neben sie, und Luna hüpft auf Matildas Schoß, wie ein Kleinkind und nicht wie eine Zehnjährige. Rosa kann ihre Schmach kaum verbergen.

»Das Mädchen«, sagt Matildas englischer Offizier, »ist von selbst auf die Polizeistation gekommen und hat erzählt, ihre Mutter habe sie aus dem Haus geworfen.«

»Was?«, fragt Rosa entsetzt. »Das hat sie gesagt?«

»Sie hat erzählt«, fährt der Offizier fort, »sobald ihr Vater weggefahren sei, hätten Sie ihre beiden Schwestern ins Haus geholt und sie draußen gelassen.«

»Entschuldigen Sie, Herr Offizier«, sagt Rosa in ihrem guten Englisch, »wo haben Sie all das her?«

»Das steht in dem Protokoll, das mir der diensthabende Beamte übergeben hat«, antwortet er. »Ich lese Ihnen wortwörtlich die Aussage des Mädchens vor, das um sieben Uhr abends, vor drei Stunden, bei der Polizei erschienen ist.«

Dio mio, das ist kein Kind, das ist ein Satan, denkt Rosa, woher erfindet sie solche Verleumdungen?

»Stimmt das?«, fragt der Offizier.

Ehe sie noch antworten kann, erwidert Matilda an ihrer Stelle: »Natürlich stimmt das nicht, das ist eine Erfindung des Mädchens, ich kenne Signora Ermoza, sie ist eine gute Frau und eine treusorgende Mutter.«

Die ganze Zeit über birgt Luna ihr hübsches Gesicht an Matildas Schulter, schaut ihre Mutter nicht an.

»Was ist denn dann passiert?«, fragt der Offizier. »Warum ist das Mädchen auf die Polizeistation gekommen, um sich zu beschweren?«

Rosa blickt von Matilda zu deren Offizier und sieht elend aus.

»Was kann ich dazu sagen, Herr Offizier«, antwortet sie schließlich, »das Kind hängt sehr an seinem Vater, und sobald er auf Geschäftsreise geht, macht sie einen Aufstand. Ich wollte sie kurz auf dem Hof lassen, bis sie sich beruhigt hätte, war sicher, Kälte und Dunkelheit würden sie wenige Minuten später ins Haus treiben. Als ich sah, dass sie ausblieb, bin ich in den Hof gegangen, und als ich sie nicht fand, habe ich das ganze Viertel auf den Kopf gestellt. Sehe ich aus wie eine Mutter, die ihre Tochter aus dem Haus jagt?«

»Keineswegs«, sagt Matildas Offizier und erhebt sich. »Und damit ist der Vorfall abgeschlossen, ich werde berichten, die Polizei habe nicht einschreiten müssen, Sie seien gekommen, um Ihre Tochter auf der Polizeistation zu suchen. Da Sie sie nun gefunden haben, seien Sie bitte so gut, sie mit nach Hause zu nehmen. Und du«, er kneift Luna in die Wange, »*naughty, naughty girl*, benimm dich gut bei deiner Mutter.«

Rosa nahm Luna fest an die Hand. Sogar jetzt, als klar war, dass sie gemeinsam die Polizeistation verlassen mussten, spürte sie den Widerwillen des Mädchens. Die hat vor nichts Angst, möge Gott mich beschützen, zur britischen Polizei läuft sie, um Lügen über ihre Mutter zu erzählen. *Wai de mi sola*, was soll nur werden?

Als sie das Tor von Ohel Mosche passierten, wandte sich Rosa an Matilda und sagte: »Ich danke dir von ganzem Herzen, Mati. Gott helfe dir, du bist ein gutes Mädchen, du hast es nicht verdient, mit Ingländern zusammen zu sein, dir gebührt jemand Besseres, einer von uns.«

Tränen traten in Matildas Augen: »Bitte entschuldigen Sie mich, Senyora Rosa, es ist schon spät, und ich bin sehr müde, ich wünsche Ihnen eine gute Nacht«, sagte sie und trommelte auf ihren spitzen Absätzen zu ihrem Haus.

Rosa hielt Luna so fest am Arm, dass sie ihn ihr schier ausrenkte.

»Aua«, kreischte Luna, »warte nur, warte, bis Papú aus Beirut heimkommt, ich werde ihm alles erzählen! Du wirst schon sehen, was er mit dir macht.«

Rosa meinte, nicht richtig gehört zu haben. Ihre Hand fuhr durch die Luft und landete auf Lunas Wange. »Niemals! Hörst du, du unartiges Kind, wag niemals, dich zwischen deinen Vater und mich zu drängen! Warte du ab, bis ich deinem Vater erzähle, dass du fortgelaufen bist, und zwar ausgerechnet zur britischen Polizei, um Lügen über deine Mutter zu erzählen, dann sehen wir mal, was dein Vater dazu sagt.«

Die Drohung wirkte offenbar. Als Gabriel aus Beirut zurückkam, verlor Luna kein Wort darüber, was in jener Nacht geschehen war, und auch Rosa hielt den Mund. Beide wahrten sie das Geheimnis bis zu der Nacht, in der Matilda ermordet wurde.

Gabriel lehnte den Kopf ans Zugfenster, schloss die Augen und lauschte dem Rattern der langsam anfahrenden Räder und dem Tuten der Lokomotive. Er atmete tief und gönnte sich, zum ersten Mal nach Monaten, Entspannung.

Seine Stirn stieß leicht an die Scheibe, was sich angenehm anfühlte. Eine alte Weise summte ihm im Kopf, ein Kinderlied, das seine Mutter ihm einst vorgesungen hatte. Er begann es leise zu singen, staunte, dass er den Text behalten hatte, immerhin hatte er ihn fast dreißig Jahre nicht mehr gehört.

Er hatte sich rechtzeitig eine Fahrkarte für einen Waggon der ersten Klasse besorgt. Er fuhr immer erster Klasse, quetschte sich nie in die regulären Wagen. Im Abteil hatte er zwei Männer mit gutsitzenden Anzügen und Strohhüten vorgefunden. Ihr Benehmen war fremd und distanziert wie das der Neueinwanderer, die aus den großen Städten Europas kamen und das Land mit dem Flair einer fernen Kultur erfüllten, die bei Gabriel eine diffuse Sehnsucht weckte, Sehnsucht nach etwas, das er noch nie erlebt hatte, vielleicht nach einer Welt, in der die Dinge klar und verständlich waren und einer festen Ordnung folgten. Er empfand gewisse Sympathie für die Menschen, die aus Europa kamen, vor allem für die Einwanderer aus Deutschland. Gelegentlich verlief sich einer jener Jeckes in sein Geschäft im Machane-Jehuda-Markt, aber nur selten verließ er es mit Einkäufen. Die Jeckes fanden in der Fülle der Delikatessen im Laden keine einzige, die ihrem Geschmack entsprach. Sie konnten kein Hebräisch und gaben sich, anders als die Einwanderer aus Osteuropa, auch keine Mühe, die Sprache zu lernen. Sie erwarteten zu Gabriels Verwunderung, dass er, der Einheimische, sich bemühte, sie, die Fremden, zu verstehen. Und doch war da etwas an ihrem Kleidungsstil, an ihrer höflichen Distanz, das ihm gefiel. Es regte ihn auf, wenn sein Bruder Leito sie »Jecke Potz« nannte, und er verbat sich das jedes Mal.

Die beiden Männer, die ihm gegenübersaßen, waren Jeckes, schien ihm. Sie wechselten kein Wort und sprachen auch ihn nicht an. Als er das Abteil betrat, waren sie jeder in eine Ausgabe der *Palestine Post* vertieft, aber höflich genug, von der Zeitung aufzublicken und ihm zuzunicken, und damit hatte es sich.

Er persönlich heftete den Kopf lieber an die Scheibe. Auch er hatte eine Zeitung in der Tasche. Schon seit Jahren las er die unabhängige Tageszeitung *Haaretz*. Als junger Mann hatte er das Wochenblatt *Hazewi* gelesen, das sein Vater Rafael nach Hause brachte, bis man bei den Ermozas eines Tages aufhörte, dieses Blatt zu lesen. Er würde nie den Tag vergessen, an dem sein Vater erregt zur Tür hereinstürmte, eine Ausgabe des *Hazewi* wedelte und einen Artikel zitierte, den Dov Lifschitz gegen die sefardische Gemeinde verfasst hatte. »Von heute an kommt uns Ben Jehudas Zeitung nicht mehr ins Haus! Wir kaufen und erwähnen sie nicht mehr!«, schrie Rafael. Die sefardischen Rabbiner schlossen sich dem Bann an, den Rafael über die Zeitung verhängt hatte, und untersagten ihre Lektüre. Nie bewiesene Gerüchte wollten sogar wissen, die über den rassistischen Artikel erbosten Gemeindeältesten hätten das Blatt bei den türkischen Behörden subversiver Absichten bezichtigt. An jenem Tag ging man im Hause Ermoza zum *Haaretz* über.

Aber diesmal hatte Gabriel für die Fahrt, entgegen seiner sonstigen Gewohnheit, den *Davar*, die Zeitung der Arbeiter des Landes Israel, gekauft. Sein Vater hätte es nicht erlaubt, eine Sozialistenzeitung ins Haus zu bringen, und auch er hatte den *Davar* nicht selten als Bolschewisten-Blatt bezeichnet, Leito sogar untersagt, ihn im Laden zu lesen. Aber dies war

Gabriels Art, die Freiheit zu spüren: Erst eine Zeitung kaufen, die man sonst nicht liest, dann Dinge tun, die man nicht tun darf, und wenn man heimkommt nach Ohel Mosche, kehrt man zurück zum gewohnten Alltag und zum erstickenden Leben mit Rosa.

Er sah schon vor Augen, wie er sich in Beirut amüsieren, eine Droschke vom Bahnhof direkt zum Hotel am Meer nehmen würde. Wie der Empfangschef ihn mit »*Salam alekum, Chawadscha Ermoza*, gut, Sie wieder bei uns zu sehen«, begrüßen und ihm den Schlüssel für sein Lieblingszimmer, das mit dem Balkon zum Meer, aushändigen würde. Er stellte sich vor, wie er die Zimmertür öffnete, wobei eine kühle Brise vom Meer die schweren Vorhänge bauschte, und wie er dann auf dem Balkon stände und durchatmete. Danach würde er seinen Maßanzug gegen eine dünne Tuchhose und ein leichtes Baumwollhemd und die schweren Schuhe gegen bequeme Mokassins tauschen. Nachdem er sich ein Gläschen von dem guten libanesischen Arrak Marke Sahlawi genehmigt hätte, der ihn in einer klaren Kristallflasche auf dem runden Tisch in der Sitzecke erwartete, würde er seinen Strohhut aufsetzen und hinunter in die Lobby gehen, um das Hotel zu verlassen, würde sich federleicht und frei wie ein Vogel fühlen und ein Taxi besteigen, das ihn geradewegs zu Aischa ins Viertel al-Marfa am Beiruter Hafen brächte.

Ach, *ya* Aischa, er weiß nicht, wie er mit Rosa weiterleben könnte, wenn er Aischa nicht hätte. Die Gedanken an sie und an das, was sie mit ihm und er mit ihr machen würde, sobald sie sich träfen, ließ seinen Vogel den Kopf erheben, und er ruckelte unbehaglich auf seinem Sitz, zog rasch die Zeitung aus der Tasche und begann zu lesen. Sein Auge fiel auf eine Ford-Anzeige. »Das berühmteste Automobil der Welt. Zuverlässig, bequem, sparsam und elegant!«, pries die Anzeige, in deren

Mitte ein Foto des Wagens prangte. Es wird Zeit, dass ich mir einen Privatwagen gönne, einen alten Traum verwirkliche, dachte er im Stillen.

Er blickte wieder aus dem Fenster. Unterhalb des arabischen Dorfs Batir sah er einen Hirten seine Herde an den Bahngleisen hüten. Entlang der Schienen wuchs ein herrlicher Wald von Mandelbäumen, die in voller Blüte standen. Das Neujahrsfest der Bäume war gerade vorbei, der Laden war voll mit Kunden gewesen, die Trockenfrüchte fürs Fest kauften, und er hatte alle Hände voll zu tun gehabt. Die Geschäfte florierten um diese Jahreszeit. Die Säcke mit Dörrobst, Mandeln und Rosinen leerten sich und mussten mit neuer Ware aufgefüllt werden. Es waren gute Zeiten, gottlob. Es war ihm gelungen, den Laden wieder zu sanieren, den er nach dem überflüssigen Tel Aviver Abenteuer am Rand der Pleite vorgefunden hatte.

»In Amerika, dem goldenen Land, sind jetzt an die zwanzig Millionen Seelen auf öffentliche Hilfe angewiesen«, las er in der Zeitung. »Trotz aller Anstrengungen Präsident Roosevelts brauchen nun schon den sechsten Winter seit der Wirtschaftskrise all diese Millionen Menschen Unterstützung, um nicht vor Hunger und Kälte zu sterben.« Das Land der unbegrenzten Möglichkeiten, dachte er, auch dort verhungern Menschen, wer weiß, wie es seinem lieben Freund Mosche ging, schon lange waren keine Nachricht und kein Brief mehr von ihm eingetroffen. Was für ein Glück, dass er klug genug gewesen war, ins Land Israel zurückzukehren. Aber näher betrachtet – war es denn ein Glück gewesen? Wäre er nicht zurückgekommen, wäre er Rochel wohl kaum begegnet, und wäre er Rochel nicht begegnet, wäre sein Vater nicht gestorben, und wäre sein Vater nicht gestorben, hätte seine Mutter ihn nicht mit Rosa verbunden, und er wäre heute vielleicht mit einer geliebten Frau verheiratet, einer, vor der er nicht alle paar Monate flüchten müsste, um bei einer anderen Frau Liebe zu suchen.

Der Jaffaer Hafen wimmelte von Menschen. Gabriel liebte die Hafenatmosphäre, das bunte Treiben, die scharfen Gerüche, die ihm in der Nase brannten, die exotische Kleidung der Araber, das vielsprachige Stimmengewirr. Ein großes Schiff ankerte außerhalb des Hafens. Kräftige Araber, barfuß und in Pluderhosen, ruderten robuste Boote zum Schiff, luden dort Passagiere ein, die müde von der langen, beschwerlichen Reise waren, und brachten sie nahe an den Strand, von wo sie mit ihrem Gepäck durchs Wasser zum Festland waten mussten. Arabische Polizisten versuchten vergeblich, Ordnung in das Getümmel zu bringen, und dirigierten die Reisenden mittels ausladender Gesten und Trillerpfeifen zu den Hafengebäuden.

Gabriel lachte. Die Ankömmlinge sahen entgeistert aus. Sie trugen elegante Reisekleidung, die nun patschnass war. Besonders fesselte ihn der Anblick einer älteren Dame, die mit den Wellen kämpfte, in der einen Hand einen Sonnenschirm, in der anderen eine große braune Reisetasche, und dabei noch bemüht, ihren breitkrempigen Hut am Wegwehen zu hindern.

Ach, Tel Aviv, Tel Aviv. Wann immer er in die weiße Stadt kam, fühlte er sich wie ein Tourist im eigenen Land. Tel Aviv ist wie das Sodom und Gomorra unserer Tage, sinnierte er, in Tel Aviv gibt es nicht eine Kneipe, sondern deren fünfzig, aber nicht für die Juden, sondern für die Briten, ausgelöscht seien ihr Name und Andenken. Fünf Männer waren wegen Trunkenheit zu einer Geldstrafe verurteilt worden, hatte er in der Zeitung gelesen, allesamt Briten. Die Juden verstehen nichts vom Trinken, das liegt nicht in unserer Natur. Einmal hatte er den Aufsatz eines englischen Journalisten gelesen, der abfällig schrieb, in Tel Aviver Pubs verkaufe man Whisky verdünnt mit Sodawasser und serviere ihn in Weingläsern. Petroleum würde ich den Engländern ausschenken, dachte er, keinen mit Sodawasser verdünnten Whisky, sondern Petroleum, und zwar in Teegläsern. Er selbst trank gern mal ein Glas Bier im Hamoseg in der Allenby-Straße, dort war es immer voll und fröhlich, und oft genehmigte er sich auch mehr als ein Glas. Trank und vergaß.

Nach einem Streifzug durch den Hafen suchte er außerhalb ein Taxi, das ihn zu seinem Stammhotel bringen sollte. Es war das Eshbal am Herbert-Samuel-Kai, der Strandpromenade, drei Häuser entfernt vom Café San Remo, seinem Lieblingscafé. Hundert Palästinapfund pro Nacht und jeden Penny wert. Vor den Hafentoren stand eine Luxuslimousine. Aus dem Wagen stieg eine hübsche Blondine und fragte ihn, ob er ein Taxi benötige.

»Das ist ein Taxi?«, fragte er verblüfft.

Die junge Frau deutete auf das grüne Nummernschild, und er setzte sich bequem in den Fond. Unterwegs zum Hotel erzählte sie ihm, sie sei vor kurzem aus Berlin eingewandert, mit ihren Eltern, die ihren Austin mitgebracht hätten, und da sie keine Arbeit finde, betätige sie sich als Taxifahrerin.

»Und was haben Sie in Berlin beruflich gemacht?«, fragte er.

»In Berlin hatte mein Vater ein großes Textilgeschäft. Ich habe Buchhaltung auf der Höheren Handelsschule gelernt, um meinem Vater bei der Geschäftsführung helfen zu können. Ich bin eine gute Buchhalterin, aber hier im Land Israel nimmt man jede Arbeit, die man bekommt, ich beklage mich nicht.«

»Respekt!«, sagte Gabriel. Sie war nicht die Einzige. Er hatte unter den Neueinwanderern schon junge Frauen als Fliesenlegerinnen, Ärzte als Fabrikarbeiter und Rechtsanwälte als Poliere auf dem Bau gesehen. Und einmal war ein Würstchenverkäufer in seinem Laden im Machane-Jehuda-Markt aufgetaucht und hatte ihm erzählt, er sei in Heidelberg Richter gewesen. Das ist keine Schande, dachte er, Arbeit schändet nicht. Auch er hatte, als Fremder in New York, in einer Fleischerei gearbeitet und sich die Hände mit Rinderblut besudelt.

Die Taxifahrerin hielt vor dem Hotel am Meer. Er übernachtete immer lieber im Hotel als bei seiner Schwester. Mit seiner Mutter unter einem Dach zu sein, war unerträglich geworden. Wenn er mit Rosa und den Mädchen auf Besuch kam, blieb ihm nichts anderes übrig, aber allein hielt er es keine Minute mit seiner Mutter aus. Jeder solche Aufenthalt nagte an seiner Gesundheit. Die Wut, die er die meiste Zeit unterm Deckel hielt, drohte sich Luft zu machen, ließ sich kaum noch verbergen, und die distanzierte Haltung seiner Mutter, die gar nicht zu verhehlen suchte, dass sie kein Interesse an seiner Gesellschaft hatte, machte es auch nicht besser.

Er betrat das Hotel, schrieb sich an der Empfangstheke ein und ging hinauf in sein Zimmer. Nachdem er seinen Koffer ausgepackt hatte, ging er wieder hinunter und begann seinen Spaziergang auf der Strandpromenade. Er betrachtete die sonnengebräunten Menschen, die aussahen, als befänden sie sich auf Dauerurlaub. Wann arbeiteten die eigentlich? Er war Jerusalemer, er liebte seine Stadt, aber etwas an der Tel Aviver Leichtlebigkeit eroberte sein Herz: Die Frauen in hauchdünnen Kleidern mit Ausschnitten, die ihren schönen Hals freigaben, die Männer in weißen Anzügen und Strohhüten, die jungen Mütter, die weiße Kinderwagen die Promenade entlangschoben, die vollen Cafés und das Casino, das ins Meer hinausgebaut war. *Maschallah*, bald ist Tel Aviv wie Beirut, dachte er. Ach, Beirut, Beirut, wie liebte er die libanesische Hauptstadt, wie gern fuhr er in diese pulsierende Stadt am Meer. Insgeheim wusste er, dass er nicht mehr so weit reisen musste, um Waren einzukaufen. Bei Chaim Saragusti auf dem Tel Aviver Levinsky-Markt gab es alles, was er für seinen Laden brauchte. Herr Saragusti war ein großer Kaufmann, viel größer als er, und er fuhr mehrmals im Jahr nach Beirut und kaufte Waren, die für alle Läden auf dem Levinsky-Markt reichten und gewiss für Gabriel Ermozas Geschäft in Machane Jehuda. Bei Chaim Saragusti konnte er Gewürze, Süßigkeiten, Lokum und Arrak fürs ganze Jahr bekommen. Aber solange er noch Kraft in den Lenden hatte, würde er seine Beirut-Reisen nicht aufgeben. Nur dort kam er zu Atem, nur dort konnte er die Bürde des Lebens abwerfen und sich wie ein junger Mann am Beginn seines Lebenswegs fühlen. Und Aischa, nur sie schenkte ihm die Kraft, die er brauchte, um sich weiter verstellen, weiter beherrschen zu können, um nicht zu explodieren. Seit jener Nacht vor zwei Jahren, als sie ihn aus stürmischer Witterung in ihr Bett geholt hatte, war sein Leben ein anderes geworden.

Er war nie ein Schürzenjäger gewesen. Es gab nur eine Frau, die er liebte, doch sie hatte man schmählich und grausam aus seinem Leben verbannt. Nie hatte er mehr gebraucht als eine Liebe, niemals stürmische erotische Abenteuer gesucht. All die Jahre in New York war er ohne Frau ausgekommen.

Aber mit Aischa war das anders gewesen, wie ein Blitzschlag. Er als Ehemann und Vater von drei Töchtern hatte zum ersten Mal im Leben das empfunden, was ein Mann empfindet, wenn er mit einer Frau zusammen ist. Bis zu jener Nacht mit Aischa hatte er sich jungfräulich gefühlt. Rochel hatte er von ganzem Herzen geliebt, aber er war nie so zu ihr gekommen wie ein Mann zur Frau, obwohl er wollte, obwohl sie wollte, obwohl er manchmal meinte, nicht mehr an sich halten zu können, und obwohl sie ihn ermunterte, anflehte, ihn wortlos, mit Blicken, bat, doch er hatte sie und sich überredet, zu warten bis zur Hochzeitsnacht, die nie kam. Er hatte Rosas Lager aufgesucht, sich aber nie im Liebesakt verloren, war sich seiner selbst und seines Tuns immer bewusst geblieben. Er war zu ihr gekommen, um das Gebot »Seid fruchtbar und mehret euch« zu erfüllen, nicht um jede Faser seines Körpers zu spüren, in die Sphären höchster Lust abzuheben, die sich nicht in Worte fassen lässt, so wie er es erstmals mit Aischa erlebt hatte. Jene Nacht würde er nie vergessen. Es stürmte vom Meer, der Himmel öffnete seine Schleusen, und Regen prasselte wie aus Kübeln auf Beiruts Straßen nieder. Er kam von einem normalen Arbeitstag ins Hotel zurück, hatte Waren für seinen Laden eingekauft. Es war noch früh, denn die Beiruter Markthändler hatten wegen der stürmischen Witterung und der wenigen Kunden hastig ihre Stände geschlossen.

Normalerweise wusch er sich nach getaner Arbeit, zog leichte Kleidung an, trank ein Gläschen Arrak und ging hinunter ans Meer. Dort setzte er sich in ein Café, rauchte Wasserpfeife und trank starken Mokka, wie man ihn nur in Beirut zu kochen wusste. Manchmal besuchte er seinen Freund, den Süßwarenhändler Marwan, in seinem Haus im Viertel al-Aschrafiye, und nach dem Genuss der feinen Speisen, die Frau Marwan, seine Gattin, zubereitete, machten sie es sich in Sesseln auf dem großen Balkon bequem, der um das ganze Haus lief, rauchten Wasserpfeife, tranken Sahlawi und atmeten die gute Beiruter Luft. Freitagabends ging er zum Gottesdienst in die Magen-Abraham-Synagoge im jüdischen Viertel im Wadi Abu Dschamil und konnte dort mit etwas Glück den glockenreinen Stimmen des berühmten Knabenchors lauschen.

Doch in jener Nacht war es zu kalt, um zu Fuß nach al-Aschrafiye zu gehen, zu regnerisch, um Freunde zu besuchen, und zu spät für das Abendgebet in der Synagoge. Er legte sich aufs Bett und starrte an die Decke. Er war nicht müde genug, um einzuschlafen, war im Gegenteil so hellwach, als wäre er eben erst aufgestanden, und wälzte sich ruhelos im Bett hin und her.

Gabriel lag nicht gern tatenlos herum und mochte auch nicht die Gedanken, die ihm dabei in den Sinn kamen. Er grübelte ungern über sein Leben nach, wollte sich nicht an Rochel erinnern, konnte den Schmerz in der Brust noch nicht ertragen, der ihn bei jedem Gedanken an sie erfasste. Er wollte nicht an sein Leben mit Rosa, der plumpen Waise, die seine Mutter ihm aufgezwungen hatte, denken. Sie war eine gute Frau, aber er konnte ihr gegenüber nichts als Pflichtgefühl empfinden. Sie war die Mutter seiner Töchter, und dafür war er dankbar, aber er konnte sie sich nicht nackt mit ihm im Bett vorstellen. Manchmal erkannte er den flehenden Blick in ihren Augen, und sein Herz flog ihr zu, doch seine Beine weigerten sich, auf sie zuzugehen. Er wollte nicht an das Leben denken, das er hätte haben können, wenn er die innig geliebte Frau geheiratet hätte, wenn sein Vater nicht gestorben wäre und seine Mutter ihn nicht behandelt hätte, als wäre er ein Skorpion, und nicht ihr erstgeborener Sohn. Sicher, er hatte die Töchter, sie brachten Freude in sein Leben, aber genügte es für einen Mann, Vater zu sein, um sich lebendig zu fühlen? Er genoss auch Respekt, den Respekt der Gemeinde, der Markthändler, der Nachbarn, des Muchtars und den Respekt seiner Verwandten, alle erwiesen ihm Ehre, alle außer seiner Mutter. Seine Geschwister hatten ihm längst verziehen, aber sie, stur wie ein Esel, hatte ihm nicht vergeben und würde es auch nie tun. Und ehrlich gesagt, vergibt er ihr auch nicht. Nein, er vergibt ihr nicht, dass sie ihm solch schwere Schuld aufgebürdet hat. Hat er wirklich seinen Vater umgebracht? Sind Rochel und er schuld daran, dass sein Vater mitten in der Nacht einem Herzinfarkt erlag? Sein Vater, er ruhe in Frieden, war schließlich kein junger Mann mehr, war schon alt, über fünfzig, wie es auf seinem Grabstein im Friedhof auf dem Ölberg steht: »Hier ruht der alte, weise Rafael Ermoza.« Und Rochel, was mochte aus ihr geworden sein? Er wagte Klara nicht zu fragen, was in jener Nacht, als sein Vater starb, geschehen war, jener Nacht, als er nicht gekommen war, um sie zur Frau zu nehmen, wie er es versprochen hatte. War sie in Schimpf und Schande in ihr Vaterhaus nach Mea Schearim zurückgekehrt? Hatten ihre Eltern ähnlich wie seine Mutter gehandelt und sie hastig mit einem Mann verheiratet, der keine »*grojsse metzije*«, kein großes Schnäppchen, war, wie es bei ihnen heißt? Hatte einer, den keine haben wollte, die schönste aller Frauen ergattert?

Ach, helfe Gott, wie viel Schmerz würde ihn noch erfüllen? Sein Herz hatte keinen Raum mehr für Schmerzen, der Kopf keinen Raum mehr für die Gedanken über sein verpasstes Leben. Er stand auf und begann, rastlos im Zimmer auf und ab zu gehen, trat ans Fenster, sah draußen strömenden Regen und ägyptische Finsternis, aber drunten, in der Ferne, am Hafen, im Viertel al-Marfa blinkten Lichter. Dort, wusste er, pulsierte das Leben auch dann, wenn es wie aus Kübeln goss, auch wenn kalte Winde die Baumwipfel niederdrückten, auch wenn sich kein Hund auf die Straße traute.

Er legte den Schlafanzug ab, kleidete sich an, zog den Mantel über, wickelte sich einen Wollschal um den Hals, setzte seinen Filzhut auf, nahm den Schirm und verließ das Zimmer. Die Hotelhalle war leer. Sogar der Empfangschef hatte eingesehen, dass er diese Nacht nichts zu tun haben würde, und war schlafen gegangen. Er passierte die Hoteltür und machte sich auf zum Hafenviertel.

Die stürmische Nacht hatte selbst die Matrosen in die Kajüten ihrer im Hafen ankernden Schiffe getrieben, die Straßen waren dunkel und menschenleer. Nur in den Bordellen und Bars brannten die Lichter. Er war noch nie in dieser Gegend gewesen, hatte keine der Bars besucht, die vorwiegend von fremden Seeleuten frequentiert wurden und von Freudenmädchen, die deren auf See so lange unterdrückten Triebe zu befriedigen wussten.

Er blieb vor einem Haus stehen, über dessen Tür ein rotes Licht blinkte, hielt seinen Regenschirm fest. Plötzlich ging die Tür auf, und eine Hand zog ihn ins Innere. »*Ya Sidi*, mein Herr, kommen Sie, treten Sie ein, was stehen Sie in diesem Regen denn mitten auf der Straße? Allah *yustur*, Gott behüte, Sie holen sich noch eine Lungenentzündung.«

Die Hand gehörte zu einer jungen Frau, deren enganliegendes rotes Kleid ihre üppigen Reize zur Geltung brachte. Ihre Brüste drohten aus dem großzügigen Ausschnitt zu platzen, zwischen ihnen ruhte ein glitzernder grüner Stein an einer goldenen Kette, und Goldreifen zierten ihre drallen Arme bis zu den Ellbogen. Ihr schwarzes Haar lag offen auf ihren Schultern, goldene Ringe baumelten von ihren Ohrläppchen, ihre vollen Lippen waren knallrot geschminkt, und starkes Augen-Make-up bedeckte ihre Lider. Es verschlug ihm den Atem wie die Sprache. Die Frau führte ihn in ein großes Zimmer, von dem Türen in weitere Räume abgingen. Die Möblierung war orientalisch: rote Plüschsessel und Sofas, ein Kronleuchter an der Decke und überall brennende Kerzen. Gabriel stieg ein süßlicher Geruch in die Nase, Haschisch vermengt mit billigem Parfüm. Auf den Sofas saßen junge Frauen, die aussahen wie ein blasser Abklatsch der Frau, die ihn an der Hand hielt. Auch ein paar Männer waren da, hielten je ein Mädchen auf dem Schoß und rauchten Wasserpfeife mit ihm. Die warme Stimme einer berühmten libanesischen Sängerin erklang im Hintergrund, während knisternde Holzscheite im Kamin die eisige Kälte nach draußen verbannten.

Die Frau nahm ihm den feuchten Mantel ab und legte ihn zum Trocknen an den Kamin. Dann bot sie ihm einen Sessel an, verschwand kurz und kam mit einem Glas Sahlawi zurück.

Er trank den Arrak in einem Zug und spürte die wohlige Wärme im Bauch. Langsam taute er auf. Die Frau erkundigte sich nach seinem Namen.

»*Ana* Aischa«, ich bin Aischa, stellte sie sich lächelnd vor. Sie gefiel ihm. Als er sich endlich traute, sie anzuschauen, ohne den Blick zu senken, erkannte er, dass sich unter der dicken Schminke hübsche, schwarze Augen verbargen.

Sie blieben noch ein paar Minuten sitzen, dann nahm sie seine Hand und führte ihn in eines der Nebengelasse, wo sie ohne große Umschweife anfing, ihn auszuziehen. Er stand da wie ein Golem, wusste nicht, was er tun sollte, seine Arme waren zu lang, sein Leib zu ungelenk. Sie ging auf die Knie und begann ihm die Schnürsenkel aufzuknüpfen. Dann streifte sie ihm die regennassen Socken ab und zum Schluss die Hose. In der Unterhose kam er sich vor wie ein Junge, der zum ersten Mal mit einer Frau zusammen ist. Sie schmiegte sich an ihn und knöpfte ihm Knopf für Knopf das Hemd auf. Nachdem sie ihm auch das Unterhemd abgestreift hatte, kippte sie ihn sanft aufs Bett. Sie war eine Prostituierte, das wusste er, sie war bei der Arbeit, auch das wusste er, aber sie war so zärtlich, als vollführe sie einen Liebesakt und keinen bezahlten Beischlaf. Er hingegen war verschlossen, starr, völlig verkrampft, und sie fragte ihn erstaunt: »Ist es dein erstes Mal?« Er wurde rot wie ein kleiner Junge und schüttelte verneinend den Kopf. »Warum bist du dann so, *ya habibi*, mein Freund?«, fragte sie. »Warum liegst du zusammengerollt da wie ein Baby, das noch nicht aus dem Schoß seiner Mutter gekommen ist?«

Er schwieg. Was sollte er ihr auch sagen? Dass er nicht genau wusste, was tun? Dass er bei den seltenen Malen zuvor seinen Vogel mit Gewalt in Rosas Nest gestopft und dabei gebetet hatte, er möge nicht den Kopf hängen lassen, ehe er das biblische Fortpflanzungsgebot erfüllt hatte?

Zum Glück fragte Aischa nichts mehr. Unendlich sanft taute sie seinen Körper auf, und er spürte, wie ihm die Hitze aus den Lenden in die Brust wallte und ihm das Herz aus dem Leib zu reißen drohte. Noch nie hatte er solche Lust empfunden, noch nie seine Haut so auf der Haut einer Frau gespürt, noch nie so geglüht wie jetzt auf Aischas Bett in einem Beiruter Bordell, und noch nie waren seiner Kehle solche Schreie entfahren wie bei den nie gekannten Höhepunkten, zu denen sie ihn brachte. Als sie fertig waren, lag er rücklings auf dem Bett, fühlte sich frei und glücklich wie seit wer weiß wie langer Zeit nicht mehr. Schließlich streckte er die Arme aus und drückte sie an sein Herz. »*Schukran*«, flüsterte er. »Danke.«

Den Rest seiner Zeit in Beirut besuchte Gabriel Aischa täglich im Bordell. Er verlängerte seinen Aufenthalt, um sich möglichst viel mit ihr zu vergnügen. Manchmal war sie gerade mit anderen Männern beschäftigt, und er wartete geduldig auf sie, ging nicht auf den Vorschlag der Madame ein, es mit einer anderen zu versuchen. Aischa war sein Mädchen. Er zahlte großzügig für ihre Dienste, immer mehr als den festgesetzten Preis, wobei er den Teil, den er nicht der Madame übergab, zwischen Aischas Schenkeln verbarg. Er war freigiebig, und je freigiebiger er wurde, desto freigiebiger wurde auch sie. Er schätzte das. Er wusste, für gute Ware musste man gutes Geld bezahlen, und für gutes Geld musste man gute Ware erhalten.

Gabriel wurde immer besser nach jenem ersten Mal, als er sich jungfräulich vorgekommen war. Aischa lehrte ihn alle Geheimnisse aus 1001 Nacht. Sie war eine hervorragende Lehrerin und er ein gelehriger Schüler. Manchmal konnte er der Versuchung nicht widerstehen und engagierte sie für eine ganze Nacht. Er gab ein Vermögen für ihre Dienste aus, aber sie war jeden Groschen wert. Die Treffen mit ihr alle paar Monate in Beirut ermöglichten es ihm, zu funktionieren und weiter das große Theater aufzuführen, das sein Leben war. Sie trafen sich niemals außerhalb des Bordells, er fragte sie nie nach ihrem Leben und sie ihn nie nach seinem. Sie rauchten zusammen Haschisch, tranken Arrak, lachten viel und taten mit ihren Körpern alles, was ihnen in den Sinn kam, und er kehrte befriedigt nach Jerusalem zurück und fühlte sich wie neugeboren.

Ach, Aischa, er konnte es gar nicht mehr abwarten, über die Schwelle des Beiruter Bordells zu treten. So oft war er im Geist ihr nächstes Zusammentreffen auf dem rotsamtenen Himmelbett durchgegangen.

Die starken Sonnenstrahlen eines frühen Sommereinbruchs rissen ihn aus seinen Grübeleien. In Jerusalem, dachte er, schimmert die Sonne golden, in Tel Aviv brennt sie wie loderndes Feuer. Vielleicht sollte ich mir so eine Brille kaufen, wie die Tel Aviver sie tragen, eine Sonnenbrille, die die Augen gegen die hellen Strahlen schützt wie eine Jalousie.

Er spazierte die Strandpromenade weiter entlang bis zum Café San Remo, wo er sich an einen der Tische setzte. Ein befrackter Kellner kam und erkundigte sich mit starkem osteuropäischem Akzent nach seinen Wünschen. Er bestellte einen Mokka und ein Glas Wasser und rieb sich die Augen beim Anblick der Menschen, die, nur mit Badezeug bekleidet, das Café Richtung Strand passierten. Gerade hatte er einen ganzen Zeitungsartikel gelesen, der dieses Verhalten der Tel Aviver verurteilte, und auch einen neuen Gesetzesentwurf erwähnte, der es ihnen auf strandnahen Straßen verbieten sollte, in Badezeug herumzulaufen. Er grübelte über die schlimme Lage im Land, über die stetig sinkende Moral, über die Jüdinnen, die mit Engländern gingen, über die Bordelle, die wie Pilze nach dem Regen aus dem Boden schossen. Im Libanon ist das in Ordnung, dachte er, soll es ruhig Bordelle geben bei den Arabern, ausgelöscht sei ihr Name, sollen alle ihre Frauen Huren sein, aber bei uns? Nie im Leben würde er einen Fuß in ein jüdisches Bordell setzen. Nie im Leben würde er das, was er mit Aischa tat, mit einer Jüdin tun. Er sah sich um. Das Café wimmelte von Müttern mit Kinderwagen, jungen Paaren und einzelnen Männern, die dasaßen und Zeitung lasen, und auch von englischen Soldaten mit jüdischen Frauen. Er murmelte einen Fluch in seinen Schnurrbart und richtete den Blick aufs Meer – und da sah er sie. Zuerst glaubte er, er phantasiere. Nein, das konnte sie nicht sein. Die Frau, die dort Arm in Arm mit einem britisch aussehenden Mann ging, wirkte viel älter als Rochel. Rochel war ein Kind. Ein schmales Kind, immer im überweiten Kleid, das blonde Haar zu Zöpfen geflochten. Diese Frau war zwar schlank, aber an den richtigen Stellen gerundet. Sie trug ein luftiges, geblümtes Kleid, das Arme und Beine frei ließ. Rochel trug immer langärmelige, fast knöchellange Kleider. Rochel hatte stets blickdichte, schwarze Strümpfe an, diese Frau hingegen trug dünne, durchsichtige Nylonstrümpfe und Absatzschuhe, und ihr goldenes Haar war im Nacken zusammengefasst. Nein, das konnte nicht Rochel sein. Der Atem stockte ihm. Er heftete den Blick auf den Mann und die Frau, die im Begriff waren, das Café zu betreten. Er bemerkte ihren irgendwie provozierend aufrechten Gang. Es hatte etwas Dreistes, wie sie den Arm des britisch aussehenden Mannes hielt. Er versuchte sich einzureden, dass er sich irrte. Das kann sie nicht sein! Doch dann wandte sie ihm das Gesicht zu, und er sah die Augen, die blauesten Augen, die er je gesehen hatte, Rochels Augen.

Sie war es, zweifellos. Seine Rochel am Arm eines Engländers. Seine heilige, reine Rochel geht wie eine Hure mit einem Engländer spazieren. Das Herz drohte ihm aus der Brust zu springen, sein Blut wallte auf und hämmerte ihm in den Adern, er bekam keine Luft, lief rot an und stieß versehentlich das Wasserglas um, dessen Inhalt ihm auf die Hose rann. Nein, nicht Rochel, *Dio santo!* Der Schmerz drohte ihn zu übermannen. Er legte eine Fünf-Pfund-Note auf den Tisch und hastete aus dem Café. Hatte sie ihn bemerkt? Er flüchtete, so schnell er konnte, erinnerte sich nicht an den Rückweg zum Hotel, erinnerte sich nicht, wie er in sein Zimmer gelangt war, hastig seinen Koffer gepackt, unten an der Empfangstheke bezahlt und ein Taxi zum Busbahnhof genommen hatte, erinnerte sich nicht, wie er in den ersten Bus nach Jerusalem gestiegen war.

Er hatte seine Mutter in der Rothschild-Allee nicht besucht, hatte keine Geschäfte bei Chaim Saragusti auf dem Levinsky-Markt getätigt und war auch nicht nach Beirut gefahren. Nicht Aischa und nicht all die Zeichen und Wunder aus 1001 Nacht – nichts könnte die Wunde heilen, die erneut in seinem Herzen aufgebrochen war.

4

»Schärfen Sie sich's gut ein, kein Fest ohne Carmel-Hock-Wein.« Die Annonce, die unten auf der ersten Seite des *Haaretz* stand, erregte Gabriels Zorn. »Verdammt. Als hätten wir nicht schon genug Not mit Besoffenen, müssen die sie auch noch zum Trinken animieren«, murmelte er unter seinem Schnauzbart, knallte die Zeitung auf den Tisch und lief hinaus auf den Hof.

Rosa nahm die Zeitung auf und versuchte zu erkennen, was Gabriels Zorn erregt haben könnte. Sie starrte auf die Buchstaben, die ihr nichts sagten, bis ihr Blick auf das Foto der Weinflasche fiel.

»Was ist das? Was steht da geschrieben?«, fragte sie Luna, die gerade ins Zimmer kam.

»Das ist eine Weinreklame«, antwortete Luna. »Ist das das einzig Interessante für dich in der ganzen Zeitung?«

Freche Göre, dachte Rosa, doch sogleich wanderten ihre Gedanken von der Dreistigkeit ihrer Tochter zu dem Grund für Gabriels Wutausbruch. Schon seit einiger Zeit betrank Efraim sich regelmäßig. Sie sah, wie sich ihr geliebter Bruder von Tag zu Tag mehr von einem hübschen jungen Mann in ein Wrack verwandelte, ohne dass sie dem Verfall Einhalt gebieten konnte. Sosehr sie ihm ins Gewissen redete, sosehr sie ihn anflehte – er versicherte ihr zwar immer wieder, er werde mit dem Trinken aufhören, hielt aber nie sein Versprechen.

Gabriel versuchte zu helfen, gab ihm Arbeit in seinem Laden, obwohl er nicht mal eine Blechschüssel mit Salzlakenkäse anheben konnte, war ja nur noch Haut und Knochen und hatte keine Kraft mehr im Leib. Aber der undankbare Efraim erschien nie pünktlich zur Arbeit, schaffte es morgens nicht aus dem Bett wie ein normaler Mensch.

Gabriel, gesund soll er sein, stand schon zur Zeit des Morgengebets im Laden, aber Efraim? *Nada*, er kam frühestens zur Zeit des Nachmittagsgebets, und auch das nur, wenn sie ihn anschrie und aus dem Bett warf. »Wenn er so weitermacht, kann er nicht mehr bei uns wohnen«, hatte Gabriel gewarnt, »es ist nicht gut für die Mädchen, ihn den ganzen Tag schlafen zu sehen, und wenn er schon mal wach ist, ist er sturzbesoffen. Du musst etwas unternehmen.«

Aber was soll sie denn machen? Er ist ihr kleiner Bruder, er ist der Einzige, der ihr von der Familie geblieben ist. Sie weiß nicht, ob Nissim in Amerika tot oder lebendig ist, hat schon lange keinen Brief mehr von ihm bekommen. Wen hat sie also noch außer Efraim, der, kaum dass er die Augen aufschlägt, wieder die Arrakflasche am Mund hat und nicht aufhört zu trinken, bis er umfällt, und nicht mehr weiß, welchen Namen sein Vater und seine Mutter ihm gegeben haben.

»*Ya troncho de Tveria!*« Sie rüttelt an Efraims Schulter. »Zum

Schluss wird Gabriel dich tatsächlich aus dem Haus werfen, und dann habe ich kein gutes Wort, das ich für dich einlegen könnte, kein einziges!«

»Lass mich«, murmelt er und kuschelt sich weiter unter seine Decke.

Kaparavonó, dass dieser *bastardo* bloß nicht schläft, bis Gabriel vom Geschäft heimkommt, betet sie im Stillen. Wenn er Efraim noch einmal so sieht, wird er ihn wirklich nicht länger im Haus behalten. Was soll werden, *Dio mio*, was soll bloß werden?

Gabriel ist auch nicht mehr der Alte. Seit seiner letzten Reise nach Beirut ist er nervös, rastlos, hat seine berühmte Geduld verloren. Mit ihr wechselt er kaum ein Wort, und selbst mit den Töchtern lacht er nicht mehr so wie früher. Sie hat nicht verstanden, warum er gleich wieder zurück war, nach nur einer Nacht. Normalerweise blieb er mindestens einen Monat weg.

Sie hängte gerade Wäsche im Hof auf, als er am Tag nach seiner Abreise durch die Pforte trat. Sobald sie ihn sah, sackte ihr alles Blut in die Beine. Warum kam er zurück? Was war passiert? War ihm zu Ohren gekommen, dass Luna von zu Hause weggelaufen war? Hatte man ihm erzählt, dass sie sie auf der Polizei bei den Ingländern gefunden hatte? *Dio mio*, wie sollte sie ihm jetzt unter die Augen treten? Er ging an ihr vorbei zur Haustür hinein, hielt nicht einmal inne, um normal guten Tag zu sagen. Die Freudenschreie der Mädchen beim Anblick ihres Vaters beruhigten sie ein wenig, wenn die drei so jubelten, konnte nichts Schlimmes geschehen sein.

Als sie ins Zimmer kam, hingen sie ihm schon an den Knien, warteten, dass er die Geschenke aus der Tasche holte, die er für sie gekauft hatte, aber diesmal gab es keine Mitbringsel. Gabriel tätschelte den Kindern die Köpfe und küsste sie, schmiegte sein Gesicht an ihre kleinen Hälse, suchte an ihrer zarten Haut

Trost gegen den Sturm, der in seinem Innern tobte. Luna linste indes verstohlen zu ihrer Mutter hinüber, sichtlich fürchtend, sie könnte wortbrüchig werden und dem Vater von ihrem Verhalten berichten. Rosa warf ihr einen festen Blick zu, der das Mädchen beruhigte. Zum ersten und letzten Mal in ihrem Leben schlossen Mutter und Tochter einen Bund.

»Papú, hast du uns denn gar nichts mitgebracht?«, fragt Luna enttäuscht.

»*Keridas*«, antwortet Gabriel, und seine Stimme klingt müde und abgespannt, »ich hab's nicht mehr geschafft, musste dringend in unser Jerusalem zurückfahren, aber morgen kaufe ich euch was im Spielzeuggeschäft in der Jaffa-Straße, das verspreche ich.«

Er löst sich aus der Umklammerung der Mädchen, steht auf und zieht sich schnell um, ohne wie sonst als Erstes seinen Koffer auszupacken. »Ich geh ins Geschäft«, sagt er zu Rosa, und schon ist er aus dem Haus auf dem Weg zum Machane-Jehuda-Markt.

In dem Moment kommt Efraim aus seinem Zimmer. *Burracho*, betrunken, denkt Rosa. Das hätte mir gerade noch gefehlt, dass Gabriel ihn ein weiteres Mal so sieht. Kaum schlägt er die Augen auf, hängt er schon wieder an der Flasche, dieser Bruder. Soll er nach Gaza und nach Aschkelon gehen, ich kann jetzt nicht an allen Fronten kämpfen, er ist ein erwachsener Mensch, ich habe mich lange genug um ihn gekümmert, fortan ist es sein Leben, soll er für sich selber sorgen. Wenn er besoffen sein will, soll er besoffen sein, aber nicht in meinem Haus!

»Hör mal gut zu, Efraim«, spricht sie ihn mit einer Bestimmtheit an, die er sonst nicht von ihr kennt, »wenn du nicht von der Flasche lässt, dann such dir eine andere Bleibe, hörst du? In meinem Haus wird nicht gesoffen. Also entscheide dich, entweder hörst du auf zu trinken und bleibst bei uns wohnen, oder du gehst zu dieser Tür raus und kommst nicht wieder!«

Efraim blickt seine Schwester mit glasigen Augen an und erwidert verächtlich: »Wofür hältst du dich eigentlich, Senyora Ermoza? Was glaubst du denn, wo du herkommst? Du vergisst, dass wir beide aus derselben Scheiße stammen!«

»*Sera la boka!* Halt den Mund!«, befiehlt sie ihm eisig. »Sprich nicht so mit mir vor den Mädchen.«

»Ich spreche mit dir vor den Mädchen und auch vor deinem Mann, Seiner Majestät, wie ich will! Wer bist du denn, meine Mutter?«

»*Ya* Amalek!« Er hat es geschafft, ihren Zorn zu erregen. »Wer war wie eine Mutter für dich seit deinem fünften Lebensjahr? Wer hat für dich gesorgt? Wer hat dich großgezogen? Wer hat sich Essen vom Munde abgespart, um es dir zu geben? Das hast du vergessen, du Klapperesel. Die Flasche lässt dich all das vergessen, ja?«

»Scheiß auf vergessen und erinnern, lass mich jetzt in Ruhe«, faucht er und verlässt das Haus.

Zum Teufel mit ihm, soll er gehen und lieber nicht wiederkommen. Doch als Efraim weder diese noch die nächste Nacht zurückkehrt, macht Rosa sich Sorgen. »Wer weiß, wo er steckt?«, sagt sie zu Gabriel. »Vielleicht haben die Ingländer ihn geschnappt? Vielleicht liegt er sternhagelvoll in irgendeiner Grube? Wie können wir das in Erfahrung bringen?«

»Die Engländer haben ihn nicht geschnappt, und er liegt auch in keiner Grube.«

»Woher weißt du das?«

»Ich weiß es.«

»Was weißt du, Gabriel, *por Dio santo*, sag mir, was weißt du?«

»Er ist versorgt, dein *burracho* Bruder, ich habe ihn untergebracht.«

Rosa ist verblüfft, Gabriel verschweigt mehr, als er preisgibt, und hier geht es um ihren leiblichen Bruder, warum spricht er nicht klar mit ihr?

»Ich habe ihn nach Tel Aviv geschickt, damit er bei meinem Schwager Eleasar arbeitet.«

»Wie soll er denn arbeiten? Du weißt doch, dass er ewig betrunken ist.«

»Besser betrunken in Eleasars Lebensmittelladen als hier bei uns! Es ist nicht gut für die Mädchen, ihren Onkel den ganzen Tag im Bett zu sehen. Und wenn er nicht im Bett ist, mag man nicht neben ihm stehen wegen seiner Arrakfahne und der Wörter, die ihm über die Lippen kommen.«

»Aber wo soll er wohnen, wer kümmert sich um ihn?«

»Wohnen wird er im Zimmer über dem Laden, und sorgen soll er langsam mal für sich selbst. *Basta!* Der Mann ist alt genug.«

»Gabriel *kerido*, ich flehe dich an, er ist mein Bruder, der einzige, der mir geblieben ist, hol ihn zurück nach Jerusalem, sonst komme ich Tag und Nacht nicht zur Ruhe vor lauter Sorge.«

»Der Fall ist erledigt!«, erwidert Gabriel entschieden. »Efraim bleibt in Tel Aviv, fertig, aus! Du wirst sehen, er kommt zurecht.«

Efraim kam nicht mehr zurück nach Jerusalem, aber in Eleasars Lebensmittelladen in Tel Aviv kam er auch nicht an. Er blieb verschwunden, wie vom Erdboden verschluckt, und Rosa hörte nichts mehr von ihm, bis eines Tages die britische Polizei, ausgelöscht sei ihr Name ewiglich, bei ihr an die Tür klopfte. Wir suchen Efraim Meschullam, sagten sie zu ihr und traten ungebeten ins Haus. Sie stellten alle Zimmer auf den Kopf, suchten in den Schränken, unter den Betten, in den Wäschetruhen, holten alle Töpfe und Pfannen hinter dem Vorhang unter dem Spülstein hervor, rissen sämtliche Bücher aus dem Bücherschrank. Die beiden kleinen Mädchen klammerten sich weinend und verstört an sie, und Luna rannte allein aus dem Haus zum Machane-Jehuda-Markt, um Gabriel zu alarmieren. Es half Rosa nichts, dass sie den englischen Polizisten versicherte: »Ich habe meinen Bruder schon seit Monaten nicht mehr gesehen, habe keine Ahnung, ob er tot oder lebendig ist. Seit mein Mann ihn nach Tel Aviv geschickt hat, haben wir nichts mehr von ihm gehört.«

Sie glaubten ihr nicht, nahmen sie mit zur Hauptwache am Russenplatz, nicht mal eine Aufsicht für die Kinder ließen sie sie suchen, standen rechts und links neben ihr wie zwei Salomonssäulen.

»Keine Sorge, Rosa«, rief ihre liebe Nachbarin Tamar, »ich kümmere mich um die Mädchen, und Gabriel kommt gleich zum Russenplatz und holt dich raus.« Eine goldene Seele, diese Tamar, eine reine Seele, was würde sie ohne sie anfangen.

Wenige Minuten nach Eintreffen der Engländer war das ganze Viertel draußen: Rosa wird von den Amalekitern abgeführt, und ihre Kinder laufen ihr nach, weinen herzzerreißend. Die Nachbarn sind hilflos, können nichts machen, verstehen nicht, was die britische Polizei von Senyora Rosa, Senyor Gabriels stiller und fügsamer Ehefrau, will.

Fünf Stunden vernahmen sie sie. Wollten noch und noch Informationen über ihren Bruder Efraim aus ihr herausholen.

»Aber warum?«, fragte sie. »Was hat er denn getan? Er ist im Grund ein guter Mensch, nur versoffen.«

»Versoffen?«, lachte der Beamte. »Versoffen könnte ich noch verstehen. Ihr Bruder ist nicht versoffen, Mrs Ermoza, Ihr Bruder ist ein Terrorist!«

»Ein Terrorist? Wieso Terrorist? Der Mann schläft den ganzen Tag, Herr Offizier, entschuldigen Sie mal, sind Sie sicher, dass sie von Efraim Meschullam sprechen?«

»*Madam*«, der Offizier zieht ein Foto aus dem Ordner, der auf seinem Tisch liegt, und hält es ihr vors Gesicht: »Ist das Ihr Bruder Efraim Meschullam?«

Rosa sieht Efraims Konterfei vor sich. Seine Züge sind etwas voller als bei seinem Weggang. Er wirkt nicht betrunken, nicht erloschen, wie sie ihn in Erinnerung hat, sondern gesund, resolut, er sieht, gottlob, wieder wie ein Mensch aus.

»Ist das Ihr Bruder?«, fragt der englische Offizier erneut.

»*Yes, Sir*«, antwortet sie, »es ist mein Bruder, aber ich habe ihn schon lange nicht mehr gesehen. Seit mein Mann ihm ein Zimmer über dem Lebensmittelgeschäft meines Schwagers Eleasar in Tel Aviv beschafft hat, habe ich keinen Kontakt mehr zu ihm.«

»Hat er Sie nicht besucht? Hat er Sie nicht gebeten, ihn zu verstecken? Hat er Sie in den letzten Tagen nicht um Hilfe gebeten?«

»Warum verstecken? Was hat er getan?«

»Er hat viel angestellt, *madam*«, erwidert ihr der englische Ermittler, »und er wird wegen Mordes gesucht.«

»Mord? *Kaparavonó*«, gibt sie entsetzt zurück, »Efraim wird wegen Mord gesucht? Er ist schwach wie ein Kind, er kann nicht mal eine Fliege totschlagen.«

»Mir scheint, *madam*, Sie lügen uns mit dreister Stirn ins Gesicht!«, reagiert der Offizier nun schon ärgerlich. »Ihr Bruder wird wegen Mordes an einem britischen Polizeibeamten gesucht, er ist Mitglied der Stern-Gang, und wir werden ihn finden und aufhängen, mitsamt seinen Kumpanen.«

Rosa ist entsetzt über die Worte des Ermittlers, aber tief im Herzen auch mächtig stolz. Es ist doch noch was aus ihrem kleinen Bruder geworden, er ist nicht bloß ein Trinker und Nichtsnutz, wie Gabriel von ihm gesagt hat, er kämpft gegen die Engländer, ausgelöscht seien ihr Name und Andenken.

Der kleine Efraim, soll er gesund sein, ihr teurer Bruder, ihr Liebling ist kein Trinker mehr, er ist ein Held!

Gabriel erwartet sie vor dem Gebäude.

»Sie haben mich nicht reingelassen, die Hundesöhne«, entschuldigt er sich.

Sie erzählt ihm atemlos von Efraim, der Mitglied der Stern-Gang geworden sei. »Hättest du geglaubt, dass das mal aus Efraim werden würde?«

»Was freust du dich denn so?«, kühlt er ihre Begeisterung ab. »Passt zu ihm, die Stern-Gang, das sind allesamt Banditen, schlimmer als die Araber.«

»Aber Gabriel«, sagt sie, »er kämpft, um die Ingländer, ausgelöscht sei ihr Name, aus dem Land Israel zu vertreiben!«

»Man muss die Engländer nicht umbringen, um sie zu vertreiben, man muss mit ihnen sprechen, mit ihnen verhandeln, wie die Hagana es befürwortet. Gewalt und Mord sind nicht unsere Methode, Juden morden nicht um des Mordens willen.« Damit hat er die Debatte beendet und geht weiter.

Rosa bleibt stehen und weiß nichts mit sich anzufangen. Eben noch war sie so stolz auf ihren kleinen Bruder, der sich von einem versoffenen Müßiggänger in einen Freiheitskämpfer verwandelt hat, und jetzt nennt ihr Mann ihn einen Mörder. Soll er ihn nennen, wie er will, für sie ist er ein Held! Und das Wichtigste ist, dass er etwas aus seinem Leben macht und von der Flasche gelassen hat. Könnte sie ihm nur sagen, dass sie, seine große Schwester, stolz auf ihn ist, damit er weiß, dass sie ihm helfen würde, falls er Hilfe brauchte. Alles würde sie für ihn tun! *Grasias, grasias al Dio*, gepriesen sei der Heilige ewiglich, Efraim ist wieder ein Mensch geworden.

Das Habima-Theater kommt mit dem Stück »Uriel da Costa« ins Edison-Kino, auf dem Maccabi-Sportplatz findet das Landesligaspiel zwischen Hapoel Jerusalem und Maccabi Chaschmonai Jerusalem statt, und Gabriel sitzt zu Hause mit Rosa und starrt auf die Zeitungsanzeigen, wünscht sich in Wahrheit nichts anderes, als zu flüchten – aus diesem Haus, aus Ohel Mosche, aus Jerusalem, vor sich selbst. Seit dem Tag, an dem er Rochel mit dem Engländer in Tel Aviv gesehen hat, kommt seine Seele nicht zur Ruhe. Ein scharfer Schmerz hat sich in seiner Brust eingenistet und zehrt unablässig an ihm. Nichts macht ihm mehr Freude, nicht mal seine Töchter, nicht mal Luna. Er fühlt sich jäh gealtert, ein Mann etwas über dreißig kommt sich vor wie sechzig. Von Tag zu Tag kapselt er sich mehr ab, spricht immer weniger. Matzliach und Leito ist längst aufgefallen, dass mit Gabriel etwas nicht stimmt.

Mit Rosa redet er noch weniger als zuvor. Wenn er aus dem Laden nach Hause kommt, spielt er nicht mit den Mädchen, bringt keine Geduld für sie auf. Er hat stark abgenommen und rasiert sich nicht mehr. Schwarze Bartstoppeln sprenkeln jetzt sein Gesicht.

Der vormals elegante Herr, der auf seine Kleidung achtete, wirkt jetzt müde und nachlässig. Neuerdings trägt er ein schwarzes Barett wie die Franzosen, sitzt oft auf seinem Stuhl im Hof und starrt vor sich hin. Sogar den *Haaretz*, früher sein Leib- und Magenblatt, kauft er nur noch sporadisch.

Jahrelang ist er jeden Mittag von seinem Laden zur Jaffa-Straße gegangen, um bei Franz, dem dicken Zeitungsverkäufer, der in Österreich Advokat gewesen ist, den *Haaretz* zu kaufen und ein paar Minuten mit ihm zu plaudern.

»Haben Sie gesehen, was für ein Unglück in Tel Aviv geschehen ist?«, fragt der dicke Zeitungsverkäufer mit seinem starken deutschen Akzent. »Aharon Ellman, der erste Enkel, der in Tel Aviv geboren wurde, ist vom Balkon gefallen und gestorben.«

»Wie, gestorben?«, fragt Gabriel, kurz aus seiner Starre erwachend.

»Die Mutter hat ihn in der Hagilboa-Straße in seinem Stubenwagen auf dem Balkon im dritten Stock gelassen, der Kleine hat sich am Geländer hochgezogen, ist vom Balkon gestürzt und gestorben«, antwortet der Zeitungsverkäufer.

Gabriel nimmt die Zeitung, lässt einen halben Grusch auf der Theke liegen und geht seines Weges.

Üble Winde wehen durchs Land, sagt Gabriel sich auf dem Rückweg zum Laden, das Volk Israel ist in Gefahr, und der Tod des kleinen Kindes wegen einer Nachlässigkeit seiner Mutter ist, so traurig er auch sein mag, nur ein Staubkorn in dem Sturm, der sich gegen das jüdische Volk zusammenbraut. Er spürt das tief in der Magengrube. Er möchte aufwachen, möchte herausschreien, was er empfindet, aber er ist wie eingesperrt, sein eigener Leib ist sein Gefängnis. Seine Seele möchte sich befreien, möchte frei sein, er kann den Schmerz nicht mehr ertragen. Er kann sein Leben, kann Rosa nicht mehr ertragen, selbst die Kinder empfindet er nun als Bürde und Belastung. Und Luna, die gibt nicht auf, setzt ihm zu, *miskenika*, möchte ihren Papú wiederhaben. Aber er kann nicht wie vorher werden, *Dio mio*, er kann nicht wieder ihr geliebter Papú sein, er liebt sich selbst nicht, wie soll er sie dann lieben? Wie soll er ihre Schwestern lieben? Könnte er nur flüchten, den Laden und Rosa und die Mädchen zurücklassen und flüchten. Er würde sich der Hagana anschließen. Wenn er sich mit den Sorgen und Nöten des Volkes Israel beschäftigte, würde er sich vielleicht weniger mit seinem eigenen Leid abgeben.

In Deutschland entlässt man jüdische Fahrer aus den öffentlichen Verkehrsbetrieben und die jüdischen Ärzte aus den Krankenhäusern. Und was tut man hier im Land Israel? Man streikt. Ausgerechnet jetzt in so schwerer Zeit sind die Lehrer in den Ausstand getreten. Sie protestieren gegen den Unterricht in zwei Schichten, also gehen die Mädchen jetzt morgens auch nicht in die Schule, und Rosa liegt ihm in den Ohren, kommt plötzlich mit Beschwerden. Zuvor hat sie sich kein einziges Mal beklagt, was es ihm leichter machte, ihre Anwesenheit zu ertragen, aber jetzt plötzlich hat sie einen Mund. Erst belämmert sie ihn mit ihrem *burracho* Bruder, dem elenden Saufbold, stilisiert ihn zum Nationalhelden, danach beschwert sie sich, dass die Mädchen den ganzen Tag zu Hause sind und ihr auf die Nerven gehen. Was will sie denn, soll er das Geschäft verlassen und heimkommen, um die Kinder zu hüten? Selbstachtung hat er noch. Hat er die wirklich? Wer hat in diesen Zeiten noch Selbstachtung? Wir sind ein Volk von Waschlappen geworden, Schimpf und Schande! Die Briten machen mit uns, was sie wollen, Ausgangssperre, Verhaftungen, Einschüchterungen. Schaut euch doch die Helden vom Markt an, nur Reden führen können sie, »Wir zeigen's ihnen, wir tun was«, aber sobald eine Ausgangssperre verhängt wird, schließen sie hastig ihre Läden und Stände und rennen nach Hause wie Mäuse in ihre Löcher. Selbstachtung haben wir? Das Meer schwemmt am Strand von Tel Aviv Apfelsinenkisten an, die von einem Frachter gefallen sind, und schon ist ganz Tel Aviv am Strand, und sie alle, Männer, Frauen, Alte und Kinder, eignen sich Kisten an, die nicht ihnen gehören, fremdes Eigentum, für das andere gearbeitet und sich abgerackert haben. Strandraub, steht in der Zeitung, Strandschmach! So was tun ehrbare Leute, stehlen die Ware bedauernswerter Menschen, die sie vom Schiff verloren haben?

Wo sind die alten Zeiten? Wo ist die Ehre? Er würde nie vergessen, wie stolz der Jischuw gewesen war, als Joseph Trumpeldor, der bei der Schlacht von Gallipoli einen Arm verloren hatte, im März 1920 mit seinen Kameraden bei der Verteidigung Tel Chais in Obergaliläa gefallen war. Er würde nie im Leben den Nachruf vergessen, den Berl Kaznelson auf ihn gehalten hatte: »Gedenken möge das Volk Israel der reinen Seelen seiner treuen und mutigen Söhne und Töchter«, den Stolz und Schmerz, die er verspürte, als er diese ergreifenden Worte in der Zeitung las.

Damals war nicht viel Zeit für Ergriffenheit geblieben, denn jeden Tag gab es neue Sorgen. Das Verhältnis zu den Arabern wurde immer prekärer, und Gabriel, der für gutnachbarliche Beziehungen eintrat und mit den Arabern des Umlands und auch mit Kaufleuten aus der Altstadt Geschäfte tätigte, hoffte noch von ganzem Herzen, es seien nur extreme Randgruppen von beiden Seiten, die übereinander herfielen. Aber als arabische Gewalttäter in den Gassen des jüdischen Viertels wüteten, Geschäfte und Wohnungen plünderten und auch in ihr Haus einbrachen, hatte er fast den Glauben an ein friedliches Zusammenleben verloren. Er würde nie die Szene vergessen, als Araber sich zu Zehntausenden auf dem Rathausplatz versammelten, die Arme himmelwärts reckten und schrien: »*Idbach al-Yahud!*« Metzelt die Juden.

Wann sind sie Feinde geworden? Wo wir doch all die Jahre friedlich nebeneinander gelebt haben? »Merk dir«, hatte sein Vater, er ruhe in Frieden, gesagt, »nicht alle Araber sind schlecht, auch unter uns Juden gibt es schlechte Menschen. Es gibt solche und solche. Die Araber, die zum Plündern und Rauben hergekommen sind, sind nicht die Araber, die wir kennen, es sind Extremisten, und solche gibt es auch bei uns.« Deshalb hasst Gabriel Extremisten, deshalb verachtet er Avraham Stern und seine Leute von der Lechi und unterstützt die Operationen der Hagana.

Im Edison-Kino treten Bracha Zefira und Nachum Nardi

auf, die eigens aus Tel Aviv nach Jerusalem gekommen sind. In guten Zeiten wäre er mit Luna hingegangen, um die Jemenitin singen zu hören. Er liebt Musik, und anders als Rosa, die sich für nichts interessiert, hat Luna, genau wie er, viel für Kultur übrig. Er vermittelt ihr die Liebe zum Theater, zum Kino, zur Oper. Als sie letztes Jahr in Tel Aviv waren, hat er sie ins Opernhaus am Herbert-Samuel-Platz mitgenommen, um den »Barbier von Sevilla« unter der Leitung von Mordechai Golinkin zu sehen. Ja, mit Luna, die noch ein Kind ist, geht er in die Oper, mit wem sollte er sonst auch gehen? Wer von den Ignoranten und einfachen Leuten seiner Umgebung mag wohl Opern? Seine völlig ungebildete Frau? Seine Schwester Allegra und ihr dummer Mann Eleasar? Vielleicht seine Mutter. Wäre sie ein normaler Mensch und nicht die böse Hexe, in die sie sich verwandelt hat, könnte sie eine gute Gesellschaft für einen Opernbesuch abgeben. Früher, vor langer Zeit, vor der Sintflut, bevor all die Katastrophen über ihn hereinbrachen, als sie noch eine Mutter war, wie eine Mutter sein soll, hatte er viel von ihr gelernt. Wie zahlreiche andere Jerusalemer hatte auch er seine Mutter für die klügste aller Frauen gehalten. Klug wie ein Mann!, hieß es von Merkada. Sie erzählte ihm von den Himmelskörpern, von dem Großen Bären, dem Kleinen Bären, der Milchstraße, von Mond und Planeten, erklärte ihm, wie trefflich Gott die Welt erschaffen hatte. Obwohl sie keinen einzigen Tag die Schule besucht hatte, besaß sie mehr Tiefe und Wissen als jeder andere, den er im Leben kennengelernt hatte. Sie hatte aus eigenem Antrieb lesen und schreiben gelernt, mit Unterstützung seines Vaters Rafael, der ihre Klugheit hoch achtete. Keine spaniolische Frau ihres Alters, nicht die Nachbarinnen, nicht die weiblichen Verwandten und Bekannten, keine Einzige von ihnen konnte lesen und schreiben, nur Merkada Ermoza, seine Mutter.

Doch vielleicht war sie letzten Endes gar nicht so klug, seine Mutter. Wäre sie klug, hätte sie ihn vielleicht nicht gezwungen, die Liebe seines Lebens aufzugeben, hätte ihren erstgeborenen Lieblingssohn beim Tod ihres Mannes nicht gleich mit umgebracht. Nein, seine Mutter ist nicht die klügste aller Frauen, wie er einst dachte, seine Mutter ist auch kein guter Mensch, und er selbst ist nur noch ein halber Mensch, ein Wrack, hat weder Kraft noch Lust, dieses Leben weiterzuleben.

Die Gerüchte über Gabriels seelische Verfassung sprechen sich herum, und Schmuel, der seine Mutter Merkada alle drei Monate in Tel Aviv besucht, wagt zwar nicht, mit ihr über Gabriel zu reden, spricht aber mit seiner Schwester Allegra: »Wir müssen etwas unternehmen«, erklärt er ihr, »unser Bruder vernachlässigt sich selbst, das Geschäft, die Familie, nicht mal die Mädchen bringen ihn noch zum Lächeln. Er läuft ständig mit einer Trauermiene herum, als laste ihm die ganze Welt auf den Schultern.«

»*Dio mio*«, erwidert Allegra erschrocken, »was ist denn los? Wie konnte Gabriel so werden?«

»Er ist nach Beirut abgereist und nach einem Tag zurückgekehrt, und seither steht die Welt kopf. Er kommt nicht mal mehr zum Beten in die Synagoge, und Matzliach sagt, er habe aufgehört, das Geld im Laden zu zählen. Ich mache mir Sorgen um ihn, Allegra.«

»Und was sagt Rosa?«

»Rosa, die dumme Gans, fürchtet sich vor ihrem eigenen Schatten. Ich versuche mit ihr zu reden, aber sie bringt kein Wort heraus, blickt mich nur mit ihren Kalbsaugen an und schweigt. Hast du gehört, dass Efraim, der *burracho*, Mitglied der Stern-Bande geworden ist?«

»Um Himmels willen, die sind die Schlimmsten«, sagt Allegra, »die Allergefährlichsten. Vor denen haben die Engländer am meisten Angst. Und Rosa, was sagt sie dazu?«

»Plustert sich auf wie ein Pfau. Für sie ist dieser Saufbold jetzt Schimschon, der biblische Held. Schwesterherz, wir müssen etwas tun für Gabriel.«

»Und was sollen wir tun? Er hat immer uns beschützt, wie sollen wir jetzt ihn beschützen?«

»Ich weiß nicht, aber wenn wir nichts unternehmen, werden wir ihn, *pishkado i limón*, noch ins Irrenhaus bringen müssen.«

Seit einigen Tagen geht Gabriel nicht mehr in den Laden. Liegt wie tot im Bett und weigert sich aufzustehen.

»Gabriel *kerido, ke pasa?*«, versucht Rosa ihn anzusprechen, aber Gabriel antwortet nicht. Er sieht mit glasigen Augen durch sie hindurch. Das sind nicht Gabriels schöne, grüne Augen, die sie kennt, es sind die Augen eines Toten, denkt sie entsetzt. *Dio mio*, wer kann ihn aus dem Bett holen? Luna, nur Luna, sie wird mit ihr reden, sie notfalls anflehen, nur sie kann ihren Vater aus dem Bett locken.

Aber Rosa muss nicht flehen. Luna ist zu Tode erschrocken über den Zustand ihres Vaters, sie ist erst zehn Jahre alt, erfasst aber mit kindlichen Sinnen, dass ihr Vater sehr krank ist.

»Papú, was tut dir weh, *kerido?*«, fragt sie ihn mit einer Zärtlichkeit, die sie sonst für keinen aufbringt.

Gabriel blickt sie an, und sein Herz fliegt seiner geliebten Tochter zu, aber er fühlt sich wie mit Riemen ans Bett gefesselt. Er möchte mit ihr sprechen, sie trösten, doch die Stimme bleibt ihm im Halse stecken, will nicht heraus, er möchte Luna an sich drücken, aber seine Arme sind wie festgenagelt, und er bekommt sie nicht unter der Decke hervor.

Rachelika und Bekki stehen neben Luna an Gabriels Bett. Die kleine Bekki weint bitterlich, versteht nicht, warum ihr

Papa traurig ist, warum ihre Mama traurig ist, warum ihre Schwestern traurig sind. Rachelika hilft Luna, die Decken zurechtzuziehen und die Kissen hinter Gabriels Rücken aufzuklopfen, aber er liegt wie ein Holzklotz da. »Mama, komm und hilf uns, Papú anzuheben«, sagt Rachelika, und Rosa eilt eifrig herbei, aber Luna stupst sie zurück: »Nicht nötig, wir kommen zurecht, geh ihm Tee machen.«

Sie erteilt mir Befehle, diese Tochter verkehrter Widerspenstigkeit. Rosa steigt das Blut zu Kopf, doch jetzt ist nicht der richtige Zeitpunkt, sich über die *flaka* aufzuregen, sie wird schon noch mit ihr abrechnen, wenn Gabriel erst wieder gesund ist, wo hat man so was wohl gehört, lässt Rosa nicht an ihren Ehemann ran, lässt gerade eben noch Rachelika sich um ihn kümmern, will ihn nur für sich.

Das kann nicht so weitergehen, denkt Rosa, es muss was geschehen. Dr. Sabo war schon bei ihm, hat sein Herz untersucht, seine Temperatur gemessen. »Ihr Mann ist kerngesund. Er braucht Lebertran und Sulfanomidsalze zur Kräftigung, das ist alles«, hatte er befunden und ihr ein Rezept ausgeschrieben, mit dem sie zur Apotheke in der Jaffa-Straße gehen sollte.

Sie hat die Medikamente auch geholt, aber Gabriel weigert sich, sie einzunehmen, und bleibt im Bett liegen. Wie ein Kind benimmt er sich, man spricht mit ihm, doch er dreht sich auf die andere Seite.

Morgens gehen die Mädchen wieder in die Schule, und sie bleibt allein mit ihm im Haus. Sie ist ratlos. Wie soll sie ihn ansprechen? Was soll sie sagen? Woher soll sie die Kräfte nehmen, diesen großen Mann aus dem Bett zu holen? Auf die Beine zu bringen? Er ist nicht Efraim, dem sie die Decke wegreißen, den sie anschreien und aus dem Bett schmeißen kann, er ist ihr Ehemann, Gabriel Ermoza. Wo soll sie Hilfe finden?

Die Hilfe kam von unerwarteter Seite: Am Freitag, fünf

Tage nachdem Gabriel ins Bett gegangen und nicht mehr aufgestanden war, fünf Stunden vor Schabbatbeginn, klopfte es an der Tür, und als Rosa öffnete, sackte ihr fast das Herz in die Beine. Es war die säuerliche Alte, ihre Schwiegermutter Merkada höchstpersönlich. Rosa zitterten die Knie.

»*Donde 'ste* Gabriel?«, fragte die säuerliche Alte, ohne Rosa zu grüßen, und trat ins Zimmer, als käme sie alle Augenblicke, als wären nicht Jahre vergangen, seit sie zuletzt einen Fuß in dieses Haus gesetzt hatte, das einmal ihr Haus gewesen war.

Rosa eilt ihr nach ins Zimmer. Merkada steht schon an Gabriels Bett, und zum ersten Mal seit fünf Tagen reagiert er auf seine Umgebung. Seine bisher tot und apathisch wirkenden Augen weiten sich verblüfft, und er starrt ungläubig seine Mutter an, die vor ihm steht und seinen Blick ungerührt erwidert.

»*Komo estás?*«, fragt sie in sachlichem Ton, erhält jedoch keine Antwort.

Merkada vergeudet keine Sekunde. Sie wendet sich an Rosa und befiehlt: »Geh raus und lass keinen Menschen hier rein, bis ich die Tür aufmache.«

Rosa eilt hinaus, wagt nicht, der säuerlichen Alten zu widersprechen oder Fragen zu stellen. Sie schließt die Tür hinter sich und setzt sich auf den Stuhl im Hof, wartet.

Die Mädchen kommen aus der Schule heim und wollen ins Haus gehen. Rosa lässt sie nicht an die Tür. Rachelika und Bekki spielen Himmel und Hölle, nur Luna will unbedingt rein.

»Rühr die Tür nicht an«, sagt Rosa.

»Aber ich will Papú guten Tag sagen.«

»Später. Nona Merkada ist jetzt bei ihm, später gehen wir rein.«

»Nona Merkada aus Tel Aviv?«, jubelt Luna und drückt die

Türklinke, versucht aufzumachen, aber Merkada hat die Tür von innen abgeschlossen.

»Still, still«, fleht Rosa ihre Tochter an, damit sie, Gott behüte, nicht Merkada bei ihrem Tun stört und die säuerliche Alte verärgert.

Lieber Himmel, Jahre sind vergangen, seit die Alte zu Allegra nach Tel Aviv übersiedelt ist, und Rosa fürchtet sich vor ihr, als wäre sie immer noch die arme Waise aus dem Viertel Schamma, die als verschreckte Braut in dieses Haus gezogen war.

Luna will nicht hören, stur wie ein Esel, trommelt gegen die Tür und schreit: »Papú, Papú!«

Sie wird noch die Toten auf dem Ölberg wecken, denkt Rosa, als Luna weiter schreit und ihre Großmutter anbettelt: »Nona, Nona, mach mir auf, mach auf.«

Doch Nona ist mit ihrem Sohn hinter Schloss und Riegel verschanzt, und die Tür bleibt verschlossen. Luna ist stur, denkt Rosa, aber Merkada ist noch viel sturer! Von wem soll Luna diese Eigenschaft auch geerbt haben, wenn nicht von Merkada?

Stunden vergehen, die Sonne steht schon weit im Westen, bald wird der Schabbat einziehen, und Merkada macht immer noch nicht die Tür auf.

Den Mädchen reißt der Geduldsfaden. Bekki beginnt zu weinen, auch Rachelika, die sonst meist eine engelhafte Geduld aufbringt, fängt an zu quengeln, und Luna legt das Ohr an die Tür, versucht etwas zu hören, zieht sich zum Fenster hoch, um einen Blick zu ergattern, aber die säuerliche Alte hat die Vorhänge zugezogen, sodass man nicht sehen kann, was drinnen vorgeht.

Bald werden die Aschkenasen aus Mea Schearim durchkommen, ihr großes Schofar blasen und »*Schabbes!*« rufen, und sie sitzt immer noch im Hof mit ihren ungeduldigen Töchtern und wartet darauf, dass Merkada die Tür öffnet.

Gut, sie hat auch keine Geduld mehr. »*Hayde*«, sagt sie zu den Mädchen, wir gehen zu Tio Schmuel und Tia Miriam.« Sie nimmt ihre Töchter und macht sich auf zum Haus ihres Schwagers Schmuel, der mit seiner Familie im Nachbarviertel Sukkat Schalom wohnt. Als sie dort ankommen, ist es schon fast Schabbat.

»Deine Mutter ist bei uns im Haus bei Gabriel«, sagt sie zu Schmuel.

»Meine Mutter ist aus Tel Aviv gekommen? Die messianischen Zeiten sind angebrochen!«, sagt Schmuel und will schon zum Haus seines Bruders laufen und seine Mutter treffen.

»Geh nicht hin«, sagt Rosa, »sie hat mich aus dem Haus geschickt und gesagt, wir sollten erst wieder reinkommen, wenn sie die Tür aufmacht.«

»Wie lange ist sie schon bei ihm?«, fragt Schmuel.

»Seit die Läden im Markt beinah für Schabbat zumachten«, antwortet Rosa.

Schmuel denkt nach und beschließt, im Haus zu bleiben, auch er fürchtet sich vor seiner Mutter.

Rosa entzündet mit Schmuels Frau Miriam die Kerzen, die Mädchen spielen mit seinen Kindern auf dem Hof. Rosa, Schmuel und Miriam sitzen in angespannter Stille im Zimmer.

Dann sagt Miriam: »Sie macht ihm sicher *livianos*, um ihm die Ängste auszutreiben, die ihn ins Bett gebracht haben.«

Als sie das hört, atmet Rosa auf. Plötzlich wird ihr frei und ruhig ums Herz. Noch ist der Mensch nicht geboren, den Merkada mit ihren *livianos* nicht retten könnte, noch ist der Mensch nicht geboren, dem sie seine Ängste mit ihrer Behandlung nicht nehmen würde. Auch Gabriel würde sie heilen, noch heute Abend würde Gabriel das Bett verlassen.

Jene Nacht kehrten Rosa und die Mädchen nicht in ihr Haus zurück. Als es Zeit für den Kiddusch wurde, setzten sie sich in Schmuels und Miriams Haus an den Schabbattisch, ungewaschen und in Alltagskleidung. Zum ersten Mal seit ihrer Geburt empfingen die Mädchen den Schabbat außerhalb ihres Vaterhauses. Die Mädchen, fiel ihr auf, beklagten sich nicht, abgesehen von Luna, die immer wieder wütend ihre Mutter und die Tür anstarrte. Die Kleinen genossen die Abwechslung. Nach den Segenssprüchen und dem Abendessen sagte Miriam zu Rosa: »Bis Merkada kommt und euch zurückholt, leg die Kinder zu unseren schlafen. Wenn es so weit ist, wecken wir sie, und ihr geht in Ruhe nach Hause.«

Rachelika und Bekki freuten sich, bei den Cousins und Cousinen schlafen zu dürfen, nur Luna versteifte sich: »Ich will bei mir daheim schlafen!«, protestierte sie und stampfte mit den Füßen.

»*Kerida*, wirst du ja, du wirst daheim in deinem Bett schlafen, es ist nur vorläufig, bis Nona kommt und ihr nach Hause geht«, versuchte Tia Miriam sie zu beschwichtigen. Rosa bemühte sich gar nicht erst. Sie wusste, jedes Wort von ihr würde diese störrische Göre nur noch mehr aufbringen. Die hatte ihre Mutter sowieso schon genug vor dem Schwager und der Schwägerin blamiert.

»Nein!«, beharrte Luna. »Ich geh nach Hause!«, und schon rannte sie aus der Tür und Rosa ihr nach. Ich sterbe hier auf der Stelle, wenn jemand mich diesem bösen Mädchen nachlaufen sieht, sagte sich Rosa. Ich gehe gemächlich wie eine Schildkröte, damit, behüte, keiner denkt, ich würde ihr nachjagen, damit in Ohel Mosche keiner sieht, wie dieses Mädchen einen Putzlappen aus mir macht. Wenn ich nicht fürchtete, sie könnte wieder zur Polizei der Ingländer rennen, würde ich sie laufen lassen, soll sie doch zu tausend Teufeln gehen.

Zehn Minuten zu Fuß, das war die Entfernung von Schmuels Haus in Sukkat Schalom zu ihrem Haus in Ohel Mosche, zehn Minuten, die ihr wie eine Ewigkeit vorkamen. Sie hatte solche Furcht vor Merkada und Luna, dass sie sich wie besessen vorkam. Beide, die Alte und das Mädchen, versetzten sie in Angst und Schrecken.

Luna blieb vor der Haustür stehen, trommelte mit den Fäusten und trat mit den Füßen dagegen wie eine Wilde. »Papú, Papú, Papú!«, schrie sie. »Mach mir auf, Papú, ich will heim.« Aber die Tür blieb verschlossen, und als Rosa das Haus erreichte, warf ihre Tochter sich auf die Steinplatten und zog ihr wohlbekanntes Theater ab. Rosa hatte Angst, sie dort zu lassen. Schließlich war es noch nicht lange her, dass Luna sie bei der Polizei bezichtigt hatte, sie aus dem Haus gejagt zu haben. Sie blieb neben der Göre stehen, die das ganze Viertel beschallte und die Nachbarn beim Schabbatessen störte. Kein Mensch kam auf den Hof, sie waren Lunas Spektakel längst gewohnt und regten sich nicht mehr darüber auf. Rosa hielt sich die Ohren zu und dachte, die Nachbarn lugten gewiss aus den Fenstern und sahen sie in ihrer Schmach, aber die da schrie und kreischte weiter, und keiner lief auf den Hof, o welche Schande, sogar die Nachbarn hatten es mit ihrer Tochter schon aufgegeben und sich daran gewöhnt, dass Rosa keinen Rat mehr wusste. *Kaparavonó*, ihre Ehre war dahin. Wenn so ein Mädchen seine Mutter nicht ehrte, wie sollten es dann die Nachbarn tun?

Lunas Schreien und Heulen zerreißt die Ruhe des Schabbatabends. Wie ein Hund, der den Mond anbellt, denkt Rosa, wie eine Irre kreischt sie. Plötzlich geht die Haustür auf, und die säuerliche Alte steht auf der Schwelle, klopft mit ihrem Stock auf den Boden und sagt in eisigem Ton: »*Basta!*« Mit einem Schlag verstummt das Geheul, und das Mädchen starrt mit offenem Mund ihre Großmutter an, die ihr den Rücken kehrt, ins Haus geht und die Tür hinter sich zuknallt.

Rosa steht da wie vom Donner gerührt. Luna rappelt sich vom Boden auf und geht durch die Hofpforte auf die Gasse. Rosa folgt ihr. Luna beschleunigt das Tempo, und Rosa bleibt ihr auf den Fersen, passt auf, dass sie nicht erneut vom Teufel geritten wird und zur Polizei der Ingländer läuft, um Lügen über ihre Mutter zu verbreiten. Aber Luna geht nicht zur Polizei, sie geht zu Schmuels Haus, und dort kriecht sie, ohne Kleid oder Schuhe auszuziehen, unter die Decke und schmiegt sich an Rachelika. Ein paar Minuten später trifft auch Rosa ein, und Miriam flüstert ihr zu: »Dort bei den Kindern.« Rosa geht in das Kämmerlein, das durch einen Vorhang vom Wohnzimmer abgetrennt ist. Die Kinder schlafen eng an eng auf Matratzen. Ihre Töchter drängen sich auf einer zusammen, Rachelika in der Mitte, zur einen Seite Bekki, die mit dem Daumen im Mund selig schlummert, und zur anderen Luna. Mondschein fällt herein. In seinem Licht betrachtet sie ihre Töchter, die sich aneinanderschmiegen, und ihr Blick bleibt an Lunas Augen hängen. Die hübschen, grünen Augen sind weit aufgerissen, erfüllt von Angst und Tränen.

Rosa würde sie liebend gern umarmen, fürchtet sich jedoch vor ihrer Reaktion, fürchtet, Luna könnte sie erneut abweisen, und eine weitere Zurückweisung würde sie nicht verkraften. Sie kehrt ihr den Rücken und geht hinaus ins Wohnzimmer, setzt sich zum Schwager und zur Schwägerin.

Drei Tage und drei Nächte tat sich die Tür von Gabriels und Rosas Haus nicht auf. Drei Tage und drei Nächte verbrachten Mutter und Sohn hinter geschlossenen Türen und Fensterläden, ohne dass jemand ein oder aus ging.

»*Kaparavonó*, das Brot ist sicher schon trocken und der

Quark sauer. Was nehmen sie zu sich?«, überlegte Rosa laut. »Was essen sie?«

»Sie fressen sich gegenseitig auf«, antwortete ihre Schwägerin, die in der Küche stand und einen Topf auf den Dochtbrenner stellte. »Sollen sie im eigenen Saft schmoren und endlich ihren Zwist beenden, der die Familie zerstört, nicht wahr?«

»Die säuerliche Alte treibt Gabriel gewiss die Dämonen aus, aber wer vertreibt ihre Dämonen?«, erwiderte Rosa ihrer Schwägerin.

»Mit Gottes Hilfe werden auch ihre Dämonen verschwinden. Keine Angst, *kerida* Rosa, wenn Ihre Majestät, unsere Schwiegermutter, aus eurer Tür herauskommt, wirst du sehen, dass alles wieder gut wird. Gabriel ist nur wegen seiner Mutter krank geworden. Wenn sie ihm vergibt, wird er sich auch selbst vergeben und genesen. Keine Sorge, Schwägerin, es wird nur Gutes bringen, dass sie so lange im Haus eingeschlossen sind.«

Am Morgen des vierten Tages, bei Sonnenaufgang, öffnete Merkada die Tür von Gabriels und Rosas Haus, trat hinaus und ging zu Fuß zur Omnibusstation in der Jaffa-Straße, stieg in einen Bus und fuhr zurück zu Allegra nach Tel Aviv.

Am selben Morgen, nachdem seine Mutter gegangen war, stieg Gabriel aus dem Bett, wusch seinen Leib mit Wasser und Seife, rasierte sich die Bartstoppeln aus dem Gesicht, nahm saubere Kleidung aus dem Schrank, zog sich an und ging zum Markt.

Matzliach, Leito und Abramino trauten ihren Augen nicht, als sie ihn wie neu in der Ladentür stehen sahen. Ohne viele Worte nahm er seinen Platz hinter der Theke ein und arbeitete wieder wie früher.

»Geh zum Haus meines Bruders Schmuel, frag, ob sie wissen, wo Rosa ist, und wenn du sie gefunden hast, sag Rosa, sie soll mit den Kindern nach Hause kommen«, beorderte er Abramino, und der machte sich eilig auf den Weg.

Als Rosa heimkehrte, stellte sie überrascht fest, dass das Haus genauso war, wie sie es verlassen hatte, sauber und ordentlich. Gabriels Bett war frisch bezogen, die Spüle frei von Geschirr, und die Waschwanne hing zum Trocknen an ihrem Nagel an der Hauswand.

Die Mädchen zogen die geborgten Kleider ihrer Cousinen aus und eigene an.

»*Hayde*, beeilt euch«, trieb Rosa sie an, »damit ihr nicht zu spät in die Schule kommt.«

Als sie loszogen, blieb sie im Türrahmen stehen und blickte den dreien nach, der kleinen Bekki, flankiert von ihren Schwestern, die sie an den Händen hielten. Sie seufzte, als wäre ihr eine schwere Last von den Schultern genommen: Wenn Gabriel wieder im Geschäft war und die Kinder in die Schule gingen, hatte ihre Schwägerin Miriam vielleicht recht, und alles würde gut werden.

Aber Luna ging an jenem Tag nicht in die Schule. Nachdem sie Bekki im Kindergarten abgeliefert und sich vergewissert hatte, dass auch Rachelika in ihrem Klassenzimmer verschwunden war, hastete sie aus dem Schultor und lief zu Gabriels Geschäft im Markt. Als sie atemlos am Ladeneingang ankam, sah ihr Vater sie. Er lächelte, und sie rannte zu ihm und umarmte und küsste ihn, schmiegte sich an ihn wie ein kleines Mädchen.

»*Basta, kerida!* Das gehört sich nicht, du bist kein Kind mehr, bald bist du eine Braut!«

Er versuchte sie abzuschütteln, aber sie war so froh, ihren Vater wieder lächeln zu sehen wie früher, dass sie sich, ungeachtet seiner Worte, weiter an ihn schmiegte, ihn um die Lenden fasste und festhielt.

»Genug damit«, sagte Gabriel, »du führst dich blamabel auf,

welcher Bräutigam wird dich heiraten wollen, wenn du so mit deinem Vater umgehst wie ein kleines Kind?«

Luna hörte nicht hin, war nur glücklich, ihren Vater endlich wiederzuhaben, freute sich, ihn mit der weißen Schürze hinterm Ladentisch stehen und die Kunden bedienen zu sehen, war froh, dass das aus den Fugen geratene Leben wieder in gewohnten Bahnen verlief, wie vor der Erkrankung des Vaters, und sonst interessierte sie nichts. Sie wollte nur bei ihm sein, von neuem die Stärke und Sicherheit spüren, die seine Gegenwart ihr verlieh.

»Ich möchte bei dir im Laden arbeiten«, sagte sie.

»*Basta*, Luna, du bist noch ein Kind, du musst zur Schule gehen.«

»Eben hast du gesagt, ich wäre bald eine Braut, und jetzt bin ich ein Kind? Papú, ich möchte dir helfen, hier bei dir sein, ich brauche nicht in die Schule zu gehen, um im Laden zu verkaufen.«

»Du brauchst nicht in die Schule zu gehen? Weißt du, dass deine Oma und deine Mama keinen einzigen Tag ihres Lebens in die Schule gegangen sind? Und du, du hast das Recht, zu lernen und Wissen zu erwerben, Bildung ...«

»Was heißt Bildung? Lesen und schreiben kann ich, rechnen auch, mehr braucht man nicht.«

»Genug Unsinn geredet, Luna! *Hayde*, nimm dir ein paar Leckereien mit und geh in die Schule. Los, gutes Kind.«

»Papú, bitte, nur heute, lass mich nur heute im Laden bleiben.«

Gabriel gab nach. Dem Charme seiner Tochter konnte er einfach nicht widerstehen. Doch ihr Charme und ihre atemberaubende Schönheit bereiteten ihm auch Sorgen: Ein Mädchen sollte nicht derart schön sein. Lunas Schönheit konnte sie nur in Schwierigkeiten bringen. Er musste ein Auge auf seine Tochter haben, bald kam sie in das Alter, in dem man einen Bräutigam für sie suchen musste. Er würde sie mit Argusaugen überwachen, damit sie nicht wie die modernen jungen Mädchen wurde, die mit jungen Männern im Café Europa und in den Clubs tanzen gingen, wo, Gott bewahre, auch englische Soldaten verkehrten. Sie war noch ein Kind, aber die Zeit eilte dahin. Kaum dass er den Segensspruch zu ihrer Bat Mizwa gesagt hätte, wäre sie schon eine junge Frau.

Über das, was sich in den drei Tagen mit seiner Mutter hinter verschlossener Tür abgespielt hatte, redete Gabriel niemals, und auch die Alte hüllte sich in Schweigen. Doch seit er danach aus dem Haus getreten war, benahm er sich wieder wie früher. Das Familienleben der Ermozas kehrte in seine alten Bahnen zurück, bis auf eines: Gabriel ging werktags nicht mehr in die Synagoge, nur noch an Schabbat- und Feiertagen. Rosa bemerkte sein verändertes Verhalten, stellte jedoch wie üblich keine Fragen. Sie hatte längst gelernt, möglichst wenig zu sagen. Besser den Mund halten, als eine eisige Miene und beredtes Schweigen ernten. Sie führte weiter den Haushalt, sogar die Reibereien mit Luna ließen nach, und obwohl ihr deren täglich zunehmende Koketterie nicht gefiel, verlor sie kein Wort darüber. Lieber ein Waffenstillstand mit dem frechen Mädchen als endlose Streitereien, die sie zermürbten und fast immer mit einem vernichtenden Sieg Lunas endeten. Gabriel würde ihr niemals gegen Luna beistehen, höchstens wies er die Tochter zurecht, aber auch das nie streng, sondern so milde, dass es sie, Rosa, noch mehr ärgerte. Deshalb hatte sie das Handtuch geworfen und vermied Konfrontationen mit Luna so weit wie möglich.

Gegen Ende des Schuljahrs bestellte Herr Rabbiner Pardess, der Schuldirektor, die Eltern ein, um ihnen über die Leistungen ihrer Töchter zu berichten. Gabriel sagte, er werde hingehen, und Rosa, die sich ohnehin nicht groß für die Ausbildung ihrer Töchter interessierte, verzichtete gern.

»Als Erstes gratuliere ich Ihnen zu Rachels vielseitigen Begabungen«, erklärte Rabbiner Pardess dem stolzen Gabriel. »Ihrer Rachel winkt eine große Zukunft«, fuhr er fort. »Ich empfehle Ihnen dringend, sie zur höheren Bildung auf das Gymnasium in Bet Hakerem zu schicken. Auch die kleine Rebekka hat gute Anlagen, ist ein fleißiges, strebsames und gelehriges Kindergartenkind. Doch was Levana betrifft«, seufzte der Rabbiner, indem er demonstrativ ihren hebräischen Namen benutzte, »über Levana, Herr Ermoza, habe ich Ihnen leider nichts Gutes zu berichten. Erlauben Sie mir, mein Missfallen darüber zu äußern, dass Sie Ihre Tochter so häufig dem Unterricht fernbleiben lassen. Ich verstehe, dass Sie Hilfe in Ihrem Laden benötigen, aber Sie müssen sich entscheiden: Soll Ihre Tochter etwas lernen oder nicht. Wenn Sie an ihrer Unterweisung interessiert sind, verlange ich, dass sie jeden Tag in der Schule erscheint und die Regeln ebenso befolgt wie alle anderen Schülerinnen. Wenn Sie sie aus der Schule nehmen möchten, damit Sie bei Ihnen im Geschäft mitarbeitet, ist das Ihr gutes Recht, aber Sie müssen sich entscheiden.«

Gabriel lauschte bestürzt den Worten des Schuldirektors, wusste nicht, ob er Lunas Lügen preisgeben oder decken sollte. In seinem Elternhaus hatte er gelernt, schmutzige Wäsche niemals in der Öffentlichkeit zu waschen. Deshalb schwieg er lieber, als dem ehrenwerten Herrn Rabbiner zu erzählen, dass seine Tochter ihn dreist belogen hatte. Die Wäsche würde er schon zu Hause waschen. Er erhob sich, blickte dem Schuldirektor gerade in die Augen und sagte: »Ich bitte um Verzeihung, Herr Rabbiner, von heute an wird meine Tochter dem Unterricht keinen einzigen Tag fernbleiben.«

Kein Muskel regte sich in seinem Gesicht, als er den Schulhof verließ, aber innerlich kochte er vor Wut. Luna war über alle Stränge geschlagen! Mit so dreister Stirn lügen und ihn auch noch in ihre Lügen verwickeln! Was war los mit seiner Tochter, seinem Augapfel, dem Mädchen, das er mehr liebte als sein eigenes Leben? Hatte er sie übermäßig verwöhnt? Hatte er sie mit zu viel Liebe überhäuft? Hatte sie seine Verzweiflung gespürt, sein Bedürfnis, Trost an ihr zu finden, und sich in eine kleine Lügnerin verwandelt?

Und wo trieb sie sich herum, wenn sie die Schule schwänzte? Die Wut brannte ihm in den Adern, er fühlte sich erniedrigt. Seine Tochter, sein eigen Fleisch und Blut, hatte ihn vor dem ehrenwerten Rabbiner gedemütigt. Er fühlte sich betrogen, und das Allerschlimmste – ihm schien, wenn er nicht durchgriff, würde er die Kontrolle über Luna verlieren. Noch war sie nur ein Kind, *Dio mio*, aber was sollte werden, wenn sie mal ein großer Esel war?

Obwohl die Schule in Marktnähe lag, ging er nicht zurück ins Geschäft, sondern die Agrippas-Straße Richtung King-George hinunter. Er musste sich abregen, bevor er heimkehrte und es mit Luna aufnahm. Wie sehr könnte er jetzt einen guten Rat gebrauchen. Er überlegte kurz, ob er in einen Omnibus steigen und zu seiner Mutter nach Tel Aviv fahren sollte, aber der Gedanke, in die Stadt am Meer zurückzukehren und womöglich Rochel wieder zu begegnen, ängstigte ihn so sehr, dass er den Plan sofort verwarf. Es war noch nicht lange genug her, dass seine Mutter ihn mit ihren *livianos* gerettet und ihm die Dämonen ausgetrieben hatte, die ihm nicht von der Seele weichen wollten. Das Gespräch, das sie beide geführt hatten, ehe sie sein Haus verließ, würde er nie vergessen. Am dritten Tag war er schon so weit bei Kräften gewesen, dass er das Bett verlassen und sich auf einen Stuhl am Esstisch setzen konnte. Seine Mutter hatte ihm gegenüber gesessen, auf ihren Stock gestützt, ihr Gesicht war faltig, aber ihre Augen blitzten wie die einer jungen Frau. Sie war sehr ernst, als sie begann: »*Adío senyor del mundo* zürnte dir offenbar sehr an dem Tag, an dem du deine Augen auf die Aschkenasin warfst. Wer weiß, was du getan hast, dass er dir eine so strenge Strafe auferlegte? Die Liebe ist, so sie nicht Gottes Segen erhält, ein wahrer Fluch und von Höllenschmerzen begleitet. Und deine Liebe zu der Aschkenasin, *ijo kerido*, stand nicht unter Gottes Segen.« Sie seufzte schwer, legte die Hand auf Gabriels und fuhr fort: »Möge Gott uns die Sünden vergeben, die wir aneinander begangen haben, unerträglich schwere Sünden. Hätte Gott es jedoch für richtig gehalten, hätte er dich schon längst genommen, um dich für deine Sünden zu bestrafen, oder er hätte mich genommen. Aber er hat weder dich noch mich genommen, er hat den gerechten Mann, er ruhe in Frieden, deinen Vater genommen und uns dadurch beide mit einer Strafe, härter als der Tod, belegt. Wenn Gott sich entschieden hat, weder dich noch mich zu nehmen, dann möchte er offensichtlich, dass wir hier auf Erden bleiben. Das Getane lässt sich nicht rückgängig machen, *ijo kerido*, also lass uns wenigstens von heute an anders miteinander umgehen, wenn nicht wie Mutter und Sohn, dann doch wie zwei Menschen. Ich gehe jetzt durch diese Tür hinaus und fahre zurück nach Tel Aviv. Du wirst aufstehen, dich waschen und dein Leben wiederaufnehmen. Bemühe dich, das Beste aus deinem verbleibenden Leben zu machen, tu das Beste für deine Töchter, das Beste für deine Frau, das Beste für dein Einkommen und – am wichtigsten – das Beste für dich selbst. Mit Gottes Hilfe habe ich dir diejenige aus dem Herzen gelöscht, die von Anfang an nicht hätte darin sein sollen, habe dir den Schmerz und die Sehnsucht gelöscht, die Erinnerung und den Traum, eines Tages die Frau wiederzutreffen, die niemals für dich bestimmt war. Jetzt bist du sauber, beginn dein neues Leben von Anfang an, als wäre nichts gewesen.«

Sie erhob sich, auf ihren Stock gestützt, und ging grußlos zur Tür hinaus. Und er, der mit den Wundertaten seiner Mutter und den Heilkräften der *livianos* aufgewachsen war, hatte das Gefühl, sie hätte ihn ins Leben zurückgebracht, und war entschlossen, die verlorene Zeit aufzuholen.

Doch nun hatte die Unterredung mit Rabbiner Pardess die Ruhe und Gelassenheit gestört, die ihn seit seiner Heilung erfüllten. Große Angst beschlich sein Herz, tiefe Sorge über Lunas Zukunft und, am allerschlimmsten, Zweifel hinsichtlich ihres Charakters. Kennt er seine Tochter womöglich nicht? Wer weiß, was sie ohne sein Wissen noch alles tut, wenn sie so dreist lügt. Ist er dermaßen mit seiner Erziehung gescheitert? Wo hat der siebenköpfige Drachen das Lügen gelernt?

Gabriel ging die King-George-Straße entlang bis zum Terra-Santa-Gebäude, bog dort in die Gaza-Straße ein, hin zum Café Rechavia, seinem Stammcafé, in das er flüchtete, wenn er allein sein wollte, fern von allem, was er kannte, fern seiner vertrauten Umgebung im Machane-Jehuda-Markt und in Ohel Mosche. Er saß lange im Café, trank starken Mokka, blickte durch die Fensterscheibe auf die Passanten, versuchte seine Gedanken und Gefühle zu ordnen. Was gäbe er jetzt für einen Ratschlag seiner Mutter! Oder vielleicht nicht, lieber keinem Menschen, auch nicht seiner Mutter, etwas von den Eskapaden des Mädchens erzählen, seine Tochter sollte nicht als Lügnerin, als Straßenmädchen berüchtigt werden, er musste ihren guten Ruf wahren, sonst würde er niemals einen Bräutigam aus guter Familie für sie finden, sonst könnten die Dinge erst richtig aus dem Ruder laufen. Er stand auf, zahlte, verließ das Café und machte sich auf den langen Rückweg nach Ohel Mosche, entschlossen, Luna mit Argusaugen zu überwachen, jeden Moment zu wissen, wo sie sich aufhielt. Und zum ersten Mal in ihrem Leben nahm er sich vor, sie zu bestrafen, um sie zur Ordnung zu rufen.

Als die Familie sich am Abend zu Tisch gesetzt hatte, warf er einen Blick auf seine Töchter. »Komm her«, sagte er zu Rachelika, die sich sofort gehorsam neben seinen Stuhl stellte. Er gab ihr einen Kuss auf die Stirn und lobte sie für ihre hervorragenden Leistungen in der Schule. Aus dem Augenwinkel sah er den brennenden Neid in Lunas Augen, die es nicht ertrug, wenn ihr Vater jemand anderem Beachtung schenkte, und sei es der eigenen Schwester. Dann rief er Bekki zu sich und hob sie auf den Schoß. »Auch du, *chikitika*, bist fleißig und aufmerksam, alle Achtung!«, sagte er und gab ihr einen Kuss.

Nachdem Rachelika und Bekki ihrem Vater den Handrücken geküsst und ihre Plätze am Tisch wieder eingenommen hatten, herrschte angespannte Stille. Alle warteten darauf, dass Gabriel nun Luna zu sich bitten und ihre Schulleistungen kommentieren würde. Aber er sagte nichts. Man hätte die Luft mit dem Messer schneiden können, bis Bekki es nicht mehr aushielt und fragte: »Und Luna? Was hat Rabbiner Pardess über sie gesagt?«, worauf Gabriel, ohne Bekkis Worte zu beachten, in eisigem Ton sagte: »Das Essen wird kalt, Rosa, trag es auf.«

Wortlos stellte Rosa den *kuskusú* auf den Tisch und daneben einen Topf mit Erbsen und Fleisch in Tomatensoße, nahm die Kelle zur Hand und wollte das Essen auf die Teller verteilen.

»*Basta*«, gebot Gabriel ihr Einhalt, »lass Luna das Essen austeilen.« Rosas Hand erstarrte in der Luft. »*Hayde*, Luna, worauf wartest du? Das Gespräch mit Rabbiner Pardess hat mich hungrig gemacht«, sagte er, ohne seine Tochter anzusehen.

Luna errötete. Noch nie hatte ihr Vater in so hartem Ton

mit ihr gesprochen, noch nie hatte er sie vor anderen beschämt, doch vor allem schmerzte sie die Erkenntnis, dass sie ihn enttäuscht, ihn vor dem Schuldirektor blamiert hatte. Rabbiner Pardess musste ihrem Vater von ihrem häufigen Schulschwänzen berichtet haben und von den Lügen, die sie erfunden hatte, um dem Unterricht zu entfliehen. Wie hatte sie glauben können, ungeschoren davonzukommen mit ihren Lügengeschichten, in die sie auch noch ihren Vater verwickelte? Wie hatte sie glauben können, er würde niemals erfahren, dass sie seinen Namen benutzte, um Rabbiner Pardess zu hintergehen? Sie hatte seine Ehre verletzt, und wenn es etwas gab, was ihrem Vater über alles ging, dann war es die Ehre.

Ihr zitterte die Hand, als sie den Couscous auf die Teller schöpfte. Das Abendessen verlief still. Außer dem Schaben der Gabeln auf den Tellern war kein Laut zu hören. Luna rührte ihren Teller nicht an, und anders als sonst versuchte Gabriel nicht, sie zum Essen zu animieren.

Als sie mit dem Essen fertig waren, wollten Rosa und die Mädchen schnell das Geschirr abräumen, aber Gabriel stoppte sie. »Lasst stehen, von heute an räumt nur Luna den Tisch ab, und nur Luna spült das Geschirr. Wenn sie in der Schule nichts lernt, soll sie wenigstens im Haushalt was lernen.«

Sieben Tage lang, Tag für Tag, Mahlzeit für Mahlzeit, deckte Luna den Tisch, brachte das Essen aus der Küche, teilte es aus, räumte den Tisch ab, spülte das Geschirr und stellte es in den Schrank. Rosa konnte ihre Genugtuung kaum verbergen. Gabriel hatte beschlossen, ihr nichts von seiner Unterredung mit Rabbiner Pardess zu berichten, sondern sich selbst um Luna zu kümmern, ohne seine Frau einzubeziehen. Nur eines sagte er zu Rosa: »Kein Wort von dem, was in diesem Haus mit Luna vorgeht, dringt nach draußen. Du sprichst darüber nicht mit meiner Schwägerin Miriam, nicht mit meiner Schwester

Klara, nicht mit deiner Nachbarin Tamar, nicht mit den übrigen Nachbarinnen und auch nicht mit dir selbst.« Und sie, für die das Wort ihres Ehemannes heilig war, wahrte Stillschweigen, obwohl sie ihrer guten Nachbarin Tamar zu gern davon erzählt hätte.

Die ganze Woche über lief Luna wie ein Schatten ihrer selbst herum. Sie ging morgens pünktlich zur Schule und saß alle Unterrichtsstunden im Klassenzimmer ab, ging nicht mal zu den Pausen ins Freie. Am meisten schmerzte sie das Schweigen ihres Vaters. Sie war bereit, jede Strafe zu ertragen, das Geschirr zu spülen, den Boden aufzuwischen, Wäsche zu falten, und sogar die schlimmste Strafe, das Haus nicht zu verlassen, nur das Schweigen ihres Vaters konnte sie nicht ertragen. Sein Schweigen tat ihr weh, als schlüge er sie mit dem Stock. Rachelika, die Mitleid mit ihrer Schwester hatte, versuchte mit ihr zu reden, aber Luna ließ sie nicht an sich heran.

»Was hast du getan, dass Papú dich so bestraft? Es kann doch nicht bloß deshalb sein, weil du eine schlechte Schülerin bist.«

Doch Luna schweigt, sogar ihrem Schwesterherz Rachelika schämt sie sich zu erzählen, wofür ihr Vater sie bestraft.

»Luna, warum bist du so stur, sei kein Esel, was hast du getan, dass Papú dir so böse ist? Hast du geklaut?«

»Halt die Klappe, dumme Gans. Hast selber geklaut!« Und schon jagt sie Rachelika nach, packt sie an ihren schwarzen Haaren und zerrt kräftig daran.

»Au, au, au!«, schreit Rachelika. »Lass mein Haar los!«

Aber Luna lässt nicht los. Sie zieht Rachelika an den Haaren, reißt sie ihr schier vom Schädel. Das verleiht ihr ein Gefühl der Stärke, wie Simson, der biblische Held, kommt sie sich dabei vor. Wann immer Luna mit ihren Schwestern streitet, zieht sie sie an den Haaren, und desgleichen, wenn sie Zuneigung ausdrücken möchte. Nicht nur ihre Schwestern, auch die Kinder des Viertels und ihre Cousins und Cousinen erfahren diese mittlerweile berühmt-berüchtigte Behandlung von ihr. Sie alle kennen ihre Macke, andere an den Haaren zu ziehen.

Rachelikas Schreie holen Rosa aus der Küche. Sie packt die schmale Luna und versucht, ihre beiden Töchter zu trennen, aber Luna schreit und zerrt und tobt und gerät außer sich, bis sie weinend zu Boden fällt.

Stundenlang sitzt Luna in sich gekehrt da, die Arme um die Knie geschlungen, weint bitterlich. Rosa verschließt die Ohren vor ihrem Wimmern, stellt verblüfft fest, wie sich ihr Herz gegenüber dem Leid ihrer Tochter verhärtet. Sie weiß nicht, was Luna verbrochen hat, dass Gabriel seinen Augapfel derart bestraft, was ihn veranlasst hat, das Mädchen zum Weinen zu bringen, aber sie fragt ihn nicht. Wenn er es ihr sagen will, gut, und wenn nicht, auch gut. Sie hat keinen Raum mehr im Herzen, sich mit den Problemen dieses Mädchens abzugeben, hat nie die Stärke gehabt, die dieses Kind ihr abverlangt, und wird sie auch nie haben.

Stur wie ein Esel, diese Luna, stolz, kommt nicht mal zu ihm, um sich zu entschuldigen und ihn um Verzeihung zu bitten, denkt Gabriel. Hat ihm schamlos direkt in die Augen gesehen, als er ihr am Esstisch gegenübersaß. Den starken Charakter wenigstens hat sie von ihm geerbt, sie ist nicht so ein Waschlappen wie ihre Mutter. Er spürt ihren Schmerz, den kann sie ihm nicht verbergen, er sieht, wie sie verstohlen blickt, wenn er mit Rachelika oder Bekki redet. Er sieht sie an der Oberlippe kauen, wenn er mit Rachelika über Themen aus der Zeitung spricht. *Ija de un mamzer*, wie viel Charakter hat dieses Mädchen? Und von Tag zu Tag wird sie schöner. Ihre Augen, von wem hat sie diese Augen geerbt? Als sie gerade geboren war, sagten alle, Luna hätte seine Augen, aber er hat nie gewusst, dass er so schöne Augen hat. Und dieses feuerrote Haar, wie seins, nur dass es bei ihr viel, viel hübscher aussieht. Luna ist eine Kopie von ihm, nicht wie Rachelika, die zu seinem Leidwesen ihrer Mutter gleicht wie ein Ei dem anderen, und nicht wie Bekki, die von ihrer Mutter zum Glück nur das dunkle Haar geerbt hat.

Er muss diese Spannung zwischen sich und Luna abbauen, es bringt ihn um, aber wie soll er als Vater bei dem Mädchen angelaufen kommen und sich erniedrigen? Warum kommt dieser siebenköpfige Drachen nicht selbst und bittet um Verzeihung und Vergebung? Stur wie ein Esel, wie lange soll dieser Zustand noch anhalten? Was hat er für ein Pech, dass er mit den beiden wichtigsten Frauen in seinem Leben so böse ist, mit den beiden weiblichen Wesen, die ihm auf Erden am liebsten sind, mit seiner Mutter und mit seiner ältesten Tochter. Zum Teufel mit seinem Pech, es fehlt nicht mehr viel, und er fällt um und geht zu seiner Tochter, drückt sie ans Herz und küsst sie auf die Stirn und zu guter Letzt bittet er sie noch um Verzeihung. Aber nein! Nie und nimmer! Dass er bloß nicht schwach wird, dass er sich bloß nicht verleiten lässt, diese Möglichkeit auch nur zu erwägen. Das Mädchen wird auf allen vieren angekrochen kommen und sich für ihre Lügen entschuldigen.

Das Jahr 1940 geht seinem Ende entgegen. Die Hälfte des Jahres war er mehr tot als lebendig. Gewiss hat das Geschäft Schaden genommen. Klar, kann Matzliach etwa einen Laden führen? Dieser *azno*, dieser Esel wird gerade eben mit seiner Frau und seinen Kindern fertig. Und das Geld reicht ihm nie, immer klagt er, es fehle ihm daran, wie soll er dann wohl einen Laden führen? Gabriel hegt keinen Zweifel, dass es finanzielle Unregelmäßigkeiten in der Zeit gegeben hat, als er abgetreten war, wie könnte es anders sein? Nicht, dass er seinen Bruder des Diebstahls verdächtigte, um Himmels willen, aber

Matzliach kann gerade mal zwei und zwei zusammenzählen, wie soll er da korrekte Abrechnungen machen? Und selbst wenn sein Bruder, Gott behüte, gestrauchelt wäre, will er nichts davon hören, möchte nicht enttäuscht sein.

Als er nach der Heilung durch seine Mutter in den Laden zurückgekehrt war, hatte er ihn herabgewirtschaftet vorgefunden. Die Ware war nicht frisch, es mangelte an Lokum, Halva, Pistazien und Tee. Die Araberinnen brachten keinen Käse mehr, weil Matzliach nicht pünktlich zahlte. Es fehlten Essiggurken, Räuchermakrelen, Olivenöl, Oliven – das Geschäft sah traurig aus. Gabriel machte sich augenblicklich ans Werk. Nach Tel Aviv wollte er nicht fahren, aus Angst, er könnte zufällig der Frau, die Arm in Arm mit dem Engländer ging, begegnen, nicht mal ihren Namen konnte er in Gedanken aussprechen. Deshalb schickte er Abramino an seiner Stelle zu Chaim Saragusti in die Levinsky-Straße, notierte ihm auf einem Zettel alles Fehlende. Er wusste, Abramino konnte nicht lesen, Chaim jedoch sehr wohl, und vertraute seinem alten Freund, dass er ihm alles Bestellte nach Jerusalem schicken würde.

Den Araberinnen aus Batir und Scheich Dscharach zahlte er, was Matzliach ihnen schuldig geblieben war, und so brachten sie wieder ihren erstklassigen Ziegenkäse. Er ließ Matzliach und Abramino Tag und Nacht den Laden aufräumen, stellte zwei Jugendliche aus Sukkat Schalom als weitere Hilfskräfte ein, und Gott sei Dank erholte sich das Geschäft, florierte wieder und wimmelte von Kunden. Gelegentlich huschte ihm der Gedanke durch den Kopf, Luna habe vielleicht recht und es sei gar keine so schlechte Idee, sie aus der Schule zu nehmen, damit sie ihm im Laden half. Doch er verwarf den Gedanken auf der Stelle. Die Welt wurde immer moderner, er wollte auf keinen Fall, dass seine Tochter so ignorant und ungebildet wie ihre Mutter blieb. Sie musste Wissen erwerben.

Er selbst bedauerte es, bloß die Talmud-Thora-Schule besucht zu haben. Wäre er nur auf eine weiterführende Schule gegangen. Dann wäre er jetzt nicht Händler auf dem Machane-Jehuda-Markt, sondern ein wichtiger Mann, vielleicht ein Doktor am Bikkur-Cholim-Krankenhaus, vielleicht ein Advokat, ja vielleicht – das war sein heimlicher Traum – ein Kommandeur bei der Hagana. Er hätte gern dem engeren Kreis um Ben Gurion angehört, den er verehrte, hätte gern mit Elijahu Golomb, dem Gründer und Leiter der Hagana, zusammengearbeitet. Diese Menschen waren das Salz der Erde!

Wäre er gebildet, wäre er gewiss kein Händler, der sich nur mit Franz, dem dicken Zeitungsverkäufer, über die Tagesereignisse unterhielt, sondern würde sich mit hochgestellten Persönlichkeiten über wichtige Themen austauschen, mit Leuten wie dem führenden Pädagogen David Jellin, der, als sein Sohn im Januar 1937 bei den arabischen Unruhen ermordet wurde, gemeinsam mit seiner Frau Ita den Engländern das Ehrenzeichen zurückgab, das sie ihnen verliehen hatten. Wie hoch schätzte er Jellin, der dabei sagte: »Dieses Ehrenzeichen gilt mir als Unehrenzeichen.« Ach, was gibt es für Menschen in diesem Land, und er steckt mit Matzliach, dem *troncho*, und Abramino, dem Analphabeten, den ganzen Tag im Laden.

Die Gedanken schwirren ihm unaufhörlich durch den Kopf, brennen und bohren, dass ihm schier der Schädel zerspringt. Er verlässt seinen Platz hinter der Theke, weist Matzliach an, ihn abzulösen, nimmt die Schürze ab und geht im Markt Richtung Jaffa-Straße. Die berauschenden Marktgerüche steigen ihm in die Nase, aber sie tun ihm nicht etwa wohl, sondern verstärken nur seine Kopfschmerzen. Er kommt an den Zeitungsstand und kauft wie alltäglich den *Haaretz*.

»Wie geht es Ihnen?«, erkundigt sich der dicke Zeitungsverkäufer bei seinem Stammkunden.

»Gott sei Dank, gelobt sei sein Name«, erwidert dieser, bezahlt die Zeitung und überfliegt die Titelseite.

»Haben Sie gesehen, diese Schurken haben wieder ein Schiff aufgebracht und zur Umkehr gezwungen«, sagt Franz. Gabriels Blick fällt auf die Schlagzeile des Blattes, die die Aufbringung eines Flüchtlingsschiffs mit 711 Einwanderern an Bord meldet.

»Diese Hundesöhne«, zischt Gabriel, »sie vertreiben die Ärmsten nach Beirut, tun, was sie wollen, diese Aase.«

Gabriel nimmt die Zeitung und kehrt in den Laden zurück. Von Tag zu Tag verachtet er die Engländer mehr, kann ihr hochmütiges Auftreten nicht ertragen, wenn sie in Trupps durch den Markt ziehen, sich in ihren geschniegelten Uniformen so benehmen, als seien sie die Herren des Landes. Unwissende und primitive Männer, manche stammen aus entlegenen Dörfern, einfache Leute, die in England Kuhställe ausgemistet haben, und hier in Palästina spielen sie sich auf, als wären sie allesamt Söhne des englischen Königs.

In Europa herrscht Krieg, Nazi-Deutschland ist in Polen eingefallen, und im Land Israel tut man, als ob nichts geschehen wäre, als gäbe es keinen Krieg auf der Welt. Wie lange wird dieser Zustand anhalten? Wie lange können wir den Kopf in den Sand stecken? Ein Glück, dass es Menschen gibt, die sich freiwillig melden, um gegen die Deutschen zu kämpfen, ein Glück, dass es Menschen gibt, die versuchen, die Briten aus dem Land zu vertreiben.

Nein, er meint nicht die Banditen von der Stern-Bande, sondern die guten Menschen von der Hagana. Er weiß, die Hälfte der Einwohner von Ohel Mosche unterstützen die Etzel und die Lechi, aber es gibt auch die andere Hälfte, Menschen wie ihn, die für das moderatere Vorgehen der Hagana eintreten. Er glaubt nicht an Auge um Auge, Zahn um Zahn, er glaubt an Gespräche, an Worte. Gewalt hat noch keinem was eingebracht.

Endlich ist ein Brief aus Amerika eingetroffen, und Rosa konnte es nicht abwarten, ist mit dem Brief in den Laden gelaufen, damit Gabriel ihr den Inhalt vorliest. Nissim, der sich in Amerika Nick nennt, schreibt, ihm gehe es gut, er sei groß ins »*schmattes business*«, ins Textilgeschäft, eingestiegen, und Gott sei Dank werde auch die Familie bald wachsen, denn sein Ältester werde demnächst heiraten. Und wie gehe es allen in Jerusalem? Wie gehe es Gabriel und den Töchtern? Wie gehe es Efraim, und was mache er derzeit? Arbeite er bei Gabriel im Laden oder habe er ein eigenes Geschäft aufgemacht? Im Gefolge des Briefes komme übrigens per Schiff auch eine große Kiste voll Kleidung aus seiner Fabrik für sie, damit sie sehe, wie erfolgreich er sei, und mit Kleidung für die Mädchen und ihren Mann, leben solle er, und auch für Efraim, der ein kleiner Junge war, als er, Nissim, nach Amerika flüchtete, und jetzt sei er schon ein Mann und habe sicher Frau und Kinder.

Rosa wird es weh ums Herz. Es ist zwei Jahre her, dass die britische Polizei sie zum Verhör am Russenplatz abgeführt hat, und noch immer hat sie kein Wort von Efraim gehört. Sie kann auch mit niemandem über ihn sprechen, Gabriel wird schon gereizt, wenn er bloß seinen Namen hört, er mag die Leute von der Lechi nicht. Als sie den britischen Offizier Morton auf der Jael-Straße in Tel Aviv umbringen wollten, aus Versehen aber den jüdischen Offizier Schiff töteten, war Gabriel so wütend, dass sie sich die Ohren zuhielt, um seine Worte nicht zu hören: »Die töten auch Juden, kennen keine Grenzen! Man muss sie alle ins Gefängnis in Akko stecken, allesamt! Das sind keine Juden, dieses Pack, Juden tun so was nicht!«

Wenn sie Efraim wenigstens einmal sehen könnte, um aus seinem Mund zu hören, wie es ihm geht, dass alles in Ordnung ist. Es gibt Gerüchte, dass auch Yitzhako, der Sohn von Sara Laniado aus Sukkat Schalom, zu Sterns Leuten gehört. Sie wird mit seiner Mutter reden, vielleicht weiß die etwas.

Am Nachmittag geht sie zu Senyora Laniados Haus und klopft an die Tür. Sara Laniado öffnet ihr.

»Herzlich willkommen, Senyora Ermoza, herzlich willkommen, bitte, treten Sie ein.« Rosa geht ins Haus. Drei Stufen führen von der Straße in das Loch, in dem die Laniados wohnen. Der Raum hat keine Fenster, und ein säuerlicher Geruch dringt ihr in die Nase. Saras kranker Ehemann liegt im Bett an der Wand. Als sie eintritt, setzt er sich mühsam auf. »Nicht nötig, Senyor Laniado«, sagt sie, »stehen Sie nicht auf meinetwegen, ich geh gleich wieder.«

Sara bewirtet sie mit einem Glas Tee und *biskochos*, und sie setzen sich an den Esstisch und schweigen. Rosa weiß nicht, wie anfangen, und Sara, die ahnt, warum Senyora Ermoza sie mit ihrem Besuch beehrt, wartet, dass sie als Erste spricht.

»Wie ist es in Rechavia?«, versucht Rosa ins Gespräch zu kommen.

»Na, wie soll's schon sein«, antwortet Sara, »nicht mal ein Esel arbeitet so schwer, wie meine gnädige Frau mich schuften lässt.«

»*Sano k'estás*, seien Sie gesund, die Aschkenasinnen sind schlimmer als die Ingländerinnen«, sagt Rosa.

»Meine Gnädigste ist schlimmer als der Pharao! Nichts passt ihr. Egal, was ich mache, es ist ihr nicht sauber genug. Wenn sie könnte, würde sie mich zwingen, den Boden abzulecken.«

»Sagen Sie mal«, nimmt Rosa einen neuen Anlauf, da sie merkt, dass sie dem Ziel nicht näher kommt, »und wie geht es sonst so bei Ihnen, alles in Ordnung?«

»Na, Sie sehen ja, mein Mann liegt im Bett, und ich verdiene den Lebensunterhalt, was kann man machen?«

»Und die Kinder?«

»Gott sei Dank, alle verheiratet.«

»Auch Yitzhako?«

»Yitzhako nicht«, Sara senkt geheimnisvoll die Stimme, »Yitzhako, Gott schütze ihn, ist bei Avraham Stern wie Ihr Bruder Efraim, sie sind dort zusammen.«

»Woher wissen Sie das?«, fragt Rosa hellwach.

»Yitzhako hat es mir gesagt. Und nicht nur die beiden, auch Mimo von hier, aus Sukkat Schalom. Gottlob haben wir eine respektable Vertretung dort, es gibt vielleicht zwanzig bis dreißig von den Unsrigen in Sterns Gruppe.«

Rosa ist verblüfft. Sara, diese einfache Frau, weiß mehr, als sie geahnt hat. Sie beschließt, die Höflichkeiten sein zu lassen, und fragt Sara ohne Umschweife: »*Vizina kerida*, ich habe schon zwei Jahre nichts mehr von meinem Bruder gehört, vielleicht hat Ihr Sohn Ihnen etwas über Efraim gesagt? Hat er geheiratet? Kinder gezeugt?«

»Heiraten«, lacht Sara, »die sind mit dem Land Israel verheiratet, die haben keine Zeit für eine Hochzeit mit einer Frau.«

»Sagen Sie mir«, drängt Rosa, »hat Yitzhako, gesund soll er sein, Ihnen etwas über Efraim gesagt?«

»Er sagt nicht viel«, erwidert Sara, »ich sehe ihn nur gelegentlich. Er kommt leise und geht leise, isst was, schläft ein wenig und geht. Möge Gott ihn schützen.«

»Aber wie, wie ist mein Bruder Efraim zur Lechi gelangt? Er war doch ein *burracho*, ein versoffener Nichtsnutz, wieso haben sie ihn genommen?«

»Mimo hat ihn rekrutiert. Er hat Efraim am Busbahnhof in Tel Aviv herumstreunen sehen und ihn mitgenommen. So geht das. Sie machen den Engländern die Hölle heiß, bringen sie um den Verstand. Haben Sie von dem Raubüberfall auf die Anglo-Palestine-Bank in Tel Aviv gehört?«

»Waren sie das, die den Raub begangen haben?«, fragt Rosa verblüfft.

»Sie stehlen den Engländern Geld, um Waffen zu kaufen und damit gegen sie zu kämpfen.«

»Mein Mann sagt, sie seien schlimmer als die Ingländer«, seufzt Rosa, »er sagt, Juden täten so was nicht.«

»Schlimmer als die Engländer gibt's gar nicht!«, erklärt Sara. »Ich sag Ihnen nicht, ich wäre froh, dass mein Sohn einen Raub begeht, ich habe ihn nicht zum Dieb erzogen, aber er steckt das Geld nicht in die eigene Tasche, er gibt es für das Land Israel hin, und dann rechtfertigt sogar Gott im Himmel so was. Ich höre jeden Samstagabend Stern im Radio sprechen, im Sender ›Stimme des kämpfenden Zions‹. Ich lege das Ohr ans Gerät und höre jedes Wort, das er sagt. Er sagt richtige Dinge, soll er gesund sein, jedes Wort ist die reine Wahrheit bei ihm.«

»Gott schütze meinen Bruder und Ihren Sohn«, sagt Rosa, ehe sie sich verabschiedet, »falls Yitzhako zufällig zu Ihnen kommt, sagen Sie ihm, ich bitte ihn, flehe ihn an, Efraim zu sagen, dass ich was von ihm hören möchte. Dass er sich mal bei mir zeigt, damit ich ihn heil und gesund sehe, und wenn er nicht zu mir kommen will, dann soll er mir sagen, wo ich ihn treffen kann, ich komme jederzeit an jeden Ort. *Por favor*, Senyora Laniado, *por Dio*, tun Sie es für mich.«

Rosa beschließt, ihr Treffen mit Sara für sich zu behalten. Sie erzählt keinem Menschen, dass sie Kontakt zu Efraim sucht, und gewiss nicht Gabriel, denn sie weiß ja von vornherein, dass er das vehement ablehnen würde, und obwohl er ihr nie etwas verboten hat, würde er ihr verbieten, sich mit ihrem Bruder zu treffen. Sicher würde er ihr sagen, sie gefährde sich und die Kinder. Aber von nun an hält sie sich mit den Nachrichten auf dem Laufenden, bittet Rachelika, ihr die Überschriften aus der Zeitung vorzulesen, und Rachelika tut wie geheißen. Aus der Zeitung erfährt sie, dass ein Kopfgeld von tausend Pfund auf Avraham Stern ausgesetzt wurde, den meistgesuchten und meistverfolgten Mann im Land.

Am Samstagabend, als Gabriel und die Mädchen nach der Hawdala Schmuel und Miriam besuchen gehen, bleibt sie daheim unter dem Vorwand, sie fühle sich unwohl. Sobald die anderen weg sind, stellt sie das Radiogerät auf dem Buffet an und sucht den Sender »Stimme des kämpfenden Zions«. Sterns Stimme dröhnt ihr in die Ohren: »Ein guter Weg, der im Misserfolg endet, ist ungut, ein unguter Weg, der im Sieg endet, ist gut.« Er hat recht, denkt sie, um die Ingländer, ausgelöscht sei ihr Name, aus dem Land zu jagen, muss man Dinge tun, die nicht in der Thora stehen. Es bleibt keine andere Wahl. Was ihr Efraim, ihr kleiner Bruder, wohl macht, um die Ingländer aus dem Land zu vertreiben? Wenn sie ihn doch nur treffen könnte, dann würde sie ihm sagen, wie stolz sie auf ihn ist, wie sehr sie den Weg unterstützt, den er eingeschlagen hat, würde ihm sagen, es sei der richtige Weg, es gebe keinen anderen. Egal, was Gabriel sagt, egal, was sie bei der Hagana sagen, was die meisten Juden, die im Land Israel leben, sagen, es gibt nur einen Weg, mit den Ingländern zu reden: Gewalt! Nur Gewalt und Stärke werden die Schurken in ihr Ingland zurückjagen!

Als der Offizier Thomas James Wilkin dann ein gutes Jahr später Avraham Stern kaltblütig in dessen Wohnung in der Misrachi-Straße in Tel Aviv ermordet, ist Rosa erschüttert und trauert um ihn. Sogar Gabriel, der das Vorgehen Sterns und seiner Leute vehement ablehnt, ist entsetzt: »Einem Menschen einfach so kaltblütig in den Kopf schießen?«, sagt er zu Rosa, die sich am Stuhl festhält, um nicht umzukippen. Ihr wird schwach, sie meint, einen nahestehenden Menschen verloren zu haben. Seit sie angefangen hat, fast jeden Samstagabend Sterns Worten zu lauschen, ist sie eine begeisterte Anhängerin, eine Befürworterin seines Weges geworden. Sie weint beim Gedanken an seine schwangere Witwe Ronny.

»*Dio mio, miskenika*, sie muss ihr Baby allein zur Welt bringen«, sagt sie zu Gabriel, der überraschend ebenfalls Mitgefühl für die Witwe und ihr ungeborenes Kind äußert.

»Was er auch getan hat, er war doch ein Jude, und ein Engländer ist kein einziges Haar vom Kopf eines Juden wert«, sagt Gabriel und beendet damit das Gespräch. Aber Rosa ist am Boden zerstört wegen Sterns Tod, das Herz tut ihr weh, und Trost findet sie nur in Gesprächen mit Sara Laniado, ihrer neuen Freundin.

»Ich muss Efraim sehen«, sagt Rosa, »ich muss wissen, ob bei ihm alles in Ordnung ist, *Dio mio*, ich ertrage die Sorge nicht, mir tut das Herz weh, wenn ich bloß an ihn denke. Sicher lebt er wie ein Hund, flieht von Ort zu Ort.

»So sind sie«, sagt Sara Laniado, »leben in Löchern, unter der Erde, im Dunkeln, im Geheimen, dürfen sich nicht sehen lassen, und deshalb, Rosa, vergessen Sie es. Jetzt, nach Sterns Ermordung, werden sie noch tiefer untertauchen, jetzt wird sogar mein Yitzhako nicht mehr zu mir kommen. *Pasiensa*, bald werden die Engländer in ihr Land zurückkehren, und Sie werden Efraim wiedersehen, mit Gottes Hilfe.

Das Schuljahr war vorbei, und die großen Ferien begannen, die Zeit, die die Kinder am meisten liebten. Sie konnten es gar nicht erwarten, nach Tel Aviv zu fahren, um eine Ferienwoche bei Tante Allegra zu verbringen. Gabriel packte ein großes Paket mit guten Dingen aus dem Laden für die Familie dort, ließ das Geschäft unter der Aufsicht von Matzliach und begleitete seine Frau und seine Töchter. Vor dem großen Tor von Ohel Mosche wartete das Taxi, das sie zum Bahnhof in der Hebron-Straße brachte. Bis vor kurzem noch waren sie in solchen Fällen mit dem Koffer zu Fuß zum Omnibusbahnhof in der Jaffa-Straße gegangen, aber der Aufschwung des Geschäfts hatte die finanzielle Lage der Familie erheblich verbessert, und so wollte Gabriel ihnen eine bequemere Reise ermöglichen, hatte sogar Fahrkarten für die erste Klasse gelöst.

Die Mädchen trugen ihre besten Sachen. Luna war eine Augenweide mit ihrem geblümten Kleid und der Schleife im Haar. Einige Wochen zuvor hatte sich das Verhältnis zu ihrem Vater wieder eingerenkt. Letzten Endes war sie doch zu ihm gekommen und hatte ihn um Verzeihung gebeten. Er hatte gerade seine Arbeit beendet und die Ladentüren abgeschlossen, als sie wie aus dem Nichts neben ihm auftauchte, mit gesenkten Augen dastand, keinen Ton herausbrachte. Er sah seine Älteste an, und sein Herz flog ihr zu. Nur mit Mühe konnte er sich davon abhalten, sie in die Arme zu schließen: Sie musste den ersten Schritt tun. Und da fiel sie ihm auch schon laut weinend in die Arme, bat ihn um Verzeihung, versprach, ihn nie und nimmer, aber wirklich niemals im Leben mehr anzulügen. Er herzte und küsste sie und weinte zusammen mit ihr, ihm wurde warm ums Herz, und Wellen der Liebe durchströmten ihn.

Und doch wollte er eines wissen: Warum sie ihn belogen hatte.

»Mir ist langweilig, Papú, ich kann nicht so viele Stunden auf dem Stuhl sitzen, mir kribbelt's im Hintern, und ich hab das Gefühl, sofort aufstehen und gehen zu müssen. Wenn ich zu lange vor der Tafel sitze, wird alles schwarz, verschwimmt mir vor den Augen, ich kann nichts mehr sehen, und der Kopf tut mir weh. Ich schaue ins Heft, alle Buchstaben verfließen, und dann kann ich nicht mehr im Klassenzimmer bleiben. Also bin ich zum Direktor gegangen und hab ihm gesagt, du bräuchtest mich im Laden.«

»Und wo bist du von der Schule hingelaufen?«

»Ich bin mit meiner Freundin Sara zum Ha'amudim-Gebäude gegangen, um Schaufenster anzugucken, zum YMCA-Turm, um unser Jerusalem von oben zu sehen. Wir sind mit dem Omnibus ins Viertel Bet Hakerem gefahren und dort durch die Straßen gebummelt, was für schöne Häuser es da gibt, Papú, und was für Gärten!«

Gabriel hörte Luna staunend zu. Kaum hatte er ihr die Möglichkeit gegeben, den Mund aufzutun und ihm die Wahrheit zu erzählen, redete und redete sie, als ob sie ein Radio verschluckt hätte. Er war entsetzt bei dem Gedanken, dass seine Tochter sich auf den Straßen herumgetrieben hatte.

»Und in die Altstadt seid ihr nicht gegangen?«, fragte er, besorgt, sie könnte ihm einen Teil der Wahrheit vorenthalten.

»Ich mag die Altstadt nicht, ich mag nur die Neustadt. Ich mag die schönen Häuser in Rechavia und in Bet Hakerem. Ich mag die Sauberkeit und auch die Menschen, die sind alle gut gekleidet. Wenn wir doch auch in Rechavia wohnen könnten.«

Ja richtig, warum sollten sie nicht in Rechavia wohnen, finanziell gesehen könnte er es sich erlauben, und vielleicht hatte Luna recht, vielleicht wurde es Zeit, in ein modernes Viertel umzuziehen, wo die Doktoren und die Professoren von der Hebräischen Universität wohnten. Es würde seinen Töchtern nichts schaden, sich etwas von den Umgangsformen gelehrter Menschen abzugucken. Er hieß seine Tochter von den Ladenstufen aufstehen, legte ihr den Arm um die Schulter, und gemeinsam gingen sie heim nach Ohel Mosche.

Von diesem Tag an war das Verhältnis zwischen ihnen wieder wie früher. Rosa, die die willkommene Veränderung bemerkte, verlor wie gewohnt kein Wort darüber und stellte keine Fragen. Sie hatte es längst aufgegeben, die sonderbare Vater-Tochter-Beziehung begreifen zu wollen, und ihr Interesse galt dieser Tage ohnehin nur Efraim und der Untergrundorganisation Lechi. Wäre sie keine verheiratete Frau, keine Mutter von Kindern, wäre sie nicht alt, würde sie sich selbst der Lechi anschließen.

Luna liebte Tel Aviv. Gleich bei der Ankunft dort wurde ihr das Herz weit. Wie liebte sie die schöne Allee, in der ihre Großmutter und ihre Tante wohnten, die Cafés in der Hajarkon-Straße und an der Strandpromenade und die Filme im Volkshaus. Sie liebte den Strand. Ihre schneeweiße Haut wurde rot wie eine Tomate, doch da halfen weder Rosas Warnungen noch Gabriels Bitten. Luna war süchtig nach dem Gefühl der Erneuerung und holte sich jedes Mal wieder einen Sonnenbrand.

Keinen einzigen Tag der Urlaubswoche, die die Familie bei der Tante in Tel Aviv verbrachte, ließ Luna sich das Strandvergnügen entgehen. Sogar Rachelika und Bekki hatten schon genug von Sonne und Sand und zogen es vor, im Haus der Tante zu bleiben oder sich die Geschäfte in der Allenby-Straße anzusehen. Doch wenn Luna Rachelika nicht zum Mitkommen an den Strand überreden konnte, kriegte sie ihre Cousins rum.

»Die da, soll sie gesund sein, wenn die was will, geht sie auch durch die Wand«, sagte Rosa zu ihrer Schwägerin.

»*Pasensia, kerida* Rosa, bald wird sie einen Bräutigam finden, und dann wird sie sein Problem.«

Allegras Söhne, Rafael und Jakob, umschwärmten die bildhübsche Luna und gingen gern mit ihr an den Strand, waren stolz auf ihre rothaarige Cousine, nach der sich die Leute umdrehten.

Doch diesmal endete der Urlaub böse: Lunas helle Haut wurde feuerrot und warf Bläschen, die mordsmäßig brannten. Hals über Kopf brach die Familie ihre Ferien ab und fuhr zurück nach Jerusalem. Gabriel holte einen Krug Sauerrahm aus dem Laden und beauftragte Rosa, Luna damit einzureiben. Die beiden zogen sich ins Badezimmer zurück, und Rosa fing an, ihrer Tochter den Sauerrahm auf den Rücken zu streichen. Doch die Berührung ihrer Mutter schmerzte Luna noch mehr als der Sonnenbrand, und sie schrie und kreischte, bis die arme Rosa mit Tränen in den Augen aus dem Badezimmer kam. Beim Anblick seiner Frau, die er bisher kaum je weinen gesehen hatte, erwachte Gabriels Mitleid erstmals nicht für seine geliebte Tochter Luna, sondern für seine bedauernswerte Frau. Schon seit Jahren sah er mit an, wie Luna ihre Mutter quälte, sie wie einen unnützen Gegenstand behandelte, und mischte sich nicht ein.

»Geh rein und reib deine Schwester mit Sauerrahm ein«, beorderte er Rachelika, und die beeilte sich, seiner Anweisung zu folgen.

»Was schreist du denn wie eine Irre?«, fauchte Rachelika Luna an.

»Ich kann es nicht ertragen, wenn sie mich anfasst.«

»Ehre deinen Vater und deine Mutter, damit du lange lebst auf Erden!«, erwiderte Rachelika. »So wie du mit Mama umgehst, wirst du noch sterben, bevor du eine Braut geworden bist.«

Luna hat die Volksschule »Ohel Mosche« glücklich abgeschlossen. Nun heißt es, über ihre Zukunft entscheiden. Gabriel meint, das Mädchen werde ihn sicher darum bitten, bei ihm im Geschäft arbeiten zu dürfen, und stellt sich seelisch schon darauf ein. Soll sie im Laden arbeiten, bis sie heiratet, beschließt er.

Doch zu seiner Überraschung kommt Luna zu ihm in den Laden und erklärt: Ich möchte in einer englischen Schule weiterlernen. Gabriel ist unschlüssig. Gerade erst hat er einen Artikel gelesen, der davon abriet, jüdische Kinder in Missionsschulen zu schicken. »Aschkenasische, sefardische und andere jüdische Jungen und Mädchen gehen zu Dutzenden in die Schulen der Mission in der Altstadt und in Ratisbonne. Das hat sich schon zur Epidemie ausgewachsen«, wetterte der Artikel. Und da soll er seine Tochter dort hinschicken?

Ausnahmsweise fragt er Rosa nach ihrer Meinung, doch sie weiß wieder mal keinen guten Rat für ihn. Einerseits ist sie entsetzt, dass Luna bei den Ingländern lernen soll, andererseits würde es vielleicht gerade denen gelingen, diesen Wildfang in eine Lady zu verwandeln, und das sagt sie auch Gabriel. Doch den Ausschlag gibt schließlich Rachelika: »Es soll dort gute Lehrer geben«, erklärt sie ihrem Vater, »und sie haben auch Hebräischunterricht. Besser, Luna geht auf die Missionsschule, als dass sie sich auf der Straße herumtreibt.«

Er streicht seiner klugen Tochter über den Kopf, sie ist so anders als ihre große Schwester, die sich bloß für Kleidung und Kino interessiert. Rachelika wird mit Gottes Hilfe die Schule in Ohel Mosche abschließen, und dann wird er sie am Gymnasium in Bet Hakerem anmelden, von dem sie nach weiteren vier Jahren auf David Jellins Lehrerseminar überwechseln wird. Rachelika wird eine Lehrerin in Israel werden. Und Luna? Die, gottlob, muss man so bald wie möglich verheiraten, damit Ruhe und Frieden einkehren.

Jeden Morgen holt Luna ihre gute Freundin Sara von deren Haus im Viertel ab, und gemeinsam gehen sie zur englischen Schule am Jaffator, gegenüber dem Davidsturm. Luna hasst die Schuluniform: blau-grün karierter Plisseerock, weiße Bluse und darüber ein blauer V-Pullover, aber am meisten hasst sie die schwarzen Strümpfe. »Blickdichte Strümpfe sind überhaupt nicht mehr in Mode«, mault sie.

Die Schule ist in einem stattlichen Gebäude untergebracht, das früher eine Synagoge war. »Jeden Morgen versammeln sich die Schüler vor Unterrichtsbeginn auf dem Hof zu einer Zeremonie, bei der die englische Flagge gehisst und der König gesegnet wird«, erzählt Luna Rachelika, »und wenn die Nonnen von Jesus reden, lege ich mir die Hände aufs Herz, um es vor dem, was die Nonnen sagen, abzuschirmen, damit mir Jesus, Gott behüte, nicht ins Herz eindringt.«

Luna leidet. Sie hasst den Unterricht, hasst die Nonnen, hasst auch den jüdischen Lehrer, Mister Misrachi, der mit seinem nervenden irakischen Akzent unter allen Klassenkameraden immer nur sie anranzt. »Ruhe, Ermoza!«, brüllt er, auch wenn sie gar nicht geschwatzt hat, und sein Geschrei hören sogar die Häftlinge im Keller der Kishle, die sich neben der Schule befindet.

Heute ist Luna besonders lustlos. »Der Unterricht steht mir schon bis hier!«, sagt sie zu Sara.

»Dann lass uns doch abhauen«, schlägt Sara vor, »komm, wir gucken uns die Schaufenster im Ha'amudim-Gebäude an.«

»Schön wär's«, gibt Luna zurück, »aber wenn mein Vater mich noch einmal beim Schuleschwänzen erwischt, ist das mein Ende. Mir hat schon gereicht, was war, als ich bei Rabbiner Pardess abgehauen bin.«

»Na, wenn du nicht willst, dann eben nicht. Ich zieh los!«, sagt Sara und passiert schon das Schultor Richtung Jaffator.

»Warte, warte«, ruft Luna und rennt ihr nach, »ich komm mit. Beten wir nur, dass uns keiner sieht und es meinem Vater erzählt.«

Luna und Sara schlendern die Jaffa-Straße entlang. Sie kommen an Schaufenstern vorbei und betrachten die Puppen in taillierten Kostümen und Kleidern. Luna kann sich vom Anblick eines Paars schwarzer Absatzschuhe bei Freimann & Bein nicht losreißen. »Komm!« Sara zerrt sie weg, »komm schon, ehe dir noch das Gesicht an der Scheibe festklebt.«

Sie gehen zum nächsten Schaufenster. Es ist das große, elegante Bekleidungsgeschäft Sachs & Sohn. Luna drückt die Nase ans Glas, wird nicht müde, immer wieder die Puppen zu betrachten, die prächtige Abendroben und teure Tageskleidung tragen. Ihr gehen die Augen über angesichts eines transparenten, blauen Chiffonkleides, es raubt ihr den Atem, und sie kann sich nicht vom Schaufenster lösen. Die wunderschönen Kleider hinter der Scheibe atmen das Flair der großen weiten Welt. Wie gern würde sie das Chiffonkleid anprobieren, seinen Faltenwurf spüren, der betont, was es zu betonen gilt, und verbirgt, was verborgen werden muss.

Plötzlich fällt ihr Blick auf eine Anzeige an der gläsernen Ladentür: »Verkäuferin gesucht«. Lunas Herz setzt einen Schlag aus: Das ist es, was sie tun muss, Verkäuferin bei Sachs & Sohn werden, mit den Kleidern, Blusen, Röcken, Unterröcken umgehen, sie streicheln, behutsam zusammenfalten und auf Borde legen, auf Bügel hängen. Sie ist ganz aufgeregt, da liegt ihre Zukunft vor ihr ausgebreitet: Mode, ihre Zukunft liegt in der Mode, nicht in der Missionsschule und gewiss nicht hinter der Theke des väterlichen Ladens im Machane-Jehuda-Markt. Nein, sie ist nicht dazu geboren, Käse und saure Gurken zu verkaufen, sie ist dazu geboren, Bekleidung zu verkaufen. Luna drückt die Glastür auf und tritt ein.

»Womit kann man der jungen Dame dienen?«, fragt der Mann im gutgeschnittenen Anzug hinter der Theke.

»Ich komme wegen der Anzeige«, antwortet Luna. Sara, die ihr in den Laden gefolgt ist, starrt sie verblüfft an.

»Hat die junge Dame Erfahrung?«, fragt der Herr im Anzug.

»Erfahrung habe ich nicht, aber ich lerne schnell. Ich versichere Ihnen, in einer Woche bin ich die beste Verkäuferin, die Sie je hatten«, antwortet sie mit einer Sicherheit, die sie selbst überrascht.

»Ich sehe, Sie sind noch Schülerin«, sagt der Herr und deutet auf ihre Kleidung. »Wann könnten Sie arbeiten?«

»Jetzt!«

»Jetzt«, lacht der Herr. »Jetzt geht es nicht.«

»Warum nicht? Sie werden sehen, mein Herr, in ein paar Stunden werde ich den Beruf erlernen, Sie werden es nicht bereuen.«

»Ich bin sicher, dass ich es nicht bereuen werde, aber erst mal müssen Sie diese hässliche Uniform der Mission ablegen. Kommen Sie morgen menschlich angezogen, dann sprechen wir uns wieder«, sagt er und begleitet sie zur Tür.

»Du spinnst!«, ruft Sara. »Was soll das denn?«

»Ich habe meine Berufung gefunden!«, jubelt Luna überglücklich. »Ich arbeite als Verkäuferin im Bekleidungsgeschäft! Gelobt sei Gott, der mir die Augen geöffnet hat, Kleidung ist doch das Einzige, was mich interessiert! Ich schaue mir die Journale an, die aus Europa kommen, schneide Kleider und Schuhe aus und klebe sie in ein Heft. Ich träume Tag und Nacht davon. Kleider sind mein Leben!«

Beim Abendessen legt Luna ein vorbildliches Benehmen an den Tag. Sie hilft Rosa beim Auftragen, räumt die Teller ab und erbietet sich überraschend, das Geschirr zu spülen. Rosa begreift nicht, was hinter diesem außergewöhnlichen Verhalten steckt, zieht es aber wie gewöhnlich vor, keine Fragen zu stellen.

Nur Rachelika, die ihre Schwester so gut kennt wie sich selbst, fragt sie: »Auf welcher Bananenschale bist du denn ausgerutscht?« Woraufhin Luna ihre weißen Zähne in einem Lächeln entblößt, das Grübchen auf ihre Wangen zaubert, und flüstert: »Auf der Bananenschale meines Lebens.«

»Was, erzähl mal, was?«, bettelt Rachelika, und Luna berichtet ihr von ihrem Plan, die Schule zu schmeißen und bei Sachs & Sohn anzufangen.

»Ein Traum bei Nacht im Sternenschein, das wird Papa nie erlauben!«

»Lass mich mal machen.«

Und als Gabriel sich nach dem Essen in seinen Stuhl setzt, um der Stimme Jerusalems im Radio zu lauschen und dabei genüsslich eine Zigarette zu rauchen, geht Luna, ganz und gar Honigseim, zu ihm: »Papú, hast du eine Minute Zeit für mich?«

»Für dich, *mi alma*, habe ich alle Minuten der Welt.«

»Papú *kerido*, ich möchte dich nicht traurig machen, aber schon lange fühle ich mich nicht wohl in der Mission. All diese Geschichten über Jesus und die heilige Maria sind mir ins Herz gedrungen, ich spüre, dass sie mich, Gott behüte, dazu bringen könnten, Christin zu werden.«

»*Dio santo!*«, sagt Gabriel. »Genau das habe ich befürchtet, genau das hat mir von Anfang an Sorge bereitet. Deshalb wollte ich nicht, dass du eine Missionsschule besuchst, aber du hast ja darauf beharrt!«

»Sara hat mich überredet, zur Mission zu gehen, und ich bin ihr ohne Verstand nachgelaufen, aber jetzt, wo ich sehe, was es mit mir macht, bitte ich dich, Papú, flehe dich an, nimm mich raus aus der Mission!«

»Kein Problem, komm bei mir im Laden arbeiten.«

»Nein, Papú, ich möchte nicht im Laden arbeiten, ich möchte mit Mode arbeiten.«

»Mit Mode?«

»Ja! Bekleidung, Kleider, Kostüme.«

»Damit arbeitest du jetzt schon, in deinem Schrank hängen mehr Kleider als bei Sachs & Sohn.«

»Genau!«, packt Luna die Gelegenheit beim Schopf. »Man hat mir erzählt, es gäbe eine Anzeige, dass sie bei Sachs & Sohn eine Verkäuferin suchen. Ich möchte morgen Vormittag dort hingehen und mich um die Stelle bewerben.«

»Tu, was du möchtest«, willigt er müde ein. Er hat schon lange erkannt, dass Luna keinen Kopf fürs Lernen hat. Wenn sie nicht zur Schule gehen möchte, soll sie halt Kleidung verkaufen, Hauptsache, es wird was aus ihr.

Abends vor dem Schlafengehen ranzte er Rosa an: »Eine Lady, hast du gesagt, würden sie aus ihr machen? Eine Christin machen sie aus ihr! Ein Glück, dass das Mädchen klug ist und rechtzeitig erkannt hat, dass sie sich ihrer Seele bemächtigen, ein Glück, dass sie eine Tochter ihres Vaters ist.«

Am nächsten Morgen blieb Luna zu Hause, statt in die Schule zu gehen, öffnete den Schrank und wählte ihr bestes Kleid, ein rot-schwarz geblümtes. Sie kombinierte es mit roten Lackschuhen und gleichfarbiger Handtasche, lackierte ihre gepflegten Fingernägel rot, trug passenden Lippenstift auf und war schon fix und fertig, um zu Sachs & Sohn zu gehen und die Arbeit aufzunehmen.

Als Rosa ihre Tochter so sah, meinte sie, im nächsten Augenblick zu explodieren. »Wage bloß nicht, in diesem Aufzug das Haus zu verlassen!« Sie stand im Türrahmen und versperrte den Ausgang. »Schau in den Spiegel und sieh, wie du aussiehst!«

»Und wie sehe ich aus?«, fragte Luna spöttisch.

»Wie ein Mädchen von der Straße.«

»Für wen hältst du dich denn, dass du mir sagst, ich sei ein Mädchen von der Straße!«, schrie Luna. »Wir haben gehört, wer von der Straße ins Haus meines Vaters gekommen ist, wer die Toiletten von Engländern geputzt hat, bevor sie Senyora Ermoza wurde! Sag du mir mal nicht, ich sei von der Straße!«

Rosas Halsschlagader drohte zu platzen. Sie kam nicht an gegen Luna, die von Tag zu Tag dreister wurde und in Gabriels Abwesenheit mit ihr, ihrer leiblichen Mutter, in der Sprache einer Marktfrau redete. Nur einer konnte sie aufhalten: ihr Vater.

»Wenn du so das Haus verlässt, mit dieser ganzen Farbe im

Gesicht, gehe ich in den Laden und hole deinen Vater, damit er zu Sachs & Sohn geht und dich blamiert!«

Die Drohung wirkte. »Was soll ich denn machen?«, lenkte Luna ein. »Ich muss tipptopp angezogen sein, um in einem Modegeschäft zu arbeiten, ich kann nicht wie du in Lumpen gehen!«

»Erst mal wisch dir die Lippen ab, und dann geh in den Laden und bitte deinen Vater, zu Sachs & Sohn mitzukommen, damit man dort sieht, dass du nicht einfach von der Straße hergelaufen bist. Wenn sie deinen Vater sehen, werden sie anders mit dir umgehen.«

Luna wollte schon losbrüllen, sie sei kein kleines Kind mehr und brauche keine väterliche Begleitung zu ihrem neuen Arbeitsplatz, sah aber doch ein, dass an den Worten ihrer Mutter etwas dran war. Ihr Vater sollte tatsächlich lieber mitkommen und mit dem Inhaber sprechen, damit der ehrbare Herr Sachs sah, dass auch ihr Vater ein ehrbarer Herr war.

Und tatsächlich, der gute Eindruck, den Gabriel Ermoza auf den Geschäftsinhaber machte, veranlasste ihn, Luna sofort einzustellen. Sie wiederum bewährte sich als hervorragende Verkäuferin, die das Geschäft belebte: Mit ihrer Begeisterung für schöne Kleidung steckte sie alle an, die den Laden betraten, und kaum eine Kundin verließ ihn mit leeren Händen.

Luna sprach von einem Kleidungsstück wie von einem Juwel, für sie war jedes Kleid ein Brillant, jeder Rock eine Perle. Sie berührte die Stücke unendlich sanft, ihre Augen glänzten, wenn sie sie den Kundinnen empfahl.

Der Laden arbeitete mit mehreren Schneiderinnen, die die Modelle nach Schnittmustern aus europäischen Modejournalen nähten. Luna stürzte sich begierig auf diese Zeitschriften, konnte sich stundenlang darin vertiefen. Ihren ganzen Lohn gab sie für Kleidung aus, die sie im Geschäft kaufte.

Ihr erlesener Geschmack wurde berühmt. Sie war immer nach der neuesten Mode gekleidet und zurechtgemacht, alles bis zum letzten Detail abgestimmt. Der Lack auf Finger- und Zehennägeln passte zum Lippenstift, der wiederum mit den Farben von Kleid, Schuhen und Handtasche harmonierte. Sie blühte auf, wenn sie sich anzog, empfand höchsten Genuss beim Kontakt des Stoffs mit ihrem schlanken Körper und konnte sich unablässig aus- und ankleiden.

Luna wurde von Tag zu Tag hübscher, und ihre Schönheit sprach sich in Jerusalem herum. »Die Schönheitskönigin«, nannte man sie, »die Schönheitskönigin von Jerusalem.« Sie war sich dessen auch durchaus bewusst, erkannte in den Augen der Männer, die den Blick nicht von ihr lösen konnten, ein gewisses Begehren und nutzte dies bedenkenlos aus. Es verschaffte ihr einen Vorteil, eine Machtposition, und sie fühlte sich fähig, die Welt zu erobern.

Verehrer begannen an die Haustür zu klopfen – sehr zum Missfallen von Gabriel, der die Koketterie seiner Tochter ungern sah –, aber keiner eroberte ihr Herz. Ihre Freizeit verbrachte sie mit einem großen Trupp junger Leute beiderlei Geschlechts, zumeist jungen Verwandten und Jugendlichen aus der Nachbarschaft, die sie jeden Abend mit ins Kino schleppte. Sie war dermaßen vernarrt in Filme, dass sie am liebsten die Nachmittagsvorstellung und dann noch die beiden am Abend besucht hätte. Ihr Lieblingskino war das Tel Or. Gegenüber befand sich Fink's Bar, in der es immer von englischen Offizieren mit ihren jüdischen Begleiterinnen wimmelte, aber Luna wäre nie auf die Idee gekommen, dieses Etablissement zu betreten. Nach dem Film zog sie mit ihrer Clique ins Restaurant Tiv Ta'am unterhalb des Kinosaals. Sie tanzte liebend gern und führte ihre Leute zuweilen ins Café Europa. Dort legte sie einen eleganten Rumba oder Swing hin, und die jungen Männer standen Schlange um den nächsten Tanz. Ihre Lebensfreude wirkte ansteckend auf ihre ganze Umgebung. Es war schwer, nicht für die schöne Luna zu schwärmen, die nichts mehr liebte, als sich hübsch anzuziehen, zu lachen und zu tanzen.

Während ihre Altersgenossen sich für das Geschehen im In- und Ausland interessierten – die Deutschen standen im Begriff, den Krieg gegen die Alliierten zu verlieren, Nachrichten über Konzentrationslager begannen durchzusickern, die Untergrundorganisationen erhöhten ihre Aktivitäten gegen das britische Mandat –, ging das an Luna völlig vorbei. Sie lebte ihr Leben, als gäbe es keinen Krieg auf der Welt und keinen Kampf im Land Israel, und wenn Gabriel und Rachelika bei Tisch über das Tagesgeschehen sprachen, bat sie sie, damit aufzuhören, weil es ihr die Stimmung vermiese.

Als die jungen Soldaten aus der Jüdischen Brigade nach Jerusalem heimkehrten, wuchs Lunas Verehrerkreis weiter, aber sie wies alle Avancen ab. »Ich warte auf den Märchenprinzen mit dem weißen Ross oder dem weißen Automobil«, sagte sie zu Rachelika. »Solange der nicht kommt, gehe ich mit keinem!«

»Und wie willst du wissen, wer dein Märchenprinz ist?«

»Wenn er kommt, werde ich es wissen.«

Das Habima-Theater kommt aus Tel Aviv mit einer Inszenierung des »Kaufmann von Venedig«. Gabriel lädt Luna dazu ein, aber sie lehnt ab. »Ich geh ins Kino«, sagt sie und enttäuscht ihn erneut. Wie hat er davon geträumt, sie als Begleiterin für Theater- und andere Kulturveranstaltungen zu gewinnen, die er so liebt, aber seit sie eine junge Frau geworden ist, zieht sie die Gesellschaft Gleichaltriger vor und gibt ihm immer wieder einen Korb.

»Ich geh mit dir, Papú«, erbietet sich Rachelika. Wenigstens aus einer seiner Töchter wird ein vernünftiger Mensch.

Rosa hört alles mit, und ihr Herz verkrampft sich. So viele Jahre ist sie mit Gabriel verheiratet, und noch immer hat sie sich nicht daran gewöhnt, dass ihr Mann sie nicht mitzählt. Es kommt ihm gar nicht in den Sinn, sie ins Theater einzuladen. Abgesehen von Verwandtenbesuchen und Familienfeiern hat er sie noch nie irgendwohin ausgeführt. Nicht ins Kino, nicht ins Theater und nicht in die Oper. Sie kann sich kaum erinnern, je im Kino gewesen zu sein, außer damals, als sie mit ihrer Nachbarin Tamar den wunderbaren Film »Vom Winde verweht« gesehen hat, und das ist lange her.

Ach, Herr der Welt, was hat sie getan, dass sie dieses Verhalten ihres Ehemanns verdient, womit hat sie gesündigt, *kaparavonó*, dass ihr Mann sie nach so vielen Jahren, in denen sie Senyora Ermoza ist, immer noch so behandelt wie den Stuhl, auf dem er beim Radiohören sitzt. Der Stuhl ist ihm bequem, er ist an ihn gewöhnt, aber wenn er kaputtginge, täte es ihm nicht leid, er würde einen anderen kaufen. *Dio santo*, was gäbe sie für ein einziges Lächeln von ihm, was dafür, dass er einmal ein Wort mehr zu ihr sagt als ja und nein, dass er mit ihr, wie mit Rachelika, über das Tagesgeschehen und über die Nachrichten in der Zeitung spricht. Hat sie denn keine Meinung? Hat sie nichts beizutragen? Und wie sie das hat, aber er weiß nicht mal, ob ja oder nein. Wann hat ihr Ehemann, gesund soll er sein, sie je nach ihrem Befinden gefragt? Wann hat er sich erkundigt, ob sie etwas braucht, außer dem Haushaltsgeld, das er ihr gibt, wann hat er gemerkt, dass sie ein neues Kleid anhat? Und ehrlich gesagt, wozu braucht sie auch ein neues Kleid? Um den ganzen Tag das Haus zu hüten, genügt ein Kittel. Sie hat keinen Menschen, dem sie ihr Herz ausschütten könnte, nicht mal mit ihrer geliebten Nachbarin Tamar redet sie darüber, damit Tamar sich nicht bei den anderen Nachbarinnen verplappert und, Gott behüte, nichts von dem Bild der perfekten Familie abblättert, das sie seit so vielen Jahren sorgfältig pflegt, damit, behüte, keiner schadenfroh wird, damit die bösen Zungen nicht auf ihre Kosten jubeln. Ihr Herz droht zu zerspringen, und ihr Körper ist trocken wie die Wüste. Seit damals, als sie Bekki, gesund soll sie sein, gemacht haben, ist Gabriel kein einziges Mal gekommen, um sie zu bewässern.

5

Ohrenbetäubende Schreie rissen Rosa und Gabriel mitten in der Nacht aus dem Bett. »*Dio santo!* Was ist das für ein Lärm?«, murmelte Gabriel und hastete im Nachtgewand hinaus. Rosa schlüpfte in einen Morgenrock und lief ihm nach. Auch die Mädchen waren aufgewacht, Bekki fing sofort an zu weinen, und Rachelika eilte zu ihr, um sie zu trösten. »Bleibt da und passt auf Bekki auf«, hatte Rosa die beiden Großen angewiesen, doch Luna folgte, dessen ungeachtet, den Schreien, die aus der Grünanlage in der Mitte des Viertels kamen.

»*Ija mia, ijika*, sie haben sie umgebracht, sie haben meine Tochter umgebracht!« Senyora Franko kniete mitten in der Anlage, schlug die Hände vors Gesicht, und ihre Schreie zerrissen den Himmel. »Sie haben mein Kind ermordet, haben Matilda ermordet!«, schluchzte sie. Ihr Mann stand neben ihr, seine Miene gab nichts von seinen Gefühlen preis. Auf der harten Erde lag Matildas Leiche hingestreckt. Ihr Schädel war teils geschoren, und im Brustbereich ihres weißen Kleides zeichnete sich ein großer Blutfleck ab. »Das sind die *bastardos* von der Lechi«, flüsterte Gabriel Rosa zu, »sie scheren jüdischen Mädchen, die mit Engländern gehen, das Kopfhaar ab.«

Ein ungeheurer Tumult entstand in der Grünanlage. In kürzester Zeit kamen alle Nachbarn aus ihren Häusern und drängten sich um die tote Matilda neben der Zisterne, starrten auf die Mutter, die händeringend am Boden kniete, gen Himmel blickte und schrie: »*Dio mio!* Was hat meine Tochter ihnen getan? Was hat sie ihnen angetan, dass sie sie umbringen mussten? Mörder! Schurken! Juden, die Juden töten, sind schlimmer als die Engländer!« Ihre Söhne, die neben ihr standen, versuchten sie hochzuziehen, aber sie warf sich auf ihre tote Tochter und weinte laut: »Soll der Ewige mich an ihrer Stelle nehmen, warum? Warum haben sie mein Kind umgebracht?« Matildas Leiche, die mit abgespreizten Gliedern auf der Erde lag, erschütterte Rosa. Man sollte sie wenigstens zudecken, dachte sie und eilte ins Haus, zerrte die Decke von einem Bett und lief zurück zur Anlage. Sie drängte sich durch den Ring Dutzender Menschen, kniete nieder, um die tote Matilda zuzudecken. Aber da erblickte Senyora Franko sie. »Sie! Kommen Sie meiner Tochter nicht nahe!«, schrie sie Rosa an. »Nehmen sie Ihre dreckigen Finger von meiner Matilda!«

Rosa erblasste.

»Verschwinden Sie hier!«, kreischte Senyora Franko. »Ihr Bruder, der *burracho*, hat sie umgebracht! Ich habe ihn gesehen, mit eigenen Augen habe ich ihn gesehen. Warum? Sagen Sie mir? Was haben wir Ihrer Familie getan, dass dieser Hundesohn Matilda umbringen musste? Hat sie das verdient, nachdem sie Ihre Tochter gefunden hat, als sie von zu Hause weggelaufen war? Hat sie das verdient?«, schrie sie und schlug auf Rosa ein, die sich vor Entsetzen nicht von der Stelle rühren konnte.

Gabriel trat zu Rosa, nahm sie am Arm und zog sie von Senyora Franko fort. »Komm heim!«, sagte er zu Luna, die verstört vor Matildas Leiche stand, die Augen tränenerfüllt.

»Nach Hause, sofort!« Sie gingen schweigend die wenigen Minuten bis zum Haus, Gabriel untergehakt mit Rosa, die wie blind neben ihm trottete, Luna im Schlepptau.

Zu Hause setzte Rosa sich an den Tisch und begann herzzerreißend zu weinen. Es war das erste Mal, dass Gabriel und die Mädchen sie lauthals weinen sahen. Sie schluchzte lange, und er saß neben ihr, versuchte jedoch nicht, sie zu trösten oder zum Schweigen zu bringen. Erst als sie sich beruhigt hatte, fragte er leise: »Wovon redet Senyora Franko? Wann hat Matilda das Mädchen gefunden, und welches Mädchen ist von zu Hause weggelaufen?« Rosa traute ihren Ohren nicht. Senyora Franko hatte eben ihren Bruder Efraim des Mordes an Matilda bezichtigt, und Gabriel interessierte sich einzig und allein dafür, welche Tochter von zu Hause weggelaufen war? Die Flamme, die in ihrem Herzen aufloderte, drohte sie zu verbrennen.

»Soll Gott mich töten«, kreischte sie außer sich, »Senyora Franko sagt, Efraim hat Matilda umgebracht, und du fragst mich, welches Mädchen von zu Hause weggelaufen ist? Frag doch selbst deine Töchter, welche von ihnen abgehauen ist, welche zu den Ingländern gelaufen ist, um Lügen über ihre Mutter zu verbreiten, und ihre Mutter dazu gebracht hat, im Jeep eines inglischen Offiziers zu fahren und zur inglischen Polizei zu gehen, wo man sie wie eine Verbrecherin verhört hat. Frag, frag! Wenn du es nicht selber weißt, frag Bekki, könnte Bekki, *mi alma*, zur inglischen Polizei gelaufen sein? Vielleicht du, Rachelika? Hast du, *kerida*, den Ingländern erzählt, deine Mutter hätte dich aus dem Haus gejagt? Erzähl es Papú, *kerida*, erzähl ihm, ob du es gewesen bist.«

Rosas Wutausbruch erschreckte Gabriel ebenso wie die Mädchen. Noch nie hatte er seine Frau so zornig gesehen. Er erriet natürlich sofort, um welche seiner Töchter es ging, und fixierte Luna streng, die Tränen in den Augen hatte und nicht wagte, ihn anzusehen. Sie war verwirrt und erschüttert vom Anblick der toten Matilda, die mit einem Loch in der Brust und geschorenem Kopf auf der harten Erde gelegen hatte, aber auch verwirrt vom Wutausbruch ihrer Mutter und dem strengen Blick des Vaters.

Gabriel sagte kein Wort. Er ging zum Tonkrug und schenkte Rosa ein Glas Wasser ein. »Trink«, sagte er sanft, »trink, und dann gehen wir schlafen, vielleicht hat Senyora Franko sich geirrt, vielleicht hat sie jemanden gesehen, der Efraim ähnlich sieht. Und du«, wandte er sich an Luna, »du gehst sofort ins Bett, mit dir rechne ich morgen früh ab.«

Matilda Franko wurde mitten in der Nacht beerdigt, in Jerusalem lässt man die Toten nicht lange unbestattet. Noch in derselben Nacht klopfte die britische Polizei bei den Ermozas an die Tür und nahm eine Hausdurchsuchung vor. Wieder wurde Rosa zum Russenplatz abgeführt, doch diesmal kam Gabriel zu ihrer Begleitung mit. Als sie in den Polizeiwagen stiegen, sagte er den Beamten, seine Frau habe ihren Bruder schon seit Jahren nicht mehr gesehen und er selbst sei gegen die Banditen von der Lechi und hätte seinem Schwager ohnehin nicht geholfen, auch wenn er ihn auf der Straße hätte stehenlassen müssen. Insgeheim wusste er, dass das nicht der Wahrheit entsprach, er würde Efraim vor den Engländern verstecken, auch wenn es ihn das Leben kostete, aber er musste seine Frau aus der misslichen Lage befreien, in die sie geraten war. Sie blieb Stunden im Verhörraum. Der britische Ermittler versuchte, ihr Informationen über Efraim zu entlocken, doch sie beteuerte immer wieder, seit er vor Jahren nach Tel Aviv gefahren sei, habe sie keinerlei Kontakt mehr zu ihrem Bruder gehabt.

»Er ist ein schäbiger Mörder, Ihr Bruder«, sagte der britische Beamte, »er mit seiner ganzen Bande. Er hat ein unschuldiges junges Mädchen ermordet.«

»Aber woher wissen Sie, dass Efraim Matilda ermordet hat?«, platzte sie heraus. »Es könnte jeder gewesen sein.«

»Frau Franko hat unter Eid ausgesagt, dass sie ihn gesehen hat. Wir haben nicht den geringsten Zweifel, dass Ihr Bruder der Mörder ist«, antwortete der Beamte mit Nachdruck. »Jetzt müssen wir ihn nur noch zu fassen bekommen, und wenn wir ihn gefasst haben, werde ich persönlich zugegen sein, wenn man ihn aufhängt.«

Bei erster Gelegenheit, als Gabriel im Geschäft ist und die Mädchen ihrer Wege gegangen sind, eilt Rosa zu Sara Laniado. »*Dio mio*, Rosa, warum sind Sie hergekommen, das ist gefährlich«, sagt Sara, »Sie dürfen mich nicht besuchen, man darf Sie und mich nicht zusammen sehen.«

»Senyora Sara, glauben Sie, dass es Efraim war, glauben Sie, dass Efraim Matilda umgebracht hat?«

»Ja, *kerida*, das glaube ich. Vor der Tat waren sie hier bei mir, er und Yitzhako, haben was gegessen und getrunken und haben gewartet, möge Gott mir vergeben, aber ich habe sie reden hören, habe sie sagen hören, das sei das Ende der *putana*, die mit Engländern geht.«

»Sie haben das gehört und nichts gesagt?«

»Wie was sagen? Ich hätte es nicht mithören dürfen, *kaparavonó*, wie sollte ich wissen, dass sie die Tochter der Frankos umbringen würden? Elijahu und ich lagen schon im Bett, und vielleicht zehn Minuten später hab ich die Schüsse gehört, und das Geschrei ging los.«

»Wie, wie konnte mein kleiner Bruder zum Mörder werden?« Rosa war von Schmerz und Trauer überwältigt. »Und warum gerade Matilda? Wir kennen sie doch von Kindesbeinen an.«

»Rosa, Sie müssen jetzt gehen«, sagte Sara, »kehren Sie heim und reden Sie mit keinem über Efraim. Beten Sie, dass die Engländer ihn und Yitzhako nicht schnappen, denn wenn ja, werden sie sie aufhängen. Kommen Sie nicht mehr her, bis die Gefahr vorüber ist. Bleiben Sie zu Hause bei Ihrem Mann und Ihren Töchtern und erzählen Sie keinem, was ich Ihnen gesagt habe.« Damit begleitete sie Rosa zur Tür.

»Wo warst du?«, dröhnte Gabriels Stimme, als sie heimkam.

»Ich habe mit Sara Laniado gesprochen, ihr Sohn ist auch dort mit Efraim.«

»Wag bloß nicht, noch einmal zu Sara Laniado zu laufen, geh überhaupt nicht aus dem Haus. Die Lage ist angespannt, im Markt und auch in unserem Viertel. Ich will, dass du im Haus bleibst und auf die Mädchen aufpasst, sie sollen die nächsten Tage nicht in die Schule gehen und Luna nicht zur Arbeit.«

»Aber Papú, ich kann der Arbeit nicht fernbleiben, Herr Sachs wird mir kündigen.«

»Du!«, donnerte Gabriel. »Wag bloß keinen Mucks zu machen, halt den Mund und sitz still!«

»Wie kann das angehen?«, wandte er sich an Rosa. »Wieso hast du mir nicht erzählt, dass sie von zu Hause weggelaufen war und du sie bei der Polizei gefunden hast?«

»Das ist lange her, Gabriel, ich wollte dich nicht damit behelligen. Die Sache ist abgeschlossen, sie war ein kleines Mädchen.«

»Und was ist sie jetzt?« Gabriel schlug mit der Faust auf den Tisch. »Ihre Familie erlebt eine Tragödie, und sie sorgt sich nur darum, dass Herr Sachs ihr kündigt? Tochter verkehrter Widerspenstigkeit!«

»Hast du gehört, was Papú gesagt hat?«, fragt Rachelika, als Luna sie bittet, zu Herrn Sachs zu gehen und ihm auszurichten, sie sei krank. »Ich gehe nirgends hin, es reicht ohnehin schon mit Mamas Schreien und Weinen, benimm dich einmal im Leben wie ein normaler Mensch!«

»Rachelika, ich flehe dich an, ich tu alles, was du möchtest, ich lass dich sogar meine Kleider anziehen, du musst mich retten, bitte!«

»Wer will überhaupt deine aufgemotzten Kleider? Genug mit dir! Du machst dauernd Probleme, läufst dauernd Sturm gegen Papú, gegen Mama. Ich geh nicht zu Herrn Sachs, von mir aus kann er dich entlassen!«

»Nicht im Traum bei sternklarer Nacht wird er mich entlassen! Wenn du nicht hingehst, um ihm auszurichten, dass ich nicht zur Arbeit komme, geh ich selbst.«

»Geh, und dann sehen wir mal, wie Papú dich ans Bett fesselt, damit du nicht wegkannst!«

Luna wagte nicht, ohne Erlaubnis des Vaters zur Arbeit zu gehen. Drei Tage blieb sie daheim, bis der Geschäftsinhaber zu ihrer Überraschung höchstpersönlich vor der Haustür stand.

»Ist Luna zu Hause?«, fragte er die verblüffte Rosa.

»Herzlich willkommen, Herr Sachs, bitte treten Sie ein«, sagte sie höflich und schickte Rachelika, um Luna aus dem Nebenzimmer zu holen.

»Herr Sachs? Hier im Haus? Aber ich bin nicht angezogen, ich will nicht, dass er mich so sieht wie eine ungepflegte Schlampe. Sag ihm, ich komme gleich«, bat Luna und zog sich hastig um, richtete ihre Frisur und trug Lippenstift auf. Als sie im Türrahmen stand, blieb Rosa der Atem weg. Sie war tatsächlich bildhübsch, zweifellos eine Schönheitskönigin. Herr Sachs lächelte von einem Ohr zum anderen. Auch er konnte nicht umhin, Lunas ansprechende Erscheinung zu bewundern. Er ahnte, dass er sie überrumpelt hatte, und staunte, wie es ihr in Minutenschnelle gelungen war, sich in Schale zu werfen. Er dachte gar nicht daran, auf seine großartige Verkäuferin zu verzichten, und war gekommen, um nachzusehen, warum sie der Arbeit fernblieb.

»Sind Sie krank, Luna?«, fragte er freundlich.

»Sie ist nicht krank!«, antwortete Rosa an ihrer Stelle. »Aber ihr Vater findet, sie solle nicht arbeiten, sie solle zu Hause bleiben.«

»Zu Hause sitzen?«, fragte Herr Sachs verwundert. »Wäre das nicht schade? Luna liebt ihre Arbeit so sehr. Zahle ich ihr nicht genug? Falls das nämlich das Problem ist, dann gibt es kein Problem, ich bin gern bereit, ihren Lohn um ein paar Pfund zu erhöhen.«

»Das ist nicht das Problem, Herr Sachs«, sagte Rosa. »Das Problem liegt darin, dass mein Mann seine Tochter nicht im Geschäft anderer Leute arbeiten lassen möchte. Wir haben selbst ein Geschäft, wenn sie arbeiten will, kann sie es bei uns tun.«

»Nie im Leben werde ich im Markt arbeiten!«, platzte Luna heraus. Es war das erste Mal seit Herrn Sachs' Ankunft, dass sie den Mund aufmachte.

Rosa schluckte, sie war nahe daran, ihrer Ältesten eine runterzuhauen: Wieder blamierte diese Tochter verkehrter Widerspenstigkeit sie vor fremden Menschen. Wie gern würde sie ihr ein für alle Male den Mund mit dem Putzlumpen stopfen ...

»Gibt es ein Problem, Frau Ermoza? Gibt es ein Problem mit Lunas Arbeit für Sachs & Sohn?«, löste die Stimme des Gastes sie aus ihrer Starre.

»Bei aller Hochachtung, Herr Sachs, ich kenne Sie nicht«, antwortete sie in eiskaltem Ton, »und ich führe keine Verhandlungen mit Ihnen. Wenn Sie über Lunas Arbeit sprechen möchten, gehen Sie zu unserem Laden im Machane-Jehuda-Markt und reden Sie mit meinem Mann.«

»Gehen Sie nicht hin!«, rief Luna. »Mein Vater ist stur. Wenn

Sie hingehen, wird er sich noch mehr versteifen. Geben Sie mir ein paar Tage, ich werde mit ihm reden, ich regle das. Aber bis dahin halten Sie mir den Arbeitsplatz, bitte, Herr Sachs.«

»Kein Problem, Luna, die Arbeit wartet auf Sie, aber nicht zu lange, ich brauche jemanden im Geschäft, ich kann nicht ewig ohne Verkäuferin auskommen.«

Am Abend kam Gabriel aufgebracht aus dem Laden heim. Er ignorierte das Essen, das Rosa ihm auf den Tisch stellte, und ging ins Badezimmer. Danach setzte er sich auf seinen Stuhl und steckte die Nase in die Zeitung.

»Isst du nichts, *kerido*?«, fragte Rosa.

»Der ganze Markt redet von deinem Bruder, dem *burracho*, der Matilda Franko ermordet hat. Das hat mir den Appetit verdorben.«

»Aber woher wissen sie denn, dass es mein Bruder war. Wer ist bereit zu schwören, dass er ihn gesehen hat?«

»Senyora Franko hat ihn gesehen, genügt dir das nicht?«

»Gut, was soll ich dann deines Erachtens tun, Gabriel? Kann ich auch noch für meinen Bruder verantwortlich sein?«

»Nein, sicher nicht! Du kannst kaum auf deine Tochter aufpassen, bist so verantwortungsbewusst, dass du mir nicht mal erzählt hast, wie sie sich verlaufen hat und von der Polizei gefunden wurde, so weit ist es her mit deiner Verantwortung.«

Rosa kochte vor Wut.

»Sie hat sich nicht verlaufen, das Straßenmädchen, und nein, keiner hat sie gefunden, sie ist selbst zur Polizei gegangen und hat den Ingländern Lügen über ihre Mama erzählt: Sie hätte sie abends auf dem Hof ausgesperrt und nicht ins Haus gelassen! Ich war halb verrückt vor Sorge, und bei den Ingländern, ausgelöscht sei ihr Name, ist sie mir auch noch frech gekommen, hat mich vor den *bastardos* bloßgestellt!«

»Wieso ist sie zur Polizei gegangen, Rosa? Seit wann geht eine Zehnjährige allein zur Polizei?«

»Eine normale Zehnjährige vielleicht nicht, aber deine teure Tochter schon. Kaum warst du nach Beirut abgefahren, sind die Probleme losgegangen. Sie hat sich auf den Boden geworfen und angefangen zu schreien *komo una loka*, bis alle Nachbarn an die Fenster liefen. Ich habe sie gebeten, ins Haus zu kommen, aber sie, *nada*, hat weiter geschrien und geheult, als wollte ich sie umbringen, und ich, was sollte ich wohl machen? War ich nach Beirut gereist und hatte sie zurückgelassen? Du bist abgereist, und was konnte ich tun? Ich habe Rachelika und Bekki reingeholt, habe ihnen was zu essen gemacht, und sie war immer noch nicht da, und als ich raus bin, um sie zu suchen, hab ich sie nicht gefunden und bin mit dem ganzen Viertel losgezogen.«

»Und was hat die bedauernswerte Matilda Franko mit all dem zu tun?«, fragte er streng.

»Sie kam gerade nach Hause mit ihrem inglischen Offizier und hat gesehen, dass wir Luna suchten. Da hat sie vorgeschlagen, dass der Offizier uns bei der Suche nach Luna hilft, und ist mit mir in seinem Jeep zur Polizeistation Machane Jehuda gefahren, und da hat deine Tochter gesessen und mit dem inglischen Polizisten geplaudert, hat ihm aufgebunden, ich hätte sie aus dem Haus gejagt. Ja, mein Ehemann, so eine Tochter hast du, die bei den Ingländern Lügen über ihre Mutter erzählt!«

Gabriel erwiderte nichts. Er faltete die Zeitung zusammen, zog sich aus und ging ins Bett.

Rosa räumte das Essen vom Tisch, das Gabriel nicht angerührt hatte, und gab es zurück in die Töpfe. Dann band sie die Schürze ab und ging aus dem Haus. Schon wieder hatte sie gewagt, die Stimme gegen ihren Mann zu erheben. Sie setzte sich auf den Schemel im Hof, lehnte den Rücken an die Hauswand und atmete die kühle, reine Jerusalemer Luft. Sie hatte gewusst, Gabriel würde nicht einfach darüber hinweggehen, dass sie ihm nichts von Lunas Missetat erzählt hatte, obwohl das Ganze lange her war. Und Luna würde, wie sie ebenfalls wusste, ihr das Leben auch weiterhin schwermachen. Aber ihre Sorge um Luna war nichts gegen ihre Sorge um Efraim, der in Lebensgefahr schwebte. Sie konnte den Gedanken nicht ertragen, dass die Ingländer, ausgelöscht sei ihr Name, ihn aufhängen würden, falls sie ihn schnappten. Das Bild des am Damaskustor erhängten Rachamim würde sich nicht wiederholen! Nein! Nie und nimmer! Sie würde nicht zulassen, dass man Efraim ebenfalls aufhängte! Sie musste ihm helfen, musste ihn erreichen. Einem spontanen Entschluss folgend, kam sie vom Schemel hoch, machte sich auf nach Sukkat Schalom und klopfte bei Sara Laniado an die Tür.

Sara öffnete erschrocken. »Seien Sie gesund, Senyora Rosa, das Herz ist mir abgesackt, ich dachte schon, es wären wieder die Engländer, die ankämen, um Yitzhako zu suchen.«

»Entschuldigen Sie, dass ich Sie so erschreckt habe, aber ich finde Tag und Nacht keine Ruhe, weiß nicht, was ich machen soll, ich muss wissen, was mit Efraim ist.«

»Pst, reden Sie keinen Unsinn, Senyora Rosa! Jetzt ist nicht die richtige Zeit, ihn zu suchen. Lassen Sie ihn lieber in Ruhe, damit er sich versteckt hält, bis die Engländer die Fahndung nach ihm einstellen. Wenn Sie ihn jetzt suchen, bringen Sie ihn in Gefahr. Woher wissen Sie, dass Sie nicht beschattet werden? Ich hatte Sie gebeten, nicht mehr herzukommen, Sie gefährden uns alle. Ich möchte nicht, dass man Sie mit uns in Verbindung bringt, damit sie nicht auch noch Yitzhako des Mordes an Matilda beschuldigen.«

»Und woher wissen Sie, dass es Efraim und nicht Yitzhako war, der sie umgebracht hat?«, stieß Rosa heftig hervor.

»Alle wissen es! Senyora Franko hat ihn fliehen sehen. Selbst wenn Yitzhako bei ihm gewesen sein sollte, hat keiner ihn gesehen. Warum ihn dann grundlos gefährden? Gott schütze Sie, Senyora Rosa … Ich bitte Sie, kommen Sie nicht mehr her, bringen Sie Yitzhako und uns nicht in Gefahr.«

»Aber was, wenn Efraim Hilfe braucht? Was, wenn er sich nirgendwo verstecken kann?«

»Und wenn ja, wo wollen Sie ihn hintun? Unters Bett? Ihr Mann wird Sie alle beide aus dem Haus werfen, Sie verlieren Ihren Ehemann und auch Ihre Töchter. Gehen Sie jetzt lieber heim, halten Sie still, bis sich die Aufregung legt, und danach sehen wir weiter. Seien Sie gesund, Senyora Ermoza, gehen Sie jetzt und versprechen Sie mir, nicht wiederzukommen.«

Damit schob Sara sie zur Tür, und Rosa trat hängenden Kopfes aus dem stickigen Kämmerlein direkt auf die Straße. Nicht einmal die reine Jerusalemer Luft konnte das beklemmende Gefühl mehr lindern, das sie befallen hatte. Sie fühlte sich zerrissen zwischen ihrer Treue zu Mann und Kindern und der Sorge um ihren Bruder. Was sollte sie jetzt tun, da ihr Mann ihr zürnte, während ihr Bruder in Lebensgefahr schwebte und die Nachbarn ihn für einen Mörder hielten?

Die folgenden Tage waren nicht dazu angetan, ihre Stimmung zu heben. Sie konnte das Geraune nicht ignorieren. Wohin sie auch ging, tuschelte man hinter ihrem Rücken. Eines Tages kamen ihr auf dem Weg zum Lebensmittelladen Matilda Frankos zwei Brüder entgegen. Sie ging schneller, aber die beiden wandten die Gesichter und spuckten hinter ihrem Rücken aus. Ein anderes Mal kam Bekki weinend aus der Grünanlage zurück und erzählte, Kinder hätten sie bedrängt und an den Haaren gezogen und sie angeschrien, ihr Onkel ermorde Juden. Luna und Rachelika setzten keinen Fuß vor die Tür. Rachelika half ihr im Haushalt, und Luna war sehr still und klagte nicht mehr, sie werde ihren Arbeitsplatz verlieren.

Sogar die Nachbarin Tamar, ihre beste Freundin, ging ihr aus dem Weg. Eines Tages beschloss Rosa, dem ein Ende zu setzen, und klopfte an Tamars Tür.

»Was hab ich dir denn getan, dass du mich so behandelst?«, wollte sie von Tamar wissen.

»Schau, Rosa«, erwiderte Tamar, »ich weiß nicht, was ich dir sagen soll, du bist wie Familie für mich, und auch Senyora Franko ist wie Familie. Ich bin hin- und hergerissen zwischen euch beiden, und sie braucht mich jetzt mehr. Sie sitzt den ganzen Tag auf dem Boden, zerreißt ihre Kleider und rauft sich die Haare, weint um ihre Tochter. Ich bin dort bei ihr, helfe ihr in der Trauerwoche. Was soll ich denn machen?«

»Aber was kann ich dafür?«, fragte Rosa. »Selbst wenn Efraim Matilda umgebracht hätte, und ich weiß, er hat es nicht getan, bin ich doch nicht schuld daran.«

»Du bist nicht schuld, *kerida*, aber er ist dein Bruder, ihr seid verwandt, und wenn es einen Mörder in der Familie gibt, dann ist auch die beste Familie nicht mehr ganz so gut.«

»Du bist wie eine Schwester für mich«, flehte Rosa, »du kannst mir nicht den Rücken kehren, gerade jetzt, wo ich dich am meisten brauche.«

»*Ti karo mucho*, ich liebe dich sehr, aber auch Viktoria Franko braucht mich jetzt, und da ich zwischen dir und ihr wählen muss, bin ich nun auf ihrer Seite.«

Rosa verstummte. Sie traute ihren Ohren nicht, das Blut wich ihr aus dem Gesicht, und ihr Herz pochte heftig. Wortlos drehte sie sich um und verließ Tamars Haus.

Die drei Minuten vom Haus der Nachbarin bis zu ihrem auf der anderen Seite des Hofes kamen ihr wie eine Ewigkeit vor. Sie hatte das Gefühl, aus allen Fenstern ringsum angestarrt zu werden. Alle in Ohel Mosche hatten offensichtlich ihre Wahl getroffen. Wie Tamar hatten auch sie sich für Senyora Franko entschieden, und sie war jetzt geächtet.

Ihr Verhältnis zu Gabriel wurde von Tag zu Tag angespannter. Er sprach kaum noch mit ihr, und schon über eine Woche hatte er ihr Essen nicht angerührt. Die Mädchen waren stiller denn je. Rachelika und Bekki wollten nicht zur Schule gehen, und zum ersten Mal im Leben entschied sie ohne Rücksprache mit Gabriel, sie daheim zu lassen. Sie verbrachten die meiste Zeit des Tages in ihrem Zimmer, kamen selten heraus, und sogar Luna ärgerte sie nicht und ging wie auf Zehenspitzen umher.

Eines Morgens, nachdem sie tagelang das Haus nicht verlassen hatte, ging Rosa in den Hof und setzte sich auf den Schemel, im Schoß eine Kupferschüssel mit Reis, den sie von Steinchen reinigen wollte.

Der Hof war sehr still. Ihr war aufgefallen, dass die Nachbarinnen drinnen blieben, wenn sie sich draußen aufhielt, war jedoch entschlossen, sich nicht länger zu verstecken wie eine Verbrecherin. Selbst wenn ihr Bruder Matilda ermordet haben sollte, was sie nicht glaubte, war es nicht ihre Schuld, und sie würde keinem gestatten, sie in ihren vier Wänden einzusperren und sie grundlos zu bestrafen.

Während sie noch den Reis verlas, setzte sich Rachelika zu ihren Füßen nieder. »Mama, und was, wenn Tio Efraim Matilda tatsächlich umgebracht hat?« Sie blickte fragend zu ihr auf.

»*Sera la boka!* Lass solche Worte nicht über deine Lippen kommen! Efraim hat niemanden umgebracht! Das ist bloße Verleumdung, wir sagen nichts über Efraim, was wir nicht mit eigenen Augen gesehen haben, wir reden nicht so von unserer Familie.«

»Aber Mama, alle sagen, er hat sie umgebracht, weil sie mit Engländern gegangen ist.«

»Dann sagen es halt alle. Seit wann kümmern wir uns darum, was alle sagen?«

»Es heißt, bei der Lechi würden jüdische Mädchen nur dann umgebracht, wenn sie Juden an die Engländer verraten, vielleicht hat er sie deswegen getötet?«

Rosa atmete tief auf. Das war's, wenn Efraim Matilda umgebracht hatte, dann hatte das seinen Grund gehabt, es war nicht bloß, weil sie mit einem Ingländer ging, es war, weil sie Juden denunziert hatte! Auf einmal wurde ihr das ganze Bild klar. In einer ungewöhnlichen Gefühlsaufwallung nahm sie Rachelikas Kopf in beide Hände und bedeckte ihn mit Küssen.

»*Grasias, grasias, kerida mia*«, sagte sie zu ihrer verblüfften Tochter, die Körperkontakt mit ihrer Mutter nicht gewöhnt war und sie niemals jemanden hatte herzen oder küssen sehen, weder ihren Vater noch sie selbst oder ihre Schwestern und auch sonst keinen auf der Welt. »*Grasias al Dio*, jetzt verstehe ich alles: Falls es, Gott bewahre, doch Efraim war, der Matilda getötet hat, dann hat er es nicht getan, weil er ein Mörder ist, sondern er hat es getan, weil sie Juden denunziert hat. *Dio mio, kerida*, jetzt verstehe ich.«

Und als Gabriel an jenem Abend heimkehrte, sagte sie zu ihm: »Weißt du, wann die von der Lechi jüdische Mädchen umbringen? Nur wenn sie Juden denunzieren, deshalb hat man Matilda getötet. Sie hat Juden an die Ingländer verraten, deshalb hat man ihr den Kopf kahlgeschoren, Rachelika sagt, das ist wie ein Kainszeichen.«

Gabriel fühlte sein Blut aus dem Gesicht weichen. »Schweig!«, brüllte er und hieb mit der Faust auf den Tisch. »Halt den Mund! Dein schäbiger Bruder hat mit seiner Schandtat ganz Ohel Mosche, Sukkat Schalom und den Machane-Jehuda-Markt gegen uns aufgebracht. Ich kann kaum noch im Markt arbeiten, alle behandeln mich wie einen Aussätzigen, ich bin der Schwager des Mörders, ich, Gabriel Ermoza, ein allseits geehrter Mann, muss jetzt mit gesenktem Kopf herumlaufen, Menschen meiden. Weißt du, wie viele Jahre ich die Frankos kenne? Seit dem Tag meiner Geburt kenne ich sie! Und jetzt kann ich ihnen nicht mehr in die Augen sehen. Weißt du, wie viele Leute heute im Laden waren, Rosa? Vielleicht zehn. Verstehst du, was das heißt? Es heißt, dass unsere Nachbarn uns boykottieren, und du quatschst noch was von einem Kainszeichen! Ein Kainszeichen ist das, was dein missratener Bruder, der *burracho*, meiner Familie verpasst hat, das ist ein Kainszeichen! Ich will nicht hören, dass du ein Wort über Efraim vor den Mädchen sagst! Ich verbiete dir, seinen Namen zu erwähnen, von heute an gibt es keinen Efraim mehr! Wenn du über Efraim sprechen willst, geh zur Westmauer, steck einen Zettel in die Ritzen, sprich mit dem *senyor del mundo*, hier im Haus existiert Efraim nicht!«

Anders als Rosa war Gabriel davon überzeugt, dass Efraim Matilda Franko ermordet hatte. Er selbst lehnte jegliche Gewalt ab, und auf gar keinen Fall konnte er einen Mord rechtfertigen, weder an einem Juden noch an einem Engländer. Und an dem Tag, als Senyora und Senyor Franko den Laden betraten und ein Glas mit Rosinen und Mandeln auf die Theke stellten, begriff Gabriel, dass er seine Familie aus Ohel Mosche herausholen musste.

»Nicht von eurem Honig und nicht von eurem Stachel«, hatte Senyora Franko gesagt, als sie das Glas auf die Marmortheke stellte, »wir wollen nichts im Haus haben, was mit Ihrer Familie zu tun hat, gewiss keine Mandeln und Rosinen, die Matilda, sie ruhe in Frieden, bei Ihnen gekauft hat, bevor Ihr

Schwager, ausgelöscht seien sein Name und Andenken, sie getötet hat«, und damit hatte sie auf dem Absatz kehrtgemacht und mit ihrem Mann den Laden verlassen, und Gabriel war beschämt mit offenem Mund zurückgeblieben. Zum Glück waren gerade keine Kunden anwesend und Abramino und Matzliach zum Mittagessen gegangen, sodass keiner die Schande mit ansah. Gabriel sank in einem plötzlichen Schwächeanfall auf den Stuhl hinter der Theke, der Kopf schwirrte ihm vor Gedanken, das Herz tat ihm weh. Er trank etwas Wasser aus dem Tonkrug unter der Theke, versuchte einen klaren Kopf zu bekommen und ruhiger zu werden. Schon lange hatte er mit dem Gedanken gespielt, sich einen höheren Lebensstandard zu gönnen und in eine moderne Wohnung in einem guten Stadtviertel umzuziehen, war aber irgendwie zu träge gewesen, die Familie aus ihrer sicheren und gewohnten Umgebung herauszureißen. Jetzt war es an der Zeit, zur Tat zu schreiten. In dieser feindseligen Atmosphäre konnten sie nicht länger bleiben. Er würde mit seiner Familie in die beste Gegend Jerusalems ziehen, damit seine Töchter ein neues Kapitel anfangen konnten. In ihrem neuen Domizil brauchte keiner zu wissen, dass sein Schwager, der *burracho*, ein Mörder war.

Etwa einen Monat später sagte Gabriel zu Rosa, sie solle anfangen zu packen. »Wir ziehen in eine neue Wohnung«, erklärte er.

Drei Tage lang packten die Ermozas ihre Sachen zusammen. Dann luden die bestellten Lastenträger Möbel und Kisten auf einen zweispännigen Pferdewagen, der am Tor von Ohel Mosche wartete.

Die Familie Ermoza übersiedelte in ein stattliches Haus mit Fahrstuhl in der King-George-Straße.

Rosa fühlte sich fremd in der geräumigen neuen Wohnung,

deren Balkon zur Straße auf das Gebäude der Jewish Agency, das Kloster Ratisbonne und die Jeschurun-Synagoge blickte. Vom Seitenfenster des Kinderzimmers sah man den Stadtpark, den muslimischen Mamila-Friedhof und dahinter ein Stück Altstadtmauer.

Sie hatten nicht genug Möbel, um alle Räume einzurichten. Das vorige Haus in Ohel Mosche hatte drei Zimmer gehabt: Merkadas Zimmer, das seit ihrem Umzug nach Tel Aviv keiner mehr betreten hatte, das Zimmer der Mädchen und das Wohnzimmer, das Gabriel und ihr nachts als Schlafzimmer gedient hatte. In der neuen Wohnung hatten sie ein richtiges Schlafzimmer, die Töchter ihres, und dann gab es noch das Wohnzimmer, das jetzt unmöbliert war, weil Gabriel das »Gerümpel« aus Ohel Mosche nicht in eine Gegend mitnehmen wollte, die an das Nobelviertel Rechavia grenzte.

Gabriel kaufte ein neues Sofa mit passenden Sesseln fürs Wohnzimmer und Betten für das Zimmer der Mädchen. Darüber bekamen sie je ein Wandregal, auf dem bei Bekki und Rachelika Schulbücher und bei Luna ihre Toilettenartikel standen. Innen an die Kleiderschranktür klebte Luna ein Foto von Rita Hayworth, das sie aus einer Zeitung ausgeschnitten hatte. In der Schreinerei der Gebrüder Romano erwarb Gabriel einen runden Esstisch, auf den Rosa eine selbstbestickte Decke mit Spitzenrand legte. Das Buffet mit Vitrine hatten sie aus dem alten Haus mitgebracht, ein wunderhübsches Möbelstück, das einst Merkada und Rafael gehört hatte. Die Spiegel an den Innenwänden der Vitrine reflektierten die Porzellan- und Kristallsachen, die ebenfalls noch aus Merkadas und Rafaels Zeiten stammten. Sie waren so schön und zart, dass Rosa es nicht übers Herz gebracht hatte, sie wegzugeben. Auf der Marmorplatte des Buffets standen in Silberrahmen Fotos von ihr und Gabriel. Das eine zeigte sie beide jung und schön als Verlobte. Er sitzt auf einem Stuhl, hält eine Zeitung in der Hand, sie, in eleganter schwarzer Kleidung, wie sie sie seit Jahren nicht mehr getragen hat, steht ernst und angespannt an seiner Seite. Auf dem Familienbild daneben sitzen sie beide auf Stühlen, flankiert von ihren drei stehenden Töchtern. Im Schlafzimmer stand der prächtige Schrank mit den Spiegeltüren und den Löwen.

Gabriel zog Rosa bei seinen Einkäufen nicht zu Rate, er suchte alles selbst aus und bat sie kein einziges Mal mitzukommen. Täglich luden Lastenträger Möbelstücke und moderne Geräte für die neue Wohnung ab. Als Ersatz für Dochtbrenner und Petroleumkocher hatte er einen hochmodernen Elektroherd gekauft. »Schluss mit dem Petroleumkocher«, sagte er zu ihr, »von nun an kochst du mit Strom.«

Auch einen Eisschrank Marke Levitt schaffte er an. Der Schrank hatte drei Teile: Ins obere Fach, dessen Deckel sich nach oben öffnete, kam der Eisblock. In Ohel Mosche war das Eis mit einem Pferdewagen ausgefahren worden, der Fuhrmann rief »Eis, Eis!« und bimmelte mit seiner Glocke, und alle Nachbarinnen stellten sich an der Agrippas-Straße an, um mit ihren speziellen Zangen einen viertel oder halben Eisblock nach Hause zu tragen. Zum neuen Haus kam kein Eisfuhrwerk, sondern ein »Eisauto«. Der Fahrer hielt an der Straßenecke vor der Jewish Agency und bimmelte mit der Glocke, um seine Ankunft anzuzeigen. Aber Rosa ging nie hinunter, um Eis zu kaufen, denn wie sollte sie so schnell all die Stufen runterlaufen, um den Lieferwagen rechtzeitig zu erreichen? Und selbst wenn sie es schaffte – wie sollte sie dann den schweren Block vier Treppen hochschleppen?

»*Sano k'estás*, Gabriel, wie machen wir das mit dem Eis?«, fragte sie, als nach drei Tagen ohne Eis im Schrank alle Lebensmittel verdorben waren. »*Por Dio*, Rosa, warum kannst du dich nicht daran gewöhnen, mit dem Fahrstuhl runterzufahren, willst du denn nicht fortschreiten im Leben?«

Nichts konnte Rosa dazu bewegen, den Fahrstuhl zu benutzen. Sie überhörte es demonstrativ, wenn Luna sie schamlos als »primitiv« bezeichnete, und weigerte sich standhaft, den monströsen Apparat zu betreten, sodass Gabriel schließlich Matzliach mit dem Fahrrad losschicken musste, damit er an Rosas Stelle Eis vom Wagen vor der Jewish Agency holte und es zur Wohnung im vierten Stock hochbrachte.

Was soll ich mit all den neumodischen Sachen anfangen, die Gabriel mir gebracht hat?, fragte sie sich, zumal sie keine einzige Nachbarin hatte, die sie hätte zu Rate ziehen können. Auch an den Elektroherd gewöhnte sie sich nicht, und sobald Gabriel zur Arbeit gegangen war, holte sie den Dochtbrenner und den Petroleumkocher unter der Spüle hervor und kochte darauf. Nur eines erregte ihre Bewunderung: Der Speiseschrank, dessen rückwärtiger Teil, mit Fliegengitter versehen, aus dem Gebäude ragte, sodass er gut gelüftet war und die Lebensmittel frisch hielt. Anstelle der Vorhänge, die in Ohel Mosche die unter der Spüle verstauten Sachen verdeckt hatten, gab es hier einen Holzschrank, und anstelle von zierenden Wandteppichen lag jetzt ein Teppich auf dem Wohnzimmerboden. Doch trotz des hohen Wohnkomforts, wie sie ihn nie gekannt hatte, konnte sie sich nicht einleben und fühlte sich einsam in dem großen Haus in der King-George-Straße mit den vielen Treppen und den vielen Nachbarn, die im Fahrstuhl auf und ab fuhren. Die grüßten sie zwar höflich und erkundigten sich nach dem Befinden ihres Mannes und ihrer Töchter, aber sonst konnte sie keine Gemeinsamkeiten mit ihnen entdecken.

»Mama, komm mit in die Maayan Stub, was Schönes zum Anziehen kaufen«, schlug Rachelika vor, die Mitleid mit ihrer einsamen Mutter empfand.

»Was soll ich in der Maayan Stub, *kerida*? Dort ist alles teuer. Für das, was eine Garnitur Unterwäsche bei denen kostet, kann man im Markt Lebensmittel für eine Woche kaufen. Nein, *kerida*, nimm mich lieber mit nach Machane Jehuda. In der Maayan Stub habe ich nichts zu suchen, das ist zu viel Luxus für mich.«

Sie wusste, dass sie wohlhabend waren und ihr Mann genug Geld verdiente, um ihnen ein angenehmes Leben zu ermöglichen, aber Verschwendung hatte sie noch nie leiden können, und sie sah ungern die horrenden Preise in ihrer neuen Wohngegend. Sie verstand auch nicht die Lebensart der Menschen in diesem großen Haus – jeder für sich hinter verschlossenen Türen, in die keiner reinkam, ohne vorher zu läuten oder anzuklopfen.

Sie sehnte sich inständig nach den offenen Türen in Ohel Mosche, dem gemütlichen Zusammensitzen mit den Nachbarinnen im Hof, den lauten Unterhaltungen von Tür zu Tür, dem Nachmittagsplausch auf den Schemeln bei einer kalten Wassermelone mit Korbkäse. Sie hatte Heimweh nach den vertrauten Gesprächen auf Spaniolisch, die ihre freien Stunden erfüllt hatten, nach den Kostproben von den Tellern der Nachbarinnen, dem heimlichen Wettbewerb, wer die besten *borekas* buk oder das schmackhafteste *sofrito* kochte. Und am meisten sehnte sie sich nach ihrer Nachbarin Tamar, trotz der harten Worte, die zwischen ihnen gefallen waren. Sie liebte Tamar von ganzem Herzen und vergaß nicht, dass diese sie zuweilen uneingeschränkt unterstützt hatte, ja in schweren Stunden fast ihre einzige Stütze gewesen war. Jetzt fühlte Rosa sich völlig einsam. Nicht einmal das WC und die Badewanne mit den zwei Hähnen, einer für Kalt-, einer für Warmwasser, begeisterten sie, obwohl diese modernen Einrichtungen, zusammen mit dem Fahrstuhl, die größte Bewunderung der Verwandten erregten, die eigens kamen, um sich die Wunderdinge anzusehen. Ich brauch keine Wanne mit Kalt- und Warmwasserhähnen, mir genügen eine blecherne Waschwanne und ein Krug heißes Wasser, um mich sauber zu fühlen, dachte sie.

Die Töchter hingegen waren glücklich. Sie liebten ihre neue Wohnung und lebten sich rasch ein.

Bekki ging fortan in Rechavia in die Schule, die in wenigen Minuten zu Fuß erreichbar war, und auch Rachelika, die anfangs noch per Bus mit einmal Umsteigen zum Gymnasium Bet Hakerem gefahren war, wechselte bald auf das in Rechavia, wo sie leicht Freunde und Freundinnen fand, die in dieselbe Klasse gingen und in der Nachbarschaft wohnten.

Eines Morgens weckte eine starke Explosion die Ermozas und ihre Nachbarn in dem großen Steinhaus in der King-George-Straße. Bei der *Palestine Post* in der Hasolel-Straße war eine Bombe hochgegangen und hatte die gesamte Stadtmitte erschüttert. Das Zeitungsgebäude stürzte ein, die Nachbarhäuser wurden beschädigt, Menschen sprangen von Balkonen, einige in den Tod. Die Verletzten wurden in Krankenhäuser eingeliefert und die übrigen Anwohner der betroffenen Straße mit ihren Habseligkeiten in die nahen Hotels Warschawski und Zion evakuiert.

Rosa war zu Tode erschrocken, hatte Angst, allein daheimzubleiben, und sagte zu Gabriel: »Vielleicht sollten die Mädchen heute lieber nicht aus dem Haus gehen, draußen ist es lebensgefährlich, besser, sie bleiben hier bei mir.«

»*Por Dio*, Rosa«, schnaubte Gabriel, »derzeit herrscht jeden Tag Lebensgefahr, es sind harte Zeiten, aber sollen wir uns deswegen den ganzen Tag in unseren vier Wänden verkriechen?«

»*Kerido*«, flehte Rosa, »draußen ist es gefährlich, den Mädchen soll, Gott behüte, nichts passieren.«

»*Basta*, Rosa!«, bestimmte er. »Jetzt gibt es jeden Tag was Neues, man kann nicht aufhören zu leben. Den Mädchen wird nichts passieren.« Falls er begriff, dass Rosa sich fürchtete, allein im Haus zu bleiben, ließ er es sich nicht anmerken.

Von Tag zu Tag fiel es ihm schwerer, mit dem Stadtbus von seiner Wohnung in der King-George-Straße zum Machane-Jehuda-Markt zu fahren. Ich hätte längst einen Privatwagen anschaffen sollen, dachte er.

Den PKW kaufte er aus erster Hand von einem Kassenarzt. Der Arzt tat sich aus Altersgründen schwer mit dem Fahren und hatte beschlossen, seinen Austin Baujahr 1935 günstig abzustoßen. Gabriel bezahlte ihm den verlangten Preis in bar und bat ihn, den Wagen bis vor seine Tür in der King-George-Straße zu fahren und dort abzustellen. Jetzt musste er nur noch Fahrstunden nehmen und die Führerscheinprüfung bestehen.

Am Tag, an dem er die Fahrerlaubnis erhielt, lud er die ganze Familie zu einer Rundfahrt durch Jerusalem ein. Nur wenige Leute erlaubten es sich damals, einen eigenen Wagen zu halten, aber Gabriels Erfolg – zwei Jahre zuvor war er nebenher mit Mordoch Levi eine Partnerschaft zur Eröffnung einer Halva-Fabrik eingegangen – hatte sein Konto bei der Anglo-Palestine-Bank in der Jaffa-Straße gut gefüllt, und er konnte es sich durchaus leisten, ein Auto zu kaufen und die laufenden Kosten dafür zu tragen.

Gabriel saß gern am Steuer und genoss es, Bekki und Rachelika, trotz der kurzen Entfernung, zur Schule und Luna zur Arbeit bei Sachs & Sohn zu fahren. Nachdem er langsam sicherer geworden war, kutschierte er die Familie nach Tel Aviv, um seine Mutter und seine Schwester zu besuchen. Sogar nach Tiberias reisten sie. Morgens gingen sie zum Baden hinunter an den Kinneret, und gegen Abend bestiegen sie ein Fischerboot und ruderten zum Vergnügen aufs Wasser hinaus, genossen die Strahlen der untergehenden Sonne, die den See und die Berge ringsum in Rosa- und Goldtöne tauchten. Die Mädchen warfen den Möwen, die das Boot umschwärmten, Brotstückchen zu. Rachelika sprang ins Wasser und erschreckte damit Rosa, die ihr zuschrie, sie solle augenblicklich wieder ins Boot klettern. Und Luna, die sah, dass ihre Schwester ihr alle Aufmerksamkeit stahl, ließ sich ebenfalls ins Wasser gleiten und schwamm im Bruststil, den Kopf übers Wasser gereckt, um ihre Frisur nicht zu ruinieren.

»Wie ein Schwan«, pflegte Gabriel zu sagen, und Rosa dachte im Stillen, wie eine, die nicht schwimmen kann, aber warum sollte ihr Vater das merken? Er sah immer nur das Gute an diesem Mädchen, nie das Schlechte. Doch umgehend tadelte sie sich selbst, weil sie, wenn Rachelika im See schwamm, vor Sorge kein Auge von ihr ließ, Luna im Wasser jedoch kaum beachtete.

Manchmal besuchten sie von Tiberias aus die Thermalquellen von El-Hama, die Gesundheit und Langlebigkeit versprachen.

Samstags fuhr Gabriel mit den Töchtern häufig nach En Feschcha, wo sie den ganzen Tag in den Becken planschten und im Toten Meer badeten, bis es abends nach Jerusalem zurückging. Rosa hielt zunächst weiter die Schabbatgesetze und fuhr nicht mit, aber die erzwungene Einsamkeit an diesen Tagen und die Fremdheit, die sie im neuen Heim nach wie vor empfand, veranlassten sie bald, ihre Grundsätze aufzugeben und die Schabbatausflüge mitzumachen.

Was sehne ich mich nach Ohel Mosche, dachte sie im Stillen. In Ohel Mosche würde ich mit den Nachbarinnen zu Hause bleiben und den Schabbat nicht entweihen, aber was sollte ich allein in diesem großen Haus, allein in vier Wänden anderes tun, als verrückt zu werden?

Doch mit Familienausflügen außerhalb der Stadt war es wegen der schweren Zeiten bald vorbei. Die Ereignisse überschlugen sich. Bombenanschläge und Schießereien, die wachsenden Spannungen zwischen Juden und Arabern und die häufigen Ausgangssperren machten längere Fahrten in unbesiedelte Gegenden wie En Feschcha schier unmöglich. Sogar die Strecke nach Tel Aviv wurde gefährlich. Arabische Heckenschützen lagen auf der Lauer und schossen gezielt auf Fahrzeuge, die die schmale Straße unterhalb des Castel befuhren. »Lebensgefährlich«, sagte Gabriel zu den Mädchen. »Es ist nicht ratsam, mit dem PKW nach Tel Aviv zu fahren, und so unterblieben auch die Besuche bei Nona Merkada und Tia Allegra.

Zwei Monate nach der Explosion im Gebäude der *Palestine Post* krachte es erneut. Ein britisches Militärfahrzeug explodierte mitten auf der Ben-Jehuda-Straße. Zwei Häuser wurden bis auf die Grundmauern zerstört, andere stürzten teilweise ein. Die entsetzte Rosa ließ Luna nicht zur Arbeit und Rachelika und Bekki nicht zur Schule gehen. Diesmal musste Gabriel ihr recht geben, auch er sorgte sich um die Töchter. Man kann nicht wissen, wo der nächste Sprengsatz losgeht, dachte er im Stillen, die Mädchen können auf der Straße gehen, und plötzlich fällt ihnen, Gott behüte, ein Haus auf den Kopf. Sollen sie lieber ein paar Tage zu Hause sitzen, bis die Lage sich beruhigt.

Luna protestierte heftig, hatte insgeheim aber auch Angst, in dieser gefährlichen Zeit auf die Straße zu gehen. Bekki ängstigte sich ebenfalls zu Tode vor den Explosionen und zog es vor, bei ihrer Mutter und ihren Schwestern daheimzubleiben. Anders jedoch Rachelika: Sobald ihr Vater ins Geschäft gegangen war, ihre Schwestern sich mit eigenen Dingen beschäftigten und ihre Mutter den Rücken kehrte, schlüpfte sie aus dem Haus. Sie war schon fünfzehn Jahre alt und hatte sich mit ihren Mitschülerinnen vom Rechavia-Gymnasium zur

Hagana gemeldet. Gruppenweise übten sie Nahkampftechniken und Knotenschlingen und wurden sogar im Waffengebrauch unterrichtet. Sie lief die kurze Strecke zum Gymnasium, wo ihre Freundinnen sie schon erwarteten. Nachdem sie in Gruppen angetreten waren und Anweisungen von den Vorgesetzten erhalten hatten, rannten sie den ganzen Weg zur Unglücksstelle in der Ben-Jehuda-Straße. Rachelika und ihre Kameradinnen hatten die häufig geübte Aufgabe, eine Menschenkette zu bilden, um Neugierige abzuhalten, die die Bergung der Verletzten behinderten.

Rosa und Gabriel wussten nichts von Rachelikas Geheimleben. Nur Luna war eingeweiht.

»Du musst dich auch der Hagana anschließen«, sagte Rachelika, »wir müssen die Engländer verjagen, damit wir einen eigenen Staat bekommen.«

»Sprich leise. Wenn Papú dich hört, ist das dein Ende, du weißt doch, was er von Onkel Efraim hält?«

»Das ist nicht dasselbe!«, widersprach Rachelika. »Onkel Efraim ist bei der Lechi, und ich bin bei der Hagana.«

»Hör doch auf mit dem Quatsch! Was hast du bei der Hagana verloren? Es gibt jetzt tausend junge Männer, die aus der britischen Armee zurück sind und hier vor unserer Nase rumlaufen. Wir müssen einen Mann finden, du und ich, und heiraten!«

»Wieso heiraten? Wenn ich mit der Schule fertig bin, gehe ich zur Palmach, wie die Jungs.«

»Was hast du denn mit der Palmach im Sinn? Wer lässt dich zur Palmach gehen? Ehe du nicht verheiratet bist, kannst du nicht zu Hause ausziehen, so ist das in der Familie Ermoza, das Haus verlässt man nur mit Bräutigam.«

»Ich möchte am Kampf teilnehmen, verstehst du das denn nicht?«

»Was gibt's da zu verstehen? Mädels kämpfen nicht. Mädels warten auf Jungs, die aus der Jüdischen Brigade heimgekehrt sind, und heiraten sie.«

»Uff, Luna, ich kann das nicht hören. Die Erde brennt uns unter den Füßen, die Zukunft des jüdischen Volkes steht auf dem Spiel, und du redest vom Heiraten.«

»*Wai de mi sola*, was für große Worte! Ich verstehe nichts von der Zukunft, die auf dem Spiel steht, aber ich verstehe was von Menschen, und unter Menschen ist eine Frau eine Frau und ein Mann ist ein Mann, egal ob in Kriegs- oder Friedenszeiten.«

»Zum Teufel mit dir!«, ereiferte sich Rachelika. »Alles, was dich interessiert, sind Vergnügen, schöne Kleider und Lippenstift, du bist ein albernes Mädchen.«

»Weil ich mich gern hübsch anziehe, bin ich albern? Soll ich etwa auch so eine *chapachulla* werden wie du? Mich nachlässig kleiden? Du bist wie ein Junge, welcher Mann soll sich wohl in dich verlieben? Wenn du weiter so in Khaki-Hose und Russenhemd rumläufst, findest du keinen Mann und kein nix!«

»Mit dir kann man nicht reden. Ich verrate dir meinen Traum, und du machst dich lustig. Von heute an erzähle ich dir gar nichts mehr!«, fauchte Rachelika und verließ türenknallend die Wohnung.

Sie war entschlossen, am Kampf teilzunehmen, obwohl sie Angst vor ihrem Vater hatte, und als es Zeit wurde, sich zwischen einem Führungskurs der Gadna, der Jugendtruppe der Hagana, und einem Führungskurs der Pfadfinder zu entscheiden, hatte sie notgedrungen die Pfadfinder gewählt. Sie wusste, die Gadna-Kurse würden Aufenthalte in Arbeits- und Trainingslagern außerhalb Jerusalems erfordern, zu denen ihr Vater sie niemals fahren lassen würde. Selbst für die Teilnahme bei den Pfadfindern hatte sie ihren Vater sicherheitshalber nicht um Erlaubnis gebeten.

In der Nacht vor Beginn des Führungskurses konnte sie vor Aufregung nicht schlafen. Ihre gute Freundin Dina wollte ebenfalls mitmachen, und die beiden traten in Khaki-Kluft auf dem Hof der Gruppenbaracke in der Hachavazelet-Straße an. Rachelika suchte mit den Augen ihre Freunde vom Gymnasium, die jedoch nirgends zu sehen waren. Sie trat zu einem Mädchentrupp und fragte: »Wisst ihr, wo der Führungskurs stattfindet?«

Eines der Mädchen musterte sie von oben bis unten und antwortete: »Sefardinnen haben im Führungskurs nichts zu suchen, haut ab hier!« Der sonst so ruhigen Rachelika stieg vor Wut das Blut in den Kopf, und ohne groß nachzudenken, schlug sie dem Mädchen die Faust ins Gesicht. »Keiner wird mich wo rauswerfen«, sagte Rachelika. »Meine Familie lebt seit Generationen in Jerusalem, und diese Aschkenasin ist eben erst von Bord des Schiffes gegangen, also sollte sie lieber Haltung annehmen, ehe sie mit mir redet!«

Die Geschichte von dem Faustschlag, den Rachelika dem Mädchen versetzt hatte, sprach sich herum, und Rachelika wurde legendär. Sie beendete den Kurs mit Auszeichnung. Zum Abschluss sollte ein Ausflug zum Tabor stattfinden, aber sie fragte ihren Vater gar nicht erst um Erlaubnis. Sie wusste, die Antwort würde negativ ausfallen, und so sagte sie lieber im letzten Augenblick, sie könne wegen einer Erkrankung ihrer Mutter nicht mitkommen.

Als ihre Kameraden aufgekratzt von dem Erlebnis zurückkehrten, gab es ihr einen Stich ins Herz, und zum ersten Mal bedauerte sie, Luna kein bisschen zu ähneln. Luna hätte nicht verzichtet, so viel war klar. Hätte man ihr die Teilnahme untersagt, wäre sie abgehauen und hätte den Ausflug auch ohne

Erlaubnis mitgemacht. Doch sie war partout nicht fähig, dem Willen ihres Vaters zuwiderzuhandeln, und konnte ihn auch nicht manipulieren, wie Luna es häufig tat.

Gleich nach Kursabschluss begann sie, die »Wölflinge« zu führen, die in Bekkis Alter waren. Eines Tages, als sie ihnen gerade das Legen einer Achterschlinge beibrachte, gab es wieder eine Explosion. Zu ihrem Schrecken kam der Knall vom Stadtpark, nahe ihres Hauses. Wenige Minuten später verhängten die Briten eine Ausgangssperre, und sie saß zusammen mit ihren Wölflingen in der Hachavazelet-Straße fest.

»Ich muss nach Hause, sonst sterben meine Eltern vor Sorge«, sagte sie zum Gruppenleiter.

»Keiner geht weg, es herrscht Ausgangssperre!«, bestimmte der Mann, aber Rachelika machte sich, bei allem Respekt für den Gruppenleiter, zu große Sorgen um das Wohl ihrer Eltern und Schwestern: Die alsbald kursierenden Gerüchte besagten, die Etzel habe die Offiziersmesse im ersten Stock des Halbreich-Hauses hochgehen lassen, ganz in der Nähe ihres Elternhauses. Daher schlüpfte sie in einem unbemerkten Moment aus der Hintertür. Doch als sie die Ben-Jehuda-Straße hinaufrannte, gingen ringsum Schüsse los. Sie lief in ein Haus und klopfte verzweifelt an die Wohnungstüren, aber keiner machte ihr auf. Angstzitternd duckte sie sich ans Treppengeländer im ersten Stock. Plötzlich kamen britische Polizisten ins Haus, und einer fragte sie, was sie hier tue. Sie stammelte, sie sei gerade auf dem Heimweg gewesen, als die Ausgangssperre angefangen habe. »Wo wohnen Sie?«, fragte der britische Offizier, und sie deutete Richtung Stadtpark. »Sie gehen hier nicht raus!«, befahl der Offizier.

Als die britischen Polizisten weg waren, wartete sie noch ein paar Minuten und ging dann ebenfalls. Auf Schlängelwegen gelangte sie bis zum Halbreich-Haus. Von weitem sah sie, dass es von britischen Polizeikräften umstellt war, die es mit Stacheldrahtrollen abgesperrt hatten. Da würde sie nicht durchkommen, so viel war klar.

Sie machte kehrt und rannte Richtung Ohel Mosche. Ein arabischer Polizist, der die Straße entlangkam, sah sie und gab Schüsse in ihre Richtung ab. Sie floh in wildem Lauf, erreichte atemlos das Haus ihres Onkels Schmuel in Sukkat Schalom und klopfte an die Tür. Keiner öffnete. Sie klopfte erneut und rief: »Tio Schmuel, ich bin's, Rachelika, mach mir auf.« Da erst ging die Tür auf, und Onkel Schmuel zog sie rasch ins Haus.

»Was tust du denn draußen, wenn Ausgangssperre ist?«, fragte er sie erschrocken.

»Ich war bei den Pfadfindern, als ich die Bombe hörte. Der Knall kam aus der Richtung unseres Hauses, ich mach mir solche Sorgen um Papa und Mama und um Luna und Bekki.«

»Wir haben es im Radio gehört«, sagte Tio Schmuel, »auch wir sorgen uns um deinen Vater und die Familie, aber wenn die Engländer dich schnappen, stecken sie dich in den Knast. Bleib bei uns, bis die Ausgangssperre vorbei ist, und geh dann.«

Die ganze Nacht über hörte man Schüsse und die Schreie englischer Polizisten auf Englisch und Arabisch. Am nächsten Morgen wurde die Ausgangssperre aufgehoben, und Rachelika eilte nach Hause.

»*Sano k'estás*«, Rosa fiel ihr um den Hals, »du hast uns zu Tode erschreckt, wir wären beinah umgekommen vor Sorge!«

Gabriel drückte Rachelika ans Herz und erklärte in ruhigem und sachlichem Ton: »Schluss mit den Pfadfindern, in solchen Zeiten gehst du nicht mehr aus dem Haus, ohne dass wir wissen, wohin.«

Angst vor der Reaktion ihres Vaters lähmte Rachelika, und obwohl sie tief im Herzen wusste, dass sie seine Anweisung nicht befolgen würde, widersprach sie nicht, und er deutete ihr Schweigen als Einverständnis. Sie versuchte gar nicht erst zu leugnen, dass sie bei den Pfadfindern gewesen war, vermutete, Luna habe, als sie nach der Explosion nicht heimkehrte, ihren Eltern erzählt, wo sie steckte. Aber wo war Luna?

»Wo ist Luna?«, fragte sie ihre Mutter.

»Ist zu Sachs & Sohn gegangen, kann ja keine Minute Arbeit verpassen, deine Schwester«, antwortete Rosa.

»Gut«, sagte Gabriel, »ich geh in den Laden. Komm, Bekki, ich fahr dich in die Schule. »Und du«, wandte er sich an Rachelika, »wag bloß nicht, das Haus zu verlassen, nicht mal zur Schule, sitz lieber daheim.«

»Aber Papú, ich versäume Unterrichtsstoff.«

»Das hättest du dir überlegen müssen, ehe du bei den Pfadfindern eintratst, ohne vorher die Erlaubnis einzuholen.«

»Verzeih, Papú, ich wusste, dass du es mir nicht erlauben würdest, und musste mich einfach am Kampf beteiligen. Das ganze Gymnasium ist entweder bei den Pfadfindern oder bei der Hagana. Du sagst immer, du wärst für die Hagana.«

»Ich sage nicht, dass ich nicht für die Hagana bin, ich sage, ich bin nicht dafür, dass meine Tochter ohne meine Erlaubnis zu Einsätzen der Hagana geht, ich bin nicht dafür, dass meine Tochter mich schamlos belügt!«

»Aber Papú, ich war nicht bei der Hagana, ich war bei den Pfadfindern.«

»Ein und dasselbe!«

»Bitte, Papú, du kannst mich nicht im Haus einsperren.«

»Wenn du nicht im Haus eingesperrt sein willst, dann komm mit und hilf mir im Laden«, sagte er, schon an der Tür.

Sie wusste nicht, ob er es ernst meinte, und rührte sich nicht vom Fleck.

»Kommst du? Oder bleibst du im Haus eingesperrt?«

Wortlos ging Rachelika zur Tür und folgte ihrem Vater.

Von jenem Tag an ging sie nicht mehr zu den Pfadfindern

und nicht mehr ins Rechavia-Gymnasium. Sie arbeitete mit Gabriel im Laden und wurde seine rechte Hand.

Von vierzehn bis sechzehn Uhr herrschte absolute Ruhe in den Etagen des großen Steinhauses, es war Mittagsschlafenszeit. Doch seit die Mädchen herangewachsen waren und der Laden ferner lag, hielt keiner mehr Mittagsruhe. Gabriel kam nicht über Mittag heim, wie er es früher, als sie noch im marktnahen Ohel Mosche wohnten, oft getan hatte, sondern aß im Marktlokal Rachmo oder teilte sich mit Rachelika den Inhalt der Töpfe, die Rosa ihm mitgab. Als Luna sah, dass ihr Vater mittags nicht mehr heimkam, blieb auch sie weg.

Um Punkt sechzehn Uhr erwachte der Fahrstuhl im Haus wieder zum Leben, und das war der Moment, in dem Bekki Rosa erklärte: »Ich geh nach unten.« Rosa gefiel das nicht. Sie traute diesem »unten« nicht. Es war nicht so wie in Ohel Mosche. Wenn Bekki dort nicht im Haus war, wusste sie, sie war bei einer Nachbarin oder mit den anderen Kindern des Viertels in der Grünanlage. Was bedeutete »unten« hier? Unten waren die großen Straßen mit Omnibussen und Automobilen, Gott bewahre, und der Stadtpark, in dem sich wer weiß was für Typen herumtrieben. Aber sie wusste, sie konnte Bekki nicht aufhalten. Sie war schon elf Jahre alt, gesund sollte sie sein, ein großes und hübsches Mädchen. Wie konnte sie ihr da sagen, sie solle im Haus bleiben, nur weil sie selbst Angst hatte?

In diesen Stunden, in denen weder Gabriel noch die Töchter in der Wohnung waren, setzte Rosa sich auf den Balkon und zählte die Fahrzeuge, die auf der Straße vorüberfuhren: die Omnibusse der Kooperative *Hamekascher*, die gegenüber an der Haltestelle hielten, um Fahrgäste aus- und einsteigen zu lassen, und solche Privatwagen, wie Gabriel einen fuhr. Manchmal sah sie eine große schwarze Limousine das Tor der Jewish Agency passieren, die halbkreisförmige Auffahrt nehmen und Personen absetzen, die ihr sehr wichtig vorkamen. Zur Zeit des Nachmittagsgebets hörte sie gern die Stimmen aus der nahen Jeschurun-Synagoge. Zuweilen huschte ihr der Gedanke durch den Kopf, zur Synagoge hinunterzugehen und sich in die Frauenabteilung zu setzen, aber zu welchen Frauen denn? Zu Fremden? Es war nicht wie in der Synagoge des Viertels, wo sie jeden Mann und jede Frau kannte. Sie fühlte sich einsam, schlechte Gedanken kamen ihr in den Sinn, die sie zu verscheuchen suchte. Auf Gabriels Anweisung hatte sie aufgehört, über Efraim zu sprechen, aber nicht aufgehört, an ihn zu denken. Seit Matildas Ermordung hatte sie kein Wort von ihm oder über ihn gehört. Ihre Informationsquelle war Sara Laniado gewesen, aber die hatte sie ja vor die Tür gesetzt und sie gebeten wegzubleiben, bis die Luft rein war. Wie soll sie jetzt auch zu ihr gehen? Woher soll sie den Weg wissen? Und was würde Gabriel sagen, wenn sie das Haus verließe und bis nach Sukkat Schalom ginge? Der kühle Ostwind, der von der Altstadt her weht, mildert weder die Hitze noch ihre bedrückte Stimmung. Sie hat das Gefühl, vor Einsamkeit zu vergehen. Früher ist sie noch Rachelika nahe gewesen, aber seit Gabriel sie aus dem Gymnasium genommen hat und bei ihm im Geschäft arbeiten lässt, redet sie kaum mehr, als nötig, weder mit ihr noch mit ihrem Vater. Stimmt, sie geht mit ihm in den Laden, arbeitet an seiner Seite, tut alles, was man ihr aufträgt. Aber ein Lächeln entlockt er ihr nicht, den ganzen Tag läuft sie mit saurer Miene herum. Gabriel hat schon recht, in der Nacht, als Rachelika bei der Ausgangssperre nicht nach Hause kam, meinte sie schier ihre Seele auszuhauchen. Besser, sie ist bei ihrem Vater, als sie geht ins Gymnasium, wo wer weiß welche Gefahren auf sie lauern. In ein, zwei Jahren findet sie mit Gottes Hilfe ohnehin einen Bräutigam, was braucht sie da die höhere Schule zu besuchen?

Und Luna, die wird von Tag zu Tag koketter, sieht aus wie die Mädchen aus den Journalen, wie eine Filmschauspielerin aus Hollywood. Wo hat sie bloß all ihre Schönheit her? Gewiss nicht von mir, nicht mal ihr Vater, gesund soll er sein, ist so schön wie sie. Und es gibt auch in seiner ganzen Familie keinen, der so schön ist wie Luna, in ganz Jerusalem ist niemand so schön wie sie. *Kaparavonó*, es ist nicht gut, so schön zu sein, nichts als Sorgen wird ihre Schönheit noch einbringen. Gott weiß, wo sie sich auf den Straßen herumtreibt, statt nach Hause zu kommen und Mittagsschlaf zu halten.

Bevor Luna eines Abends, fein zurechtgemacht und auf Absätzen so hoch wie der Ölberg, ausging, sagte Rosa: »Pass auf, dass du mit deinen Schuhen nicht hinfällst und dir den Schädel brichst.«

Luna warf ihr einen eiskalten Blick zu und erwiderte: »Pass du mal auf, dass du nicht wie der Wohnzimmersessel wirst, sitzt den ganzen Tag daheim, steckst deine Nase nicht vor die Tür.«

Rosa erblasste. So viele Jahre, und sie war immer noch nicht immun gegen das Gift ihrer ältesten Tochter. Sie zog die *sapatos* aus und warf sie nach Luna, die gerade noch rechtzeitig durch die Tür schlüpfte. Ich muss sie aus dem Haus haben! Noch heute werde ich mit Gabriel sprechen, dass er einen Bräutigam für sie sucht. Genug, sie ist schon ein großer Esel, es wird Zeit, dass sie ihren eigenen Haushalt hat, dass sie ihren Ehemann plagt und mich in Ruhe lässt.

Ein Klingeln an der Wohnungstür ließ sie erschrocken zusammenfahren. Schon fast ein Jahr wohnten sie in der King-George-Straße, und noch immer hatte sie sich nicht an die Türklingel gewöhnt. »Moment«, rief sie und ging öffnen. Zu ihrer Überraschung stand Gabriel vor der Tür. Grußlos ging er an ihr vorbei ins Schlafzimmer, zog die Kleider aus und, ohne sich zu waschen, sein Nachtgewand an und schloss die

Augen. Er war müde, sein Körper schmerzte, neuerdings schien es ihm, als seien seine Knochen schwerer geworden, als könne er sich nur mit Mühe aufrecht halten. Die Fußballen brannten ihm in den Schuhen, die meiste Zeit war er müde und deprimiert. Er schob das auf die Lage im Land, die sich überstürzenden Ereignisse, die Sorge um das Wohl der Töchter und das schwer erträgliche Empfinden, dass sie ihm entglitten. Auch seine Geschäftslage machte ihm Kummer. Die Grundstimmung im Land sorgte dafür, dass die Leute kaum noch Delikatessen kauften. Sogar die britischen Soldaten, die zu seinen Stammkunden gezählt hatten, kamen nur noch auf Patrouille in den Machane-Jehuda-Markt. Selbst die Nachfrage nach Halva ging zurück, und sein Partner Mordoch Levi erwies sich als Dickschädel, der auf keinen hören wollte. Als Gabriel empfahl, die Herstellung zu drosseln, bis die Lage besser wurde, beharrte er darauf, normal weiterzuproduzieren, ungeachtet des Umstands, dass immer weniger Bestellungen eingingen.

»Machen Sie sich keine Sorgen, Ermoza, vertrauen Sie Mordoch, mit Gottes Hilfe wird sich alles regeln!«

Aber Gabriel traute Mordoch nicht über den Weg, irgendwie hatte er das Gefühl, da stimmte was nicht. Er besaß noch keine Beweise, aber etwas an Mordochs Verhalten ließ ihm keine Ruhe. Ich muss ein Auge auf den Kurden haben, dachte er sich, bevor ihm die Lider zufielen.

Kriegswinde wehten durchs Land. Ein Bus der Kooperative *Hamekascher*, der Kinder aus der Altstadt zu Schulen außerhalb der Mauern fuhr, wurde beschossen. Die Scheiben gingen zu Bruch, und nur durch ein Wunder erlitt kein Kind Verletzungen. In der Altstadt erlag ein Jude namens Misrachi einem Mordanschlag, als er im Basar einkaufte. Josef Jecheskel wurde am Jaffator verletzt und verlor das Augenlicht. Herr Weingarten, der Vorsitzende der jüdischen Stadtvertretung von Jerusalem, suchte die Gouverneursämter auf und verlangte verstärkten Schutz für die jüdischen Bürger der Stadt, fand aber kein offenes Ohr, und die Lage verschlimmerte sich noch mehr.

Der Winter 1945 ist hart. Regenfluten prasseln auf die Dächer Jerusalems, die Straßen verwandeln sich in Sturzbäche, Zufahrten werden unpassierbar. Gabriels Gesundheitszustand verschlechtert sich, der Schlaf flieht ihn, und er schwitzt nachts wie ein Esel. Nervös, ungeduldig und reizbar wird er. Morgens hat er Mühe, aufzustehen, ins Auto zu steigen und zum Geschäft zu fahren, und wenn er dort ist, wird er leicht müde und fühlt sich noch vor der Mittagsstunde so erschöpft, als trüge er die Last der Erdkugel und der miesen Lage auf den Schultern. Am liebsten möchte er nur noch ins Bett gehen und schlafen. Seine Beine tragen ihn nicht so wie einst, und er geht nicht mehr jeden Tag zu Franz, dem dicken Zeitungsverkäufer, um eine Zeitung zu kaufen und über das Tagesgeschehen zu diskutieren, sondern schickt Rachelika an seiner Stelle. Auch die Halva-Fabrik besucht er nicht. Obwohl er Mordoch nicht ganz traut, lässt er ihn machen. Er findet gerade mal die Kraft, sich um seine eigenen Angelegenheiten zu kümmern. Anders als früher überträgt er Matzliach immer mehr Vollmachten und mischt sich kaum in die Arbeit ein. Er hat Mühe, sich auf den Stuhl zu setzen und wieder aufzustehen, als wären seine Glieder steif geworden. Seine Bewegungen werden immer langsamer, und manchmal verliert er das Gleichgewicht.

»Geh zu Dr. Sabo«, sagt Rosa, »vielleicht bist du erkältet oder hast was Schlechtes gegessen.«

Doch er, der nur einmal im Leben krank gewesen ist, winkt ab. »Ich bin bloß müde, arbeite zu schwer im Laden, das geht vorüber.«

Aber es geht nicht vorüber. Den Mädchen und Rosa fällt

auf, dass Gabriel immer leicht zittert, wenn er vom Stuhl aufstehen will. Manchmal hat er Schwierigkeiten beim Sprechen, als entglitten ihm die Worte, seine Rede wird weich und schleppend, dann aber wieder normal.

»Mit Papú stimmt was nicht«, sagt Luna zu Rachelika.

»Sehr richtig«, pflichtet Rachelika ihr bei, »manchmal sitzt er auf dem Stuhl im Laden und starrt vor sich hin, als würde er nichts sehen. Manchmal zittert ihm die Hand, und er schafft es nicht, Käse auf die Waage zu legen.«

»Papú, du musst zu Dr. Sabo gehen«, sagt Luna beim Abendessen.

Aber er erwidert stur: »Es ist nur Müdigkeit, das geht vorüber.«

»Papú, das geht schon zu lange so«, erklärt Rachelika, »vielleicht gibt Dr. Sabo dir ein Medikament, und es geht vorbei.«

Gabriel will verärgert aufstehen, fällt aber beinah hin, und Rosa läuft zu ihm, hakt ihn unter und hilft ihm auf, was ihn noch mehr ärgert. Sein Gesicht läuft rot an, und er überschüttet sie mit Schmähworten, sehr zu ihrer Verblüffung und der der Mädchen, die ihren Vater noch nie grob und unbeherrscht gesehen haben.

Als sein Zustand sich nicht bessert, sieht auch Gabriel ein, dass er dem Rat von Frau und Töchtern folgen und Dr. Sabo aufsuchen muss. Der gute Arzt hört sich Gabriels Beschwerden an, untersucht ihn und diagnostiziert Rheuma. Er empfiehlt warme Wannenbäder nebst einem Besuch der Thermalquellen in Tiberias und verspricht, alles werde wieder gut.

Noch am selben Abend lässt Rosa die Wanne einlaufen, und Gabriel nimmt ein warmes Bad. Das lindert tatsächlich etwas seine Leiden, doch als er aus der Wanne steigen will, fällt er lang hin. Bei dem Aufschlag eilt Rosa ins Badezimmer und ist schockiert, ihren Mann splitternackt auf dem Boden vorzufinden. Sie, die in all den Ehejahren ihren Mann kein einziges Mal nackt gesehen hat, läuft schamerfüllt hinaus.

»Was ist passiert?«, fragt Luna, die sie entsetzt aus dem Badezimmer kommen sieht.

»Papú ist dort auf den Boden gefallen ...«, murmelt Rosa tränenerstickt. Sie weiß, dass sie Gabriel nicht so hätte liegenlassen dürfen, aber die Scham hält sie davon ab, sich um ihn zu kümmern.

Luna hastet zum Badezimmer, macht die Tür auf und sieht ihren Vater am Boden. »Was ist dir passiert, Papú *kerido?*«

»Handtuch«, verlangt er.

Luna nimmt das Handtuch und bedeckt ihren nackten Vater, überwindet vor Sorge ihre Verlegenheit.

»Bist du heil, Papú?« Sie kniet bei ihm nieder und versucht ihm aufzuhelfen. »Rachelika!«, ruft sie.

Rachelika rennt ins Badezimmer, und gemeinsam heben sie ihren Vater vom Boden hoch. Er ist schwer und hilft nicht mit. Die kleine Bekki läuft schnell Gabriels Morgenrock aus dem Schlafzimmer holen. Sie helfen ihm hinein und auf den Stuhl.

»Papú *kerido*, tut dir was weh?«, fragt Luna besorgt, und Rachelika setzt sich neben ihn und hält seine zitternde Hand. »Papú, was war mit dir?«

Er starrt stumm vor sich hin, seine guten, weichen Züge sind umwölkt, die Augen schimmern, und Tränen laufen ihm über die Wangen. Die Töchter trauen ihren Augen nicht: Ihr Vater, der große, starke Mann, weint. Sie herzen ihn, Luna streichelt sein Gesicht, Bekki schmiegt sich an ihn, und Rachelika lässt seine Hand nicht los, alle drei weinen mit ihm, nur Rosa steht abseits, ihr Herz fühlt sich zu Mann und Töchtern hingezogen, aber ihre Beine tragen sie nicht zu der großen Umarmung, die die vier vereint, sie kann nicht teilhaben an dieser großen Geste der Liebe zwischen Mann und Kindern. Unschlüssig steht sie an der Tür, als wolle sie jeden Moment weggehen, als gehöre sie nicht in dieses Haus, zu diesem Mann, zu diesen Mädchen, in diese Familie. Nie zuvor ist sie sich so einsam, so fremd vorgekommen, ein Gefühl, das die schreckliche Angst vor dem, was ihrem Mann geschieht, überlagert.

Gabriels Zustand verschlimmert sich weiter. Er geht kaum noch ins Geschäft und verbringt immer mehr Zeit im Bett. Rachelika öffnet morgens allein den Laden und steht an seiner Stelle hinter der Theke. Besorgt sieht sie, dass die Waren in den Regalen schwinden und Matzliach, trotz all der Jahre an Gabriels Seite, nichts gelernt hat und keinen Nachschub beschaffen kann. Wehen Herzens stellt sie fest, dass von Tag zu Tag weniger Kunden kommen. Es sind schwere Zeiten, und die Leute kaufen nur das Nötigste: Brot, Gemüse und für Schabbat ein Huhn. Dörrobst, Halva, Süßigkeiten und sogar Räuchermakrelen gelten als Luxus.

Sie beschließt, ihrem Vater nichts von all dem zu erzählen.

»Ich will ihm keinen Kummer bereiten«, sagt sie zu Luna, »aber ich bin sehr besorgt, die Lage ist mehr als miserabel.«

»Was machen wir denn nun?«

»Wir warten, bis Papú gesund wird, dann sehen wir weiter. Unterdessen habe ich ein Auge auf Tio Matzliach, diesen *troncho*. Glaub mir, Luna, es wäre besser, er wäre nicht im Laden.«

»Wir müssen Papú nach Tiberias zu den Thermalquellen bringen«, sagt Luna zu Rachelika, »Dr. Sabo meint, das würde seinen Rheumatismus lindern, es würde ihm besser gehen.«

»Aber wie sollen wir nach Tiberias kommen? Papú kann in diesem Zustand nicht Auto fahren.«

»Dann mach du den Führerschein und fahr selbst.«

»Ich soll den Führerschein machen? Papú lässt mich im Leben nicht den Wagen fahren.«

»Papú kann jetzt nicht eingreifen«, antwortet Luna mit einer Logik und Entschiedenheit, die Rachelika überraschen. »Melde dich bei Ascharov an, wo Papa fahren gelernt hat, und mach den Führerschein.«

Und warum machst du ihn nicht?, denkt Rachelika im Stillen. Aber sie weiß, ihre schöne, kokette Schwester geht allem aus dem Weg, was mit Lernen zu tun hat, und fahren muss man schließlich lernen, oder? Luna hängt sehr an ihrem Vater, würde alles für ihn tun, aber ihren Lebensstil gibt sie nicht auf. Auch wenn er krank ist, macht sie sich schön und geht aus, ist umschwärmt von Galanen und amüsiert sich mit ihnen im Café Atara. Aber wie kann man ihr böse sein? Wie soll man ihrem Zauber nicht verfallen? Ihrer Lebensfreude? Ihrem Willen, das Leben in vollen Zügen zu genießen? Auch in diesen schweren Zeiten, wo Papú krank ist und das Land sich an der Schwelle des Krieges befindet, kennt sie quasi keine Probleme auf der Welt, sieht alles durch die rosarote Brille und lacht, lacht viel. Was würde Rachelika dafür geben, so lachen zu können wie Luna. Alles bringt sie zum Lachen, jeder Quatsch, jedes Wort. Jetzt, da Rachelika weder im Gymnasium noch bei den Pfadfindern ist, begleitet sie manchmal ihre Schwester, sitzt mit ihr und ihren Freunden im Café Atara oder im Café Sichel, sieht, wie Luna stets im Mittelpunkt steht und aller Augen auf ihr ruhen, wie jedes ihrer Worte Aufmerksamkeit findet. Sie braucht bloß um Feuer zu bitten, und schon springen zehn Männer von ihrem und den Nachbartischen mit ihrem Feuerzeug herbei, braucht bloß aufzustehen, und schon erheben sich alle, als wären sie englische Gentlemen. Von wegen Gentlemen, arme Schlucker aus den einfachen Vierteln sind sie. Und die Zigarette? Als sie Luna zum ersten Mal eine Zigarette anzünden sah, war sie entsetzt gewesen.

»Luna, bist du verrückt geworden?«

»Wag bloß nicht, es Papú zu erzählen«, erwiderte Luna.

»Wieso rauchst du? Nur billige Mädchen rauchen Zigaretten.«

»Was sagst du da? Sogar Golda Meyerson raucht Zigaretten. Es ist modern, Zigaretten zu rauchen, und ich bin ein modernes Mädchen.«

Modern, denkt Rachelika, hat mit Ach und Krach die Volksschule abgeschlossen, liest keine Zeitung, und wenn sie schon liest, dann nur Mode- und Filmzeitschriften, ja, darin ist sie wirklich eine Expertin. Gäbe es an der Hebräischen Universität Mode- oder Hollywood-Studien, wäre Luna längst promoviert.

»Ehrlich, Rachelika, sei doch nicht von gestern«, sagt Luna zu ihrer stets ernsten Schwester, »setz ein Lächeln auf, und wir gehen tanzen«, versucht sie sie zu verführen.

»Wie kannst du bloß an so was denken. Ich habe tausend Probleme im Kopf, die Lage im Geschäft ist total beschissen, Papa geht es schlecht, jeden Tag fallen Schüsse, und du denkst ans Tanzen.«

»Ja, aber was nützt es«, lässt Luna nicht locker, »wenn du mit Trauermiene daheimsitzt? Geht es Papú deshalb besser?«

»Und wenn er mich braucht?«

»Mama und Bekki sind zu Hause, wir lassen ihn nicht allein. Nun komm schon, du Sturkopf, was willst du denn, soll ich dich auf Knien anflehen?«

»Warum nicht? Lass mal sehen, vielleicht komm ich dann mit.«

Sie tanzten an jenem Abend bis Mitternacht.

»*Hayde*, Cinderella«, sagte Rachelika zu Luna, »Zeit, nach

Hause zu gehen, bevor Papa die ganze britische Polizei alarmiert.«

Sie verließen Hand in Hand das Café, gefolgt von Lunas begeisterten Verehrern. Einige aus dem Trupp waren erst kürzlich aus Übersee heimgekehrt, hatten in der Jüdischen Brigade des britischen Heers gekämpft. Sie waren jung, kräftig und voller Leben, und vor allem steckten sie voller Geschichten, die Lunas Phantasie anregten.

»Die Welt ist so groß und schön, und wir sind nie über Tiberias hinausgekommen«, sagte sie zu Rachelika, nachdem sie sich an der Haustür von ihren Verehrern verabschiedet hatten.

»Wie kannst du an die weite Welt denken, wenn die Lage im Land derart mies ist? Wenn jeden Augenblick Krieg ausbrechen kann? Wenn unser Jerusalem in Not ist?«

»Was nützt es mir, jetzt an Jerusalems Nöte und den eventuell bevorstehenden Krieg zu denken? Herrscht derzeit Krieg? Nein! Wenn es Krieg gibt, machen wir uns Kriegssorgen. Warum nicht träumen, solange man kann? Kostet das Geld?«

»Erzähl mir von einem deiner Träume«, lachte Rachelika, die sich dem Charme ihrer schönen Schwester nicht entziehen konnte.

»Ich träume davon, dass ich, wenn ich mal heirate, gleich als Erstes nach Tel Aviv übersiedle, hier in diesem Kaff bleibe ich nicht! Von dem Tag an, als wir zum ersten Mal bei Tia Allegra waren, von dem Tag an, als Papú uns an den Strand mitgenommen hat, träume ich davon, in Tel Aviv zu leben. Tel Aviv ist jung, leichtlebig, frei, Tel Aviv – das bin ich! Jerusalem ist alt, nimmt sich alles zu Herzen, denkt zu viel. Jerusalem, Rachelika – das bist du ...«

»Bin ich etwa alt?«, fragte Rachelika beleidigt. »Denkst du das von mir?«

»Du sitzt den ganzen Tag in Papús Laden, kommst heim

und sitzt zu Hause. Seit du nicht mehr ins Gymnasium gehst, bist du eine alte Schachtel geworden.«

»Was bleibt mir denn übrig? Man hat mich aus dem Gymnasium genommen, aus der Pfadfindergruppe, aus der Hagana. Was soll ich noch machen?«

»Mach was! Ich an deiner Stelle hätte nicht verzichtet, hätte mit Papú gestritten, ihm die Hölle heißgemacht, bis er mir nachgegeben hätte. Aber du – Papú sagt dir, brich die Schule ab, arbeite im Laden, und du gehst wie ein braver Esel hin und tust alles, was er sagt.«

»Ich kann nicht anders, als auf ihn zu hören, sogar du hörst auf das, was er sagt.«

»Das Kunststück, Schwesterherz, liegt darin, Papú das Gefühl zu geben, dass du auf ihn hörst, ihn zu ehren, aber nicht deinen Willen aufzugeben. Das Kunststück, Rachelika, ist, ihn nicht wegen allem und jedem um Erlaubnis zu bitten. Einfach auf Wiedersehen sagen und weggehen, und wenn er fragt, wohin, antworten: Ich bin gleich zurück. Bis du zurück bist, schnarcht er schon.«

»Aber wie kann ich aufs Gymnasium gehen, wenn er mich im Laden haben will? Und wie kann ich zu den Pfadfindern gehen, wenn ich nicht auf dem Gymnasium bin?«

»Du kannst tatsächlich nicht das Gymnasium besuchen, wenn er es nicht erlaubt, und er braucht dich tatsächlich im Laden, weil er krank ist. Es ist nicht so wie früher, als er dich zur Strafe dort haben wollte. Jetzt, wo du seine rechte Hand bist, kannst du das Gymnasium vergessen. Aber wenn du so gern lernen möchtest, dann geh doch aufs Abendgymnasium, und wer sagt denn, dass man aufs Gymnasium gehen muss, um in der Hagana zu sein?«

Gott, was kann einen meine eitle und kokette Schwester manchmal überraschen, dachte Rachelika.

»Wo hast du denn plötzlich so viel Verstand her?«, sagte sie und fiel Luna um den Hals.

»Von dir«, erwiderte Luna, »wir sind doch blutsverwandt, oder?«

Am nächsten Abend saß Gabriel gut gelaunt mit Frau und Töchtern am Tisch. Rosa trug Salzlakenkäse und grünen Salat mit Olivenöl und Zitronensaft auf. Das Weißbrot war frisch, und der Käse ließ sich leicht streichen. Sie aßen ruhig in angenehmer Atmosphäre. Ab und zu hörte man das heitere Geplauder der Mädchen und Gabriels Bitte, ihm Salz zu reichen. Nur Rosas Stimme erklang nicht. Sie war sehr still. Überhaupt war ihre Mutter in der letzten Zeit beinah unsichtbar geworden, überlegte Rachelika. Seit Gabriels Erkrankung schien sie gemeinsam mit ihm zu verlöschen, sich in einen Schatten ihrer selbst zu verwandeln. Rachelika überlegte, ob sie ihrer Mutter erzählen sollte, was sie kurz zuvor von ihrer Freundin Temima gehört hatte, die den Jugendzellen der Lechi angehörte. Sollte sie ihr erzählen, dass Onkel Efraim jetzt einen neuen Namen hatte und ein wichtiger Anführer war? Doch sie beschloss, die Dinge für sich zu behalten. Wenn sie sich dem Kampf wieder anschließen wollte, musste sie schweigen. Keiner, nicht einmal Luna, sollte von ihren Plänen erfahren.

»Wo bist du, *kerida*? Wo bist du hingegangen, nach Amerika?«, unterbrach der Vater ihre Gedanken.

Sie lächelte ihn an, froh, dass es ihm besser ging. Sie machte sich große Sorgen um ihn. Der Rheumatismus war ihm aufs Gemüt geschlagen, doch nun plötzlich war er wieder der liebe und nette Papa, den sie kannte. Sein Tatterich ließ zwar nicht nach, sosehr er ihn auch zu verbergen suchte, aber sein freundliches Lächeln war zurückgekehrt. Sie beschloss, seine gute Laune auszunutzen, und sagte: »Papú, ich möchte weiterlernen, ich kann das Abendgymnasium besuchen, sodass es meine Arbeit im Geschäft nicht stört.«

Gabriel schwieg eine Weile, die ihr wie eine Ewigkeit vorkam, und sagte dann: »Ich bin nicht mehr gesund, Rachelika, ich gehe kaum noch in den Laden, sitze zu Hause. Warum übernimmst du nicht das Geschäft und führst es an meiner Stelle, du und dein künftiger Ehemann.«

»Welcher Zukünftige, Papú? Nicht mal einen Freund habe ich.«

»Das kommt schon noch, *kerida*, mit Gottes Hilfe wird es einen Freund und eine Hochzeit geben, und das ist deine Mitgift, *kerida*. Luna und Bekki werden heiraten und für ihre Männer und Kinder zu Hause bleiben, aber du, du hast den Verstand, ein Geschäft zu führen, du bist wie die rechte Hand deines Papas, du hast alles Nötige von mir gelernt und wirst meine Nachfolgerin im Laden.«

»Papú *kerido*, das wünschst du dir für mich? Dass ich im Laden in Machane Jehuda arbeite? Hattest du dir nicht gewünscht, dass ich Bildung erwerbe? Hast du nicht gesagt, du würdest arbeiten, um uns zu ermöglichen, was dir nicht vergönnt war?«

Gabriel überlegte. Was war los mit ihm? Das Mädchen hatte recht. Sein Leben lang hatte er seinen Töchtern mehr geben wollen, als er selbst bekommen hat, immer wünschte er, dass sie gebildeter wären als Rosa, die kaum bis fünf zählen kann und das Alphabet nicht kennt. Recht hatte sie, seine Rachelika, warum sollte sie nicht zur Schule gehen, wenn es die Arbeit im Laden nicht beeinträchtigte?

»*Hayde, kerida*«, sagte er mit breitem Lächeln, »melde dich beim Abendgymnasium an.«

Sie sprang auf und fiel ihm um den Hals, übersäte ihn mit Küssen und tanzte um den Tisch herum. Luna, bass erstaunt, dass ihre ewig ernste Schwester vor Glück ganz aus dem Häuschen geriet, stand ebenfalls auf und tanzte und lachte mit. Auch Bekki schloss sich dem Reigen um den Tisch an, bei dem jede die Hände auf die Hüften der Schwester vor sich legte. Gabriel sah seinen glücklichen Töchtern zu, und ihm wurde warm ums Herz, seine hübschen, seine wunderbaren Töchter, die ihm das Leben verschönten. Rosa, die starr und unbeteiligt dabeisaß, blieb für ihn völlig ausgeblendet.

Sie saß am Ende des Tischs, blickte auf ihren glücklichen Mann und ihre lachenden Töchter und dachte an ihre Eltern, die an jener verfluchten Krankheit gestorben waren, an ihren Bruder Nissim, der in Amerika lebte und von dem sie schon vergessen hatte, wie er aussah, an ihren Bruder Rachamim, den die Türken, ausgelöscht sei ihr Name, am Damaskustor aufgehängt hatten, und vor allem dachte sie an Efraim, der weiß der Teufel wo steckte und nach dem sie sich verzweifelt sehnte. Lieber Himmel, da schau her, sie hatte eine Familie, Mann, Töchter, aber in solchen Momenten fühlte sie sich ihnen nicht etwa nahe, sondern unendlich fern. Und je mehr sie an die furchtbare Fremdheit, die sie im Beisein von Mann und Töchtern empfand, dachte, desto mehr wallte Wut in ihr auf: Er hat es fertiggebracht, mir meine Töchter abspenstig zu machen. Nicht genug, dass er mir sein Leben lang fernsteht, jetzt sind mir auch meine Töchter fern. Wenn es nur Luna, seine Seelenverwandte, wäre – gut, das bin ich gewohnt, das habe ich schon geschluckt, aber Rachelika? Bekki? Was habe ich in jener Welt verbrochen, dass ich in dieser Welt solch eine Strafe bekomme? Was hat meine Seele Furchtbares getan, ehe sie in diesen meinen Körper gefahren ist? Und warum zahle ich in diesem Leben einen so schmerzhaften Preis für etwas, was in jenem Leben geschehen ist? Sie stieß den Stuhl zurück und stand auf. Der Lärm des umkippenden Stuhls stoppte schlagartig den fröhlichen Reigen der Töchter.

»Mama, was ist passiert?«, fragte Rachelika.

»Nichts ist passiert! Tanzt weiter und lasst mich in Ruhe!«, antwortete sie wütend und verzog sich demonstrativ auf den Balkon.

Jerusalemer Kühle schlug ihr entgegen, eine Hundekälte, aber sie spürte sie gar nicht. Die Zurückweisung brannte ihr im Leib, ihre Augen füllten sich mit Tränen. Sie lehnte sich ans Balkongeländer, und einen Moment huschte ihr der Gedanke durch den Kopf, sich auf die Straße zu stürzen, zu sterben und ein für alle Mal diesen Schmerz loszuwerden, den Mann und Töchter ihr zufügten, dieses Gefühl, nicht dazuzugehören, verwaist zu sein, das sie seit dem Tag empfand, als ihre Eltern gestorben waren und sie als Zehnjährige mit ihrem kleinen Bruder allein auf der Welt gelassen hatten.

Am nächsten Tag meldete Rachelika sich gleich nach der Arbeit fürs Abendgymnasium an. Das Schulgeld würde sie von ihrem Lohn im Geschäft bezahlen, sie wollte ihren Vater gar nicht erst darum bitten. Danach ging sie geradewegs zu Lunas Arbeitsplatz, um es ihr als Erste zu erzählen. Luna stand barfuß im großen Schaufenster von Sachs & Sohn und streifte einer Puppe ein neues Kleid über. Rachelika sah ihr zu, wie sie den Stoff mit Stecknadeln um den Gummileib straffte. Neben ihr vor dem Schaufenster stand ein gutaussehender junger Mann, der das hübsche Mädchen im Fenster wie gebannt anstarrte. Rachelika pochte lächelnd an die Scheibe, um Lunas Aufmerksamkeit zu erregen, und als ihre Schwester sie erblickte, strahlte sie sie an und winkte ihr, in den Laden zu kommen.

»*Ya rabi!*«, sagte der junge Mann, sei es zu sich, sei es zu Rachelika. »Ich weiß gar nicht, wer hier die echte Puppe ist, die Puppe oder das Püppchen, das die Puppe ankleidet.«

Rachelika lachte und sagte: »Wenn Sie mich fragen, dann ist es das Püppchen, das die Puppe ankleidet. Sie ist übrigens meine Schwester.«

»Und wie heißt Ihre Schwester?«

»Luna, wie der Mond.«

»Dann sagen Sie bitte Ihrer Schwester, dass ich mondsüchtig bin.«

»Seien Sie mir gesund!«, lachte Rachelika und ging in den Laden.

Luna stieg aus dem Schaufenster und fragte: »Wer war das denn da draußen?«

»Wie soll ich das wissen? Ein junger Mann, der gefragt hat, wie du heißt. Ich hab ihm geantwortet, du hießest Luna wie der Mond, und darauf hat er gesagt, er sei mondsüchtig.«

»Das hat er gesagt?«, lachte Luna. »Nett, eigentlich …«

»Sehr nett, aber ich bin nicht wegen dem Netten da gekommen, sondern um dir zu erzählen, dass ich am Abendgymnasium aufgenommen bin.«

»Alle Achtung, *ermanita!*«, freute sich Luna. »Endlich wirst du wieder du selbst.«

»Das habe ich nur dir zu verdanken, Lunika, wenn du nicht gewesen wärst, wäre ich gar nicht darauf gekommen.«

Als Luna an jenem Abend von der Arbeit heimkam, sah sie anders aus als sonst. Ihre an sich schon strahlende Haut strahlte noch mehr, ihre Augen funkelten, und sie lächelte freigiebig in die Runde.

Bei der ersten Gelegenheit zog sie Rachelika in ihr gemeinsames Zimmer und berichtete: »Wie ich bei Sachs & Sohn rauskomme und die Türkapsel küsse, steht plötzlich der Mann vor mir, der mit dir gesprochen hat, als ich im Schaufenster stand, hält mir eine Rose hin und sagt: ›Die ist für das Püppchen, das schöner ist als die Puppe im Schaufenster.‹ Ich bedanke mich, nehme die Rose und gehe los, und er folgt mir. Also sage ich: ›Vielen Dank für die Rose, aber warum laufen Sie mir nach?‹ Und er antwortet mir: ›Von heute an bin ich Ihr Schatten, wohin Sie auch gehen, ich bin hinter Ihnen.‹«

»Und du hast ihn nicht weggejagt?«

»Warum sollte ich? Er ist zauberhaft! Er hat mich heimbegleitet, bis zu der Bank am Eingang zum Stadtpark, da haben wir uns hingesetzt, und er hat mir erzählt, er heiße David Siton und sei beim britischen Militär gewesen und erst kürzlich aus Italien heimgekehrt. Er ist wie wir, ein Spaniole, wurde in der Klinik Misgav Ladach in der Altstadt geboren, hat die sefardische Talmud-Thora-Schule besucht und gefällt mir von Moment zu Moment besser … Und plötzlich bringt er seine Lippen an meine und küsst mich. Glocken hab ich läuten hören, bei Gott, Rachelika, Glockengeläut. Hättest du das geglaubt, *ermanita*, es war mein erster Kuss.«

»Ich habe noch nie geküsst«, seufzte Rachelika schamhaft.

»Keine Sorge, David hat Freunde von der britischen Armee, wir werden schon einen finden, mit dem du dich küssen kannst.«

»Was heißt ›wir‹, seid ihr jetzt ein Paar? Hat er dir einen Antrag gemacht?«

»Klar hat er das, er hat mir einen Heiratsantrag gemacht.«

»Heute, auf der Parkbank? Er hat dich ja gerade erst kennengelernt!«

»Er hat gesagt, als er mich sah, habe er gleich gewusst, dass ich seine Frau werden würde, warum dann Zeit vergeuden.«

»Und was hast du ihm geantwortet?«

»Ich hab gelacht, was hätte ich denn sagen sollen? Liebe auf den ersten Blick, hättest du das geglaubt?«

Luna und David kamen sich immer näher, und sie entdeckte mit Freuden, dass David ebenso lebenslustig war wie sie. Sie gingen häufig in Cafés, Tanzclubs und Lichtspielhäuser. Zwar bevorzugte er Wildwest- und sie Liebesfilme, aber die Liebe zum Kino war ihnen gemeinsam.

»Schau mal, wie das Schicksal spielt«, flüsterte er ihr eines Abends ins Ohr, »da bin ich nach dreieinhalb Jahren aus diesem verfluchten Krieg nach Jerusalem zurückgekehrt, und gleich am nächsten Tag gehe ich die Jaffa-Straße entlang und sehe dich.«

Luna errötete. Sie konnte nicht glauben, dass ihr das passierte. Sie konnte nicht glauben, dass ihr Märchenprinz endlich aufgetaucht war. Sie hegte keinen Zweifel, den Mann ihrer Träume gefunden zu haben, den Mann, der der Vater ihrer Kinder werden würde. Sie war sich der Zukunft dieser Beziehung so sicher, dass sie David nach Hause einlud und ihn ihrem Vater vorstellte. Gabriel freute sich zu hören, dass David der Sohn seiner früheren Nachbarn Viktoria und Aharon Siton war, die seinerzeit seinen Erstgeborenen Rafael »gekauft« hatten. Kurz nach dem Tod des kleinen Rafael waren die Sitons von Ohel Mosche ins Viertel Romema verzogen, und der Kontakt war abgerissen. Nun wurde die Verbindung dank Luna und David erneuert, und da die Familien Ermoza und Siton sich seit langem kannten, führte die neue Freundschaft des jungen Paars bald nach dem ersten Treffen zur Verlobung.

Allabendlich holte David Luna von der Arbeit bei Sachs & Sohn ab. Sie besuchten die erste Abendvorstellung in einem der vielen Kinos der Stadt und gingen danach Arm in Arm zu ihrer Bank am Stadtpark und unterhielten sich. Luna erzählte David von ihren Schwestern und von ihrem geliebten Vater. Ihm fiel auf, dass sie kaum je ihre Mutter erwähnte, fragte sie jedoch nicht, warum. Er sprach wenig von sich selbst, aber da sie ihn immer wieder bestürmte, ihr von seinem Leben zu erzählen, gab er schließlich nach, und als er einmal angefangen hatte zu reden, war er kaum noch zu stoppen. Er erzählte ihr von seiner Familie, vom britischen Militär und vom Krieg, und vor allem sprach er über seine Mutter, der er besonders verbunden war.

Seit der Verlobung ging Luna bei den Sitons ein und aus. Unübersehbar war der große Altersunterschied zwischen seinen Eltern. »Meine Mutter war noch ein Kind, als sie meinen Vater kennenlernte«, erzählte ihr David. »Obwohl sie erst vierzehn Jahre alt war, war sie schon Witwe. Kurz nach ihrer ersten Hochzeit starb ihr Mann bei einer Choleraepidemie, und wer wollte schon eine Witwe heiraten? Nur ein Witwer mit Kindern. Wo sollte sie einen jungen Witwer hernehmen? Also fand man einen dreißig Jahre älteren für sie, und die beiden heirateten. Mein Vater hat keinen einzigen Tag im Leben gearbeitet. Seine Söhne aus erster Ehe, die vor den Türken nach Amerika geflohen waren, schickten ihm Geld, aber das genügte nicht, und wir, die kleinen Kinder, die ihm meine Mutter gebar, wurden, kaum dass wir zwölf Jahre alt waren, aus der Talmud-Thora-Schule genommen und zum Arbeiten geschickt. Ich kam in der Fleischerei meines großen Bruders im Viertel Mekor Baruch unter. Als er später nach Haifa zog und eine Fleischerei in der Unterstadt, nahe dem Hafen, eröffnete, wo, pardon, die Huren und die Seemannskneipen sind, hat er mich mitgenommen. Ich sah die Matrosen auf ihren Schiffen ankommen, lauschte ihren Geschichten von fernen Ländern, wollte auch los. Mit siebzehn hörte ich, dass man Soldaten fürs britische Militär einberief und sie auf Schiffen fortbrachte. Ich wollte ins Ausland fahren, hatte nicht bedacht, dass im Ausland Krieg herrscht. Um angenommen zu werden, habe ich mein Alter von siebzehn in achtzehn gefälscht.«

»Wie hast du das hingekriegt?«

»Ich bin nach Jerusalem zurückgekehrt und geradewegs zum Muchtar von Sichron Tuvia gegangen. Dem Muchtar, gesund soll er sein, brauchtest du bloß ein paar Groschen zu geben, und schon hat er dir alles ausgestellt, was du wolltest. Also hab ich ihm ein paar Groschen gegeben, und er hat mein Alter von siebzehn in achtzehn geändert. Ich wurde im Lager Sarafand rekrutiert und als Wachtposten auf den britischen Luftwaffenstützpunkt in Al-Bassa bei Ras al-Naqoura geschickt. Da begriff ich, dass ich das Ausland nur im Traum sehen würde und das Meer von Ras al-Naqoura aus.

Eines Tages kam ein Mann auf den Stützpunkt, Gad hieß er, der uns im Namen der Hagana bat, freiwillig in die Jüdische Brigade des britischen Heeres einzurücken, nach Europa zu fahren und gegen die Deutschen zu kämpfen. Ich wusste, das war meine Chance. Gad von der Hagana sprach über den Krieg gegen die Nazis, aber mich hat der Grund nicht interessiert. Für mich war es ein Abenteuer, eine Gelegenheit, ins Ausland zu fahren. Ich kam zum Pionierkorps und in einen Kurs, in dem man uns beibrachte, Armeelager aufzubauen und Brücken zu sprengen. Mein Freund Moise Bechor aus meinem Viertel war mit von der Partie.«

»Wollte der auch gern ins Ausland fahren?«

»Nein«, lachte David, »er wollte vor seiner Mutter flüchten, die ihn plagte. Wenn wir nachts zurückkehrten, hat sie ihn an der Tür erwartet und angeschrien: ›Was ist denn nun los, dass du um diese Zeit heimkommst? Die Sonne scheint schon!‹ Als er ihr sagte, er gehe ins britische Heer, ist sie ihm auf der Straße nachgelaufen und hat ihn angefleht daheimzubleiben. Ich werde nie vergessen, wie die *miskenika* mitten auf der Straße gesessen und geweint hat. Glaub mir, in dem Augenblick dachte ich, Moise hätte ein Herz aus Stein.«

»Und deine Mutter?«, fragte Luna, fasziniert von seinen Geschichten. »Was hat sie gesagt?«

»Meine Mutter, soll sie gesund sein, war damit beschäftigt, sich um meinen alten Vater zu kümmern, der sie geknechtet hat.«

»Und hat Moise tatsächlich ein Herz aus Stein?«

»Ein Herz aus Stein?«, lachte David. »Moise hat ein butterweiches Herz, er ist ein Goldjunge, ich liebe ihn wie einen Bruder, den ganzen Krieg haben wir zusammen durchgemacht. Wir haben in Montgomerys 8. Armee in El-Alamein gedient, in der 1. Camouflage-Kompanie, haben gegen Rommels Panzerarmee gekämpft, die drauf und dran war, Palästina zu erobern. Nach dem Sieg in Ägypten wurden wir auf Schiffe verfrachtet, zur Invasion Siziliens. Später haben wir in Norditalien einen ganzen Stützpunkt aufgebaut. Am nächsten Tag kamen deutsche Bomber und haben alles zerstört. Filmreife Luftschlachten. Dann sind wir weitermarschiert nach Monte Cassino. Die italienischen Faschisten saßen oben auf dem Berg und wir unten.

So ging das Tag für Tag, wir versuchten, den Berg zu erobern, und die italienischen Faschisten jagten uns runter, bis amerikanische Bomber kamen und das Kloster in Schutt und Asche legten. Die Faschisten ergaben sich sofort, hatten keine Lust zu kämpfen, diese trägen Italiener, haben immer gleich die Hände gehoben.

Die Armee ist gen Rom weitergezogen, und unsere Einheit gelangte nach Siena, wo wir stationiert blieben. Dort kam Gad von der Hagana wieder zu uns, diesmal mit einem neuen Auftrag: Ausrüstungsteile von den Briten klauen und auf Frachtschiffe verladen, die heimlich Flüchtlinge ins Land Israel brachten. Wir versteckten auch Flüchtlingskinder im Stützpunkt und schmuggelten sie von dort auf Schiffe, und so halfen wir der Hagana.«

»Und all das aus Abenteuerlust?«, fragte Luna.

»Gut, im Krieg war das kein reines Abenteuer mehr. Mein Gott, Lunika, was wir im Krieg durchgemacht haben. Doch du sollst um Himmels willen nicht denken, ich würde mich mehr als Held aufspielen, als ich einer gewesen bin.«

»Aber du bist mein Held«, sagte sie und schmiegte sich an ihn.

»Und du bist meine Prinzessin.« Er umschloss ihre Lippen mit seinen. Sie konnte ihn noch und noch küssen, konnte ihn gar nicht genug schmecken. Sie liebte das Kitzeln seines Schnurrbarts, den Duft seines Rasierwassers Marke Yardley, seinen Kleidungsstil. Er trug stets elegante Anzüge und passende Krawatten. David Siton war charmant, elegant, gutaussehend und vor allem interessant. Sie wurde nie müde, seine Kriegsgeschichten zu hören, und er erzählte immer gern. Nur wenn es um seine Zeit in Venedig ging, hatte sie das Gefühl, er verberge mehr, als er verrate, und bestürmte ihn, wieder und wieder von der Stadt zu erzählen, wo es Kanäle anstelle von Straßen und Boote anstelle von Autos gab.

»Sag mir, meine Hübsche, wieso hat dich bisher noch keiner entführt?«, beeilte er sich das Thema zu wechseln.

»Seit meinem sechzehnten Lebensjahr will meine Mutter mich verheiraten«, erwiderte sie ihm. »Eines Tages hat sie einen reichen Bräutigam aus Argentinien angeschleppt. Als ich den bloß sah, bin ich schon aus dem Haus geflüchtet, und meine Mutter hat gesagt, ich mache ihnen Schande. Kein Tag vergeht, ohne dass sie mir sagt, nun heirate endlich, damit jemand anders für dich sorgt.«

»Recht hat sie, deine Mama, es wird Zeit, dass jemand für dich sorgt.« Er hatte das gespannte Verhältnis zwischen Luna und ihrer Mutter bemerkt, wollte sich aber nicht einmischen.

»Wenn meine Mutter sich über mich ärgert«, fuhr Luna

fort, »dann sagt sie zu mir: ›Gebe Gott, dass deine Kinder dir mal dasselbe antun, was du mir antust.‹ Als sie das zum ersten Mal sagte, wollte ich zu meiner Oma Merkada nach Tel Aviv fliehen, damit sie mir *livianos* macht und mich vom bösen Blick meiner Mutter heilt. Ich hab wie eine Irre losgeschrien, und da hat meine Mutter gesagt: ›Wir werden dir einen Bräutigam suchen, ob du es willst oder nicht. Du bist schon ein großer Esel, es ist Zeit, dass du eine Braut wirst!‹ Und da kam so ein alter Knabe angetanzt, vielleicht siebenundzwanzig Jahre alt, weiß Gott, wo sie den aufgetrieben hat.«

»Wer war der Bursche?«

»Mein Vater hat gesagt, sein Vater hätte eine große Bäckerei, sie seien sehr reich.«

»Warum hast du ihn dann nicht geheiratet?«

»Ein Mann von siebenundzwanzig Jahren und noch unverheiratet? Mit dem stimmt was nicht.«

»Und was hast du gemacht?«

»Was glaubst du? Kehrt marsch! Ich bin aus dem Haus gerannt, habe mich hier auf die Bank am Stadtpark gesetzt, bis ich den alten Knaben und seinen Papa aus unserem Haus kommen sah, und bin dann erst heimgegangen. Mein Vater war nicht zu Hause. Meine Mutter hat gesagt, vor lauter Schmach sei er eine Runde mit dem Auto drehen gegangen, um sich zu beruhigen. Sie schrie, dass mir nichts helfen werde, ich könne beliebig oft aus dem Haus laufen, zum Schluss würden sie einen Bräutigam für mich finden, wenn nicht im Guten, dann unter Zwang. Sie wollte, dass ich einen Mann heirate, den ich nicht liebe, wie mein Vater eine Frau geheiratet hat, die er nicht liebt.«

»Luna, was redest du denn da?«

»Ich sage nur die Wahrheit! Mein Vater ist krank geworden, weil er meine Mutter nicht liebt.«

»Luna«, David war entsetzt, »sie ist deine Mutter. Es passt nicht zu einem Engel wie dir, so zu reden.«

»Meine Mutter setzt alle Dämonen in mir frei. Aber mein Vater, soll er gesund sein, liebt mich sogar mehr, als er meine Schwestern liebt.«

»Auch ich liebe dich mehr, als ich deine Schwestern liebe«, lachte er und schloss sie in die Arme.

Luna tat so, als wolle sie sich seiner Umarmung entwinden, und sagte schmollend: »Schluss, genug von meiner Mutter geredet, erzähl mir von Venedig, erzähl mir von der Stadt, in der es Kanäle statt Straßen gibt!«

»Aaach … Venedig!«, sagte er und blickte verträumt in den Himmel. »Venedig hat nicht seinesgleichen, es ist die schönste Stadt der Welt. Wir wohnten am Lido, in Villen reicher Leute, die wegen des Krieges geflohen waren und ihre Häuser zurückgelassen hatten, als würden sie gleich wiederkommen: Nahrungsmittel in der Speisekammer, reihenweise volle Rotweinflaschen. Wusstest du, dass Italiener Wein zu jeder Mahlzeit trinken? Das macht sie zu fröhlichen Menschen. Und auch wir, die wir vor unserer Ankunft in Venedig Wein nur zum Kiddusch und beim Pessachseder getrunken hatten, haben von den Italienern gelernt und angefangen zu trinken, bis wir stockbesoffen waren, haben auf den Tischen getanzt, in den Straßen gesungen. Nach dem verfluchten Krieg, nach so viel Tod, konnten wir endlich leben!«

»Und was war da noch?«

Er starrte sie an, als sähe er sie zum ersten Mal: »Hast du mir gar nicht zugehört? Leben, das war da, Leben!«

»Und Mädchen?«

»Mädchen ohne Ende! Sie waren bereit, für ein Paar Strümpfe mit uns zu gehen. Und für Essen taten sie alles! Nicht nur sie, die ganze Familie, der Papa machte den Zuhälter für die Tochter und deren Mutter auf einmal, hat seine Frauen für Brot und Käse verkauft.«

»Dann hast du viele Frauen gehabt?«

»Tausend wie König Salomo«, lachte er.

»Und hat es keine Besondere gegeben? Die eine und Einzige?«

»Wozu musst du das wissen?«

»Ich will alles über dich wissen!«

»Luna, mein Schatz, wenn ich etwas im Leben gelernt habe, dann, dass man nicht alles erzählen soll. Nicht du mir und nicht ich dir. Wir sollten einander nur Dinge sagen, die der andere hören möchte.«

6

Noch ehe der Heiratsvertrag ausgehandelt und das Hochzeitsdatum festgesetzt war, beschloss Luna, ihr erstgeborenes Kind, falls es ein Junge würde, nach ihrem Vater zu benennen. »Diese Ehre, meinem Sohn Papús Namen zu geben, wird mir keiner nehmen«, sagte sie zu Rachelika.

»Aber das geht doch nicht«, erwiderte Rachelika konsterniert, »David wird dem Sohn sicher den Namen seines Vaters, er ruhe in Frieden, geben wollen.«

»Soll er sich mit dem Wollen begnügen!«

»Luna!« Rachelika beherrschte sich mühsam, um ihre Schwester nicht anzuschreien. »So ist es nun mal üblich! Den erstgeborenen Sohn benennt man nach dem Vater des Ehemanns.«

»Seit wann interessiert mich, was üblich ist? Jetzt ist es auch üblich, den Kindern moderne Namen zu geben: Soll ich mein Kind deswegen etwa Joram nennen? Da gibt's nichts zu debattieren! Mein Sohn wird Gabriel heißen!«

»Gut, dann will ich mal sehen, wie du dich gegen David durchsetzt.«

»Wenn es ein Mädchen wird, kann er es von mir aus nach seiner Mutter benennen, ich würde meiner Tochter ohnehin nicht den Namen unserer Mutter geben.«

»Gott bewahre, Luna, jetzt, wo du bald eine Braut bist, musst du dich hüten vor bösen Worten, hör auf damit, was soll denn aus dir werden?«

»Was aus mir werden soll? Ich bin doch Gold gegen dich. Oder hab ich etwa Plakate der Etzel geklebt, als mein Vater dachte, ich wäre in der Abendschule?«

»Psst, Luna, wenn Papú hört, dass ich hinter seinem Rücken Plakate der Etzel angeschlagen habe, bin ich erledigt.«

»Was willst du dann von mir? Wo ich bloß meinem Ältesten Papús Namen geben will, um ihm die Ehre zu erweisen, die er verdient hat?«

Gebe Gott, dass Luna ein Mädchen bekommt, betet Rachelika, sonst bricht hier noch der Dritte Weltkrieg aus. Als hinge der Familiensegen nicht ohnehin schon schief genug.

Es sind stürmische Zeiten. Jeden Tag treffen schlimme Nachrichten von arabischen Hinterhalten ein, von Heckenschützen, die auf Juden schießen. Die britische Polizei ist meist auf Seiten der Araber, erlaubt keine Gründung neuer jüdischer Ortschaften, lässt Flüchtlinge aus den Displaced-Persons-Camps in Europa nicht von Bord gehen. »Aus dem Feuer gerettete Holzscheite« nennt man sie. Auf den Straßen ist es lebensgefährlich. Alle Augenblicke werden ganze Stadtbezirke mit Stacheldrahtrollen abgesperrt, und keiner kommt mehr raus oder rein. Und sie, Gott bewahre, wäre beinah erwischt worden, als sie neben der öffentlichen Toilette am Zion-Platz Plakate klebte. Zum Glück war sie so schlau, sich im stinkigen Männerklo zu verstecken. Zwanzig Minuten hat sie dort mit gespreizten Beinen über dem Loch gestanden, sich mit den Händen an den Kachelwänden der dreckigen Kabine abgestützt, darauf gewartet, dass die fiesen Engländer verschwanden.

Erst als sie meinte, die Engländer seien ihrer Wege gegangen, hatte sie sich aus ihrem übelriechenden Versteck gewagt. Draußen ägyptische Finsternis, Jaffa-Straße und Zion-Platz menschenleer wegen der Ausgangssperre. Lähmende Angst lastete ihr auf der Brust, drückte ihr schier die Luft ab. Das vorige Mal hatte sie es wie durch ein Wunder bis zu Onkel Schmuel geschafft, aber was sollte sie jetzt tun?

Ihr Partner war verschwunden, wie vom Erdboden verschluckt. Sie gingen immer paarweise los, um Plakate anzubringen, und hatten aufeinander achtzugeben, es sei denn, sie stießen auf britische Polizisten. In diesem Fall musste jeder für sich sorgen, hatte man sie instruiert, und das hatte sie getan. Aber wo hatte sich ihr Partner versteckt? Eine Sekunde nachdem er ihr *kalaniot,* Anemonen, das Deckwort für Engländer, ins Ohr geflüstert hatte, war er spurlos verschwunden.

Was sollte sie machen? Britische Streifenwagen patrouillierten auf der Jaffa- und der Ben-Jehuda-Straße. Sie fürchtete eine Festnahme schon deswegen, weil der Vater ihr ja ausdrücklich verboten hatte, am Kampf teilzunehmen. Es hätte ihr gerade noch gefehlt, dass er jetzt ihre Arbeit für die Etzel entdeckte. Gut, zumindest ist sie nicht zur Lechi gegangen, trotz aller Rekrutierungsversuche ihrer Freundin Temima. »Nur die Lechi wird die Engländer aus dem Land vertreiben! Das gelingt nur mit Gewalt!«, predigte ihr Temima, aber sie hatte sich nicht überreden lassen. Zwar unterstützten die meisten ihrer Mitschüler auf dem Abendgymnasium die Lechi, aber es gab auch einige wenige, die für die Hagana eintraten, und eine große Gruppe von Etzel-Anhängern. Bei jeder Gelegenheit erregten sich die Gemüter, und auf dem Schulhof gab es hitzige Diskussionen über die richtige Methode, die Engländer aus dem Land zu jagen. Jede Gruppe unterstützte ihre jeweilige Untergrundorganisation. Schließlich überzeugte sie ihr Klassenkamerad Mosche Alaluf, zu dem sie sich insgeheim hingezogen fühlte: »Menachem Begin sagt, dies sei ein Krieg bis zum Letzten!«

»Die von der Etzel rauben und stehlen«, hielt jemand dagegen.

»Die Etzel nimmt das Geld nicht für sich, sie raubt Geld von Banken, die britische Konten führen, und benutzt es für den Kampf!«, sagte Alaluf.

»Die Etzel mordet auch unbarmherzig!«, schrie einer der Hagana-Anhänger. »Als sie den Hochkommissar umbringen wollten und einen Sprengsatz auf sein Auto warfen, saß seine Frau drin, was soll ihre Schuld denn sein?«

»Sie befindet sich hier mit ihrem Mann, dem Hochkommissar, also trägt sie Mitschuld«, konterte Alaluf.

Nach dem Unterricht trat er zu ihr und gab ihr eine aufgerollte Zeitung. »Wenn dich das interessiert, dann sprich mit mir«, sagte er und ging davon.

Oben auf der ersten Seite der Zeitung prangte das Emblem der Etzel: Ein Gewehr vor dem Hintergrund der Landkarte Erez Israels beidseits des Jordans, eines großen und weiten Landes, dessen Grenzen bis an den Irak reichten. Links und rechts des Emblems standen die Worte: »Nur so!« Der Leitartikel attackierte die Anführer der Arbeiterbewegung und nannte sie »Lügner, Feiglinge und Verräter«. Vor allem richtete sich der Artikel gegen Mosche Schertok, der dem Hochkommissar vorgeschlagen hatte, eine Spezialeinheit zum Kampf gegen die jüdischen Terrororganisationen zu bilden.

Als sie noch in der Jugendabteilung der Hagana war, hatten ihre Anführer sich deutlich gegen diese beiden Untergrundorganisationen ausgesprochen und sie damit in ihrer Ablehnung bestärkt, aber sie war nie so vehement gegen Etzel und Lechi gewesen wie ihr Vater und die Jugendleiter. Sie hatte die an Bäumen und Gebäuden angebrachten Plakate gelesen, die im Namen einer »Nationalwache« warnten, ein Jude, der den Terrorverbänden Geld spende, untergrabe die Sicherheit des Jischuw und die Hoffnungen des Zionismus. Der in fetten Lettern gedruckte Text rief dazu auf, jeden solchen Fall einer öffentlichen Einrichtung oder einer vertrauenswürdigen öffentlichen Person zu melden.

»Erpresserischen Drohungen nicht nachgeben!«, hatten die schwarzen Buchstaben gefordert. Jetzt sah sie in der Zeitung, die Alaluf ihr gegeben hatte, eine Anzeige mit der prompten Erwiderung der Etzel: »Keine Zurückhaltung mehr! Uns ängstigt man nicht mit Verfolgung oder Tod! Wir sind zu jedem Leid und Opfer bereit! Wir schlagen den nazi-britischen Feind!«

Rachelika war tief beeindruckt von der Lektüre. Schon am nächsten Tag ging sie zu Mosche Alaluf und sagte ihm: »Ich mache mit.« Er drückte ihr die Hand, und seine Berührung jagte ihr einen Schauer über den Rücken. Sie war aufgeregt, hatte noch nie solche Erregung und Gefahr gespürt. Luna würde sicher verstehen, wovon sie redete.

Nach dem Unterricht begleitete er sie nach Hause. Es erregte sie, neben Mosche Alaluf herzugehen, ihr Herz klopfte wie wild, und der Weg erschien ihr viel zu kurz, auch wenn sie die meiste Zeit schwieg und ihr, wenn sie etwas sagen wollte, die Worte fehlten. Er hingegen redete und redete, referierte ihr begeistert Menachem Begins Vision, durch aktiven Kampf und nicht durch passives Verhalten einen Staat zu gründen.

»Mein Vater hält das nicht für den richtigen Weg«, versuchte sie einzuwenden, »mein Vater ist für das gemäßigte Vorgehen der Hagana.«

Er ließ sie kaum den Satz beenden, lief rot an, schwenkte die Faust und ratterte polemisch: »Die haben unser Blut vergossen! Sie haben unsere Kameraden gefoltert, unsere Leute dem nazi-britischen Feind ausgeliefert! Haben entführt und denunziert und geprügelt, und wir haben an uns gehalten. Und warum haben wir an uns gehalten? Weil Begin gesagt hat, das müsse im Namen der nationalen Einheit sein, aber jetzt nicht mehr! Von nun an Zahn um Zahn! Auge um Auge!« Rachelika wusste, er zitierte einen Aufsatz aus der Zeitung, die er ihr gegeben hatte, und redete in einem Stil und in Worten, die nicht seine waren.

Als sie fast bei ihrem Haus angekommen waren, fragte er vor dem Abschied: »Also, was sagst du? Bist du bereit, Treue zu schwören und dich dem Kampf anzuschließen?« Rachelika war großgewachsen, aber Mosche Alaluf überragte sie um Hauptesläange. Sie hob das Gesicht zu ihm auf und blickte ihm in die Augen, die halb geschlossen waren, als sei er ins Gebet versunken. Sie wünschte sich so sehr, er möge den Kopf neigen und sie auf die Lippen küssen, aber er machte keinerlei Anstalten dazu. Enttäuscht blickte sie zu Boden und sagte: »Ich brauche noch Bedenkzeit.«

Er wachte augenblicklich aus seiner Versenkung auf. »Was überlegst du denn so viel, wenn Erez Israel dich braucht?«

»Ich bin noch nicht sicher, ob ich bereit bin, für irgendwas zu sterben, auch nicht für Erez Israel!«

»Erstens stirbt man nicht so schnell«, erwiderte er todernst, »und zweitens wird man nicht so schnell aufgenommen. Du musst dich erst bewähren.« Er reckte die Faust in die Höhe, sagte entschieden: »Nur so!«, und ging.

Die ganze Nacht fand sie keinen Schlaf vor Aufregung. Mosche Alaluf, die Etzel, alles verknäulte sich in ihrem fiebrigen Geist, sie bekam kein Auge zu und wälzte sich ruhelos hin und her. Seit sie die große Wohnung in der King-George-Straße hatten aufgeben müssen und nach Ohel Mosche zurückgezogen waren, schlief sie in einem Bett mit Luna, die schließlich mit den Füßen kickte und murrte: »Was hast du denn? Du weckst mich dauernd.«

»Ich kann nicht schlafen.«

Luna setzte sich mit einem Ruck auf. »Ist was passiert?«

»Leise ... sonst weckst du Bekki noch auf«, flüsterte Rachelika.

»Bekki schnarcht wie ein Gaul, die wacht von nix auf. Was ist los? Warum schläfst du nicht?«

Und Rachelika erzählte es ihr.

»Bist du total verrückt geworden?«, ereiferte sich Luna. »Wenn Papú das erfährt, sperrt er dich dein Leben lang im Haus ein, nicht mal eine Hochzeit wirst du haben.«

»Keiner darf es wissen! Das ist streng geheim!« Rachelika sprang aus dem Bett und baute sich vor ihr auf: »Wenn du nur ein Sterbenswörtchen verrätst, erzähl ich dir im Leben nichts mehr und lass mir auch von dir nichts erzählen.« Und Luna, die eine Heidenangst davor hatte, dass ihre Schwester nicht mehr bereit sein könnte, ihren Geheimnissen zu lauschen, gelobte volle Diskretion.

Am nächsten Abend wartete Rachelika nach dem Unterricht am Schultor auf Mosche Alaluf. Wortlos bedeutete er ihr, neben ihm zu gehen. Anders als am Vortag, an dem er pausenlos geredet hatte, schwieg er jetzt. Sie gingen die King-George-Straße entlang, und sie spürte einen leichten Stich im Herzen, als sie das Haus passierten, in dem sie noch vor kurzem gewohnt hatten. Sie kamen am Stadtpark vorbei, gingen Richtung Rechavia und betraten die Grünanlage in der Rambam-Straße. Ihr Herz setzte einen Schlag aus. Mosche hakte sie ein und führte sie zu einer Bank. Kaum saßen sie, legte er ihr einen Arm um die Schulter und drückte sie an sich. Sie zitterte am ganzen Leib vor Erregung und Erwartung, als er ihr ins Ohr flüsterte: »Tu so, als würdest du mich küssen.«

»So tun als ob?« Sie war verwirrt. »Was meinst du damit?« Doch ehe sie den Satz ganz ausgesprochen hatte, drückte er seine Lippen fest auf ihre. Sie wollte die Lippen öffnen, ihn wirklich küssen, aber die Art, wie er ihr mit den Lippen den Mund verschloss, zeigte ihr, dass er sie tatsächlich nur zu küssen vorgab. Enttäuscht stieß sie ihn von sich und rückte ans Ende der Bank. Er kam näher und flüsterte: »Was tust du denn?«

»Was tust du?«

»Hast du nicht gesehen, dass hier Anemonen vorbeigegangen sind?«, fragte er und zog eine Rolle und eine Blechdose hinter einem Strauch hervor.

»Das sind die Plakate«, flüsterte er ihr zu, »und das ist der Leim. Wir müssen die Plakate an Bäume und Gebäude kleben.«

»Und was machen wir mit Plakaten und Leim, wenn Anemonen kommen?«, flüsterte sie besorgt zurück.

»Wir halten sie so zwischen unseren Körpern und umarmen uns fest. Sie achten nicht drauf. Ich hab das schon tausendmal gemacht!«, sagte er in einem Ton, der ihr Sicherheit verleihen sollte, aber nur Angst einflößte.

Es kamen keine Anemonen mehr in jener Nacht. Es war unnötig, sich zu umarmen und zu küssen wie ein Liebespaar auf einer Parkbank. Sie klebten die Plakate und machten sich eilig davon. Als sie im Viertel Scha'are Chessed angelangt waren, verabschiedete er sich mit »Nur so!« und ging. Bot nicht einmal an, sie heimzubegleiten. Enttäuscht und verärgert rannte sie nach Ohel Mosche und kam erst an der Haustür wieder zu Atem.

»Was ist denn passiert, *kerida*, was schnaufst du so?«, fragte Rosa.

»Ich bin gerannt, es war so dunkel draußen, aus Angst bin ich gerannt.«

»Vielleicht ist es wirklich gefährlich, dieses Abendstudium, *mi alma*, vielleicht sollte man in solchen Zeiten nicht zum Unterricht gehen?«

»Mama, hör auf!«, erwiderte Rachelika ungewöhnlich barsch, was Rosa sprachlos machte.

»Verzeihung«, entschuldigte sie sich hastig bei ihrer Mutter. Was ist denn mit ihr los? Sie kennt sich ja gar nicht wieder, küsst einen fremden Jungen, klebt mitten in der Nacht Plakate, flüchtet vor den Anemonen, kommt ihrer Mutter frech. Gut, dieses Spiel passt ihr nicht, ab morgen wird sie keine Plakate mehr kleben. *Basta*, das ist nichts für sie.

Aber sie hörte nicht auf, nicht am nächsten Tag und auch nicht am übernächsten, konnte einfach nicht aufhören.

Jetzt gehörte sie einer Gruppe von Jungen und Mädchen an, die in den Reihen der Untergrundorganisation arbeiteten. Immer öfter blieb sie wegen ihrer subversiven Tätigkeit dem Unterricht fern. Sie überlegte nicht, was wäre, wenn ihr Vater davon erfuhr, wollte es sich nicht ausdenken, wollte nur weiter Plakate kleben, im Rang aufsteigen und spannendere, riskantere Dinge tun, über die man nur im Flüsterton sprach.

Wie die vorigen Male kannte sie auch diesmal den Jungen nicht, mit dem sie loszog. Er trug eine Brille und redete nicht viel. Sie gingen Hand in Hand, wie befohlen, zwei Fremde, die sich als Liebespaar ausgaben. Er hakte seinen kleinen Finger in ihren. »So geht mein Bruder, der Kibbuznik, mit seiner Freundin«, war der einzige Satz, den er zu ihr sagte. Sie gingen schweigend die Prophetenstraße entlang bis zum englischen Krankenhaus. Gegenüber, hatte man ihnen gesagt, gebe es einen kleinen Garten rings um das Haus, in dem die Dichterin Rachel einmal gewohnt hatte. Unter der Bank im

Garten würden die Plakate und der Leim auf sie warten. Vier Stufen führten von der Straße zum Garten. Sie fanden gleich das Gesuchte, brauchten sich nicht mal zum Schein zu küssen. Sie waren beauftragt, die Plakate neben die Kinokassen am Zion-Platz zu kleben, damit die Besucher sie beim Kartenkaufen sofort vor Augen hätten. Sie gingen schnell, um es vor Anbruch der Ausgangssperre zu schaffen, schafften es aber nicht. Als sie gerade an Dr. Tichos Haus in der Rav-Kook-Straße vorbeikamen, verkündeten die patrouillierenden britischen Streifenwagen den Beginn der Ausgangssperre. Schon seit Wochen klebte sie Plakate nach dem Unterricht, aber niemals während einer Ausgangssperre. Zu Hause erzählte sie, sie ginge zu Temima, um für die Prüfungen zu lernen.

Ihr Vater war anfangs dagegen gewesen: »Um diese Uhrzeit hast du draußen nichts zu suchen!«, bestimmte er.

»Aber Papú *kerido*, wann soll ich lernen? Ich arbeite bis nachmittags im Laden, wann bleibt mir denn Zeit?«

Zum Glück hatte der Vater ihr die Geschichte abgenommen. Aber was sollte werden, wenn es tatsächlich mit den Prüfungen losging? Wann sollte sie dann dafür lernen?

Das Adrenalin, das in ihren Adern strömte, der berauschende Nervenkitzel, wenn sie die Plakate an Bäume und Hauswände klebte, das nationale Sendungsbewusstsein und die Beteiligung am Kampf ließen sie jede Vernunft vergessen. Sie wusste, kein Mensch würde glauben, dass sie, Rachelika, das brave Mädchen, das niemals Probleme machte, die gehorsame Tochter, die so anders war als die sich dauernd in Lügen verstrickende Luna, dass sie, Rachelika, Plakate der Etzel klebte.

Eine Katze, die aus einer Mülltonne sprang, versetzte ihr einen Mordsschreck. Gott bewahre, was mach ich jetzt?, denkt sie und drückt sich wie ein Schemen an eine Hauswand. Schnell entschlossen wirft sie Leim und Plakate in die Mülltonne, aus der die Katze gesprungen ist. Morgen wird sie es büßen müssen, aber heute hat sie sich selbst gerettet. Es gab keine andere Wahl. Sie würde heimwärts gehen, und wenn die Anemonen sie aufgriffen, dann sollten sie halt. Sie könnte ihrem Vater immer noch sagen, sie sei bis spät in der Schule gewesen und hätte es nicht rechtzeitig nach Hause geschafft. *Wai de mi sola*, ich habe mehr Angst vor meinem Vater als vor der britischen Polizei, und überhaupt, wann habe ich denn angefangen, wie Luna zu denken? Sie hofft, ihrem Vater tatsächlich ins Gesicht lügen zu können, aber bevor sie fertig plant, wie sie ihren Vater anlügen soll, muss sie erst mal die englischen Polizisten belügen, die neben ihr aus dem Streifenwagen springen: »Was machen Sie auf der Straße? Haben Sie nicht gehört, dass Ausgangssperre ist?«, schreit der eine sie an.

»Ja, Sir«, sagt sie mit Unschuldsmiene, »ich war bis spät in der Abendschule und habe nicht gemerkt, dass die Ausgangssperre begonnen hat. Bitte, Sir, ich muss nach Hause«, versucht sie, sein Herz anzusprechen. »Bitte helfen Sie mir, meine Eltern sind sicher schier verrückt vor Sorge.«

Doch statt sich erweichen zu lassen, fordert der englische Polizist sie streng auf, ihre Schultasche zu öffnen und deren Inhalt auszuräumen. Zum Glück enthält ihre Tasche nur Hefte und Bücher. Im Herzen dankt sie Luna, die ihr geraten hat, die Etzel-Zeitung zu zerschnippeln, ins Klo zu werfen und fortzuspülen. Und sie dankt Gott, dass sie es noch geschafft hat, Plakate und Leim loszuwerden.

Der Polizist fordert sie auf, Bücher und Hefte wieder einzuräumen und danach in den Streifenwagen zu steigen. Angstschlotternd gehorcht sie ihm, sieht vor ihrem geistigen Auge, wie sie in die Kishle gebracht und hinter Schloss und Riegel gesteckt wird. Papú wird mir nicht verzeihen, denkt sie, er wird mich im Haus einsperren. Und das Allerschlimmste – er wird denken, ich wäre wie Luna geworden. Sie fürchtet, ihn zu enttäuschen, weiß, wie schwer er es derzeit hat, sieht, wie in sich gekehrt er neuerdings wieder ist, verbittert, von Sorgen verzehrt. Er sagt nie etwas, runzelt nur die Stirn, und wenn sich seine Stirn in Falten legt, dann ist er furchtbar wütend, doch nie kehrt er seinen Zorn heraus. Er schreit nicht, ereifert sich nicht, und das ist viel schlimmer als Schimpfen und Schreien, sogar schlimmer als Prügel.

»Adresse«, fordert der englische Polizist.

Sie nennt ihm die Anschrift in der King-George und verbessert sofort in Ohel Mosche. Schon fast zehn Monate wohnen sie wieder an der alten Adresse, und sie hat sich immer noch nicht daran gewöhnt.

Der Streifenwagen fährt durch die leeren Straßen, und zu ihrem Schreck schaltet der Fahrer das Martinshorn an. Das Sirenengeheul zerreißt ihr schier die Ohren, gewiss wird man an der Wache halten und sie in die Zelle sperren, und wer weiß, wie lange man sie einbehält. Aber der Wagen fährt an der Polizeistation vorbei und hält vor dem Tor von Ohel Mosche. Dort lässt man sie aussteigen, und zwei Polizisten flankieren sie auf dem letzten Wegstück.

Was nun passierte, hätte sie sich auch in ihren wildesten Phantasien nicht ausmalen können. Die Polizisten bollerten hart gegen die Haustür. »Aufmachen! Polizei!«, schrien sie, und Rachelika, zitternd vor Angst, stellte sich vor, wie alle Nachbarn jetzt aus ihren Fenstern spähten und sie, die ruhige Tochter von Senyor und Senyora Ermoza, eskortiert von zwei englischen Polizisten, sahen und sich verblüfft die Augen rieben. Ausgerechnet sie, das brave Mädchen, ausgerechnet sie ist mit der britischen Polizei in Konflikt geraten.

Ihre Mutter öffnete. »Gottlob! Du hast uns schon wieder einem Herzanfall nahegebracht! Wir dachten, es wäre dir was passiert.« Und ohne die Polizisten noch nach ihrem Begehr zu fragen, zog sie Rachelika ins Haus. »*Grasias al Dio*, Gabriel, Rachelika ist da.«

Ihr Vater erhob sich aus seinem Sessel und schaltete das Radio aus. Er schwankte leicht, stützte sich auf die Stuhllehne und blickte Rachelika und die beiden Polizisten fragend an. Luna und Bekki kamen aus ihrem Zimmer und blieben ebenfalls im Wohnraum stehen.

»Ihre Tochter war während der Ausgangssperre gesetzwidrig auf der Straße«, sagte einer der Polizisten.

»Verzeihen Sie mir, meine Herren, ich bedaure es sehr«, sagte Gabriel, indem er schwerfällig auf sie zu trat. »Man hat so seine liebe Last mit Töchtern. Sie wissen bestimmt, wie schwierig es heutzutage ist, Mädchen großzuziehen. Und ihr«, wandte er sich an seine verblüfften drei, die wie angewurzelt dastanden, »was steht ihr dumm rum, kommt her und stellt euch den Gentlemen vor.« Nun präsentierte er den Engländern übertrieben höflich seine Töchter: »Darf ich bekannt machen, Gentlemen: Das ist meine älteste Tochter Luna, dies meine jüngste, Rebekka, und meine mittlere Tochter Rachel kennen Sie bereits. Sie ist ein gutes Mädchen, aber ein bisschen verträumt. Es ist nicht das erste Mal, dass sie in die Ausgangssperre gerät. Ich verzeihe ihr, ich hoffe, Sie tun es auch.«

Die Polizisten lächelten beim Anblick der drei hübschen Mädchen, und Rosa, die bisher wie vom Donner gerührt an der Tür gestanden hatte, wachte abrupt auf und bat die Polizisten an den Tisch. »Bitte, bitteschön, Gentlemen, setzen Sie sich, greifen Sie zu«, sagte sie, trug eilig eine Schale mit frischen *biskochos* auf und beorderte Luna, die ungebetenen Gäste zu bedienen. Gabriel trat an das geschnitzte Buffet, schob die Glastür auf, nahm eine Flasche mit gutem Cognac heraus, schenkte Kristallgläser ein und reichte sie den Polizisten, um auf die liebe Last mit Töchtern anzustoßen.

Die Polizisten saßen gemütlich am Tisch, tranken den Cognac, von dem Gabriel ihnen nachschenkte, kaum dass die Gläser geleert waren, und auch Rosa bemühte sich um die Gäste, die ihre Aufgabe schon völlig vergessen hatten und sich mit Gabriel so angeregt über Kindererziehung unterhielten, als wären sie alte Freunde.

»*Dio santo*, sie wollen nicht gehen«, sagte Rosa zu den Töchtern, als sie allein in der Küche waren.

»Warum sollten sie weggehen? Drei hübsche Mädchen, guter Cognac, warum dann weg?«, gab Rachelika abfällig zurück.

»Sei ruhig, du Kürbiskopf, damit sie dich nicht hören«, flüsterte Luna.

»Die bleiben noch zum Schlafen hier«, fuhr Rachelika fort, »wenn wir nicht was unternehmen, um sie rauszuschmeißen.«

»Besser, sie schlafen hier als du im Knast«, stichelte Luna.

»Ruhe, Ruhe, ihr beiden! Damit die Ingländer euch nicht hören. Geht hin und bringt ihnen frische *borekitas*«, wies Rosa die Mädchen an.

Die drei verließen die Küche und setzten den Polizisten ofenwarme *borekitas* vor.

»Haben Sie nur die drei Töchter?«, fragte der eine Polizist.

»Drei, aber wie dreißig«, lachte Gabriel, bemüht, sein Lachen nicht künstlich klingen zu lassen.

»Das ist außergewöhnlich«, sagte der englische Polizist, »ich weiß, dass die sefardischen Familien viele Kinder machen.«

»Es waren mal mehr«, sagte Gabriel, »aber sie sind nicht am Leben geblieben, was kann man machen, der Herr hat gegeben, der Herr hat genommen, gelobt sei der Name des Herrn.«

Überrascht stellte er fest, dass er sich gar nicht so ungern mit den englischen Polizisten unterhielt, die etwas von der Sehnsucht nach ihren Familien in der Heimat bei ihm abluden.

Aber es war schon spät, und er wollte, dass sie gingen, damit er mit Rachelika abrechnen konnte.

Die Anwesenheit der Polizisten ausnutzend, bat Luna darum, die Außentoilette im Hof aufsuchen zu dürfen. Normalerweise pinkelten sie bei Ausgangssperre in blecherne Nachttöpfe, die sie unterm Bett stehen hatten. Morgens entleerten sie sie dann in die Toilette, spülten sie und hängten sie an die Hauswand zum Hof, neben die Wanne, in der sie sich wuschen.

Gott, dachte Luna, wohin sind die glücklichen Tage in der King-George-Straße, wo sie ein WC im Haus und eine Badewanne aus Porzellan mit Wasserhähnen aus Messing hatten, statt eines Plumpsklos am anderen Ende des Hofs und einer blechernen Wanne für die Körperwäsche. Wie schön waren die Tage in der King-George gewesen und wie kurz. Kaum hatte sie sich eingelebt, mussten sie wieder zurück ins alte Viertel mit den klatschsüchtigen Nachbarinnen, die sich bis heute den Mund über Onkel Efraim zerrissen, weil er angeblich Matilda Franko erschossen hatte.

Der Polizist erlaubte Luna auszutreten und gleich darauf auch Bekki und Rachelika. »Aber eine nach der anderen, nicht alle zusammen«, befahl er und war mit einem Schlag nicht mehr der nette Herr, der mit ihrem Vater Cognac trank, sondern wieder ein verhasster und furchteinflößender englischer Polizist.

Als alle Mädchen zurück waren, erhoben sich die Polizisten, dankten Gabriel und Rosa für die Bewirtung, warnten Rachelika, sich künftig bei Ausgangssperre nicht draußen aufzuhalten, und verschwanden, wie sie gekommen waren.

»Endlich sind sie weg, Gott sei Dank«, atmete Gabriel erleichtert auf, setzte sich in seinen Sessel, zündete mit zittriger Hand eine Zigarette an und sog den Rauch ein. Er warf einen

Blick auf seine Töchter, die sich auffällig um Ordnung und Sauberkeit bemühten, und auf seine Frau, die nach dem Weggang der Engländer verstummt war. Sie saß am anderen Ende des Zimmers und stickte wieder einen ihrer Gobelins, die sie an die Wände hängte wie Kunstwerke, als wären sie hier im Louvre und nicht in einem ärmlichen Häuschen in Ohel Mosche.

Gabriel seufzte, und ein scharfer Schmerz zerriss ihm die Brust. Wie nur? Wie ist es passiert, dass er seine Familie aus dem prächtigen Haus in der King-George-Straße nach Ohel Mosche hat zurückbringen müssen, noch dazu unter erheblich schlechteren Bedingungen als zuvor? Wie ist es passiert, dass er, vormals ein wohlhabender, geehrter Mann, der ein Automobil und ein florierendes Delikatessengeschäft sein Eigen nannte, jetzt keinen Groschen besitzt? Er ist in einem Haus aufgewachsen, in dem man stets Geld in der Tasche hatte. Die Ermozas sind niemals steinreich gewesen, aber auch nie arm. Warum ist es gerade ihm vom Himmel beschieden, seine Familie ins Elend zu führen? Ist es der Fluch seiner Mutter? Sie hat ihren Fluch doch aufgehoben an dem Tag, als sie ihm *livianos* machte, ihn von seinen Sünden reinigte und ihm wünschte, er möge ins Leben zurückkehren und in all seinem Tun Erfolg haben, sie hat ihm doch vergeben und ihm befohlen, neu anzufangen. Woher dann also der Fluch? Wer hat ihn mit dem bösen Blick belegt? Welche schlimme Sünde hat er begangen, dass er und seine Töchter diese Strafe verdienen, aus der Höhe in die Tiefe zu stürzen? Wie lange wird er noch durchhalten, ehe er zusammenbricht? Und wenn er zusammenbricht, was wird dann aus seinen Töchtern? Sie haben noch nicht geheiratet, noch keinen eigenen Hausstand gegründet. Er muss sie verheiraten, muss wissen, dass sie gut versorgt sind, bevor er die Hände hebt und sich seinem Schicksal ergibt. Bis dahin bleibt ihm nichts anderes übrig, er muss weitermachen und die Bürde tragen, so schwer es ihm auch fällt.

Die Mädchen waren fertig mit Putzen und wollten schon auf ihr Zimmer gehen. »Du«, sagte er zu Rachelika, »du bleibst hier.« Zitternd vor Angst blickte Rachelika zu Luna hinüber, aber statt sie zu beruhigen, zog ihre Schwester sich die Hand über die Kehle, als wollte sie sagen: Papú schlachtet dich gleich ab.

Rosa starrte auf ihre Stickerei, wäre am liebsten im Erdboden versunken. Sie fand den Gedanken unerträglich, dass Gabriel Rachelika zürnen könnte. Rachelika ist pures Gold, *ija de oro*, schuftet den ganzen Tag im Geschäft wie ein Esel, tut alles für ihren Vater, doch er hat nur Augen für die verwöhnte Luna. Rachelika macht die ganze Dreckarbeit, sogar jetzt, wer hat das Geschirr gespült? Rachelika, wer denn sonst wohl, sollte Luna sich etwa die roten Nägel schmutzig machen? Was die *flaka* auch anstellt, er verzeiht ihr, aber Rachelika *miskenika*, was kann sie dafür, dass sie in der Ausgangssperre hängengeblieben ist? Jetzt wird er sie anschreien und bestrafen. Was für eine Sorte Vater ist er geworden? Nur Luna sieht er, nicht Rachelika und nicht Bekki, die in seiner Gegenwart kaum zu atmen wagt. Bekki ist auch arm dran. Weil sich immer alles nur um Luna dreht, beachtet sie keiner, und sie ist praktisch von allein groß geworden, ein Glück, dass sie ein so gutes Kind ist und sich nicht beklagt.

»Komm, nimm dir einen Stuhl, setz dich zu mir«, sagt Gabriel zu Rachelika, und sie tut wie geheißen. Sie setzt sich, den Kopf auf die Brust gesenkt, wartet. »Rachelika *kerida, ija mia*«, sagt er zu ihrer Überraschung in sanftem Ton, »unter all meinen Töchtern verlasse ich mich nur auf dich. Du bist ein ernsthaftes Mädchen, *kerida*, du bist verantwortungsbewusst. Ich weiß, ich habe dir Unrecht getan, als ich dich vom Gymnasium nahm und in den Laden stellte, aber du siehst ja mit eigenen Augen, wie sehr ich dich brauche. Was würde ich ohne dich dort anfangen? Wie soll ich mich auf Tio Matzliach verlassen, der, möge Gott mir vergeben, genau das Gegenteil von seinem Namen, »Erfolgreicher«, ist? Wie soll ich mich auf Abramino verlassen? Der nicht nur ein *troncho de Tveria* ist, sondern nicht mal zur Familie gehört? Nur dir vertraue ich, *kerida*, nur du mit deinem Verstand kannst den Laden retten, außerdem bist du die Einzige, die mich nicht bestehlen wird, und deshalb übergebe ich dir fortan die Leitung des Geschäfts. Ich bin krank, *kerida*, meine Beine tragen mich nicht mehr nach Machane Jehuda, tragen mich nirgends mehr hin, du musst für mich den Laden führen, für deine Mutter, für deine Schwestern, für unsere Familie.«

Rachelika schweigt, versucht die Größe der Verantwortung zu verdauen, die der Vater ihr eben auf die Schultern geladen hat, versucht zu verstehen, wieso er ihr nicht böse ist und sich nicht darüber aufregt, dass die englischen Polizisten sie während der Ausgangssperre aufgegriffen haben. Aber wie, überlegt sie fieberhaft, wie soll ich das Geschäft führen, wenn ich noch dazu zur Schule gehe? Und als hätte der Vater ihre Gedanken gelesen, fügt er hinzu: »Du wirst die Schule aufgeben müssen.«

Rachelika atmet kaum, es bleiben nur noch wenige Monate bis zum Abschluss des Gymnasiums, sie muss es bis dahin schaffen, muss danach aufs Seminar gehen. Zum ersten Mal stellt sie sich ihrem Vater gegenüber auf die Hinterbeine: »Tut mir leid, Papú, ich möchte nicht aufhören zu lernen.«

»Du möchtest nicht aufhören zu lernen?«, wiederholt er, als traue er seinen Ohren nicht. »Ist es, weil dir das Lernen so wichtig ist, oder gibt es vielleicht einen anderen Grund?«

Jetzt kommt's, denkt sie, ihr Vater weiß von ihrer Tätigkeit in der Etzel. Aber zu ihrer Überraschung erwähnt er die Etzel mit keinem Wort, sondern fährt fort: »Denkst du, ich wäre von gestern? Meinst du, ich hätte wirklich geglaubt, dass du jeden Abend zu deiner Freundin gehst, um für die Prüfungen zu lernen? Deine Schule ist zu nahe am Zion-Platz mit dem Café Europa, dem Café Vienna, wo die englischen Schurken sich rumtreiben.«

»Gott behüte, Papú, ich schwör's dir, ich gehe niemals in Cafés, und gewiss nicht in solche, in denen Engländer sitzen.«

»Gut«, sagt er besänftigt, »und doch bleibt keine andere Wahl, du musst das Geschäft führen, und wenn du nicht gleichzeitig lernen und führen kannst, dann bleibt nichts anderes übrig, *kerida*, du musst die Schule aufgeben.«

»Ich werde alles tun, was du sagst«, bettelt Rachelika, »nur verlang nicht von mir, das Lernen aufzugeben.«

»Es bleibt nichts anderes übrig, sonst geht das Geschäft zum Teufel, und ich kann euch nicht mehr ernähren.«

Er hat kein Wort über die englischen Polizisten verloren, die sie während der Ausgangssperre draußen aufgegriffen haben, hat sie nicht getadelt, weil sie sich herumgetrieben hat. Er hat nur gesagt, was er sagen wollte, und sie ins Bett geschickt.

»Was soll ich machen?«, fragt Rachelika Luna, die auf sie gewartet hat.

»Du hast keine Wahl«, antwortet Luna in sanftem Ton und streicht ihr übers Haar. Sie weiß, dass Rachelika unbedingt die Schule abschließen und Lehrerin werden will, aber sie versteht auch ihren Vater und weiß, wenn Rachelika sich nicht fürs Geschäft einsetzt, wird Mordoch, der Kurde, es sich unter den Nagel reißen, wie er es schon mit der Halva-Fabrik getan hat, und dann ist die Familie erledigt. Sie wünscht sich, ihre Schwester würde nicht länger nächtliche Abenteuer riskieren, die englische Polizisten ins Haus bringen, wünscht sich, Rachelika wäre ein bisschen mehr wie sie, weniger klug und dafür simpler, hätte normale Träume wie sie selbst: einen Bräutigam finden und eine Familie gründen, und keine großen Träume, wie die Briten verjagen und einen Staat gründen. Die großen Träume sollte sie den Männern überlassen, so große Träume passten nicht zu einer Tochter der Familie Ermoza.

»Du musst tun, was Papú dir sagt«, redet sie sanft auf Rachelika ein, »du riskierst zu viel. Denkst du, ich wüsste nicht, dass die Engländer dich geschnappt haben, als du Plakate geklebt hast? Meinst du, ich wüsste nicht, was hier vor sich geht? Du hast riesiges Glück, dass Papú dich nicht verdächtigt. Nachdem er dir verboten hat, bei der Hagana zu sein, meldest du dich aus Trotz zur Etzel?«

»Ich tue es nicht aus Trotz, ich will am nationalen Kampf mitwirken.«

»Du musst am Kampf der Familie mitwirken. Wenn Papú hört, dass du bei der Etzel bist, schließt er dich aus der Familie aus! Das akzeptiert er nicht, du bist unser braves Mädchen, es würde ihm das Herz brechen.«

»Er wird nichts davon hören, wenn du es ihm nicht erzählst, schwör mir, dass du ihm nichts sagst.«

»Klar sag ich ihm nichts, aber du musst aufhören bei der Etzel, eines Tages werden sie dich noch schnappen und in den Knast stecken, und das gerade jetzt, wo Papú dich im Geschäft braucht.«

»Luna, was soll ich machen? Ich will das Geschäft nicht führen. Ich komm nicht zurecht mit dem erfolglosen Tio Matzliach und diesem stotternden Abramino, und den Kurden hasse ich regelrecht.«

»Ich hasse den Kurden genauso, Rachelika, ich meine, seit Papú die Geschäftspartnerschaft mit ihm eingegangen ist, hat er uns den Schlamassel eingebrockt.«

»Mordoch, dieser Hund«, sagt Rachelika, »kommt in den

Laden, als wäre er der Inhaber, schaut sich um, als würde er bald ihm gehören, fasst Sachen an, räumt sie um, stellt Fragen.«

»Nur über meine Leiche wird der Laden ihm gehören!« Luna steigt augenblicklich das Blut zu Kopf. »Ich werde mich persönlich in den Eingang stellen und ihm den Zugang verwehren.«

»Dieser Kurde ist Amalek, Luna, er lauert nur auf einen günstigen Moment, um sich den Laden anzueignen, Papú vor die Tür zu setzen und dafür seine ganze Kinderschar reinzubringen.«

»Und gerade deswegen, *ermanita kerida*«, sagt Luna triumphierend, »eben deswegen musst du tun, was Papú möchte, dir bleibt keine andere Wahl!«

»Aber warum gerade ich?«

»Weil du so viel Verstand wie Papú hast. Du bist die Klügste von uns allen, deshalb.«

Im innersten Herzen sieht Rachelika ein, dass ihr nichts anderes übrigbleibt, als den Anweisungen ihres Vaters Folge zu leisten, aber wie soll sie als Sechzehnjährige gegen diesen Amalek Mordoch ankommen? Wie soll sie ihrem Onkel Matzliach Anweisungen erteilen und Abramino, der dem Alter nach ihr Vater sein könnte?

Am nächsten Tag erkundigt sie sich bei Mosche Alaluf nicht einmal, wie es ihrem Partner vom Vorabend ergangen ist. Und als er auf sie zukommt, um ihr Anweisungen für den neuen nächtlichen Einsatz zu erteilen, entschlüpft sie ihm und geht gleich nach dem Unterricht nach Hause, macht sich auf ein weiteres hartes Gespräch mit ihrem Vater gefasst. Sie hat keine Ahnung, was sie ihm sagen soll. Sie möchte die Schule nicht schmeißen, muss einfach lernen, Wissen erwerben. Ihr Vater hat ihr immer erklärt, wie enorm wichtig Bildung sei, war so ärgerlich, als Luna lieber im Bekleidungsgeschäft arbeiten als weiter zur Schule gehen wollte, und was nun? Wenn ihr Vater sie bittet, die Schule aufzugeben, steht ihm das Wasser offenbar wirklich bis zum Hals.

Obwohl es erst acht Uhr abends ist, findet sie ihren Vater schlafend im Bett. Gut, wenigstens ist ihr ein schwieriges Gespräch erspart geblieben.

»Er fühlt sich nicht wohl«, berichtet Rosa, »hat das Essen nicht angerührt, hat gesagt, er sei müde, und ist ins Bett gegangen.«

»Und Luna?«

»Ist mit David weg.«

»Und Bekki?«

»Draußen.«

Rachelika, inzwischen gewohnt, jeden Abend beschäftigt zu sein, weiß nichts mit sich anzufangen.

»Setz dich ein bisschen zu mir«, sagt Rosa, und sie stellt ihren Schemel neben den ihrer Mutter im Hof.

»Rachelika, *ija mia*, ich habe gehört, worum dein Vater dich gebeten hat«, beginnt Rosa. »Tu, was er dir sagt. Dein Vater ist nicht mehr wie früher, er ist krank, fühlt sich nicht wohl. Heute hat er den ganzen Tag in seinem Lehnstuhl gesessen, sich nicht rausbewegt, alles tut ihm weh, als sei sein ganzer Körper kaputt.«

»Warum geht er nicht in die Poliklinik?«

»Da war er ja, *kerida*, und der Arzt dort hat ihm dasselbe gesagt wie Dr. Sabo: Rheumatismus. Und sind wir denn nicht zu den Thermalquellen nach Tiberias gefahren? Sind wir. Nichts hilft. Das ist kein Rheumatismus, Rachelika, es ist was Schlimmeres. Ihm zittert die Hand, hast du's nicht gesehen? Er kriegt kaum den Löffel zum Essen hoch, versucht es zu vertuschen, kann's aber nicht. Wenn er vom Stuhl aufsteht, muss er sich an der Tischkante festhalten, um nicht umzufallen, und dauernd ist er müde. Manchmal sagt er mir was, fängt an zu reden, und dann verlässt ihn die Erinnerung, er weiß nicht mehr, was er sagen wollte. Und seine Gemütsverfassung, *Dio mio*, ein ewiges Schwanken zwischen froh und traurig, ruhig und nervös. Er ist krank, dein Vater. Wäre er ohne einen Groschen geblieben, wenn er nicht krank wäre? Wären wir nach Ohel Mosche zurückgezogen, wenn er nicht krank wäre?«

Rachelika blickt ihre Mutter überrascht an. »Ich dachte, du warst froh, dass wir nach Ohel Mosche zurückgekehrt sind, du hättest nicht gern in der King-George gewohnt und dich nach dem alten Viertel gesehnt, nach deinen Nachbarinnen.«

»*Maschallah, kerida*, welche Nachbarinnen? Siehst du hier Nachbarinnen? Nicht mal Tamar, die wie eine Schwester war, kommt noch zu mir. Seit Matilda tot ist, habe ich keine Nachbarinnen mehr.«

»Dann bist du nicht froh, dass wir wieder in Ohel Mosche wohnen? Das war mein halber Trost, dass wenigstens du zufrieden bist.«

»Es stimmt schon, ich habe nicht gern in der King-George gewohnt, mit den Nachbarn, die die Tür abschließen, damit, behüte, keiner ohne Vorankündigung reinkommt. Nicht mal um ein Glas Wasser habe ich dort eine Nachbarin gebeten vor lauter Scham. Ich sage nicht, ich hätte nicht darunter gelitten, dass ich nicht draußen sitzen konnte, wie wir es jetzt tun, und dass der Autolärm mir nicht in den Ohren gedröhnt und der Fahrstuhl mir keine Mordsangst eingejagt hätte. Aber meine Töchter und ihren Vater so traurig über unsere Rückkehr nach Ohel Mosche zu sehen? Das tut mir im Herzen weh.«

»Es soll dir nicht weh tun, wir werden zurechtkommen.«

»Wir werden zurechtkommen, sicher werden wir das, aber

es ist schon genug Zeit vergangen, seit sie Matilda, sie ruhe in Frieden, umgebracht haben, und bis zum heutigen Tag ist keiner wieder so befreundet mit uns wie früher, als ich mich bloß draußen sehen zu lassen brauchte, und schon kamen die Nachbarinnen an, und wir haben zusammengesessen, geplaudert, gegessen, gelacht. Wenn ich jetzt rausgehe und eine Nachbarin ist auf dem Hof, verschwindet sie schnellstens in ihrem Haus und macht die Tür zu. Nein, *kerida*, ich habe niemanden mehr in Ohel Mosche, ich bin allein.«

Rosa hatte Efraim zwar mit keinem Wort erwähnt, aber Rachelika hörte auch, was ihre Mutter nicht aussprach.

»Hast du was gehört?«, erkundigte sie sich bei Rosa. »Hast du was von Tio Efraim gehört?«

»Ach«, ließ Rosa einen schmerzerfüllten Seufzer los, »*nada*, nichts habe ich gehört. Wenn ich doch Nachricht hätte. Ich habe keinen, der mir etwas sagen würde, und Sara Laniado, deren Sohn auch mit ihm dort ist – früher habe ich noch mit ihr über ihn gesprochen, aber seit dem Tod von Matilda, sie ruhe in Frieden, will sie nicht mehr, dass ich sie besuche, und so klopfe ich nicht mehr bei ihr an. Gott hilf mir, wie oft ich an Efraim denke, wie sehr ich mich um meinen kleinen *troncho* sorge, wer weiß, ob er lebendig oder tot ist.«

»Vielleicht sitzt er im Gefängnis in Akko?«, sagt Rachelika. »Vielleicht haben ihn die Engländer geschnappt?«

»Gott behüte, tfu, sag das nicht, damit dich nicht etwa *los d'abasho* hören und ihn mit dem bösen Blick belegen.«

»Warum gibt er dir denn kein Lebenszeichen? Du bist seine einzige Schwester, sorgt er sich nicht um dich?«

»Er sorgt sich um mich, sicher tut er das, aber er weiß, ich bin nicht allein, ich habe meine Töchter, habe euren Vater, gesund soll er sein. Aber wen hat er denn? *Miskeniko*, wer sorgt sich um ihn?«

»Vielleicht hat er geheiratet? Vielleicht hat er Kinder?«, versucht Rachelika ihre Mutter zu beruhigen.

»Dein Wort in Gottes Ohr, *mi alma*, hoffentlich hat er einen Hochzeitsbaldachin errichtet, selbst wenn ich nicht dabei war, um ihn das Glas zertreten zu sehen. Hoffentlich hat er eine Frau, die sich um ihn kümmert, geb's Gott.«

»Weißt du, Mama«, Rachelika beschließt, ihrer Mutter das Herz zu erleichtern, »es gibt Gerüchte, er sei ein großer Anführer bei der Lechi und hoch geachtet.«

»Von wem hast du das gehört, *kerida*? Woher weißt du, was man bei der Lechi tut oder nicht?«

»In meiner Schule gibt es Jungen und Mädchen, die es wissen, und sie haben mir erzählt, er tue wichtige Dinge für das Volk Israel.«

»*Ija de oro!*« Rosa ringt aufgeregt die Hände. »Wie weißt du immer Dinge zu sagen, die mich beruhigen, was für ein gutes Herz du hast, mögest du gesund sein, und wegen dieser Herzensgüte, *kerida*, musst du tun, worum dein Vater dich bittet, damit wir nicht noch wie die Armen im Machane-Jehuda-Markt Nahrungsmittel vom Boden auflesen, damit wir nicht in die Lage kommen, dass dein Vater, *pishkado i limón*, vor Schmach nicht mehr aufsteht. Hör gut zu, *ija*, was dein Vater von dir erbeten hat, war ein Hilfeschrei, enttäusche ihn nicht, enttäusche uns nicht.«

»Warum bist du traurig, meine Hübsche«, fragt David seine Luna und umarmt sie. »Warum so niedergeschlagen? Du hast mir heute noch kein einziges Lächeln geschenkt, nicht mal ein klitzekleines.«

»Ich sorge mich um meine Schwester Rachelika, deshalb hab ich keinen Spaß an dem Film gehabt.«

Wie jeden Abend waren sie ins Kino gegangen, hatten sich

einen Film mit Hedy Lamarr angesehen und schlenderten nun zum Café Atara, um einen Kaffee zu trinken, ehe er sie wieder heimbegleitete.

»Was ist denn mit Rachelika?«, fragt David unbeteiligt.

»Gestern während der Ausgangssperre haben zwei Anemonen sie heimgebracht.«

Endlich hat sie seine Aufmerksamkeit erregt: »Rachelika und Anemonen?«

»Sie haben sie während der Ausgangssperre draußen erwischt.«

»Sollen sie zu allen Teufeln gehen, sie und ihre Ausgangssperren, haben sie sie heil nach Hause gebracht? Ist sie okay?«

»Du verstehst nicht, David«, flüstert sie, »es ist sehr viel komplizierter. Ich verrate dir etwas, aber schwör mir, dass du es keinem weitersagst.«

»Ich schwör's!«

»Sie hat Plakate der Etzel geklebt. Durch ein Wunder hat sie sie gerade noch wegwerfen können, ehe die Anemonen sie aufgriffen. Ich möchte mir gar nicht ausdenken, was geschehen wäre, wenn sie sie auf frischer Tat ertappt hätten.«

»Rachelika in der Etzel? Meine Güte, wer hätte das geglaubt?«

»Du kannst es ruhig glauben. Zuerst war sie in der Hagana, jetzt ist sie bei der Etzel. Wir müssen sie aus diesem Schlamassel rausholen, wir müssen einen Jungen für sie finden, einen deiner Kameraden von der britischen Armee.«

»Lunika, Rachelika ist nichts für die Männer aus meinem Freundeskreis. Wie soll ich dir das schonend beibringen, es passt nicht.«

»Was soll da nicht passen?«, braust Luna auf. »Rachelika ist nicht wählerisch, und sie ist ein Goldkind, sie hat so viel Verstand wie mein Vater.«

»Lunika, meine Hübsche, so viel Verstand wie dein Vater reicht nicht, damit einer meiner Kameraden mit ihr gehen wollen wird.«

»Warum nicht?«

»Nimm's mir nicht übel, *mi alma*, aber deine Schwester ist nicht gerade Greta Garbo.«

»Was für Unsinn du daherredest, David! Meine Schwester ist schöner als alle Mädchen, mit denen deine Kameraden ausgehen, sie hat eine schöne Seele, und das ist wichtiger als alles andere.«

»*Bonyika*, du weißt, dass das nicht wichtiger ist als alles andere, sonst hättest du dieses Kleid nicht angezogen, das deine schmale Taille betont und mich verrückt macht. Lunika, wer wüsste besser als du, dass eine schöne Frau alles ist.«

Normalerweise wäre sie bei so einem Kompliment errötet, aber diesmal nicht. Diesmal ärgert sie sich, dass er es gewagt hat, schlecht über ihre Schwester zu sprechen. Er nimmt ihre Hand, doch sie zieht sie unwillig zurück.

»Lunika, was hab ich denn schon gesagt? Weißt du, was für bildschöne Frauen meine Kameraden in Italien gehabt haben?«

»Wie du auch?«

»Es gab dort so viele Frauen, wie wir nur wollten, eine schöner als die andere ...«

»Und gab es da eine besonders Schöne?«

»Hab ich was von einer besonders Schönen gesagt? Es gab dort schöne Mädchen«, zieht er sich elegant aus der Affäre. »Das war, bevor ich dich kannte. Du weißt doch, meine Freunde sind alle eifersüchtig, weil gerade ich das schönste Mädchen von Jerusalem erwischt habe«, versucht er sie abzulenken.

Luna schiebt ihre Hand wieder in seine. Er hat sie erweicht

mit seinen gefälligen Worten, sie fühlt sich als Glückskind, endlich ist der Märchenprinz gekommen, der gutaussehende Mann ihrer Träume, der mutige Kriegsheimkehrer, der Mann, mit dem sie zum Hochzeitsbaldachin schreiten, der der Vater ihrer Kinder werden würde. Sie ist glücklich, aber die Sorge um Rachelika nagt an ihrem Glück, und ein Schatten überzieht ihr hübsches Gesicht. Tränen treten ihr in die Augen.

»Vielleicht machen wir sie mit Moise bekannt«, kommt David der Geistesblitz, »unser Moise nimmt es in Sachen Schönheit nicht so genau.«

Luna hatte keinen leichten Stand damit, Rachelika zu einem Treffen mit Moise zu überreden. »Bin ich denn so eine Niete, dass ich auf Heiratsvermittlung angewiesen bin?«, protestierte sie.

»Es ist ja nicht so, dass sein Vater sich mit Papú zusammensetzt und sie für euch entscheiden und die Bedingungen vereinbaren, sondern David und ich machen dich mit einem Freund von ihm bekannt. Gefällt er dir, gut, gefällt er dir nicht, auch gut.«

»So mag ich Jungs nicht kennenlernen, das ist mir peinlich.«

»Mir ist es peinlich, dass du, statt Jungs kennenzulernen, mit der britischen Polizei in Konflikt gerätst. Genug, sei kein *azno*, was kann schon passieren? Du trinkst einen Kaffee mit ihm, und wenn er dir nicht gefällt, sagst du schön Schalom und nicht auf Wiedersehen.«

»Ich weiß nicht, Luna, das ist Unfug, das macht mich nervös, ich will nicht!«

»Und was, wenn wir zu viert ausgehen? Wenn David und ich mitkommen?«

»Dann bin ich einverstanden«, willigte Rachelika ein.

Sie sahen sich zu viert den Film »Kinder des Olymp« im Orion-Kino an und saßen danach im Café Sichel. Moise erwies sich als schüchterner Junge. Er hatte nicht viel Erfahrung mit Frauen, gewiss nicht so wie David, aber Rachelika fand ihn nett und höflich, obwohl er nicht viel sagte, und als er sie am Ende des Abends fragte, ob sie sich wiedersehen könnten, bejahte sie freudig.

Und Lunas Hoffnungen sollten sich bestätigen: Als Rachelika anfing, mit Moise auszugehen, stellte sie zu Mosche Alalufs Missfallen ihre Tätigkeit für die Etzel ein. Als er eine Erklärung verlangte, antwortete sie ihm, ihr Vater sei krank, deshalb müsse sie gleich nach dem Unterricht heimgehen, um ihn zu pflegen. Und als er sie unter Druck setzen wollte, ignorierte sie ihn, lehnte auch seine Bitten ab, sich zu einer Aussprache mit ihm zu treffen.

»Verräterin«, fauchte er sie an und redete fortan kein Wort mehr mit ihr, ließ sie aber in Ruhe.

Bald nach ihrem Kennenlernen brachte Rachelika Moise mit nach Hause und stellte ihn ihrem Vater vor: »Papú, das ist mein Freund Moise.«

Gabriel hob den Blick zu dem robusten, dunklen Mann, der vor ihm stand, und blickte in seine großen, braunen Augen. »So viel Herzensgüte habe ich noch in niemandes Augen gesehen«, sagte er später zu Rachelika.

»Es ist mir eine Ehre, Sie kennenzulernen«, sagte Moise und streckte dem kranken Mann, der zusammengesunken in seinem großen, mit Kissen gepolterten Lehnstuhl saß, die Hand hin.

»Die Ehre ist ganz meinerseits«, erwiderte Gabriel und mochte den warmen Händedruck von Rachelikas neuem Freund.

An jenem Abend blieb Moise zum Essen bei ihnen. Gabriel freute sich über seine guten Manieren, und Rosa freute sich über Rachelikas Glück. Endlich, o Herr, endlich hast du ein Lächeln auf das Gesicht des Mädchens gebracht, endlich bekommt auch sie etwas Gutes, *grasias al Dio*.

Luna, die sich als exzellente Heiratsvermittlerin fühlte, erzählte immer aufs Neue, wie sie beschlossen hatte, einen Jungen für Rachelika zu finden, und wie ihr phantastischer David seinen besten Freund für sie ausgesucht hatte. Ihr Zwiegespräch mit David, bei dem er schließlich Moise vorgeschlagen hatte, weil er nicht so wählerisch sei, erwähnte sie natürlich nicht. Sie freute sich für ihre Schwester, die ihr fast von Anfang an zu verstehen gegeben hatte, dass es zwischen Moise und ihr ernst sei.

Nach dem Essen setzte Gabriel sich in seinen Lehnstuhl, stellte wie gewohnt das Radio an und zog eine Zigarette aus dem silbernen Etui. Moise beeilte sich, ihm Feuer zu geben, und setzte sich auf den Sessel neben ihn.

»Senyor Ermoza«, sagte er mit seiner angenehm tiefen Stimme, »wenn Sie erlauben, würde ich gern ein paar Worte mit Ihnen wechseln.«

»Gern«, antwortete Gabriel.

»Ich weiß, Senyor, dass ich neu in Ihrem Haus bin, aber Rachelika und ich kennen uns schon einige Wochen. Ich ehre sie sehr, und wir führen Gespräche, die vom Herzen kommen«, sagte Moise in gepflegtem, sefardisch gutturalem Hebräisch.

Gabriels Neugier erwachte. Stand er im Begriff, um die Hand seiner Tochter anzuhalten? Sollte er dem zustimmen? Schließlich sah er den jungen Mann zum ersten Mal. Was wusste er über ihn, abgesehen davon, dass er gute Manieren hatte?

»Bei einem unserer Gespräche«, fuhr Moise fort, »hat Rachelika mir erzählt, sie solle nach Ihrem Wunsch die Schule aufgeben und die Leitung des Geschäfts übernehmen.«

»Es bleibt mir keine andere Wahl«, seufzte Gabriel, »ich bin nicht mehr der, der ich einmal war, und ich brauche sie, damit sie das Geschäft an meiner Stelle führt. Nur auf sie kann ich mich verlassen.«

»Senyor«, fuhr Moise fort, »ich möchte mich nicht in fremde Angelegenheiten einmischen, und ich hoffe, Sie werten es nicht als Dreistigkeit, aber wenn Sie erlauben, möchte ich gern einen Vorschlag machen: Rachelika setzt die Schule fort, und ich helfe ihr im Geschäft.«

»Sie wollen ihr im Geschäft helfen?« Gabriel bemühte sich nicht mal, sein Erstaunen zu verbergen. »Erstens kann ich Ihnen nichts zahlen. Zweitens weiß ich nicht, wer Sie sind, junger Mann. Aus welcher Familie Sie stammen und welche Absichten Sie gegenüber Rachelika hegen.«

»Meine Absichten sind gut und ernsthaft, Senyor Ermoza. Was die Bezahlung angeht, machen Sie sich bitte keine Sorgen, ich werde kein Geld nehmen, bis es uns gelingt, das Geschäft wieder auf die Beine zu stellen, bis Geld in der Kasse ist. Und was Rachelika betrifft«, fuhr er fort, »wir lernen uns jetzt erst kennen, aber in ein paar Monaten werden wir, wenn Sie Ihren Segen dazu geben, mit Gottes Hilfe unter dem Hochzeitsbaldachin stehen.«

»Das ist noch eine Weile hin«, murmelte Gabriel, war aber zufrieden mit der Antwort des jungen Mannes.

»Senyor Ermoza«, redete Moise weiter, »mein Vater ist Maghrebiner, aber meine Mutter ist eine der Ihrigen, und ich bin halbe-halbe, sehe aus wie ein Maghrebiner, spreche und verstehe jedoch Spaniolisch wie ein lupenreiner Sefarde.«

»Das ist sehr gut«, sagte Gabriel, »besonders wenn Sie im Geschäft arbeiten möchten. Wir haben viele Spaniolisch sprechende Kunden, und es ist auch wichtig, dass Sie verstehen, was die Angestellten untereinander reden.«

»Ich verspreche Ihnen, Senyor Ermoza«, erklärte Moise bewegt, »ich verspreche Ihnen, dass Rachelika und ich gemeinsam das Geschäft wieder auf die Beine stellen werden! Ich gebe Ihnen mein Ehrenwort.«

Geb's Gott, betete Gabriel im Stillen, geb's Gott, dass Rachelika und Moise es schaffen, aber sosehr ihn der junge Mann auch beeindruckte und sosehr er an die Fähigkeiten seiner Tochter glaubte, bezweifelte er insgeheim doch, dass sie mehr erreichen würden als er. Wie sollen diese beiden reinen Seelen gegen den fiesen Mordoch ankommen? Wie sollen sie mit Matzliachs Dummheit fertig werden und mit dem alten Abramino, der keinen Sack schultern kann und den er doch nicht durch einen Jüngeren ersetzen mag? Und wie könnte er es auch übers Herz bringen, ihn zu entlassen? Wie sollte Abramino dann seine alte Frau ernähren? Wenn er ihn wegschickte, würde er, Gott behüte, noch einer jener bedauernswerten Bettler werden, die Jerusalems Straßen überschwemmen. Nein, das kann er nicht machen, obwohl der Mann längst keinen Nutzen mehr bringt, wie soll er ihn im Alter vor die Tür setzen? Wie, Herr der Welt, wie sollen Rachelika und Moise diesem kurdischen Heuchler standhalten? Den schönen Worten, die ihm über die Lippen kommen, messerscharfen Worten, die ihm wie Honigseim aus dem Mund triefen? Verflucht sei der Tag, an dem er dem Kurden begegnet ist und sich von seinen glatten Reden hat verleiten lassen, sein Partner für die Halva-Fabrik zu werden. Wie ist es dem Gauner gelungen, sich die Fabrik allein unter den Nagel zu reißen? Ihn so auszuziehen? Warum hat er nicht auf seinen Bruder Matzliach gehört, als der ihm ein einziges Mal im Leben einen klugen Rat erteilte. »Er ist keiner von uns, Gabriel«, hatte Matzliach gesagt, »wie wollt ihr da zurechtkommen? Er denkt schwarz, du denkst weiß, er denkt Tag, du denkst Nacht.«

»Keine Sorge, Matzliach«, hatte er seinem Bruder erwidert, »ein Apfelbaum kann einen Feigenbaum nicht gefährden«, ohne zu bedenken, dass ein fauler Apfel, der neben eine Feige fällt, auch sie faulen lassen kann.

»Keinen einzigen Tag hast du für die Fabrik erübrigt«, hatte ihm der Kurde gesagt, ungeachtet der Tatsache, dass genau das vereinbart gewesen war: Gabriel sollte das Geld investieren und Mordoch die Fabrik führen. »Wann hast du dich zum letzten Mal in der Fabrik sehen lassen, damit die Arbeiter wissen, dass nicht ich der alleinige Chef bin?«, hatte er gefragt, obwohl er zunächst selbst gesagt hatte, Gabriel sollte lieber nicht zu viel in der Fabrik auftauchen, um die Arbeiter nicht zu verwirren, sie sollten meinen, nur einen Chef zu haben, alles andere sei ungesund. So hatte er gesagt, und er, Gabriel, dieser *troncho*, hatte ihm vertraut. Schließlich hatte Mordoch ihm erzählt, er habe Erfahrung, besitze auch eine Konservendosenfabrik in Givat Schaul. Wieso hatte er keinen Nachweis verlangt? Wie dumm konnte ein Mensch sein? Wenn sein Vater die Fehler sähe, die er bei dem Kurden begangen hatte, würde er ein zweites Mal sterben, vor lauter Scham.

Und jetzt hat der Mann es auf den Laden abgesehen, drückt sich dort rum wie ein Kontrolleur, schnuppert hier, schnuppert dort, stellt Fragen, nimmt sich Tüten voll guter Dinge, ohne zu bezahlen, als gehöre der Laden seinem Papa. Eines Tages war er angekommen und hatte gesagt: »Gabriel, wir müssen die Fabrik zumachen.«

»Was denn, warum zumachen?«

»*Chalas*, aus«, sagte der Kurde, »wir verlieren Geld, sind verschuldet, wir müssen zumachen und Schulden abzahlen.«

Und so geschah es. Gabriel war nicht ganz bei der Sache gewesen, hatte sich schon damals nicht wohl gefühlt, und seine Gesundheitsprobleme waren ihm auch auf den Verstand geschlagen. Wie wäre sonst zu erklären, dass er, ohne Unterlagen zu verlangen und jedwede Nachprüfungen anzustellen, zu Mordoch gesagt hatte: »Tu, was du für richtig hältst.« Und Mordoch hatte die Fabrik an einen anderen Kurden verkauft.

»Wo ist mein Anteil?«, hatte Gabriel gefragt, worauf Murdoch ihm, ohne mit der Wimper zu zucken, antwortete: »Welcher Anteil? Es ist kein Groschen übrig geblieben. Alles Geld, das ich für die Fabrik bekommen habe – und das war vielleicht ein Viertel ihres eigentlichen Wertes –, habe ich zur Schuldendeckung ausgegeben.«

Gabriel war zu erschöpft und krank gewesen, um Belege zu verlangen, war irgendwo froh, den Kurden und die Halva-Fabrik los zu sein, die ihm wie ein Mühlstein am Hals gegangen hatten. Er hoffte, Mordoch Levi nie wiederzusehen, aber der Kurde verschwand nicht aus seinem Leben, klebte vielmehr wie ein Blutegel an ihm, besuchte ihn weiter im Laden und in seiner Wohnung in der King-George-Straße und redete Business mit ihm, als wüsste Gabriel nicht, dass der Amalek ihn bestohlen hatte.

Und dann war eines Tages auch die Wohnung in der King-George flöten gegangen, weil sie die Miete nicht mehr bezahlen konnten. Schweren Herzens hatte er seine Frau und seine Töchter angewiesen, ihre Sachen zu packen und ins alte Haus in Ohel Mosche zurückzukehren.

Die Töchter hatten zu protestieren versucht, besonders Luna und Bekki, aber ein Blick von ihm hatte sie zum Schweigen gebracht. In normalen Zeiten hätte er sich in Ruhe hingesetzt und ihnen die Lage erklärt, aber die Zeiten waren nicht normal. Er hatte sein Geld verloren und war dabei, auch seine Gesundheit und seine Kraft und vor allem seine berühmte Geduld zu verlieren. Rosa hatte keinen Ton von sich gegeben. Er wusste, insgeheim freute sie sich über die Entscheidung, hatte sich nie eingelebt in dem großen Haus in der King-George-Straße, und nur seine gute Rachelika, nur sie mit ihrem gütigen Blick, hatte ihm das Gefühl gegeben, richtig zu handeln.

Er hatte nächtelang nicht geschlafen, ehe er beschloss, mit seiner Familie nach Ohel Mosche zurückzuziehen. Es bedeutete, vor Nachbarn und Angehörigen einzugestehen, dass er sein Vermögen verloren hatte und in Geldnot steckte. Er dachte an seine Mutter Merkada, was sie wohl von seinem Schritt halten würde, von ihrem ungeratenen Sohn, der, statt eine Stufe aufzusteigen, zehn abstieg. Doch als seine Mutter hörte, dass Gabriel und seine Familie ins alte Haus in Ohel Mosche zurückkehrten, glaubte sie felsenfest, ihr Sohn zahle weiter den hohen Preis für den Tod seines Vaters. Bis zu ihrem letzten Tag würde sie ihm nicht vergeben. Obwohl sie nach Jerusalem gekommen war, um ihn mit *livianos* zu heilen, ihn am Ende der Behandlung gesegnet und Frieden mit ihm geschlossen hatte, fand die sture Alte keinen Raum im Herzen für echte Vergebung.

Und nun wohnen sie schon zehn Monate in Ohel Mosche, und wie er erwartet hatte, ist es nicht mehr so wie früher. Die Nachbarn haben ihnen Matilda Frankos Tod nicht vergessen, sein Schwager, der missratene *burracho*, hat den Namen der Familie auf ewig befleckt.

Gabriel war nichts anderes übriggeblieben, als sich in seine vier Wände zurückzuziehen. Die verzweigten Verbindungen, die er zu Dutzenden Menschen in Jerusalem unterhalten hatte, waren auf den engsten Familienkreis geschrumpft. *Maschallah*, auch so sind wir ein ganzes Bataillon, dachte er, und wenn uns das beschieden ist, dann sei's drum.

Er ist müde, und ihm schwindelt. Morgen wird er, auf Biegen und Brechen, seinen Stuhl verlassen und in den Laden gehen, selbst wenn er Moise bitten muss, ihn huckepack zu nehmen. Er wird zum Laden gehen und sich an den Eingang setzen, damit die Markthändler und die Kunden sehen, dass Gabriel Ermoza noch leibt und lebt.

Dann sehen wir mal, ob Mordoch es wagt, den Laden zu betreten und Ware zu nehmen, ohne zu bezahlen. Sehen wir mal den Kurden, der sich bei Rachelika aufgespielt hat, sehen wir ihn, wenn Gabriel an der Ladentür sitzt.

»Selichot, Selichot.« Die Stimme des Synagogendieners, der die Leute in aller Frühe ermahnt, zu den Bußgebeten vor Jom Kippur aufzustehen, hatte Rosa geweckt. Sie trat an Gabriels Bett, berührte ihn leicht an der Hand und flüsterte: »Gabriel *kerido*, Zeit für Selichot, stehst du auf?« Er seufzte im Schlaf und gab keine Antwort. Sie rüttelte ihn sanft und flüsterte erneut: »Gabriel, der Synagogendiener hat schon dreimal ›Selichot‹ gerufen, stehst du nicht auf, *kerido*?«

Gabriel schlug die Augen auf und blickte sie glasig an. »Mir ist nicht gut«, sagte er, »sollen sie ohne mich um Vergebung bitten.«

»*Por Dio*, Gabriel, wie kannst du den Selichot fernbleiben? Was sollen die Leute sagen?«

Er war mit einem Ruck hellwach: »Was schert's mich, was die Leute sagen? Mir ist nicht gut, sag ich dir, und ich geh nicht zum Bußgebet.«

Rosa zog sich in ihr Bett zurück. *Dio santo*, was ist aus ihrem Mann geworden? Erst geht er am Schabbat nicht in die Synagoge, jetzt geht er nicht zu den Selichot, zum Schluss wird er, Gott behüte, an Jom Kippur auch nicht fasten. Nichts ist mehr, wie es war. Als sie ihn diese Woche um Geld bat, weil sie zum Fleischer gehen und Fleisch kaufen wollte, hatte er ihr gesagt: »Aus damit, kauf Huhn. Fleisch nur noch zu Feiertagen.« Und sie hatte getan, wie geheißen. Es war so gekommen, wie befürchtet, schon seit Monaten hatte sie vor dem

Tag gezittert, an dem Gabriel ihr sagen würde, es sei kein Geld mehr da, und nun war es so weit. *Kaparavonó*, wie sollten sie zurechtkommen? Sie spürte, wie die Angst ihr die Brust zuschnürte, wie die Erinnerungen an ihre bettelarmen Zeiten erwachten, die alten Alpträume erneut ihr Leben zu verdunkeln drohten. Sie hatte nachts oft einen wiederkehrenden Traum. Darin war sie ein kleines Mädchen, das im Abfall nach Essbarem stöberte, dann verwandelte sich das kleine Mädchen in die alte Frau, die sie heute war, und suchte weiter im Müll, und schließlich schreckte sie aus dem Schlaf hoch und betete, *Dio santo*, bring mich nicht wieder dorthin, bring mich nicht dahin zurück, woher ich gekommen bin.

Eines Nachts stand sie nach diesem Alptraum auf und ging schweren Herzens ins Zimmer ihrer Töchter. Alle drei schliefen den Schlaf der Gerechten. Auf Lunas Nachtschrank sah sie einen Kristallflakon mit Eau de Cologne. Der Anblick machte sie wütend. So schwere Zeiten, und Luna machte weiter mit ihrem Luxus, kaufte Kölnisch Wasser, kaufte Kleidung, kaufte Schuhe, dachte gar nicht daran, etwas für die Familie abzugeben. Das ganze Geld, das sie bei Sachs & Sohn verdiente, steckte sie in die eigene Tasche. Früher brauchten sie es nicht, aber jetzt, in dieser schwierigen Lage? Hat sie denn keine Augen im Kopf, diese Egoistin, sieht sie nicht, dass wir nicht in normalen Zeiten leben? Sie beschloss, ihren Stolz hinunterzuschlucken und mit Luna zu sprechen.

Am nächsten Tag betrat sie das Zimmer der Mädchen, als Luna selbstzufrieden vorm Spiegel stand. Sie trug ein figurbetontes schwarzes Kostüm, Seidenstrümpfe, die ihren schlanken Fesseln schmeichelten, und Schuhe nach der neuesten Mode.

»Wo gehst du hin?«, fragte Rosa.

Luna war überrascht, seit wann interessierte sich ihre Mutter dafür, wo sie hinging.

»David treffen«, antwortete sie lustlos.

»Soll er hierherkommen, du gehst nicht weg.«

»Wieso das denn jetzt? Seit wann sagst du mir, was ich zu tun habe?«

»Ich bin deine Mutter, und vielleicht wird es Zeit, dass ich dir sage, was du tun sollst.«

»Findest du nicht, dass es ein bisschen spät dafür ist? Bald bin ich eine Braut.«

»Solange du noch keine Braut bist, wirst du dir anhören, was ich dir zu sagen habe.«

»Und was hast du mir zu sagen, Mama *keeriidaa?*«, betonte Luna spöttisch.

Rosa bemühte sich mit aller Kraft um Beherrschung und antwortete: »Allein diese Woche hat es Schüsse in Talpiot und in Givat Schaul gegeben, es ist gefährlich, um diese Zeit auszugehen.«

»David beschützt mich«, erwiderte Luna und hielt das Gespräch damit für beendet.

»Du gehst nirgendwohin.« Rosa verstellte ihr die Tür.

»Ich gehe, und wie ich das tue!«, beharrte Luna und versuchte ihre Mutter beiseitezuschieben.

»Schäm dich was! Eine Tochter, die bald Braut ist, geht so mit ihrer Mutter um? Du musst wissen, dass es droben einen gibt, der alles sieht, und alles, was du mir antust, werden dir deine Kinder mal mit Zins und Zinseszins heimzahlen!«

»Jetzt reicht's aber mit deinen Drohungen, meine Kinder würden mit mir mal so umspringen wie ich mit dir. Meine Kinder, Mama *kerida*, werden mich lieben und ich sie, nicht wie du, die mich nie im Leben liebgehabt hat!«

»Wie sollte ich dich liebhaben, wenn du dich vom Tag deiner Geburt an in eine Kratzbürste verwandelt hast, sobald ich dich anfassen wollte? Wie konnte ich dich lieben, wenn du, kaum dass du sprechen konntest, nur messerscharfe Worte für mich übrighattest?«

»Gut, was willst du jetzt, Mama?«, sagte Luna und setzte sich aufs Sofa. »Dass wir auf einmal Freundinnen werden? Das wird nicht geschehen. Du und ich, das ist, als wären wir nicht Mutter und Tochter, das ist, als hätte man mir im Krankenhaus die Mutter ausgewechselt.«

»Wie redest du denn? Möge Gott dir vergeben. Wenn du nicht so ein großer Esel wärst, würde ich dir den Mund mit Chili stopfen! Ich habe dich großgezogen, begossen, gehegt und gepflegt, und schau, was für ein Dornstrauch aus dir geworden ist!«, sagte Rosa und verließ das Zimmer.

Luna blieb auf dem Sofa sitzen, ihre Augen füllten sich mit Tränen, und sie begann wie ein Kind zu schluchzen. Warum, großer Gott? Warum sind sie und ihre Mutter nicht wie andere Mütter und Töchter, warum verträgt sie sich nicht so mit ihr wie ihre Schwestern? Warum kommt nur sie nicht mit ihrer Mutter aus? Was ist in ihrer Beziehung schiefgelaufen, und wann? Noch im Mutterleib? Denn sie kann sich an keinen einzigen Tag in ihrem Leben erinnern, an dem sie miteinander ausgekommen wären, an dem sie liebevolle Worte, ja überhaupt Worte, gewechselt hätten, statt immer nur Schreie und Wutanfälle. Lieber Himmel, ich schwöre es, wenn ich, mit Gottes Hilfe, eine Tochter bekomme, werde ich alles tun, um zwischen uns Nähe zu schaffen, nicht wie meine Mutter, die mich fernhält. Ich werde sie herzen und küssen und ihr sagen, wie lieb ich sie habe, nicht wie meine Mutter, die mir nie im Leben liebevolle Worte gesagt hat, meine Mutter, die mich die meiste Zeit mit einem Blick ansieht, der besagt, nun geh mir schon aus den Augen, geh zum Teufel!

Sie hatte sich noch nicht die Tränen abgewischt, als Rosa ins Zimmer zurückkam und vor ihr stehen blieb.

»Was jetzt?«

»Es gibt noch ein Thema, das ich nicht angesprochen habe«, sagte Rosa. »Du musst Geld auf den Tisch legen.«

»Was für Geld? Wovon redest du?«

»Geld, das du verdienst. Siehst du denn nicht, dass dein Vater kaum noch was nach Hause bringt? Bist du derart mit dir selbst beschäftigt, dass du nichts anderes wahrnimmst? Du lebst weiter wie eine Prinzessin, obwohl dein Vater längst kein König mehr ist.«

Luna spürte, wie ihr das Blut in den Kopf schoss. »Untersteh dich, so über meinen Vater zu sprechen! Mein Vater ist als König geboren und wird immer ein König bleiben! Nie im Leben, hörst du, nie im Leben sag auch nur ein einziges schlechtes Wort über meinen Vater!«

»Was hab ich denn schon gesagt«, murmelte Rosa, überhörte die Beleidigungen, die ihre Älteste ihr an den Kopf warf, »ich wollte dir ja nur klarmachen, dass dein Vater nicht mehr so viel Geld hat wie früher.«

»Woher weißt du, was mein Vater hat oder nicht hat? Seit wann erzählt er dir was? Wann hat er mit dir über den Laden geredet? Wann hat er mit dir darüber gesprochen, wie weh es ihm tut, dass Nona Merkada keinen Fuß mehr in dieses Haus setzt, seit sie wegen dir zu Tia Allegra nach Tel Aviv geflohen ist? Du bist bloß in einem gut für meinen Vater, zum Kochen und Putzen. Früher warst du Dienstmädchen in den Häusern der Engländer, jetzt bist du Dienstmädchen im Haus von Gabriel Ermoza!«

Rosa traute ihren Ohren nicht. Ihre Hand holte wie von alleine aus und landete auf Lunas Wange. Von der Härte des Schlags tat ihr die Hand weh, das Schallen der Ohrfeige hallte ihr in den Ohren nach, sie war erschrocken und erregt, seit Jahren war ihr nicht mehr die Hand gegen ihre Tochter ausgerutscht.

Luna griff sich verblüfft an die schmerzende Wange, und dann schlug sie, ohne nachzudenken, erbarmungslos auf Rosa ein.

»Hört auf! Aufhören!«, kreischte Bekki und versuchte, Mutter und Schwester zu trennen. Aber Luna hörte nicht auf, sie packte Rosa an den Haaren und zerrte mit Macht daran, schrie sich die Seele aus dem Leib. Ihre Mutter versuchte freizukommen, aber Luna ließ nicht locker, drohte ihr schier die Kopfhaut abzureißen, und die kleine Bekki schrie und weinte dazwischen: »Genug, genug, Luna, hör auf! *Basta*, Mama!«

Bekkis herzzerreißendes Weinen bringt die beiden endlich auseinander. Mutter und Tochter weichen an die entgegengesetzten Enden des Zimmers zurück, und Bekki liegt laut heulend dazwischen auf dem Boden.

»Nicht weinen, Bekki.« Luna bückt sich zu ihrer Schwester nieder, vergisst bereits ihren Wutanfall, vergisst völlig, dass sie es gewagt hat, die Hand gegen ihre Mutter zu erheben.

Bekki stößt sie grob zurück und schreit: »Du Böse, du bist böse, rühr mich nicht an!«

»Bekki, Verzeihung«, sagt Luna, statt sich bei ihrer Mutter zu entschuldigen, »das wollte ich nicht, es tut mir leid.«

»Es tut dir nicht leid!«, schreit Bekki. »Dir tut nie was leid! Du hast vor nichts und niemandem Achtung! Du bist schlecht!«

Rosa verlässt den Raum. Ihr Herz schlägt für die kleine Bekki, aber sie ist zu betroffen und verletzt, um jemandem die Hand zu reichen, kann die schockierte Bekki nicht in die Arme schließen. Sie selbst ist es, die jetzt Trost braucht. Gott bewahre, wie konnte es passieren, dass ihre Tochter, ihr eigen Fleisch und Blut, die Hand gegen sie erhob, als wäre sie eine Frau von der Straße?

Bekki rappelt sich vom Boden auf und geht ihrer Mutter nach, die jetzt auf dem Stuhl im Hof sitzt. Sie setzt sich auf

Rosas Schoß und schlingt ihr die Arme um den Hals, und die beiden weinen sich eine an der Schulter der anderen aus.

Und so findet David sie, als er Luna abholen kommt. »Was ist passiert?«, fragt er erschrocken.

»Frag deine Braut«, antwortet ihm Bekki.

»Luna, was ist Bekki und deiner Mutter passiert?«

»Wir haben uns gestritten«, sagt sie.

»Wer, du und deine Schwester?«

»Nein, ich und meine Mutter.«

»Gestritten habt ihr?«, fährt Bekki dazwischen. »Sag deinem Verlobten die Wahrheit, sag's ihm, damit er weiß, wen er heiratet«, schreit Bekki unter Tränen.

»Was war denn?«, fragt David und geht mit Luna ins Haus.

»Genug, David, lass mich in Ruhe.«

»Ich lass dich ganz und gar nicht in Ruhe! Was war los, dass deine Mutter und deine Schwester weinen?« Er blickt Luna irritiert an.

»Lass uns gehen«, sagt Luna und strebt zur Tür.

»Wir gehen nirgendshin, ehe du mir nicht sagst, worüber ihr euch gestritten habt.«

»Was tut es zur Sache, worüber wir uns gestritten haben, wir streiten immer, vom Tag meiner Geburt an streiten wir.«

»Bitte deine Mutter um Verzeihung.«

»Nie im Leben!«

»Luna, sie ist deine Mutter, bitte um Verzeihung.«

»Ich bitte sie nicht um Verzeihung, soll sie mich drum bitten.«

»Luna, in einem Monat heiraten wir. Lass es um Himmels willen nicht so weit kommen, dass deine Mutter unserer Hochzeit fernbleibt.«

»Die kommt, keine Sorge, sie wird den Leuten keinen Anlass zum Tratschen geben.«

David ist fassungslos über Lunas Verhalten. Er würde kaum daran zu denken wagen, seiner Mutter Nein zu sagen, und die hier bringt ihre Mutter zum Weinen.

»Luna!«, wird er laut. »Wenn du jetzt nicht auf den Hof gehst und deine Mutter um Verzeihung bittest, gehe ich durch diese Tür raus und komme nicht wieder.«

»Was?«, fragt Luna konsterniert.

»Was du gehört hast. Dein Benehmen gefällt mir nicht. Wo hat man je gehört, dass eine Tochter so mit ihrer Mutter umspringt? Was sagt das über dich?«

»Was sagt es über sie? Sie ist meine Mutter, sie bringt mich so weit, dass ich ihretwegen die Nerven verliere.«

»Geh jetzt, sag Entschuldigung.«

»Aber David …«

»Nix David!«

Luna sieht ein, dass sie keine Wahl hat. Wenn sie David nicht verlieren will, bleibt ihr nichts anderes übrig, als klein beizugeben und sich bei Rosa zu entschuldigen. Sie geht lustlos auf den Hof und sieht Rosa und Bekki aneinandergeschmiegt. Sie will schon kehrtmachen und wieder reingehen, aber David verstellt ihr die Tür und bedeutet ihr mit einer Kopfbewegung, zu ihrer Mutter zu gehen. Die Worte bleiben ihr im Halse stecken, aber sie tritt zu Rosa und sagt kaum hörbar: »Verzeihung.«

Rosa hebt den Kopf und blickt ihrer Tochter in die Augen, doch Lunas Augen drücken kein Bedauern aus, blicken nur fremd und glasig.

»Soll Gott dir verzeihen«, sagt sie und kehrt ihr den Rücken.

Luna steht da wie ein Golem, weiß nicht, was sie tun soll. David tritt neben sie und sagt: »Senyora Rosa, ich weiß nicht, was geschehen ist, aber glauben Sie mir, Luna tut es sehr leid. Ich verspreche Ihnen, es wird nie wieder vorkommen.«

Rosa nickt. »Sei mir gesund, David, sei gesund. Nimm jetzt

deine Verlobte und geht, wohin ihr gehen müsst. Es ist besser, Luna ist nicht hier, wenn ihr Vater aus dem Geschäft heimkommt.«

Sie erzählte Gabriel nicht, was zwischen ihr und Luna vorgefallen war. Sie steckte den Ehrverlust ein und widmete sich mit dem Rest der Familie den Vorbereitungen für die Hochzeit ihrer Ältesten, fand jedoch keinen Raum im Herzen, um sich von der allgemeinen Aufregung anstecken zu lassen. Sie schöpfte Trost daraus, dass Luna, *grasias al Dio*, demnächst zu ihrem Mann ziehen würde und sie sich dann ihretwegen keinen Kummer mehr zu machen brauchte, genau wie ihre Nachbarin Tamar ihr vor Jahren gesagt hatte: »Vom Tag ihrer Hochzeit an ist sie das Problem ihres Ehemanns, nicht deines.«

Niemand in der Familie ahnte etwas von dem Gespräch, das David vor der Hochzeit mit Moise führte, keiner der Ermozas wusste, dass die Hochzeit, der Luna so entgegenfieberte, auf tönernen Füßen stand. »Sie ist gar nicht so ein Unschuldslamm«, sagte David zu Moise, als er ihm nach dem Vorfall zwischen Luna und Rosa begegnete. »Sie hat ein Engelsgesicht, aber wenn du sie sehen würdest, wie sie mit ihrer Mutter spricht – ich bin gar nicht mehr so sicher, dass ich eine gute Partie mache.«

»*Dachilak*, David, ich bitte dich, es gibt keinen jungen Mann in Jerusalem, der dich nicht beneidet, weil du Luna ergattert hast.«

»Ich fürchte, ich kaufe die Katze im Sack«, sagte David, »ich hatte gedacht, meine Probleme wären gelöst, als ich sie kennenlernte, aber jetzt weiß ich nicht mehr so recht …«

»Dass sie mit ihrer Mutter nicht auskommt, bedeutet noch lange nicht, dass sie es mit dir nicht tun wird.«

»Sie achtet ihre Mutter nicht, und das finde ich unverzeihlich.«

»David, misch dich nicht ein, du weißt nicht, was zwischen Mutter und Tochter läuft, es geht dich nichts an. Deine zukünftige Schwiegermutter wird nicht bei dir und Luna im Haus wohnen, und ihr Verhältnis zu ihrer Tochter wird deines zu Luna nicht beeinflussen.«

»Ich hatte gedacht, ich wäre endlich einem Mädchen begegnet, das mir Isabella aus dem Kopf holt, jetzt bin ich mir da nicht mehr so sicher.«

»Sie holt dir Isabella vielleicht aus dem Kopf«, sagte Moise ruhig, »fragt sich nur, Amigo, ob sie dir Isabella auch aus dem Herzen holt.«

In den folgenden Wochen redeten Rosa und Luna nur das Allernötigste miteinander. Falls Gabriel den Verdacht hegte, zwischen seiner Tochter und seiner Frau könnte etwas vorgefallen sein, ließ er sich nichts davon anmerken. Er war völlig in Anspruch genommen von Geschäftsangelegenheiten und der Ausrichtung von Lunas Hochzeit. Bekki verriet ihm nichts von dem schrecklichen Streit. Nur einem erzählte sie davon: Eli Cohen, ihrem Freund.

»Wenn ich nicht rechtzeitig dazugekommen wäre, hätten sie sich gegenseitig umgebracht«, erklärte sie ihm. Und er wiederum riet ihr, sich nicht einzumischen und vor allem ihrem Vater nichts zu erzählen, um ja nicht die Hochzeitsfreude zu verderben. Auch mit Luna redete sie nicht weiter über den Vorfall, und Rachelika, die tief in ihrer frischen Liebesgeschichte mit Moise steckte, merkte gar nichts von der Hochspannung und Distanz zwischen ihrer Mutter und ihrer großen Schwester. Schließlich waren Luna und Rosa einander niemals nahe gewesen.

Je näher die Hochzeit mit David rückte, desto aufgeregter wurden Luna und ihre Schwestern: Lunas Brautkleid, die Kleider der Brautjungfern Rachelika und Bekki, die Einladungen, die die drei den Verwandten und Bekannten persönlich überbrachten. Nur Rosa mischte sich nicht ein, nicht beim Brautkleid, nicht bei den Einladungen, nicht bei der Ausrichtung der Hochzeit. Sie atmete kaum vor lauter Bemühen um Beherrschung, damit sie ja nicht explodierte und die freudige Erregung über Lunas Hochzeit verdarb, die sie völlig kaltließ.

Nicht immer hatte sie sich unter Kontrolle. Als sie eines Abends beim Essen saßen, bemerkte Gabriel, dass Rosa ihren Teller nicht anrührte.

»Iss«, sagte er zu ihr, »warum isst du denn nichts?«

»Ich will nichts essen!«, erwiderte sie wütend. »Deine Töchter haben mir den Appetit verdorben.«

Gabriel warf einen Blick auf seine Töchter, begriff nicht, wovon sie redete. »Was ist passiert, Rosa? Gibt es etwas, wovon ich nichts weiß?«

»Was du nicht weißt, willst du nicht wissen!«, gab sie wütend zurück, stand auf und ging in den Hof.

Eine Sternennacht empfing sie. Noch dreißig Tage bis zu Lunas Hochzeit, wie soll sie unter dem Hochzeitsbaldachin stehen und glücklich tun, wenn das Herz so wund ist, als hätte man tausend Messer hineingerammt? So sitzt sie eine ganze Weile grübelnd, bis sie merkt, dass sie nicht allein ist. Sie öffnet die Augen und sieht die Nachbarin Tamar neben sich stehen.

»*Dio santo*, hast du mich erschreckt!«, ruft sie aus.

»Warum sitzt du so allein mit dir draußen?«, fragt Tamar.

»Darum«, antwortet sie. »Im Haus ist es eng geworden.«

»Ja«, sagt Tamar, »*maschallah*, ihr seid eine große Familie geworden mit Lunas Bräutigam und mit Rachelikas Bräutigam.«

»Und mit Bekkis Freund«, ergänzt Rosa.

»Bekki hat einen Freund?«

»Noch keine vierzehn und möchte ihn schon heiraten.« Rosa gelingt es, sich ein kleines Lächeln abzuringen.

»Na, mit Gottes Hilfe.«

Tamar nimmt einen Schemel und setzt sich zu Rosa. Sie sitzen lange nebeneinander, sprechen nicht über das, was gewesen ist, erwähnen mit keiner Silbe Matilda Franko und auch nicht Efraim. Sie reden nicht über die lange, schwere Zeit, die vergangen ist, die Zeit, in der sie kaum ein Wort gewechselt haben. Sie sitzen und schweigen, lauschen jede dem Herzschlag der anderen.

Vielleicht gibt es doch einen Gott, denkt Rosa, vielleicht ist nicht alles verloren. Da ist aus aller Traurigkeit etwas Gutes erwachsen: *Vizina* Tamar, ihre Herzensschwester, ist zu ihr zurückgekehrt.

Sie geht ruhiger wieder hinein, aber jetzt macht Gabriel ein wütendes Gesicht.

»Dieser Freund von Bekki«, faucht er sie an, »er kommt bei Tag, jetzt ist Nacht, und er ist immer noch da! Hat er kein Zuhause?«

»Sei nicht böse, Gabriel«, beschwichtigt ihn Rosa, »er ist ein guter Junge.«

»Es gefällt mir nicht, dass er dauernd hier ist, Bekki ist noch ein Kind.«

»Sie wollen heiraten.«

»Was heißt heiraten? Sind wir Araber? Sie ist noch keine vierzehn, ich geh hin und schmeiß ihn im hohen Bogen raus.«

»Nein, *kerido*, tu das nicht, jetzt wo Luna heiratet und auch Rachelika mit Gottes Hilfe, bleibt sie allein, die *miskenika*, da ist es gut, dass sie Eli Cohen den Schönen bei sich hat.«

»Was heißt Eli Cohen der Schöne? Was ist das denn für ein Name?«

»So nennen ihn die Mädchen, sie sagen, er sei schön wie ein Filmschauspieler.«

»Schönheit ist unwichtig, Frau! Die Hauptsache ist das, was der Mensch mit seinem Leben anfängt.«

»Er arbeitet, Gabriel, er ist ein guter Junge, soll er gesund sein, er ist fleißig, arbeitet morgens bei der Post und besucht abends die Handelsschule Nachmani.«

»Mag sein, aber ich will ihn nicht ständig vor Augen haben. Damit er nicht zu eng mit Bekki wird.«

Und warum nicht?, denkt Rosa, ist es besser, wenn sie sich auf den Straßen rumtreiben? Draußen ist es, Gott bewahre, lebensgefährlich, am besten, Bekki und Eli der Schöne sind zu Hause vor ihren Augen.

Im Winter 1946 legte Jerusalem ein weißes Gewand an. Dichter Schnee fiel auf die Stadt, hüllte ihre Straßen und Häuser in eine flockige, weiße Daunendecke. Die Vorbereitungen für die Hochzeit von David und Luna waren in vollem Gang, und als der Himmel nach vielen Regentagen aufriss, die Sonne zwischen den Wolken hervorkam und die ersten Vögel und Narzissen den Einzug des Frühlings verkündeten, kam endlich auch der Tag der Hochzeit.

Ihr Brautkleid hatte Luna sorgfältig ausgewählt, nach aufmerksamer und unendlich geduldiger Durchsicht eines Stapels ausländischer Magazine, die sich exklusiv mit Brautmoden beschäftigten. Es war ein bildhübsches, bodenlanges weißes Seidenkleid mit winzigen Perlenknöpfen vorn bis über die Taille.

Ihr bronzefarbenes Haar war im Nacken in einem feinen, weißen Netz zusammengefasst und über der Stirn zu einem rotgolden schimmernden Herz frisiert. Der weiße Schleier, an einem mit bunten Steinen besetzten Diadem befestigt, komplettierte ihre majestätische Erscheinung, und in ihren gepflegten, weiß behandschuhten Händen hielt sie einen Strauß weißer Nelken.

Sie war eine atemberaubende Braut. Dem Brauch entsprechend, hatte das Paar sich in der Woche vor der Hochzeit nicht getroffen, und als David sie nun wiedersah, blieb ihm die Luft weg. Er hätte sich, so bald nach seiner Rückkehr aus Venedig, keine perfektere Braut wünschen können. Sie war all das, was er in den langen Monaten, in denen er und seine Kameraden wussten, dass sie Italien verlassen und nach Erez Israel heimkehren würden, anvisiert hatte. Sie war die Frau, die er sich im Geist vorstellte, als er beschloss, gleich nach seiner Rückkehr ins Land eine Tochter seines Stammes zu heiraten und mit ihr einen Hausstand in Israel zu gründen.

Auch Luna konnte ihre Augen nicht von dem schmucken Bräutigam lösen, der ihr Ehemann werden sollte: Er trug einen eleganten schwarzen Nadelstreifenanzug, ein gestärktes weißes Hemd und eine ebenfalls weiße Fliege. Aus der linken Brusttasche des gutgeschnittenen Jacketts lugte eine weiße Nelke, passend zu ihrem Brautstrauß. Sein Schnurrbart war sorgfältig gestutzt, und gemeinsam waren sie ein Brautpaar, wie man es sich vollkommener kaum denken konnte.

Die Hochzeit fand Freitagmittag im Offiziersclub Menora in der Bezalel-Straße statt. Der Saal war mit Blumen geschmückt, die Luna so liebte. An der Saaltür standen die Brautjungfern Rachelika und Bekki in eigens für die Hochzeit genähten gleichen Kleidern und verteilten weiße Mullbeutelchen mit Zuckermandeln aus Gabriels Laden an die Gäste. Die Bewirtung war, den schweren Zeiten gemäß, bescheiden: Auf an die Wand gerückten, weißgedeckten Tischen standen Krüge mit Limonade und Himbeerbrause und Platten mit Cremetorten, *borekas* und Obst.

Gabriel war glücklich beim Anblick seiner bildschönen Tochter und ihres gutaussehenden Bräutigams, und nur die dürftige Bewirtung schmälerte seine Freude: Ach, Herr der Welt, dachte er, zu normalen Zeiten wären die Tische mit allen guten Dingen beladen gewesen, mit Trockenfrüchten, Mandeln, Rosinen, Süßigkeiten, einer Vielfalt an Torten, mit allen Gütern der Erde und des Landes. Aber was kann man machen, die Zeiten sind nicht normal. Gott sei Dank kann er es sich noch leisten, einen Saal für die Hochzeit seiner Tochter zu mieten. Eine Wohnung kann er ihr nicht mehr mieten und schon gar nicht kaufen. Das junge Paar ist eingeladen, das erste Ehejahr am elterlichen Tisch zu essen. Das ist der Brauch der *meza franka*, des freien, des »königlichen« Tischs im Haus eines der beiden Elternpaare, bis sie etabliert wären und ihren eigenen Hausstand gründeten. Gabriel ließ den Blick durch den Saal schweifen. Alle nahen Verwandten waren anwesend, sogar seine Mutter Merkada war mit seiner Schwester Allegra, seinem Schwager Eleasar und den Kindern aus Tel Aviv gekommen. Seine Geschwister, die Schwager und Schwägerinnen, sogar Nachbarn aus Ohel Mosche, darunter *vizina* Tamar, die trotz Senyora Frankos deutlichem Unwillen Rosas Einladung gefolgt war – alle waren sie erschienen, um Lunas Hochzeit mitzufeiern. Auch sein kurdischer Partner Mordoch Levi war mit seiner Frau und allen acht Kindern da. Er war der einzige Gast, dessen Kommen Gabriel nicht freute, er hatte ihn notgedrungen eingeladen. Er selbst wird zusehends schwächer, sein Körper versagt ihm die Treue, er kann das Zittern kaum noch verbergen, das Gehen fällt ihm schwer, und er braucht einen Stock. Das geliebte Auto hat er verkaufen müssen, wegen der Unterhaltskosten, aber vor allem, weil er sich das Fahren nicht mehr zutraut. Der Fuß zittert ihm auf der Kupplung, die Hand zittert ihm am Lenkrad, und jetzt bleibt ihm nichts anderes übrig, als sich per Taxi zum Laden und zurück kutschieren zu lassen.

Der Kassenstand ist äußerst niedrig. Das einst florierende Geschäft geht immer schlechter. Matzliach wird der Sache nicht Herr, und auch Rachelika und Moise können bei allem Einsatz keine Wunder vollbringen. Wie soll man verkaufen, wenn keine Kunden da sind? Und wenn schon Kunden kommen, finden sie kaum noch Ware vor.

Seine gute Rachelika, bald wird er auch Geld für ihre Hochzeit brauchen. Seit David, soll er gesund sein, sie mit seinem Freund Moise bekannt gemacht hat, sind die beiden unzertrennlich. Na, jetzt haben zwei seiner Töchter, gottlob, einen Partner. Seine schöne Luna heiratet David Siton, und Rachelika, sein Augapfel, wird mit Gottes Hilfe Moise heiraten, und sogar die kleine Bekki hat einen Freund, wer hätte das geglaubt.

Er blickt auf die strahlende Luna im Brautkleid, das Lächeln weicht ihr nicht aus dem makellosen Gesicht, er blickt auf Rachelika und Bekki, die am anderen Ende des Saals bei ihrer Mutter stehen. Und Rosa, *maschallah*, schon lange hat er sie nicht mehr so froh gesehen, als sei ihr mit Lunas Hochzeit ein Stein vom Herzen gefallen. Sie trägt sogar ein schönes Kleid, nicht die Lumpen, die sie sonst immer anzieht. Er lässt den Blick von seiner Frau, die am einen Ende des Saals steht, zu seiner am anderen Ende sitzenden Mutter schweifen. Die beiden Frauen haben, wie ihm aufgefallen ist, kein Wort miteinander gewechselt. Gleich bei Merkadas Ankunft war er zu ihr geeilt und hatte ihr die Hand geküsst, worauf Merkada nickte, ihm einen Glückwunsch aussprach und aufrecht wie ein stolzes junges Mädchen ans andere Ende des Saales schritt, um sich dort zu setzen. Seine Töchter waren zu ihrer Großmutter gelaufen, um ihr die Hand zu küssen, und Rosa hatte tief Luft geholt, sich jedoch auch in die lange Schlange der Verwandten eingereiht, die zum Sitz der säuerlichen Alten pilgerten, um sie zu beglückwünschen und ihre gichtverkrüppelte Hand zu küssen.

Gabriel blickt sie beide an: Seine Frau, die mit ihren Töchtern am Saaleingang steht, und seine Mutter, die im Kreis ihrer Kinder und Enkel sitzt, und fragt sich wehmütig zum tausendsten Mal, wie das Herz seiner Mutter hatte zu Stein werden können, als sie ihn mit einer Frau verheiratete, die er keinen einzigen Tag im Leben geliebt hat.

Ehe er ganz in seinen Gedanken versinkt, kommt die strahlende Luna auf ihn zu, hakt ihn ein, ihre Schönheit erhellt sein düsteres Gemüt, und ein breites Lächeln legt sich auf sein Gesicht, als er Arm in Arm mit seiner geliebten Tochter zwischen den Gästen umhergeht, um sie zu begrüßen und ihre Glückwünsche entgegenzunehmen. Als er dann stolz seine Luna betrachtet, an deren Geburtstag der Mond geschienen und Gott die Liebe in sein Herz zurückgebracht hatte, huscht ihm ein Gedanke durch den Kopf: Vielleicht ist es doch nicht so schlimm, dass seine Mutter ihn mit der ungeliebten Frau verheiratet hat, denn sie war es ja, die ihm Luna geschenkt hat und danach Rachelika und Bekki, seine wunderbaren Töchter, sein ganzes Glück, und eine Welle der Zärtlichkeit überrollt ihn. Er übergibt Luna an ihre Schwestern und nimmt Rosas Arm, hakt sie unter und sagt zu ihr: »*Hayde*, Rosa, lass uns unsere Älteste, unser Püppchen, verheiraten.«

Sechs Monate später heirateten auch Rachelika und Moise, in bescheidenem Rahmen auf dem Hof von Moises Elternhaus im Maghrebiner-Viertel. Gabriel brach es schier das Herz, aber so viel er auch hin und her rechnete – seine finanzielle Lage erlaubte es ihm nicht, einen Festsaal für das junge Paar zu mieten, wie er es für Luna und David getan hatte.

»*Kaparavonó*, es gibt keine Gerechtigkeit auf der Welt«, sagte Rosa zu Rachelika, »du rackerst dich wie ein Esel im Laden ab, hast deinen Traum, Lehrerin zu werden, aufgegeben, um deinem Vater zu helfen, und wer bekommt eine Hochzeit wie eine Prinzessin? Luna, die nix für niemanden tut, außer für sich selbst.«

»Mama, warum redest du so? Wenn ich als Erste geheiratet hätte, hätte auch ich eine Hochzeit im Saal gehabt.«

»Du, *mi alma*, bist reines Gold, bist niemals neidisch auf

deine Schwester, aber wenn, behüte, du im Menora-Saal geheiratet hättest und sie es dann auf einem Hof im Maghebriner-Viertel hätte tun müssen, *wai wai wai*, was hätte sie für einen Skandal veranstaltet, die ganze Welt hätte sie auf den Kopf gestellt.«

»Gut, aber nicht sie muss auf dem Hof heiraten, sondern ich, und mir hätte sogar eine Trauung in der Synagoge nur mit einem Minjan gereicht. Warum regst du dich also auf, wenn es gar keinen Grund dafür gibt?«

»*Miskenika* Rachelika, obwohl du es verdient hast, Nummer eins zu sein, bist du Nummer zwei, deshalb rege ich mich auf.«

»*Basta*, Mama, ohne Luna hätte ich gar nicht geheiratet, sie hat mich mit Moise bekannt gemacht. Es ist alles ihr und David zu verdanken.«

7

Gabriel liegt im Bett und lauscht der Stille im Haus. Er hat sich immer noch nicht daran gewöhnt, dass es leer geworden ist, Luna und Rachelika ihren eigenen Haushalt haben. Er sehnt sich nach dem Getriebe, das das Haus erfüllte, als noch drei Töchter darin wohnten, sehnt sich nach seinen kleinen Mädchen. Sie sind groß geworden, das ist der Lauf der Welt, die Jungen werden flügge und verlassen das Nest. Früher blieben sie wenigstens noch im ersten Jahr bei den Eltern, die das junge Paar beherbergten, bis es etabliert war, aber heute sind die jungen Leute neumodisch, wollen für sich wohnen, mieten ein Zimmer und beginnen ihr Leben fern von Papa und Mama. Vielleicht ist es besser so. Hat er denn so gern bei seiner Mutter gewohnt? Seine Mutter, wie lange hat er nichts mehr von ihr gehört, seit Lunas Hochzeit hat er sie nicht wiedergesehen. Zu Rachelikas Hochzeit war sie gar nicht erst erschienen, angeblich fiel es ihr schwer, bis nach Jerusalem zu fahren, Allegra hatte sich in ihrem Namen entschuldigt.

Früher kam einmal im Monat ein Brief von Allegra, in dem sie ihm berichtete, was die Familie machte und wie es seiner Mutter ging, die mit dem Alter noch mürrischer und penetranter wurde. Aber jetzt bringt der Postbote nur noch selten einen Brief von Allegra. Wie lange hat er nichts mehr von ihr gehört? Vielleicht zwei, drei Monate. Noch heute wird er sich hinsetzen und ihr schreiben, obwohl ihm die Hand zittert. Was er früher in fünf Minuten niederschrieb, dauert jetzt eine Stunde, und es ärgert ihn, keine Kontrolle über seine Hand, über sein Leben zu haben.

Die Lage ist schlecht, es ist schwer, Ware zu besorgen. Kein Mensch fährt mehr in den Libanon oder nach Syrien, und die Geschäftsbeziehungen zu den Arabern der Umgebung sind ebenfalls abgerissen. Nicht mal die Fellachinnen kommen mehr auf den Markt mit ihrem Käse und ihrem Olivenöl. Der Mangel an Waren und Kunden treibt das Geschäft in den Ruin. Rachelika und Moise, die Ärmsten, haben es bei aller Entschlossenheit nicht geschafft, den Laden wieder flottzumachen. Gestern waren die beiden bei ihm, um schlimme Nachricht zu überbringen.

»Papú«, sagte Rachelika, »Moise und ich müssen etwas Wichtiges mit dir besprechen.«

»Sprecht, *keridos*, sagt, was ihr auf dem Herzen habt.«

»Senyor Ermoza«, begann Moise, »die Lage ist schwierig, es kommen keine Kunden in den Laden, und wenn schon, haben wir ihnen nichts anzubieten. Die Ware in den Säcken ist aufgebraucht, und wir haben nichts, um sie aufzufüllen. Heute waren vielleicht fünf Leute im Laden, und selbst die sind mit leeren Händen rausgegangen.«

Gabriel seufzt. Er will die Dinge nicht hören, kann den Schmerz nicht ertragen. Der Laden hat seinem Vater, seinem Großvater gehört, warum ist es gerade sein Los, den Familienbetrieb schließen zu müssen? Er ist nicht mal fähig, ihn der jüngeren Generation weiterzugeben.

Rachelika und Moise verstummten, sahen Gabriels Schmerz. Rachelika umarmte ihren Vater und gab ihm einen Kuss: »Papú, es sind nicht nur bei uns schwere Zeiten, die Marktstände sind auch leer.«

»Sagt mir nicht, der Markt sei leer«, gab Gabriel schmerzlich zurück.

»Der Markt ist leer, Papú, Menschen kommen und gehen, aber Ware gibt es keine. Und wir sind ein Delikatessengeschäft, bei uns wollen die Leute sich verwöhnen, nicht nur Brot, eine Tomate oder Fleisch einkaufen. Was sollen die Fleischer sagen, Papú, was die Gemüsehändler?«

»Was kann man tun?«

»Mordoch ist mit einem Angebot gekommen«, sagte Moise.

»Soll ihn der Teufel holen, erwähnt seinen Namen nicht in meinem Beisein.«

»Es bleibt keine Wahl, Schwiegervater, keiner wird uns in diesen Zeiten ein besseres Angebot machen.«

»Was hat dieser Halunke zu sagen? Was hat er anzubieten, der Dieb?«

»Er bietet uns an, den Laden zu kaufen.«

»Ich verkaufe nicht!«

»Papú«, sagte Rachelika, »wenn wir ihn nicht verkaufen, verlieren wir ihn ohnehin. Wir haben keine Waren, wir haben keine Kundschaft, der Laden wird geschlossen bleiben. Wovon sollen wir Steuern bezahlen. Wovon sollen wir leben?«

»Dieser Laden ist der Stolz der Familie«, sagte Gabriel. »In ganz Jerusalem hatte und hat er nicht seinesgleichen. Meine

Mutter, deine Großmutter, Nona Merkada, wird es mir nie verzeihen, wenn ich ihn verkaufe.«

»Nona Merkada in allen Ehren, Papú, aber wann hat sie uns zum letzten Mal besucht? Wann hat Nona Merkada sich je nach dem Geschäft, wann nach ihrem Sohn und ihren Enkelkindern erkundigt?«

»Still!«, fauchte Gabriel sie an. »Wie redest du denn von deiner Großmutter.« Aber im Herzen wusste er, sie hatte recht, seine Mutter rechnete schon seit Jahren nicht mehr mit ihm und erwies ihm keine Ehre. Aber die Erziehung, die er von ihr und seinem Vater erhalten hatte, hinderte ihn daran, ihr mit gleicher Münze heimzuzahlen. »Ehre deinen Vater und deine Mutter«, wie oft hatten sie ihm diese Lehre eingeschärft, bis sie ihm in Fleisch und Blut übergegangen war. Würde seine Mutter nur auch sich selbst die Ehrerbietung abverlangen, die sie sein Leben lang von ihm einforderte.

»Papú, wenn wir den Laden nicht an den Kurden verkaufen, können wir morgen auf dem Zion-Platz betteln gehen«, riss ihn Rachelikas Stimme aus seinen Gedanken.

»Du übertreibst, meine Liebe«, wies Moise sie sanft zurecht, »wieso betteln gehen, ich bin jung, ich finde Arbeit.«

»Wo denn? Sag mir, Moise, wo willst du jetzt Arbeit finden? Als was? Als Straßenhändler, der einen Karren schiebt? Als Klempner, der die Hände in die Scheiße anderer Leute steckt?«

»Und jetzt müsst ihr die Scheiße des Kurden wegputzen«, schaltete Gabriel sich ein, »des Kurden, der mich seit dem Tag unseres Kennenlernens tief in die Scheiße geritten hat. Sagt mir, *ijos*, warum will der Kurde einen unrentablen Laden kaufen? Welches Interesse hat er daran? Dieser Mensch tut nichts ohne Grund. Man muss gut prüfen, was hinter seinem Angebot steckt. Ich traue dem Mann nicht. Selbst wenn mein Leben davon abhinge, würde ich ihm nicht trauen.«

»Wir treffen uns mit ihm, Papú, du, Moise, ich und Lunas David. Wir hören uns an, was er vorschlägt, und entscheiden dann.«

Und so geschah es. Ein paar Tage später bat Rachelika Mordoch zu Gabriel und Rosa ins Haus. Bei seiner Ankunft triefte er vor Honig, lächelte alle an, plauderte galant mit Rosa, lobte ihre *borekitas*, »bei meiner Gesundheit, Frau Rosa, in ganz Jerusalem gibt es keine solchen *borekas*, warum verkauft ihr die nicht im Laden?«

Rachelika war drauf und dran, die Beherrschung zu verlieren, das Aas wusste schließlich, dass sie schon seit vielen Tagen nichts mehr im Laden verkauften.

Sie setzten sich an den großen Tisch im Wohnzimmer, Gabriel an die Stirnseite, der Kurde ans andere Ende, und zu beiden Seiten Rachelika und Moise, David und Luna.

»Reden Sie«, begann Gabriel, »was haben Sie anzubieten?«

»Gabriel, mein teurer Freund, die Zeiten sind hart, keiner kann wissen, was morgen sein wird. Die schändlichen Engländer machen gemeinsame Sache mit den Arabern, jeden Tag gibt es neue Sorgen, vielleicht bricht morgen Krieg aus, vielleicht schlachten die Araber uns alle ab, vielleicht schlachten wir die Engländer ab. Man kann nicht wissen, was werden wird, nicht wahr?«

»Kommen Sie zur Sache, Mordoch«, sagte David ungeduldig, »wir wissen alle, was ringsum vorgeht, was reden Sie um den heißen Brei herum.«

»Geduld, *habibi*, ich werde darauf zu sprechen kommen, aber erst mal lassen Sie mich Herrn Gabriel, der schon lange nicht mehr aus dem Haus gegangen ist, die Lage erklären.«

Gabriel spürte das Blut aus seinem Körper weichen. Wie konnte dieser erbärmliche Kurde sich erdreisten, ihn in seinem eigenen Haus, an seinem eigenen Tisch zu beleidigen?

Wie konnte er es wagen, ihn als unnützen Trottel hinzustellen? Doch ehe er seine Gedanken über die Lippen brachte, stauchte Luna den Kurden schon zusammen: »Wer sind Sie, dass Sie von meinem Vater behaupten, er sei lange nicht mehr aus dem Haus gegangen? Wie können Sie es wagen, bei uns im Haus zu sitzen und meinen Vater zu beleidigen?«

»Ich beleidige doch nicht, Gott bewahre, wo haben Sie das herausgehört? Ich habe dem ehrenwerten Herrn Ermoza lediglich gesagt, dass er schon lange nicht mehr im Laden gewesen ist.«

»Er war lange nicht mehr im Laden, weil wir an seiner Stelle dort sind«, nahm Rachelika ihren Vater hastig in Schutz. »Es kommt das Alter, Herr Mordoch, in dem der Mensch aufhören muss zu arbeiten. Jetzt führen wir jungen Leute das Geschäft in Vaters Sinne weiter.«

Gabriel lauschte seinen Töchtern, die ihn verteidigten, und hielt es nicht länger aus. »Ihr seid zu höflich zu unserem Gast«, sagte er. »Ich habe noch nie einen Menschen meines Hauses verwiesen, aber ich möchte, dass Sie jetzt aufstehen und gehen!« Er klopfte auf den Tisch.

Stille trat ein, doch der Kurde stellte sich taub und redete unbeirrt weiter: »Warum sich erhitzen, Herr Gabriel? Das ist ungesund, ich wollte doch nur sagen, dass die Zeiten hart sind und es keinen Sinn hat, einen Laden zu halten, der wie ein Fass ohne Boden ist, kein Geld einbringt, nur ungedeckte Unkosten. Deshalb möchte ich Ihnen, geehrter Herr Ermoza, vorschlagen, dass ich den Laden kaufe und Sie und Ihre Familie, gesund soll sie sein, aus dem Schuldensumpf ziehe, Ihnen helfe. Glauben Sie mir, Gabriel, ich tue das im Namen unserer vormaligen Partnerschaft bei der Halva-Fabrik, ich tue es aus Respekt vor Ihnen, weil ich möchte, dass Sie den Rest Ihres Lebens in Ehren verbringen können und genug Geld haben, Ihre Frau zu ernähren und die kleine Bekki, gesund soll sie sein, zu verheiraten.«

Die Worte des Kurden hatten etwas Beruhigendes. Langsam setzte sich bei Gabriel die Erkenntnis durch, dass der Mann zwar glattzüngig, aber vernünftig sprach. Ihm blieb nichts anderes übrig, als den Laden zu verkaufen. Rachelika und Moise hatten das längst eingesehen, David war es gleichgültig. Er begriff gar nicht, warum man ihn in eine Familienangelegenheit einbezog, die ihn nichts anging. Das Geschäft seines Schwiegervaters auf dem Machane-Jehuda-Markt hatte ihn noch nie interessiert, aber Luna konnte nicht an sich halten: »Wir verkaufen nichts!«, platzte sie heraus. »Dieses Geschäft ist der Stolz unserer Familie, der Stolz unseres Vaters. Es hat unserem Großvater und unserem Urgroßvater gehört, noch im Basar in der Altstadt. Sie haben bei uns nichts zu suchen, gehen Sie zu anderen Händlern auf dem Markt.«

Keiner machte den Mund auf, keiner wagte Luna zu widersprechen. Alle waren sie dazu erzogen worden, einen Familienstreit niemals vor Fremden auszutragen, und das war stärker als Rachelikas Wunsch, Luna den Mund zu stopfen. Doch kaum hatte Mordoch sich mit der Bitte, sein Angebot noch einmal zu überdenken, verabschiedet und das Haus verlassen, platzte es aus ihr heraus: »Seit wann verstehst du denn so viel vom Geschäft? Wann hast du deine hübschen Füße zum letzten Mal in den Machane-Jehuda-Markt gesetzt?«, schnauzte sie Luna an. »Du hältst es doch für unter deiner Würde, Räuchermakrelen zu verkaufen, was redest du dann auf einmal von Stolz?«

»Dass du im Laden arbeitest, heißt noch lange nicht, dass ich nichts zu sagen habe«, blieb Luna ihr nichts schuldig. »Ich bin in dem Laden groß geworden, und wenn schon verkaufen, dann lieber an einen Araber als an diesen Kurden! Er lauert seit langem auf den Laden, das hast du selbst gesagt, und jetzt willst du ihn an diesen Halunken verscherbeln?«

»Kennst du sonst wen, der das Geschäft kaufen möchte?«, erwiderte Rachelika. »Wer kauft zu diesen Zeiten schon einen Laden außer diesem dummen Kurden, diesem drittklassigen Kleinkrämer.«

»Rachelika *kerida*«, beteiligte sich Gabriel endlich am Gespräch, »er ist keineswegs dumm, und erst recht ist er kein drittklassiger Kleinkrämer. Entschuldige, *kerida*, aber der Dumme ist dein Vater, er ist der drittklassige Kleinkrämer.«

»Gott behüte, Papú, es ist wegen der Lage und der schweren Zeiten. Wieso nimmst du plötzlich auf deine Kappe, was im Laden vor sich geht? Du hast *Rafael Ermoza & Söhne – Delikatessen* zum besten Geschäft im Machane-Jehuda-Markt gemacht.« Tränen erstickten Rachelikas Stimme, und Luna vergoss sie schon in Strömen.

»Hör mir gut zu, *ija mia*«, sagte Gabriel mit bebender Stimme, »und hört mir alle gut zu: Dein dummer Vater hat die Halva-Fabrik an den Kurden verloren, ohne einen Groschen dafür zu bekommen, dein Vater, der drittklassige Kleinkrämer, hat nicht geprüft, wo das Geld für die Fabrik geblieben ist. Er hat alle ›guten‹ Ratschläge des Kurden befolgt, der ihm riet, der Fabrik lieber fernzubleiben, um die Arbeiter nicht zu verwirren, der ihm sagte, er solle sich über den Fabrikbetrieb nicht den Kopf zerbrechen, er habe ja den Laden im Markt am Hals, solle ihn, den Kurden, die Fabrik für sie beide führen lassen. Und was ist dabei herausgekommen? Dass dein dummer Vater in beiden Bereichen verloren hat. So ist es, wer sich mit Hunden schlafen legt, braucht sich nicht zu wundern, wenn er morgens mit Flöhen aufsteht.«

»Dann möchtest du das Geschäft auch nicht an den Kurden verkaufen?«, fragte Rachelika.

»Was heißt ich auch nicht? Ich schon gar nicht. Wie Lunika sagt, lieber einem Araber verkaufen als diesem Kurden.«

»Gut, dann ist die Sache beendet, es wird nicht verkauft«, fasste David ungeduldig zusammen und stand auf.

»Einen Moment«, hielt Moise ihn zurück, »wir sind hier noch nicht fertig.«

»Wenn's ihn nicht interessiert, soll er halt gehen«, sagte Luna, »er hatte ohnehin keine Lust mitzukommen.«

»Luna!« David belegte sie mit einem unheilverkündenden Blick, der Rachelika erschreckte: Was sollte dieser Blick? Sie war noch kein Jahr mit David Siton verheiratet, und so sah er ihre Schwester an? Was lief zwischen den beiden?

»Du kannst ruhig gehen, David«, übernahm Moise, »es sei denn, du möchtest hören, was ich zu sagen habe.«

David setzte sich wieder. Rachelika entging nicht, dass Luna ein wenig von ihm abrückte.

»Senyor Ermoza«, fuhr Moise mit seiner ruhigen Stimme fort, »jedes Ihrer Worte über den Kurden trifft zu, ich verstehe, warum Sie ihm das Geschäft nicht verkaufen wollen.«

»Er ist ein Fuchs im Hühnerhaus«, sagte Gabriel.

»Ich weiß, Schwiegervater, ich habe ihn leider kennengelernt. Aber wer sonst soll den Laden jetzt kaufen? Wer tätigt heutzutage Geschäfte? Wegen der Lage könnte der Laden in den nächsten Jahren geschlossen bleiben. In einem hat er recht: Man kann nicht wissen, was die Zukunft bringt. Vielleicht gibt es wirklich Krieg, vielleicht müssen wir Männer in den Kampf ziehen, vielleicht wird wegen des Kriegs der Markt geschlossen, vielleicht, vielleicht, vielleicht. Also bitte entschuldigen Sie, wenn ich sage, es bleibt uns nichts anderes übrig, wir müssen den Laden an diesen Hund verkaufen.«

»Darf man ein Wort sagen?«, ertönte plötzlich die Stimme des schönen Eli Cohen, der die ganze Zeit mit Bekki auf dem

Sofa gesessen und sich bisher nicht eingemischt hatte. Alle wandten ihm das Gesicht zu. Im letzten Jahr war er praktisch Teil der Familie geworden.

»Ja, junger Mann, was hast du zu sagen?«, erwiderte Gabriel, der Bekkis Freund mittlerweile liebgewonnen hatte.

»Ich konnte nicht umhin, das Gespräch mitzuhören, und wenn ihr erlaubt, möchte ich euch meine Meinung sagen.«

»Nur zu, sprich«, ermunterte ihn Moise.

»Der Kurde scheint mir ein gewiefter Geschäftsmann zu sein.« Eli Cohen der Schöne erhob sich vom Sofa und trat an den Tisch. »Nicht von ungefähr will er den Laden gerade in schlechten Zeiten kaufen, er hat Pläne, er weiß, was er tut: Er kauft den Laden jetzt billig, um ihn teuer weiterzuverkaufen, sobald die Zeiten besser werden. Ich wette, er hat Schwarzgeld unter den Fliesen vergraben. Im Falle eines Verkaufs muss man erst klären, warum er gerade jetzt kaufen will, und dementsprechend handeln.«

»Was schlägst du dann konkret vor, junger Mann?«, fragte Gabriel und gab ihm einen Wink, sich mit an den Tisch zu setzen.«

»Wenn Sie zustimmen, Senyor Ermoza, werde ich persönlich ein paar Nachforschungen über den Kurden anstellen und Ihnen dann berichten.«

»Na prima, jedermann mischt sich in die Geschäftsangelegenheiten ein«, sagte David.

»Er ist nicht jedermann«, fauchte Bekki, »er ist mein Freund! Sobald ich siebzehn bin, wird er mit Gottes Hilfe mein Bräutigam.«

»Nachdem Senyor Gabriel und Senyora Rosa eingewilligt haben, mir deine Hand zu geben, natürlich«, beeilte sich Eli Cohen der Schöne einzuwerfen.

»Bis dahin ist noch Zeit«, sagte Gabriel, »erst mal soll Bekki die Schule abschließen, und wenn ihr danach heiraten möchtet, können wir darüber reden.«

Er war zufrieden über Bekkis Antwort an David und über die guten Sitten ihres Freundes, aber unzufrieden mit dem sonderbaren Verhalten von Lunas Ehemann, der sich benahm, als sei die ganze Angelegenheit nichts als Zeitvergeudung für ihn. Er nahm sich vor, bei nächster Gelegenheit mit Luna zu sprechen, von ihr zu erfahren, was zwischen ihr und David los war. Wie Rachelika fand auch er das Benehmen seines Schwiegersohns ungehörig.

»Wenigstens bei meinem Vater könntest du dich anständig benehmen und nicht wie einer, der Wespen im Hintern hat und nur auf die erstbeste Gelegenheit lauert, sich davonzumachen«, sagte Luna zu David, als sie zu Hause ankamen. »Interessiert es dich denn gar nicht? Ist es dir egal, was mit dem Laden meines Vaters geschieht?«

»Luna, was versteh ich von Ladengeschäften, was versteh ich von Kauf und Verkauf? Ich finde es nicht nur uninteressiert, sondern ausgesprochen langweilig.«

»Und was findest du nicht langweilig? Meine Schwester und meinen Schwager besuchen langweilt dich, zum Tanzen ins Café Europa gehen langweilt dich, Kaffee im Atara trinken langweilt dich, seit der Hochzeit interessierst du dich für nichts mehr.«

»Was im Land Israel vorgeht, interessiert mich. Ich bin nicht wie du, die nichts anderes im Kopf hat als die Kleider bei Sachs & Sohn und die Journale mit dem Quatsch aus Hollywood. Sei mir lieber dankbar, dass ich dich überhaupt weiter arbeiten lasse.«

»Na dank dir wirklich, woher hätten wir wohl Geld, wenn ich nicht arbeiten würde?«

»Woher wir Geld hätten? Ich laufe mir jeden Tag die Hacken ab auf Arbeitssuche, nehme jedes Angebot an, egal ob auf dem Bau oder bei meinem Bruder, dem Fleischer, komme stinkend nach Hause, muss mir stundenlang die Haut abschrubben, um den Geruch loszuwerden, und all das, damit wir Geld haben. Das Geld, das du verdienst, ist für dein Eau de Cologne und für deinen Kaffee im Atara und für die dämlichen Journale, die du liest, also halt lieber die Klappe!«

Luna verstummte. Noch nie hatte er sie beschimpft, noch nie derb angefahren. Sie litt sehr unter seinem veränderten Verhalten seit der Hochzeit, aber so abfällig hatte er noch nie mit ihr geredet. Ihre Augen füllten sich mit Tränen. War das der Märchenprinz, auf den sie ihr Leben lang gewartet hatte? Gott, was war aus ihr geworden? Sie, bei der alle Jungs der Stadt darum gewetteifert hatten, auch nur einen Blick von ihr zu ergattern, Luna, das schönste aller Mädchen, wurde derart gedemütigt von ihrem Ehemann.

Sie kehrte ihm den Rücken und machte sich bettfertig. Er trat auf die Veranda und zündete sich eine Zigarette an. Seit der Hochzeit wohnten sie in einer kleinen Einzimmerwohnung in Mekor Baruch. Küche und Toilette waren auf der Veranda, die sie mit den Nachbarn teilten. Eine Dusche gab es nicht, sie wuschen sich in der Küche mit Wanne und Eimer. Dazu machte sie Wasser im Teekessel heiß und füllte den Eimer, doch bis er voll war, wurde das Wasser lauwarm. Sie wusch sich gern mit lauwarmem Wasser, aber David ärgerte sich immer aufs Neue, als sei sie schuld, dass sie nicht in einer Wohnung mit Dusche lebten, als sei sie schuld, dass sie keine Badewanne mit einem Hahn für heißes und einem für kaltes Wasser und einen mit Holz befeuerten Boiler hatten, wie früher in dem großen Haus in der King-George-Straße. So hatte sie sich ihr Leben nicht vorgestellt. Sie hatte geglaubt, einen Mann zu heiraten, der ihr ein gutes Leben ermöglichen würde, und nicht einen, der jedes Mal böse auf sie wurde, wenn ihm das Wasser, das sie erhitzte, nicht warm genug war.

Abgekühlt war ihre Beziehung schon in den Flitterwochen, die sie im Strandhotel Savoy in Tel Aviv verbracht hatten. Sobald sie ihr Gepäck im Zimmer abgestellt hatten, war sie auf den Balkon getreten, um die Seeluft einzuatmen. Anders als im kühlen Jerusalem war die Luft hier mild. Das Meer schimmerte marmorglatt, die Sonne kam zwischen den Wolken hervor und liebkoste ihr strahlendes Gesicht. Genauso hatte sie sich ihre Flitterwochen vorgestellt, fern von Jerusalem, fern von Ohel Mosche und seinem Häusergewirr, fern der Familie. Endlich allein mit ihrem Geliebten, ohne erklären zu müssen, wo sie hinginge und wann sie zurückkäme, ohne das griesgrämige Gesicht ihrer Mutter zu sehen oder ihrem feuerspeienden Blick zu begegnen.

Am Strand unterhalb des Hotels standen Liegestühle, besetzt mit Tel Avivern, die sich durch die kühle Witterung nicht vom Strand hatten vertreiben lassen. Sie war jedes Mal wieder verblüfft, welche Diskrepanz zwischen Jerusalem und Tel Aviv bestand, wie unterschiedlich die beiden Städte waren.

»David«, rief sie, »komm mit runter auf die Promenade.« Doch er hatte schon die Schuhe ausgezogen, sich aufs Bett gelegt und in eine Zeitung vertieft.

»David.« Sie sprang zu ihm aufs Bett, kuschelte sich an ihn, küsste ihn leicht auf Wangen, Nase, Lippen. Er schob sie weg und sagte: »Nicht jetzt, Luna, ich lese.«

»Aber David, wir sind in den Flitterwochen, lass uns was unternehmen, danach kannst du immer noch die Zeitung lesen.«

»Einen Moment, nur noch die Seite fertig.«

Sie stand auf und ging wieder auf den Balkon. Wie gern wollte sie runtergehen, mit dem Hut, den sie eigens für die

Hochzeitsreise gekauft hatte, in dem schicken schwarzen Kleid mit weißem Gürtel und den hochhackigen Lackschuhen. Sie wollte den roten Lippenstift nachziehen, eine Locke um den Finger wickeln und mit einer Klemme an der Stirn feststecken, wollte in den Spiegel schauen und wissen, dass sie das schönste aller Mädchen war, und dann so ausgehen und die Blicke der Passanten genießen. Und ganz vielleicht würde auch David sehen, wie schön sie war, und wegen der Männerblicke eifersüchtig werden.

Aber David war in seine Zeitung vertieft, und sie verlor langsam die Geduld. »Na, David, wann gehen wir denn los, wir sind in den Flitterwochen! Komm mit spazieren.«

»Gut, wenn du nicht lockerlässt«, sagte er unwillig, stand auf, zog Schuhe und Jackett an, und nun erst nahm er sie in Augenschein. Sie war atemberaubend, zweifellos die schönste aller Frauen. Warum dann hatte sich sein Herz ihr gegenüber verschlossen, warum fühlte er sich nicht mehr so zu ihr hingezogen wie am Anfang? Hatte er sich denn wirklich zu ihr hingezogen gefühlt oder es sich nur eingebildet, getreu seiner beim Auslaufen aus Mestre gefällten Entscheidung, sich eine jüdische Frau zu suchen und mit ihr einen Hausstand im Land Israel zu gründen?

»Und?«, fragte sie, da er sie weiter anstarrte, in Erwartung eines Kompliments.

»Wird's dir nicht kalt ohne Mantel?«, fragte er, indem er die Tür öffnete.

»Wie sehe ich aus?«, hielt Luna ihn auf.

»Du siehst wunderhübsch aus«, sagte er lustlos.

»Dann wird mir nicht kalt«, gab sie kokett zurück und reichte ihm eine weiße Angorajacke, die er ihr über die Schultern hängen sollte.

Als sie auf der Straße waren, legte sie ihm die Hand um die

Taille, aber er fasste sie nicht um die Schultern. Deshalb hakte sie sich bei ihm ein. Macht nichts, tröstete sie sich, sie brauchten nicht engumschlungen zu gehen wie als Liebespaar, sie waren jetzt verheiratet, untergehakt passte auch gut.

Erwartungsgemäß zog die Schönheit, die neben dem stattlichen Mann spazierte, die Blicke aller Passanten auf sich. Sie setzten sich in ein Café und bestellten Milkshakes. Im Atara machten sie den Milkshake nach ihrem Geschmack, mit einem Berg Schlagsahne obendrauf. In Tel Aviv schmolz das Eis zu schnell, und die Sahne wurde flüssig, aber davon ließ sie sich den Genuss nicht verderben. Das blaue Meer, die milde Sonne, die Menschen, die vorbeigingen oder auf der Caféterrasse saßen, die Urlaubsstimmung – sie war glücklich. Nicht mal die englischen Polizisten, die am Nebentisch saßen, trübten ihre Stimmung. David sagte: »Arbeitet denn keiner in Tel Aviv?«, und sie lachte und legte ihm die weiß behandschuhte Hand auf den Arm.

»Bist du glücklich?«, fragte sie ihn. »Bist du so glücklich wie ich?«

»Ich bin glücklich«, antwortete er, klang aber nicht überzeugend.

Sie beschloss es zu überhören. Sie würde sich durch nichts ihre Flitterwochen verderben lassen, auch nicht durch ihren frischgebackenen Ehemann.

»Ihre Dame ist sehr schön«, sagte der höfliche Kellner zu David.

»Danke«, beeilte sich Luna an Davids Stelle zu antworten, »wir sind auf Hochzeitsreise.«

»Herzlichen Glückwunsch«, sagte der Kellner, und bei der nächsten Runde brachte er einen kleinen Punschring mit einem bunten Schirmchen. »Das ist für Ihre Flitterwochen, mit Empfehlung des Hauses.«

Arme Luna, sie ist so glücklich, dachte David, sie ahnt nicht, wie sehr ich mir wünsche, die Flitterwochen wären schon zu Ende, ehe sie angefangen haben. Er wusste nicht, wie er die nächsten sieben Tage überstehen sollte. Er müsste doch glücklich sein, sie umarmen und küssen, sie in Cafés, zu Strandspaziergängen, ins Kino, in Restaurants ausführen, und nachts musste er Liebe mit ihr machen. Wie sollte er die Hochzeitsnacht meistern, wenn Herz und Leib einer anderen gehörten? Jener Frau im fernen Italien, die sein Herz erobert und die er doch für immer verlassen hatte. Nein, ich werde mir durch die Erinnerungen an Venedig nicht die Flitterwochen in Tel Aviv verderben lassen. Ich werde Isabella nicht erlauben, sich zwischen Luna und mich zu drängen, ich werde sie vergessen, mich dazu zwingen, ich liebe Luna, liebe sie, als gäbe es keine Isabella auf Erden. Ich werde ihr eine traumhafte Hochzeitsnacht bescheren, werde mein Bestes tun, um diese strahlende Frau glücklich zu machen.

In der Nacht ging er entsprechend zart mit ihr um, sehr zart, doch sie war sehr verschämt. Stundenlang küssten und fummelten sie, ehe sie zur Sache kamen. Ihn küssen, ihm mit den Fingern durchs dichte Haar fahren, den Rücken streicheln – das mochte sie. Aber sobald er ihren Leib anfassen wollte, schreckte sie zurück. Er griff nach ihren Brüsten, und sie rückte ab, er versuchte, ihren Bauch zu streicheln, und sie versteifte sich.

»Alles in Ordnung, Liebling?«, flüsterte er.

»Ja«, erwiderte sie verschämt.

»Warum fliehst du dann vor mir?«

»Ich fliehe nicht.«

»Komm näher, ich beiße nicht.«

Sie atmete tief durch und rückte näher.

»Luna, ich tu dir nicht weh, versprochen.«

Sie schwieg und biss sich auf die Lippen. Er versuchte ihr wieder nahezukommen, streifte ihr sanft das Nachthemd ab, betrachtete ihren Körper, ihre festen kleinen Brüste, den flachen Bauch. Ich wäre froh, sie hätte ein paar Kilo mehr auf den Rippen, dachte er. Sie lag zusammengerollt wie ein Fötus, suchte ihren Körper mit den Händen zu bedecken.

»Luna, lass mich sehen, wie schön du bist.«

Er war sehr erfahren. Die tausend Frauen und die eine Isabella in Italien hatten ihn zum geübten Liebhaber gemacht. Er kannte seinen Weg im Bett und bemühte sich jetzt, ihn zu Luna zu finden, mit einer unendlichen Zärtlichkeit, die ihn selbst überraschte. Er wusste, dass er mit ihr schlafen musste, denn das tat man in der Hochzeitsnacht, und wenn er es auch nicht so genießen würde wie mit Isabella, würde die Zeit doch das Ihre tun. Er liebte Sex, und nachdem er ihn einmal entdeckt hatte, konnte er sich kaum noch enthalten, aber seit dem ersten Tag mit Isabella hatte er keine andere Frau mehr gehabt. Jetzt musste er mit seiner Ehefrau schlafen, aber er lag schon stundenlang bei ihr und bot seine ganze Geduld in dem langsam zermürbenden Bemühen auf, sie zu entjungfern.

»Meine Hübsche«, sagte er sanft, »meine Liebe, hilf mir, spreiz die Beine.« Aber sie kriegte die Schenkel nicht auseinander. »Lunika, wenn du mir nicht hilfst, schaffen wir's nicht«, fuhr er mit schier endloser Zärtlichkeit fort, obwohl er spürte, dass ihm demnächst der Geduldsfaden reißen würde.

Sie sagte nichts. Tränen sammelten sich in ihren Augen. So hatte sie sich ihre Hochzeitsnacht nicht vorgestellt. Sie hatte gedacht, sie würden sich küssen und küssen, und auf einmal würde es passieren, auf einmal wäre er in ihr. Sie hatte nicht geglaubt, dass ihr Körper sich so wehren würde und sie derart in Panik geriete.

Er schob die Hand unter ihren Rücken, hakte ihren Büstenhalter auf und zog ihn ihr sanft aus. Sie schloss die Augen. Trotz der Dunkelheit merkte er, dass sie rot wie eine Tomate wurde. Er streichelte ihre kleinen Brüste. Mein Gott, wo sind Isabellas Brüste, die groß und schwer und reif waren, huschte es ihm durch den Kopf. Meine teure Frau hat zwei Rehlein wie ein junges Mädchen. Er war erschrocken, dass ihm beim Streicheln ihrer Brüste solche Gedanken in den Sinn kamen.

Sie machte nicht mit. Ihr Körper blieb steif, sie war verschämt und verängstigt, und ihm reichte es. Er ließ von ihr ab, kehrte ihr den Rücken und versuchte einzuschlafen.

Luna war zutiefst erschrocken. Großer Gott, was hatte sie jetzt angerichtet? Würden so ihre Flitterwochen aussehen? Ihr Mann versuchte, Liebe mit ihr zu machen, aber sie war kalt wie ein Eisblock, und er kehrte ihr den Rücken und schlief ein? Sie brach in Tränen aus und wimmerte wie eine verletzte Katze im Regen. Sie tat ihm leid, er schloss sie in die Arme, wiegte ihren Körper hin und her, küsste sie, versuchte sie zu beruhigen. Ihr Schluchzen brach ihm das Herz.

Was war er bloß für ein Hundesohn, was für ein Klapperesel! Was tat er seiner bildhübschen Frau an? Wie zum Teufel hatte er gewagt, so herzlos mit ihr umzugehen? Wieso hatte er so schnell aufgegeben? Er fuhr fort, sie zu streicheln, küsste sie auf die Stirn, beruhigte sie mit guten Worten, und nach und nach spürte er sie in seinen Armen schmelzen. Als er jetzt in sie einzudringen suchte, leistete sie keinen Widerstand. Sie stöhnte vor Schmerzen, aber er war gut zu ihr, so gut und beruhigend, und er sagte ihr Worte der Liebe: »Meine Süße, meine Teure, meine Geliebte.« Mit jedem Wort entspannte sich ihr Leib, und schließlich war er in ihr, sein Erguss mischte sich mit ihrem Blut, das auf ihre Schenkel rann, und er stand auf, holte ein Handtuch aus dem Badezimmer und wischte sanft das Blut ab.

»Was sollen wir dem Empfangschef sagen«, flüsterte sie, »was für eine Schmach.«

Das Schamgefühl war fast so stark wie ihre Erleichterung, dass sie es endlich getan hatten. Sie hatte ihre Jungfräulichkeit in der Hochzeitsnacht verloren, wie jede normale Braut, jetzt konnte das Leben beginnen.

Die Hochzeitsreise dauerte eine Woche, danach fuhren sie zurück nach Jerusalem. Sie liebten sich nicht oft in jener Woche, er verlangte es nicht, und sie war froh darüber. Sie küssten und umarmten sich, gingen auf der Promenade spazieren, tätigten Einkäufe in der Allenby-Straße, saßen in Cafés, aßen in Restaurants und sahen im Kino den Film »Casablanca« mit Ingrid Bergman und Humphrey Bogart. Zurück im Zimmer, legten sie sich nebeneinander aufs Bett, er las die Zeitung und sie *Die Welt des Films*. Danach entkleideten sie sich, er zog seinen Pyjama und sie ihr Nachthemd an, sie küssten sich und gingen schlafen. Sie staunte, dass er nicht jeden Abend mit ihr schlafen wollte, war aber sehr erleichtert.

Nach der Hochzeitsreise begannen sie das normale Leben eines Ehepaars: Sie arbeitete weiter bei Sachs & Sohn, er fand Arbeit in einer Schreinerei neben dem Rex-Kino, am Ende der Princess-Mary-Straße. Manchmal sah er sich nach der Arbeit einen Wildwestfilm im Rex an. Dieses Kino wurde von Juden und Arabern gleichermaßen frequentiert, und Luna fühlte sich dort nicht wohl. Wenn er ins Rex ging, besuchte sie ihre Eltern in Ohel Mosche, wo sie häufig auch ihre Schwestern traf, und später holte David sie dort ab. Manchmal gingen sie mit Rachelika und Moise ins Kino und hinterher in ein Café. Freitags, nach dem Abendessen im Elternhaus, trafen sie sich reihum bei Davids Kameraden von der Jüdischen Brigade, die mittlerweile auch geheiratet hatten, und Lunas zahlreichen

Freunden, Cousins und Cousinen und diskutierten, geröstete Sonnenblumenkerne knackend, die Lage. Am Samstag besuchten sie die Familie. Nach dem mittäglichen Chamin-Essen gingen die Männer ein Fußballspiel angucken, während Luna, Rachelika und Bekki im Elternhaus blieben und plauderten.

Gelegentlich erinnerte sich David, dass er das Gebot »Seid fruchtbar und mehret euch« zu erfüllen hatte, und kam zu ihr. Sie lag reglos da, bis er fertig war, flatterte dann mit den Lippen kurz über seine Wangen, strich ihm ein-, zweimal über den Rücken und wartete, dass er einschlief. Danach stand sie auf, ging in die Küche und wusch sich mit Wasser und Seife, rieb gründlich, damit ja kein Tröpfchen von seinem Sperma an ihr haften blieb. Sie konnte das klebrige Gefühl an den Oberschenkeln nicht ertragen, kam sich damit ekelhaft und beschmutzt vor.

In Jerusalem, wo Frauen meist gleich nach der Hochzeitsnacht schwanger wurden, gab der Umstand, dass Luna und David schon einige Monate verheiratet waren und sie noch kein Kind im Schoß trug, Anlass zur Sorge.

»*Dio santo*, Gabriel«, sagte Rosa zu ihrem Mann, »wie kann es angehen, dass sie noch kein Kind im Bauch hat.«

»Misch dich nicht ein«, brachte Gabriel sie augenblicklich zum Schweigen, »jeder in seinem Tempo.«

»Aber *kaparavonó*, Gabriel, es sind schon sieben Monate seit der Hochzeit vergangen.«

»Rosa«, gab er heftig zurück, »die Hast ist vom Teufel, alles zu seiner Zeit.«

Auch Rachelika war besorgt darüber, dass ihre Schwester noch nicht schwanger war. Als sie einen Monat nach der Hochzeitsnacht entdeckte, dass sie anscheinend ein Kind erwartete, beschloss sie, es vorläufig geheim zu halten, um Luna nicht in Verlegenheit zu bringen. Doch als ihr Bauch sich schon im dritten Monat wölbte, ließ es sich nicht mehr verbergen.

Zu ihrer Überraschung überhäufte Luna sie mit Küssen und Glückwünschen. Sie konnte keinen Anflug von Neid bei ihrer Schwester entdecken und sprach mit Moise darüber.

»Ich versteh nicht, wieso Luna noch nicht schwanger ist«, sagte sie.

Er seufzte.

»Weißt du etwas, was ich nicht weiß?«, fragte Rachelika. »Hat dein Freund David Probleme?«

»Probleme«, lachte Moise, »wer weiß, wie viele Kinder er in Italien zurückgelassen hat.«

»Ich mache mir Sorgen, Moise, was ist, wenn – Gott behüte, tfu tfu tfu – Luna unfruchtbar sein sollte?«

»Hast du was über den Kurden herausgefunden?«, fragte Gabriel Eli Cohen den Schönen.

»Nein, Senyor Ermoza, leider habe ich nichts gefunden. Er hat kein Konto bei unserer Bank, verwahrt sein ganzes Geld vermutlich unter den Bodenfliesen. Aber ich meine immer noch, er hat einen Grund, warum er den Laden kaufen möchte.«

»Wir werden ihm den Laden verkaufen«, sagte Gabriel müde, »sobald Rachelika und Moise heute kommen, entscheiden wir über den Preis. Ich bitte dich, ebenfalls dabei zu sein, Eli, du gehörst jetzt praktisch zur Familie.«

»Danke, Senyor Ermoza, es ist mir eine Ehre.«

Die Familiendebatte führten sie nach dem Abendessen. Bekki und Rachelika räumten das Geschirr ab, Luna blieb, sichtlich missgelaunt, sitzen.

»Steh du auch auf, Prinzessin«, tadelte Gabriel, »hilf deinen Schwestern und deiner Mutter.«

Sie erhob sich unlustig und räumte mit ab.

Ich muss mit ihr reden, dachte Rachelika, irgendwas stimmt nicht in Lunas Leben, das spüre ich im Herzen.

Als die Töchter den Tisch fertig abgeräumt hatten und Rosa nun beim Spülen helfen wollten, rief Gabriel: »Kommt, *keridas*, lasst das Geschirr für später, setzt euch zu uns, auch du, Bekki.«

Bekki konnte nicht glauben, dass ihr Vater sie mit an den Tisch bat, wenn über die Zukunft des Ladens gesprochen wurde. Man hatte sie immer wie ein Baby behandelt, als das Nesthäkchen des Hauses. Sie wusste, dass man sie dank ihres Eli einbezog, der jetzt ihrem Vater zu entscheiden half, was mit dem Laden geschehen sollte. Sie war ungeheuer stolz, was für einen tollen Freund sie hatte, sie liebte ihn, wie sollte sie noch über zwei Jahre hinbringen, bis sie unter dem Hochzeitsbaldachin ständen.

»Auch du, Rosa, komm, setz dich zu uns«, rief Gabriel seine Frau, die an der Spüle geblieben war.

Rosa wandte sich um, das Handtuch noch in der Hand, und warf ihm einen fragenden Blick zu.

»Komm, *kerida*, auch du sollst mit entscheiden, was wir mit dem Laden machen.«

Sie meinte, ihr Herz müsse ihr aus der Brust springen. Es war das erste Mal in ihrem Leben, dass ihr Mann sie dermaßen ehrte, noch dazu vor ihren Töchtern und Schwiegersöhnen, das erste Mal, dass er sie an einer Familiendebatte über die Zukunft beteiligte. Herr der Welt, die messianische Zeit war angebrochen, er war anscheinend sehr krank, *miskeniko*, wenn er sie zu einem Gespräch über den Laden einlud. Sie band die Schürze ab und setzte sich neben Rachelika.

»Komm, setz dich hier neben mich«, sagte Gabriel, »du bist die Senyora des Hauses, du musst neben dem Senyor sitzen.«

Sie stand auf, und Moise räumte ihr seinen Platz ein. »Mit Respekt, Senyora Rosa, mit Respekt.«

Sie liebte Moise, er war wie der Sohn, den sie nicht hatte, er füllte den Raum in ihrem Herzen, den ihr Bruder Efraim hinterlassen hatte, an dessen Gesichtszüge sie sich kaum noch erinnerte. Ihre Sehnsucht und Sorge um ihn waren in Ärger umgeschlagen. Sie ärgerte sich über seine Rücksichtslosigkeit. Warum schickte er kein Lebenszeichen, er wusste doch, wie sehr sie sich um ihn sorgte, aber er – *nada*, tat so, als hätte er keine Familie auf der Welt. Dann sollte er halt zum Teufel gehen, wenn er das gern wollte, er hatte keine Familie mehr.

Zuweilen hörte sie bang von Aktionen der Untergrundorganisationen oder der Festnahme ihrer Leute. Sie konnte nicht einmal zwischen Etzel und Lechi unterscheiden, für sie waren beide ein und dasselbe. Ihr blieb schier das Herz stehen, als sie von den zwölf Etzel-Mitgliedern hörte, die, als arabische Häftlinge und britische Polizisten verkleidet, in die Polizeistation von Ramat Gan eingedrungen waren, die Tür zur Waffenkammer gesprengt, Waffen gestohlen und auf einen wartenden Laster geladen hatten. Sie war sicher, Efraim befände sich unter ihnen, und erst als die Namen der Getöteten und der Verhafteten veröffentlicht wurden, atmete sie erleichtert auf. Sie hatte sich tatsächlich zum wer weiß wievielten Mal mit Gabriel gestritten, weil er das Unternehmen verurteilt und Ben Gurion mit dem Ausspruch zitiert hatte, er werde keinen Finger für Dov Gruner, den verhafteten Anführer der Operation, rühren.

»Er hat die Waffen nicht für sich genommen«, beharrte Rosa, »er hat sie genommen, um uns von den Ingländern zu befreien.«

»Und dabei unschuldige Menschen getötet«, ereiferte sich Gabriel, »wenn Ben Gurion einem Juden nicht helfen will, dann will das wirklich was heißen!«

»*Dio santo*, Gabriel, dieser Ben Gurion verwirrt dir den Kopf, macht dich blind.«

»Schweig, Frau! Ich rede nicht wie du aus dem Gefühl heraus. Ich lese Zeitungen, ehe ich spreche, ich verstehe die Lage. Und du, ohne zu lesen, ohne zu wissen, ohne zu verstehen, redest Unsinn daher. Denkst du denn, ich wüsste nicht, dass es wegen deines Bruders, des *burracho*, ist, der da bei ihnen mitmacht?« Damit war die Diskussion beendet.

Und nun waren die messianischen Tage angebrochen, ihr Mann ehrte sie vor der ganzen Familie, gelobt sei der Name des Herrn.

»Ich habe viel darüber nachgedacht«, begann Gabriel. »Rachelika und Moise haben recht, es hat keinen Sinn, den Laden zu halten, der, wie der Hund Mordoch sagt, ein Fass ohne Boden ist. Wir geben Geld aus, das wir nicht haben, um Steuern an die Stadt zu zahlen, die uns schamlos ausraubt, und nehmen keinen Groschen ein. Aber ich möchte nicht an den Kurden verkaufen. Ich habe gedacht, wenn wir im Markt verbreiten, dass wir das Geschäft verkaufen, kommen vielleicht andere Interessenten.«

»Senyor Ermoza«, sagte Moise, »seien Sie mir nicht böse, aber ich habe bereits mit ein paar Leuten über den Laden gesprochen, und glauben Sie mir, kein Mensch hat in diesen Zeiten Geld, um Immobilien zu kaufen, alle wollen verkaufen, ohne dass es Käufer gäbe.«

»Wenn alle verkaufen wollen, warum kauft der Kurde dann nicht den Laden von jemand anders, warum gerade unseren?«, platzte Luna heraus.

»Gute Frage«, sagte Gabriel, »warum versteift er sich tatsächlich gerade auf unseren Laden?«

»Verzeihen Sie mir, Senyor Ermoza«, mischte sich Eli Cohen ein, »ich möchte meinem zukünftigen Schwager nicht widersprechen, aber trotz der schwierigen Lage verkauft keiner seinen Laden. Die Menschen halten an ihrem Besitz fest, als hinge ihr Leben davon ab.«

»Ich habe mit einigen Kaufleuten gesprochen, die verkaufen wollen«, beharrte Moise.

»Wo im Markt stehen ihre Läden?«, fuhr Eli Cohen der Schöne fort.

»Einer in der Agrippas-Straße neben Rachmos Restaurant, einer in der Gasse neben dem irakischen Markt.«

»Und wo ist Senyor Ermozas Laden?«, fragte Eli weiter, um sich selbst die Antwort zu geben: »In der Etz-Chaim-Straße, der Hauptstraße des Markts, an allerbester Stelle, wo die meisten Leute vorbeikommen. Darum will der Kurde gerade diesen Laden kaufen.«

»An Elis Worten ist viel dran«, sagte Gabriel.

»Was schlägst du dann vor, Papú?«, fragte Rachelika.

»Ich schlage vor, wir fragen Eli. Was meinst du, *habibi*?«, wandte er sich an Eli. Bekki wurde das Herz weit vor Stolz, und sie errötete.

»Am besten, wir hören uns an, welchen Preis Mordoch für den Laden anbietet, und überlegen dann weiter«, antwortete Eli.

Aber das Angebot des Kurden war so niedrig, dass sie es auf der Stelle ablehnten.

»Der Hundesohn will ihn fast gratis bekommen«, sagte Gabriel verärgert, »will ihn geschlossen halten, bis die Lage besser wird, und ihn dann teuer weiterverkaufen.«

»Und wie teuer erst«, sagte Eli Cohen der Schöne, »der Laden ist das Fünffache dessen wert, was er anbietet.«

»Vielleicht tausendmal so viel«, rief Luna. »Ich meine, wir verkaufen nicht an den Kurden, besser an Hunger sterben, als an ihn verkaufen.«

Eine mächtige Explosion schreckte Luna von ihrem Platz hinter der Theke bei Sachs & Sohn auf. Das Geschäft war leer, einige Minuten zuvor hatte Herr Sachs die Jaffa-Straße überquert, um die Einnahmen der ersten Tageshälfte in der Bank gegenüber zu deponieren.

In Minutenschnelle füllte sich die Straße mit Sirenengeheul, britische Polizeiwagen rasten am Laden vorbei zum Zion-Platz und weiter Richtung Princess-Mary-Straße. Dichter Qualm bedeckte den Himmel vom Mamila-Viertel her, in kürzester Zeit war die Straße menschenleer, und nur sie blieb allein im Laden zurück. Luna fürchtete sich zu Tode, ahnte eine Katastrophe. Sie wollte so schnell wie möglich zum Elternhaus rennen, aber wie sollte sie weglaufen? Sie konnte das Geschäft doch nicht unverschlossen lassen, und die Schlüssel hatte Herr Sachs, der noch nicht von der Bank zurück war. Ehe sie sich noch schlüssig wurde, was tun, kam Herr Sachs ganz außer Atem an: »Es hat eine Explosion im King-David-Hotel gegeben«, sagte er, »rennen Sie nach Hause, bevor die Ausgangssperre verhängt wird.«

»Gott bewahre, was ist mit David? Die Schreinerei ist neben dem Rex-Kino, fünf Minuten vom King David.«

»David ist ein Mann, er wird für sich selbst sorgen. Eilen Sie nach Hause, ehe die Engländer die ganze Stadt mit Stacheldrahtrollen durchziehen.«

Sie lief Richtung Agrippas-Straße, ihre hohen Absätze blieben immer wieder zwischen den Pflastersteinen stecken, und sie strauchelte. Schließlich zog sie sie aus und rannte barfuß weiter. Ihr Vater saß schon am Radiogerät, umringt von Nachbarn, die die Nachrichten hören wollten. »Gott sei Dank, dass du da bist!«, sagte er zu seiner Tochter. »Und David, wo ist der?«

»Der Ärmste wird es sicher nicht bis hierher schaffen.«

Wenige Minuten nach Luna kamen auch Moise und Rachelika atemlos an.

»Wir haben den Laden zugemacht«, sagte Moise, »der ganze Markt ist zu. Es gibt Gerüchte, die Etzel habe den Engländern ihre Büros im King David weggesprengt.«

»Wo ist Bekki?«, fragte Rachelika.

Die Sorge um Bekki beschäftigte alle, Rosa lief von Zimmer zu Zimmer wie von der Tarantel gestochen. Sie sorgte sich nicht nur um Bekki. Wann immer ein Unheil passierte, an dem mutmaßlich Mitglieder von Etzel oder Lechi beteiligt waren, bekam sie schreckliche Angst, es könnte, Gott behüte, Efraim etwas zugestoßen sein.

Gabriel stellte das Radio lauter. Der Sprecher von der Stimme Israels berichtete, um 12:37 Uhr sei in Jerusalem eine Explosion zu hören gewesen, die die ganze Stadt erschüttert habe. Ein kompletter Flügel des King-David-Hotels sei in die Luft geflogen und habe Gesteinsbrocken und Staubwolken in die Gegend gewirbelt. »Es ist noch nicht bekannt, wie viele Tote es gegeben hat und ob Juden darunter sind«, sagte der Sprecher.

Gabriel stellte das Radio ab, und im Haus begannen lautstarke Diskussionen pro und contra. Luna hielt sich die Ohren zu, ging nach nebenan, legte sich auf ihr Jugendbett und barg das Gesicht im Kissen.

Die Tür ging auf, und Rachelika stand auf der Schwelle. »Was ist, Luna?«

»Genug, genug damit, mir langt's! Ich kann nicht mehr! Ich kann nicht mehr mit dieser Spannung leben, den ganzen Tag Schüsse, jeden Tag Explosionen, täglich Tote, und wer weiß, wo Bekki und David sind? Wer weiß, wo sie jetzt stecken, bei dieser Gefahr draußen?«

»David ist sicher losgelaufen, um dich bei Sachs & Sohn

abzuholen«, versuchte Rachelika sie zu beschwichtigen. »Wenn er sieht, dass der Laden zu ist, wird er herkommen, und auch Bekki wird gleich da sein. Beruhig dich, Lunika, es ist jetzt nicht der Moment, in Hysterie auszubrechen.«

»Was soll ich denn machen? Ich sterbe vor Angst, dass mir was passiert, sterbe vor Angst, dass mir ein Haus auf den Kopf fällt, wenn ich auf der Straße gehe, sterbe vor Angst, dass man versehentlich auf mich schießt, ich lebe ständig in Angst.«

»Sag mal, *ermanita*, was ängstigt dich wirklich? Ist es die allgemeine Lage oder deine persönliche?«

»Wovon redest du?«

»Ich bin deine Schwester, Luna, ich schaue dich an und sehe Traurigkeit in deinen hübschen Augen. Was ist los, Lunika?«

»Nichts ist los, du nervst bloß.«

»Lunika *kerida*, bitte sprich mit mir, ich will mich nicht in Dinge einmischen, die mich nichts angehen, aber wenn du mir etwas zu erzählen hast, wenn dich was plagt, dann vertrau dich mir an.«

»Mich plagt nichts, außer du jetzt. Lass mich in Ruhe!«

»Gut, wie du willst, aber ich weiß, dass irgendwas Ungutes mit dir vorgeht, mir kannst du das nicht verbergen. Vielleicht kannst du Papú und Mama was vorspielen, aber mir nicht.«

»Mama schaut mich nicht mal an, ihr brauche ich also nichts vorzuspielen.«

»Dann stimmt es also? Du verbirgst etwas?«

»Ich verberge nichts, hau ab!«, kreischte Luna wie vom Dibbuk besessen und schleuderte ein Kissen nach ihrer Schwester. »Hau endlich ab. Wenn du nicht schwanger wärst, würde ich einen Schuh nach dir werfen!«

Auf das Geschrei hin kam Moise erschrocken ins Zimmer. »Was ist passiert?«

»Nichts ist passiert«, sagte Rachelika, »komm mit raus.«

Luna blieb allein zurück, barg das Gesicht im Kissen, und die Tränen rannen ihr unaufhaltsam aus den Augen. Sie weinte lange, schluchzte schließlich heftig und hatte Mühe, regelmäßig zu atmen. Schmerz erfasste ihre Brust, sie weinte über ihr Leben, das seinen Sinn verloren hatte, über ihre endgültig verlorene Jugend, über ihren Ehemann, von dem sie nun schon sicher wusste, dass er die falsche Wahl gewesen war. Wieso hatte gerade sie, der so viele junge Männer den Mond vom Himmel pflücken wollten, einen Mann geheiratet, der sie nicht liebte?

Plötzlich spürte sie, dass sie nicht allein war. Sie schlug die Augen auf und sah Rachelika stumm neben sich auf dem Bett sitzen. Rachelika strich ihr über den Kopf und küsste ihr die Tränen von den Augen.

»Warum weinst du, Lunika, warum?«

Sie spürte, sie konnte nicht länger mit der Lüge leben, sie musste ihre Schwester einweihen.

»Ich weine über mein Leben, Schwesterherz, über mein vergeudetes Leben. So lange habe ich auf den Märchenprinzen gewartet, und als er dann kam, war er kein Prinz und kein gar nichts.«

»Warum redest du so? Was ist mit David und dir?«

»Sag mal, Rachelika, wie oft macht ihr es, Moise und du?«

»Was denn?«

»Du weißt schon, das halt …«

»Luna, was ist das für eine Frage?«

»Gut, klar macht ihr es, sonst wäre dein Bauch nicht so rund, und klar machen David und ich es nicht«, sagte sie und hob ihre Bluse, um ihren flachen Bauch vorzuzeigen.

»Luna, was heißt, ihr macht es nicht?«

»Wie oft macht ihr es, Moise und du?«

»Jede Nacht.«

»Vom Tag eurer Hochzeit an jede Nacht?«

»Jede Nacht, und manchmal noch am Morgen, bevor er zur Arbeit geht.«

»Auch jetzt, wo du schwanger bist?«

Rachelika errötete bis zu den Haarwurzeln und nickte verlegen. »Und ihr, Luna, wie oft macht ihr es?«

Luna senkte den Blick und sagte niedergeschlagen: »Einmal in der Hochzeitsnacht und danach manchmal, nicht ständig, nicht jede Nacht.«

»Luna, ist das dein Ernst? Ihr seid noch kein Jahr verheiratet, ihr seid noch in den Flitterwochen.«

»Es ist nicht Davids Schuld, ich mag es nicht.«

»Wie, du magst es nicht? Willst du keine Kinder haben? Wo meinst du denn, dass du Kinder herkriegst, vom Klapperstorch?«

»Es ist mir unangenehm.«

»Auch mir ist es nicht immer angenehm, aber ich sage ihm nie nein, auch wenn es mir anfangs nicht angenehm ist, ist es mir hinterher angenehm, und wenn mein Mann mir sagt, er liebe mich, ich sei die Liebe seines Lebens, ich sei sein Leben, er könne nicht ohne mich leben, ist mir das sehr angenehm.«

»Aber David sagt mir nie solche Worte.«

»Er sagt dir nicht, dass er dich liebt?«

»Er liebt mich nicht.«

»Gott bewahre, Luna, was redest du denn da?«

»Er liebt mich nicht, er flüchtet vor mir. Statt nach der Arbeit heimzukommen, geht er ins Rex – extra ins Rex, weil er weiß, dass ich da nicht gern hingehe, wegen der Araber aus der Altstadt. Zweimal in der Woche spielt er Karten mit seinen Freunden, einmal pro Woche trinken sie was in der Bar überm Edison-Kino, in die nur Männer gehen und keine anständige Frau einen Fuß setzt.«

»Und du bist allein zu Hause? Warum hast du mir nichts davon gesagt?«

»Was sollte ich dir denn wohl erzählen, dass mein Bräutigam seine Braut im ersten Ehejahr sitzenlässt?«

»Aber du bist doch nicht gern allein.«

»Ich hasse es, allein zu sein, ich habe Angst, allein zu sein, noch dazu in Mekor Baruch, so weit von allen, die ich kenne.«

»Und was ist mit den Nachbarinnen?«

»Hab ich dir ja gesagt, die Nachbarinnen sollen nicht wissen, dass ich allein bin. Wenn man es nicht ausposaunt, weiß es kein Mensch.«

Wie naiv sie ist, dachte Rachelika, die neugierigen Nachbarinnen hatten sicher längst ausspioniert, zu welch ungewöhnlichen Stunden David nach Hause kam, und zerrissen sich den Mund über Luna.

»Einmal«, sagte Luna, »hat die Nachbarin, die Tür an Tür mit uns wohnt, gefragt, warum mein Mann so spät nachts heimkommt. Ich habe ihr gesagt, es gäbe Dinge, über die man nicht spräche, und jetzt denkt sie sicher, er ist bei der Hagana.«

»*Miskenika.*« Rachelika schloss ihre Schwester in die Arme. Sie tat ihr von Herzen leid, wie konnte es dieser Scheißkerl David wagen, so mit ihrer schönen Schwester umzugehen. Sie würde es ihm aber zeigen, ihrem dummen Schwager, sie würde ihm schon die Augen öffnen. Aber erst mal musste man sehen, dass Bekki heil heimkam. Ehe Bekki nicht da war, würde keine Ruhe im Haus einziehen.

»Eli, gottlob, Eli«, rief Rosa, als Eli das Haus betrat, mit Bekki an der Hand. »Wie hast du sie gefunden?«

»Als ich die Explosion im King David hörte, bin ich gleich aufs Motorrad gestiegen und zu Bekkis Schule gerast.«

»Eli ist wie ein Irrer gefahren«, sagte Bekki aufgeregt, »selbst wenn die Engländer gewollt hätten, hätten sie ihn nicht zu fassen gekriegt, er war schneller als der Wind.«

»Sei mir gesund, Eli«, sagte Rosa, »sei mir gesund, ich werde es dir nie vergessen, dass du unsere Bekki heil aus der Schule heimgebracht hast.«

»Mein Leben lang werde ich Bekki überall heil hinbringen«, versprach er Rosa, die tief im Herzen wusste, dass er sein Versprechen halten würde.

Gabriel nickte und winkte Eli zu sich.

»Meine Hochachtung«, sagte er zu Eli, »du gefällst mir immer besser. Mit Gottes Hilfe, wenn Bekki siebzehn wird, werden wir eure Verlobung bekanntgeben, und vorerst sollst du wissen, dass ich dich zur Familie zähle, du bist nicht weniger mein Schwiegersohn als David und Moise.«

»Es ist mir eine Ehre, Senyor Ermoza, eine große Ehre, ich danke Ihnen von ganzem Herzen.«

»Du brauchst mir nicht zu danken, sei mir nur gesund und pass auf meine Tochter auf, und jetzt, wo sie endlich heil heimgekommen ist, wird es Zeit zu essen. *Hayde*, Rosa, stell Essen auf den Tisch.«

Ihm war aufgefallen, dass Luna und Rachelika sich ins andere Zimmer zurückgezogen hatten. Lunas sonderbares Verhalten in der letzten Zeit bereitete ihm Sorgen. Sie hatte stark abgenommen und etwas von ihrer alten Ausstrahlung verloren. Sein Kind war traurig, und er wusste nicht, warum. Ein Glück, dass Rachelika jetzt im ehemaligen Kinderzimmer bei ihr war, ein Glück, dass Luna nicht allein war.

Einundneunzig Tote hatte es bei der Explosion im King-David-Hotel gegeben. Einundvierzig Araber, achtundzwanzig Briten, fünf Ausländer und siebzehn Juden. David schlief in jener Nacht auf dem mit Sägespänen gepolsterten Boden der Schreinerei, zusammen mit seinem Chef und den anderen Arbeitern. Es war unmöglich, die Werkstatt zu verlassen und den Heimweg anzutreten. Hätte es ein Telefon im Haus seiner

Schwiegereltern gegeben, wäre er zum öffentlichen Fernsprecher im nahen Postamt gegangen und hätte Bescheid gesagt, dass er unversehrt war. Er erinnerte sich, dass Luna ihm erzählt hatte, in dem großen Haus in der King-George-Straße habe der benachbarte Arzt ein Telefon gehabt.

Viel Wasser war die Bäche rings um Jerusalem herabgeflossen, seit die Familie Ermoza in der King-George-Straße gewohnt hatte, vorwiegend trübes Wasser. Der Gesundheitszustand seines Schwiegervaters war schlecht, seine Geschäftslage noch schlechter. Die Frage des Ladenverkaufs blieb in der Schwebe, und er persönlich hatte keine Meinung dazu. Seine Ehe mit Luna in allen Ehren, er fühlte sich seinem Schwiegervater nicht verbunden, und gewiss nicht der Schwiegermutter. Auch seiner Frau fühlte er sich nicht verbunden. Wie hatte er denken können, er brauche bloß zu heiraten, und alles käme ins Lot? Wie hatte er meinen können, eine andere Frau, selbst eine so atemberaubende Schönheit wie Luna, könnte Isabellas Platz in seinem Herzen einnehmen?

Er sehnte sich nach ihr. Seit er sie weinend am Kai von Mestre zurückgelassen hatte, verging keine Nacht, ohne dass er an sie dachte. Immer wieder erinnerte er sich an den Moment, als er sie zum ersten Mal sah, auf ihrem Fahrrad, in superkurzen Shorts, aus denen zwei lange, sonnengebräunte Beine herausguckten. Ihre in der Taille geknotete weiße Bluse ließ ein rundes Stückchen Bauch frei, ihre großen, strammen Brüste sprengten schier die Blusenknöpfe. Er erinnerte sich an ihr schönes, gebräuntes Gesicht, ihre Mandelaugen, das lange Haar, das von einem Band zusammengehalten wurde.

»*Ciao, bella*«, hatte er ihr zugerufen, und sie hatte angehalten, und von da an war sein Leben ein anderes geworden. Er, den seine Kameraden Salomo nannten, weil er tausend Frauen hatte, er, der sich jede Nacht mit einer anderen vergnügte, fiel besiegt der italienischen Schönheit zu Füßen, die sich Isabella nannte. Wie hatte er bloß meinen können, sie so bald nach dem tränenreichen Abschied am Kai von Mestre vergessen zu können? Auch als er um Luna warb, hatte er sie nicht vergessen, seine Gefühle jedoch verdrängt, wild entschlossen, Luna zu heiraten, Kinder zu zeugen, eine Familie zu gründen. Wie sollte er Kinder zeugen, wenn er kaum mal mit seiner Frau schlief? Moise und Rachelika hatten nach ihnen geheiratet und erwarteten schon ein Kind, und sie beide? Wo sollten Kinder herkommen, vom Milchmann? Er musste mit seiner Frau schlafen, ihr ein Kind machen, sonst würde man anfangen zu reden. Luna hatte es nicht verdient, dass man redete, sie war ein gutes Mädchen, er musste sich ändern. Bei Gott, wenn er nur diese Nacht heil überstand, würde er sich ab morgen ändern.

»Wir müssen reden«, sagt Rachelika zu Moise.

»Wir reden dauernd, Liebling«, erwidert er und küsst ihren Bauch.

»Es ist ernst, über Luna und David.«

Moise strafft sich.

»Was über Luna und David? Was ist jetzt passiert?«

»Weißt du, dass sie kein Eheleben führen?«

»Was sagst du da?«

»Was du hörst. Dein ›Salomo‹, der tausend Frauen gehabt hat, der große Casanova, schläft nicht mit seiner Frau.«

»Rachelika, das ist nicht unsere Sache.«

»Und wie das unsere Sache ist. Wir haben nach ihnen geheiratet, und ich bin schon schwanger. Es ist mir unangenehm gegenüber meiner Schwester, bald werden die Leute reden.«

»Und doch sage ich dir, meine Liebe, dass es nicht unsere Sache ist.«

»Gibt es etwas über David, was du mir nicht sagst, Moise? Du tust nicht umsonst so, als würdest du nichts sehen und nichts hören, ich kenn dich doch.«

»Meine Geliebte, die mir teurer ist als mein Leben, verzeih mir, aber was ich über David weiß, bleibt zwischen ihm und mir, ich kann mit dir nicht über meinen besten Freund sprechen.«

»Es ist längst nicht mehr zwischen ihm und dir«, ereifert sich Rachelika und schnellt vom Sofa hoch. »Seit er meine Schwester geheiratet hat und nachts nicht zu ihr kommt, ist das kein Kinderspiel mehr.«

»Mein teurer Schatz, bei aller Liebe zu dir und bei allem Respekt, den ich für dich empfinde, bin ich doch nicht bereit, über das Eheleben anderer Menschen zu sprechen.«

»Meinst du, ich wäre bereit dazu? Meinst du, mir ist es leichtgefallen, mit meiner Schwester darüber zu reden? Meinst du, ihr ist es leichtgefallen, mit mir darüber zu reden? Bei uns spricht man nicht über solche Dinge. Keiner hat uns je erklärt, was man in der Hochzeitsnacht tut oder nicht tut. Früher mal haben die Mütter ihren Töchtern was erklärt und die Väter ihren Söhnen, aber bei uns *nada*, meine Mutter hat nichts erklärt und nicht gesagt, was man tun muss und was nicht.«

»Na, und hast du nicht gewusst, was zu tun ist, *kerida mia?*«

»Moise, nicht jede hat so einen Ehemann wie dich, schonend und sanft und liebevoll, nicht alle lieben sich so wie wir, wir haben großes Glück gehabt.«

»Ich dachte, auch Luna und David hätten Glück gehabt«, sagte Moise.

»Einen Dreck hat sie, meine Schwester. Dein Freund, der

Mistkerl, bricht ihr das Herz, und wenn du mir nicht sagst, was er hat, geh ich jetzt aus der Tür und zu meiner Mutter.«

»Beruhig dich, meine Liebe, du darfst dich nicht aufregen, denk an das Baby.«

»Dann reg du mich nicht auf und rede endlich!«

Moise überlegt, soll er Rachelika die Wahrheit über David erzählen? Soll er ihr das Geheimnis seiner Liebe zu Isabella verraten? Würde sie es vor ihrer Schwester hüten können? Was soll er tun? Sie ist seine geliebte Frau, er möchte sie einweihen, ihr offenbaren, was hinter Davids Verhalten steckt, aber Worte haben die Angewohnheit, stets an die falschen Ohren zu gelangen. Worte können erheblichen Schaden anrichten, auch wenn sie nicht böse, sondern gut gemeint sind. Er sollte die Dinge vorerst für sich behalten. Vielleicht würde sich die Lage mit der Zeit entspannen, und sie hätten nicht mehr dieselbe Macht wie heute.

»Spuckst du's nun aus, oder soll ich gehen?«, weckt sie ihn unsanft aus seinen Grübeleien. Moise räuspert sich und sagt: »In Italien war er wirklich mit tausend Mädchen zusammen, vielleicht mit über tausend. Er wechselte die Mädchen wie die Socken, war ein großer Aufreißer, der David.«

Rachelika fällt auf, dass Moise auf seinem Stuhl herumrutscht. »Nun rede schon, Moise, was verschweigst du mir über David?«

»Hast du nicht verstanden, was ich dir gesagt habe?«, kontert er mit einer Gegenfrage. »Wieso kapierst du nicht, meine Hübsche, ich dachte, ich hätte Senyor Gabriel Ermozas klügste Tochter geheiratet.«

»Ich habe nichts kapiert, weil du mir nichts erklärt hast, du *troncho de Tveria*. Was hat der Umstand, dass David in Italien eine Million Frauen hatte, damit zu tun, dass er nicht mit meiner Schwester schläft?«

»Er ist gewohnt, frei zu sein wie ein Schmetterling. Er ist nicht gewohnt, nur mit einer Frau zusammen zu sein, man muss ihm Zeit zum Umgewöhnen lassen.«

»Gott bewahre, was sagst du mir da? Dass er Luna betrügt?«

»Gott behüte, Rachelika! Habe ich was von Untreue gesagt? Dass man dich um Himmels willen nicht hört! Ich sage, er ist wie ein kleiner Junge, man muss ihm Zeit lassen, sich an den Ehestand zu gewöhnen, er wird erwachsen werden, und du wirst sehen, was für ein großartiger Ehemann noch aus ihm wird. Ich verspreche dir, in einem Monat hören wir gute Nachrichten.«

Rachelika nahm ihm die Geschichte ab. Er atmete erleichtert auf. Beinah hätte er ihr von Isabella erzählt, hatte es aber im letzten Moment abgebogen. Jetzt musste er mit David sprechen und ihm eine ordentliche Standpauke halten, musste diesen Klapperesel zur Ordnung rufen, bevor eine Katastrophe eintrat, die die ganze Familie zerrüttete.

Luna kämmte ihr bronzefarbenes Haar, drehte eine widerspenstige Locke um den Zeigefinger und steckte sie zum Befeuchten in den Mund. Sie blickte in den Spiegel: Sie war noch schön, nur schade, dass ihr Mann es nicht sah. Es war früher Abend. Kurz zuvor war sie von der Arbeit bei Sachs & Sohn zurückgekehrt. Herr Sachs hatte früher zugemacht. Seine Laune war in letzter Zeit miserabel. Die schweren Zeiten hielten die Kundinnen vom Laden fern, die Lage drückte auf die Stimmung, nicht mal sie selbst hatte noch Lust, neue Kleider zu kaufen.

Statt wie sonst ihr Elternhaus aufzusuchen, hatte sie beschlossen, gleich heim nach Mekor Baruch zu gehen. Die Unterredung mit Rachelika lastete ihr wie ein Stein auf dem Herzen. Ich hätte nicht über unser Intimleben sprechen sollen, dachte sie, das sind Geheimnisse, die keiner zu wissen braucht, auch nicht die geliebte Schwester. Und was hatte es denn gebracht, dass sie Rachelika ihr Herz ausschüttete? Was hatte es gebracht, ihre erschrockene Miene zu sehen, als sie hörte, dass David nicht mit ihr schlief? Wie sollte ihr Rachelika da wohl helfen? Sie hatte ihrer Schwester nur weh getan. Und was, wenn Rachelika es nicht für sich behielt, wenn sie es Moise weitererzählte, und der wiederum David, und was, wenn David dann meinte, sie sei eine Tratschtante, und sie verließ?

Großer Gott, was war aus ihr geworden. Warum hatte gerade sie einen Mann bekommen, der sie kaum anschaute. Vielleicht weil sie zu stolz war? Weil sie sich wie die Königin der Welt vorgekommen war? Vielleicht weil sie vor lauter Selbstbezogenheit andere Menschen unschön behandelt hatte? Vergib mir, Herr, vergib mir, dass ich die Erziehung vergessen habe, die mein Vater mir gegeben hat.

Bescheidenheit üben, hatte ihr Vater ihr immer eingeschärft, tritt bescheiden auf und prahle niemals vor anderen, brüste dich nicht mit Gottes Gaben, denk immer daran, dass manch anderer weniger hat als du. Aber sie hatte es vergessen und die Sünde des Hochmuts begangen, die, wie ihr Vater ihr stets gesagt hatte, die allerschlimmste Sünde war.

Trotz der drückenden Hitze im Zimmer zitterte sie. Sie zog eine Strickjacke über das ärmellose Kleid, aber das Zittern hörte nicht auf. Sie ging ans Grammophon, das auf der Kommode stand, und legte eine Platte auf. »*Bésame, bésame mucho*«, sang Emilio Tuero mit seiner schmeichelnden Stimme, und sie taute auf. Sie begann, sich im Takt zu wiegen, schlang beide Arme um ihren schmalen Körper, schloss die Augen, ihre Beine schienen sie wie von selbst durchs Zimmer zu tragen, von einem Ende zum anderen. Die Schallplatte lief ab, sie setzte erneut die Nadel auf und tanzte weiter, umarmte sich selbst, erfüllt von Einsamkeit und der Sehnsucht nach der Berührung ihres Mannes, der sie schon tagelang nicht angefasst hatte, Sehnsucht nach dem, was zwischen ihnen sein könnte und nicht war, Sehnsucht nach einer Liebe, die sie erträumt, aber nicht erhalten hatte. Sie tanzte und tanzte, bis sie müde aufs Bett sank und einschlief.

So fand David sie, als er spätnachts heimkehrte, zu einer Uhrzeit, zu der junge Ehemänner gemeinhin mit ihren Frauen schlafen. Er hatte monatelang nicht mehr mit ihr geschlafen. Er sah sich meist einen Wildwestfilm an, wartete, bis es spät wurde, und hoffte von ganzem Herzen, seine Frau zu Hause schlummernd anzutreffen.

Sie lag zusammengekauert wie ein Vogel, so klein in dem breiten Bett. Hatte nicht mal den Überwurf abgezogen, dachte er. Das rote Haar bedeckte ihr hübsches Gesicht. Er strich ihr eine Locke aus der Stirn und sah seine schöne Frau an. Sie tat ihm von Herzen leid, *miskenika*, hatte sicher auf ihn gewartet und gewartet, bis sie eingeschlafen war. Die Schallplatte knackte, er hob die Nadel ab, klappte das Grammophon zu und schob die Platte in ihre Hülle. Was ist los mit mir?, stellte er sich der Frage, die ihn seit der Hochzeitsnacht plagte. Warum ist mein Herz zu Stein geworden? Er ging an den Schrank, holte eine Decke heraus und breitete sie über Luna. Leise, leise zog er seine Kleidung aus und den Pyjama an und legte sich neben sie. Sie lag in der Mitte des Betts, und der verbleibende Raum genügte nicht für seinen kräftigen Leib. Er hatte Angst, sie auch nur versehentlich zu berühren, um sie ja nicht zu wecken. Was war, wenn sie aufwachte? Musste er dann mit ihr sprechen? Sie umarmen? Mit ihr schlafen? Er schämte sich über sich selbst. Was für ein

Mann ist aus mir geworden? Was würden seine Kameraden von der Brigade sagen, wenn sie wüssten, dass er seine Frau nicht anrührte?

»Ich muss mit dir reden«, sagte Moise zu ihm, als sie nach dem Freitagabendessen bei Gabriel und Rosa zum Rauchen auf den Hof gegangen waren.

»Ich kann bei dem Laden nicht helfen«, erwiderte David hastig, »davon verstehe ich nichts. Was du und unser Schwiegervater entscheidet, ist mir recht.«

»Ich will mit dir nicht über den Laden reden, David, ich möchte mit dir über Luna sprechen.«

»Über Luna? Was hast du da mit mir zu besprechen?«

»Nicht jetzt, David, wir müssen uns unter vier Augen treffen, ohne dass die ganze Familie im Nebenzimmer sitzt.«

»Hier ist jetzt kein Mensch, nur du und ich. Sprich, Moise.«

»Was läuft zwischen dir und Luna?«

»Alles in Ordnung, gottlob.«

»Bist du sicher, dass alles in Ordnung ist, Amigo?«

»Warum sollte es nicht in Ordnung sein?«

»Weil ihre Schwester meint, nichts sei in Ordnung.«

»Ihre Schwester? Seit wann mischt sich ihre Schwester in unsere Angelegenheiten ein?«

»Eben, sie mischt sich nicht ein, aber ich tue es. Ich meine, du machst dein Leben kaputt, ich meine, du wirst Unheil über die Familie bringen.«

»Moment mal, Moise, stopp! Auch wenn du wie ein Bruder für mich bist, erlaube ich dir doch nicht, so mit mir zu reden!«

»Ich bitte dich, David, denkst du denn, ich will mich zwischen dich und Luna drängen? Ich rede, weil ich mir Sorgen mache. Denkst du, dass andere nicht sehen, dass zwischen

Luna und dir was nicht stimmt? Dass sie keine Augen im Kopf haben?«

»Wenn du darauf anspielst, dass du mir zuvorgekommen bist und deine Frau als Erster geschwängert hast, dann also wirklich alle Achtung, Moise, aber ich bin nicht im Wettlauf mit dir. Du hast anscheinend vergessen, dass es Methoden gibt, eine Schwangerschaft zu vermeiden.«

»Lass doch die Lügengeschichten, David, ich weiß genau, was los ist. Schärf dir mal gut ein: Isabella gibt's nicht mehr! Dein Leben mit ihr ist in Italien geblieben! Du bist jetzt mit Luna verheiratet. Und du wirst jetzt anfangen, dich wie ein Mann zu benehmen, hörst du? Du wirst sie ehren und deine Pflicht als Ehemann erfüllen, wirst der Vater ihrer Kinder sein, denn sonst kriegst du's mit mir zu tun. Ehrlich, David, wenn du dich nicht zusammenreißt und wieder zu dir kommst, brech ich dir alle Knochen!«

David war fassungslos. Sein stiller und feinsinniger Freund Moise hatte noch nie so entschieden mit ihm geredet, ihm noch nie die Stirn geboten und ihn noch nie so unverblümt angesprochen. Moise hatte stets Respekt vor ihm gehabt. Er, David, hatte Moise immer gesagt, was er tun sollte, hatte ihm Ratschläge erteilt, Dinge für ihn geregelt, ihn mitgenommen, sogar verheiratet hatte er ihn.

Aber Moise meinte es ernst, und so überrascht und empört David über seine Worte war – er wusste, es war etwas Wahres daran. Wenn er nicht anfing, Luna so zu behandeln, wie ein Ehemann es mit seiner Frau tut, würde ein Unglück geschehen, von dem Gott allein wusste, wie es enden mochte.

Er drückte die Zigarette aus und folgte Moise ins Haus seiner Schwiegereltern.

»*Hayde*, Lunika«, rief er seiner Frau zu, »komm, wir gehen nach Hause.«

»Was hast du zu David gesagt?«, flüsterte Rachelika Moise zu.

»Ich?«, tat er dumm. »Ich hab ihm nichts gesagt, wir haben nur eine Zigarette geraucht.«

»Klar, gewiss doch«, sagte sie und fiel ihm um den Hals. Ihr guter Moise, er hatte David sicher ordentlich die Leviten gelesen und die Sache geregelt. Geb's Gott, dass ihre Schwester glücklich wird, dass dieser Klapperesel sich endlich zu einem Menschen mausert.

Schon tagelang kommen keine Kunden in den Laden. Moise wischt wieder und wieder die halbleeren Regale sauber, Rachelika fegt den Boden, die großen Säcke stellen sie längst nicht mehr vor die Tür, sie haben sich geleert, es gibt nichts, womit man sie auffüllen könnte, und selbst wenn, woher sollten sie das Geld für neue Ware nehmen? Abramino haben sie nach Hause geschickt. Ihr Vater stemmte sich anfangs dagegen, als sie und Moise ihm sagten, es bliebe nichts anderes übrig, als den alten Mann zu entlassen.

»Und wovon soll er sich und seine Frau jetzt ernähren?«, hatte Gabriel gefragt.

»Papú, wir haben kaum Geld für unseren eigenen Unterhalt«, hatte Rachelika geantwortet. »Abramino kennt mich seit meiner Kindheit, meinst du, es ist mir leichtgefallen, ihn wegzuschicken? Aber es geht nicht anders.«

Gabriel akzeptierte die Entlassung, so sie Abramino sagten, er könne sich jederzeit aus dem Laden holen, was er wolle, ohne etwas dafür zu bezahlen.

Die Zeiten wurden so schwer, dass sie kurz darauf auch ihren Onkel Matzliach nach Hause schicken mussten. Das war schon erheblich heikler. Matzliach war zutiefst beleidigt.

»Nach allem, was ich für meinen Bruder getan habe?«, fuhr

er seine Nichte an. »Nachdem ich meine Seele für den Laden gegeben habe, schickst du mich weg?«

»Verzeih mir, Tio«, Rachelika senkte den Blick zu Boden, fand nicht den Mut, ihren Onkel anzuschauen, »wir können dich nicht mehr bezahlen.«

»Weiß mein Bruder Gabriel, dass du mich vor die Tür setzt?«

»Papú ist ganz kaputt deswegen, Tio, wir haben Abramino nach Hause geschickt, wir schicken dich weg, und bald wird uns nichts anderes übrigbleiben, als auch zu gehen.«

»Du solltest dich was schämen!«, schäumte Matzliach. »Ich habe dich als Baby auf dem Arm gehalten, wieso schämst du dich dann nicht, deinen alten Onkel rauszuschmeißen?«

»Ich schäme mich ja, Tio«, sagte sie, in der Hoffnung, die Erde möge sich auftun und sie verschlingen, »aber es bleibt mir keine andere Wahl.«

Tio Matzliach spuckte auf den Boden, nahm die Schürze ab, schleuderte sie Rachelika entgegen und verließ den Laden. Tränen stiegen ihr in die Augen, und sie fiel Moise weinend in die Arme.

»Sch, sch, Mädchen, denk an das Baby, es ist nicht gut fürs Kind.«

»Hätte mein Vater es nur getan, statt mir diese schmähliche Aufgabe aufzubürden.«

»Dein Vater hat Matzliach jahrelang gehalten, obwohl er ein fauler Trottel war.«

»Und sich dauernd beklagt hat«, ergänzte Rachelika.

»Und sich seinen Zehnten von der Ware genommen hat, und das nicht nur am Monatsanfang«, setzte Moise noch einen drauf.

»Hast du das gesehen?«, lachte sie. »Ich dachte, nur ich sähe es.«

»Auch dein Vater hat es gesehen und beide Augen zugedrückt. Nimm's dir nicht zu Herzen, ich bin sicher, sobald die Lage sich bessert, wird dein Vater helfen, es wird schon alles gut werden.«

Aber nichts wurde gut. Matzliach war so wütend über seine Entlassung, dass er jeden Kontakt zu Gabriel und seiner Familie abbrach. »Nicht von ihrem Stachel und nicht von ihrem Honig will ich was haben«, sagte er zu Allegra, als er ganz außer sich in Tel Aviv ankam, um seinem Zorn Luft zu machen und seiner Mutter von Gabriels Dreistigkeit zu erzählen.

»Blut ist kein Wasser«, fauchte Matzliach, »und wenn Gabriel mich wie Wasser behandelt, soll er holen gehen.«

»Gott behüte, wie sprichst du denn, tfu tfu tfu!«, wehrte Allegra ab.

»Er hat mich wie einen Hund auf die Straße gejagt, das ist, als hätte er mich umgebracht!«

»Weiß Gabriel überhaupt, dass seine Tochter dich nach Hause geschickt hat?«, warf Merkada ein.

»Was denkst du denn, *madre kerida*, dass Rachelika etwas ohne Wissen ihres Vaters tut?«

»Wer weiß«, sagte Merkada, »Gabriel ist zu Hause, krank, geht schon lange nicht mehr in den Laden. Jetzt führen Rachelika und ihr Maghrebiner das Geschäft, vielleicht haben sie ihn aus eigenen Stücken entlassen. Die Maghrebiner«, fauchte Merkada verächtlich, »die sind wie die Schotten, Geizhälse. Du gehst jetzt ins Haus deines Bruders, sagst ihm, man hätte dich brotlos gemacht! Hörst du? Du wirst seiner Tochter und dem Maghrebiner nicht nachgeben, du wirst mit deinem leiblichen Bruder sprechen, ein Bruder geht nicht gegen den anderen an, es liegt uns nicht im Blut, so mit der Familie umzugehen.«

»Das liegt uns nicht im Blut, *madre kerida?*«, fuhr Allegra dazwischen, »Wenn uns das nicht im Blut liegt, wie kommt es dann, dass du schon seit Jahren nicht mehr nach Jerusalem fährst, um nach deinem teuren Sohn zu sehen, dass du dich nicht mal nach seinem Gesundheitszustand erkundigst, der jetzt, *kaparavonó*, äußerst schlecht ist?«

»Komm mir nicht frech!«, schimpfte die Alte, doch Allegra, die längst die Geduld mit ihrer mürrischen Mutter verloren hatte und ihr nur noch wenig von der enormen Ehrerbietung, die sie ihr als junges Mädchen gezollt hatte, entgegenbrachte, fuhr fort: »Du musst selbst zu Gabriel nach Jerusalem fahren, ihm sagen, dass du ihm verziehen hast, vielleicht kommt er dann von dem Stuhl hoch, auf dem er dauernd sitzt, geht wieder in den Laden und schafft es zusammen mit Rachelika und dem Maghrebiner, ihn erneut rentabel zu machen, und dann stellt er Matzliach von neuem ein.«

»Ich fahre nicht nach Jerusalem, selbst wenn die messianischen Tage anbrechen!« Die Alte stieß ihren Stock auf den Boden.

»Wenn du nicht zu Gabriel gehst, dann schick auch Matzliach nicht hin. Ich bin sicher, Rachelika hat sich mit ihm beraten, bevor sie Matzliach entlassen hat, warum willst du ihn dann jetzt hinschicken? Um Salz auf seine Wunden zu streuen?«

»Was nimmst du ihn denn in Schutz?«, schnaubte Matzliach. »Jahrelang habe ich treu bei ihm gearbeitet, jahrelang habe ich Säcke auf dem Rücken geschleppt, bin mit Besen und Putzlappen umgegangen, habe ihn abgelöst, wenn er Mittagsschlaf halten ging, habe auf den Laden aufgepasst, damit, Gott behüte, nichts gestohlen wurde, und nun sieh mich an, ein Mann, der bald Großvater wird, bleibt ohne Einkommen. Benimmt sich so ein Bruder?«

»Ich bin sicher, er hatte keine andere Wahl. Du hast selbst

gesagt, dass der Laden nicht gutgeht, dass kaum Ware da ist und überhaupt keine Kunden kommen«, versuchte Allegra ihn zu beschwichtigen.

»Gut, wenn er mich wenigstens ehrenhalber dagelassen hätte.«

»Seine Ehre erlaubt es ihm nicht, dich ohne Bezahlung dazubehalten. Du musst zu ihm gehen, ihm die Hand küssen und ihn um Verzeihung bitten, dass du nicht mehr mit ihm gesprochen hast.«

»*Bukra fil mischmisch*, werde ich ihn um Verzeihung bitten, nie und nimmer! Er wird kein einziges Wort mehr von mir hören, nicht von mir, nicht von meiner Frau und nicht von meinen Kindern! Mit meinem Bruder bin ich durch, hörst du, Mutter, mit Gabriel bin ich fertig!«

»Mach, was du willst«, sagte Merkada, »ich habe sowieso nichts mehr zu sagen, keiner respektiert meine Worte.«

»Das hast du dir redlich verdient, *madre kerida*«, sagte Allegra und rauschte aus dem Zimmer.

Das Zerwürfnis mit seinem Bruder schmerzte Gabriel sehr, aber noch mehr schmerzte ihn sein Körper. Von Tag zu Tag wurde er unbeweglicher, und auch das Sprechen fiel ihm schwer. Häufig schwieg er lieber, wenn er etwas sagen wollte, damit ihm die Worte nicht so mühsam und wirr herauskämen.

Auch Rosa war nicht mehr so wie früher. Obwohl er hauptsächlich mit sich selbst beschäftigt war, konnte er nicht übersehen, dass sie gealtert war und ihr Gesicht Falten bekommen hatte. Wehen Herzens musste er feststellen, dass ihre Beziehung zu Luna nach deren Hochzeit nicht etwa besser, sondern noch schlechter geworden war.

Jahrelang hatte er sich blind gestellt und geflissentlich übersehen, wie seine innig geliebte Tochter mit Rosa umging, sie wie Dreck behandelte. Als Luna heiratete und auszog, hatte er gehofft, sie würde ihrer Mutter künftig anders gegenübertreten. Er hatte gedacht, jetzt als Ehefrau, die einen eigenen Haushalt zu führen hatte und mit Gottes Hilfe selbst bald Mutter werden und ihm und Rosa ein Enkelkind schenken würde, werde sie ihre kindliche Unreife endlich überwinden, nicht mehr die freche Göre sein, die sich dauernd mit ihrer Mutter stritt. Aber Luna war unverändert, die Ehe hatte sie nicht reifer gemacht, und er konnte ihren barschen Umgang mit Rosa nicht mehr ertragen. Doch bei allem Kummer war er zu schwach und schmerzgeplagt, um Luna zurechtzuweisen. Große Traurigkeit erfüllte sein Herz. Dieses Mädchen hatte einst wieder Licht, Freude, Liebe in sein Leben gebracht, und nun war sie zu einer Frau herangewachsen, deren Charakter ihm missfiel, einer Frau, die nichts außer Kleidern und Vergnügen im Kopf hatte, als kämen nicht jeden Tag Menschen um, als läge nicht Krieg in der Luft. Nicht mal ein Kind trug sie im Leib, obwohl schon Monate seit der Hochzeit im Menora-Club vergangen waren, die ihn das wenige Geld, das er noch besaß, gekostet hatte. Rosa hatte recht, Luna war die merkwürdigste aller Kreaturen. Nicht wie Rachelika und Bekki. Alle kamen her, setzten sich ans Radiogerät, nur sie interessierte sich nicht für die Nachrichten, sie ging in ihr altes Kinderzimmer und beschäftigte sich mit Blödsinn. Rachelika hatte ihn sehr aufgebracht, als sie ohne seine Erlaubnis zur Hagana gegangen war, aber wenigstens hatte sie Engagement bewiesen, wollte die Vision von der Gründung eines hebräischen Staates in Erez Israel mitverwirklichen. Aber Luna, *nada*. Ihre Zeitschriften und ihr Lippenstift, das war ihre ganze kulturelle Welt. Er meinte, bei ihrer Erziehung gescheitert zu sein, und am meisten schmerzte es ihn, dass er zusehends abrückte von ihr und die Gesellschaft seiner klugen, guten Rachelika vorzog. Wie sie mit Zähnen und Klauen um den Laden kämpfte, zusammen mit Moise, möge ihm ein langes Leben beschieden sein. Gott sei Dank, dass Rachelika einen so guten Mann geheiratet hatte, auch wenn er nur zur Hälfte Spaniole war. Und jetzt würde sie ihm sogar ein Enkelkind schenken. Er hatte von Luna das erste Enkelkind erwartet, aber die nahm sich ja Zeit. Er hatte Rosa gebeten, sich nicht einzumischen, doch tief im Herzen wusste er: Es tat einem jungen Paar nicht gut, so lange mit dem ersten Kind zu warten.

Gabriel versuchte, eine bequemere Haltung in seinem mit Kissen gepolsterten Lehnstuhl zu finden, jede Bewegung tat ihm weh. Er drehte das Radio lauter, in letzter Zeit hörte er auch schlechter. Das Radio war ständig auf die Stimme Jerusalems eingestellt und bildete den Mittelpunkt seines Lebens. Sobald er morgens die Augen aufschlug, schaltete er das Radiogerät ein und nicht wieder aus, bis er schlafen ging. Seit er das Haus nicht mehr verließ, war die Stimme des Radios Teil der häuslichen Geräuschkulisse geworden, sein Verbindungsdraht zum Geschehen draußen. Aus dem Radio hatte er erfahren, dass die Engländer die Ausgangssperre am letzten Schabbat als »Operation Agatha« bezeichneten, während man im Jischuw vom »schwarzen Schabbat« sprach. Mehr als hunderttausend Soldaten und Polizisten hatten Tel Aviv und Jerusalem abgeriegelt und über zahlreiche jüdische Ortschaften und Kibbuzim eine Ausgangssperre verhängt. Rund dreitausend Juden waren verhaftet worden, darunter führende Mitglieder der Jewish Agency. Aus dem Radio wusste er, dass die Etzel zwei britische Offiziere erhängt hatte. Und alles, was er im Radio hörte, wurde sofort zum Tagesgespräch. Rachelika hatte ihm von einem Trupp Kinder aus der Alliance-Schule erzählt, die, als sie vor dem Laden im Markt auf englische Soldaten stießen, frech das Lied »Anemonen« angestimmt hatten, das zum Spottlied gegen britische Soldaten avanciert war. Die verärgerten Soldaten hatten ihnen unter saftigen englischen Flüchen erfolglos nachgesetzt, begleitet vom schallenden Gelächter der Markthändler.

»Die Leute haben keine Angst mehr vor den Anemonen, Papú, mit eigenen Ohren habe ich gehört, dass jemand ihnen ›Gestapo‹ nachgerufen hat.«

Gabriel bedauerte, zu solchen Zeiten nicht im Machane-Jehuda-Markt sein zu können, er würde den Engländern persönlich ins Gesicht spucken. Und als die Massendemonstrationen anfingen, deren Teilnehmer Transparente trugen und »freie Alija, hebräischer Staat« skandierten, tat es ihm äußerst leid, dass er nicht mitmarschieren konnte. Zum Glück hatte er das Radio und Rachelika, die ihn über die Lage auf dem Laufenden hielten, zum Glück kamen die Nachbarn, um sich zu ihm ans Radio zu setzen und Meinungen auszutauschen. So hatte er wenigstens das Gefühl, am Geschehen draußen teilzuhaben, nicht ganz ausgeschlossen zu sein. Bis vor kurzem hatte Rachelika ihm die Zeitung von dem dicken Zeitungsverkäufer geholt, der sich stets nach seinem Wohl erkundigte, aber das Geld reichte nicht mehr, um täglich die Zeitung zu kaufen, und so taten sie es nur noch einmal die Woche. Als der Zeitungsverkäufer merkte, dass Senyor Ermozas Tochter nicht mehr täglich kam, brachte er ihr regelmäßig eine Zeitung vom Vortag in den Laden.

»Geben Sie sie Ihrem Vater«, sagte er, »die Nachrichten von gestern sind auch heute noch gut.«

Aber bei der rasanten Entwicklung waren die gestrigen Nachrichten bald überholt. Eine Nachricht jagte die andere, ein Ereignis das nächste. Gabriel dankte zwar insgeheim seinem Freund, dem dicken Zeitungsverkäufer, für die freundliche Geste, spürte aber auch einen Stich im Herzen: Wenn es so weiterging, würden die Markthändler ihm morgen Obst und Gemüse schicken und der Fleischer Fleisch – eine wahre Schande, dass er in diese Lage geraten war. Er, der immer allen in Fülle gegeben hatte, kam sich vor wie ein Bettler.

»Gabriel *kerido*«, hört er Rosas Stimme aus dem anderen Zimmer. »*Hayde*, das Essen steht auf dem Tisch.« Wie soll er jetzt aufstehen und zum Tisch gehen? »*Kerido*, das Essen wird kalt«, ruft sie erneut. Er versucht hochzukommen, schafft es aber nicht.

»Brauchst du Hilfe, Papú?« Rachelika steht neben ihm. Wie diese Tochter seine Gedanken von fern lesen kann.

»Gesund sollst du sein«, sagt er zu ihr, als sie ihm vom Stuhl hochhilft, ihn einhakt und zum Esstisch führt.

Sie gehen langsam, und obwohl es nur ein paar Schritte sind, tut Gabriel sich schwer. Sie bleiben kurz stehen, damit er neue Kräfte sammeln kann.

»*Mi alma*«, flüstert er ihr vertraulich zu, »vor ein paar Tagen war Luna bei mir und hat mich gefragt, ob ich sie liebhätte. Ich habe ihr gesagt, ich hätte sie sehr lieb, und sie beharrte: ›Mich hast du doch am liebsten von allen, stimmt's?‹ Ich sah, dass sie niedergeschlagen und traurig war und Stärkung brauchte, und so habe ich ›Ja, das stimmt‹ gesagt. Aber in Wahrheit, Rachelika, *ija mia*, in Wahrheit habe ich dich am liebsten.«

Eines Tages kam Luna ganz außer sich heim. »Herr Sachs hat mich nach Hause geschickt«, sagte sie zu David, unfähig, ihre stürmische Erregung zu verbergen, »das Geschäft ist trocken wie die Wüste, kein Hund kommt herein. Ganze Tage sitze ich hinter der Theke und tue nichts. Vor lauter Langeweile habe ich angefangen, mich mit den Schaufensterpuppen zu beschäftigen – ich ziehe sie aus und an, aus und an. Herrn Sachs hat das auf die Palme gebracht, aber was sollte ich denn machen, David, wenn ich den ganzen Tag rumgesessen hätte wie eine dumme Gans, wäre ich verrückt geworden. In der letzten Zeit ist Herr Sachs kaum je im Laden. Ich schließe auf, schließe zu, er kommt nicht mal, um die Kasse zu prüfen, wozu auch? Es geht sowieso kein Geld ein. Heute hat er mir meinen letzten Lohn ausgezahlt und gesagt, ich solle nicht wiederkommen«, schluchzte sie. »Was mach ich bloß, David? Was mach ich jetzt ohne Arbeit?«

Er drückte sie mitfühlend ans Herz, wusste ja, wie sehr sie ihre Arbeit bei Sachs & Sohn liebte. Er strich ihr übers Haar und sagte in dem sanften Ton, den er sich neuerdings ihr gegenüber angewöhnt hatte: »Mach dir keine Sorgen, Lunika, bald wirst du sehr beschäftigt sein, wir arbeiten doch dran, nicht wahr?«

Sie lächelte ihn unter Tränen an. Seit der Heimkehr vom Freitagabendessen bei ihren Eltern vor einigen Wochen war er völlig verändert. Er ging nach der Arbeit nicht mehr ins Kino, sondern kam gleich heim in ihr Mietzimmer in Mekor Baruch. Meist war sie dann schon da, oder er traf sie im Haus ihrer Eltern, und sie gingen gemeinsam nach Hause.

Rachelika fiel auf, dass ihre Schwester sich verändert hatte. Sie war jetzt fröhlicher, lachte öfter.

»Du hast ein gutes Werk getan«, sagte sie zu Moise und deutete mit dem Kopf auf David und Luna, die eng beieinander auf dem elterlichen Sofa saßen. »Guck sie dir an, ein Turteltaubenpärchen.«

Und als sie einmal mit Luna allein war, fragte sie: »Ist jetzt alles in Ordnung zwischen dir und David?«

»Alles bestens!«, antwortete Luna mit breitem Lächeln.

»Und David, ist er gut zu dir?«

»Gut? Er ist der reinste Honigkuchen, er bemüht sich, mich für die schlechte Zeit zu entschädigen, die wir hatten. Er ist wie früher, vor unserer Hochzeit, wie er war, als ich ihn kennengelernt habe, wie er war, als wir in den Stadtpark gegangen sind und uns auf der Bank geküsst haben, bis ich Sternchen sah.«

»Bei diesem Tempo, Lunika, wirst du noch gemeinsam mit mir gebären.«

»Dein Wort in Gottes Ohr, amen!«

Nach dem Gespräch mit Moise war David entschlossen gewesen, wieder zu flicken, was er beinah zerstört hätte. Als er mit Luna in ihr kleines Mietzimmer kam, das auch als Schlafraum diente, umarmte er sie, löschte das Licht und zog sie im Dunkeln aus. Er küsste sie sanft auf die Stirn, und ihr Herz setzte einen Schlag aus, wie sehr liebte sie Küsse, Umarmungen und Streicheln. Er strich ihr mit der Hand über den Rücken, langsam, langsam, schien bei jedem Muskel, jeder Sehne anzuhalten. Seine und ihre Lippen, seine und ihre Zunge trafen sich, dann küsste er sie auf Augen, Stirn und Hals. Sie verlängerte die Phase der Küsse und Liebkosungen, zögerte den Moment hinaus, in dem er in sie eindringen würde. Nein, das mochte sie nicht, das tat ihr weh, war ihr unangenehm. Besonders, wenn er ihr »Nimm ihn in die Hand, hilf ihm« ins Ohr flüsterte und japste, als bliebe ihm die Luft weg. Die Schamröte brannte ihr im Gesicht, sie staunte über den Widerwillen, den sie empfand, wenn sie sein aalglattes Glied in Händen hielt. Sie erschrak so sehr, wenn sich der Aal unter ihrer Berührung fast schlagartig versteifte, in ihren Händen wuchs. »Gut«, flüsterte er ihr dann zu, »gut, du tust ihm so wohl.«

Und wenn er ihre Hand ergriff, sein Ding damit auf und

ab spazierte, ihre Finger um seine Krone schloss, sie bewegte, als hätten sie ein Eigenleben, gehörten gar nicht zu ihr, zu ihrem Körper, zu ihrer Seele, dann meinte sie gleich zu sterben vor Scham und Übelkeit. Sie konnte die hervortretenden Adern daran fühlen, wagte aber niemals den Blick zu senken, um zu sehen, was sie da in Händen hielt.

»Und jetzt führ ihn ein«, flüsterte David lustvoll, spürte gar nicht ihre Scham, ihren Widerwillen. Sie bemühte sich, sein Geschlechtsteil in ihren Körper einzuführen, aber vergebens. Obwohl sie die Beine so weit wie möglich spreizte, war der Garten verschlossen, wollte das Tor sich nicht auftun.

»Halte ihn«, flüsterte er ihr zu, »halt ihn fest, lass ihn nicht flüchten.« Wenn es ihm endlich gelungen war, in sie einzudringen, er sie fest an den Schultern hielt und heftig auf ihr hin- und herruckelte, schloss sie die Augen und wünschte, dass es bald vorbei wäre. Er tat ihr so weh, aber sie biss sich auf die Lippen und ersparte ihm den Aufschrei. Er stößt zu, wieder und wieder, die Augen geschlossen, stürmisch erregt, und sie liegt unter ihm wie ein Holzklotz, weiß nicht, was tun: sich in seinem Takt mitbewegen, Lust- und Genusslaute ausstoßen wie er, so tun, als genösse sie es? Aber sie genießt es nicht. Gott, hoffentlich klappt es diesmal. Sie kann die neugierigen Blicke auf ihren flachen Bauch nicht mehr ertragen, kann das Getuschel hinter ihrem Rücken nicht mehr hören. Sie weiß, ganz Ohel Mosche redet darüber, dass Rachelika eher schwanger geworden ist, obwohl sie nach ihr geheiratet hat. Hoffentlich klappt es jetzt gleich, damit sie diesen Alptraum hinter sich hat.

Endlich ist er fertig. Jetzt, nachdem er einen erstickten Schrei ausgestoßen hat, bleibt er auf ihr liegen, und sie meint zu ersticken, kann das klebrige Nass an den Schenkeln nicht ertragen, möchte schon ans Waschbecken laufen und sich säubern, aber Rachelika hat ihr gesagt, sie dürfe sich nicht regen, denn wenn sie, behüte, aufstehe und sich die Schenkel wasche, verringere sie deutlich ihre Empfängnischancen. Also bleibt sie trotz des unangenehmen Gefühls liegen und drückt die Beine fest zusammen, genau nach Rachelikas Anweisungen.

David ist auf ihr eingeschlafen, sein Leib lastet schwer auf ihrem. Behutsam schlüpft sie unter ihm hervor, zieht rasch das Nachthemd an und rutscht auf ihre Bettseite. Sie schließt die Augen, kann aber nicht einschlafen. Sie kommt sich schmutzig vor, verkraftet nur schwer dieses Eindringen in ihren Leib, diese Herrschaft über ihre Schampartien. Tränen rinnen ihr aus den Augen. Gott, was stimmt nicht mit mir? Ich sollte glücklich sein, Glocken läuten hören, Höhenflüge erleben, wie es in den Büchern steht, und stattdessen fühle ich mich geschunden und erniedrigt. Was stimmt nicht mit mir? Ihr Mann neben ihr schläft schon fest, den zufriedenen Schlaf nach dem Liebesakt, doch sie findet keine Ruhe, die Gedanken laufen ihr durch den Kopf wie ein Detektivfilm. Wie hat sie sich gewünscht, dass er mit ihr schläft, dass sie das Gebot »Seid fruchtbar und mehret euch« erfüllen, und nun, da es endlich geschieht, möchte sie nur, dass es möglichst schnell vorbei ist. Empfinden alle Frauen so? Vielleicht genießen nur Männer den Liebesakt? Vielleicht ist das die größte Lüge auf der Welt, dass Frauen ebenso genießen wie Männer? Es kann nicht sein, dass nur sie leidet, nur sie mit starren Gliedern daliegt und das Ende herbeisehnt. Und warum muss man so oft miteinander schlafen, um ein einziges Mal schwanger zu werden?

Sie steht auf und läuft zum Wasserhahn, um sich den Leib mit eiskaltem Wasser zu waschen. Schwangerschaft hin oder her, sie kann dieses Ekelhafte nicht mehr am Körper haben. Sie scheuert ihre Oberschenkel, wäscht ihre Scham mit Seife. Jetzt, denkt sie, werde ich bestimmt nicht schwanger, mit diesem Großputz dort, wo die Kinder rauskommen, werde ich niemals Mutter werden. Aber es ist stärker als sie, sie kann nicht aufhören, rubbelt und rubbelt, tut sich weh, scheuert schier die Haut ab. Erst als sie rot und rau wird, fühlt sie sich endlich sauber, wirft ihr Nachthemd in den Wäschekorb, obwohl sie es nur einmal angehabt hat, und holt ein sauberes aus dem Schrank. Der Geruch nach Waschmittel, den das saubere Hemd verströmt, vermischt mit dem Duft der Yardley-Seife, die sie zwischen ihre Wäsche legt, beruhigt sie. Sie zieht das Nachthemd an und geht wieder ins Bett. Ich bin eine verrückte Frau, David wird mich verlassen, ich werde allein bleiben und niemals ein eigenes Kind in den Armen halten.

Die nächste Periode blieb aus, und die Brechanfälle begannen ein paar Wochen später. Noch ehe sie es David sagte, erzählte sie es Rachelika, die einen Freudensprung machte und sie überglücklich in die Arme schloss.

»Unsere Kinder werden zusammen aufwachsen, sie werden gemeinsam in den Kindergarten, in die Schule gehen, werden die besten Freunde sein.«

»Bin ich ganz gewiss schwanger?«, fragte Luna aufgeregt. »Ich mach mir doch nichts vor, oder?«

»Wenn dir übel wird und du das Präsent nicht bekommen hast, dann bist du schwanger«, antwortete Rachelika.

»Soll ich es David sagen?«

»Natürlich, wem denn sonst, lauf hin und erzähl's ihm, mach ihn glücklich.«

Und sie machte ihn glücklich. Er umarmte sie und schwang sie hoch und wirbelte mit ihr durchs Zimmer.

»Setz mich ab, lass mich runter, mir ist ohnehin schon übel«, lachte sie.

Er setzte sie ab, nahm ihr Kinn in die Hand und küsste sie auf die Lippen. »Ich bin verrückt nach dir«, sagte er. »Du wirst die schönste Mutter in Jerusalem sein.« Ihr fiel auf, dass er es wieder vermied, »Ich liebe dich« zu sagen. Dass er verrückt nach ihr sei, das hatte er schon manchmal gesagt und auch andere nette Worte, aber niemals hatte er ihr seine Liebe gestanden. Doch wieder, wie bei den vorigen Malen, ließ sie den aufkeimenden Gedanken verfliegen, ohne ihm nachzusinnen. Sie war glücklich, sie würde bald Mutter sein, und das war das Wichtigste.

»Wie oft muss ich dir noch sagen, dass man den ältesten Sohn nach dem Vater des Ehemanns nennt«, schimpft Rachelika, »ich bin's leid, mit dir darüber zu streiten.«

»Ich und streiten?«, tut Luna naiv. »Du kannst dein Kind gern nach dem Vater deines Mannes nennen, ich gebe meinem Kind Papús Namen.«

Sie ist so schön, atemberaubend, die Schwangerschaft steht ihr, denkt Rachelika, ich bin dick wie eine Bärin, und ihr sieht man außer einem Bäuchlein nichts an, Arme, Beine, Gesicht makellos. Herr der Welt, wieso hast du ihr die ganze Schönheit in der Familie gegeben, statt sie zwischen uns dreien aufzuteilen?

Doch im Gegensatz zu Rachelika und all ihren Bekannten, die ihr unaufhörlich Komplimente über ihre schöne Schwangerschaft machen, hasst Luna diesen Zustand, fühlt sich plump, verabscheut ihre angeschwollenen Brüste, ihre strammeren Schenkel, das Gewicht, das sie auf einmal zugelegt hat. Sie meint, ihrer Schönheit beraubt zu sein, und hat bereits ein paar dunkle Flecke auf ihrer reinweißen Haut entdeckt. Nicht einmal der Besuch bei der Schneiderin, die ihr Schwangerschaftskleider nach den neuesten europäischen Modeheften näht, kann ihre Stimmung heben. Sie fühlt sich wie eine Elefantenkuh in den hübschen Sachen. Rachelika begnügt sich mit zwei Kleidern, die sie abwechselnd trägt, während Luna zehn hat und immer noch nicht zufrieden ist. Das einzig Gute an der Schwangerschaft ist für sie, dass David nachts nicht mehr zu ihr kommt.

»Dass wir um Himmels willen das Baby nicht verlieren«, hat er gesagt, und sie hat erleichtert aufgeatmet. Küssen und kuscheln ist alles, was sie möchte, und dass er ihr bloß nicht noch mal mit seinem glatten Aal ankommt. Sie sieht ein, dass sie sich nicht mit einem einzigen Kind begnügen können und es daher noch einmal werden machen müssen, wenn das erste da ist, aber es muss ja nicht gleich sein, man kann ein bis zwei Jahre warten, jedes Übel zu seiner Zeit. Vorerst wird mit Gottes Hilfe das erste Baby zur Welt kommen und hoffentlich alle zehn Finger und Zehen haben.

David ist gut zu ihr, fürsorglich, bemüht, all ihre verrückten Wünsche zu erfüllen, und davon hat sie gottlob viele. Sie hat mit ihm noch nicht über den Namen des Kindes geredet, sie ist entschlossen, dass sie es nach ihrem Vater nennen werden, anders geht es nicht! Soll Rachelika tun, was sie will, sie selbst wird ihr Kind Gabriel nennen, auch wenn David drohen sollte, sie zu verlassen. Sie schiebt die Unterredung mit ihm hinaus, erst mal soll das Kind glücklich auf der Welt sein, dann wird sie ihm mitteilen, dass sie den Namen längst ausgesucht hat. Wenn es ein Mädchen wird, kann er ihm den Namen seiner Mutter geben, das macht ihr nichts aus.

8

Gabriel sitzt in seinem Lehnstuhl, das Ohr am Radio. Die Nachrichten sind nicht gut: Die Engländer haben ein weiteres Flüchtlingsschiff aufgebracht und die Passagiere in die Internierungslager in Zypern deportiert. Gleich kommen die Kinder, sie wollen reden, er weiß, worüber sie reden wollen: Es bleibt nichts anderes übrig, man muss den Laden an Mordoch, den Kurden, verkaufen. Bald wird ja kein Geld für Lebensmittel mehr da sein, alles ist dahin, das Geschäft, seine Gesundheit, und demnächst wird auch sein Leben dahin sein, da soll nach seinem Tod wenigstens noch was für Rosa bleiben. Sie ist letzthin so still, kaum zu hören, pflegt ihn wie ein Baby und beklagt sich nicht. Hilft ihm aus dem Stuhl und ins Bett, zieht ihn an und aus. Er kann nichts mehr allein machen, ist völlig auf sie angewiesen, und sie mit ihrer Ruhe, ihrer ungeahnten Stärke müht sich rund um die Uhr mit ihm ab. Sie steht frühmorgens auf, macht ihm Tee mit *biskochos*, hilft ihm das Glas zu halten, damit es ihm nicht aus den zittrigen Händen fällt, wischt ihm den Speichel vom Mund und wechselt ihm dann den Pyjama. Neuerdings trägt er auch tagsüber einen Pyjama, eng anliegende Kleidungsstücke sind ihm unbequem, er braucht was Lockeres. Ja, jetzt ist er offiziell krank, hat den Kampf aufgegeben, sucht keine Heilung mehr. In diesen Zeiten kann man ohnehin weder ans Tote Meer noch zu den Thermalquellen in Tiberias fahren. Könnte man ihm das Wasser aus Tiberias doch nach Hause bringen. Dort in dem warmen, öligen Wasser war ihm etwas wohler.

Die Kinder werden bald kommen, und er wird ihnen sagen, sie sollen nach ihrem Gutdünken handeln, sollen den Laden an den Kurden verkaufen. Wer hätte geglaubt, dass gerade er das renommierte Familienunternehmen aufgeben würde. Sein Großvater dreht sich gewiss im Grabe um. So sicher, wie er weiß, dass heute Sonntag ist, weiß er, dass er noch immer für seine Sünde an seinem Vater bestraft wird. Ihm ist klar, dass Rafael ihm auch im Grab nicht vergeben hat, klar, dass der schreckliche Fluch seiner Mutter ihn verfolgt. Sie hat ihn kein einziges Mal besucht seit seiner Erkrankung, auch keine Abgesandten geschickt. Er wird vor ihr sterben, das sieht er mit Gewissheit voraus, sie wird ihn begraben und dann erst ruhen. Solange er nicht tot ist, wird sie keine Ruhe finden. Sei unbesorgt, *madre kerida*, bald werde ich in die andere Welt eingehen, und deine Seele wird endlich zur Ruhe kommen, dein teurer Sohn geht holen.

Sie verkauften den Laden an Mordoch, den Kurden, zu einem Preis, der in normalen Zeiten als schlechter Witz gegolten hätte: fünfhundert Pfund. Sie wussten, er nahm sie aus, aber was blieb ihnen anderes übrig? 1947 war ein schlechtes Jahr für Geschäfte, keiner kaufte oder verkaufte, abgesehen von Räubern wie dem Kurden, die Gold unter den Fliesen versteckt hatten. Rachelika, nunmehr hochschwanger, und ihr guter Moise führten die Verhandlungen, so hart sie konnten. Rachelika war nicht dumm gewesen, hatte sich mit ihren geschwollenen Beinen im Markt von Laden zu Laden geschleppt und die Inhaber nach dem Wert ihres Geschäfts gefragt. Sie wusste, dass sie Mordoch den Laden gut die Hälfte unter Wert verkauften, aber er nutzte die Lage der Familie aus und wich nicht ab von seinem lächerlichen Angebot. »Versucht doch, sonst wem zu verkaufen, wenn es euch nicht passt«, sagte er, wohl wissend, dass keiner außer ihm jetzt Geschäfte tätigte.

»Bring du die Sache mit ihm zu Ende«, bat Rachelika ihren Moise, »ich kann's einfach nicht.« Tränen liefen ihr über die Wangen, und sie schluchzte wie ein kleines Mädchen.

»*Basta, kerida*«, sagte Gabriel zu ihr, »du brichst mir das Herz, das ohnehin schon gebrochen ist. Es bleibt keine Wahl, wenn verkauft werden muss, wird verkauft, aber bitte ohne Tränen.«

»Wir verkaufen ihm den Laden weit unter Preis, aber wer wird uns den Preis der Schmach bezahlen, Papú, wer?!«

»Genug!« Rosas Stimme stoppte ihr Wehklagen mit einem Schlag. »Genug geweint, geht mit ihm abschließen und benehmt euch würdig. Er hat uns den Laden abgeknöpft, aber er wird uns nicht die Ehre abknöpfen. Geht, *keridas*, bringt die Sache endlich zu Ende und lasst Papú in Ruhe. *Hayde.*«

»Mama, ich geh nicht«, sagte Rachelika, »ich gehe auch dann nicht, wenn du mich zwingst.«

»Wohin gehst du nicht?«, fragte Luna, die eben jetzt das Haus betrat, überrascht angesichts der weinenden Rachelika. Rachelika weint? Seit diese fünf Jahre alt war, hatte sie ihre Schwester nicht mehr weinen sehen. »Was ist passiert, Schwesterherz?«, fragte sie besorgt.

»Wir verkaufen den Laden an den Kurden«, antwortete Rachelika unter Tränen, »und dann noch weit unter Wert. Er raubt uns aus, der gemeine Kerl, raubt uns schamlos aus.«

Der ungeheure Schmerz in Lunas Augen erschütterte Gabriel. »Nur über meine Leiche! Meinetwegen verkauft an Tio Matzliach umsonst, aber nicht an den Kurden. An dem Tag, als er in unser Leben trat, ist alles schwarz geworden. Papú, das ist der Laden von unserem Ururgroßvater, wir sind damit groß geworden, Papú!«

»Genug, Luna, genug damit, du schadest noch dem Baby, was ereiferst du dich denn so?«, versuchte Rosa sie zu beruhigen. »Es ist nur ein Laden, die Gesundheit deines Vaters ist wichtiger, deine und Rachelikas auch.«

»Es ist nur ein Laden?«, brauste Luna auf. »Für dich ist es nur ein Laden, aber für uns ist es unser Leben.«

»Schweig, Luna!«, gebot Gabriel und stieß seinen Stock auf den Boden. »Wie kannst du es wagen, so mit deiner Mutter zu sprechen! Was heißt hier ›für dich‹ und ›für uns‹? Wer bist du denn, dass du dich so erdreistest, dich so hochmütig gegen meine Frau verhältst? Wer hat dir messerscharfe Worte in den Mund gelegt, wer hat dir einen Stein anstelle des Herzens eingesetzt?«

Totenstille breitete sich im Zimmer aus, Rosa traute ihren Ohren nicht: Gabriel verteidigt sie gegen Luna. Ihre Wut auf die schwangere Tochter schlug um in unendliche Zärtlichkeit für ihren Mann. Die messianische Zeit war angebrochen, endlich sah er sie.

Luna fasste sich sehr schnell und steuerte die Tür an.

»Wo gehst du hin?«, erklang drohend Davids Stimme.

»Ich geh nach Hause«, antwortete sie mit erstickter Stimme, »mein Vater will mich hier nicht haben.«

»Du gehst nirgendshin«, bestimmte ihr Mann. »Nicht bevor du die Hand deiner Mutter und deines Vaters geküsst und sie beide um Verzeihung gebeten hast.«

»Misch du dich nicht ein«, erwiderte sie und wollte schon das Zimmer verlassen, aber David trat ihr in den Weg.

»Lass sie gehen«, sagte Gabriel, »damit sie dem Kind nicht schadet. Soll sie in ihr Haus gehen, sich ins Bett legen und über die Worte nachdenken, die ihr über die Lippen kommen.«

David gab Luna den Weg frei, und sie ging hinaus. Aber zur allgemeinen Überraschung folgte er ihr nicht.

»Papú, sie hat es nicht so gemeint«, nahm Rachelika ihre Schwester in Schutz, »sie ist aufgeregt, du weißt, wie lieb ihr der Laden ist.«

»Sie hat nie etwas für den Laden getan«, sagte Gabriel, »sie war zu stolz, um auf dem Markt zu verkaufen, und jetzt reißt sie den Mund auf?«

»Papú *kerido*, so ist Luna nun mal, sie arbeitet eben gern mit Kleidung, aber dich und den Laden liebt sie dennoch wie sich selbst. Für sie wie für uns alle bedeutet den Laden verkaufen praktisch die Familienehre verkaufen und obendrein an den Kurden, den sie vom ersten Tag an noch weniger leiden konnte als wir alle.«

»*Mi alma*, wie viel Herz du hast«, sagte Gabriel, winkte sie zu sich und küsste sie auf die Stirn.

»Du hast das große Los gezogen, Moise«, wandte er sich an ihren Mann.

»Ich weiß, Senyor Ermoza«, erklärte Moise und nahm seine Frau in den Arm.

Von dem Tag, als der Laden an Mordoch, den Kurden, verkauft war, blieben die Töchter Ermoza dem Machane-Jehuda-Markt fern. Keine von ihnen brachte die Kraft auf, an dem Geschäft vorbeizugehen. Mordoch hatte nicht mal das Schild über der Tür abgenommen, die seit der Übernahme mit Schloss und Riegel verrammelt blieb.

»Hoffentlich verdient er keinen Groschen daran und macht den Laden nie wieder auf«, sagte Luna, als ihr zu Ohren kam, dass er geschlossen war. »Noch nie habe ich einen Menschen so gehasst wie diesen Kurden. Er hat Papú das Leben verleidet, hat ihm das bisschen Ehre genommen, das ihm noch verblieben war, und das werde ich ihm niemals verzeihen.«

»Warum nimmst du es so schwer?«, fragte Rachelika. »Der Laden ist verkauft, und fertig, das Leben geht weiter. Jetzt musst du ruhig sein und dich auf die Geburt vorbereiten.«

»Wie kann ich ruhig sein, wenn ich sehe, dass Papú von Tag zu Tag mehr abbaut?«

»Er ist krank, Lunika, das hat nichts mit dem Laden zu tun, er ist krank, und kein Arzt kann ihm helfen.«

Luna verzieh ihrem Vater, dass er sie vor versammelter Familie getadelt hatte. Schon am nächsten Tag kam sie ins Haus ihrer Eltern, küsste ihm die geballte Hand, die er jetzt nicht mehr öffnen konnte, rückte ihm sein Barett auf dem Kopf und die Kissen im Rücken zurecht und flößte ihm Tee ein. Und er sah die Trauer und Reue in ihren Augen und verlor kein Wort über das Geschehen am Vorabend. Abgesehen von David, der ihr immer noch zürnte, taten alle, als ob nichts geschehen wäre. Sogar Rosa bekam, zu ihrer eigenen Überraschung, Mitleid mit ihrer Tochter: Die arme Luna, sogar wenn sie liebt, ist ihre Liebe nicht sauber, sondern immer mit Hass verunreinigt, *miskenika*.

Je weiter Gabriels Krankheit fortschritt, desto stärker wurde Rosas Stellung. Jetzt, da Gabriel das Familienleben nicht mehr regeln konnte, fiel ihr diese Aufgabe zu. Ihre Töchter Rachelika und Bekki und ihre Schwiegersöhne Moise und David erwiesen ihr Respekt, nur ihre widerspenstige Tochter Luna missachtete sie wie zuvor, vermied seit Gabriels Zurechtweisung aber Reibereien mit ihrer Mutter. Besser so, dachte Rosa, besser, sie redet kein Wort mit mir, als dass sie wieder so wird wie früher, da sie mich bloß zu sehen brauchte, und schon mutierte sie zur Kratzbürste.

Die Tage zogen sich in die Länge wie die jüdische Verbannung. Jeden Morgen stand Rosa früh auf, wusch sich rasch das Gesicht und eilte, noch ehe sie ein Glas Tee mit Minze getrunken hatte, an Gabriels Bett. Sie half ihm, sich aufzusetzen, schüttelte die großen Kissen hinter seinem Rücken auf, brachte ihm ein Glas Tee ans Bett, führte es ihm an den Mund und ging nicht weg, ehe er nicht den letzten Schluck getrunken hatte. Es machte sie traurig, den einst stattlichen Mann so von der Krankheit gezeichnet zu sehen.

Doch in all diese Trauer drang ein Lichtstrahl, der ein wenig Glück ins Ermozasche Haus brachte: Jehuda-Boas, das Baby, das Rachelika und Moise geboren wurde, Gabriels und Rosas erster Enkel, der seinen ersten Vornamen von seinem Großvater Jehuda, dem Vater seines Vaters, erhielt und den zweiten von seiner Mutter, die einen biblischen Namen für ihn ausgesucht hatte, der gerade groß in Mode war.

»Warum habt ihr ihn nicht mit zweitem Vornamen Gabriel genannt?«, fragte Luna.

»Und wie soll ich dann meinen Zweiten Gabriel nennen, *troncha*, wenn sein älterer Bruder mit Zweitnamen Gabriel heißt?«

Rachelika bedauerte sehr, dass sie ihrem Sohn nicht den Namen des geliebten Vaters geben und diesem auch nicht das Ehrenamt des Paten bei der Beschneidung ihres Ältesten übertragen konnte, denn dieses gebührte traditionell dem Vater des Vaters, ihrem Schwiegervater. Jehuda Bechor würde ihr Baby im Arm halten, wenn es beschnitten wurde.

Doch als acht Tage nach Jehuda-Boas' Geburt die Stunde der Beschneidung gekommen war und die ganze Familie sich zu dem feierlichen Akt einfand, überraschte sie ihr Ehemann: Er nahm ihr das Kind ab und legte es nicht seinem Vater, sondern Gabriel in die Arme. Ihr Herz hüpfte, als sie sah, wie froh und stolz ihr Vater war. Sie blickte ihren Mann an und dankte wieder einmal Gott für ihr großes Glück. Auf den ersten Blick hatte sie nicht gedacht, dass Moise ihr gefallen würde. Geträumt hatte sie schließlich von einem Palmachnik, einem kühnen Kämpfer und guten Kumpel »von schöner Tolle und Gestalt«. Sie hatte nicht geglaubt, einen so schlichten und gutherzigen Jungen mit geringer Bildung, stabilem Körperbau und beginnender Glatze liebzugewinnen. Aber sie liebte ihn von ganzem Herzen. Er war der beste Ehemann, den sie sich hätte wünschen können. Sie hatte keine Ahnung, wie er seinen Vater dazu gebracht hatte, ihrem Vater die Ehre der Patenschaft abzutreten, aber sie wusste, er hatte es schonend und taktvoll getan.

Das Weinen des Kleinen, als der Mohel ihn beschnitt, tat ihr im Herzen weh. Sie hastete hinaus in den Hof der Synagoge und weinte sich die Seele aus dem Leib, getröstet von ihren Schwestern, die sie an sich drückten.

»*Miskeniko*, erst acht Tage alt, und schon schneidet man an ihm herum«, heulte Rachelika, »sicher tut es ihm schrecklich weh.«

»Er spürt's nicht«, tröstete Luna, »sie haben ihm den Schnuller in Wein getaucht, er ist stockbesoffen.«

»*Miskeniko*, erst acht Tage alt und schon besoffen«, jammerte Rachelika.

»Er wird nichts in Erinnerung behalten. Kennst du einen Jungen, der mit acht Tagen beschnitten wurde und sich an was erinnert?«, sagte Bekki und erstaunte ihre Schwestern mit ihrer Reife.

»Woher weißt du Küken denn, was ein Junge behält oder nicht, seit wann bist du darin so eine große Expertin?«, lachte Luna, und Rachelika trocknete ihre Tränen.

»Genug, hört auf, ich bin schon lange kein Küken mehr, ich hab einen Freund.«

»*Wai de mi*, sag bloß nicht, dein Freund erzählt dir, was er von seiner Beschneidung behalten hat oder nicht«, foppte Luna, worauf Bekki zurückgab: »Wenn du nicht schwanger wärst, würde ich dir eine knallen, dumme Gans!«

Und schon lachte Rachelika, und die drei fühlten sich wieder wie drei kleine Mädchen, die ein Zimmer im Elternhaus teilen, wie früher, ehe sie zu Frauen heranwuchsen und alles so kompliziert geworden war. Und so fand Rosa sie, als sie sie hereinrufen wollte, um bei den Segenssprüchen dabei zu sein und auf das Leben des Neugeborenen anzustoßen. Sie blickte auf ihre drei Töchter und dachte, *i senyor del mundo*, du warst doch gut zu mir, vielleicht muss ich dir doch tagtäglich, Stunde um Stunde dafür danken, dass du mich mit Gabriel verheiratet und mir drei Töchter geschenkt hast, und nun auch einen Enkel und mit Gottes Hilfe bald noch ein Enkelkind. Vielleicht ist mein Leben letzten Endes doch nicht so schlecht gewesen. Gelobt sei dein Name, endlich hast du dich meiner erinnert, der armen Waise aus dem Schamma-Viertel, und hast mir auch ein wenig Freude geschenkt.

Am 29. November 1947 versammelte sich die Familie mit allen Nachbarn um Opa Gabriels Radiogerät und lauschte der Direktübertragung aus der Vollversammlung der Vereinten Nationen in New York. Die siebenundfünfzig UN-Mitgliedsstaaten standen im Begriff, über den Teilungsplan für Palästina zu entscheiden. Alle Ohren lauschten angespannt der Stimme des Sprechers, die aus dem Radiogerät tönte. Er sprach englisch, aber es musste nichts übersetzt werden: *Australia – yes, United States of America – yes* ... Bei jedem Staat, den er nannte, drohte das Herz auszusetzen, dreiunddreißig Mal sagte er ja, und dreiunddreißig Mal drang ein Kreischen aus dem Haus von Großvater und Großmutter Ermoza im Viertel Ohel Mosche. Gabriel, der seinen Körper sonst kaum noch unter Kontrolle hatte, stemmte sich vor Freude aus seinem mit Kissen gepolsterten Lehnstuhl hoch, denn als feststand, dass der UN-Teilungsplan für Palästina, der einen jüdischen und einen arabischen Staat vorsah, die Mehrzahl der Stimmen erhalten hatte, war auch klar, dass die Ingländer, ausgelöscht sei ihr Name, endlich das Land verlassen und die Juden endlich einen eigenen Staat haben würden.

Gerade als alle aus dem Haus der Ermozas und aus dem Tor von Ohel Mosche stürzten und zum Zion-Platz liefen, wo schon Tausende in Kreisen tanzten, spürte Luna die erste Wehe. Und sie, die nichts anderes wollte, als zu den Massen auf dem Platz laufen und bis in den Morgen tanzen, wie sie es so gerne tat, musste stattdessen mit der Ambulanz ins Hadassa-Krankenhaus auf dem Skopusberg fahren, wo nach siebzehn schmerzvollen Stunden mit Wehen, die sie zu zerreißen drohten, ihre Erstgeborene das Licht der Welt erblickte.

Luna war zu erschöpft, um Glück zu empfinden, als man ihr das Baby auf die Brust legte. Sie wollte nur die Augen schließen und schlafen. Es interessierte sie weder, dass sie gerade ein kerngesundes Lebewesen zur Welt gebracht hatte, noch, dass ihr Mann über dem winzigen Körper seines ersten Kindes weinte wie ein kleiner Junge oder dass das Volk Israel, während sie mit den Wehen kämpfte, sein Wiederauferstehen gefeiert hatte. Siebzehn Stunden lang hatte sie vor Schmerzen geschrien, und als der Alptraum vorüber war, war sie mit ihren Kräften am Ende und wünschte nur, dass man sie in Ruhe schlafen ließ.

Als man ihr am nächsten Morgen das Kind zum Stillen brachte, war sie zu müde und zu wund, um die Augen aufzuschlagen, und weigerte sich, es an die Brust zu legen.

»Sie müssen versuchen zu stillen«, sagte die Schwester, »das Baby braucht Nahrung.«

Aber Luna brachte es nicht fertig.

Die Schwester half Luna, sich aufzusetzen, und legte ihr das Baby in die Arme. Doch statt höchstes Glück zu empfinden und vor Liebe zu bersten, empfand sie gar nichts. Und als die Schwester ihr den Morgenrock öffnete und die Brüste entblößte, schämte sie sich entsetzlich.

»Bringen Sie ihr Mündchen näher an die Brustwarze«, erklärte die Schwester und korrigierte ihre Haltung, um ihr die Kleine richtig anzulegen. Aber die wollte den Mund nicht um den Nippel ihrer Mutter schließen, sondern schrie nur wie am Spieß, und Luna schloss die Augen und betete, man möge ihr diesen Säugling abnehmen und sie schlafen lassen.

»Großer Gott, Sie werden das Kind noch fallen lassen«, rief

die Schwester und zog die Kleine hastig aus den schlaffen Armen ihrer Mutter, die sich sogleich wieder hinlegte, das Laken über den Kopf zog und eine Position suchte, die ihrem wunden Körper weniger weh tat.

So fand Rachelika sie vor, als sie zu Besuch kam. Sie lief der Schwester nach, die die Kleine aus Lunas Zimmer trug.

»Wo bringen Sie sie hin?«, fragte Rachelika.

»Wir müssen sie füttern, wenn sie nicht verhungern soll«, antwortete die Schwester trocken.

»Warum stillt meine Schwester sie nicht?«

»Es kommt manchmal vor, dass die Mutter nach der Entbindung zu erschöpft ist, um sich ums Kind zu kümmern. Machen Sie sich keine Sorgen, in ein paar Stunden ist Ihre Schwester wieder auf dem Damm, und vorerst geben wir der Kleinen das Fläschchen.«

»Fläschchen?«, fragte Rachelika entsetzt. »Es ist nicht gesund, ein Neugeborenes mit der Flasche zu füttern.«

»Was sollen wir denn machen, sie verhungern lassen?«, fragte die Schwester müde.

»Geben Sie sie mir«, verlangte Rachelika,

»Wie bitte?«

»Geben Sie mir das Kind!«

Sie nahm die Kleine aus den Armen der Schwester, die sie verblüfft ansah, setzte sich auf einen Stuhl im belebten Flur der Geburtsstation, entblößte eine Brust, legte ihre Nichte an und stillte sie. Erst als die warme Milch, die aus der Mutterbrust ihrer Tante strömte, ihren Hunger gestillt hatte, beruhigte sich die Kleine.

Danach legte Rachelika sie an ihre Schulter, drückte ihr Bäuchlein an sich und strich ihr mit der Hand sanft über den Rücken, bis der gewünschte Rülpser zu hören war.

»Aaach ...«, sagte Rachelika zufrieden, »jetzt geht's uns gut, jetzt, wo wir ein Bäuerchen gemacht haben, sind wir beruhigt.« Sie küsste das Baby auf die Stirn, legte es der Schwester wieder in die Arme und erklärte ihr: »Ich werde meine Milch in Flaschen abpumpen, bis die Mutter sie selbst stillen kann.«

Nachdem Rachelika mehrere Milchfläschchen gefüllt hatte, eilte sie zurück in Lunas Zimmer. David saß am Bett seiner Frau.

»Wie geht's?«, fragte Rachelika.

»Sie spricht nicht mit mir«, antwortete David, »sie spricht überhaupt nicht.«

»Geh raus, David, lass mich mit meiner Schwester allein.«

David stand vom Stuhl auf und verließ das Zimmer, er wirkte ratlos und verstört über Lunas Verhalten. Gleich als er mich zum ersten Mal im Arm hielt, füllte sich sein Herz mit grenzenloser Liebe, er verliebte sich in die bildhübsche und perfekte Tochter, die Luna ihm geboren hatte, und begriff nicht, wieso Luna sie keines Blickes würdigte.

Wie sollte er es auch verstehen, wenn er einen großen Teil der Zeit, die Luna mit grauenhaften Wehen im Kreißsaal verbracht hatte, bei der Arbeit gewesen war? Und was hätte er wohl anderes tun sollen – vorm Kreißsaal sitzen und warten, bis sie entband? Er war die ganze Nacht dort gewesen, ohne dass sie gebar, und am Morgen hatten ihm die Ärzte gesagt, es würde noch dauern, bis es so weit wäre. Das Kind hätte Mühe, herauszukommen, erklärten sie ihm, vielleicht müsse man einen Kaiserschnitt machen, er solle lieber zur Arbeit gehen und am Mittag wiederkommen. Aber als er mittags kam, hatte Luna noch immer nicht geboren, und erst als er noch einmal weggegangen und abends zurückgekehrt war, hatte seine Tochter endlich das Licht der Welt erblickt. Er war zwar zunächst enttäuscht, dass es ein Mädchen und kein Junge war, aber die Gefühle, die er empfand, als er seine Tochter im Arm hielt, entschädigten ihn. Zum ersten Mal seit dem Abschied von Isabella am Kai von Mestre bei Venedig spürte er das vollkommene Glücksgefühl in sein Leben zurückkehren. Er empfand das Baby als Entschädigung für die verlorene Liebe zu der Frau, die er in Italien zurückgelassen hatte.

Als David hinausgegangen war, setzte Rachelika sich an Lunas Bett und strich ihr übers Haar.

»Ich möchte sterben«, murmelte Luna. »Alles tut mir weh, mein Unterleib brennt, es war ein Alptraum, Rachelika, ein Horror, warum hast du mir nicht gesagt, dass es so ein Alptraum ist?«

»Und wenn ich's dir gesagt hätte, hätte es was geholfen?«

»Hat es dir auch so weh getan?«

»Es tut allen weh, auch Mama hat es weh getan, und auch deiner Tochter wird es weh tun. Das ist der Fluch, mit dem Gott unsere Urmutter Eva belegt hat, nachdem sie Adam verführt hatte, vom Baum der Erkenntnis zu essen. Unter Schmerzen sollst du deine Kinder gebären. Morgen wirst du dich an nichts mehr erinnern, diesen Schmerz vergisst man. Würden wir sonst noch und noch mal gebären?«

»Ich werde es im Leben nicht noch mal tun!«, sagte Luna. »Das war das erste und letzte Mal.«

»Lunika«, lachte Rachelika, »du wirst sehen, bis zur nächsten Schwangerschaft hast du alles vergessen. Deine Tochter ist übrigens so bildhübsch wie eine Prinzessin.«

Luna gab keine Antwort.

»Möchtest du sie nicht sehen, Lunika?«

»Jetzt nicht, ich bin müde.«

»Sie gleicht dir wie ein Ei dem anderen, sie hat grüne Augen und rotes Haar wie du, du wirst dich in sie verlieben.«

»Ich will schlafen.«

»Gut, Lunika, schlaf, aber bald, wenn du aufgewacht bist,

werden sie sie dir bringen, und du wirst sehen, dass sie all deine Schmerzen stillt.«

Aber ich konnte die Schmerzen meiner Mutter nicht stillen und sie mich nicht. Wann immer man mich zu ihr brachte, schrie ich mir die Seele aus dem Leib, erstickte schier. Meine Lippen schlossen sich nicht um ihre Brustwarze, und wenn doch, saugte und saugte ich, wurde aber von den paar Tropfen Milch, die die kleinen Brüste meiner Mutter abgaben, nicht satt und schrie wieder aus Leibeskräften. Mein winziges Gesichtchen schwoll rot an vom Weinen, und meine zu Tode erschrockene Mutter rief nach der Schwester, damit sie mich ihr abnahm. Und so war denn drei Tage nach meiner Geburt allen klar, dass Rachelika mir weiterhin ihre Milch geben musste.

Das Hadassa-Krankenhaus stand auf dem östlichen Teil des Skopusbergs, einer jüdischen Exklave inmitten arabischen Gebiets, das von Tag zu Tag feindlicher wurde. Gleich nach Annahme des UN-Teilungsbeschlusses für Palästina wurde die Fahrt zum und vom Skopusberg gefährlich. Luna, die nach der schweren Geburt ohnehin schon schmerzgeplagt und deprimiert war, hatte Mordsangst vor der Fahrt hinunter in die Stadt, und als David sie und die neue Stammhalterin schließlich heimbringen sollte, weigerte sie sich vehement, das Krankenhaus zu verlassen.

»Ich fahr mit dem Baby nicht im Taxi, das ist gefährlich«, informierte sie David.

»Sie werden uns keinen Krankenwagen geben«, versuchte David sie zu überzeugen, »du bist keine Schwerkranke, die dringend versorgt werden muss.«

»Dann eben nicht! Ich habe nicht siebzehn Stunden Hölle überstanden, um der Kugel eines arabischen Heckenschützen zu erliegen.«

Sie blieb stur, weigerte sich aufzustehen, auch als die herbeigerufene Oberin sie aufforderte, das Bett zu räumen.

»Sie können mich noch so viel anschreien«, erwiderte Luna ihr eisig, »Sie können Ben Gurion höchstpersönlich herholen, ich fahre nicht ungeschützt vom Skopusberg runter. Meinetwegen«, wandte sie sich an David, »such uns ein Zimmer, und wir ziehen hierher.«

Und David, der nur darauf wartete, Frau und Kind nach Hause zu bringen, damit er endlich in den bevorstehenden Krieg, zur Verteidigung der Heimat und zum Kampf um die Gründung des Staates, einrücken konnte, verlor beinah die Geduld. Jede weitere Stunde mit seiner kapriziösen Frau wurde zur unerträglichen Strafe für ihn.

Er hatte sich seit der Unterredung mit Moise vor zehn Monaten mustergültig verhalten, hatte eingesehen, dass er, wenn er seine Ehe retten und mit Luna nicht zu Hauptfiguren eines für sie und ihre Familie ehrenrührigen Skandals avancieren wollte, ein Kind zeugen musste. Er war ein vernunftbegabter Mensch, der Entscheidungen treffen und umsetzen konnte. Er hatte vom Kopf her entschieden, mit Luna eine Familie zu gründen, und diesen Entschluss würde er nun weiter umsetzen, auch wenn es ihm schwerfiel, auch wenn es ihn enorme seelische Anstrengungen kostete.

Nur ein Mal in seinem Leben – wann war das gewesen? Vor ewigen Zeiten in Italien, als er ein anderes Leben, so konträr zu seinem heutigen, führte – hatte sein Herz ihm einen Überraschungscoup geliefert und seine Vernunft übertölpelt. Er war ein großer Don Juan gewesen, als er und seine Kameraden nach Kriegsende in Mestre bei Venedig stationiert waren. Fast sofort nach ihrer Einquartierung in den Häusern reicher Leute, die Hals über Kopf aus der Stadt geflohen waren, hatte er angefangen, den Freuden des Lebens nachzujagen.

Die Kriegsjahre und die unerträgliche Leichtigkeit des Todes hatten ihn lebenshungrig gemacht und zu der Erkenntnis geführt, dass man jeden Augenblick voll auskosten muss. Die italienischen Mädchen boten sich schamlos an, und er ging mit Freuden darauf ein, hatte jeden Tag zwei, drei Frauen jeden Alters. Er würde nie vergessen, wie er es einmal mit Mutter und Tochter am selben Tag getrieben hatte. Gut, wie hätte er wissen sollen, dass sie Mutter und Tochter waren, die Mama sah aus wie eine große Schwester des Töchterleins. Sie waren keine Huren, sie hungerten nur nach Brot und Aufmerksamkeit. Er hatte einen höheren Geldbetrag als gewöhnlich hingelegt und sich schnell aus dem Staub gemacht. Das musste er den Kameraden erzählen. So was war noch keinem von ihnen passiert. Alle schliefen mit vielen Frauen, aber keiner hatte es bisher mit Mutter und Tochter nacheinander getan.

Seither erfreute sich David Siton einiger Berühmtheit, und das ging viele Wochen so weiter, Frauen, Frauen, Frauen, bis er Isabella traf.

Er hatte wie gewohnt mit seinen Kameraden im Café auf der Piazza gesessen. Nach und nach schwand die Zahl der Männer am Tisch, da einer nach dem anderen am Arm einer der jungen Italienerinnen abschwirrte, die nur darauf warteten, den Nachmittag oder Abend mit einem Soldaten zu verbringen. Er und Moise saßen als Letzte am Kaffeehaustisch, David, weil ihm heute keine gefiel, und Moise, weil er immer als Letzter übrig blieb. Er war schüchtern und in sich gekehrt, und David musste ihn fast zwingen, mit einer Frau wegzugehen. Und dann, als er schon erwog, aufzustehen und sein Glück in einem Club zu versuchen, sah er sie auf dem Fahrrad.

Moise hatte keine Ahnung, dass David, der Don Juan, dem

er auch diesmal, wie x-mal zuvor, das Feld geräumt hatte, im Begriff stand, sich Hals über Kopf in die junge Italienerin zu verlieben. Fortan existierte keine andere Frau mehr für ihn. Er verbrachte jede freie Minute mit ihr, sie unternahmen Fahrradtouren durch Venedigs Gassen, fuhren Gondel, wobei er dem Gondoliere einen überhöhten Preis zahlte, damit er ihr Serenaden sang, er lud sie in Restaurants und Cafés ein, tanzte mit ihr in Clubs, verwöhnte sie mit Pralinenschachteln, Seidenstrümpfen und Eau de Cologne, wie sie es mochte.

Bald wurde David ein gerngesehener Gast ihrer Eltern, die ein steinernes Landhaus bewohnten. Während auf Mestres Märkten Mangel herrschte, war die Militärkantine gut bestückt, und jedes Wochenende brachte er eine Tasche voller Lebensmittel für die Familie mit. »Seien Sie gesegnet«, sagte ihr Vater, als sie am großen Tisch im Hof saßen, um das königliche Mahl einzunehmen, das sie und ihre Mutter mit großem Talent zubereitet hatten.

Jahre später würde er noch versuchen, sich an den besonderen Geschmack der Makkaroni mit Tomatensoße zu erinnern, die Isabella und ihre Mutter kochten, an den Geschmack des Parmesankäses, der in der Soße schmolz, den Geschmack von Isabella. Sein Leben lang würde er sich nach dem Duft des Basilikums und Thymians sehnen, die bei ihren Eltern in großen Tonkrügen auf dem Hof wuchsen, an die Schönheit der Bougainvilleen, die in starken Rottönen blühten, nach dem großen Holztisch und der lauten Familie daran, nach dem guten Wein, der so anders schmeckte als der süße Kiddusch-Wein an Schabbatabenden in Jerusalem.

»Ich bin verliebt«, sagte David eines Abends zu Moise, »so was habe ich noch nie erlebt, diese Frau hat mein Herz erobert.«

»Übertreib nicht«, erwiderte ihm der stets ernsthafte Moise,

»in ein paar Monaten geht's heim, was willst du dann machen?«

»Ich nehme sie mit, ich bringe sie nach Jerusalem.«

»Wie soll das gehen? Dein Vater wird niemals eine christliche Schwiegertochter akzeptieren.«

»Sie wird konvertieren, das hat's schon gegeben.«

»Du spinnst, wo bleibt dein Verstand? Es besteht nicht die geringste Aussicht, dass dein Vater sie akzeptiert, man wird dich aus der Familie ausstoßen.«

»Warten wir's ab«, sagte David, »es hat ja noch Zeit, und bis wir eine Entscheidung treffen müssen, feiere ich die Liebe.«

Das Verhältnis zwischen Isabella und David wurde so eng, dass er sogar im Haus ihrer Eltern übernachtete. Falls diese guten Katholiken etwas dagegen hatten, ließen sie es sich nicht anmerken. Er rettete die verarmte Familie aus schmählicher Hungersnot, und die Eltern mussten sich wortlos damit abfinden, dass er mit ihrer Tochter schlief.

Isabella gehörte fortan zu ihm. Überall gingen sie gemeinsam hin. Auch wenn er etwas mit seinen Kameraden unternahm, brachte er sie mit und führte sie als seine Partnerin ein. »Ich bin bereit, dir Mond und Sterne vom Himmel zu holen«, versicherte er ihr, wenn sie nackt an dem einsamen Strand lagen, den sie ein paar Monate zuvor entdeckt hatten. Die Lichter Venedigs funkelten in der Ferne, der Himmel war sternenbedeckt. Sie badeten nackt, und hinterher breiteten sie eine Decke aus und gaben sich der Liebe hin. Isabella steckte voller Leidenschaft, noch nie war er einer so sinnlichen Frau begegnet. Sie verwöhnte ihn gern, brachte ihm Dinge bei, die er nicht kannte, führte seine Finger über die versteckten Pfade ihres Körpers und lehrte ihn, sie zu erregen. Er hörte so gern das lustvolle Stöhnen aus ihrem süßen Mund, hätte ertrinken können zwischen ihren Schenkeln, wer hätte geglaubt, dass er es so genießen könnte, eine Frau zu erregen. Jahre nachdem er sie, die in Tränen aufgelöst war, für immer verlassen hatte, würde er bei jeder Frau das Vergnügen suchen, das ihr Körper ihm bereitet hatte.

Und dann kam der Tag des Abschieds. Die Vorgesetzten erklärten ihnen, ihr Auftrag sei erledigt und sie würden demnächst nach Palästina zurückkehren. Isabella flehte ihn an, sie nach Jerusalem mitzunehmen. Er war hin- und hergerissen. Einerseits wollte er für immer mit ihr zusammen sein, sie zur Frau nehmen, mit ihr Kinder zeugen, andererseits wusste er, dass sein Vater und seine Familie sie niemals akzeptieren würden. Er wusste, eine überzeugte Katholikin wie Isabella könnte, auch wenn sie konvertierte, niemals wirklich eine Jüdin sein. Insgeheim würde sie immer eine Kirche suchen, in der sie vor dem Gekreuzigten niederknien könnte, und in Jerusalem gab es Kirchen an allen Ecken und Enden. Sein Herz wollte, wollte so sehr, dass es schier brach, aber sein Kopf sagte nein.

»Ich liebe dich mehr als mein Leben«, sagte er ihr schmerzerfüllt. »Ich glaube nicht, dass ich jemals eine andere Frau so lieben kann wie dich, aber wir haben keine Chance, mein Vater würde dich nie akzeptieren.«

Obwohl er hart zu bleiben versuchte, fiel er ihr um den Hals, weinte mit ihr und wäre beinah eingeknickt. Doch er kann den Lauf der Welt nicht ändern. Er muss nach Jerusalem zurückkehren, eine passende Frau finden und heiraten. Er wird niemals eine katholische Italienerin ehelichen, auch wenn sie die Liebe seines Lebens ist.

Noch an Bord des Schiffes nach Haifa unterbreitete er Moise seinen Plan: Gleich nach der Ankunft in Jerusalem würde er eine Frau von den ihrigen suchen und sie heiraten. »Neue Liebe heilt alte Liebe«, sagte er zu Moise. »Mein Herz liegt in Scherben, aber ich werde es kitten und Isabella vergessen, mir bleibt kein anderer Weg.«

»Wie willst du Isabella vergessen, wenn du die Reisetasche voller Fotos von ihr hast und sie dauernd anschaust?«, fragte Moise. »Ich an deiner Stelle würde sie jetzt allesamt ins Meer werfen.«

»Ich werfe nichts ins Meer. Diese Bilder sind ein Andenken an die schönste Zeit meines Lebens.«

Nach Verlassen des Schiffes im Haifaer Hafen brachte man sie sofort in einen Stützpunkt, wo sie Uniformen und Waffen ablieferten und Entlassungsscheine erhielten.

Schon einen Tag nach der Rückkehr in sein Jerusalemer Elternhaus begann er Arbeit zu suchen, und an den Abenden zog er mit den Kameraden durch die Cafés und Tanzclubs der Stadt. Und dort, im Café Europa, sah er Luna zum ersten Mal. Sie war schön, aber nicht wie Isabella. Er fragte, wer das hübsche Mädchen sei, das einen Tango wie eine spanische Tänzerin hinlegte, und erfuhr, sie heiße Luna Ermoza, stamme aus guter und wohlhabender Familie, ihr Vater Gabriel Ermoza habe ein Geschäft im Machane-Jehuda-Markt und sie selbst arbeite als Verkäuferin im Damenbekleidungsgeschäft Sachs & Sohn in der Jaffa-Straße. Er wusste, was er zu tun hatte, und spann die Fäden für das Netz, mit dem er sie einzufangen gedachte. Er hörte, sie sei ein umworbenes Mädchen, das alle Verehrer entschieden abwimmle und nicht leicht zu erobern sei.

»Mit wem geht sie denn dann tanzen?«, fragte er.

»Mit ihrer Schwester, ihren Cousins und Cousinen und ein paar Freunden aus Ohel Mosche.«

Er stellte umfangreiche Nachforschungen über Luna Ermoza an. Von seiner Mutter hörte er, bei den Ermozas habe es ein Zerwürfnis zwischen der Mutter Merkada und ihrem Sohn Gabriel, Lunas Vater, gegeben, und Gabriel sei zwar ein reicher Mann gewesen, jetzt aber nicht bei guter Gesundheit, und auch seine Geschäfte gingen denkbar schlecht. All das interessierte ihn wenig, er heiratete nicht das väterliche Geschäft, er heiratete Luna. Er hatte sie fast auf den ersten Blick zu seiner Frau erkoren. Sie würde ihm Isabella ein für alle Mal aus dem Herzen holen, hatte er beschlossen.

Tag für Tag spazierte er zur Jaffa-Straße, stellte sich zwischen die Pfeiler des Gebäudes gegenüber und behielt Sachs & Sohn im Blick. Manchmal sah er sie herauskommen, um Luft zu schnappen. Tipptopp gekleidet, elegant und gepflegt, lehnte sie sich an die Tür. Oder sie ging zu Barashis Knabberladen um die Ecke und kam mit einer Tüte Sonnenblumenkerne zurück. Einmal in der Woche trat sie ins Schaufenster, ein Stecknadelkissen am Handgelenk, und wechselte den Puppen die Kleider. Das war seine Chance, wusste er. Er würde sich vor die Scheibe stellen und ihre Aufmerksamkeit erregen.

Luna hatte keine Ahnung, dass David seit Wochen Eroberungspläne schmiedete. Sie dachte natürlich, er wäre zufällig am Laden vorbeigekommen, und als er sagte, er habe zuerst gar nicht gewusst, wer da die Puppe sei, sie oder die im Schaufenster, fühlte sie sich geschmeichelt und kam nicht darauf, dass er diesen Satz lange eingeübt hatte. Und erwartungsgemäß fiel sie ihm wie ein reifer Apfel in die Hände.

Luna zeigte keine Scheu, wenn er sie vor anderen umarmte und küsste, und demonstrierte ihm selbst in aller Öffentlichkeit ihre Liebe, aber im Bett erwies sie sich als verängstigt wie ein kleiner Vogel. Anders als Isabella, die einem üppigen Quell glich, war seine junge Ehefrau eine verschämte, gänzlich unerfahrene Jungfrau.

Falls er gehofft hatte, mit der Zeit würde sie gelöster werden und sich von ihren natürlichen Instinkten beim Liebesakt leiten lassen, so hatte er sich geirrt. Im Gegensatz zu Isabella, die ganz Feuer und Schwefel gewesen war, sich wie eine Schlange unter ihm gewunden, ihren Leib im Gleichtakt bewegt und beim Höhepunkt einen Schrei ausgestoßen hatte, der ihm das Trommelfell zu zerreißen drohte, war seine Ehefrau still und unbeteiligt.

Als sie endlich schwanger war, atmete er genauso auf wie sie. Es hatte ihn nicht gewundert, als sie gern seinen Vorschlag annahm, bis zur Geburt nicht mehr miteinander zu schlafen, um dem Baby nicht zu schaden. Die Schwangerschaftsmonate waren hart. Sie war verwöhnt, und ihre Launen veranlassten ihn erneut, mehr Zeit bei der Arbeit und im Kino zu verbringen als mit ihr. Ein Glück, dass sie sich lieber im Haus ihres Vaters als in der eigenen Wohnung aufhielt, ein Glück, dass sie lieber mit ihren Schwestern als mit ihm zusammen war. Ein Glück, dass er nach dem Arbeitstag in der Schreinerei mit seinen Kameraden ausgehen konnte, ohne damit ihren Zorn zu erregen, und dass es bald Krieg geben würde und er einrücken und das tun könnte, was er am liebsten tat: Soldat sein.

Doch sein Plan, baldmöglichst abzuhauen, ging nicht auf: Er verliebte sich in das Baby. Wer hätte geglaubt, dass die Kleine wieder Licht in seine Augen bringen, seinem öden Leben mit einer Frau, für die er, ohne ihre Schuld, nichts als furchtbare Wut empfand, neuen Sinn verleihen würde? Wie viel Schönheit Gott ihr geschenkt hat, und welche Süße. Wieso will ihre Mutter sie nicht halten? Wieso will sie sie nicht stillen? Sie ist verrückt geworden, seine Frau, schaut das Kind gar nicht an, und nun will sie auch nicht vom Skopusberg runter nach Jerusalem.

Sieben Tage nach meiner Geburt musste meine Mutter ihr Krankenhausbett einer anderen Gebärenden überlassen und fand sich notgedrungen bereit, in einem gesicherten Konvoi vom Berg in die Stadt zu fahren. Der Konvoi kam nur langsam voran, der Weg schien Luna eine Ewigkeit zu dauern, und obwohl die Busfenster mit Stahlplatten gepanzert waren und Soldaten den Konvoi vorn und hinten schützten, fühlte sie sich nicht sicher und drückte sich eng an die Schulter meines Vaters.

Sie hatte sich nicht geirrt, meine Mutter. Als der Konvoi Scheich Dscharach erreichte, wurden sie mit Steinen bombardiert. Sie duckte sich, wollte Deckung unterm Sitz suchen, aber jede Bewegung tat ihr weh, und als sie sich bückte, hatte sie das Gefühl, es zerreiße sie von innen.

Mein Vater, der mich, in eine Decke gewickelt, hielt, verlor kein Wort darüber, dass sie zuerst auf ihre eigene Sicherheit bedacht war, statt das Kind zu schützen, beschloss jedoch spontan, sie und das Baby direkt ins Haus ihrer Eltern zu bringen und uns deren Obhut anzuvertrauen. »Deine Mutter und Bekki werden dir mit der Kleinen helfen«, sagte er, ohne ihr zu verraten, dass er so rasch wie möglich in den Krieg ziehen wollte.

Meine Mutter war völlig verstört, hatte keine Ahnung, wie sie mit dem Baby klarkommen sollte. Sie hatte Angst, mit mir allein zu bleiben, wusste nicht, wie sie mich füttern, wickeln, halten sollte, fürchtete, mich fallen zu lassen. Wer hätte geglaubt, dass man ihr das Muttersein beibringen musste, sie hatte gedacht, das wäre naturgegeben, aber nicht bei ihr, bei ihr war nichts naturgegeben. Keiner hatte ihr gesagt, dass es ihren Leib zerreißen würde, wenn sie gebar, keiner hatte ihr von den Schmerzen und Höllenqualen erzählt, keiner davon, dass man sie an der empfindlichsten Stelle ihres Körpers mit einer Nadel nähen würde, an einer Stelle, deren leiseste Berührung ihr Schauder und Gänsehaut verursachte. Wer hätte geglaubt, dass ihr Körper sich derart gegen die Geburt sträuben würde, dass sie – statt nach ein paar Wehen ruck, zuck zu gebären wie Rachelika, der ihr Baby bloß so rausgeflutscht war – siebzehn Stunden lang schrecklich leiden müsste, weil ihr Kind sich weigerte herauszukommen? Wer hätte geglaubt, dass ihr Körper sich derart gegen die Mutterschaft wehren würde, dass ihre Brüste kaum Milch produzierten und ihr Baby die Brust ihrer Schwester brauchen würde? Sie wird schier verrückt, Gedanken huschen ihr rastlos durch den Kopf, mischen sich mit der Todesangst, als der Bus jetzt durch die feindlichen arabischen Stadtviertel fährt. Sie schließt die Augen, betet, dass sie die Strecke heil überstehen, und erst als der Konvoi jüdisches Stadtgebiet erreicht, öffnet sie die Augen und atmet erleichtert auf, soweit man es Aufatmen nennen kann. David ist unablässig dabei, die Kleine zu küssen und anzusprechen, mit der Zunge zu schnalzen, erstaunlich, dass ihr starker Mann wie eine Frau mit dem Baby umgeht. Aber was ist, wenn er es ihr wieder übergibt? Sie kann nicht, sie fürchtet, es könnte ihren Händen entgleiten, und diese Schüsse, die aus allen Richtungen pfeifen, und der Straßenverkehr, noch nie hat sie so viele Autos auf Jerusalems Straßen gesehen, britische Streifenwagen schalten das Martinshorn an, Soldatentrupps errichten Stacheldrahtbarrieren, gleich wird eine Ausgangssperre verhängt, und sie sitzen hier mit dem Baby im Omnibus fest und können nicht nach Hause.

Erst im Elternhaus beruhigte sie sich. Als sie das Tor von Ohel Mosche passierten, kam sie wieder zu Atem. Im Hof warteten schon die Nachbarinnen, bewarfen sie mit Bonbons und riefen: »*Masel tov! Mabruk! Sano k'esté!*«

Als Erstes legte David das Baby ihrem Vater in die Arme, und Luna stockte der Atem. Ihm zitterten doch die Hände, dass er das Kind bloß nicht fallen ließ. Aber Gabriels Lächeln ließ ihr Herz schmelzen.

»*Presioza*«, sagte er, »sie ist genauso schön wie ihre Mutter.« Luna sah die Freude in seinen Augen blitzen. Sie erinnerte sich, wie vernarrt er in sie als Kind gewesen war, das Herz wurde ihr weit, und da entschied sie: »Gabriela«, sagte sie zu ihrem Vater, »sie heißt Gabriela.«

David riss entgeistert die Augen auf, ihre Mutter, die gerade auf dem Weg zur Küche war, blieb wie angewurzelt stehen, Rachelika, die Boas stillte, schüttelte ungläubig den Kopf, und nur Bekki klatschte freudig in die Hände: »Gabriela«, sagte sie, »was für ein schöner Name!«

»Danke«, sagte Großvater Gabriel, »ich danke euch sehr, das ehrt mich.«

Und so hieß ich denn Gabriela.

Was sich wegen der eigenmächtigen Entscheidung meiner Mutter, mich nach ihrem Vater zu benennen, hinterher zwischen meinen Eltern abspielte, wusste kein Mensch außer Rachelika, ihrer Lieblingsschwester, die es mir Jahre nach dem Tod meiner Mutter erzählte.

»Du bist verrückt geworden!«, schrie er sie an. »Wieso gibst du einem Mädchen einen Jungennamen, und dann noch, ohne mich zu fragen?!«

»Ich wollte meinem Vater die Ehre erweisen, die er verdient.«

»Aber warum hast du mich nicht gefragt? Sie ist nicht nur deine Tochter, sondern auch meine!«

»Es ist mir geradewegs aus dem Herzen gekommen, ich sah meinen Vater zum ersten Mal seit Monaten so glücklich, und da habe ich spontan entschieden.«

»Spontan? Was wird meine Mutter sagen? Wie stehe ich denn jetzt da, wenn ich zu ihr komme und ihr sage, dass ich meiner Erstgeborenen nicht ihren Namen gegeben habe?«

»Deine Mutter hat gottlob schon fünf Enkelinnen mit ihrem Namen, langt ihr das nicht?«

»Es ist üblich, dem ersten Kind den Namen des Vaters oder der Mutter des Mannes zu geben, und das weißt du auch.«

»Dann nenn sie mit zweitem Namen Viktoria, nach deiner Mutter.«

»Von wegen zweiter Name! Ich gebe ihr den Rufnamen Viktoria und als zweiten den nach deinem Vater.«

»Nie und nimmer! Erst der Name meines Vaters, dann der deiner Mutter.«

»Red keinen Scheiß! Ich habe entschieden, und fertig.«

»Entschuldige mal«, erwiderte meine Mutter, zutiefst gekränkt ob der Derbheit meines Vaters, »wie sprichst du denn mit mir? Hältst du mich für einen deiner Kameraden von der Brigade? Ich habe dir gerade nach siebzehn Stunden Wehen ein Töchterchen geschenkt, und so redest du mit mir?«

»Verzeih, ich hab es nicht so gemeint, es tut mir leid! Bitte verzeih mir.« Er versuchte sie in den Arm zu nehmen, aber sie schob ihn weg und verließ wütend und beleidigt das Zimmer. Sie war ohnehin schon rastlos und nervös. Sie konnte ihre neue Figur nach der Niederkunft nicht ertragen.

»Schau dir diese Speckrollen an«, weinte sie Rachelika vor und entblößte ihre Taille, die ein wenig dicker geworden war, »sieh diese *tetas*«, jammerte sie und nahm ihre Brüste in die Hände. Jahrelang hatte man sie wegen ihres flachen Bauchs und der kleinen Brüste als »Flugfeld« bezeichnet, aber sie war nicht gekränkt gewesen, sie liebte ihre Brüste und bedauerte Rachelika, die ihren schweren Busen mitschleppen musste. Und nun hatte sie selbst diese Mordsdinger herumzutragen, könnte sie sie nur abnehmen und mit dem BH auf den Stuhl legen. Und trotz ihrer neuen Größe produzierten sie nicht mal Milch.

»Kapierst du, dass eine Kuh besser ist als ich?«, jammerte sie Rachelika vor. »Eine Kuh gibt wenigstens Milch, ich nicht.«

»Das kommt alles von der Anspannung«, sagte ihre Schwester, »es gibt keine Frau, die keine Milch hat, du musst nur etwas zur Ruhe kommen, loslassen.«

»Was loslassen? Die Milch? Halte ich sie etwa in den *tetas* zurück?«

»Du musst ein bisschen Dampf ablassen. Du bist seit der Geburt gespannt wie ein Flitzbogen, und du machst Unsinn. Ich hab dir gesagt, dass es nicht üblich ist, das erste Kind nach dem Vater der Frau zu benennen, aber du musstest es extra tun, um mit David zu streiten. Warum musstest du das Baby Gabriela nennen?«

»Weil ich entschieden habe, dass mein Kind nach Papú heißen soll.«

»Aber dein Kind ist ein Mädchen.«

»Na und? Gabriela ist ein schöner Name, der eines Erzengels, er wird sie beschützen.«

Am 15. Mai 1948, einige Monate nachdem ich auf die Welt gekommen war, verließen die Engländer endlich das Land, und Oma Rosa hätte beinah auf dem Tisch getanzt. Die große Freude, die meine Großmutter über den Abzug der ihr so verhassten Ingländer empfand, mischte sich mit ebenso großer Angst vor der Zukunft.

Einen Tag zuvor hatte David Ben Gurion den Staat Israel ausgerufen, und der Unabhängigkeitskrieg stand im Begriff, das Schicksal des jüdischen Volkes zu entscheiden. Das Radiogerät im Zimmer meines Großvaters plärrte unaufhörlich Nachrichten. Mein Vater meldete sich ohne Rücksprache mit meiner Mutter zu der israelischen Armee, die Ben Gurion gegründet hatte. Als er ihr seinen Entschluss mitteilte, ließ sie mich vor Schreck beinah fallen.

»Bitte, David, lass mich nicht allein mit dem Baby«, flehte sie.

»Du bist nicht allein, du hast deine Mutter und deine Schwestern.«

»Lass ihn gehen«, sagte mein Großvater, »alle rücken ein, man muss mit anpacken.«

Er war stolz, dass sein Schwiegersohn in die Armee eintrat, und hätte es ihm liebend gern nachgetan. Doch er fühlte sich wie ein Hundertjähriger, obwohl er erst siebenundvierzig war.

Kurz danach zog Moise ebenfalls in den Krieg. Nun kämpften seine beiden Schwiegersöhne in der neuen Israelischen Verteidigungsarmee. Gleich nach Moises Einrücken übersiedelte auch Rachelika mit dem kleinen Jehuda-Boas ins Elternhaus. Das Haus war klein und voll, aber Opa Gabriel war glücklich, all seine Töchter in dieser gefährlichen Zeit bei sich zu haben, und doppelt glücklich über die Babys im Haus. Die Kinderstimmen linderten ein wenig seine Leiden, und endlich konnte er seinen Töchtern *meza franka* geben.

Und dann geschah das, was Oma Rosa über die Jahre »das Wunder« nannte: Eines Morgens ging das Tor auf, und in den Hof trat ein untersetzter Mann mit lockigem Haar und schmalem Oberlippenbart im sonnengegerbten Gesicht. »*Dio mio!* Efraim!«, kreischte Rosa und fiel ihm halb ohnmächtig in die Arme. Jahre nach seinem spurlosen Verschwinden war Efraim wieder aufgetaucht. Er unterschied sich sehr von dem jungen Trunkenbold, der türenknallend das Haus verlassen hatte. Als verwirrter Junge war er weggegangen, als gestandener Mann kehrte er zurück.

»Rachelika, Luna, Bekki, schaut, wer da ist«, rief Rosa, »schaut, wer da ist, Tio Efraim, Tio Efraim ist heimgekehrt!«

Sogar Gabriel freute sich, seinen Schwager wiederzusehen. Viele Jahre waren vergangen, und trotz seiner Wut auf alle, die auf diese oder jene Weise mit Lechi oder Etzel zu tun gehabt hatten, trotz des Makels, mit dem Efraim die Familie durch Matilda Frankos Tod belegt hatte, war er froh, ihn heil und gesund zu wissen.

»Du hast unserer Mutter das Herz gebrochen, Tio Efraim«, sagte Rachelika, nachdem sich die allgemeine Aufregung gelegt hatte.

»Sch, nix gebrochen, was war, ist gewesen«, sagte Rosa. »Hauptsache, du bist heil und gesund wieder da, Hauptsache, ich sehe dich hier vor meinen Augen.« Sie wollte ihren kleinen Bruder in die Arme schließen, ihn herzen, ihm die Lider küssen, aber etwas in seinem Blick hielt sie davon ab. Die tiefen Falten auf beiden Wangen, die gefurchte Stirn sagten ihr auf Anhieb, dass die Jahre seit damals, als er den Hof für lange Zeit verlassen hatte, kein Garten Eden für ihn gewesen waren. Wer weiß, was er durchgemacht, wo er sich vor den Ingländern, ausgelöscht sei ihr Name, versteckt und wie oft seine Hand den Abzug gedrückt hatte. Sie wagte ihm keine einzige der Fragen zu stellen, die ihr durch den Kopf huschten, wagte nicht, den Panzer zu durchbrechen, den er sich angelegt hatte, stand nur nahe bei ihm, sog seinen neuen, männlichen Geruch ein, so anders als die Alkoholfahne, die er in seinem letzten Jahr bei ihr im Haus gehabt hatte.

Sie setzten sich ins Wohnzimmer an den Esstisch, flankiert von den Töchtern, die ihre Babys hielten und sehr still waren, noch immer verblüfft über die überraschende Rückkehr ihres Onkels. Nur die kleine Bekki redete und erzählte und fragte ihn all das, was Rosa und vielleicht auch Rachelika und Luna ihn gern gefragt hätten, aber nicht zu fragen wagten.

»Wohin warst du denn so lange verschwunden?«, fragte Bekki. »Du weißt doch, dass Mama halb verrückt war vor Sorge, weil wir nicht wussten, wo du steckst.«

»Ich habe für das Volk Israel gekämpft«, antwortete Efraim, »habe geholfen, die Briten aus dem Land zu vertreiben, und Gott sei Dank sind sie gegangen, nicht wahr?«, sagte er und kniff sie in die Wange.

»Hast du ihnen Angst eingejagt?«

»Oho, und wie!«

»Was hast du ihnen getan?«

»Nicht jetzt, *kerida* Bekki, es ist noch zu früh zum Erzählen. Eines Tages werde ich es tun, aber noch ist die Zeit nicht gekommen.«

»Lass Tio Efraim in Ruhe«, schnauzte Rosa, »geh ihm nicht auf die Nerven, und jetzt setz dich, es ist Zeit zum Essen.«

Efraim aß begierig. »Was habe ich mich nach solch vertrautem Essen gesehnt«, sagte er, »und nach der Familie.«

Er bewunderte die Babys von Rachelika und Luna. »Ich wusste, dass Luna und Rachelika heirateten, und bedauerte, nicht mitfeiern zu können.«

»Wer hat es dir erzählt?«, fragte Luna.

»Jemand«, antwortete er augenzwinkernd.

»Wer?«

»Eines Tages werde ich es erzählen«, sagte er. »Du bist schon Mutter und hast immer noch Wespen im Hintern? *Pasensia*, alles zu seiner Zeit.«

Danach wollte er schlafen. Er schlief den halben Tag, die Geräusche des Hauses und das Schreien der Babys weckten ihn nicht, so erschöpft war er. Rosa betrachtete ihn im Schlaf, streichelte sein Gesicht, er war ihr viertes Kind, der Sohn, den sie nicht hatte, so empfand sie es immer. Draußen gab es Krieg, Geschützdonner, Todesangst, doch sie verspürte Ruhe, einen nie gekannten Frieden. Die Töchter sind bei ihr im Haus, die Enkel desgleichen, ihr Mann lebt noch, Gott sei Dank, und jetzt ist ihr kleiner Bruder zu ihr zurückgekehrt. Gelobt sei der Ewige, fand sie sich das zweite Mal in dieser Woche Gott danken, *grasias al Dio*, danke, danke dir, dass du mir Efraim zurückgegeben hast. Sie hätte gern gewusst, was er durchgemacht hatte, aber er würde zu seiner Zeit erzählen, das wusste sie. Erst mal musste man ihm das Gefühl geben, dass er hier willkommen war, auch wenn sie auf dem Hof schlafen müsste, weil im Haus kein Platz mehr war.

»Jetzt haben wir wenigstens einen Mann im Haus, nachdem die Ehemänner in den Krieg gezogen sind«, sagte Bekki später, als sie mit ihren Schwestern allein war.

»Na, was schon für einen«, schnaubte Luna verächtlich. »Ehe ich nicht weiß, dass nicht er die arme Matilda umgebracht hat, betrachte ich ihn nicht als Mann.«

»Mama sagt, er war es nicht.«

»Matildas Mutter hat ihn gesehen, und Mama, die selig in ihrem Haus geschlafen hat, soll wissen, dass er's nicht gewesen ist?«

»Luna, hör auf«, sagte Rachelika, »wag nicht, das Thema anzusprechen. Wichtig ist, dass Mama Tio Efraim heil und gesund wiederhat, du hast doch gesehen, wie glücklich sie ist.«

»Ich finde nicht, dass man Matildas Tod unter den Teppich kehren sollte, ich meine, er sollte genau erzählen, was in jener Nacht abgelaufen ist.«

»Genug, Luna«, sagte Bekki, »Hauptsache, er ist zurück, warum musst du immer auf Kriegsfuß sein, ist draußen nicht schon genug Krieg?«

»Na, schau her, das Kind hat sprechen gelernt«, kanzelte Luna sie ab. »Du Holzkopf sei ruhig. Ehe du nicht ein bisschen größer geworden bist, hast du kein Mitspracherecht.«

»Selber Holzkopf«, fauchte Bekki und verließ beleidigt das Zimmer.

»Was hast du denn?«, fragte Rachelika. »Was ist los mit dir, dass du nicht die Klappe halten kannst? Warum redest du so mit Bekki? Und warum musst du Mama weh tun, die endlich mal ein Lächeln im Gesicht hat?«

»Bist du auch gegen mich?«

»Ich gegen dich? Ich bin mehr auf deiner Seite als alle anderen in diesem Haus, ich nehme dich dauernd in Schutz und erkläre dein grauenhaftes Verhalten damit, dass du erst vor kurzem entbunden hast und deine Nerven daher noch blankliegen. Aber ehrlich, Gabriela ist schon fünf Monate alt. Als Boas fünf Monate war, habe ich bereits versucht, wieder schwanger zu werden.«

»Du versuchst, schwanger zu werden?«, fragte Luna entsetzt. »Boas ist noch kein Jahr alt.«

»In einem Monat wird er es, und ja, ich möchte noch ein Kind, ich möchte, dass sie gemeinsam heranwachsen, das ist am besten.«

»Du bist ja total verrückt«, sagte Luna, »endlich hast du dein Gewicht von vor der Geburt zurück, und schon willst du wieder so dick wie eine Bärin werden?«

»Das ist natürlich«, erwiderte Rachelika geduldig, »ich werde schwanger, nehme zu, gebäre, nehme ab, werde wieder schwanger, nehme zu, und so weiter.«

»Wie viele Kinder willst du denn, *ermanita?*«

»Moise und ich wünschen uns vier, mit Gottes Hilfe.«

»Gelobt sei der Ewige, dann viel Glück!«

»Und wie viele möchtest du?«

»Eines, eins hab ich, und das genügt mir.«

»Red keinen Unsinn!«, sagte Rachelika, hegte jedoch den stillen Verdacht, dass ihre Schwester es durchaus ernst meinte.

Rosas Glück währte nur einen einzigen Tag. Am nächsten Morgen, gleich nach dem Frühstück, das sie mit viel Liebe und Aufwand für Efraim zubereitet hatte, erklärte er ihr, er gehe jetzt zurück an die Front.

»Aber *ermano*, du bist doch gerade erst heimgekehrt«, bettelte Rosa.

»Ich werde wieder zurückkommen«, versicherte er ihr, »aber erst muss die Arbeit beendet werden. Wir haben die Briten vertrieben, jetzt vertreiben wir die Araber und errichten endlich unseren eigenen Staat. In Blut und Feuer ist Juda untergegangen, in Blut und Feuer wird Juda auferstehen!«, deklamierte er mit Pathos.

Er verabschiedete sich von Rosa, küsste Rachelika, Bekki und auch Luna, die ihm kühl und distanziert begegnete, streichelte die Babys und ging dann zu Gabriel, der in seinem gepolsterten Lehnstuhl saß.

»Schwager, ich möchte dir danken, dass du mich für eine Nacht in deinem Haus aufgenommen hast, und auch gleich wieder Abschied nehmen: Ich gehe in den Krieg«, sagte er auf Spaniolisch.

»Ziehe in Frieden und kehre wieder in Frieden«, segnete ihn Gabriel. Er wollte Efraim die Hand drücken, vermochte aber seine verkrampften, zitternden Finger nicht von der Stuhllehne zu lösen. Und als Efraim sich niederbeugte, um sie ihm zu küssen, sagte Gabriel leise: »Bevor du gehst, möchte ich eines wissen.«

Efraim straffte sich.

»Wer hat Matilda Franko umgebracht?«

»Ich war nicht der, der abgedrückt hat«, antwortete Efraim, wandte sich um und ging in den Krieg.

»Ich wusste es, ich hab's gewusst«, sagte Rosa erleichtert. »Im Herzen habe ich immer gewusst, dass er's nicht war.«

»Er hat nicht gesagt, dass er's nicht war, er hat gesagt, er habe nicht abgedrückt. Du hörst immer nur das, was du möchtest«, eiferte sich Luna und verließ wütend den Raum.

Und die Frage, welche Rolle Onkel Efraim bei Matilda

Frankos Ermordung gespielt hatte, blieb ein Geheimnis in unserer Familiengeschichte. Er, der bis zu seinem relativ frühen Tod rätselhaft und verschlossen blieb, als lebe er immer noch im Untergrund, hat nie die Antwort darauf gegeben.

Aber im Viertel Ohel Mosche vergaß man ihm Matilda Franko nicht, sondern sprach immer wieder über die Mordtat. Und nur meine Großmutter sagte dann: Mein kleiner Bruder, alles, was sie über ihn sagen, möge auf sie zurückfallen, sollen sie tratschen, was sie wollen, die bösen Zungen, für mich ist er ein Held Israels.«

Schon wochenlang hat man nichts von David, Moise und Eli Cohen dem Schönen gehört, der ebenfalls zum Kriegsdienst eingerückt ist. Bekki weint sich die Augen aus.

»Du spielst mit deinem Glück«, mahnt Rosa, »du weinst schon, bevor, Gott bewahre, etwas passiert ist. Hör jetzt auf zu heulen, damit du nicht, tfu tfu tfu, später weinen musst.«

Doch Bekkis Tränen rinnen unaufhaltsam. Elis Bild ist immer an ihrem Herzen, bei jeder Gelegenheit sieht sie es an und küsst es. Nachts schläft sie mit seinem Foto unterm Kopfkissen, und an der Innenseite ihrer Schranktür hängt die Zeichnung eines großen roten Herzens, von einem Pfeil durchbohrt, über das sie »Bekki und Eli auf ewig« geschrieben hat.

Die Einzige, die ihr ein Lächeln auf die Lippen zaubern kann, ist Lunas Gabriela. Gleich wenn sie aus der Schule kommt, läuft sie zum Laufstall und hebt die Kleine heraus, die ihr die Ärmchen entgegenstreckt und sie anlacht. Was für reizende Grübchen dieses Kind hat. Ein Glück, dass Luna ihr Gabriela überlässt, wann immer sie möchte, ja manchmal sogar froh zu sein scheint, dass sie sie ihr abnimmt.

»*Maschallah*, schaut euch Bekki an«, lacht Rosa, »spielt mit

Gabriela, wie sie mit ihren Puppen gespielt hat, als sie noch klein war.«

Die Stimmung in Ohel Mosche ist trübe und angespannt. Jeden Tag ziehen mehr junge Leute in den Krieg, sogar Schüler werden einberufen. Man lässt sie ein paar Übungen machen und schickt sie an die Front. Auf den Straßen herrscht Todesgefahr. In der Princess-Mary-Straße haben Araber alle Geschäfte zerstört, keinen Stein auf dem anderen gelassen, das Rex-Kino abgebrannt. Der Schulunterricht ist eingestellt, die Jugendbünde haben Schülergruppen losgeschickt, um die Ladengeschäfte von Glasscherben zu reinigen. Auch Bekkis Freunde wurden dazu eingeteilt.

»Nur über meine Leiche verlässt du das Haus«, schrie Rosa, als Bekki ihren Mitschülern bei den Aufräumarbeiten in den zerstörten Läden helfen wollte, »du gehst in diesen Zeiten nirgendshin!«

»Ich geh Brot kaufen«, sagt Bekki zu ihrer Mutter. Ihr fehlt die Kraft, sich weiter zu streiten, sie weint ohnehin die ganze Zeit wegen Eli. All ihre Freunde beteiligen sich an den Kriegsanstrengungen, und nur sie hängt wegen ihrer ängstlichen Mama zu Hause fest.

»Du gehst nirgendshin!«, beharrt Rosa.

»Aber das Brot ist alle.«

»Es ist Mehl da, wir backen selber Brot.«

»Mehl ist auch aus«, sagt Bekki, nachdem sie die Schränke durchsucht hat. »Auch die Milch ist alle und der Käse, bald geht auch der Reis aus.«

»Ein Glück, dass Rachelika Milch hat, wenigstens brauchen wir uns um Boas und Gabriela nicht zu sorgen.«

Auf dem Markt gibt es kaum noch Ware, und selbst wenn welche da wäre – woher sollten sie das Geld zum Einkaufen nehmen? Das Geld geht langsam zur Neige. Von den fünfhundert Pfund, die der Kurde für den Laden gegeben hat, ist fast nichts mehr übrig.

»Hast du mit Papú gesprochen?«, fragt Luna, als Rachelika ihr ihre Sorgen mitteilt.

»Ich möchte ihm keinen Kummer bereiten, er fragt nicht, und ich sage nichts. Das Geld reicht höchstens noch für ein paar Monate, aber ich weiß nicht, was wir danach machen sollen.«

»Vielleicht arbeite ich wieder bei Sachs & Sohn«, schlägt Luna vor.

»Red keinen Unsinn, Luna, du kannst das Baby nicht allein lassen.«

Luna schweigt. Was soll sie Rachelika auch sagen: Dass sie sich nichts sehnlicher wünscht als pro Tag wenigstens ein paar Stunden Ruhe von dem Baby? Dass sie das Katzengeheul der Kleinen nicht mehr hören kann? *Miskenika* Rachelika, die Flaschen für sie abpumpen muss, wie viel kann ein kleines Baby denn trinken? Und wenn man ihr keine Milch gibt, *wai de mi*, was für ein Geschrei, man könnte meinen, sie würde umgebracht. Und das Allerschlimmste: Wenn sie die Kleine auf den Arm nimmt, schreit sie noch mehr, aber wenn Rachelika oder Bekki oder sogar ihre Mutter zu ihr gehen, beruhigt sie sich sofort. Wo hat man denn je von einem Baby gehört, das nicht zu seiner Mutter will?

»Wie viele Flaschen hast du heute abgefüllt?«, fragt Luna.

»Frag lieber nicht«, antwortet Rachelika lächelnd. »Deine Tochter, soll sie gesund sein, futtert wie drei Kinder, sogar Boasiko, der doch ein Junge ist, braucht weniger, möge der böse Blick ihn nicht treffen. Kaum habe ich Boasiko gestillt, verlangt Gabriela schon das Fläschchen.«

»Dann gib ihr die *teta*, und fertig.«

»Gott bewahre, Luna, bin ich ihre Amme? Ich bin ihre Tante, das kommt nicht in Frage!«

»Was macht es aus, ob sie an dir trinkt oder aus der Flasche?«

»Hat eine Flasche Gefühle, *troncha?*«

»Gut, sei nicht böse, ich wollte nur, dass du es leichter hast und keine Flaschen abfüllen musst.«

»Du machst es mir nicht leichter, sondern schwerer. Geh jetzt raus, lass mich mit Boas allein sein, nimm Gabriela und geh raus.«

»Wohin denn?«

»Raus, in die Anlage, geh spazieren mit ihr.«

»Du spinnst, draußen ist es zu kalt für sie.«

»Ist mir egal, wohin, geh raus mit ihr, lass mir ein bisschen Privatsphäre!«

»Welche Privatsphäre, gibt's hier so was? Wir sind wieder wie drei kleine Mädchen, du, Bekki und ich.«

»Luna, genug jetzt!«

Sie geht hinaus und vergisst, Gabriela mitzunehmen, die bei Boas im Laufstall liegt.

»*Troncha de Tveria*, wo hat sie bloß ihren Kopf«, murrt Rachelika.

Es ist wirklich etwas eng im Haus geworden, denkt Rosa, die den Streit ihrer Töchter mit angehört hat, mischt sich aber, wie gewohnt, nicht ein. Soll nur dieser verfluchte Krieg enden und jede in ihr Haus zurückkehren. Sie hat die Mädchen nicht großgezogen, um sie auf ewig am Hals zu haben. Rachelika geht ja noch, sie bringt Licht ins Haus, aber Luna? Doch was soll man machen, die Männer sind im Krieg, und bis der nicht vorbei ist, werden sie in dieser Beengtheit leben, die sie manchmal zu ersticken droht. Am Abend setzt sie sich im Hof auf ihren Schemel. Ein kühler Wind weht, und sie zieht ihr großes Umschlagtuch enger. Der Himmel ist mit Sternen übersät, alles ist so ruhig und friedlich, sogar der Geschützdonner ist verstummt, die Babys liegen im gemeinsamen Laufstall, auch ihr Mann ist schlafen gegangen, und die Mädchen haben sich in ihr Zimmer zurückgezogen. Warum ist die Ruhe dann so bedrohlich, warum hat sie das Gefühl, es würde bald etwas Schreckliches passieren?

Plötzlich sieht sie Luna auf der Schwelle stehen. Sie ist so schlank, hat die Silhouette eines Mannes, als wäre kein Baby aus ihrem Leib gekommen. Rosa empfindet Beklemmung, kann nicht auf engem Raum mit ihrer Tochter sein, und so geht sie eilends hinein und ins Bett.

Gott sei Dank, dass sie reingegangen ist, denkt Luna, ich dachte schon, ich könnte nirgends einen Moment Ruhe finden. Gabriela ist drinnen, meine Mutter draußen, und Bekki jammert dauernd wegen Eli Cohen dem Schönen. Man könnte meinen, nur sie sorge sich um ihren Partner. Sorgt Rachelika sich etwa nicht? Aber sie behält ihre Sorgen für sich, beteiligt niemanden an ihren Gedanken, beschäftigt sich den ganzen Tag mit Boasiko und Gabriela, läuft herum wie eine fleißige Ameise und übernimmt immer weitere Aufgaben, nur um sich von ihren Sorgen abzulenken. Und sie, Luna, sorgt sie sich so um David, wie ihre Schwestern sich um deren Partner sorgen? Gott bewahre, manchmal denkt sie tagelang nicht an ihn. Möge Gott ihr verzeihen, aber seit er in den Krieg gezogen ist, kann sie endlich wieder frei atmen. Sie hatte schon Distanz von ihm gebraucht, und wenn er auch noch Gabriela mitgenommen hätte, wäre die Sache perfekt. Gott wird ihr diese Gedanken heimzahlen, aber sie kann sie nicht verleugnen. Seit Gabrielas Geburt ist ihr Herz leer. Alle umkreisen die Kleine, als wäre sie der Nabel der Welt, ein rares und zerbrechliches Wesen, bestaunen das Baby mit den roten Locken und den grünen Augen, von dem alle sagen, es gleiche ihr wie ein Ei dem anderen. Nur sie selbst kann keinerlei Ähnlichkeit entdecken. Und die Kleine lächelt alle an außer ihrer Mutter. Babys kann man nicht belügen, man kann ihnen nichts vormachen, wie sie im letzten Jahr David etwas vorgespielt hat. Babys sind empfindsamer als Erwachsene, und Gabriela spürt, dass das Herz ihrer Mutter leer ist.

Zuerst hat sie gedacht, es wäre wegen der schweren Geburt, die ihr den Leib zerrissen hatte, wegen der schrecklichen Fäden, deren Ziehung sie von Tag zu Tag hinausschob, bis ihr nichts anderes mehr übrigblieb, als in die Poliklinik zu Dr. Samuel zu gehen, der sie auf den Folterstuhl bat, ihr die Beine spreizte und die Fäden zog, wobei sie meinte, er zerre an ihrer Seele. Allein schon der Anblick der Schere, die sich ihrer so empfindlichen Körperpartie näherte, ließ sie beinah in Ohnmacht fallen. Als die Fäden gezogen waren und ihr Körper sich zusehends vom Trauma der Geburt erholte, glaubte sie, nun werde sie das Baby liebgewinnen, aber nichts damit, ihr Herz blieb leer. Sogar an Boasiko hängt sie mehr als an ihrem Kind. Nur wenn die Kleine nicht in ihrer Nähe ist, atmet sie frei. Wäre kein Krieg, würde sie ins Café Atara gehen, obwohl man dort niemanden mehr trifft. Alle Männer sind bei der Armee, und alle Frauen sitzen daheim und sorgen sich um ihre Partner. Es tut ihr im Herzen weh, dass sie eine so schlechte Mutter ist. Arme Kleine, was kann sie dafür, dass ihre Mutter geisteskrank ist, was kann sie dafür, dass ihre Mutter, statt glücklich und stolz über ihr Töchterchen zu sein, das alle Herzen gewinnt, gar nichts empfindet, sich im Gegenteil sogar ärgert. In eine Zwangsjacke müsste man sie stecken, in die Nervenklinik Esrat Naschim einliefern. Sie wird irrsinnig, und wenn sie keinen Ausweg aus diesem Irrsinn findet, wird sie sich umbringen. Sie kann sich selbst nicht leiden, wie kann es sein, dass sie kein bisschen Liebe für ihr eigenes Kind aufbringt?

»Soll sie arbeiten gehen«, sagt Gabriel, als Rachelika ihm von Lunas Vorschlag erzählt, wieder bei Sachs & Sohn anzufangen, um zur Ernährung der Familie beizutragen. »Sie hilft ohnehin nicht im Haushalt, du und Bekki kümmert euch um Gabriela, und sie sitzt den ganzen Tag untätig da.«

»Wie soll sie denn arbeiten gehen?«, eifert sich Rosa, die seit Gabriels Erkrankung immer öfter die Stimme erhebt. »Gabriela ist gerade mal ein halbes Jahr alt, was sollen die Nachbarn sagen?«

»Was schert es mich, was die Nachbarn sagen«, gibt Gabriel entschieden zurück. »Soll sie arbeiten gehen!«

»*Dio santo*, Gabriel, wann hat man je gehört, dass eine Mutter ihr Kind allein lässt, bevor es ein Jahr alt ist, und arbeiten geht?«

»Was schlägst du denn sonst vor, Rosa? Dass ich vom Stuhl aufstehe und stehlen gehe?«

»Gott behüte, wie redest du denn?«

»Mama«, versucht Rachelika zu vermitteln, »es bleibt nichts anderes übrig, bald haben wir kein Geld mehr, einer muss Lohn nach Hause bringen.«

»Dann arbeite ich wieder als Haushaltshilfe!«, erbietet sich Rosa und traut ihren eigenen Ohren nicht, dass sie so etwas gesagt hat.

»Warte noch ein wenig, bis ich tot bin, und arbeite dann als Haushaltshilfe«, erwidert Gabriel. »Es wird nicht mehr lange dauern, Rosa, ein paar Monate, mehr nicht.«

»Gott behüte, *pishkado i limón*, tfu tfu tfu, wie bringst du solchen Unsinn über die Lippen …«

»Ich bringe Unsinn über die Lippen, und dein Mund produziert Perlen. Hör dich doch selber: Gabriel Ermozas Frau arbeitet bei fremden Leuten als Haushaltshilfe. Willst du mir das letzte bisschen Ehre nehmen, das mir noch verblieben ist?«

»Gott bewahre, *kerido*, behüte, reg dich nicht auf, das ist nicht gut für dich, ich wollte doch nur mithelfen, damit Luna nicht arbeiten gehen muss, damit sie fürs Baby zu Hause bleiben kann.«

»Mama, Luna kümmert sich sowieso nicht um ihr Baby, du, Bekki und ich tun es. Luna ist derzeit nicht in der Lage, das Kind zu versorgen, man muss die Zeit das Ihre tun lassen.«

Rachelika wusste sehr wohl, wie gering die Chancen standen, dass Luna bei Sachs & Sohn unterkommen würde. Man musste hoffen, dass der Laden überhaupt offen war, Herr Sachs ihn nicht umständehalber geschlossen hielt. Aber besser, Luna war mit sich beschäftigt, das war gesünder für sie und für die Familie.

Luna war außer sich vor Freude, als Rachelika ihr sagte, der Vater sei mit ihren Plänen einverstanden. Sie zwang sich, ruhig auf dem Sofa sitzen zu bleiben und nicht vor lauter Glück aufzuspringen. Es gibt einen Gott im Himmel, der Gebete erhört, sagte sie sich, und auch Rachelikas Warnung, sich nicht zu früh zu freuen, ehe sie wüsste, ob Herr Sachs überhaupt eine Verkäuferin brauchte in Zeiten, da kein Mensch Lust zum Kleiderkaufen hatte, kühlte ihre Begeisterung nicht ab. Sie, die so glücklich über die Aussicht war, in ihr geliebtes Bekleidungsgeschäft zurückzukehren, begriff gar nicht, warum der Krieg Frauen davon abhalten sollte, sich Kleider zu kaufen. Gut, es gab keine Lebensmittel, Jerusalem stand unter Belagerung, und keiner konnte Obst und Gemüse, Fleisch oder Mehl an die Markthändler liefern, aber Kleider gab es haufenweise, sie hingen auf den Bügeln im Laden, die Schaufensterpuppen trugen Modelle vom letzten Jahr und warteten nur darauf, dass Luna kam und sie neu einkleidete.

Noch am selben Tag zog Luna ein gutgeschnittenes graues Kostüm an. Sie hatte zwar noch nicht wieder die Figur von vor der Geburt und musste mit einem Korsett nachhelfen, aber der Schnitt des taillierten Jacketts tat das Seine. Sie betrachtete sich im Spiegel und war das erste Mal seit der Niederkunft zufrieden.

Sie hängte sich eine elegante schwarze Tasche über die Schulter, steckte die nylonbestrumpften Füße in Pumps, die ihre schönen Fesseln und Waden zur Geltung brachten, und passierte absatztrommelnd und erhobenen Hauptes das Tor von Ohel Mosche, als gäbe es keinen Krieg auf der Welt, als wäre sie keine verheiratete Frau, keine Mutter eines Babys, als hätte sie das ganze Leben noch vor sich. Sie war aufgeregt, konnte es gar nicht abwarten, bei Sachs & Sohn einzutreten, wo Herr Sachs von seinem Stuhl hinter der Theke aufstehen und ihr mit breitem Lächeln sagen würde, wie glücklich er sei, dass sie wieder bei ihm arbeiten wolle.

Lange war sie nicht mehr die Agrippas-Straße hinunter zur Jaffa-Straße und zum Ha'amudim-Haus gegangen. Der häufige Beschuss von Nebi Samuel her hatte sie von Stadtbummeln abgehalten. Nur wenn unbedingt nötig, hatte sie Ohel Mosche verlassen. Sie wunderte sich nicht, dass die Straßen fast menschenleer und die Haus- und Ladeneingänge durch sandgefüllte Säcke und Kisten gegen Beschuss gesichert waren. Jeden Tag kam jemand ums Leben. Ein Nachbar, der sich vor der Einberufung gedrückt hatte, ging eines Tages in den Machane-Jehuda-Markt, wo Bombensplitter ihm den Kopf abrissen.

»*Miskeniko*«, hatte Rosa gesagt, »wäre er in den Krieg gezogen, würde er vielleicht noch leben.«

Die Familie einer ehemaligen Schulkameradin von Luna wurde komplett ausgelöscht, als ein Direkttreffer ihr Haus erwischte, genau das Zimmer, in dem alle saßen, sieben an der Zahl. Die Bewohner des jüdischen Viertels in der Altstadt waren eingesperrt in ihrem Bezirk, den sie nur in gepanzerten Fahrzeugen erreichen oder verlassen konnten. Der häufige Mörserbeschuss und die Belagerung erstickten die Stadt und verwandelten das Leben der Einwohner in einen Strudel von Grauen und Angst. Soldaten der Volkswache und der »Verteidiger Jerusalems« waren überall zu sehen. Halbwüchsige Jungs, fast noch Kinder, und ältere, nicht mehr fronttaugliche Männer taten Schulter an Schulter ihr Bestes, um die Einwohner gegen die Bombardements zu schützen, die alltäglich geworden waren.

Aus dem Osten der Stadt hallten Geschützdonner und Schüsse. Befürchtungen schlichen sich in Lunas Herz, aber die verlockende Aussicht, vielleicht wieder im Geschäft zu arbeiten, siegte über die Angst. Die Soldaten pfiffen ihr im Vorbeigehen nach, riefen »Hey Puppe!«, und sie lächelte und war so glücklich wie früher, vor der Hochzeit mit David, vor Gabrielas Geburt, vor dem Krieg. Sie trommelte auf ihren spitzen Absätzen, warf ab und zu das rote Haar von einer Seite zur anderen, zog die Kostümjacke enger um ihren Körper, war sich der Blicke der wenigen Passanten, der Rufe der Soldaten voll bewusst, und dann, als sie schon fast das Eden-Kino und die Kreuzung Jaffa- und King-George-Straße erreicht hatte, hörte sie ein schreckliches Pfeifen, das ihr schier das Trommelfell zerriss, ein grauenhaftes Geräusch, fühlte sich von einer ungeheuren Kraft wie von einer mächtigen Woge erfasst und verlor das Bewusstsein.

Das Sirenengeheul von Rettungswagen erfüllte im Nu die Agrippas-Straße. Der Artilleriebeschuss war stärker denn je gewesen. Die Granaten waren mit fürchterlichem Knall explodiert und hatten Gebäude vor Ort und in den Nachbarvierteln zum Einsturz gebracht. Eine riesige Rauch- und

Staubwolke wälzte sich durch die Straße, Ambulanzen rasten aus dem Bikkur-Cholim-Krankenhaus im Stadtzentrum zum Einschlagsort. Rufe und Schreie waren von allen Seiten zu hören, mischten sich mit dem Wehklagen der Verletzten. Die Soldaten wurden des Tumults kaum Herr, sperrten das betroffene Gebiet ab, hinderten Passanten am Betreten und begannen die Verletzten zu bergen.

Rachelika war im Lebensmittelladen neben Rachmos Lokal, als ihr die Ausläufer der Explosion zu Ohren kamen, und rannte sofort los.

»Warten Sie einen Moment, bis wir wissen, wo der Beschuss herkommt«, versuchte der Händler sie aufzuhalten, aber Rachelika stürmte bereits über die Straße und wäre beinah von einem Pferdewagen erfasst worden. Sie rannte nach Hause, so schnell sie konnte. Etwas, was stärker war als sie, befahl ihr zu rennen, keine Sekunde zu verlieren, sie hatte das Gefühl, dass etwas Schreckliches passiert war. Nur nicht Boasiko, nur nicht Gabriela, huschte es ihr durch den Kopf. Als sie mit letzter Kraft ihr Elternhaus erreichte, drängten sich Menschen am Eingang. Erschrocken stürzte sie hinein, und erst als sie Boas und Gabriela heil und gesund sah, atmete sie erleichtert auf. Gott sei Dank, dachte sie, sie hatte sich umsonst Sorgen gemacht.

»Was haben all die Nachbarn hier zu suchen?«, wollte sie von Rosa wissen.

»Als wir den Lärm hörten, sind alle gekommen, um im Radio deines Vaters zu hören, was passiert ist.«

»Und Luna?«

»Sicher bei Sachs & Sohn, wird gleich kommen, sobald sie den Durchgang wieder freigeben«, sagte Rosa und kehrte schnell in die Küche zurück. Sie wollte sich nicht um Luna sorgen. *Avas kon arroz* stand auf dem Dochtbrenner, und sie musste sich um Gabriel kümmern. Luna würde mit Gottes Hilfe bald da sein.

»Man muss sie suchen gehen«, bestimmte Gabriel.

»Komm, Bekki«, sagte Rachelika, »wir laufen zu Sachs & Sohn.«

»Passt auf euch auf!«, bat Rosa. »Geht nur, wo die Soldaten es erlauben, spielt nicht die Heldinnen.« *Dio santo*, sie hätte es lieber gesehen, wenn die Töchter zu Hause geblieben wären, statt in dieser gefährlichen Zeit das Haus zu verlassen, aber auch sie sah ein, dass Gabriel erst dann ruhig wäre, wenn Luna heil und gesund zur Tür hereinkam. Ihr blieb nichts anderes übrig, als zu beten und dazu auch die Grimassen zu ertragen, die Gabriel schneiden würde, weil er es leid war, jeden Tag *avas kon arroz* zu essen, aber was sollte man machen, *kaparavonó*, wenn sie es sich nicht mehr erlauben konnten, etwas anderes als Reis und Bohnen einzukaufen.

Bekki und Rachelika rannten die Agrippas-Straße entlang, entschlüpften entgegen der mütterlichen Ermahnung den Soldaten, die den Durchgang zum Einschlagsgebiet untersagten, wählten Schlängelwege durch die Gassen, zwischen den Trümmern eingestürzter Häuser, versuchten die Blutflecke auf den Gehwegen zu ignorieren und kamen schließlich atemlos bei Sachs & Sohn an, nur um festzustellen, dass das Geschäft verrammelt war.

In wildem Lauf rannten sie weiter die Jaffa-Straße hinauf zum Bikkur-Cholim-Krankenhaus. Sie stürzten hinein, suchten Luna auf allen Stationen, aber sie war nirgends.

»Vielleicht ist sie schon zu Hause«, sagte Bekki hoffnungsvoll.

»Lass uns weitersuchen«, beharrte Rachelika, und sie rannten zum Hadassa-Krankenhaus, das nun provisorisch in der Innenstadt untergebracht war, und dort fanden sie sie.

»Sie ist von einer Granate verletzt worden«, sagte man ihnen, »schwer verletzt. Sie befindet ich im Operationssaal, die Ärzte versuchen, ihr Leben zu retten.«

Die Schwestern fielen einander weinend in die Arme.

»Ich hätte nicht zulassen dürfen, dass sie aus dem Haus geht«, schluchzte Rachelika. »Ich hab sie umsonst gehen lassen, ich wusste doch, dass Sachs & Sohn geschlossen ist, dass keiner jetzt Kleider kauft, dass draußen Lebensgefahr herrscht, warum habe ich sie gehen lassen?«

»Papú hat es auch gewusst«, sagte Bekki, »auch Luna wusste es, aber sie ist schier erstickt im Haus, man musste ihr das Gefühl geben, etwas zu tun. Man sah ihr ja an, dass sie mit der Kleinen nicht warm wurde, dass sie es schwer hatte. Das Baby tat mir zwar mehr leid als Luna, aber ich habe auch gesehen, wie niedergeschlagen sie war. Sie musste mal aus dem Haus.«

»Deshalb habe ich Papú beredet, sie Arbeit suchen zu lassen«, sagte Rachelika, »deshalb hat er Mama ein Theater vorgespielt, als ob Luna mit den paar Kröten, die sie im Geschäft verdient, die Familie retten könnte, deshalb sollte ich ihr sagen, er sei einverstanden. *Miskenika* Lunika, ich bin sicher, auch sie hat gewusst, dass sie vergebens losgeht, hat tief drinnen gewusst, dass das Geschäft geschlossen ist und Herr Sachs zu Hause sitzt wie alle anderen.«

»Was ist, wenn sie stirbt? Gabriela ist gerade mal ein halbes Jahr alt und wäre schon eine Halbwaise«, schluchzte Bekki.

Sie weinten eine an der Schulter der anderen, bis Rachelika sich aufraffte und sagte: »Wir müssen mit den Ärzten sprechen, hören, wie es ihr geht, und dann heimgehen, um es Papú und Mama zu erzählen.«

»Wie sollen wir's Papú erzählen?« Bekki konnte ihre Tränen nicht aufhalten. »Er lebt ohnehin kaum noch. Wenn er hört, dass Luna schwer verletzt ist, gibt ihm das den Rest.«

»Wir werden schon sehen, wie wir's ihm beibringen, jetzt lass uns auf einen Arzt warten.«

Die Stunden vergingen, und Luna kam nicht aus dem Operationssaal.

»Geh nach Hause«, sagte Rachelika zu Bekki, »sie sind sicher schon halb verrückt vor Sorge, ich bleibe hier, bis Luna herausgebracht wird.«

»Ich geh hier nicht weg!«, beharrte Bekki. »Wenn schon, dann geh du, du musst Boasiko stillen und Gabriela das Fläschchen geben, sie schreien sicher schon das Haus zusammen vor Hunger.«

»Großer Gott, das hab ich völlig vergessen!«, rief Rachelika erschrocken aus. »Die Babys habe ich ganz vergessen! Gut, bleib du hier, ich gehe es Papú und Mama erzählen, füttere die Babys und komm dann sofort zurück.«

»Geh und nimm dich unterwegs in Acht, ich rühr mich hier nicht vom Fleck.«

Doch ehe Rachelika aufgestanden war, öffnete sich die OP-Tür, und einer der Ärzte kam heraus.

»Ist hier ein Angehöriger von Luna Siton?«

»Wir«, meldeten sich die beiden und sprangen auf.

»Wir haben Frau Siton operiert«, sagte der Arzt, »sie ist sehr schwer verletzt, fast alle inneren Organe sind betroffen, aber sie ist jung, sie wird es schaffen.«

Während Luna um ihr Leben rang, rang Jerusalem um seines. Die Stadt stand weiter unter Belagerung, und die Araber hatten die Wasserzufuhr aus Rosch Ha-Ain gekappt.

»Gott sei Dank gibt es in jedem Hof eine Zisterne, die das Regenwasser sammelt«, sagte Gabriel zu seinen Töchtern, »sonst würden wir alle verdursten.« Er wies sie an, leere Kanister auf dem Dach und im Hof aufzustellen, um mehr Regenwasser aufzufangen, das zur Körperwäsche und zum Geschirrspülen und danach noch zum Putzen verwendet werden konnte.

Kurz darauf verteilte die Volkswehr Handzettel, in denen die Einwohner angewiesen wurden, das Regenwasser in Behältern auf den Hausdächern zu sammeln, wie Gabriel es seinen Töchtern schon vorher aufgetragen hatte.

Rosa und die Töchter warfen einige Geranien aus ihren Blechbehältern und verschwendeten kostbares Wasser, um diese mit Wasser und Seife auszuspülen. Damit gingen sie zur Agrippas-Straße und stellten sich mit den Nachbarn an in Erwartung der Tankwagen, die die Straßen abfuhren und die Blechkanister der Anwohner füllten. Jede Familie bekam einen Kanister zum Trinken und zwei zum Waschen. Doch das Wasser reichte nicht immer. Gabriel fiel ein, dass die Jeschiwa Etz-Chaim unweit seines Ladens im Markt eine Zisterne hatte. Er kannte den Verantwortlichen für die Wasserentnahme persönlich. Früher hatte er jahrelang jeden Freitag dessen Einkaufstasche gratis mit guten Sachen gefüllt, um seiner Frau und seinen Kindern zum Schabbat eine Freude zu bereiten. Er entschied, dass es Zeit für ein Gegengeschenk war, und schickte Rachelika zu dem Mann, der die Zisterne für sie öffnete und ihr unter der Hand einen ganzen Kanister mit Wasser füllte.

Auch das Petroleum ging langsam zur Neige. »Bald müssen wir den Dochtbrenner mit Arrak befeuern«, sagte Rosa. »Das Petroleum, das die Volkswache gläserweise verteilt, reicht gerade mal für einen Topf Suppe.«

»Die Kinder des Viertels nehmen Konservendosen und stellen sich unter den Schlot der Bäckerei Berman, um die austretenden Dieseltropfen aufzufangen«, sagte Bekki. »Vielleicht geh ich auch hin und hole Diesel?«

»Noch ist ein bisschen Petroleum da. Wenn nichts anderes mehr übrigbleibt, dann ja, vorerst kommen wir zurecht«, antwortete Rosa.

Das häusliche Leben drehte sich um die Babys und um Gabriel, dessen körperliche Verfassung immer mehr nachließ, während sein Geist klar und scharf blieb. Allerdings wurde es immer schwieriger, ihn zu verstehen, man musste sich zu seinem Mund hinabbeugen und die Ohren spitzen. Sein schönes Gesicht war grau geworden, wies erstaunlicherweise jedoch keine einzige Runzel auf. Verblüffend, dachte Rachelika, er hat die Züge eines jungen Mannes und den Körper eines Greises, dabei ist er noch keine achtundvierzig.

Seit David wegen der schweren Verletzung seiner Frau von der Front freigestellt worden war, teilte er seine Zeit zwischen Luna im Krankenhaus, seiner kleinen Tochter bei den Schwiegereltern und seinen Wachdiensten in Stellungen rings um Jerusalem. Jeden Morgen weckte Gabrielas Weinen ihn aus unruhigem Schlaf. Er eilte zu ihr, nahm sie auf den Arm, küsste sie, rieb seine Nase an ihrem Bauch, und die Kleine schenkte ihm dafür ein Lächeln, das sein Herz zum Schmelzen brachte. Dann fütterte er sie mit der Flasche, die Rachelika sich in der Nacht abgepumpt hatte, wechselte ihr die Windel, spielte mit ihr und hastete anschließend ins Krankenhaus, um an Lunas Seite zu sein. Sandsäcke schützten den Eingang, er sprang darüber und ging die Treppen zum zweiten Stock hinauf, wo seine Frau lag.

Die Krankenhausflure waren vollgestellt mit Betten. Die Schreie der Verletzten, das Weinen der Angehörigen und die Verzweiflung der wenigen Ärzte und Schwestern, die mit der Versorgung der rund um die Uhr eintreffenden Verletzten kaum nachkamen, brachen ihm das Herz, und der furchtbare Uringestank, vermischt mit den strengen Gerüchen der Salben und Desinfektionsmittel, machte ihn schwindlig. Luna lag im Bett, angeschlossen an Infusionsschläuche und Apparate, deren Funktion er trotz wiederholter Erklärungen nicht begriff. Sie ist so schmächtig wie ein Vögelchen mit gebrochenem Flügel, selbst das schmale Krankenhausbett ist breit für ihren mageren Körper, als hätte man sie mitten aufs offene Feld gelegt und nicht in ein Bett. Ihre Augen sind geschlossen, ihre Züge schmerzverzerrt, die Lippen aufgesprungen, und ihr Leib ist eine einzige große Wunde. Er wagt nicht, sie anzufassen, aus Angst, ihr zerbrechlicher, durch Verbände und Nähte zusammengehaltener Körper könnte ihm unter den Händen zerfallen.

»Lunika«, flüstert er, aber sie gibt keine Antwort. Er hält die Hand dicht über ihre Nase, ihre Lippen, Gott sei Dank, er spürt ihren Atem. So macht er es jeden Morgen, um sicherzugehen, dass sie am Leben ist, wie er abends bei Gabriela prüft, ob sie atmet.

Es gibt nicht mal einen Stuhl im Zimmer, und aufs Bett wagt er sich nicht zu setzen, um nicht aus Versehen ihren wunden Körper zu berühren. »Lunika«, flüstert er noch einmal.

»Sie lebt«, sagt ihm ein Verletzter im Nebenbett, »gerade eben so, aber doch.«

Er ist jung, fast noch ein Kind, vielleicht achtzehn, vielleicht zwanzig Jahre alt, von Kopf bis Fuß verwundet, der ganze Körper von Verbänden bedeckt. Sein junges Gesicht ist geschwollen, Blutreste kleben darauf und in seinem roten Haar. Nur die funkelnden blauen Augen signalisieren jugendliche Vitalität.

»Wo bist du verwundet worden?«, fragt David.

»Am Bab el-Wad«, antwortet der junge Mann, »ich war in einem Konvoi beim Versuch, die Belagerung Jerusalems zu durchbrechen, als wir von Beit Machsir aus angegriffen wurden. Zum Glück konnte man mich bergen und in einem gepanzerten Wagen herbringen. Die Ärzte haben mich operiert und mir das Leben gerettet, aber erst nach der Abnahme der Verbände werden wir sehen, was wirklich von mir übrig ist.« Er verzieht das Gesicht zu einem kurzen Lachen.

»Hauptsache, du kannst noch lachen, das ist auch schon was«, sagt David und lächelt ihm zu.

»Was soll ich sonst wohl machen, heulen?«, gibt der junge Mann zurück.

»Und die Eltern, die Familie, wissen sie davon?«

»Meine Eltern wohnen weit weg, in Naharija, sie können nicht durchkommen, und man kann sie auch nicht benachrichtigen.«

»Kann ich etwas für dich tun? Hast du vielleicht Verwandte hier in der Stadt?«

»Nein, alle meine Angehörigen wohnen in Naharija.«

»Wenn du was brauchst, sag Bescheid«, bietet David an.

»Danke«, entgegnet der junge Mann. »Ich bin übrigens Gidi, aber die Kameraden nennen mich Dschindschi, Rotschopf. Verzeih, dass ich dir nicht die Hand geben kann. Und sie«, fragt er, »wo ist sie verletzt worden?«

»Beim Beschuss in der Agrippas-Straße.«

»Eine Verwandte?«

»Meine Frau, wir haben ein sechs Monate altes Töchterchen. Ich war an der Front im Süden, als es passiert ist, man hat mich erst ein paar Tage später benachrichtigt und mir erlaubt, nach Jerusalem zu fahren. Ich bin mit einem Konvoi gekommen, jetzt kümmere ich mich um das Baby und um meine Frau.«

»Sie haben dich von der Front entlassen?«

»Ich diene jetzt in den Stellungen rund um Jerusalem. Wenn der Zustand meiner Frau sich bessert, kehre ich an die Front zurück. Ich muss jetzt gehen, in der Stellung antreten. Falls ein Wunder geschieht und sie aufwacht, sag ihr, dass ich da war, dass ich morgen wiederkomme.«

Zwei komplizierte Operationen waren nötig, um das Leben meiner Mutter zu retten. Beide überstand sie so gerade eben. Mein Vater war bei ihr, als man den zweiten Eingriff vornahm, saß stundenlang mit Rachelika und Bekki vorm Operationssaal, betete um das Leben seiner Frau. Er verbrachte viele Tage an ihrem Krankenbett und kümmerte sich jede freie Minute um mich, seine kleine Tochter. Doch als sechzig Tage vergangen waren, ohne dass der Zustand meiner Mutter sich gebessert hatte, glaubte er, verrückt zu werden, wenn er weiter zwischen dem Bett seiner Frau im Krankenhaus und dem Bettchen seiner Tochter bei den Schwiegereltern pendelte. Er war Soldat, er wollte an der Front kämpfen, am Krieg teilnehmen. Er hatte gegen die Faschisten in Italien und gegen Rommels Armee gekämpft, jetzt wollte er gegen Fauzi el-Kaukjis bewaffnete Verbände kämpfen. Er sehnte sich nach der Front im Süden, den Jeeps, der Schlauchmütze, der Kameradschaft, sehnte sich nach den Mädels namens Ora im Bataillon, der schwarzhaarigen und der blonden Ora, der Ora aus dem Kibbuz und der Ora aus Tel Aviv, die ihn umschwärmten und deren jeder er das Gefühl zu vermitteln suchte, sie sei die tollste Ora. Er erzählte gern Lagerfeuergeschichten, aber am liebsten saß er am Steuer des Patrouillenjeeps. Wie sehnte er sich danach, zwischen den Posten hin- und herzusausen. Er liebte die Gefahr, das Durcheinander, den ungezwungenen Kameradschaftsgeist, und gerade als er echten Geschmack am Krieg fand, war Luna verletzt und er nach Jerusalem zurückbeordert worden.

Als es meiner Mutter etwas besser ging, fand Rachelika es an der Zeit, mich ins Krankenhaus mitzunehmen. »Wenn Luna Gabriela sieht, heitert sie das vielleicht ein wenig auf«, hoffte sie. Aber dann zeigte sich zu ihrer Bestürzung, dass meine Mutter ebenso wenig Lust auf mich hatte wie ich auf sie. Als man mich neben meine Mutter aufs Krankenbett legte, brüllte ich los, fuchtelte wild mit den Ärmchen, und Luna rief hysterisch: »Nimm sie hier raus, nimm sie weg! Und bring sie nicht wieder mit, bitte, ein Krankenhaus ist kein Ort für Kinder.«

Das war schwer mit anzusehen, und für meine Tante Rachelika mit dem goldenen Herzen, die sich sonst von nichts auf der Welt unterkriegen ließ, war es zu viel. Tränen rannen ihr über die Wangen, als sie mich von meiner Mutter wegnahm. Sie blickte ihre schöne Schwester an, und es brach ihr fast das Herz. Luna hatte an Gewicht verloren, war dürr wie ein wehendes Blatt, ihr herrliches Haar war glanzlos geworden und wies hier und da kahle Stellen auf. Sie sah aus wie jene KZ-Überlebenden, deren Fotos jetzt häufig in der Zeitung erschienen.

Rachelika küsste ihre Schwester und verabschiedete sich: »Du hast recht, Lunika, ein Krankenhaus ist kein Ort für Babys. Wir warten, bis du stark genug bist, um in den Garten runterzugehen, und bringen sie dann wieder mit.«

Meine Mutter erwiderte ihr nichts, sie war so misslaunig, dass sie tagelang keine Silbe von sich gab. Mein Vater flehte sie an: »Luna, sag bitte was«, doch sie schwieg. Manchmal kam es ihm vor, als würde sie ihn bestrafen. Nur der Rotschopf im Nebenbett konnte gelegentlich ein Lächeln auf ihre Lippen zaubern. Obwohl er nicht weniger schlimm dran war als sie, steckte er mit seiner Lebensfreude all seine Mitpatienten im Zimmer an, sogar meine Mutter.

Sie war nie allein, immer saß jemand von der Familie an ihrem Bett, um ihr jeden Wunsch zu erfüllen. Rachelika, Bekki, Rosa, weibliche Verwandte und Nachbarinnen, alle sorgten reihum für sie und für mich. »*Chikitika miskenika*«, sagte meine Großmutter Rosa viele Jahre später, »durch wie viele Hände du gegangen bist.«

Der Krieg tobte unvermindert weiter. Gelegentlich konnte ein Konvoi den bewaffneten Banden der Araber, die an der Straße lauerten, entkommen und die Belagerung Jerusalems durchbrechen. Dann liefen Rachelika und Bekki zur Jaffa-Straße, begrüßten mit »Ganz Jerusalem!« jubelnd die Helden, umarmten sie, küssten die gepanzerten Wagen und stellten sich zur Lebensmittelausgabe an.

Einmal wartete eine Überraschung auf sie. Tia Allegra hatte aus Tel Aviv ein Paket mit Öl, Reis, Mehl, Zucker, zwei Tomaten und sogar Bonbons und selbstgebackenen *biskochos* geschickt. Gleich am selben Abend wurden die Nachbarn eingeladen, um die guten Dinge gerecht zu verteilen. So war es üblich. Wer ein Paket erhielt, teilte es mit anderen und behielt es um Himmels willen nicht allein für sich. Besonders bedachte man Familien, die Kranke oder Kleinkinder zu versorgen hatten.

»Wir hatten haufenweise Ideen, um was auf den Tisch zu bringen«, erzählte mir Oma Rosa viele Jahre später. »Wenn alles aufgebraucht war, sind deine Tanten, sollen sie gesund sein, mit den Nachbarn ins offene Gelände hinter Ohel Mosche, bei Scheich Bader gegangen, da, wo heute das Knesset-Gebäude steht, und haben Malven gepflückt wie die Araberinnen. Danach haben wir auf dem Hof ein Feuer entzündet. Auf das Feuer haben wir einen Topf Wasser gestellt und, sobald das Wasser kochte, die Malvenfrüchte reingetan, etwas Zwiebel, Salz und Pfeffer dazugegeben und uns eine großartige

Suppe gekocht. Wenn genug Mehl und etwas Öl da war, hat meine teure Nachbarin Tamar Brot gebacken, das konnte sie prima, und wir haben das Brot in die Suppe getunkt und hatten ein königliches Mahl.«

Rosa bemühte sich standhaft, den Haushalt so gut es ging weiterzuführen, tat ihr Bestes, um etwas aus dem Nichts zu zaubern und der traditionellen spaniolischen Küche dabei so weit wie möglich treu zu bleiben. In das Chamin für Schabbat gab sie schon lange kein Fleisch mehr, sondern machte stattdessen *kubebes*, Semmelknödel, die sie in Salz, Pfeffer und frischen Kräutern vom Feld wälzte. Zum Glück mochten ihre Angehörigen diese *kubebes*, und noch Jahre später, als es längst wieder Fleisch in Fülle gab und auch genug Geld in der Tasche, aß man bei den Ermozas weiter die Semmelknödel, die Oma Rosa im Krieg und in der folgenden Notzeit zubereitet hatte.

Drei Monate nach der Verletzung meiner Mutter hatte ihr Zustand sich ein wenig gebessert, aber sie konnte immer noch nicht aufstehen und lag die meiste Zeit mit geschlossenen Augen auf dem Rücken. Der Rotschopf versuchte, sie aufzuheitern, entlockte ihr aber kaum mehr als ein müdes Lächeln.

»*Ahalan*, schöne Frau«, sagte er, »man hat mir erzählt, du hättest grüne Augen, aber das glaube ich nicht.«

Sie schlug die Augen auf.

»Oh, endlich, drei Monate liege ich hier neben dir, und dies ist das erste Mal, dass ich deine Augen sehe. Du hast so schöne Augen, warum hältst du sie dauernd geschlossen?«

Sie antwortete nicht, freute sich aber im Stillen über das Kompliment. Zum ersten Mal seit ihrer Verletzung war es jemandem gelungen, zu ihr durchzudringen.

Je schlimmer die Lage des umkämpften Jerusalem wurde, desto weniger Nachbarinnen und weibliche Verwandte fanden sich bereit, am Bett meiner Mutter zu sitzen, und so fiel diese Aufgabe immer mehr Rachelika und Bekki zu. Oma Rosa hütete lieber die Kinder, als meine Mutter zu besuchen, die ihr auch als Schwerverletzte unfreundlich begegnete.

Zwischen einem Angriff und dem nächsten saßen die Nachbarn im Hof, um frische Luft zu schnappen, sich zu unterhalten und nach Tagen im Haus etwas Sonne zu tanken.

»*Hayde, kerido*«, sagte Oma Rosa zu ihrem Mann, »komm, wir setzen uns ein bisschen raus.«

»Geh du raus, ich fühle mich wohl im Haus.«

»Aber *kerido*, du bist schon tagelang nicht draußen gewesen, die Sonne wird dir guttun.«

»Mir wird nichts mehr guttun, welchen Sinn hat mein Leben, wenn ich den ganzen Tag im Lehnstuhl sitze und nicht mal meine Tochter besuchen kann.«

Ihr wurde weh ums Herz, sie spürte seinen ungeheuren Schmerz, seine große Sorge um die Tochter, sie wusste, wie sehr er darunter litt, Luna nicht im Krankenhaus besuchen zu können, und beschloss, mit David zu sprechen, vielleicht hätte er eine Idee, wie man Gabriel diesen Wunsch erfüllen könnte.

Und tatsächlich parkte David eines Tages den Militärjeep vor dem Tor von Ohel Mosche, trug Opa Gabriel dorthin und setzte ihn auf den Beifahrersitz. Rachelika und Bekki kletterten auf die Rückbank, und Oma Rosa blieb im Haus, um auf Boas und mich aufzupassen.

Im Krankenhaus trug mein Vater Opa Gabriel die Treppen hinauf zum Zimmer meiner Mutter. Sanft und behutsam stellte er ihn auf den Boden, stützte ihn, damit er nicht umfiel. Und so, auf der einen Seite von meinem Vater, auf der anderen von meiner Tante Rachelika untergehakt, tappte Opa Gabriel mit wackeligen Schrittchen zum Krankenbett seiner Tochter.

»Lunika, schau, wer da ist«, sagte Rachelika.

Luna schlug die Augen auf, und als sie ihren Vater sah, war es um alle geschehen. Keiner konnte die Tränen aufhalten, als der kranke Mann sich übers Bett beugte und die heiße Stirn seiner Tochter küsste, und Lunas spröde Lippen flüsterten: »Ich lebe, du musst nicht weinen, Papú, ich bin am Leben.«

Die Arabische Legion eroberte Gusch Ezion, und wer nicht im Kampf umkam, geriet in jordanische Gefangenschaft. Die Altstadt Jerusalems fiel, und ihre jüdischen Einwohner flohen in den Westen der Stadt. Die südlichen Viertel Arnona und Talpiot lagen unter ständigem Beschuss, Kibbuz Ramat Rachel fiel ebenfalls der Legion in die Hände, wurde jedoch zurückerobert. Gegen Ende des Frühlings gab es eine Feuerpause, aber einen Monat später, als die Feigenbäume Früchte ansetzten und die Kaktusfeigen vor Saft platzten, brach der Krieg erneut mit aller Macht los. Konvois schafften es kaum noch ins belagerte Jerusalem, die Menschen hungerten, die Säuglingssterblichkeit stieg immer mehr.

Eines Nachts erwachte Oma Rosa von meinem Weinen. Sie trat an mein Gitterbettchen und hob mich heraus. Ich glühte, meine Windel war getränkt mit blutigem Durchfall, mein Gesicht war schmerzverzerrt, und mein Jammern zerriss Oma Rosa das Herz. Das ganze Haus wachte davon auf.

»Die Kleine fiebert«, sagte Rachelika, »wir müssen sie schnell zu Dr. Kagan bringen.«

Mein Vater wickelte mich in eine Decke und rannte den ganzen Weg bis zum Bikkur-Cholim-Krankenhaus.

Dr. Kagan war schon dort, hatte alle Hände voll zu tun. Ein Blick genügte ihr, um noch vor der Untersuchung zu bestimmen: »Sie hat die Ruhr, wie die Hälfte der Kinder in Jerusalem, wir müssen sie dabehalten.«

Mein Zustand verschlechterte sich zusehends. Dr. Kagan behandelte mich hingebungsvoll, als wäre ich ihre eigene Tochter, wie sie auch die vielen anderen Babys in ihrer Obhut pflegte, aber mir ging es nicht besser, und das Fieber wollte nicht sinken. Ich schrie und weinte, bis mir die Kräfte ausgingen und ich nur noch matt wimmerte wie die anderen Kinder auf der Station. Mein armer Vater wusste nicht, um wen sich zuerst kümmern: Luna oder Gabriela. Sogar Rachelika, sonst wie ein Fels in der Brandung, brach zusammen. Alles konnte sie ertragen, sogar Lunas Leiden, aber nicht das der Kleinen.

Bekki übersiedelte ins Krankenhaus, schlief auf einer mitgebrachten Decke am Boden neben meinem Krankenbett und ging mit mir auf dem Arm die Korridore auf und ab. Oma Rosa flehte zu Gott, wie sie es seit dem Tod ihres Erstgeborenen nicht mehr getan hatte, hielt dabei einen Psalter in der Hand und starrte auf die Buchstaben, die sie nicht lesen konnte, entzündete Kerzen und tat Gelübde. Und Opa Gabriel wurde immer verschlossener, redete kaum und lauschte nicht mal mehr seinem Radio, denn was konnte das Radio ihm schon erzählen, was er nicht wusste. Der verfluchte Krieg wütete ja in seinem Haus. Wer kannte die Schrecken des Krieges besser als er, dessen Tochter und Enkelin zu seinen Opfern zählten.

»Warum wird hier nichts getan«, wollte mein Vater von Dr. Kagan wissen, »warum wird meiner Tochter nicht geholfen?«

»Es tut mir leid«, sagte die Ärztin, »wir geben schon unser Möglichstes. Wir führen der Kleinen Flüssigkeit und Salze zu, in der Hoffnung, dass es hilft. Es fehlt uns jedoch an Penizillin, die Medikamente sind ausgegangen, wir warten auf den nächsten Konvoi.«

Doch der nächste Konvoi kam nicht so bald durch, und mir ging es immer schlechter.

»*Dio santo*, was hab ich für eine Angst gehabt, dass wir für dich Schiva sitzen müssten«, erzählte mir Oma Rosa später. Ihre Alpträume kehrten zurück, die sie all die Jahre zu verdrängen versucht hatte, der Schmerz über den Tod ihres ersten Sohns Rafael befiel sie erneut, als hätte sie ihn gerade erst verloren. *Dio senyor del mundo*, flehte sie ihren Gott an, lass mich nicht auch noch eine Enkelin verlieren.

Und während ich im Bikkur-Cholim-Krankenhaus um mein Leben und meine Mutter im Hadassa um ihr Leben kämpfte, kämpfte Rachelika um den Zusammenhalt der Familie, damit sie nicht vor ihren Augen zerfiel. Sie flitzte hin und her, um Boas, ihre Schwester und ihre Nichte zu versorgen, ließ sich durch die Gefahr nicht davon abschrecken, einmal am Tag das Haus zu verlassen und die beiden benachbarten Krankenhäuser aufzusuchen. Auch Oma Rosas Drängen, doch Bekki, die praktisch im Krankenhaus lebte, die Sorge um Gabriela zu überlassen und sich mit Besuchen bei Luna zu begnügen, nützte nichts. Rachelika war außer sich vor Sorge. Gewissen Trost fand sie in einem Brief, der endlich von der Front eintraf, sie las ihn wieder und wieder und schöpfte Kraft daraus.

»Ich liebe dich, mein Schatz«, schrieb ihr Moise, »ich liebe dich wie mein Leben, dich und Boas, den ich noch kaum kennengelernt habe.« Er erkundigte sich nach dem Befinden der Familie und wie es Luna gehe, und schrieb erst zum Schluss, in einem Satz, dass er heil und gesund sei. Gottlob, wenigstens an dieser Front ist sie beruhigt, jetzt muss sie nur noch an den anderen Fronten der Lage Herr werden, aber wie soll das gehen, wenn Luna immer noch um ihr Leben kämpft und ihr Baby im Sterben liegt?

Rachelika musste zu Boas heimkehren und erklärte Bekki, die ständig bei mir blieb: »Du musst Gabrielas Lebenswillen wecken, unbedingt!«

Wie soll Bekki das bei einem so kleinen Kind fertigbringen? Sie ist selbst noch ein Kind. Wo nimmt sie die Kräfte her, Gabriela gesund zu machen? Wo ist ihr Eli jetzt, da sie ihn so sehr braucht? Er würde sie ermutigen, würde ihr helfen.

»Du musst gesund werden«, sagt Bekki zu Gabriela, »hörst du, meine Süße, meine Hübsche, du musst trinken, denn wenn du nicht durchkommst, sterbe ich, hörst du, meine Bonbonniere, ich sterbe.«

Sie schiebt ihr den Flaschenschnuller in den Mund, aber Gabriela wehrt ihn mit letzten Kräften ab. Sie macht auf Anweisung der Ärztin eine Windel nass und legt ihr den feuchten Stoff zwischen die Lippen, aber die Kleine dreht das Gesicht weg und weigert sich zu saugen.

Bekki gibt sie nicht aus der Hand, will sie nicht ins Bettchen legen, fürchtet, wenn sie sie nicht mit ihren dünnen Armen umfasst, werde ihr etwas Schreckliches zustoßen. Die Verantwortung für ihr Leben ruht auf ihren Schultern, und sie ist doch selbst noch so jung. Nicht mal Gabrielas Vater kann die Lage meistern, weint wie ein kleines Kind, bricht beinah zusammen, allein bei dem Gedanken, seine Tochter könnte es, Gott behüte, nicht überstehen. Und Rachelika *miskenika*, als Dr. Kagan erfuhr, dass sie daheim ein Baby hat, hat sie ihr Hausverbot erteilt, hat gesagt, sie könnte sich und dann Boasiko anstecken. Jeden Tag kommt sie in den Krankenhaushof, und Bekki tritt mit Gabriela auf dem Arm ans Fenster, damit Rachelika sie von weitem sehen kann. Dann erst eilt sie weiter zu Luna, um an ihrem Bett zu sitzen.

Luna weiß nichts von Gabrielas Erkrankung. Die Familie hat vereinbart, ihr nichts zu erzählen. Sie hat ja ohnehin gebeten, sie sollten das Kind nicht mitbringen, ist ohnehin ganz mit ihren eigenen Schmerzen und Sorgen beschäftigt und fragt nicht nach. Also besser so. Wenn der Krieg zu Ende ist, wenn Luna mit Gottes Hilfe wieder gesund sein wird und Gabriela auch, werden sie es ihr erzählen. Alles wird in Ordnung sein, denkt Rachelika. Luna wird Gabriela ins Herz schließen, sie werden das Versäumte noch nachholen.

Doch Gabrielas Zustand verschlimmert sich immer mehr, und David erträgt es nicht, klappt zusammen, hält seine totkranke Tochter auf dem Arm, drückt ihren winzigen Körper ans Herz und schluchzt hemmungslos.

Bekki, soll sie gesund sein, gerade mal fünfzehn Jahre alt und ein Fels verglichen mit ihm – Rachelika, Rosa, alle Frauen der Familie Ermoza stehen mehr ihren Mann als er –, Bekki nimmt ihm Gabriela hastig ab. Sie sagt nichts beim Anblick seiner Tränen, versucht nicht, zu trösten, versucht nicht, ihn zu beruhigen, nimmt ihm nur stumm das Baby ab. Er küsst Gabriela auf die Stirn und verlässt das Zimmer, hastet die Treppen hinunter, verfällt fast in Laufschritt auf dem Weg nach draußen. Er kann nicht dauernd im Krankenhaus sein, obwohl seine Vorgesetzten es ihm erlaubt haben, er hält es nicht aus dort in der Todesangst, die die Luft erfüllt.

Wegen Gabrielas Erkrankung hat er die Wach- und Verteidigungsposten aufgeben müssen und dient jetzt als Motorradkurier, überbringt Nachrichten von einer Stellung zur anderen. Er startet das Motorrad, aber statt zur Kommandantur zurückzukehren, fährt er ziellos herum. Nicht überall kommt er durch, einige Straßen sind gesperrt. Jerusalem wirkt verlassen, sieht aus wie nach einem Erdbeben, rauchende Ruinen und Menschen, die sich wie Schemen bewegen, Deckung vor den einschlagenden Granaten suchen. Die Innenstadt wird tagtäglich beschossen. Jaffa-, Ben-Jehuda- und King-George-Straße, sonst laute und belebte Verkehrsadern voller Passanten, sind jetzt wie ausgestorben. Die Rollläden der Geschäfte sind heruntergelassen, die Fenster der Gebäude verdunkelt, und keiner kommt oder geht.

Die ziellose Fahrt tut ihm nicht gut, deprimiert ihn nur noch mehr. Er ist am Ende, Jerusalem ist am Ende. Jordaniens Arabische Legion hat Atarot und Newe Jaakov erobert. Auch der Kibbuz Bet Ha'arava in der Nähe des Toten Meeres ist gefallen, die Altstadt ist gefallen, wenn kein Wunder geschieht, wird auch die Neustadt fallen.

Hätte man nicht einen Monat nach meiner Erkrankung die sogenannte Burma-Straße zur Umgehung der arabischen Straßensperren gefunden, wäre ich wohl kaum am Leben geblieben. Als die Belagerung damit durchbrochen war und Nachschub in die Stadt gelangte, kamen auch Medikamente. Nach und nach besserte sich mein Zustand, ich aß wieder und nahm zu, und wie es bei Babys so geht, kehrten auch Lebenskraft und Lebensfreude zurück. Wenn mein Vater mich jetzt im Krankenhaus besuchte, juchzte ich wieder vor Freude, fuchtelte mit den Ärmchen und lachte ihn an, und er bohrte die Nase in meinen Bauch, stieß komische Laute aus, schwang mich überglücklich in die Luft.

Nach zwei Monaten Krankenhaus kam ich heim. Die große Freude über meine Rückkehr als gesundes und munteres Kind war seinerzeit der einzige Lichtblick im Hause Ermoza. Meiner Mutter ging es zwar etwas besser, aber sie war immer noch nicht außer Lebensgefahr. Seit Monaten lag sie schon im Krankenhaus, und es war kein Ende abzusehen.

Mein Vater nahm den vollen Dienst zur Verteidigung Jerusalems wieder auf, lag jede Nacht auf Wache, das Gewehr schussbereit neben sich. Morgens, wenn man ihn ablöste, eilte er ins Krankenhaus, um meine Mutter zu besuchen, und wenn

Bekki oder Rachelika eintraf, hastete er weiter zu meinen Großeltern, um bei mir zu sein, bis es Zeit für den nächsten Wachdienst wurde. Er schlief damals kaum, begnügte sich oft mit drei bis vier Stunden Schlaf, manchmal auch mit weniger.

Mit den Konvois, die über die Burma-Straße Versorgungsgüter in die Stadt brachten, trafen auch Briefe von der Front ein. Bekki lebte von einem Brief zum anderen. Wann immer ein Konvoi ankam, lief sie zu Eli Cohens Elternhaus, und er enttäuschte sie nie. Jedem Brief an seine Eltern lag ein Schreiben voll Liebe und Sehnsucht für sie bei. Sie öffnete aufgeregt den Umschlag, las wieder und wieder, küsste die Worte und netzte sie mit ihren Tränen. Bei jeder Gelegenheit besuchte sie die Eltern ihres Liebsten. In ihrer Nähe hatte sie das Gefühl, ihm ebenfalls nahe zu sein.

Auch von Moise trafen optimistische Briefe ein, die vom Vorrücken der Kämpfe an der Südfront und dem baldigen Ende des Krieges berichteten, doch je mehr er sich bemühte, Rachelika die Angst zu nehmen, desto mehr fürchtete sie um ihn. Die Traurigkeit, die aus den Zeilen der verblichenen Feldpostbögen wehte, war unübersehbar. Seine Liebesworte konnten die ungeheure Sorge um sie, um Boas, um die Familie und vor allem um die verletzte Luna nicht verbergen. Seine Briefe waren erfüllt von schmerzlicher Sehnsucht, die sie zu verdrängen suchte, um weiterleben zu können.

Während Eli Cohen der Schöne und Moise ihren Liebsten bei jeder Gelegenheit Briefe schickten, erhielt Oma Rosa kein Lebenszeichen von Efraim. Doch trotz ihrer Sorge war sie im Herzen sicher, dass er auch diesmal durchkommen würde, wie in all den Jahren, in denen sie ihn nicht gesehen hatte. Ihre Hauptsorge galt jetzt Luna, die noch immer nicht über den Berg war, ihrem Ehemann, dem es immer schlechter ging, und dem Haushalt. Rachelika und Bekki waren eine große Hilfe, aber das Geld ging zusehends zur Neige, und selbst wenn Gabriel sie jetzt in fremden Haushalten arbeiten lassen würde – bei wem sollte das wohl sein? Wer hatte in diesen Zeiten schon Geld für eine Haushaltshilfe?

Luna hatte immer noch keine Ahnung, dass Gabrielas Leben am seidenen Faden gehangen hatte. Sie war so beschäftigt mit ihren Verletzungen, hatte so viele Schmerzen – warum ihr zusätzlich Kummer bereiten. Gelegentlich erkundigte sie sich nach ihrer Tochter, und sie berichteten ihr von ihren Fortschritten: Sie hat einen neuen Zahn bekommen, sie fängt an, sich im Laufstall aufzurichten, sie krabbelt. Luna sagte dann lächelnd: »Soll sie gesund sein«, und ließ es dabei bewenden.

Aber eines Tages bat sie David: »Vielleicht bringst du morgen die Kleine mit? Ich sehne mich nach ihr.«

Am nächsten Morgen zog Bekki mir ein rosa Kleid mit aufgenähten Blümchen an, die Oma Rosa gehäkelt hatte, band mir eine rosa Schleife in die roten Locken und übergab mich meinem Vater, damit er mich mitnahm und ich endlich meine Mutter zu sehen bekäme.

»Wir gehen Mama besuchen«, sagte mein Vater zu mir, »Ma-ma, sag: Ma-ma!« Und ich plapperte es ihm nach wie ein Papagei. »Das wird deine Mama glücklich machen, wenn sie dich Mama sagen hört«, meinte er und lachte mich an, und ich wiederholte ständig das neue Wort, das ich gelernt hatte und zum ersten Mal im Leben aussprach: »Mama.«

Er hatte mit Luna vereinbart, mich nicht ins Krankenhaus hineinzubringen. Er fürchtete, ich könnte mich, behüte, mit irgendwas anstecken und erneut krank werden. Luna sollte zum vereinbarten Zeitpunkt aus der Station herunterkommen, und dann würden wir gemeinsam in den Garten gehen und uns auf eine Bank setzen.

Mit großer Mühe schaffte Luna es bis ins Erdgeschoss. Jede

Stufe verursachte ihr Schmerzen. Ihre Wunden waren noch nicht ganz verheilt, und sie fürchtete bei jedem Schritt, die Nähte könnten aufgehen und ihre Eingeweide heraustreten lassen. Und doch zwang sie sich zu der großen Anstrengung.

»Sei vorsichtig«, hatte der Rotschopf sie gebeten, »geh langsam runter und halte dich am Geländer fest.« Er hätte ihr gern geholfen, war aber selbst ans Bett gefesselt, konnte seine Beine nicht bewegen, und sein ganzer Körper steckte in Verbänden. Es tat ihm im Herzen weh, Luna sich so abmühen zu sehen, bloß um ihre Tochter vom Krankenhaus fernzuhalten. Er hörte sie nachts im Schlaf seufzen, vor Schmerzen stöhnen, heimlich ins Kissen weinen, sah sie die Krankenhausdecke über den Kopf ziehen, damit keiner sie hörte, aber er sah und hörte sehr wohl und hatte Mitleid mit ihr.

Angestrengt meisterte sie Stufe für Stufe bis zum Eingangsbereich, und von dort schlich sie mehr, als dass sie ging, zum Ausgang. Sie trat genau in dem Moment ins Freie, als David mit mir auf dem Arm ankam. Ihr Herz hüpfte, als sie das Kind sah, konnte nicht glauben, wie groß es geworden war. Sie streckte die Arme aus, um mich meinem Vater abzunehmen, aber als er mich an sie übergeben wollte, fing ich an zu schreien und mit den Beinen zu strampeln, wollte nicht auf den Arm meiner Mutter. Und Luna, der die Szene, die ich ihr beim ersten Besuch im Krankenhaus gemacht hatte, schon entfallen war, blickte fassungslos auf ihre Tochter, die ihr nicht nahe kommen wollte.

»Sie kennt mich nicht«, sagte sie schmerzerfüllt, »sie hat keine Ahnung, dass ich ihre Mutter bin.«

»Sie hat dich lange nicht gesehen«, versuchte David sie zu trösten, »lass ihr Zeit, es wird sich alles finden.«

Luna sank das Herz, sie konnte ihre schmerzliche Enttäuschung kaum verbergen.

»Macht nichts, David«, sagte sie. »Hauptsache, Gabriela ist gesund, Hauptsache, sie wird gut gepflegt.«

»Sei unbesorgt, meine Schöne, alle kümmern sich um sie, deine Mutter, deine Schwestern, die Nachbarinnen. Alle haben sie lieb, sie ist ein gutes Kind.«

»Ja«, murmelte Luna, »sie ist ein gutes Kind.«

»Sie ist dir wie aus dem Gesicht geschnitten, alle sagen das. Die Augen, das Haar, die Grübchen, ganz eine kleine Luna.«

»Ja, ganz eine kleine Luna«, wiederholte meine Mutter, bemüht, die Tränen zurückzuhalten. »Geht jetzt, geht und kommt mal wieder, ich bin müde, ich mach mich auf zur Station.«

Mein Vater küsste sie auf die Wangen und wandte sich in einem letzten verzweifelten Versuch an mich: »*Hayde bonyika*, sag ›Mama‹ wie vorhin, sag es, gutes Mädchen.«

Aber ich verzog das Gesicht und weigerte mich, das Wort vor meiner Mutter zu wiederholen, heulte stattdessen noch lauter los als zuvor.

»Macht nichts, David«, sagte meine Mutter, »bring sie nach Hause.«

»Aber Luna, sie muss dich kennenlernen, muss wissen, dass du ihre Mutter bist.«

»Sie wird es noch wissen, David, ich werde, mit Gottes Hilfe, nach Hause kommen, und alles wird sich finden. Es tut mir nicht gut, wenn sie so weint.«

»Pass auf dich auf«, sagte er zu ihr, »ich komme morgen wieder.«

Er küsste sie noch einmal und verließ das Krankenhausgelände. Er war enttäuscht über das Mutter-Tochter-Treffen, aber entschlossen, nicht aufzugeben, er würde Gabriela zu weiteren Besuchen bei Luna mitnehmen, sie musste sich an ihre Mutter gewöhnen. Es konnte nicht angehen, dass sie bei ihrem Anblick losheulte wie bei einem fremden Menschen.

Luna schleppte sich mühsam die Treppen hinauf zu ihrem Zimmer, zu ihrem Bett, kroch unter die Decke, ohne den Morgenrock abzulegen, und zog sie sich über den Kopf.

»Alles in Ordnung, Luna?«, fragte der Rotschopf.

Sie antwortete nicht.

»Wie war die Begegnung mit deiner Tochter?«, fragte er weiter.

»Sie weiß nicht mal, dass ich ihre Mutter bin«, flüsterte Luna, »sie hält mich für eine Fremde.«

»Sie hat dich monatelang nicht gesehen, das ist ganz normal«, versuchte er sie zu trösten.

»Nein, das ist nicht ganz normal, nichts zwischen mir und meiner Tochter ist normal.«

9

Seit vielen Nächten kann Gabriel nicht mehr als eine Stunde am Stück schlafen, und derselbe Traum sucht ihn Nacht für Nacht heim. In dem Traum rennt er, überquert Felder, Berge, Meere, Ozeane. »Wohin rennst du, Gabriel«, hört er eine süße Frauenstimme, »wohin?« Er gibt keine Antwort und rennt weiter. Er atmet schwer, kann aber nicht innehalten, seinen Lauf nicht verlangsamen, rennt und rennt und rennt, und dann, immer zur selben Zeit an derselben Stelle, taucht ihre Gestalt aus dem Nichts auf, rennt vor ihm her, und er versucht sie einzuholen, jenes junge Mädchen, das er schon seit über fünfundzwanzig Jahren nicht mehr gesehen hat, das Mädchen mit dem goldenen Haar und den blauen Augen. Er streckt die Hand nach ihr aus, kommt ihr aber nicht nahe, sie ist ihm voraus, entschlüpft ihm, und als er sie beinah, beinah erreicht hat, sie beinah berührt, wacht er schweißgebadet auf, tieftraurig, sie verpasst zu haben. Er möchte sich im Bett aufsetzen, sein Mund ist trocken, er hat Durst, kommt jedoch nicht mit eigener Kraft hoch, muss Rosa wecken, damit sie ihm aufhilft, aber wie kann er sie aus dem Schlaf reißen, wie soll er ihr in die Augen sehen und sie um Hilfe bitten, wenn der Grund für seine nächtliche Hilfsbedürftigkeit der fremde Goldschopf ist und wenn die Erinnerung an dieses blonde Mädchen ihn sein Leben lang daran gehindert hat, seine Gattin so zu lieben, wie ein Mann seine Frau lieben sollte.

Er liegt mit offenen Augen da, betet zu Gott, er möge seinem Leiden ein Ende setzen. »Es ist für mich besser, zu sterben, als zu leben«, flüstert er. »Was für ein Leben habe ich denn? Ein kranker Mann, der ohne Hilfe keinen Finger rühren kann? Abhängig von der Güte meiner Frau, meiner Töchter, ich bin dieses elende Leben leid.«

Als Rosa ihn morgens wecken kommt, findet sie ihn mit offenen Augen im Bett liegend.

»Guten Morgen, *kerido*«, sagt sie zu ihm.

Er gibt keine Antwort.

»*Buenos días*«, versucht sie es erneut. »Wie geht es dir heute, *kerido?*«

Er schweigt weiter.

»Gabriel, *ke pasa?* Ist dir nicht gut?« Sie legt ihm die Hand auf die Stirn. Er macht ihr Angst. Sie setzt sich zu ihm aufs Bett, neigt die Wange über seine Lippen. Sein Atemhauch beruhigt sie ein wenig, er lebt. Sie steht auf und geht nach nebenan.

»Rachelika«, sagt sie zu ihrer Tochter, die ihren Sohn stillt, »dein Vater liegt wie tot im Bett und sagt kein Wort.«

»Was heißt, er sagt nichts?«

»Ich rede mit ihm, und er antwortet mir nicht.«

Rachelika löst Boas von ihrer Brust, worauf er laut losheult. »Nimm ihn«, sagt sie zu ihrer Mutter und eilt ins Zimmer ihres Vaters.

»Papú, alles in Ordnung?«, fragt sie besorgt.

Er schweigt.

»Papú, mach mir keinen Kummer, ich habe ohnehin schon genug Sorgen im Kopf.«

Aber Gabriel bleibt stumm.

»Papú, ich fleh dich an«, sie kniet an seinem Bett nieder, »wir schaffen es nicht, wenn dir auch noch was passiert, hab Erbarmen mit uns, es ist jetzt nicht die Zeit zum Schweigen, Papú, wenn dir was weh tut, dann sag es.«

»Was ist los?«, fragt David, eben aus dem Schlaf erwacht.

»Mein Vater hält die Zeit für gekommen, sich Schweigen aufzuerlegen«, sagt Rachelika.

»Geh wieder zu Boas, er schreit wie am Spieß, ich bleibe bei deinem Vater.«

Boas beruhigt sich erst, als Rachelika ihn wieder an die Brust legt, doch jetzt hat auch Gabriela Hunger und heult los. Bekki nimmt die Flasche Milch, die Rachelika vorsorglich abgefüllt hat, gießt sie in den Topf und wärmt sie auf dem Dochtbrenner.

»Mach sie nicht zu heiß«, sagt Rosa, »damit sich Gabriela nicht den Mund verbrennt.«

»Ich weiß genau, wie lange ich sie erhitzen muss, ich kann direkt Mutter werden, ich bin bereit«, sagt Bekki stolz.

»Sei gesund, sicher bist du bereit. Dein Eli wird aus dem Krieg zurückkehren, und mit Gottes Hilfe haltet ihr zwei, drei Jahre später Hochzeit.« Allein schon die Erwähnung von Elis Namen lässt Bekki in Tränen ausbrechen.

Dio santo, alle sind verrückt geworden, denkt Rosa, Gabriel,

Rachelika, die Babys und nun auch Bekki, das reinste Irrenhaus! Nur sie hält sich wie ein Fels in der Brandung, obwohl sie gar nicht mehr zu Atem kommt.

David ist mit Gabriel allein im Zimmer, pendelt ratlos zwischen dem Fenster und dem Bett seines Schwiegervaters, weiß nicht, wie er mit dem alten Mann umgehen soll, war noch nie allein mit ihm in einem Raum.

»Senyor Gabriel«, wendet er sich an den Schwiegervater, »wie fühlen Sie sich heute Morgen?«

Überraschend dreht Gabriel, der geschwiegen hat, als seine Frau ihn ansprach und seine Tochter ihn anflehte, das Gesicht von der Wand zu ihm und sagt: »Ich fühle mich wie meine Plagen.«

»Dann ist ja alles in Ordnung«, lacht David, »auch ich fühle mich wie meine Plagen. Ich dachte schon, auch Sie würden uns hier, Gott behüte, Sorgen machen und krank werden.«

»Gesund werde ich nicht mehr werden, mein Schwiegersohn, ich bin alt und krank, und mein Leben ist keinen Heller mehr wert, ich kann den Tag nicht erwarten, an dem ich meine Seele dem *senyor del mundo* zurückgeben kann.«

»Gott bewahre, Senyor Gabriel, was reden Sie denn, Sie sind gar nicht so alt, noch keine fünfzig.«

»Ich bin alt, Schwiegersohn, ich tauge zu nichts mehr, komme nicht mal mehr mit eigener Kraft aus dem Bett. Sogar um pinkeln zu gehen, brauche ich Hilfe, was bleibt mir denn im Leben, wenn Gott mir das bisschen Ehre, das ich mal hatte, genommen hat, wenn ich meine Frau bitten muss, mir den Hintern abzuwischen?«

David schweigt. Gabriels Unverblümtheit irritiert ihn. Auf ein intimes Gespräch mit seinem Schwiegervater ist er nicht vorbereitet. Er hat gedacht, sie würden sich höflich und in gegenseitigem Respekt unterhalten wie immer. Unbehaglich geht er von Gabriels Bett zur Zimmertür, hofft inständig, Rosa oder eine seiner Schwägerinnen würde hereinkommen und ihn aus seiner misslichen Lage retten, aber niemand kommt, und die einzigen Worte, die ihm schließlich herausrutschen, sind: »Was kann ich für Sie tun, Schwiegervater? Wie kann ich Ihnen behilflich sein?«

»Du kannst meine Tochter beschützen«, antwortet Gabriel, »denn ich kann es nicht mehr.«

David atmet erleichtert auf, er hat schon befürchtet, der alte Mann würde ihn um eine wirklich peinliche Hilfestellung bitten, etwa ihm den Hosenladen aufzumachen und sein Glied zu halten, damit er Wasser lassen kann.

»Ich werde sie beschützen, Schwiegervater, ich schwöre, dass ich auf sie aufpassen werde.«

»Luna ist jung, sie wird wieder zu Kräften kommen, wird genesen und zu dir und zu Gabriela heimkehren. Du musst auch auf dich selber aufpassen, damit du, Gott behüte, nicht zu Schaden kommst, wenn du draußen auf Wache bist.«

»Machen Sie sich keine Sorgen, Senyor Gabriel, der Krieg wird zu Ende gehen, Luna wird gesund nach Hause kommen, und Sie werden hundertzwanzig Jahre alt.«

»David!«, stoppt Gabriel den Redefluss seines Schwiegersohns. »Schwöre mir bei allem, was dir heilig ist, dass du Luna vor allem beschützt.«

»Ich schwöre es!«

»Und sobald Luna wieder gesund ist, macht ihr noch ein Kind, und diesmal gibst du ihm den Namen deines Vaters, und danach bekommt ihr noch mehr Kinder und gründet eine große Familie, und seid mir gesund.«

»Ich schwöre es.«

»Weißt du, David, bis Luna auf die Welt kam, war ich ein wandelnder Toter, sie hat meinem Leben wieder Sinn gegeben, das vergesse ich nie, es vergeht kein Tag, ohne dass ich daran denke.«

Interessant, denkt David, auch Gabriela hat meinem Leben wieder Sinn gegeben. Und zu seinem Schwiegervater sagt er: »Luna liebt Sie mehr als sich selbst, ihre Tochter hat sie nach Ihnen benannt, hat ihr aus Liebe zu Ihnen einen Jungennamen gegeben. Sie liebt Sie, lieber Schwiegervater, mehr, als sie mich liebt, mehr, als sie ihr Kind liebt.«

Eines Tages kam David ins Krankenhaus, fand Luna jedoch nicht auf der Station.

»Wo ist meine Frau?«, fragte er die Schwester.

»Beim Professor im Zimmer«, antwortete sie.

Er setzte sich auf die Bank im Korridor und wartete auf Luna. Aus ihrem Krankenzimmer drang Gelächter. Die Verletzten waren eine feste Clique geworden. Menschen, die Schweres durchgemacht hatten und durch den langen gemeinsamen Krankenhausaufenthalt zu einer Familie zusammengewachsen waren.

»*Ahelan*, mein Freund«, der rothaarige Gidi parkte seinen Rollstuhl neben David und weckte ihn aus seinen Grübeleien.

»*Ahelan we-sahelan*«, erwiderte David.

»Du wartest auf Luna?«

»Ja.« David nickte.

»Hast du schon die Entlassungsformalitäten erledigt?«

»Was für eine Entlassung?«

»Lunas.«

»Luna wird entlassen? Wann?«

»Heute, hat sie's dir nicht gesagt?«

»Nein.« David bemühte sich nicht mal, seine Überraschung zu verbergen.

»Der Professor spricht gerade noch mit ihr, und dann darf sie nach Hause.«

»Seit wann weißt du, dass sie entlassen wird?«, fragte David, bemüht, die Nachricht zu verdauen.

»Seit drei Tagen. Der Professor hat gesagt, wir würden eine Abschiedsfeier für sie machen.«

David schwieg. Wie konnte es sein, dass Luna schon seit drei Tagen von ihrer Entlassung wusste und ihm nichts erzählt hatte? Würde sie, wie er seit längerem vermutet, lieber im Krankenhaus bleiben, als heimzukehren? War sie lieber mit ihren verwundeten Freunden zusammen als mit ihm und ihrer Tochter? Er kniff die Augen zu, um die Wut zu unterdrücken, die aus seinem Bauch aufstieg, seine Halsadern schwellen ließ, doch vergeblich: Er wurde rot im Gesicht und schlug mit der Faust auf die Sitzbank.

»Nimm's nicht so schwer«, versuchte Gidi ihn zu beschwichtigen, »es hat nichts mit dir zu tun. Sie hat Angst, nach Hause zu gehen, weil sie sich nicht kräftig genug fühlt. Sie hat es dir sicher deshalb nicht erzählt, damit du nicht enttäuscht bist, wenn sie letzten Endes doch noch im Krankenhaus bleibt.«

David atmete tief durch. Wieso wusste der Rotschopf mehr über seine Frau als er selbst? Er kannte sie gar nicht mehr, hatte keinen Draht zu ihr.

Als Luna endlich aus dem Zimmer des Professors kam, war sie wütend und aufgebracht.

»Der Professor entlässt mich nach Hause«, wandte sie sich an Gidi, ohne ihren Mann zu beachten. »Ich will nicht nach Hause gehen, ich bin noch nicht kräftig genug.« Sie brach in Tränen aus.

»Luna«, Gidis Stimme war sanft, »das hier ist ein Krankenhaus, kein Erholungsheim.«

»Du verstehst nicht«, wimmerte sie, »ich hab Angst, dass meine Wunden wieder aufbrechen.«

»Sie brechen nicht auf, Luna«, sagte der Professor, aus seinem Zimmer kommend, »Ihre Wunden sind verheilt. Sie sind noch nicht wieder hundertprozentig auf dem Damm, aber Sie werden genesen. Gehen Sie nach Hause, nehmen Sie Ihr Leben wieder auf, sammeln Sie Kräfte, und nach und nach werden Sie wieder wie neu, das verspreche ich Ihnen. Wenn Sie möchten, vermittle ich Ihnen noch eine Woche im Erholungsheim in Motza.«

Die ganze Zeit saß David auf der Bank und kam sich vor wie ein Fremder, der zufällig hierhergeraten war. Seine Frau behandelte ihn, als wäre er Luft für sie, als wäre er nicht ihr Ehemann. Wieder fühlte er sich überflüssig in ihrem Leben, überflüssig in dem Teufelstanz, den der Krieg ihnen aufgezwungen hat, überflüssig bei der langen und zermürbenden Genesung von ihren verfluchten Verletzungen. Sie brauchte ihn nicht, sie hatte den Rotschopf, sie hatte ihre neuen Freunde, er störte nur. Erst als er aufstand und sich davonmachen wollte, bemerkte ihn der Professor und sagte: »Herr Siton, ich gebe Ihnen Ihre Frau zurück.«

»Meine Frau hat mir nicht gesagt, dass sie entlassen wird.«

Luna blickte ihn an, als sähe sie ihn zum ersten Mal, und sagte zu dem Professor: »Lassen Sie mich wenigstens noch einen Tag bleiben, morgen gehe ich nach Hause.«

»Noch einen Tag, Luna«, sagte der Professor, »einen Tag, nicht mehr.«

An jenem Abend nahm sie Abschied von ihren Freunden auf der Station und vergoss viele Tränen. Diesen Abschied wollte sie unbedingt allein, ohne Anwesenheit ihres Mannes begehen.

»Er würde nicht verstehen«, sagte sie zu Gidi, »er würde

denken, ich hätte den Verstand verloren, wenn er sähe, wie viele Tränen ich hier vergieße.«

»Er würde sie für Freudentränen halten«, gab Gidi zurück.

»Aber du weißt, dass es Tränen der Trauer sind.«

»Warum Trauer, schöne Frau, ich wünschte, ich würde auch schon entlassen.«

»Ich werde mich nach dir sehnen«, sagte Luna und fügte rasch hinzu: »Wie nach allen auf der Station.« Und im Flüsterton: »Mein Leben wird nicht mehr dasselbe sein ohne dich.«

»Warum ohne mich? Du kommst zu Besuch, und dann werde ich entlassen und wir bleiben in Kontakt.«

»Versprichst du's mir?«

»Muss ich dir das extra versprechen? Was uns verbindet, ist nicht vielen Menschen gegeben.«

»Was verbindet uns denn?«

»Liebe«, flüsterte er ihr zu.

»Liebe wie zwischen Mann und Frau oder Liebe unter Freunden?«, hakte Luna nach.

»Du bist eine verheiratete Frau, es darf nicht so sein wie zwischen Mann und Frau.«

»Und wenn ich nicht verheiratet wäre?«

»Und wenn meine Großmutter Räder hätte? Und wenn ich auf meinen Beinen gehen würde?«

»Ich frage im Ernst, hör auf, alles ins Lächerliche zu ziehen.«

»Du fragst im Ernst? Dann werde ich dir ernsthaft antworten: Wenn wir uns vor dem Krieg kennengelernt hätten, bevor du geheiratet hast, bevor du ein Kind bekamst, bevor du verletzt wurdest, bevor ich verwundet wurde, bevor sie mir mitgeteilt haben, dass ich niemals Kinder zeugen kann, dann hätte ich dich geheiratet.«

»Sicher kannst du Kinder zeugen.«

»Ich bin gelähmt, Luna, erinnerst du dich? Ich werde keine Kinder haben! Und du hast eine Tochter und einen Mann und wirst mit Gottes Hilfe noch weitere Kinder bekommen, also verlass endlich dieses verfluchte Krankenhaus und kehr zurück in dein Leben. Behalte mich in Erinnerung, aber vergiss die Liebe zwischen Mann und Frau, das kann nicht mehr geschehen, nicht zwischen mir und dir und nicht zwischen mir und jeder anderen Frau auf der Welt.«

Sie standen auf dem Krankenhausbalkon zur Prophetenstraße. Das war ihr Treffpunkt, dorthin gingen sie, um allein zu sein. Dort hatte sie sich erstmals seit ihrer Verwundung wieder lebendig gefühlt, hatte ihr Herz einen Luftsprung gemacht beim schmelzenden Blick des einzigen Menschen, der ihr ein Lächeln auf die Lippen zaubern konnte. Dort hatte sie erkannt, dass das, was sie für ihn empfand, nicht nur die Freundschaft und Zuneigung war, die sie ihren anderen Freunden auf der Station entgegenbrachte, sondern etwas Tieferes. Und da sie beide schon seit Monaten zusammen im Krankenhaus waren und in ihrem Innern ein Gefühl gereift war, das sie nicht kontrollieren und nicht mehr ignorieren konnte, hatte sie sich erlaubt, kühn zu sein und ihm ihre Liebe zu gestehen.

Er blickte sie mit seinem Sommersprossengesicht an und sagte: »Das Morphium spricht aus deinem Mund, du phantasierst.«

»Ich liebe dich«, sagte sie erneut.

Er wandte den Blick zur Straße und sagte mit kaum hörbarer Stimme: »Du darfst solche Worte nicht zu einem Mann sagen, der nicht dein Ehepartner ist.«

»Ich liebe dich«, wiederholte sie noch einmal.

Er versuchte die Tränen zu verbergen, die ihm in die Augen traten. »Niemals«, sagte er zu ihr, »ich flehe dich an, sag mir niemals wieder, dass du mich liebst, denn dann könnte ich diesen Ort hier nicht überleben, wenn du nicht mehr da bist. Wenn du mich wirklich liebst, dann bitte ich dich, vergiss, was du mir eben gesagt hast, und ich werde es auch vergessen.«

Aber beide wussten, dass man es nicht vergessen konnte. Die langsam gewachsene Beziehung ließ sich nicht lösen. Ihre Seele hatte sich mit seiner verbunden, seine Nähe ihrem wunden Körper neues Leben eingehaucht, und seit Monaten beschäftigte sie sich nicht mehr allein mit ihren Schmerzen. Sie sorgte sich sehr um ihn. Die meiste Zeit war er froh und lustig, der belebende Geist der Station, aber an manchen Tagen, vor allem wenn er von Untersuchungen zurückkam, versank er in Schwermut und Schweigen. Sie selbst war so lange verstummt gewesen, gefangen in Leid und Schmerzen, in Trauer über ihre lädierte Schönheit und ihren geschundenen Körper, die nicht mehr so werden würden wie früher, und gerade als der Lebensfunke bei ihr erneut aufflammte, war er es, der den Kopf unter der Decke begrub.

Nach einer solchen Rückkehr von einem Gespräch mit dem Professor legte er sich hin und zog den Vorhang zwischen ihren Betten zu. Er wollte nichts essen, wollte mit niemandem sprechen, all ihre Versuche, seinen Panzer zu durchbrechen, scheiterten. Selbst seine Eltern, die aus Naharija angereist waren, schickte er weg. Luna war außer sich. Sein Leid ließ sie ihr eigenes Leid vergessen. Von ihrem Vater abgesehen, hatte sie sich noch nie solche Sorgen um einen anderen Menschen gemacht.

Und eines Morgens war er wieder er selbst, als ob nichts gewesen wäre. Mit einem Schlag waren die Witze, das Gelächter und die Kunststückchen zurück, die ihn zum Liebling der Schwestern und zu Lunas Lebenselixier gemacht hatten.

Nie würde sie ihr erstes Beisammensein auf dem Balkon vergessen. Eines Abends, nach der Visite, als die Zimmergenossen schon im Bett lagen und schliefen, einen Moment bevor sie, wie immer, den Vorhang zwischen ihren Betten zuzogen, hatte er ihr zugeflüstert: »Möchtest du einen Spaziergang machen?«

»Sicher«, antwortete sie, holte eilig seinen Rollstuhl und half ihm hinein.

»Wohin?«, fragte sie.

»Auf den Balkon.«

Als sie am Ende des Korridors angelangt waren, öffnete sie behutsam die Tür, und sie betraten die breite Galerie zur Prophetenstraße. Es war eine warme Sommernacht, ein lauer Wind streichelte ihre Gesichter, und der Vollmond tauchte die Galerie in schimmerndes Licht. Luna meinte, in einem Film zu sein.

»Weißt du«, sagte sie, »genau in so einer Vollmondnacht bin ich geboren, am 15. Adar. Deshalb hat mein Vater mich Luna genannt, das ist Spaniolisch für Mond.«

»Luna«, flüsterte er und hob das Gesicht zu ihr auf, »wie gut der Name zu dir passt.«

Sie war so schön im Schein des Mondes, ihr Gesicht verletzlich, eine junge Frau, die so leiden musste. Sein Herz war voll Mitgefühl.

Luna löste die Augen nicht von seinen. Sie kniete neben ihm nieder, legte den Kopf auf seine Knie, und er strich ihr über die roten Löckchen, die nachgewachsen waren. So verharrten sie lange schweigend.

Dann hob er sacht ihren Kopf von seinen Knien und sagte: »Ich möchte dir etwas erzählen.«

Ihre Augen leuchteten.

»Ich habe den Professor und die Schwestern beschworen, es

niemandem zu sagen, auch nicht meinen Eltern, aber ich möchte, dass du es weißt, das ist mir wichtig.«

»Was?«, fragte sie aufgeregt.

»Du weißt, dass die Kugeln des arabischen Heckenschützen mir in die Wirbelsäule gedrungen sind?«

»Ja.«

»Ich bin von der Taille abwärts gelähmt, werde nie wieder gehen können.«

»Hauptsache, du lebst«, sagte sie ihm das, was man ihr schon so oft gesagt hatte, »du lebst, und du wirst alles machen können, nur nicht laufen.«

»Ich werde nicht alles machen können, Luna, ich kann keine Kinder machen.«

»Nein!«, entfuhr es ihr, und sie hielt sich hastig den Mund zu, als könne sie den Aufschrei so zurücknehmen. »Ist das endgültig?«, fragte sie schmerzerfüllt. »Geht es nicht vorbei?«

»Nein, das geht nicht vorbei«, antwortete er, scheinbar schicksalsergeben, »es wird niemals vorbeigehen.«

»Deswegen warst du lange so traurig?«

»Als man mir sagte, dass ich gelähmt bleiben würde, habe ich mich damit abgefunden. Habe mir gedacht: Ein Glück, dass mir die Augen nicht flöten gegangen sind, blind zu sein wäre noch viel schlimmer. Aber als der Professor mir sagte, ich würde keine Kinder haben, war ich völlig erledigt. Verstehst du, Luna, was das bedeutet?«

Sie nickte. »Aber du kannst immer noch eine Frau heiraten, die Kinder hat.«

»Das wird wohl leider nicht passieren.«

»Warum? Es gibt viele Kriegswitwen mit Kindern.«

»Ach so«, er lächelte zum ersten Mal, »ich dachte, du meinst, ich könnte dich heiraten.«

»Schön wär's«, erwiderte sie traurig, »ja könntest du mich nur heiraten!«

Fortan schob Luna Gidis Rollstuhl jeden Abend auf den Balkon. Keiner der Freunde störte ihre zweisamen Ausflüge. Alle wussten, dass sie mehr als nur Freundschaft füreinander empfanden, aber keiner sprach darüber, es war eins der bestgehüteten Geheimnisse im Kreis der Patienten und Schwestern. Falls jemand die wachsende Nähe zwischen der verheirateten Frau und dem jungen Invaliden missbilligte, behielt er es für sich. Denn diese Nähe wirkte sichtlich wie ein Wundermittel auf die beiden und beschleunigte ihre Genesung.

Luna verliebte sich zusehends in Gidi. Ihr Herz hüpfte, wann immer sie ihn erblickte, und sie spürte, wie ihre Jugend zurückkehrte, ihr Lebenswille neu erwachte, der Wille, schön für ihn zu sein. Sie bat Rachelika, ihr Lippenstift und Puder ins Krankenhaus zu bringen, und machte sich zurecht wie vor der Verletzung. Sie band ein Kopftuch über den nachwachsenden Haarflaum und die noch verbliebenen Kahlstellen auf ihrem Schädel. Und Rachelika, überglücklich angesichts der positiven Veränderungen bei ihrer Schwester, brachte eine Feile und roten Nagellack mit und begann, Lunas Nägel zu pflegen.

»Gottlob, meine Schwester wird wieder sie selbst«, sagte sie zu Moise. »Lippenstift, Puder, Maniküre, Pediküre, demnächst läuft sie mit Abendkleid und hohen Absätzen auf der Station herum.«

Die Veränderung war auch David nicht entgangen. Wenn er sie jetzt besuchen kam, lag sie nicht mehr wie eine Mumie im Bett. Manchmal fand er sie mit ihren Freunden auf dem Balkon, in ihrem seidenen Morgenrock statt dem hässlichen Krankenhausfetzen. Luna wird wieder Luna, dachte er im Stillen, bald würde sie nach Hause kommen, und was dann? Er konnte sich der aufkeimenden Sorge nicht erwehren, dass sie es dadurch nicht leichter haben würden. Schon vor ihrer Verletzung waren sie voneinander abgerückt, er hatte keinen Verkehr mehr mit ihr gehabt, seit sie ihm gesagt hatte, sie sei schwanger, und nach Gabrielas Geburt hatte sie ihn mit der Begründung abgewiesen, sie schäme sich, wenn ihre Eltern im Nebenzimmer seien. Und er hatte nicht darauf bestanden. Schon über ein Jahr liegt sie im Krankenhaus, und er muss sein Verlangen im Geheimen befriedigen, mit Frauen, die er ein oder zwei Abende trifft, bedauernswerte Witwen oder Geschiedene, und wenn er weder diese noch jene findet, macht er es mit Frauen, für deren Dienste er Geld bezahlt, das er nicht hat.

An dem Tag, als meine Mutter aus dem Krankenhaus entlassen wurde, zog Bekki mir ein hübsches, weißes Musselinkleid an, das in einem Paket aus Amerika gekommen war, und sagte mir unablässig »Herzlich willkommen, Mama« vor. Aber obwohl ich schon mit einem Jahr redete, als hätte ich ein Radio verschluckt, weigerte ich mich standhaft, ihr die Worte nachzusprechen, bis Bekki entnervt sagte: »Gut, dann sag nur ›Schalom Mama‹.«

Doch ich sagte trotzig: »Schalom Papa«, worauf Bekki erwiderte: »Gut, dann sag gar nichts, umarm deine Mama nur und gib ihr einen Kuss.«

Mutter kam nach Kriegsende heim. Moise und Eli Cohen der Schöne waren schon da, und auch mein Vater hatte seine Sten-MP abgeliefert, war von der Verteidigung unseres Jerusalem dispensiert und arbeitete bei seinem Bruder Jizchak in dessen Autowerkstatt in Talpiot. Mutter trat am Arm meines Vaters durch die Tür des großelterlichen Hauses, vorsichtig, als fürchte sie zu straucheln, und ging als Erstes zu ihrem Vater. Opa Gabriel saß in seinem Lehnstuhl fest, sein Körper, den er nicht mehr unter Kontrolle hatte, weigerte sich, zum Empfang der geliebten Tochter aufzustehen. Er weinte ein Tränenmeer und ließ lange seine zitternde Hand auf dem Kopf der vor ihm knienden Luna ruhen.

»Gottlob, gottlob«, murmelte er wie ein Mantra. Und erst nachdem sie ihn umarmt und seine eingefallene Wange und die zitternde Hand geküsst hatte, umarmte sie notgedrungen auch Oma Rosa und sank dann erschöpft von der Anstrengung auf den Sessel neben meinen Großvater. Bekki, mit mir auf dem Arm, trat zu ihr und bat mich: »Sag Mama Schalom, sag herzlich willkommen.« Aber ich schüttelte vehement den Kopf und weigerte mich, Bekkis Aufforderung zu folgen.

»Wie groß sie geworden ist«, sagte meine Mutter müde.

»Komm, Süße, komm, *bonyika*«, sagte mein Vater und nahm mich Bekki ab, »komm zu Mama.« Meine Mutter streckte mir die Arme entgegen, doch wie die vorigen Male wollte ich nicht zu ihr.

Meine Mutter legte die Hände wieder in den Schoß und sagte: »Ich bin müde, ich muss mich hinlegen.«

Und fortan lag sie die meiste Zeit. Sie stand nur selten auf, vor allem, wenn jemand sie besuchen kam, und kaum waren die Gäste weg, ging sie wieder ins Bett. Meine Großmutter, meine Tanten und mein Vater kümmerten sich weiter um mich, ließen meine Mutter in ihrem Tempo genesen.

Jeden Morgen ging David in die Werkstatt. Er mochte diese Arbeit nicht, hasste es, sich mit Motoröl zu beschmutzen, arbeitete ungern mit den Händen. Er war nicht zu körperlicher Arbeit geboren. Sobald es ihm gelänge, irgendein gutes Geschäft zu ergattern, würde er abhauen aus dieser stinkenden Werkstatt und von seinem Bruder, der ihn und die anderen Arbeiter behandelte wie ein Sklavenhalter. Ein Sklave, der zum

König geworden ist, dachte David bei sich, ein junger Spund, gestern noch eine kleine Rotznase und heute schon der große Boss. Er musste weg von hier, musste einen Job finden, der seinen Fähigkeiten entsprach, wie Moise, der bei der Polizei untergekommen war. Sogar Eli Cohen der Schöne war versorgt, hatte Arbeit im Wirtschaftsprüferbüro Haft & Haft in der Ben-Jehuda-Straße gefunden. Warum sollte er dann nicht zurechtkommen? Stand er den beiden etwa nach? Als Moise sich zum Polizeidienst meldete, hatte er ihn bestürmt, sich ihm anzuschließen, aber David wollte nicht Polizist werden.

»Ich habe die britische Polizei gehasst wie die Pest«, sagte er zu Moise.

»Aber das ist nicht dasselbe«, versuchte Moise ihn zu überreden, »es ist die israelische Polizei, die Briten sind weg.«

»Das ist egal«, sagte David, »Polizist sein liegt mir nicht.«

Er wollte wirklich und wahrhaftig eine Beschäftigung finden, die seinen Fähigkeiten entsprach. Wenn sein Leben nur anders verliefe, wenn Luna gesund wäre, wenn er sich nicht um Gabriela kümmern müsste, hätte er sich längst eine neue Arbeit gesucht. Die Lage hatte ihn gezwungen, das erstbeste Angebot anzunehmen, in der Werkstatt seines kleinen Bruders Jizchak.

Als er kurz unschlüssig gewesen war, hatte er einen Schubs von seiner Mutter erhalten, die ihn ermunterte: »Macht nichts, fang mal an, schau, wie du vorankommst, vielleicht macht Jizchak dich ja zu seinem Teilhaber.« Jetzt, nach einigen Monaten dort, würde er die Werkstatt nicht mal geschenkt haben wollen. Er hasst den Geruch der widerlichen Wagenschmiere und die schwarzen Flecken, die sie allenthalben auf Kleidung und Haut hinterlässt. Es dauert Stunden, den Geruch und den Dreck wieder von den Händen abzukriegen.

»Igitt«, sagt Bekki zu ihm und verzieht das Gesicht, »du stinkst!« Klar stinkt er, er verrichtet stinkende Arbeit. Ist er denn wie ihr Don Juan *de la Schmatte*, der im weißen Hemd zur Arbeit geht und mit weißem Hemd zurückkehrt? Er ist ein Arbeiter, ein Handwerker! Wie lange wird er dieses unmögliche Leben noch aushalten? Er hatte gehofft, wenn Luna aus dem Krankenhaus käme, würde sie sich schnell erholen und wieder ihre Mutterrolle übernehmen, das Leben würde in geregelte Bahnen zurückkehren, aber Luna igelt sich seit ihrer Entlassung immer mehr ein. Es geht nicht bergauf, sondern bergab mit ihr. Sie ist schlecht gelaunt, redet kaum, isst fast nichts. Er fleht sie an: »Wenn du nichts isst, kommst du nicht zu Kräften, wenn du nicht zu Kräften kommst, bringen sie dich wieder ins Krankenhaus«, und sie erwidert ihm nur diesen traurigen Blick. Sie nimmt nichts zu sich, seine Frau, bald bleibt nichts mehr übrig von ihrer Schönheit, wegen der er sie geheiratet hat. Manchmal kommt er sich vor wie ein Witwer, obwohl seine Frau am Leben ist.

Im Krankenhaus hatte sie noch ein bisschen gute Laune gehabt. Gidi, der Rotschopf im Nebenbett, war viel schlimmer dran als sie, aber trotzdem ein geselliger Typ, sorgte für Stimmung, erzählte Witze. Mehrmals hat er mit eigenen Augen gesehen, wie der Rotschopf Luna ein Lächeln, sogar ein Lachen entlockte. Wenn er sie auf der Station besuchte, saßen ihre verwundeten Freunde fast immer an ihrem Bett, hatten schon ihren eigenen Zusammenhalt. Der eine hat einen Arm verloren, dem anderen ist ein Bein hopsgegangen, aber sie lachen, und Luna, die Königin von England, sitzt in ihrem Bett, alle bemühen sich, sie aufzuheitern, aber sie – *nada*. Und manche waren, *Allah yustur*, holen gegangen, an ihren Verletzungen gestorben, andere hatten das Augenlicht verloren, würden nie mehr ihre Frauen sehen können und auch nicht die Kinder, die ihnen noch gar nicht geboren waren, wieder andere steckten von Kopf bis Fuß in Verbänden, aber sie, seine Frau, war die Traurigste von allen, als laste alles Leid der Station und der Verletzten auf ihren Schultern. Manchmal war er sich überflüssig vorgekommen, als gehöre er nicht in den Orden der Verwundeten, die sich um ihr Bett scharten, als dringe er vor in Bereiche, zu denen nur einer mit Verband an Bein, Leib, Arm oder Kopf Zugang hatte. Er saß an ihrem Bett, hielt ihre Hand, versuchte vergeblich, sich mit ihr zu unterhalten, zählte die Minuten, bis die Anstandsfrist abgelaufen war und er sich wieder davonmachen konnte aus diesem entsetzlich deprimierenden Krankenhaus.

Und jetzt ist sie zu Hause, missmutig, redet nicht. Luna, die immer zu allem was zu sagen hatte, schweigt. Auch ihrer Mutter und sogar Bekki gegenüber schweigt sie. Nur mit Rachelika tuschelt sie zuweilen. Er hat das Gefühl, im Haus seiner Schwiegereltern keine Luft zu bekommen. Sie sind finanziell knapp dran, und er hilft, die Großfamilie zu ernähren. Wer weiß, wie sie über die Runden kämen ohne den dürftigen Lohn, den ihm Jizchak zahlt? Ihre Rücklagen haben sie längst aufgebraucht, die Ärmsten. Der Kurde, dem sie den Laden verkauft haben, hat sie gründlich übers Ohr gehauen.

Wie lange soll er sich an dem verhassten Arbeitsplatz noch abrackern wie ein Esel? Bis wann soll er abends in ein Haus zurückkehren, in dem er sich nicht zu Hause fühlt? Bis wann soll er sich in seinem Leben erstickt fühlen? Verzweiflung beschleicht ihn, er raucht eine Zigarette nach der anderen, muss aus dem Haus, Luft schnappen, durch die Straßen streifen. Wo soll er hingehen? Moise verbringt jede freie Minute mit Rachelika und dem Kind in einer gemieteten Wohnung, ist glücklich verheiratet. Wenn seine Verbindung mit Luna ein Gutes hatte, dann, dass sie Moise und Rachelika zusammengebracht hat. Das und Gabriela, gesund soll sie sein, was für ein Kind, was für ein Glück, gleicht ihrer Mutter wie ein Ei dem anderen und unterscheidet sich doch von ihr wie der Mond von der Sonne. Dieses Mädchen ist ganz Licht, wie sie mit ihm lacht, ihn umarmt. Wie gern er sie auf den Arm nimmt, ihr Lieder vorsingt, und wie gut sie spricht, es gibt kein Wort, das sie nicht sagen kann, alle Namen kennt sie, sogar die der Nachbarn, nur »Mama« sagt sie nicht, versteift sich. Sosehr er sie auch bittet, sag »Mama«, sie beharrt: »Nein.« Störrisch wie ein Esel. Macht nichts, das geht vorbei, sie wird noch »Mama« sagen, gibt es denn ein Kind, das nicht »Mama« sagt?

Am Abend ist Luna ins Bett gegangen, hat die Decke über den Kopf gezogen und sich schlafend gestellt. Das Letzte, was sie jetzt will, ist, dass er ihr nahekommt, das weiß er mit Sicherheit. Er sitzt auf dem Hof, raucht noch eine Zigarette. Eine sternklare Nacht erhellt Jerusalem, der Halbmond versucht, zwischen den Wolken hervorzukommen, sein Zigarettenrauch kräuselt sich und malt Kringel ins All. Er steht auf, passiert das Tor von Ohel Mosche und schlendert weiter, die Straßen sind menschenleer, Jerusalem geht früh schlafen. Bis heute hat er sich nicht daran gewöhnt, dass es keine britischen Soldaten mehr auf den Straßen gibt, keine Ausgangssperre, keine Stacheldrahtrollen und man überall hingehen kann, ohne dass ein fieser englischer Polizist einen anhält, den Ausweis verlangt und Fragen stellt. Er geht die Jaffa-Straße hinunter zum Viertel Nachalat Schiva. Dort, in einer Gasse nicht weit von der Ruine des ausgebrannten Rex-Kinos, ist Rosenblatts Bar. Er weiß, hier wird er keinen Nachbarn oder Bekannten treffen, nur einsame Männer wie er, die ihre Einsamkeit mit fremden Frauen und einer Flasche billigem Brandy lindern möchten.

Von der Straße her hört David die warme Stimme des italienischen Sängers »*Mambo italiano*« singen, und ihn durchzuckt ein scharfer Schmerz, die Sehnsucht droht ihn zu zerreißen. Isabella. Er geht die dunklen Stufen hinunter, schiebt den roten Vorhang beiseite und betritt die Bar. Stark geschminkte Frauen in tief ausgeschnittenen Kleidern, die nichts der Phantasie überlassen, sitzen am Bartresen neben trübselig dreinblickenden Männern. Ein Flair des Verruchten hängt in der verrauchten Luft. Er setzt sich, bestellt einen Cognac Medizinal und trinkt das Glas in einem Zug aus. Der billige Weinbrand kratzt ihm in der Kehle, er bestellt einen zweiten, vielleicht würde der Cognac den Brand löschen, der in seinem Herzen wütet, vielleicht würde er die Verzweiflung ob des verlogenen Lebens vertreiben, das er sich, feige, wie er ist, aufgezwungen hat. Verflucht sei der Tag, an dem er beschloss, Isabella am Kai von Mestre zurückzulassen, verflucht der Tag, an dem er aus sachlichen Erwägungen und kaltem Kalkül Luna geheiratet hat. Warum hat er nicht auf sein Herz gehört? Warum nicht auf Isabellas Flehen? Hätte er sie nicht weinend zurückgelassen, wäre er heute vielleicht glücklich verheiratet mit einer Frau, die er liebt, und nicht mit einer zutiefst verletzten Frau, die nicht mit ihm redet, vielleicht wäre er nicht in einem Leben gefangen, das er nicht will. Er bestellt einen dritten Weinbrand, vergeblich bemüht, die hämmernden Gedanken in seinem Hirn zu dämpfen.

»Gib mir noch einen für den Heimweg«, sagt er zu dem Barmann, kippt auch dieses vierte Glas hinunter und verlässt schwankend die Bar. Sternhagelvoll gelangt er nach Hause und sackt vollbekleidet auf das Wohnzimmersofa, wo er seit Lunas Rückkehr aus dem Krankenhaus nächtigt.

Statt kräftiger und gesund zu werden, wurde meine Mutter immer schwächer, konnte sich nur mühsam auf den Beinen halten, sprach, wenn überhaupt, mit schwacher, kaum hörbarer Stimme, und die geringste Anstrengung erschöpfte sie. Jeder Gang von ihrem Bett zum Toilettenhäuschen auf dem Hof kam ihr vor wie eine Everest-Besteigung.

»Ich bring dir einen Nachttopf«, sagte Bekki, aber Luna lehnte kategorisch ab, sie musste wenigstens etwas Selbstachtung wahren, wo man ihr schon so viel davon genommen hatte. Im Krankenhaus war es ihr ohnehin vorgekommen, als habe jeder Zugriff auf ihren Körper: Ärzte, Medizinstudenten, Schwestern. Sie zogen zwar den Vorhang zu, wenn sie sie behandelten, aber ihr schien es, als wäre er durchsichtig und all die Verwundeten im Zimmer sähen ihren geschundenen Leib. Jetzt, endlich zu Hause, sollte keiner sie mehr nackt sehen. Nicht ihre Schwester, nicht ihre Mutter und schon gar nicht ihr Ehemann. Obwohl ihr jeder Schritt höllisch weh tat, bestand sie darauf, zum Abort auf den Hof zu gehen und nicht etwa einen Nachttopf zu benutzen. Sie ließ sich von Bekki gerade noch beim Umziehen helfen, aber ganz sicher nicht waschen, lieber blieb sie ungewaschen, als dass Bekki ihren narbigen Leib zu sehen bekäme. Seit ihrer Rückkehr aus dem Krankenhaus hatte sie ihren Körper nicht gewaschen – sie, die sich früher tagtäglich gereinigt hatte, zur Not auch mit eiskaltem Wasser.

Der Einzige, für den sie Geduld aufbrachte, war Opa Gabriel. Sie saß stundenlang bei ihm, fütterte ihn mit dem Löffel, weil seine zittrigen Hände nichts mehr halten konnten, wischte ihm die Speisereste ab, die ihm aus den Mundwinkeln liefen, schüttelte die Kissen hinter seinem Rücken auf, las ihm aus der Zeitung vor, stellte ihm die Rundfunksender ein. Kein Mensch begriff, warum er partout immer das Vermisstensuchprogramm hören wollte, aber Gabriel legte das Ohr ans Radio, als fürchte er, einen Namen zu verpassen, als verstecke sich im Radiogerät irgendein Familienmitglied. Wie soll er wohl einen Angehörigen bei den Aschkenasen, die im Holocaust waren, finden? Rosa konnte ihren Mann nicht verstehen, aber sie verstand ohnehin kaum noch was in diesen schweren Zeiten.

Da hatte sie Bekki heute dieses neue Lebensmittelkartenheftchen mitgegeben, damit sie Eier holen ging. Drei türkische Eier pro Kopf hatte Bekki mitgebracht, und drei Eier für Gabriela.

»Warum denn türkische Eier«, fragte Rosa, »warum nicht heimische Eier aus Tnuva?«

»Woher soll ich das wissen?«, gab Bekki genervt zurück. »Diese haben sie halt verteilt. Ich hab so schon eine Stunde Schlange gestanden und mich mit aller Welt um die Eier gestritten.«

»Und was ist mit Zucker?«, fragte Rosa. »Hat man gesagt, wann es wieder Zucker gibt?«

»Auf dem Aushang des Nahrungsmittelkontrolleurs hieß es, Zucker würde erst nächsten Monat wieder ausgegeben. Und bis dahin werden nur Luna, Gabriela und Papú Tee mit Zucker trinken, und du, David und ich trinken ohne, nichts zu machen.«

Eines Tages saß Luna, zittrig wie ein dürres Blatt, am Tisch und versuchte, ein Glas Tee an ihre spröden Lippen zu führen. Plötzlich fiel ihr das Glas aus der Hand und zersprang in tausend Scherben, ihr Kopf sackte auf die Brust, und sie verlor das Bewusstsein. Oma Rosa fing an zu kreischen, Opa Gabriel blieb hilflos an seinen Stuhl gefesselt, und ich, die gerade am Boden krabbelte, verletzte mich an den Scherben. Meine Knie und Hände bluteten, und ich schrie vor Schmerz. Bekki war nicht da, und meine arme Großmutter, die nicht wusste, um wen sich zuerst kümmern, begann wie wild zwischen mir und meiner Mutter hin- und herzulaufen, bis mein Großvater seinen Stock auf den Boden stieß und rief: »*Basta*, Rosa! Hör auf, dich wie ein Kreisel auf der Stelle zu drehen, und bitte sofort die Nachbarn, den Roten Davidstern zu rufen, damit sie als Erstes Luna ins Krankenhaus bringen.«

Oma Rosa lief auf den Hof: »Krankenwagen, Krankenwagen«, rief sie, »jemand soll den Roten Davidstern alarmieren.«

»*Dio santo*, was ist passiert?«, fragte Tamar, und meine Großmutter deutete nur tränenerstickt auf die Haustür. Die Nachbarin Tamar schickte sofort eines ihrer Kinder zur Assuta-Apotheke, damit man von dort den Roten Davidstern anrief, und gleich danach kam sie zu uns und versuchte, meine Mutter aus ihrer Ohnmacht zu wecken, während meine Großmutter daranging, mir die Glassplitter aus den Gliedern zu ziehen.

Der Krankenwagen kam innerhalb kurzer Zeit, erfüllte die ganze Straße mit Sirenengeheul, und meine mittlerweile wiedererwachte Mutter wurde auf die Trage gelegt und ins Krankenhaus gebracht.

Oma Rosa brauchte eine Woche, um alle Splitter aus meinem kleinen Körper zu entfernen, und die ganze Zeit sagte mein Großvater kein Wort, kapselte sich nur immer mehr ab, erkundigte sich nicht mal nach dem Befinden meiner Mutter.

»*Dio santo*, Gabriel«, sagte Rosa, »warum schweigst du nicht mal kurz, du redest mir ja schier ein Loch in den Kopf.«

Aber Großvater ignorierte ihre Sticheleien und blieb weiter stumm wie ein Fisch, nicht mal ich konnte ein Lächeln auf seine Lippen zaubern.

Bekki wurde meine zweite Mutter, nahm mich überallhin mit, auch wenn sie mit Eli Cohen dem Schönen spazieren ging oder mit ihren Freundinnen auf den Stufen saß oder einkaufte.

Eines Tages kam mein Vater mittags nervös und fahrig aus der Werkstatt zurück, und als Oma Rosa ihn fragte, was er mitten am Tag zu Hause mache, antwortete er schroff, sie möge ihn in Ruhe lassen.

Großmutter war verblüfft, so respektlos hatte er noch nie mit ihr gesprochen. Auch mein Großvater, der die meiste Zeit in sich gekehrt wirkte und sich für nichts ringsum zu interessieren schien, hob die Augen.

Vater ging an den Wasserhahn in der Küche, wusch sich mit Spülmittel die schwarzen Ölflecke ab, zog saubere Kleidung an und setzte sich an den Tisch.

»Was gibt's zu essen?«, fragte er meine Großmutter.

»*Avas kon arroz*«, antwortete sie.

»Schon wieder Bohnen mit Reis?«

»Gut, wo soll denn Fleisch herkommen, *kerido?* Nicht mal auf dem Schwarzmarkt gibt es welches.«

»Mit Geld kann man alles auf dem Schwarzmarkt kaufen«, fauchte er wütend.

»Dann soll, wer Geld hat, auf dem Schwarzmarkt kaufen, wir haben keines, das Geld ist ausgegangen«, sagte meine Großmutter. »Iss, davon wirst du satt.«

»Von Bohnen bekomme ich Blähungen, und vor lauter Reis habe ich schon Schlitzaugen.«

»*Kerido*, das ist alles, was anderes haben wir nicht.«

»Gut«, sagte mein Vater und stand auf.

»Wo gehst du hin? Vielleicht leistest du deiner Tochter ein bisschen Gesellschaft?«

»Gabriela nehme ich mit«, erwiderte mein Vater, indem er mich aus dem Laufstall hob. Er setzte mich in den Kinderwagen und verließ mit mir das Haus.

Wir gingen die Agrippas-Straße hinunter. Mein Vater schlenderte ziellos, schob meinen Kinderwagen vor sich her,

Hauptsache, weg vom Haus. Sein Magen knurrte, und als wir am Restaurant Tarablus, Ecke King-George- und Jaffa-Straße, vorbeikamen, wäre er gern hineingegangen. Er liebte die Erdbeer-Götterspeise, die man dort als Nachtisch reichte, aber das Essen würde ihn einige Pfund kosten, die er jetzt nicht hatte, also verzichtete er.

Er musste mit jemandem sprechen, jemandem erzählen, was am Morgen in Jizchaks Werkstatt vorgefallen war, es sich vom Herzen reden. Er beschloss, Moise in der Hauptwache am Russenplatz aufzusuchen. Moise arbeitete dort als Reitknecht im Pferdestall.

Er schob den Kinderwagen die Jaffa-Straße hinunter, vorbei am Ha'amudim-Gebäude und am Zion-Platz, und als er am Generali-Gebäude ankam, blieb er stehen und zeigte mir den großen steinernen Löwen hoch droben: »Sag dem Löwen guten Tag«, bat er mich mit Babystimme und erzählte die Geschichte von dem Löwen, der jede Nacht, wenn keiner zuschaut, auf die Straße runterkommt, Pipi macht und gleich wieder seinen Platz oben auf dem Gebäude einnimmt.

Dann bog er ab zum nahen Russenplatz und schob meinen Wagen an der Rettungsstation des Roten Davidstern und der russischen Kirche mit ihren grünen Hauben vorbei zur Hauptwache. Der Polizist am Eingang kannte ihn, er war ein Kamerad aus der britischen Armee, und mein Vater blieb ein paar Minuten bei ihm stehen, ließ ihn die Kleine bewundern und steuerte dann den Pferdestall an. Moise stand in Arbeitskleidung und Gummistiefeln da und säuberte die Hufen eines der Pferde.

»Was für liebe Gäste!«, rief er freudig. »Wie geht es unserer *bonyika* heute?« Er strich mir über die Wange. »Und du, David, hast Zeit, mitten am Tag mit der Kleinen spazieren zu gehen, arbeitest du nicht?«

»Ich habe keine Arbeit«, antwortete mein Vater.

»Was?«, rief Moise verblüfft aus.

»Ich habe gekündigt, hab zu Jizchak gesagt, er soll sich zum Teufel scheren, mitsamt seiner Autowerkstatt.«

»Wie, gekündigt? Dies sind keine Zeiten, um seine Arbeit einfach hinzuwerfen.«

»Ich will lieber verhungern, als weiter bei diesem Hund zu schuften.«

»Wie redest du denn, er ist dein Bruder!«

»Das ist mein Bruder? Amalek ist er! Kehrt den großen Boss heraus.«

»Hier, trink ein Glas Wasser«, sagte Moise, »beruhig dich.«

»Wie soll ich mich beruhigen«, brauste David auf, »ich bin kurz vorm Platzen. Lange habe ich über Jizchaks Verhalten geschwiegen. Fast seit meinem ersten Arbeitstag behandelt er mich wie einen beliebigen Arbeiter, als wären wir nicht im selben Haus aufgewachsen.«

»Gut«, versuchte Moise zu beschwichtigen, »Arbeit ist Arbeit …«

»Das ist es ja, es gibt keine Arbeit. Es kommen kaum noch Autos in die Werkstatt, auch die von der Jewish Agency, die regelmäßig zur Motorpflege da waren, kommen bloß noch, wenn sie halb hinüber sind. Und weil es eben keine Arbeit gibt, habe ich mich ein bisschen hingesetzt und die *Yedioth Ahronoth* gelesen, und da fällt Jizchak plötzlich über mich her, reißt mir die Zeitung aus der Hand und schreit: ›Du übler Parasit, nicht genug, dass ich dich, nur weil du mein Bruder bist, dabehalte, liest du auch noch mitten bei der Arbeit die Zeitung.‹

›Aber es gibt nichts zu arbeiten‹, sage ich zu ihm, ›was willst du, soll ich geschäftig tun?‹

›Stimmt‹, sagt er, ›es gibt nichts zu tun, also geh nach Hause.‹

Ich schaue ihn an, traue meinen Ohren nicht und sage zu ihm: ›Du entlässt mich?‹

›Nein, du entlässt dich selbst‹, erwidert er, ›du hast doch selbst gesagt, dass es nichts zu tun gibt.‹

Ich bin kurz vorm Explodieren, dieses Arschloch weiß, wie die Situation zu Hause ist, weiß, dass ich jetzt auch die Familie meiner Frau ernähre, und sagt mir: ›Geh nach Hause!‹ Aber ich halte an mich, schlucke die Beleidigung und sage zu ihm, dieser Null, diesem Lausebengel, den ich früher huckepack genommen habe, im selben Bett haben wir als Kinder daheim geschlafen, sage ihm: ›Izak, ich brauche das Einkommen.‹

›Das Geld wächst nicht auf Bäumen‹, sagt er zu mir, ›und ich bin nicht Rothschild. Wenn Mutter nicht wäre, hätte ich dich längst weggeschickt.‹

Ich bin am Boden zerstört, auch das bisschen Ehre, das ich noch hatte, tritt er jetzt mit Füßen. Aber ich weiß, ich darf auf gar keinen Fall erwerbslos werden, und versuche es noch mal, fast flehentlich: ›Izak, um unseres Vaters willen, er ruhe in Frieden, tu mir das nicht an‹, bitte ich ihn. Doch er kehrt mir den Rücken und sagt: ›Nur wegen unseres Vaters, er ruhe in Frieden, und unserer Mutter, möge ihr noch ein langes Leben beschieden sein, habe ich dich bisher nicht entlassen. Ich halte dich hier unter größter Anstrengung, und du schämst dich nicht, während der Arbeitszeit die Zeitung zu lesen, noch dazu vor den anderen Arbeitern. Ein fauler Apfel verdirbt den ganzen Haufen, und du verdirbst mir die Arbeiter.‹

Da konnte ich nicht mehr an mich halten. Er stand mit dem Rücken zu mir, als wäre ich gar nichts, einfach Luft für ihn. Die Wut kochte in mir hoch, noch nie habe ich mich so erniedrigt gefühlt, noch nie wurde mir mein Selbstwertgefühl so restlos genommen, und dann noch von meinem Bruder, meinem eigen Fleisch und Blut. Ich tippte ihm auf die Schulter, und als er sich umdrehte, habe ich ihm die Visage poliert, ihm das Nasenbein gebrochen. Er hat wie verrückt aufgeschrien, aber ich hatte schon den stinkenden Overall ausgezogen, ihn zu Boden geschleudert, stand in der Unterhose da und hab gebrüllt: ›Wenn es einen faulen Apfel in der Familie Siton gibt, dann bist du das. Unsere Eltern haben einen Haufen wohlgeratener Kinder großgezogen, exzellent, eines wie das andere, nur du bist der einzige faule Apfel in diesem Haufen!‹ Und damit war ich weg. Ich schwöre dir, Moise, in meinem ganzen Leben rede ich nicht mehr mit diesem Mistkerl, und wenn meine Mutter mich auf Knien anfleht, mit ihm spreche ich kein Wort mehr.«

»Wirklich ein Mistkerl«, pflichtete Moise ihm bei.

»Ich bin nach Hause gegangen, und unsere Schwiegermutter, gesund soll sie sein, hat mit ihren nervenden Fragen angefangen. Unser Schwiegervater saß in seinem Lehnstuhl, und obwohl er schon lange nichts mehr sagt, hatte ich das Gefühl, dass auch er gern gewusst hätte, was ich mitten am Tag zu Hause zu suchen hatte.

Nicht mal zu Mittag gegessen hab ich, unsere teure Schwiegermutter hatte wieder *avas kon arroz* gekocht, ich war so verärgert, dass ich sie gekränkt habe, *miskenika*, als ob sie schuld wäre, dass wir kein Geld für Fleisch haben.«

»Hast du Hunger?«, fragte Moise.

»Ich sterbe vor Hunger«, antwortete David.

»Komm mit in die Cafeteria, wir essen was, ich lade dich ein.«

Die ganze Zeit über saß ich im Kinderwagen, bestaunte die Pferde und jauchzte vor Freude. Im Eifer seines Berichts vergaß mein Vater, dass ich da war, und ich in meiner Begeisterung über die Tiere störte ihn auch nicht. Erst als er dem Freund und Schwager sein Herz ausgeschüttet hatte, erinnerte er sich an mich, beugte sich über den Wagen und küsste mich auf die Stirn. »Wenn dieses Kind nicht wäre«, sagte er zu Moise, »würde ich nach Tel Aviv fahren, neu anfangen.«

»Red keinen Unsinn.«

»Mehr noch, ich würde ein Schiff besteigen und nach Italien fahren, würde Isabella suchen und reparieren, was ich kaputtgemacht habe.«

»*Chalas*«, sagte Moise, »hast du dir die Italienerin noch nicht aus dem Kopf geschlagen? Ich dachte, die Geschichte mit Isabella wäre vorbei.«

»Das habe ich auch gedacht, besser gesagt, gehofft. Aber von Tag zu Tag sehne ich mich mehr nach ihr, von Tag zu Tag wird mir klarer, was für einen Fehler ich begangen habe.«

»Wonach sehnst du dich, David?«, fragte Moise, während er den Huf losließ, dem Pferd einen Klaps auf den Hintern versetzte und es in seine Box entließ. »Nach den glücklichen Nachkriegstagen in Venedig? Als wir sorglose junge Leute waren, die keine Verantwortung trugen? Als die jungen Italienerinnen sich uns zu Füßen warfen, als Isabella dir ihren Körper im Tausch gegen Eau de Cologne gab, gegen Strümpfe, gegen das Fleisch und Gemüse, das du ihrer Familie besorgt hast? Wäre sie ein Mädchen von uns gewesen, hätten wir sie liederlich genannt.«

»Ich habe sie geliebt, Moise.«

»Liebe bedeutet nicht, mit einem Mädchen ins Kino und in Tanzclubs zu gehen oder mit ihr im Café zu sitzen. Liebe ist nicht, Fahrrad fahren und mit ihr schlafen, ohne dass ihr verheiratet seid, wenn nur eine Wand euer Zimmer vom Elternschlafzimmer trennt und ihr ganz leise sein müsst, damit ihre Eltern nichts hören.«

»*Yachra betak*, soll dein Haus einstürzen, ich hätte dir das alles nicht erzählen sollen, hätte dir nicht meine und Isabellas Geheimnisse anvertrauen dürfen, jetzt schleuderst du mir das ins Gesicht, als hätte ich ein Verbrechen begangen.«

»Ich versuche nur, dich in die Wirklichkeit zurückzuholen.«

»Ich dagegen versuche, die Wirklichkeit zu vergessen. Was für eine Wirklichkeit ist das, wenn ich noch vor knapp drei Jahren frei und glücklich war und eine großartige Frau liebte, die mich geliebt hat, wie Luna es im Leben nicht tun wird?«

»Weißt du, was Liebe ist, David?«, sagte Moise leise. »Liebe ist, dir deine Frau zur Freundin fürs Leben zu erwählen, als die Frau, mit der du den Rest deines Lebens verbringen möchtest, als die Frau, die deine Kinder zur Welt bringt. Liebe heißt gemeinsam einen Haushalt gründen, morgens aufstehen, zur Arbeit gehen, Lohn heimbringen, Kinder großziehen, das ist Liebe. Die Liebe, nach der du dich sehnst, ist eine Phantasie, die zu dir passte, als du ein junger Mann nach dem Krieg in Italien warst. Du sehnst dich nach etwas, was nach deiner Entlassung aus der britischen Armee keinen Tag überdauert hätte, etwas, was keinen Augenblick lebensfähig gewesen wäre, wenn du sie nach Jerusalem mitgebracht hättest. Wach auf, mein Freund, der mir wie ein Bruder ist, hör auf, dich nach etwas zu sehnen, was nie dein gewesen ist. Sei realistisch, akzeptiere das, was du hast.«

»Du hast leicht reden«, sagte David, »du hast eine gesunde Frau, die dich liebt und verwöhnt und dich jeden Abend, wenn du vom Polizeidienst heimkommst, mit einer warmen Mahlzeit und einem Kuss empfängt. Und was hab ich? Eine versehrte Frau im Krankenhaus, ein Töchterchen, das ohne Mutter aufwächst, und ein Sofa im Wohnzimmer meiner Schwiegereltern. Und das Schlimmste, Moise, das Allerschlimmste – es ist kein Ende abzusehen. Vielleicht möchte Luna ihren Zustand gar nicht so gern überwinden, manchmal meine ich, sie fühlte sich wohler im Hadassa mit ihren verwundeten Freunden als mit mir und Gabriela zu Hause.«

»Genug!«, sagte Moise. »Red keinen Unsinn, welcher Mensch möchte nicht gesund sein, siehst du denn nicht, wie sie leidet? Sie kann sich kaum regen.«

»Vielleicht irre ich mich«, sagte David schmerzerfüllt, »aber immer, wenn ich sie besuchte, hatte ich das Gefühl, sie ist lieber mit den Verwundeten zusammen als mit mir.«

»Sie hat mit diesen Menschen lange im Krankenhaus gelebt, David, es ist ganz natürlich, dass sie sich ihnen verbunden fühlt. Was soll man machen, der verfluchte Krieg hat euer Partnerleben zerstört. Aber ihr beide, du und sie, solltet dankbar sein, dass sie am Leben geblieben ist. Sie hätte auch umkommen können, und was hättest du dann wohl tun sollen, ein Witwer mit Kleinkind? Du hast ein kurzes Gedächtnis, mein Freund. Vor noch nicht allzu langer Zeit hättest du beinah nicht nur deine Frau, sondern auch dein Kind verloren, du solltest jeden Tag in die Synagoge gehen und den Segensspruch für die aus Not Erretteten sprechen, statt dich mit deinem Bruder zu streiten und deine Arbeitsstelle zu verlieren.«

»Ich werde mir eine andere Arbeit suchen.«

»Vielleicht kommst du mit zur Polizei, sie rekrutieren ständig neue Leute.«

»Das ist nichts für mich, Moise, ich würde verrückt, wenn ich einen Vorgesetzten über mir hätte, der mir sagt, was ich zu tun habe. Erinnerst du dich nicht mehr, wie oft ich mit dem Sergeanten in der britischen Armee aneinandergeraten bin?«

»Mein lieber David, noch verrückter wirst du werden, wenn du keine Arbeit hast und Rosa zwischen den Füßen herumläuft. Du wirst verrückt, und sie macht dich verrückt. Aber jetzt iss erst mal«, ermunterte ihn Moise, die Gemüsesuppe aufzuessen, die sie in der Cafeteria bestellt hatten. »Der Wackelpudding hier schmeckt noch besser als der bei Tarablus.«

Die Notzeit nach dem Krieg brachte keine guten Nachrichten. David tat sich schwer, eine Anstellung zu finden. Jeden Tag lief er zum Arbeitsamt, saß dort stundenlang mit anderen Arbeitsuchenden, aber freie Stellen gab es keine. Er hatte der Sachbearbeiterin erklärt, er suche eine Bürotätigkeit und sei nicht an körperlicher Arbeit interessiert.

Eines Tages lud Israel Schwarz, ein Kamerad aus der britischen Armee, der in der neugegründeten Landwirtschaftsschule in Ein Karem untergekommen war, David ein, ihn zu besuchen und sich in den reichen Obstgärten zu bedienen, die die Araber in dem aufgegebenen Dorf zurückgelassen hatten. Er wohnte im Obergeschoss eines verlassenen arabischen Hauses.

»Was sagst du zu meinem Palast?«, fragte Israel.

»Wirklich ein Palast!«, bestätigte David. »Hast du das alles von der Landwirtschaftsschule bekommen?«

»Das kriegt man zusammen mit der Stelle. Wenn du Interesse hast – sie suchen Arbeitskräfte. Ich kann dir was verschaffen.«

»Mir Arbeit und auch noch ein Haus verschaffen? Was müsste ich denn tun?«

»Wir finden schon was für dich, das ist eine günstige Gelegenheit. Wo gibt man dir sonst ein Haus und noch Arbeit dazu?«

»Ich muss mit meiner Frau sprechen«, erwiderte David, »aber gehen wir erst mal in die Obstgärten.«

»Man braucht nicht zu gehen«, erklärte Israel, »es ist gleich hier unten, vor der Haustür.«

Sie gingen die Treppe ins Erdgeschoss hinunter und traten

durch das Rundbogentor direkt in einen prächtigen Obstgarten mit Blick auf die landwirtschaftlich genutzten Terrassen und die Besuchskirche, die hoch und stolz auf dem gegenüberliegenden Berghang thronte und laut ihre Glocken läutete.

»Mein Gott«, staunte David, »schau dir diesen Feigenbaum an, er bricht schier zusammen vor lauter Früchten.«

»Nimm, nimm, wohl bekomm's, füll dir den Korb«, sagte Israel und reichte David einen großen Weidenkorb.

David begann, wie wild Feigen vom Baum zu pflücken, steckte für jede Feige im Korb eine in den Mund. »Die schmecken aber verdammt gut«, sagte er zu Israel.

Traubenschwere Reben rankten sich um die Weinlaube, und David pflückte sie, bis sein Korb überquoll.

»Hier, füll auch die Kiste«, sagte Israel.

»Was soll ich mit der Kiste«, lachte David, »wie soll ich die wohl nach Jerusalem schleppen?«

»Ich fahr dich mit dem Jeep in die Stadt.«

»Großer Gott, auch einen Jeep hast du, du Bastard, hast es aber gut getroffen.«

»Kannst du auch haben, brauchst dich bloß zu entscheiden.«

»Ich habe mich entschieden, jetzt muss nur meine Frau noch zustimmen.«

»Rede mit ihr, erzähl ihr, was das für eine Gelegenheit ist.«

»Glaub mir, du hast mich glücklich gemacht«, sagte David.

Sie luden Kiste und Korb in den Jeep, und Israel startete den Motor. Unterwegs kamen sie durch das Viertel Beit wa-Gan, wo Israel anhielt und sagte: »Ich habe noch eine Überraschung für dich, es gibt hier einen Kartoffelacker.« David sprang aus dem Jeep und klaubte hastig Kartoffeln aus der Erde.

Rosa traute ihren Augen nicht, als David mit seinem Freund ins Haus kam, derart beladen mit Obst und Kartoffeln.

»Wie das?«, murmelte Rosa aufgeregt. »Hast du eine Bank überfallen?«

»Nein«, lachte David, glücklich über das Glück seiner Schwiegermutter, »das habe ich aus Ein Karem und aus Beit wa-Gan geholt.«

»Ist das von dem, was die Araber zurückgelassen haben?«, fragte sie.

David nickte.

»Gottlob, es gibt noch Wunder auf Erden.«

David hatte noch keine Gelegenheit gefunden, mit Luna über Israel Schwarz' Vorschlag zu sprechen, aber der Gedanke, mit ihr und Gabriela nach Ein Karem zu ziehen, gefiel ihm von Minute zu Minute besser. Er sah darin eine Chance, ihr Leben im eigenen Heim neu aufzubauen. Auch wenn sie ihm nur geringen Lohn zahlten, gäbe es immer noch Früchte an den Bäumen und Gemüse auf dem Feld. Israel Schwarz wiederum vergeudete keine Zeit, sondern stellte David umgehend dem Personalchef der Landwirtschaftsschule vor.

»Wir suchen einen Mann für die Schreinerei der Schule«, sagte der Chef, »wie ich verstehe, sind Sie vor dem Krieg Schreiner gewesen.«

»Das trifft zu, mein Herr, ich war Schreiner und sogar ein guter.«

»Dann gilt mein Angebot für Sie, Sie können morgen anfangen. Sie erhalten natürlich die gleichen Bedingungen wie Israel, können sich eines der Häuser hier im Dorf aussuchen und mit Ihrer Familie dort einziehen, und Sie bekommen auch einen Jeep, den Sie für Ihre Arbeit und für Fahrten nach Jerusalem benutzen können.«

David fühlte sein Herz heftig pochen, es war zu schön, um wahr zu sein. Haus, Arbeit, Jeep, alles auf einmal.

»Sie werden sich hier wohl fühlen, die Landschaft ist atemberaubend, die Luft klar, und wenn die Kirchenglocken läuten, ist es geradezu paradiesisch.«

»Mich haben Sie überzeugt«, sagte David und drückte ihm die Hand, »jetzt muss ich nur noch meine Frau überzeugen.«

Er war begeistert, konnte es gar nicht abwarten, Luna zu berichten, dass er Arbeit und ein Haus gefunden hatte.

»Komm, ich bring dich schnell heim«, sagte Israel, »erzähl deiner Frau, dass du in die Hand des Personalchefs eingeschlagen hast.«

Am Nachmittag, als Luna gerade wieder ihre verwundeten Freunde besuchen wollte, sagte David: »Was hältst du davon, wenn wir anstelle deines Krankenbesuchs in die Nachmittagsvorstellung gehen?«

Sie war überrascht. Es war unendlich lange her, seit sie das letzte Mal im Kino gewesen war und ihr Mann sie gar in die Nachmittagsvorstellung eingeladen hatte.

»*Hayde*, Luna«, bestürmte er sie, »es macht nichts, wenn du den Krankenbesuch mal einen Tag ausfallen lässt.«

»Okay«, willigte sie ein, »im Zion läuft »*Singin' in the Rain*« mit Gene Kelly und Debbie Reynolds. Ich höre den Titelsong dauernd im Radio.«

Sie war in Hochstimmung, als sie den Kinosaal verließen.

»Hast du gesehen, wie er getanzt hat, der Gene Kelly? Wie er gesungen hat? »*I'm singing in the Rain*«, sang sie und fing an zu tanzen, vergaß ihre Schmerzen, imitierte Gene Kellys Schritte.

David applaudierte ihr lachend: »Bravo, Luna.« Das war die Luna, die er in Erinnerung hatte, so hatte er sie kennengelernt, leichtsinnig, lachend, vergnügungslustig. Obwohl er nicht viel Geld in der Tasche hatte, war es richtig gewesen, sie ins Kino auszuführen, er würde mit Zigaretten und auch beim Einkaufen auf dem Markt für Rosa geizen müssen, aber die Mühe hatte sich gelohnt. Luna war genau in der richtigen Stimmung für das, was er ihr sagen wollte, jetzt würde er sie noch zu Kaffee und Kuchen ins Atara einladen. Vor dem Krieg war das ihrer beider Lieblingscafé gewesen, das waren noch Zeiten, alles schien jetzt so weit zurückzuliegen, als hätte es sich vor Lichtjahren ereignet und nicht vor wenigen Jahren. So viel war geschehen, seit sie das letzte Mal Kaffee im Atara getrunken, Tango im Café Vienna getanzt, im Menora-Club geheiratet hatten. Sie hakte sich bei ihm ein, und sie gingen Arm in Arm vom Zion-Platz die Ben-Jehuda-Straße hinauf, blieben vor Schaufenstern stehen, bis sie im Café ankamen. Die Kellnerin Ziona begrüßte Luna wie eine Stammkundin. David stutzte, dass Ziona gar nicht gerührt war, Luna nach der langen, kriegs- und verletzungsbedingten Pause wiederzusehen. Er ahnte nicht, dass Luna hier täglich ihre kriegsversehrten Freunde traf, die geheilt ins Alltagsleben zurückgekehrt waren und zum Teil als Taxifahrer am Stand in der nahen Luncz-Straße arbeiteten, ahnte nicht, dass sie hier mit dem rothaarigen Gidi zusammenkam, der einige Monate nach ihr aus dem Krankenhaus entlassen worden war und sofort als Ordner am Taxistand angefangen hatte, der von Kriegsversehrten geführt wurde.

Luna hatte ihm nie erzählt, dass sie bei ihrem täglichen »Krankenbesuch« den Taxistand aufsuchte und nach Schichtwechsel Gidis Rollstuhl zum Café Atara schob, um dort eine Weile mit ihm und den anderen zu sitzen, ehe sie den Heimweg antrat.

Sie setzten sich an einen Tisch im zweiten Stock des Cafés und bestellten Tee. Er hätte sie gern auch zu einem warmen

Sandwich eingeladen, das sie, wie er sich erinnerte, gern gemocht hatte. Aber ihm fehlte das nötige Kleingeld, und so war er froh, dass Luna sich mit Tee begnügte.

Das Café war fast leer an diesem Spätnachmittag, doch David entging nicht, dass die wenigen Gäste seine Frau unverhohlen anstarrten. Sie ist bildschön, dachte er, ihre berühmte Schönheit ist wieder aufgeblüht, als wäre sie nie vergangen gewesen. Ihr Teint war weiß wie Schnee, ihre Lippen purpurrot geschminkt. An jeder anderen Frau hätte das billig ausgesehen, aber seiner Frau stand es wunderbar. Er betrachtete ihre langen Finger, die das Teeglas an die Lippen führten, ihre sorgfältig gepflegten Nägel, ihr tailliertes Tweedkostüm. Unter der Jacke lugte eine weiße Bluse hervor, und an ihrem Hals schimmerte die Perlenkette, die er ihr zur Verlobung geschenkt hatte.

Er ist mit der schönsten Frau Jerusalems verheiratet, warum zum Teufel ist er dann nicht glücklich?

»Trinkst du deinen Tee nicht?«, weckte sie ihn aus seinen Gedanken.

Er nahm einen Schluck und stellte das Glas wieder ab.

»Luna«, traute er sich endlich, das Thema anzuschneiden, um dessentwillen er sie ins Kino und ins Café ausgeführt hatte, »ich habe ein großartiges Arbeitsangebot erhalten.«

»Wirklich? Wo?«

»In Ein Karem.«

»Dem arabischen Dorf?«

»Es gibt dort keine Araber mehr, die Araber sind geflohen, und das Dorf ist verlassen, jetzt gibt es da eine Landwirtschaftsschule. Mein Freund Israel Schwarz arbeitet dort, er hat mir eine Stelle verschafft.«

»Als was?«

»Als Schreiner in der Schreinerei der Schule.«

»Und wie willst du da hinkommen?«

»Sie bieten mir auch ein Haus an.«

»Ein Haus in Ein Karem?«

»Genau.«

»Prima!«

»Prima?«, fragte er, erstaunt, dass sie so leicht zustimmte.

»Ich freue mich für dich«, sagte sie, »das ist wirklich eine großartige Chance.«

»Und es macht dir nichts aus, Jerusalem zu verlassen, weit weg von deinen Schwestern, von den Eltern zu wohnen?«

»Wer hat denn was davon gesagt, dass ich Jerusalem verlasse? Du verlässt Jerusalem, ich und Gabriela bleiben bei meinen Eltern, und du kommst über Schabbat zu uns.«

Er spürte Wut in sich aufwallen, wieder war es seiner teuren Frau gelungen, ihn zu kränken.

»Luna, findest du nicht, dass es Zeit wird, in einem Haus nur für uns zu wohnen, du und ich und die Kleine?«

»In Ein Karem?«

»In einem großen Haus, einem Palast.«

»Ich pfeif auf den Palast! Ein Karem liegt am Ende der Welt, was soll ich da wohl allein mit Gabriela machen? Ohne meinen Vater, ohne meine Schwestern? Du kannst nach Ein Karem fahren und dort arbeiten, ich bleibe in Jerusalem.«

Nur mit großer Mühe konnte er seine Wut bezwingen, die Kränkung hinunterschlucken. Er musste sie herumkriegen, sie musste mit ihm nach Ein Karem ziehen.

»Du warst so lange im Krankenhaus«, sagte er ruhig, »und ich habe mit Gabriela bei deinen Eltern gelebt. Jetzt, da du endlich entlassen bist und wir die Chance haben, für uns zu wohnen wie jedes normale Ehepaar, soll ich allein nach Ein Karem ziehen, und du bleibst bei deinen Eltern? Dann können wir uns lieber gleich scheiden lassen, und fertig!«

»Spinnst du, David, wer redet von Scheidung? Sehe ich dir wie eine Schlampe aus? Viele Männer fahren heutzutage weit weg, um Geld zu verdienen. In Jerusalem gibt's keine Arbeit, das ist kein Geheimnis.«

»Warum schaust du dir den Ort nicht mal an?«, versuchte er sie weiter zu überzeugen. »Und danach entscheidest du dich. Israel Schwarz und seine Frau wohnen in einem Palast, auf einem riesigen Grundstück. Es gibt dort viele solche Häuser, wir können uns eines aussuchen. Man hat mir zu der Arbeit und dem Haus auch einen Jeep versprochen, wir können nach Jerusalem fahren, wann immer du möchtest.«

»Kommt nicht in Frage! Du willst mich in ein verlassenes arabisches Dorf stecken? Du willst mich von meiner Familie abschneiden? Ich weiß doch, wie das dann läuft: Du arbeitest, und ich bin den ganzen Tag allein mit dem Kind. Wenn ich bisher nicht verrückt geworden bin, willst du, dass ich es jetzt werde? Was fällt dir überhaupt ein? Warum denkst du immer nur an dich?«

»Ich denke an unsere Zukunft, ich denke daran, dass wir, wenn wir dieses Angebot ausschlagen, nie ein eigenes Haus haben werden.«

»Was bist du für ein Mann, der mir kein Haus bieten kann?«, gab sie geringschätzig zurück.

Er schwieg. Wirklich, was war er für ein Mann? Ein Mann, den seine Frau wieder und wieder beleidigt, ein Mann, der nach der Pfeife seiner Frau tanzt. Er muss von ihr verlangen, dass sie mitkommt, sie dazu zwingen. Eine Frau muss ihrem Mann folgen. Wieso fragt er sie überhaupt, er muss Fakten schaffen, sie wird nach Ein Karem mitkommen, ob es ihr passt oder nicht!

»Morgen Vormittag gehe ich also zum Personalchef der Landwirtschaftsschule und sage ihm: Danke für das großzügige Angebot, aber meine Frau ist nicht daran interessiert«, schnaubte er.

»Genau«, erwiderte sie, indem sie seinen sarkastischen Ton überhörte. »Und jetzt lass uns nicht mehr darüber reden, wo wir endlich mal ausgehen, musst du mir gleich die Laune verderben.«

Wie immer gelang es meiner Mutter schließlich, ihren Willen durchzusetzen. Mein Vater beugte sich ihrem Wunsch und lehnte das Arbeitsangebot der Landwirtschaftsschule in Ein Karem ab, aber es gab kaum einen Tag im Leben meiner Mutter, an dem er sie nicht daran erinnerte, dass er ihretwegen die Chance seines Lebens verpasst hatte: Im Lauf der Jahre verwandelte sich Ein Karem in ein Künstlerdorf, und die Immobilienpreise erreichten schwindelnde Höhen. Die Entfernung zwischen Ein Karem und Jerusalem schrumpfte, bis das Dorf als nördlicher Stadtteil eingemeindet wurde.

»Wie kann es nur angehen, dass ich wie ein Waschlappen deiner Mutter nachgegeben habe«, sagte er mir immer wieder. »Wieso habe ich das Angebot von Israel Schwarz abgelehnt, sein Haus ist jetzt Millionen wert, und ich hab rein gar nichts.«

Das Wohnen im Haus meiner Großeltern Ermoza wurde unerträglich für meinen Vater. Er war es leid, auf dem Wohnzimmersofa zu schlafen, konnte kaum noch mit ansehen, wie der alte Mann immer hinfälliger wurde, hatte genug von den Nörgeleien seiner Schwiegermutter, die von Tag zu Tag mürrischer wurde und sich mit Luna stritt, dass es nicht auszuhalten war.

Ich war zweieinhalb Jahre, als man mich beim Kindergarten in Rechavia anmeldete. Meine Mutter hatte sich standhaft geweigert, mich in den Kindergarten von Ohel Mosche zu schicken.

»Für meine Tochter will ich das Allerbeste«, erklärte sie meinem Vater.

Eine komische Frau, dachte er, kümmert sich kaum um die Kleine, spielt nicht mit ihr, will aber das Allerbeste für sie.

Doch wieder setzte meine Mutter ihren Willen durch. Die einzige Zeit, die ich in jenen Jahren mit ihr verbrachte, war der Weg zum Kindergarten in Rechavia und zurück. Jeden Morgen gingen wir durch das eiserne Tor des Kindergartens, und Mutter sagte mir auf Wiedersehen unter dem großen Fikusbaum. In dem verzweifelten Versuch, ihr ein bisschen Aufmerksamkeit abzuringen, legte ich ihr herzzerreißende Abschiedsszenen hin. Ich heulte, warf mich auf den Boden, umklammerte ihre Knöchel, um sie am Gehen zu hindern. Meine Mutter war ratlos.

»Hör auf«, sagte sie genervt, »lass das Theater.« Je genervter sie wurde, desto lauter brüllte ich, blamierte sie vor den anderen Müttern.

»Bring du deine Tochter in den Kindergarten«, sagte sie schließlich zu meinem Vater, »mir fehlt die Kraft für ihre Szenen, sie blamiert mich vor all den Müttern von Rechavia. Kinder aus dem Kurdenviertel betragen sich besser als sie.«

Wenn meine Mutter irgendetwas mit dem Kurdenviertel in Verbindung brachte, waren für sie eindeutig alle Grenzen überschritten, und sie wollte mir signalisieren, dass sie mich gründlich überhatte!

Wie hasste meine Mutter das Kurdenviertel, das vor Eintreffen der Kurden »mit ihren Kinderscharen«, wie sie immer wieder sagte, Sichron Jaakov geheißen habe und überhaupt ein spaniolisches Viertel gewesen sei, und sooft mein Vater auch einwandte, sie rede Unsinn, die Kurden hätten seit eh und je im Kurdenviertel gelebt – es half alles nichts. Für sie hatten die

Kurden sich ein ehemals spaniolisches Viertel unter den Nagel gerissen wie Mordoch den Laden meines Großvaters.

Wegen der schweren Zeiten mussten meine Großeltern das Haus in Ohel Mosche vermieten. Von einem Teil des Geldes mieteten sie zwei Zimmer bei der Familie Barazani im Kurdenviertel, und vom Rest lebten sie.

Wie weinte meine Mutter, als sie ins Kurdenviertel zogen. »Nur arme Leute wohnen hier«, sagte sie zu meinem Vater.

»Stimmt nicht«, erwiderte David, »die Kurden hier sind keineswegs arm, nur die Spaniolen, die bei ihnen wohnen, und wir sind jetzt arm.«

Mehr noch als das Kurdenviertel hasste meine Mutter die Hauswirte, die Barazanis. Seit der Kurde Mordoch Opa Gabriel bestohlen und ihm den Laden für läppische fünfhundert Pfund abgeluchst hatte, waren für sie alle Kurden gleich. Sie hielt Mordoch für alles Schlimme verantwortlich, was ihrer Familie geschehen war, seit er als Opa Gabriels Geschäftspartner in ihr Leben getreten war. Der eine Kurde hatte in ihren Augen eine ganze Volksgruppe besudelt.

Kaum waren die Ermozas auf das Grundstück der Barazanis gezogen, gingen die Unstimmigkeiten los. Darunter litt besonders Rosa, die – außer nach Matilda Frankos Ermordung – stets enge Beziehungen zu ihren Nachbarinnen gepflegt hatte. Doch hier bei den Barazanis führte jede Kleinigkeit zum Streit: Meine Großmutter wischte den Hof, und Frau Barazani behauptete, sie habe das Schmutzwasser auf ihrer Hofseite ausgegossen. Die Nachbarin hängte Wäsche auf, und Rosa klagte, sie habe ihre Lumpen auf ihre, Rosas, Leinen gehängt. Frau Barazani zündete den Lehmofen an, um die traditionellen Käsetaschen namens *kade* zu backen, und Rosa meckerte, der Rauch dringe durch die Fenster in ihre Wohnung. Kein Tag verging ohne Zank.

»*Dio santo*«, weinte Rosa, »nicht mal richtig streiten kann ich mich mit ihr, weil sie kein Spaniolisch spricht und ich kein Kurdisch.«

Ihr versagte schon die Stimme vor lauter Geschrei. Häufig rief sie Luna herbei, und die, *maschallah*, las ihnen die Leviten, bis sie in ihr Haus gingen und die Fenster zumachten. Nur Gabriela liebten sie, und wie zum Trotz erwiderte die Kleine ihre Liebe, fuhr bei jeder Gelegenheit mit dem grünen Auto, das David ihr gekauft hatte, in ihren Teil des Hofes, und die Barazanis jagten sie nicht etwa weg, sondern bewunderten sie, als wäre sie ihre eigene Enkelin und nicht die der verhassten Ermozas.

»Wenn ich noch einmal höre, dass du mit dem Auto zu den Kurden rüberfährst, breche ich dir Arme und Beine«, schrie Luna Gabriela an.

»Was willst du denn von der Kleinen?«, mischte sich David ein. »Was hat sie mit euerm Streit zu tun, sie ist nur ein Kind.«

»Kind oder nicht, meine Tochter geht nicht zu den Kurden rüber, ich will, dass du einen Zaun zwischen ihrem und unserem Hofteil ziehst.«

Am nächsten Tag brachte David Draht und trennte den Hof in zwei Abschnitte.

Herr Barazani drohte, die Ermozas rauszuschmeißen, und machte ein Riesentheater, aber letzten Endes sah auch er ein, dass ein Zaun die einzige Lösung für den anhaltenden Streit der beiden Familien bot.

»Wenn das kleine Mädchen nicht wäre, würde ich euch allesamt vor die Tür setzen«, musste er das letzte Wort haben.

»So ist das, wer das Geld hat, hat das Sagen«, erklärte Bekki resigniert. »Und nichts zu machen: die Kurden haben das Geld.«

»Sie haben Geld?«, eiferte sich meine Mutter. »Was denn,

sind sie reich aus Kurdistan gekommen? Ohne alles sind sie gekommen, nicht mal Schuhe hatten sie an den Füßen!«

»Wie sind sie denn dann reich geworden?«, fragte Bekki.

»Sie haben Geld in Scheich Bader gefunden«, lachte Luna hämisch.

»Die Araber haben vor der Flucht ihr Gold in Blechdosen gelegt, Löcher in die Erde gegraben und die Dosen darin versteckt«, beteiligte sich David am Gespräch. »Sie waren sicher, sie würden den Krieg gewinnen und in ihre Dörfer zurückkehren, sobald sie alle Juden ins Meer geworfen hätten. Aber was kann man machen, wir haben den Krieg gewonnen, und ihnen ist, Gott sei Dank, die Rückkehr nicht gelungen. Und die Kurden, als Neueinwanderer, haben sich den aufgegebenen Besitz in Scheich Bader angeeignet, die Blechdosen mit dem Gold gefunden und sind reich geworden, haben Betriebe, Fleischereien, Kioske eröffnet.«

Ein Glück, dass Onkel Moise Polizist war. Ohne ihn hätte der Nachbarschaftsstreit zwischen den Ermozas und den Barazanis nie aufgehört. Die tagtäglichen Auseinandersetzungen, die endlosen Debatten und das Geschrei hätten beinahe polizeiliches Einschreiten verlangt. Bis Onkel Moise eines Tages sein Rangabzeichen als Wachtmeister auf dem Hemdsärmel bügelte, das Emblem an seiner Mütze polierte, die Uniform anzog und bei den Barazanis anklopfte. Von dem, was sich dort hinter verschlossener Tür abspielte, wollte er trotz aller Bestürmungen meiner Mutter nichts erzählen, aber fortan gab es keine Streitereien mehr.

Nur ich stahl mich weiterhin auf den Hof der Barazanis, saß gern auf Frau Barazanis Schoß, legte meinen Kopf an ihren großen Busen und schlief ein.

»Du bist nicht die Tochter deiner Mutter«, sagte sie mir immer wieder, »wie kann so ein Goldkind wie du von einer Mutter mit Gossengosche abstammen.« Meine Mutter durchmaß jeden Tag die Straßen, wie mein Vater zu sagen pflegte, hatte keine Ahnung von meinen täglichen Besuchen bei den Barazanis, und falls Oma Rosa davon wusste, übersah sie es geflissentlich. Sie hatte genug zu tun mit dem Haushalt und der Pflege meines Großvaters, der immer abhängiger von ihr wurde. Insgeheim war sie wahrscheinlich froh, dass ihr jemand die Sorge für mich abnahm. Kam ich wie immer mit einem Bonbon im Mund zurück, den Herr Barazani mir geschenkt hatte, warnte sie nur: »Sag bloß deiner Mama nichts davon, dass du bei den Kurden warst, damit hier nicht der Dritte Weltkrieg ausbricht.«

Vater fand schließlich Arbeit bei der Bank in der Jaffa-Straße. Eli Cohen der Schöne hatte ihm von freien Stellen dort erzählt. Mein Vater ging zum Einstellungsgespräch, wurde genommen und fing als Kassierer an. Sein Bruder Jizchak hatte ihn zwar um Verzeihung gebeten und ihm die alte Stelle wieder angeboten, aber wie David zu Moise gesagt hatte, wäre er auch dann nicht wieder hingegangen, wenn er ihm die Werkstatt gratis überlassen hätte. Die Mutter hatte Jizchak zu der Versöhnungsgeste genötigt.

»Du Sohn verkehrter Widerspenstigkeit, so springst du mit deinem Bruder um?«, hatte sie ihn getadelt. »Dein Vater, er ruhe in Frieden, dreht sich jetzt deinetwegen im Grabe um! Du solltest dich was schämen! Deine Schwägerin ist gerade erst aus dem Krankenhaus entlassen, dein Bruder hat ein Baby zu Hause, er ernährt auch noch seine Schwiegereltern, und du schickst ihn nach Hause, weil er Zeitung liest? Wenn du ihn nicht augenblicklich wieder einstellst, dann verlass mein Haus und komm nicht wieder, du bist nicht mehr mein Sohn!« Und Jizchak, für den ein Wort seiner Mutter felsenfeste Gültigkeit besaß, überwand sich und bat David um Vergebung.

»Ich verzeihe dir«, sagte David, »denn Blut ist kein Wasser, aber arbeiten werde ich nicht mehr bei dir.«

Auch als meine Mutter längst gesund geworden war und mein Vater bei der Bank angefangen hatte, wohnten wir noch eine ganze Weile bei meinen Großeltern im Kurdenviertel.

»Das ist nicht normal, dass du mit Bekki in einem Bett schläfst und dein Mann auf dem Sofa«, sagte Rachelika zu Luna.

»Gut, was willst du, soll ich mit ihm zusammen schlafen und sie daneben? Was für eine Schande!«

»Ihr müsst bei Papa und Mama ausziehen und euer eigenes Leben führen.«

»Bald heiratet Bekki ihren Eli Cohen, und dann gibt es kein Problem mehr«, sagte Luna.

»Was, willst du Bekkis Hochzeit abwarten, um mit deinem Mann zu schlafen?«, fragte Rachelika entsetzt. »Wie lange, meinst du denn, wird David sich noch gedulden? Zum Schluss verlässt er dich und nimmt eine andere Frau.«

Die Bedingung, die meine Mutter meinem Vater stellte, war eindeutig: Wenn sie bei ihren Eltern auszogen, dann nur in die Nähe von Rachelikas Zuhause. Sie konnte nicht fern der Familie sein und war ihrer Schwester mit jeder Faser ihrer Seele verbunden. Sie war ihre Vertraute, die Einzige, die das geheime Leben kannte, das sie hinter Davids Rücken führte.

An dem Tag, als Gidi aus dem Krankenhaus entlassen wurde, begann Luna, ihr Leben zwischen ihm und ihrem Mann aufzuteilen, ohne dass irgendwer, außer der Handvoll Freunde, die mit ihnen im Krankenhaus gelegen hatten und nun mit ihm am Taxistand arbeiteten, etwas davon wusste. Und die Freunde hielten das Verhältnis zwischen Gidi und meiner Mutter so streng geheim, als wäre es ihr eigenes Geheimnis.

Nicht mal unter sich redeten sie über die immer engere Beziehung zwischen ihrem an den Rollstuhl gefesselten Kameraden und der schönen Luna, für die sie alle eine Schwäche hatten.

Jeden Tag kam Luna an den Taxistand und betrat die Ordnerkabine, in der Gidi saß. Obwohl sie ihn bei der Arbeit störte, wagte kein Fahrer, ihn deswegen zur Rede zu stellen, doch letzten Endes sagte Gidi selbst zu Luna: »Ich finde es nicht so passend, dass du jeden Tag bei mir in der Kabine sitzt.«

»Warum?«, fragte sie.

»Du bist eine verheiratete Frau, und die Leute werden reden.«

»Warum, kann ich meine Freunde aus dem Krankenhaus nicht besuchen?«

»Wir befinden uns mitten in Jerusalem, ständig kommen hier Leute vorbei und sehen dich, das tut nicht gut.«

Sie kam natürlich weiterhin, saß bei Gidi, bis seine Schicht beendet war, und schob dann seinen Rollstuhl zum Café Atara, wohin alsbald auch andere Fahrer kamen, die Feierabend hatten. Das waren ihre schönsten Stunden. Sie wartete tagtäglich auf die Zeit, die sie mit Gidi und seinen Freunden verbringen würde, konnte sich ein Leben ohne diese Stunden gar nicht mehr vorstellen, fern von Familie, Ehemann und Kind, mit den Menschen, die ihr zur zweiten Familie geworden waren, Menschen, denen sie sich tief verbunden fühlte. Keiner konnte diese Verbundenheit verstehen, auch nicht Rachelika, der sie tausend Eide abgenommen hatte, ja keinem von ihren Geheimtreffen mit Gidi und den Freunden zu erzählen.

»Du spielst mit dem Feuer«, warnte Rachelika.

»Aber wir machen doch gar nichts«, tat Luna naiv, »sitzen und lachen nur mit den Kumpels.«

»Wenn David nicht weiß, dass du dich mit Gidi und deinen Freunden im Atara triffst, dann ist es ein Geheimnis, und Geheimnisse kommen letzten Endes heraus«, erklärte sie.

»Ich kann es ihm nicht erzählen, er wäre nicht einverstanden.«

»Wenn du nichts weiter tust, als mit den Kumpels zusammenzusitzen und zu reden, was sollte er dann dagegen haben? Du weißt doch, was Untreue bedeutet, Luna? Untreue bedeutet, das Vertrauen des anderen zu brechen.«

»Untreue ist, wenn jemand dich anfasst«, sagte Luna, »und Gidi hat mich nie angefasst und ich ihn auch nicht.«

»Keine Sorge, das kommt noch, es ist nur eine Frage der Zeit, und dann ist das dein Ende, behalte meine Worte in Erinnerung, du wirst dein Leben zerstören. David wird dir die Schande nicht verzeihen, die du über ihn bringst. Er hat gewartet, dass du aus dem Krankenhaus kommst, hat an deinem Bett gesessen, hat gebetet, dass du am Leben bleibst, hat Papa, Mama und Bekki ernährt, hat allein für Gabriela gesorgt, und so vergiltst du es ihm?«

»Was tue ich denn? Ich treffe mich doch bloß mit meinen Freunden aus dem Krankenhaus.«

»Warum erzählst du es ihm dann nicht?«

»Wer nicht mit uns dort war, versteht es nicht. Wer das Grauen nicht mit durchgemacht hat, die Operationen, die Schmerzen, den Tod von Freunden, die auf der Station ihren Verletzungen erlagen, unsere eigene Todesangst, der kann es nicht verstehen.«

»Ich mache mir Sorgen um dich, Luna, das wird nicht gut enden.«

»Wir tun nichts Verbotenes«, beharrte Luna.

»Auch im Herzen tust du nichts Verbotenes?«

Luna schwieg lange, bevor sie antwortete: »Das Herz geht

seine eigenen Wege, ich kann meinem Herzen nicht vorschreiben, was es fühlen soll.«

»Liebst du Gidi?«

»So wie ich im Leben noch keinen Mann geliebt habe.«

»Gott bewahre, wag diesen Satz nie wieder auszusprechen, erzähl es ja keinem!«

»Was kann ich machen, Rachelika, der Mann hat mein Herz erobert.«

»Und was ist mit David? Du hast David aus Liebe geheiratet, kein Mensch hat dich dazu gezwungen.«

»Vielleicht habe ich David gar nicht geliebt, vielleicht habe ich nur gedacht, ich liebte ihn, vielleicht wollte ich so gern heiraten, dass ich mir selbst eine Liebesgeschichte erzählt habe. Für David habe ich nie das empfunden, was ich für Gidi empfinde, David ist mir nie so wichtig gewesen, wie Gidi es ist. Wenn er sich mal nicht wohl fühlt, ängstige ich mich zu Tode, wenn er zu einer Nachbehandlung ins Krankenhaus muss, zittern mir die Knie, bis er wieder rauskommt.«

»Meine liebe Lunika, was willst du machen?«

»Keine Sorge, *ermanita*, ich werde David nicht verlassen, ich werde Gabriela nicht verlassen, dazu fehlt mir der Mut! Ich bin ein Hasenfuß, ich bleibe eine verheiratete Frau, aber du kannst nicht von mir verlangen, dass ich mich nicht mehr mit Gidi treffe, du kannst mir nicht sagen, ich soll nicht mehr zum Taxistand gehen, nicht mehr mit ihm im Atara sitzen. Denn auch wenn du mich darum bittest, werde ich nicht auf dich hören, werde ihn weiterhin treffen.«

»Fasst er dich wirklich nicht an?«

»Mich anfassen? Wenn er's nur täte! Manchmal streicht er mir über den Kopf, manchmal hält er einen Moment meine Hand, nie länger als einen kurzen Augenblick, dann zuckt er zurück, als hätte er sich versengt. Und ich möchte ihn umarmen, auf die Lippen küssen, sein hübsches Gesicht streicheln, bringe aber nicht den Mut auf. Ich weiß, wenn ich es täte, würde ich eine Grenze überschreiten, hinter der es kein Zurück mehr gibt, also halte ich an mich, verstehst du, ich beherrsche mich!«

Wie lange sie die Beherrschung noch würde wahren können, wusste sie nicht, wie lange sie sich noch fortsetzen ließen, diese Treffen mit Gidi, dem ihr Herz gehörte, nach dessen Berührung ihr Körper schrie. Schließlich war er es, der den ersten Schritt unternahm. Eines Nachmittags nach Beendigung seiner Schicht schob sie seinen Rollstuhl wie jeden Tag zum Café Atara. Als sie die Straße überquert hatten, berührte er ihre Hand und sagte: »Halt an.« Sie blieb stehen, und er deutete auf ein kleines Hotel in Sichtweite und sagte: »Lass uns dahin gehen.«

Wortlos schob sie den Rollstuhl zu dem Hotel, das in der Mandatszeit britischen Soldaten und jüdischen Flittchen gedient hatte. Der Rezeptionist saß in einem Glaskasten im Erdgeschoss. Er kam zu ihnen heraus, begrüßte sie und bat Luna, Gidis Rollstuhl zu einem Zimmer am Ende des Korridors zu schieben, schloss ihnen die Tür auf und verschwand. Luna machte die Tür zu. Das Zimmer war relativ groß. Bemalte Fliesen bedeckten den Fußboden, von der hohen Decke hing ein Kronleuchter mit vier bunten Glastellern, dunkle Vorhänge verdeckten die Fenster zur Straße, ein breites Eisenbett mit einer dicken Wolldecke nahm den größten Teil des Raumes ein, und daneben stand ein Toilettentisch mit einem Spiegel, der schon bessere Zeiten gesehen hatte.

»Hilf mir«, sagte er und deutete aufs Bett. Sie fasste ihn um die Lenden, er lehnte sich an sie, und mit einer Kraft, die sie bei sich nicht vermutet hatte, gelang es ihr, ihn aufs Bett zu setzen. Dann zog sie ihm Schuhe und Socken aus und hob seine gelähmten Beine aufs Bett. Er nahm die Ellbogen zu Hilfe, um sich auszustrecken, sie legte sich neben ihn, und er drehte sich zu ihr um, blickte mit seinen blauen Augen in den grünen Ozean ihrer Augen und begann, ihr Kleid aufzuknöpfen, langsam, langsam, Knopf für Knopf, als hätten sie alle Zeit der Welt. Sie lag erregt neben ihm, als er ihr das Kleid abstreifte und nur noch ihr weißseidenes Unterkleid ihre Blöße bedeckte, und machte fest die Augen zu.

»Schau mich an«, flüsterte er. Sie schlug die Augen auf, ihre Blicke begegneten sich, und ein Feuer loderte in ihrem Herzen auf. Er ließ die Hände über ihren Körper wandern, seine Finger spazierten mit unendlicher Zärtlichkeit von ihrem Gesicht zum Hals, umkreisten ihre Brustwarzen, und sie erzitterte, spürte sein Streicheln durch den Seidenstoff, ihr Körper kribbelte über und über, und eine Hitzewelle ergriff die Partie zwischen ihren Schenkeln, ein ungekanntes Lustgefühl, das sie mit David niemals empfunden hatte.

»Zieh das Unterkleid aus«, flüsterte er, doch sie verkrampfte sich, Gott, wie sollte sie nackt vor ihm liegen, wie sollte sie ihm den Reißverschluss entblößen, der über ihren Leib verlief?

»Du brauchst dich nicht zu schämen«, sagte er.

»Hier«, er hob sein Hemd an, »ich hab genauso eine Narbe wie du, fass mal dran.« Er nahm ihre Hand und legte sie auf die Narbe, die seine Wunde verschloss. »Jetzt lass mich deine Narbe berühren«, flüsterte er. Er verlagerte seinen Körper und legte seine Lippen auf die Narbe, die ihren Leib zweiteilte, küsste sie in ganzer Länge rauf und runter. Es kam ihr vor, als heilten seine Lippen ihren vernarbten Leib, als verschwände die Narbe mit jedem Kuss ein Stückchen weiter und ihr Körper würde wieder glatt und vollkommen, wie er es vor der Verletzung gewesen war. Sie zog ihn an sich, drängte ihren Körper an seinen, als wollte sie in ihm aufgehen, umschlang ihn, als fürchtete sie, ihn zu verlieren, sie war sein wie keines anderen Mannes vor ihm.

»Fühlst du«, flüsterte er, »fühlst du deine Haut an meiner?«

»Ich liebe dich«, flüsterte sie zurück.

»Ich liebe dich mehr als mein Leben.«

»Dreh dich um«, bat er leise, und sie kehrte ihm den Rücken. Er hakte ihren Büstenhalter auf und nahm ihn ab. Sie drehte sich ihm wieder zu, mit nacktem Oberkörper, die makellosen Brüste entblößt. Sie zog ihren Schlüpfer aus und lag neben ihm, ohne Scham und ohne jeden Versuch, ihre Blöße zu bedecken. Zum ersten Mal seit ihrer Verletzung kam sie sich vollkommen vor, zum ersten Mal schämte sie sich nicht ihrer Narben.

Ihre Schönheit verschlug ihm den Atem. »Komm zu mir«, flüsterte er, »ganz nah.« Sie rückte näher, und er fasste ihre Wangen, löste die Augen nicht von ihren, führte die Lippen an ihren Mund und küsste sie, wie sie noch nie geküsst worden war.

Seine Hände streichelten ihren Leib von den Lenden aufwärts, ihren Bauch, ihre Brüste, sie meinte, im nächsten Moment zu sterben, er brachte seinen Mund an ihre Brustwarzen und küsste sie und begann an ihnen zu saugen wie ein Baby. Sie strich ihm über den Kopf, zog ihn an den Haaren, betete, er möge nicht aufhören, wie genoss sie sein Saugen. Lange erregte er sie mit den Lippen, bewegte sich über ihren Körper, soweit seiner es ihm erlaubte. Sie traute ihren Ohren nicht ob der Lustseufzer, die ihr Mund unkontrolliert ausstieß, wollte, dass Gidi sie an jener intimen Stelle berührte, die sie David so ungern berühren ließ, brannte, als habe man in ihrem Innern ein Feuer entfacht. Sie konnte es kaum glauben, als sie seine Hand nahm und sie sich zwischen die Schenkel legte. Er wanderte hinein mit den Fingern, die schier ertranken in dem Nektar, den ihr Körper produzierte, und sie fing an zu zittern, wimmerte wie ein kleines Tier, weinte wie ein Baby, und dann wölbte sich ihr Rücken, und ihr Herz begann wild zu schlagen, wollte den Brustkasten sprengen, sie schrie wie eine Irre, und nur seine feste Umarmung vermochte ihren bebenden Körper zu beruhigen. Großer Gott, dachte sie, was war das denn jetzt, noch nie hatte sie ein solches Gefühl erlebt, nur mühsam kam sie wieder zu Atem, und die ganze Zeit umarmte er sie und küsste sie unablässig aufs Haar.

Sie lagen schweigend nebeneinander, ihr traten Tränen in die Augen. Von allen Orten auf Erden wollte sie genau hier sein, allein mit ihm im Zimmer, ohne ein Draußen, nur sie und er, und alles Geschehen außerhalb des Zimmers ging sie beide nichts an, nicht der nahe Taxistand, nicht die Freunde vom Krankenhaus, nicht David, nicht Gabriela, nicht Rachelika, nicht Bekki, nicht ihre Mutter und nicht mal ihr Vater. Nur sie und er auf der Welt, und sie wünschte sich, dieser Moment möge ewig weilen.

Sie schlug die Augen auf und stellte fest, dass er sie anschaute.

»Wie lange schaust du mich schon so an?«, fragte sie lächelnd.

»Alle Zeit der Welt«, antwortete er ihr.

»Noch nie habe ich so was empfunden, noch nie bin ich so glücklich gewesen.«

»Auch ich«, sagte er zu ihr, »auch ich.«

»Ich möchte dir all das geben, was du mir gegeben hast, ich möchte, dass du genau das spürst, was ich gespürt habe«, flüsterte sie.

»Unmöglich, meine Liebe, ich werde nie spüren, was du gespürt hast, ich fühle nichts hier unten.« Er nahm ihre Hand und legte sie auf sein schlaffes Glied. »Aber ich fühle hier«, er zog ihre Hand auf seinen Brustkorb, »hier fühle ich wie nie zuvor im Leben. Ich liebe dich, Luna, ich liebe dich, mein Ein und Alles.«

»Ich liebe dich auch. So sehr. Nie im Leben habe ich jemanden so geliebt oder werde ich jemanden so lieben, wie ich dich liebe.«

Er küsste sie wieder und wieder, ihre Tränen, Hände, Herzen, alles vereinigte sich. Sie war vollkommen aufgewühlt. Mein Gott, dachte sie, dass es nur nicht aufhört, dass es nur niemals endet.

Lunas Leben war fortan zweigeteilt, bewegte sich zwischen ihren geheimen Treffen mit Gidi und dem offiziellen Leben mit ihrem Mann, ihrer Tochter und der weiteren Familie. Sie konnte ihren Aufgaben nicht entfliehen. Im Gegenteil, je mehr ihre Treffen mit Gidi zum festen Bestandteil ihres Tagesablaufs wurden, desto perfekter fungierte sie als Hausfrau. Sie verwandelte die Einzimmerwohnung, in die sie umgezogen waren, in ein Schmuckkästchen, achtete auf jede Kleinigkeit, vom Bezug der Polstermöbel bis zu der Spitzendecke, die sie unter die Glasplatte des Tischs legte, an dem die Familie und eventuelle Gäste aßen. Auf dem Balkon zog sie rote und weiße Geranien, verschiedene Kakteenarten und Stiefmütterchen. Gelegentlich hängte sie noch einen Blumentopf dazu, bis an ihrem Teil des Geländers kein Platz mehr blieb und sie auch den Teil der Nachbarn in Beschlag nahm, sehr zu deren Freude. Um den Wohnbereich zu erweitern, stellte sie Stühle und einen kleinen Tisch auf den Balkon, breitete eine Wachstuchdecke darüber und platzierte einen Blumentopf in der Mitte.

»Lunas Heim sieht aus wie eine Bonbonniere«, lachten ihre Schwestern, »genau wie sie selbst.«

Je enger ihre Beziehung zu Gidi wurde, desto mehr bemühte sie sich, David eine bessere Gattin und Gabriela eine bessere Mutter zu sein. Das kostete sie allerdings große Anstrengungen. Fast alles, was das Mädchen tat, fast jeder Satz, den ihr Mann sagte, ärgerte sie. In Davids Fall biss sie sich auf die Zunge und schluckte es runter, in Gabrielas Fall war es erheblich schwieriger.

»Du verstehst nicht: Je mehr du ihr zürnst, desto trotziger kommt sie dir«, erklärte David. »Du musst geduldig mit ihr umgehen, im Guten mit ihr reden, ihr zeigen, dass du sie liebhast, nur dann wird sie sich gut benehmen. Wenn du sie weiter anschreist, wird es nur schlimmer.«

»Aber sie fängt an«, klagte sie, »kaum bin ich im Haus, ärgert sie mich schon.«

»Sie fängt an? Hörst du dich selbst reden? Wo hast du deinen Kopf, Luna, wer ist hier das Kind, du oder Gabriela? Sie sucht deine Aufmerksamkeit, sie möchte, dass du sie siehst, deshalb tut sie alles, um dich zu ärgern, denn nur dann beachtest du sie überhaupt.«

»Ich beachte sie nicht? Wer bringt sie denn jeden Morgen in den Kindergarten? Du? Wer zieht sie an, kämmt sie, gibt ihr zu essen?«

»Und wer badet sie am Abend, und wer bringt sie ins Bett? Du?«, wurde David lauter. »Wann hast du ihr mal ein Wiegenlied vor dem Einschlafen vorgesungen, wann hast du ihr eine Geschichte erzählt? Red keinen Unsinn. Die Kleine schreit, damit du sie siehst, aber du – *nada!*«

Das Gespräch mit David deprimierte sie. An seinen Worten war was dran. Sie tat alles, um möglichst wenig Zeit mit dem Kind zu verbringen. Praktisch war sie jeden Tag damit beschäftigt, Gabriela irgendwo unterzubringen. Sie bestach Bekki mit Geld, Gabriela an ihrer Stelle vom Kindergarten abzuholen und ins Elternhaus mitzunehmen, damit sie zu Gidi laufen konnte. Aber sie kam immer rechtzeitig wieder, um Gabriela heimzuholen, bevor David abends aus der Bank zurückkehrte, und erwartete ihn in der Mittagspause stets mit einer warmen Mahlzeit. Manchmal trafen sie sich zum Mittagessen auch bei ihren Eltern, oder sie holte ihn von der Bank ab, und sie gingen gemeinsam zu Ta'amis Hummus-Lokal. Nach dem Mittagessen schlief David ein Weilchen und ging wieder in die Bank. Und obwohl sie schon die Minuten zählte, bis Gidi seine Schicht beendete und sie sich in ihrem Stammhotel trafen, ging sie nie vor David aus dem Haus. Sie wartete geduldig, bis ihr Mann sich ausgeruht hatte und wieder zur Arbeit gegangen war, und machte sich dann erst fertig für das Rendezvous mit ihrem Geliebten.

Dafür hatte sie ein festes Ritual: Erst wusch sie ihren Körper mit einem feuchten Handtuch, dann rieb sie ihn mit einem trockenen ab. Wenn sie damit fertig war, nahm sie etwas Eau de Cologne aus dem Kristallflakon, der auf dem Toilettentisch stand, drückte den Zerstäuber ein- bis zweimal, nicht mehr, um nicht zu übertreiben. Danach schlüpfte sie in einen ihrer Seidenmorgenröcke und ging an die Schublade, in der sie ihre Seidenunterwäsche zwischen selbstgenähten Säckchen mit getrocknetem Lavendel und Ysop verwahrte. Mit ihren zarten, gepflegten Fingern holte sie eine Garnitur von Slip, Büstenhalter und Unterkleid heraus, legte die Teile nebeneinander aufs Bett, nahm aus der Strumpfschublade dünne Nylonstrümpfe und legte sie zur Garnitur. Nun rieb sie ihre Füße sorgfältig mit Velveta-Creme ein und massierte, bis die Haut weich wurde und die fettige Salbe eingezogen war, dann erst setzte sie sich vor den Spiegel und begann sich zu schminken. Nachdem sie sich wieder und wieder im Spiegel betrachtet hatte und mit dem Ergebnis zufrieden war, ging es ans Anziehen. In Slip und Büstenhalter rollte sie behutsam die Nylonstrümpfe über Füße und Beine, achtete darauf, dass die Naht genau in der Mitte der Wade verlief und nicht etwa einen Millimeter nach rechts oder links abwich, und danach legte sie den Strumpfbandgürtel aus zarter Spitze an und befestigte die Strümpfe an den Strapsen, möglichst ohne sich dabei in die Schenkel zu kneifen. Nachdem sie sich vergewissert hatte, dass die Strümpfe tadellos saßen, zog sie das Unterkleid an, und nun kam die schwierigste Aufgabe an die Reihe: die Wahl des passenden Kleides. Sie probierte den ganzen Schrank durch, bis sie zufrieden war. Erst fertig angezogen, setzte sie sich wieder vor den Spiegel und trug Lippenstift auf. Das war stets der letzte Schritt ihrer Vorbereitungen. Danach kam noch ein Spritzer Eau de Cologne, ehe sie das Haus verließ.

Sie trommelte auf ihren Absätzen zur Jaffa-Straße. Es wäre einfacher gewesen, den Stadtbus zu nehmen, der sie bis zum Zion-Platz, unweit ihres Stammhotels, gebracht hätte, aber Luna drängte sich nicht gern mit fremden Menschen im Bus und ging lieber zu Fuß. Bis Gidi seine Schicht beendete, hatte sie noch Zeit, vor den Schaufenstern in der Jaffa-Straße stehen zu bleiben und sich in den Schaukästen des Eden und des Zion die Filmfotos anzuschauen und zu sehen, welche Filme derzeit in diesen Kinos liefen oder demnächst kommen würden. Die Zeit verging langsam, zu langsam. Sie konnte zum Taxistand gehen und dort warten, bis er Feierabend hatte, aber neuerdings vermied sie es lieber, dort aufzukreuzen. Sie vertraute zwar seinen Taxifahrer-Freunden, aber seit sie und Gidi ein Liebespaar geworden waren, hatte sich ein unbehagliches Gefühl in die Begegnung mit ihren Freunden am Stand eingeschlichen.

Sie wusste, es war eine verbotene Beziehung, und wenn ihr Mann Wind davon bekäme, würde er sie verstoßen und sie brächte Schande über die Familie. Keine in ihrem näheren und ferneren Bekanntenkreis war geschieden. Die einzige Geschiedene, von der sie gehört hatte, war Vera, die Ungarin, die mit David in der Bank arbeitete, eine hübsche Frau mit leichtem ungarischen Akzent, die zwei Kinder allein großzog.

Trotzdem dachte Luna gar nicht daran, ihre Treffen mit Gidi einzustellen. Nur sie verliehen ihrem Leben Sinn. Sie waren die perfekte Welt, in der sie jeden Nachmittag lebte. Nur er und sie in dem Zimmer hinter geschlossenen Fenstern und Läden, im Dämmerschein einer einzigen Nachttischlampe. Nicht einmal die Geräusche der belebten Straße draußen drangen durch die Zimmerwände. Nur ihre und seine Stimme flüsternd, erregt, dazu der Zweiklang ihrer ruhigen Atemzüge und Herzschläge, waren zu hören.

Sie konnte nicht genug bekommen von der Berührung seiner Hände, seiner Lippen, von seiner Gesellschaft. Er sah sie so, wie kein Mensch sie vor ihm gesehen hatte, sah sie von innen und außen, war der Einzige, der kein Urteil über sie fällte, der Einzige, der verstand, wer sie wirklich war. Sie sprachen über alles, nur nicht über ihr anderes Leben mit Mann, Kind und Familie. Sobald sie ihm von zu Hause erzählen wollte, legte er ihr sanft den Zeigefinger auf den Mund und sagte: »Hier sind nur du und ich. Du hast kein anderes Leben außerhalb dieses Moments, ich habe kein anderes Leben, wir sind nur du und ich.« Sie verstummte dann sofort, auch sie liebte das Gefühl, in einer Blase zu leben, meinte jedoch manchmal, ihm ihre Gefühle mitteilen, von den Problemen, die Gabriela ihr machte, berichten zu müssen, meinte, nur er werde verstehen, dass sie hilflos war, nicht wusste, wie sie ihr eine Mutter sein sollte. Sie hatte doch gar keine Zeit gehabt, das Muttersein zu üben. Bei ihrer Verletzung hatte sie ein Baby verlassen und bei ihrer Rückkehr ein fertiges Kind vorgefunden, das an seinem Vater, an Bekki, an Rachelika, an Rosa, an

Gabriel hing und nur sie nicht haben wollte. Sie war nicht dabei gewesen, als Gabriela zum ersten Mal aufrecht stand, hatte ihr nicht die Hand gehalten, als sie laufen lernte, war nicht da gewesen, als sie ihre ersten Worte sagte. Es war, als wäre ihr eine Zweijährige geboren worden, und es gelang ihr nicht, diese zwei Jahre, die sie nicht bei dem Kind gewesen war, zu überbrücken. *Dio mio*, wie gern hätte sie mit Gidi darüber gesprochen, schrecklich gern, sie wusste, nur er würde sie verstehen. Aber Gidi blieb fest, weigerte sich standhaft, andere Menschen in das Zimmer einzulassen, das sie stundenweise bezahlten. Nicht ihren Mann, nicht ihre Tochter, nicht ihre Schwestern und nicht ihre Eltern. Sogar ihre gemeinsamen Freunde, mit denen sie im Krieg auf derselben Krankenhausstation gelegen hatten, ließ er draußen vor. Wenn sie doch mal einen von ihnen erwähnte, hielt er ihr wieder den Zeigefinger auf die Lippen und sagte: »Nur du und ich, erinnerst du dich?«

Aber eines musste sie mit ihm besprechen, sie musste ihm erzählen, dass sie mit ihrem Mann schlief. Allerdings hatte David sie auch nach dem Umzug in ihre eigene Wohnung wochenlang nicht angerührt, obwohl sie im gleichen Bett schliefen, das tagsüber hochgeklappt und hinter einem Vorhang verborgen wurde, um ihr einziges Zimmer geräumiger zu machen. Abend für Abend gingen sie ins Bett, sagten gute Nacht, kehrten einander den Rücken und schliefen ein.

Bis er sich eines Nachts ohne jede Vorwarnung an ihren Rücken schmiegte. Ihr Körper straffte sich, aber sie tat keinen Mucks. Er schob ihr Nachthemd hoch und begann ihre Schenkel zu streicheln, und sie, die die Sache nicht unnötig verlängern wollte, drehte sich auf den Rücken, ließ ihn ihre Unterhose ausziehen, ohne Vorspiel ihre Beine spreizen und in sie eindringen. Sie drückte die Augen zu, bemüht, sich von dem Geschehen zu lösen. Ihre Arme lagen neben ihrem Leib, die Hände unwillkürlich geballt. Als sie das merkte, legte sie ihm die Hände auf den Rücken und fuhr seine Wirbelsäule entlang, als wären es die Hände einer anderen Frau, die hier an ihrer Stelle unter dem Körper ihres Mannes lag. Zum Glück kam er schnell, küsste sie flüchtig, rutschte von ihr ab, drehte ihr den Rücken zu und schlief ein.

Sie lag stumm neben ihm, ihr Leib war eben von einem besessen worden, der zwar ihr Ehemann, aber so fremd war, als wäre er nicht der Vater ihrer Tochter. Sie wollte nicht mit ihm schlafen, wusste jedoch: Wie sie Gabriela in den Kindergarten brachte, wie sie die Wäsche wusch und das Geschirr spülte, wie sie Mittag- und Abendessen kochte, so musste sie auch mit ihrem Ehemann schlafen. Sie stand auf, ging in die Küche und wusch sich die Schenkel, spülte den Geruch seines Spermas ab, wie sie es früher getan hatte. Sie war nicht weh oder wund, bereute nichts, hatte nicht einmal das Gefühl, Gidi betrogen zu haben, sie fühlte gar nichts.

Als sie sich am nächsten Tag in ihrem Hotelzimmer trafen, erzählte sie es ihm. Sie wollte nicht, dass es Geheimnisse und Lügen zwischen ihnen gab, ihre Beziehung zu ihm sollte so rein und sauber sein wie ihre Art, Liebe zu machen. Zu ihrer Überraschung drückte er sie ans Herz und sagte: »Das ist in Ordnung, meine Hübsche, nur erzähl es mir nicht mehr, ja?«

Sie nickte und erwähnte es nicht mehr, wenn sie mit David schlief. Falls er eifersüchtig war, ließ er es sich nicht im Geringsten anmerken, er wollte nur nichts davon hören oder wissen.

Sie wollte ihm erklären, dass alles in Ordnung sei, dass sie es nur so mochte, wie sie und er Liebe machten: Kuss, Umarmung, Berührung, Streicheln, Wort, Blick, Herzklopfen, seine Lippen auf ihrem Leib, seine Haut an ihrer, zwei Seelen vereint. Wie gern hätte sie ihm gesagt, sie brauche es nicht, dass er sein Glied in ihren Körper einführte, wie ihr Mann es tat, möge es nicht mal. Sie wollte bei ihrem und seinem Leben schwören, dass das die reine Wahrheit war, aber sie kannte Gidi wie sich selbst, wusste, er litt Höllenqualen, weil er seine Manneskraft verloren hatte, und alles, was sie sagen würde, täte ihm nur noch mehr weh. Ich werde ihn weiter lieben, beschloss sie, werde mich weiter an seinem Körper erfreuen und ihn mit meinem, werde ihn unendlich lieben, wie noch keine Frau auf Erden einen Mann geliebt hat, und kraft meiner Liebe wird er den Schmerz überwinden. Sie gelobte sich, Gidi vor allem zu beschützen, sich um ihn zu kümmern, ihm das Gefühl zu geben, ein Mann zu sein, denn für sie war er ein Supermann.

Neun Monate nachdem sie mit David zum ersten Mal in den eigenen vier Wänden geschlafen hatte, wurde Ronny geboren, den sie nach Davids Vater Aharon benannten. Als sie entdeckte, dass sie schwanger war, weinte sie bitterlich, wusste nicht, wie Gidi die Nachricht aufnehmen würde. Doch zu ihrer Überraschung küsste er sie auf den Bauch und sagte: »Viel Glück.« Sie umarmte ihn, schmiegte sich an ihn wie ein kleines Mädchen, das in den Armen des Vaters Schutz vor der Welt sucht. Er akzeptierte sie, wie sie war, akzeptierte ihr Leben, bat sie nie, ihren Mann zu verlassen, fragte sie nie nach ihrem Eheleben. Er war glücklich, dass er sie hatte, und bereit, sie, wenn sie nur wollte, in jedem Zustand anzunehmen. Auch als Schwangere.

10

Fern ins düstere London war ich geflüchtet, um dem Familienrummel zu entkommen, der mich nach dem Tod meiner Mutter umtoste: Rachelika und Bekki, die sich unablässig um mich sorgten, meine unkontrollierbare Wut auf meinen Vater, das wilde Rennen von einem Kellnerjob zum nächsten, Amnon mit seiner liebevollen Vereinnahmung, für den ich keinen Platz im Herzen hatte. Am liebsten wäre ich ins nächste Flugzeug gestiegen und verschwunden, ohne mich von jemandem zu verabschieden, hätte allen Schmerz und Zorn hinter mir gelassen, die schwere Last, die mein Vater und meine Tanten mir auferlegten. Sie erstickten mich schier vor lauter Liebe und Sorge, vor denen ich zunächst nach Tel Aviv geflüchtet war, doch auch Tel Aviv lag nicht fern genug. Ich musste so weit weg kommen, dass Rachelika oder Bekki mich nicht mehr täglich anrufen, mein Vater nicht zu Blitzbesuchen auftauchen konnte, die meine Welt aufmischten. Aber bei uns in der Familie wagte nicht mal ich, so etwas zu tun, einfach abhauen, ohne vorher heimzukommen und Abschied zu nehmen.

Und jetzt, nachdem Amnon vor mir nach Indien geflohen ist, um sein gebrochenes Herz wieder zusammenzufügen, sitze ich in einem verrauchten Londoner Pub unter Angetrunkenen, werde angesprochen und höre es nicht, rauche wie ein Schlot und trinke ein Bier nach dem anderen, um nichts zu denken, nichts zu fühlen.

Meine Mutter ist gestorben, und ich habe nicht getrauert, nicht geweint, keinen Schmerz empfunden, nur Wut. Ich war furchtbar wütend auf meine Mutter, die mich verlassen hatte, ehe ich Frieden mit ihr schließen konnte, wütend auf meinen Vater, der schon vor Ablauf des Trauerjahrs seine ungarische Geliebte Vera ins Haus holte, deretwegen meine Mutter sich beinah von ihm hätte scheiden lassen. Jetzt wohnen mein Vater und die meiner Mutter rechtschaffen verhasste Vera mit meinem jüngeren Bruder Ronny und mit Veras Kindern bei uns zu Hause. Sie schläft im Bett meiner Mutter, kocht in der Küche meiner Mutter und begießt ihre Blumentöpfe auf dem Dach.

Ich habe nicht abgewartet, bis Vera bei meinem Vater einzog, um das Haus zu verlassen. Noch vor meiner Wehrentlassung mietete ich ein Zimmer bei Amnon, meinem einzigen Freund, in Tel Aviv. Er hatte die große Wohnung seiner Großmutter in der Motzkin-Allee, hinter der Polizeiwache Dizengoff, geerbt und bewohnte sie, bis er zum Architekturstudium nach London flog. Ich richtete mich in dem kleinen Zimmer ein, möbliert mit Bett, Tisch und Schrank. Nach Jerusalem fuhr ich kaum, sogar den Sederabend verbrachte ich mit Amnon und ein paar weiteren Familienflüchtigen in der Tel Aviver Wohnung. »Waisen-Seder« nannten wir das. Jeder hatte seinen eigenen Grund, warum er den Sederabend nicht mit der Familie feiern wollte. Meinem Vater und den Tanten hatte ich gesagt, ich hätte Turnusdienst auf dem Stützpunkt. In Wahrheit konnte ich den Sederabend ohne meine Mutter nicht ertragen, konnte mir keinen Seder ohne den Wettstreit der drei Ermoza-Schwestern vorstellen – wer das beste Charosset machte. Meine Mutter war ausgeschieden, und ohne sie war es reizlos.

Nach meinem Wehrdienst arbeitete ich mal dies, mal das. Ich war Kellnerin und wurde entlassen, war Go-go-Tänzerin im Tyffany's, der Diskothek unterhalb des Dan-Hotels, Statistin in der Massenszene im Film »Der Blaumilchkanal«, der in den Herzliya-Studios gedreht wurde, und Bürokraft eines älteren Filmproduzenten, der mich bei jeder Gelegenheit zu begrapschen versuchte. All das tat ich nur mit einem Ziel: Geld verdienen und ab nach London, das der Nabel der Welt war, die Stadt der Beatles und der Rolling Stones, von Pink Floyd und Cat Stevens und Marianne Faithful, von Sex, Drogen und Rock 'n' Roll und »*Lucy in the Sky with Diamonds*«. Wann immer ich einen ordentlichen Geldbetrag zusammenhatte, lief ich zum Reisebüro in der Frischmann-Straße und deponierte ihn dort für die ersehnte Flugkarte.

Als ich über meine wilde Hatz von einem Gelegenheitsjob zum anderen nachzudenken begann, begriff ich, dass ich auf der Flucht war. Ich floh um mein Leben vor allem, was ich kannte, vor allen, die mich kannten, floh, um meine alte Welt zu vergessen und mich einer neuen Welt zu öffnen, einer Welt, in der es keine tote Mutter gab, keinen Vater, der nicht einen Moment allein bleiben konnte und daher schon eine neue Frau in unser Haus gebracht hatte, keine Tanten, deren Trauer so schwer und beklemmend und schmerzhaft war, dass ich hätte schreien mögen, und keinen kleinen Bruder, den ich mit seiner Trauer um die Mutter alleingelassen hatte. Was sollte ich schon machen? Ich konnte nicht auch noch Ronnys Schmerz übernehmen, nicht den Schmerz von Rachelika und Bekki, die mich angefleht hatten, Jerusalem nicht zu verlassen, nicht nach Tel Aviv zu ziehen.

»Ich habe den Abschied von deiner Mutter noch nicht verkraftet, und schon gehst du weg«, weinte Bekki.

»Meine Mutter ist tot«, sagte ich jedes Mal, wenn jemand sie erwähnte, »ich bin nicht tot, ich fahr nur weg von hier, davon geht die Welt nicht unter.«

Mein Vater bat mich nicht, zu bleiben. Er umarmte mich, stopfte mir mit Gewalt Geld in die Hosentasche, damit ich was für den Anfang hätte, und schärfte mir ein, mich ja zu melden, wenn ich Hilfe brauchte.

Als ich nach der Wehrentlassung nicht heimkehrte, knirschte er mit den Zähnen, war wütend und hilflos angesichts meiner Entscheidung, die ihn sehr verletzte. Unabhängig von Vera, seiner alt-neuen Frau, wollte ich nicht in Jerusalem wohnen. Schon früher, wenn wir in meiner Kindheit Nona Merkada und Tia Allegra in der Rothschild-Allee besuchten, wusste ich, dass ich, sobald ich auf eigenen Füßen stände, in Tel Aviv leben würde. Ich sagte das meinem Vater, versuchte es ihm zu erklären, aber er wollte es nicht hören, war beleidigt und besuchte mich nicht. Rachelika und Bekki kamen mit Ronny, schleppten Töpfe voll eigens für mich gekochtem Essen und Taschen voll Gemüse aus Jerusalem an, als gäbe es keinen Markt in Tel Aviv, und *borekas* und *biskochos*, die sie extra für mich gebacken hatten. Rachelika fing sofort an, die Wohnung zu putzen, Bekki stellte die Töpfe in den Kühlschrank und schnippelte Gemüse für einen frischen Salat. Und erst wenn sie sicher waren, dass ich für einen Monat mit Essen versorgt war, und sie sich mit mir hingesetzt und erfahren hatten, dass ich Arbeit und Freunde hatte und gewiss nicht allein war, *miskenika*, und sogar jemanden hatte, der ihr Essen mit mir verputzen würde, fuhren sie zurück nach Jerusalem, nachdem mir jede für sich noch diskret einen Geldbetrag in die Hand gedrückt hatte, ohne dass die andere Schwester es sah, verbunden mit der dringenden Aufforderung, ohne Zögern um Nachschub zu bitten, falls es, behüte, nicht reichen sollte.

»Als Erstes kommst du zu uns«, sagte Rachelika zu mir. »Dass du um Himmels willen nicht fremde Menschen angehst. Wir sind deine erste Adresse, vergiss es nicht.«

An der Tür überschütteten sie mich noch mit Umarmungen und Küssen, damit es mir daran nicht mangelte, falls ich, Gott bewahre, bis zum nächsten Wiedersehen nicht geküsst und umarmt werden würde, und als sie dann schon im Treppenhaus standen und ich gerade die Tür zumachen wollte, trat Rachelika noch einmal an mich heran und flüsterte mir ins Ohr: »Gabriela, meine Liebe, wird es nicht Zeit, Frieden mit deinem Vater zu schließen? Weißt du, wie traurig er deinetwegen ist? Er findet nachts keinen Schlaf.«

»Er schläft sehr gut«, platzte Bekki heraus, »er schläft mit seiner Ungarin im Bett meiner Schwester Luna und schämt sich nicht.«

»Genug!«, sagte Rachelika. »Gieß kein Öl ins Feuer. David ist ein Mann, so ist das bei Männern, sie setzen ihr Leben fort.«

»Meinetwegen kannst du dein Leben lang nicht mehr mit ihm reden, Gabriela«, sagte Bekki. »Ich rede auch nicht mit ihm, soll er sich was schämen!«

»Tante Rachelika«, fragte ich meine gute und stets besonnene Tante, »bist du Vater nicht böse, weil er diese Frau ins Haus meiner Mutter geholt hat?«

»Und wie ich ihm böse bin, aber was soll man machen? Deine Mutter kommt nicht mehr nach Hause, und dein Vater braucht eine neue Frau, und vielleicht braucht Ronny auch eine neue Mutter.«

»Eine neue Mutter!«, fauchte Bekki: »Hör dir doch an, was du redest, ist Ronny denn ein Kleinkind? Er ist schon ein großer Esel, bald wird er einberufen, und er hat dich und mich, gottlob, er braucht keine neue Mutter.«

»Er braucht einen Vater, der sich menschlich benimmt und die ungarische Nutte nicht in unser Haus bringt«, sagte ich in ruhigem Ton.

»Schweig, meine Süße, fluchen ist unschön«, sagte Rachelika.

»Es gibt kein anderes Wort für die Ungarin«, brauste Bekki auf, »nur dieses! Soll sonst was über sie kommen … Immer wenn ich an David denke, gehen mir die Nerven durch. Wieso schämt er sich nicht, wie kann er Luna das antun?«

»Bring mich nicht so weit, dass ich den Mund aufmache und Dinge sage, die ich später bereue«, erwiderte Rachelika ruhig.

»Wirklich besser, du machst den Mund nicht auf, Schwesterherz, ich hoffe für dich, dass Luna dich jetzt nicht hört.«

»Wovon redet ihr?«, fragte ich verwirrt. Sollte Rachelika ein böses Wort über meine Mutter, ihre geliebte Schwester, sagen, und das jetzt, nach ihrem Tod, wo beide sie in den Heiligenstand erhoben hatten?

»Nichts weiter«, sagte Bekki, »achte nicht drauf, Rachelika redet wirres Zeug vor lauter Trauer. Und du, Gabriela, meine Süße, pass auf dich auf und ruf an und denk dran, wenn du was brauchst, egal was, wir sind für dich da. Merk dir, Gabriela, wenn was passiert, behüte, rufst du als Erstes uns an.«

Ich lebte mein Leben weiter. Arbeit, Partys, Drogen, Ficks. Hätten meine Tanten das Geringste von meinem Lebenswandel geahnt, hätte mein Vater was gewusst – aber sie wussten nichts davon. Zu meinem Vater hatte ich keinen Kontakt, und wenn ich einmal die Woche, wie versprochen, meine Tanten anrief, sagte ich ihnen, was sie hören wollten: Alles in Ordnung.

Als ich eines Abends mit Amnon und einigen Freunden in der Wohnung saß und wir gerade mit Haschisch hantierten, klingelte es an der Tür.

Amnon ging hin und lugte durch den Spion.

»Polizei!«, rief er entsetzt.

Wie ein Mann schafften wir flugs die verdächtigen Stoffe fort, spülten einen Teil ins Klo, warfen den Rest auf den Hof. Die anwesenden Freunde sprangen vom Balkon im Erdgeschoss und flüchteten über den Hinterhof, ließen Amnon und mich allein mit den Bullen klarkommen.

Als ich die Tür aufmachte, prustete ich vor Lachen. Es war Onkel Moise, in seiner Polizeiuniform, zusammen mit meinem Vater. Ich erstickte schier, als ich sie hereinbat, ungeachtet der entgeisterten Miene von Amnon, der in sein Zimmer verschwand und die Tür abschloss.

»Was ist denn so lustig?«, fragte Onkel Moise und folgte meinem Vater ins chaotische Wohnzimmer.

»Gibt es keinen Gruß für deinen Papa«, sagte mein Vater, »keinen Kuss?«

Ich küsste ihn flüchtig auf die Wange.

»Bist du noch böse?«, fragte er.

»Ich will nicht darüber reden«, erwiderte ich und wich seinen ausgestreckten Armen aus.

»Das ist nicht schön von dir, Gabriela«, tadelte Onkel Moise.

»Jetzt hast du dir also Unterstützung mitgebracht«, sagte ich in eisigem Ton zu meinem Vater. »Du kommst wohl nicht allein mit mir klar?«

»Nein, Gabriela, ich komme nicht allein mit dir klar. Ich kenne dich nicht mehr, du bist nicht die Tochter, die ich gehabt habe, meine Tochter ist verlorengegangen, und ich finde sie nicht mehr, du bist ein fremder Mensch, den ich nicht kenne.«

»Wenn ich ein fremder Mensch bin, was tust du dann hier?«

»Ich weiß wirklich nicht, was ich hier tue. Komm, Moise, gehen wir«, sagte mein Vater und wandte sich zur Tür.

»Einen Moment«, hielt Moise ihn zurück. »Wirfst du deinen Vater raus?«

»Ich werfe keinen raus: Wenn er gehen will, soll er's tun.«

»Dein Vater ist über seinen Schatten gesprungen und eigens aus Jerusalem hergekommen, um dich zu sehen«, rügte mich Moise: »Er hat sich gesehnt, sag's ihr, David, sag es, nur keine Scham.«

»Ich schäme mich nicht. Es ist keine Schande für einen Vater, sich nach seiner Tochter zu sehnen. Ich finde deinetwegen nachts keinen Schlaf«, erklärte er schmerzerfüllt. »Ich weiß, dass du mir böse bist, Gabriela, aber ich bitte dich, hör dir erst an, was ich dir zu sagen habe, bevor du aufbraust.«

»Ich will's nicht hören«, rief ich, »ich will gar nichts hören.«

Mein Vater fuhr ungerührt fort: »Ich bin den ganzen Weg von Jerusalem hergekommen, um mit dir zu reden, und du wirst mir zuhören, ob du willst oder nicht!«

»Nein! Nein!« Ich hielt mir die Ohren zu. »Ich will nichts hören, lass mich in Ruhe!« Ich war einem hysterischen Anfall nahe. »Geh zurück zu deiner ungarischen Freundin!«

Mein Vater sah erschrocken und ratlos aus. »Ich gehe«, sagte er, »beruhig dich, ich geh ja.«

Ich heulte los. Mein Vater zog mir die Hände von den Ohren, schloss mich trotz meines Widerstands in die Arme und drückte mich ans Herz. Sein vertrauter Geruch drang mir in die Nase, sein geliebter Geruch, seine starken Arme hielten mich, und ich legte meinen Kopf in seine Halsbeuge, an die Stelle, die ich so liebte, fühlte mich einen Moment wieder wie früher, als ich ein kleines Mädchen war und er mich vor der ganzen Welt beschützte, auch vor dem Zorn meiner Mutter.

Tu so, als ob du weinst, hatte er mir mit einem Zwinkern bedeutet und trotz ihrer klaren Aufforderung nicht die Hand gegen mich erhoben. »Gute Nacht, braves Kind«, hatte er mir zugeflüstert und mir ein Lied vorgesungen. Ich wollte so gern, dass er mir jetzt etwas vorsang, dass ich schlafen ginge und wieder aufwachte, um zu entdecken: Meine Mutter lebt, ist mir böse wie immer, streitet mit meinem Vater wie immer, sitzt an ihrem Toilettentisch und schminkt sich die Lippen herzförmig, zieht das Kleid an ihrem tollen Körper straff und trommelt auf ihren hohen Absätzen zum Café Atara. Ihr Tod war nichts als ein böser Traum, den ich träumte, und jetzt erwache ich daraus in den Armen meines Vaters, der mit mir weint.

Aber es war kein Traum. Meine Mutter war mit knapp vierzig Jahren gestorben, und mein Vater hatte Vera aus dem Dunkel ihrer jahrelang geheim geführten Beziehung ans Licht gebracht und sie vor aller Augen in unser Haus geholt, ohne Rücksicht auf Ronnys Gefühle, auf meine Gefühle und gewiss ohne Rücksicht auf die Gefühle von Bekki und Rachelika, die ungläubig zusahen, wie er die Ehre ihrer Schwester mit Füßen trat.

Und ich beherrschte mich nicht, sondern sagte all das meinem Vater, und er hielt mich in seinen Armen und drückte mich an sich, und ich schrie über die verletzte Ehre meiner Mutter, und er schwieg und hielt mich weiter in den Armen, und als ich mich daraus befreien wollte, ließ er nicht locker.

Mein Heulen ging in abgehacktes Schluchzen über. Er ließ mich so lange weinen, bis meine Tränen versiegten, und erst als ich mich beruhigt hatte, sagte er: »Schon viele Jahre war deine Mutter keine Frau mehr für mich, schon lange vor ihrer Erkrankung waren wir wie zwei Fremde. Wir wohnten im selben Haus, fungierten als Eltern für dich und Ronny, aber wir waren nicht Mann und Frau, wie es sein soll. Ich bin ein Mann, Gabriela, ich habe Bedürfnisse, und Vera liebt mich, sie ist gut für mich.«

»Papa, ich will nichts von dir und Vera hören.«

»Bevor du mich verurteilst, sollst du wissen, dass ihr, du und Ronny, der einzige Grund wart, warum ich eure Mutter nicht verlassen habe. Ich wollte, dass ihr mit Vater und Mutter in einem Haus groß werdet.«

»Na wirklich vielen Dank!«

»Ja, ich habe wirklich Dank verdient. Wenn du nur ein Viertel der Wahrheit kennen würdest, würdest du mich vielleicht nicht verurteilen, würdest vielleicht verstehen.«

»Was verstehen? Dass die Leiche meiner Mutter noch nicht kalt war, als du deine Geliebte schon ins Haus geholt hast? Sag mal, Papa, nun wo sie in Mamas Bett schläft, zieht sie auch ihre Kleider an? Trägt ihren Schmuck?«

»Jetzt bist du auf einmal um die Ehre deiner Mutter besorgt?«, entgegnete er tieftraurig. »Warum hast du sie nicht geehrt, als sie am Leben war? Nichts als Saures hat sie all die Jahre von dir bekommen, nichts als Zank und Streit hast du ihr bereitet, und ich habe dir die ganze Zeit beigestanden, habe dich in Schutz genommen und mich deinetwegen mit ihr gestritten, und plötzlich hat sich alles verkehrt? Plötzlich bin ich der Bösewicht?«

»Wenn es umgekehrt gekommen wäre, hätte Mama im Leben keinen fremden Mann ins Haus gebracht, nie im Leben!«

»Es gibt viele Dinge, die du über deine Mutter nicht weißt, Gabriela, bring mich nicht dazu, den Mund aufzumachen.« Und damit drehte er sich um und verließ die Wohnung.

Onkel Moise, der unterdessen angespannt am Fenster gestanden hatte, ohne jedoch ins Gespräch einzugreifen oder auch nur einen Mucks von sich zu geben, sah mich lange an, und ehe er meinem Vater nach draußen folgte, sagte er in ruhigem Ton: »Bevor du nicht nur deine Mutter, sondern auch noch deinen Vater verlierst, bitte Tante Rachelika, dir ein paar Dinge über deine Mutter Luna zu erzählen, und tu es bald, damit du nicht unwissend stirbst.«

Natürlich maß ich Onkel Moises Worten keine Bedeutung bei und bat meine Tante nicht, mir etwas über meine Mutter zu erzählen. Ich war entschlossen, mein Leben fortzusetzen, nicht nach Jerusalem zurückzukehren, sondern so weit wie möglich wegzugehen. Ich stand am Fenster und sah Papa und Moise die schmale Straße entlanggehen, in der ich wohnte. Mein Vater war zusammengesunken, Moises Hand lag wie zum Trost auf seiner Schulter. Einen Moment wollte ich ihnen nachlaufen, meinen Vater zurückrufen, ihn um Verzeihung bitten, ihm sagen, dass ich es nicht so gemeint hatte, nur aus Trotz so gewesen war, ich sei doch immer ein trotziges Kind gewesen, und dass ich ihn liebte wie früher, als er alles für mich war. Aber meine Füße waren wie am Boden festgenagelt, und ich rührte mich nicht vom Fleck.

Amnon stand neben mir und fragte entgeistert: »Was war das denn?«

Ich blickte auf in seine guten, blauen Augen, die in mein Innerstes zu schauen schienen, berührte seine Hand, die mir die Wange streichelte, und wusste, es kümmerte ihn wirklich. Nun liefen mir die Tränen herunter, er schloss mich in seine Arme, und ich sackte in ihnen zusammen, weinte mir die Seele aus dem Leib, über den Tod meiner Mutter, den Schmerz meiner Tanten, die Kränkung meines Vaters. Amnon sagte kein Wort, umarmte mich nur, und danach gingen wir ins Bett und liebten uns die ganze Nacht.

Morgens schliefen wir immer bis spät, und mittags gingen wir an den Strand hinunter. Wir lagen Stunden auf dem warmen Sand, betrachteten den Sonnenuntergang, unfähig, die Hände voneinander zu lassen. Als es Zeit für mich wurde, zum Kellnern ins Rote Teehaus zu gehen, begleitete er mich zur Mapu-Straße, kehrte dann in die Wohnung zurück, und in den frühen Morgenstunden, wenn meine Schicht beendet war, holte er mich wieder ab.

So hätte es weitergehen können, ewig oder bis ich mich gelangweilt hätte und seiner überdrüssig geworden wäre, aber Amnon hatte Pläne im Leben. Er schrieb sich für ein Architekturstudium in London ein und stand im Begriff, seine Wohnung und mich zu verlassen und sein Leben fortzusetzen. Er lud mich nicht ein mitzukommen, weil er ohne meine Worte begriff, dass ich nur deshalb mit ihm zusammen war, weil ich nicht allein sein wollte. Er liebte mich wirklich. Ich hingegen war dazu nicht fähig, versuchte gar nicht erst, die Schranke zu meinem Herzen abzubauen, genau dort zwischen

Bauch und Brüsten, wo man, wie Tante Bekki sagte, die Liebe spüren musste. Ich wollte nicht lieben, wollte nur die Nacht nicht allein verbringen, nur morgens nicht allein aufstehen, um nicht etwa gezwungen zu sein, nachzudenken, Gefühlen und Erinnerungen nachzuhängen, mir Rechenschaft über mein Leben zu geben.

Ich dachte, ich könnte die ganze Welt betrügen, damit sie mich so sähe, wie ich gesehen werden wollte: als emanzipierte, lebenslustige und freizügige junge Frau, die niemandem Rechenschaft ablegt, auch nicht sich selbst. Vielleicht konnte ich tatsächlich alle betrügen, nicht jedoch Amnon. Er sah, hinter all dem Lärm und Getöse verbarg sich eine traurige junge Frau, die nicht heimisch wurde in dieser Lügenwelt, in die sie aus ihrem vorigen Leben geflüchtet war. Amnon sah in mein Innerstes, doch sobald er versuchte, darin einzudringen, wehrte ich ihn ab. Wenn er sich bemühte, ein Gespräch anzufangen, mit mir über mich und mein Leben zu sprechen, mich nach meinen Träumen, meinen Plänen zu fragen, stieß er an eine Wand.

»Ich will nicht vögeln«, sagte er einmal, »ich will reden.«

»Nicht mit mir«, gab ich zurück, »bei mir wird gevögelt, nicht geredet.«

Er warf mich von seinem Bauch, sprang aus dem Bett und knallte die Tür zu.

Nach ein paar Tagen, in denen er kein Wort mit mir gewechselt hatte, sagte er, ich sollte mir lieber eine andere Unterkunft suchen. Doch jetzt, da er mich nicht mehr haben wollte, konnte ich ihn nicht verlassen.

Er flehte mich an, sagte: »Lass mich, ich kann nicht mehr, ich muss meine Abreise vorbereiten, und du lenkst mich von meinem Ziel ab und störst mich.«

Je mehr er mich drängte wegzugehen, desto mehr wollte ich

bleiben. Er kam nicht mehr ins Teehaus, und ich ging allein heim und stahl mich in sein Bett. Eines Tages packte er mich an den Schultern und schüttelte mich: »Was hast du denn?«, sagte er mit stahlharter Stimme, »wenn ich will, willst du nicht, wenn ich nicht will, lässt du mir keine Ruhe, nun geh schon weg, geh! Wenn du nicht gehst, schmeiß ich dich raus und lass dich auf der Straße übernachten.«

Am nächsten Tag fuhr er ab, nachdem er mir den Wohnungsschlüssel überlassen und mich beschworen hatte, in der Wohnung zu bleiben, bis ich eine neue Bleibe gefunden hätte, und erst dann den Schlüssel dem Rechtsanwalt seiner Familie zu übergeben.

Sein erster Brief kam nach einer Woche in einem dünnen, blauen Luftpostumschlag, frankiert mit Briefmarken, die das Bildnis Ihrer Majestät Königin Elizabeths II. trugen. Der Briefbogen war so hauchdünn wie der Umschlag. Mit zitternden Händen hielt ich ihn und las:

»Meine einzige, unmögliche Geliebte, es ist so kalt in London, und ich sehne mich, krieg dich nicht aus dem Sinn, sosehr ich mich auch anstrenge. Leider hast du mich an einer Stelle berührt, die noch keine andere berührt hat. Ich begreife nicht, warum gerade du, denn wir wissen doch beide, dass du dumm bist, so dumm, dass du nicht unterscheiden kannst, ob einer dich wirklich liebt oder nur sein Vergnügen sucht. Oder vielleicht bist du es, die nur Vergnügen sucht? Vielleicht willst du nicht lieben? Und trotz allem wäre ich froh, wenn du jetzt hier wärst. Amnon.«

Als er drei Monate in London war, reiste ich ihm nach.

Schon am ersten Abend wollte ich unbedingt ausgehen. Ich war neugierig, wollte die neue Welt, in der ich gelandet war, verschlingen, rein alles ausprobieren. Der Flughafen Lod, den ich zum ersten Mal von innen sah, der Flug, die Landung, der riesige Heathrow Airport, der mich so verschreckte, Amnon, der mich vor der Ankunftshalle erwartete und bei dessen Anblick ich mich endlich wieder beruhigte, die Untergrundbahn, die uns zur Victoria Station brachte, die Insassen, die sich dicht darin drängten, ohne einander zu berühren – alles war neu und aufregend, und ich meinte, am Anfang des größten Abenteuers meines Lebens zu stehen.

Amnon ging mit mir in den verrauchten Pub seines Viertels. Er bestellte zwei Bier und führte mich an einen freien Tisch. Meine Augen wanderten umher, und ich konnte nicht genug kriegen von allem ringsum, der Musik, dem Lärm, den gewöhnlich zurückhaltenden Engländern, die hier laut redeten, dem Fernsehbildschirm, der ein Fußballspiel zeigte, den jungen Mädchen in knalligen Miniröcken und wadenhohen Stiefeln, den langhaarigen Jungs in Jeans. Ich sah grapschende Hände, hörte schallendes Gelächter, war total aufgedreht: Ich bin in London, tausend Lichtjahre entfernt von Jerusalem, im rockenden London, dem London der freien Welt, und alles ist so fremd und doch auch vertraut. Der englische Pub, in dem ich jetzt Bier trinke, erinnert mit seiner lauten, ausgelassenen Stimmung an meine Stammkneipe am Ende der Dizengoff-Straße, nur die Männer und Frauen sind so anders, tragen aber Jeans und Miniröcke genau wie die jungen Leute in Tel Aviv.

»Ich kann nicht glauben, dass ich hier bin, einfach irre!«, kreischte ich in den Alkoholdunst und in die ohrenbetäubende Musik. Ich fühlte mich frei, zu den hypnotisierenden Gitarrenklängen von Jimi Hendrix zu tanzen, frei, ein Bier nach dem anderen zu kippen, frei, Julie Christie zu sein. Je mehr Bier ich intus hatte, desto schamloser flirtete ich mit einem Mann neben mir an der Bar, ignorierte völlig Amnons Blicke.

Wenn ich in den nächsten Wochen aus den Betten fremder Männer zu ihm kam und ihn bat, mich in die Arme zu nehmen, vergab er mir wieder und wieder. Ich dankte ihm im Herzen, denn ich konnte mich auch nicht von ihm lösen. Wir trösteten einander, und manchmal meinte ich, ein Stückchen Glück dringe plötzlich ein und beruhige mein stürmisches Gemüt. Ich schmiegte mich an ihn, verkroch mich in seine Arme, die mich vor meiner Unruhe drinnen und dem Lärm draußen schützten.

Eines Nachts, als wir uns geliebt hatten und schwitzend dalagen und wieder zu Atem zu kommen suchten, fragte Amnon: »Was ist mein Platz in deinem Leben?«

»Lass«, sagte ich, »fang nicht davon an.«

»Ich lass nicht locker«, beharrte er. »Du sagst mir nicht, was du für mich empfindest, dann sag mir wenigstens, welchen Platz ich in deinem Leben habe.«

»Ich will dieses Spiel nicht mitspielen.«

»Warum nicht?«

»Weil ich Angst habe.«

»Wovor?«

»Ich habe Angst zu sagen, dass du mir wichtig bist. Ich muss einen Fluchtweg haben.«

»Warum brauchst du einen Fluchtweg?«, fragte er und streichelte meine Brüste.

»Um, einen Moment bevor du mich verlässt, zu flüchten.«

»Wer verlässt dich denn, Dummerchen, wenn hier jemand wegläuft, dann bist du es, wenn jemand Schaden nimmt, dann ich, und das wissen wir beide.«

»Irgendwas ist kaputt in mir«, sagte ich. »Ich weiß nicht, wie man Beziehungen führt.«

»Du brichst mir das Herz«, erwiderte er und blies den Zigarettenrauch an die Zimmerdecke.

»Das ist nicht meine Absicht.«

»Ich versteh dich nicht, ich verstehe nicht, warum du mir nicht erlaubst, dich zu lieben.«

»Vielleicht ist es wegen des Fluchs«, sagte ich leise.

»Was für ein Fluch?«

»Der Fluch auf den Frauen der Familie Ermoza. Meine Oma Rosa hat mir gesagt, die Frauen unserer Familie seien dazu verflucht, dass ihre Ehemänner sie nicht lieben.«

»Ich weiß, dass du mit anderen Männern schläfst«, sagte er unvermittelt.

»Und doch willst du mich noch?«

»Mehr als jede andere Frau.«

»Warum?«

»Schau mir in die Augen, darum«, flüsterte er, und ich versank in dem Meer der Liebe, das ich in seinen Augen sah.

Doch statt an dem Ort zu bleiben, wo man mich liebte, dem richtigen und schlichten und natürlichen Ort, ging ich mit dem Kopf durch die Wand und vertrieb ihn aus meinem Leben. Amnon konnte nicht mehr und fuhr nach Indien. Nun, nachdem ich auch die zweite Chance vertan hatte, würde es keine dritte geben, das wusste ich.

Ein langhaariger junger Mann, den ich vorher nicht wahrgenommen hatte, saß auf einem Stuhl im hinteren Teil des Pubs. Wortlos setzte ich mich neben ihn und pichelte weiter. Für jedes Glas Bier, das ich trank, kippte Phillip zwei. Kurz nachdem wir uns an die Bar gesetzt hatten, waren wir schon betrunken genug, dass er mich zu küssen versuchte und nach draußen zu einem Joint einlud.

Vielleicht wegen des Joints, vielleicht wegen des Biers, aber vor allem wegen der Einsamkeit fand ich mich engumschlungen mit ihm in seinem Bett wieder, und bald darauf zog ich zu ihm in die laute Finchley Road. Die Fenster der Wohnung waren ständig geschlossen wegen der Kälte und wegen des unerträglichen Verkehrslärms. Nachts heizten wir mit Hilfe einer Fünf-Penny-Münze den Gasofen an, und ich legte mich auf den Teppich vor den Ofen und deckte mich mit einem alten Pelzmantel vom Flohmarkt zu.

Phillip war launisch und machte immer ein grimmiges Gesicht, betrank sich sinnlos und rauchte wie ein Schlot, doch je kälter die Witterung wurde, umso greifbarer wurde meine Angst vor der Einsamkeit, und ich merkte, dass ich unweigerlich abhängig von dem spleenigen, fremden Engländer wurde.

Ein verschlossener Typ, dieser Phillip. Oft ließ er mich im Zimmer zurück, ging auf die Piste und kam erst in den frühen Morgenstunden stockbesoffen heim. Ich wurde kaum je beteiligt an seinen nächtlichen Vergnügungen, nur selten lud er mich ein, ihn in einen Pub zu begleiten, und selbst dann kam ich mir überflüssig und unbeteiligt vor. Er trank nicht mit mir, tanzte nicht mit mir, ich saß an der Bar wie ein Mauerblümchen und wollte sterben, während er wie irre mit einem Trupp blasser Engländerinnen flirtete.

Je mehr er von mir abrückte, desto mehr hängte ich mich an ihn, je mehr er mich abwies, desto mehr wollte ich ihn. Phillip merkte gar nicht, wie verzweifelt ich um seine Aufmerksamkeit rang. Er hörte mir nicht zu. Er saß im Zimmer, rauchte Kette und starrte an die Wand, ich redete mit ihm, und er antwortete nicht, tat, als ob ich Luft wäre.

Bald lief ich ihm überallhin nach. Folgte ihm wie ein Schatten durch die engen Gassen Sohos, wenn er die Typen suchte, die ihm Haschisch verkauften, lief hinter ihm her, wenn er saufen ging, immer hinter ihm, nie mit ihm. Falls er wahrnahm, dass ich ihm folgte, ließ er es sich nicht anmerken. Das Spiel gefiel mir, es brachte Abwechslung in mein langweiliges

Leben. Ich lauerte darauf, dass er aus seinem unruhigen Säuferschlaf erwachte und das Haus verließ, und ging ihm nach.

All das verschärfte meine Einsamkeit, bis ich mir selbst wunderlich vorkam. Als wir eines Nachts betrunken aus dem Pub heimkehrten, begann er mich schon auf der Treppe zu entkleiden. Oben warfen wir uns auf den kalten Boden und machten endlich Liebe, und ich konnte nicht mehr und rief: »Mein Gott, ich will dich!« Ich beugte mich über ihn, brachte meinen Mund nah an seine Lippen, sah in seine Augen und fragte in schmelzendem Ton: »Willst du mich?« Erst als er nach einer Zeit, die mir endlos erschien, immer noch nicht antwortete, begriff ich, dass er im Delirium versunken war und meinen Lustschrei gar nicht gehört hatte.

Am nächsten Tag erinnerte er sich an nichts von dem, was in der Nacht geschehen war, und ich, zutiefst erniedrigt, wollte nichts sehnlicher, als nach Indien fahren, um Amnon zu suchen. Ich war rastlos und machte einen Spaziergang.

Der Wind schlug mir messerscharf ins Gesicht, drohte mich umzuwehen. Zitternd vor Kälte hastete ich in eine kleine Kirche und setzte mich auf eine der Bänke vor dem Altar. Ich war verstört wie ein Kind, das man an einem fremden Ort allein gelassen hatte. Was soll diese Abhängigkeit von einem gefühlskalten Fremden, die ich entwickelt habe? Ich, Gabriela Siton? Wieso hänge ich plötzlich an einem Typen, der mich nicht will, der mich als Mitbewohnerin betrachtet und nicht als Frau? Was weiß ich überhaupt über Phillip? Außer seinem gemurmelten Ja und Nein hat er mir nie was von sich erzählt. Wie bin ich so weit abgerutscht, dass ich in einer Kirche sitze und mich nach einem Mann sehne, der meine Augenfarbe nicht kennt?

»Warum bist du so?«, fragte ich ihn eines Tages.

»Wie so?«

»Entweder bist du betrunken, oder du schläfst.«

»Warum nicht?«, fragte er träge zurück. »Habe ich was Besseres zu tun?«

»Reden zum Beispiel, mir erzählen, warum du dich dauernd in Drogen oder Suff flüchtest.«

Er lachte mir ins Gesicht. »Ich flüchte nicht, ich befinde mich im Hier und Jetzt, dort will ich sein, ich will rauchen und saufen und vögeln und schlafen. Das bin ich, nimm mich so, oder lass es bleiben«, sagte er schulterzuckend. Hätte ich nur die Kraft, ihn zu verlassen. Eine Welle der Sehnsucht überspülte mich, nach unserer Wohnung in der Ben-Jehuda-Straße, nach Opas und Omas Haus in Ohel Mosche, nach dem Makkaroni-Chamin am Schabbat, nach dem Sederabend, an dem wir die Verbindungstüren zwischen den Zimmern im großelterlichen Haus öffneten, um Platz für alle am langen Tisch zu schaffen, an dem wir die Haggada zweisprachig, auf Hebräisch und Spaniolisch, lasen; nach den Israel-Liedern, die wir nach dem Seder sangen; nach Jakotel, der angesäuselt auf den Tisch kletterte und mit Messern und Gabeln Musik machte; und am meisten sehnte ich mich danach, dass meine Oma Rosa mich umarmen und mir sagen würde: »Ausgelöscht sei der Name dieses Ingländers, soll er zum Teufel gehen, er ist nicht den Staub wert, auf den du trittst, *mi alma*, er ist es nicht wert, dass du seinetwegen traurig bist.«

Oma Rosas Worte über das seit Generationen vererbte Schicksal der Frauen unserer Familie, die von den Männern, die sie liebten, keine Gegenliebe erfuhren, gingen mir durch den Kopf. Nie hatte ich gedacht, dass mein Leben dem der bedauernswerten Ermoza-Frauen gleichen würde. Mein ganzes kurzes Leben lang hatte ich alles getan, um das Band zu lösen, das mich mit meiner Mutter Luna verband, mein ganzes Leben lang wollte ich Rosas und Merkadas Schicksal entfliehen.

Und plötzlich war ich die Tour leid, die ich mir aufgezwungen hatte, diesen Schlängelweg, der nirgends hinführte, war meines eigenen Stumpfsinns überdrüssig und der irren Obsession, die ich in Bezug auf diesen fremden Engländer entwickelt hatte.

Ich dachte an Amnon und überlegte, wo er jetzt wohl war, ob er noch an mich dachte oder sein Herz mit einer neuen Liebe geheilt hatte. Ich erinnerte mich, wie er mich stets erwartet hatte, wenn ich heimkam, mich so fest an sich drückte, dass er mir schier die Knochen brach.

Ich sehnte mich nach seinen Augen, die mitlachten, wenn er lachte, nach seinem gutgebauten Körper, der so anders war als Phillips hagere Gestalt. Amnon wollte mich dauernd bei sich, wollte mich atmen: »Lass mich dich schnuppern«, sagte er, und ich ging in ihm verloren. Er ließ mich die sein, die ich sein wollte, bei ihm konnte ich zeitweise meine tote Mutter, die beklemmenden Tanten und meinen nicht weniger beklemmenden Vater vergessen. Wieso hatte ich mir eigenhändig die Flügel gestutzt, wieso hatte ich mich, statt ein freier Vogel zu bleiben, freiwillig in die Gefangenschaft einer Beziehung begeben, die nur in meinem Kopf existierte. Wie konnte ich Amnon gegen diesen unmöglichen Typen eintauschen, der keine Ahnung hatte, wie sehr er mir weh tat, und an dem ich, nur weil er mich nicht wollte, klebte wie Schorf, wie eine Krankheit.

Von Amnon hörte ich kein einziges Wort, aber ein Freund von ihm, den ich traf, erzählte mir, er sei in Goa, lebe dort in einer Hippie-Kommune, die ein verlorenes Paradies gefunden habe, und habe eine schwarzhaarige amerikanische Freundin, die ihn sehr liebe. Es versetzte mir einen Stich ins Herz, aber ich freute mich für ihn. Einer von uns beiden hatte es verdient, glücklich zu sein.

Starker Regen empfing mich, als ich aus der Kirche trat. Ich breitete die Hände aus und ließ den guten Regen den bitteren Schmerz der Einsamkeit und Erniedrigung von mir abspülen, und als ein Blitz niederging und ein Donnerschlag folgte, wusste ich, was ich zu tun hatte: Wieder die sein, die ich früher einmal gewesen war, Gabriela Siton, die junge Frau, die sich geschworen hatte, nicht wie Rosa und Luna zu werden, sich vielmehr auszuklinken aus der Kette der bedauernswerten Frauen, denen sie durch ihr Blut verbunden war. Wird es mir gelingen, mich von meiner toten Mutter und von Oma Rosa zu lösen, deren Blut in meinen Adern fließt? Blut, hat man mich mein Leben lang gelehrt, ist kein Wasser. Und da ist auch noch Uroma Merkada, deren animalische Instinkte in mir stecken und manchmal den Kopf recken und mich daran erinnern, wo ich herkomme.

In Bezug auf Phillip war bei mir der Groschen endlich gefallen: Er wollte mich nicht, wollte nur die Wohnungsmiete teilen. Er lebte am Existenzminimum von der Sozialversicherung, wollte nichts weiter, als die Zeit rumbringen, ohne sich groß anzustrengen. So war er, und er ödete mich an.

Langsam ging ich auf Distanz zu ihm und suchte andernorts Abwechslung. Ich schrieb auch immer seltener Briefe an meine Tanten mit Berichten über meine Londoner Erlebnisse. Ich wusste, ich tat meinem Vater und den Tanten weh, wusste, dass Ronny mir nicht verzeihen würde. Aber ich konnte mein Verhalten nicht ändern. Ich war auf Distanz zu meiner Familie gegangen, und da blieb ich erst mal.

London hatte für mich seinen Glanz verloren. Das trübe

Wetter, die schlechte Wirtschaftslage, die Gewerkschaftsstreiks, die tumultartigen Demonstrationen alle Augenblicke, die Fotos von Polizisten, die mit Gummiknüppeln auf die Köpfe der Demonstranten eindroschen, der Hass auf die dunkelhäutigen Immigranten aus Jamaika und aus Asien und die Fremdenpolizei, die ihnen das Leben schwermachte – all das verwandelte London in eine entfremdete Stadt, Lichtjahre entfernt von dem London, das ich mir vorgestellt hatte, als ich meine paar Kröten aufeinanderlegte, um die Flugkarte dorthin zu kaufen.

Ich war arm, kellnerte in einem billigen griechischen Restaurant in Camden Town, verbrachte die meiste Zeit bei der Arbeit, und wenn ich schließlich von zwei Schichten nacheinander erschöpft heimkam, den Po rot von den Kniffen und die Seele dumpf von den Anzüglichkeiten fremder Männer, fiel ich erschlagen ins Bett und versuchte einzuschlafen, während Phillip und seine besoffenen oder bekifften Freunde mir den Kopf mit der lauten Musik volldröhnten, die pausenlos aus dem Plattenspieler drang.

Phillip und ich waren nie allein. Unsere Wohnung fungierte als offenes Haus für alle, die in der Gegend waren. Zu allen Tages- und Nachtzeiten waren Leute da, die bei uns schliefen, aßen, rauchten, kifften, fickten, und wir zahlten die Wohnungsmiete.

Eines Nachts, nach einem schweren Arbeitstag im Restaurant, wollte ich nur noch einen Joint rauchen und ins Bett fallen. In der ganzen Wohnung brannten die Lichter, auf dem Plattenspieler lief voll aufgedreht eine Platte von Pink Floyd, starker Haschischgeruch hing in der Luft. Menschen kugelten sich auf den Matratzen, Männer und Frauen, Männer und Männer, alle waren mit allen zusammen, und nur ich stand außen vor, eine Außenseiterin im eigenen Heim. Kein Mensch beachtete, dass ich hereingekommen war. Ich hätte mich am Türrahmen aufhängen können, und niemand hätte sich darum geschert. Ich ging an den Plattenspieler, hob grob die Nadel ab und machte einen Kratzer auf die Platte.

»Was zum Teufel erlaubst du dir?«, schrie mich jemand an, den ich noch nie gesehen hatte.

»Haut ab hier!«, brüllte ich los. »Haut ab, allesamt!«

Die Schlafzimmertür stand offen. Auf meinem Bett wälzten sich zwei Männer und eine Frau in einem Knäuel nackter Körper, einem irren Geistertanz von Gliedmaßen, den ich nicht ertragen konnte. Ich begann wie wild zu toben und zu schreien: »Raus hier!«, schlug wie wahnsinnig auf die nackten Körper ein. Phillip kroch unter dem Leib des anderen Mannes hervor, oder vielleicht hatte die Frau über ihm gelegen, und machte ein verblüfftes Gesicht. Ich war total hysterisch, brach auf dem Boden zusammen und fing an zu weinen und zu kreischen. Der Mann und die Frau, die mit Phillip im Bett gewesen waren, nahmen hastig Reißaus vor der durchgeknallten Frau, die da ins Zimmer geplatzt war. Ich heulte weiter, konnte nicht aufhören.

Mama, dachte ich, wo bist du? Ich brauch dich so sehr, Mama, schau, was aus mir geworden ist. Zum ersten Mal weinte ich um meine Mutter, zum ersten Mal gestand ich mir selber ein, dass ich mich nach ihr sehnte, dass sie mir fehlte, dass ich ihre Liebe brauchte, damit sie mich vor dem Chaos bewahrte, in dem ich steckte, und vor mir selbst. Als sie noch lebte, hatte ich nie so empfunden, auch nicht, als sie gestorben war.

Mama, jammerte ich, komm und hol mich aus dieser Wohnung, aus diesem beschissenen Leben, das ich führe. In Selbstmitleid versunken, zusammengekrümmt wie ein Fötus auf meinem geschändeten Bett, weinte ich über das kleine Mädchen, das ich einmal gewesen, und über die elende Frau, die ich geworden war, über die Träume, die meine Mutter sicher für mich gehabt hatte, und über deren Zerstörung. Ich wünschte mir sehnlichst, dass sie käme und mich in unsere Wohnung in der Ben-Jehuda-Straße brächte, zu Papa und Ronny und zu ihren Blumentöpfen auf dem Dach. Die Tränen liefen mir übers Gesicht, einen Ozean voller Tränen weinte ich, das Herz tat mir weh vor lauter Weinen, ich schlang mir die Arme um den Leib, als seien es die meiner Mutter, die mich umfassten, ihre gepflegten Hände, die mich nie im Leben ans Herz gedrückt hatten. Sehnsucht und Selbstmitleid überfluteten mich.

Da steht meine Mutter an ihrem Toilettentisch, trägt wie immer mit Meisterhand roten Lippenstift auf, ohne die Linien zu überzeichnen, und sie ist mir wieder böse, weiß der Teufel warum. Da kehrt Papa von der Arbeit heim, und Mama listet ihm die Streiche auf, die ich ihr tagsüber gespielt habe, und Papa zieht den Gürtel aus der Hose, führt mich augenzwinkernd ins andere Zimmer und flüstert: »Jetzt schrei, damit Mama denkt, dass es dir weh tut«, doch statt mir mit dem Gürtel weh zu tun, drückt er mich ans Herz. Und ich höre meine Mutter im anderen Zimmer sagen: »Heul, heul nur, besser, du weinst jetzt als Ronny später.«

Miskenika, meine Mutter, wie wenig Sinn hatte sie für mich und für Ronny, wie wenig eignete sie sich als Mutter von zwei Kindern, wie gern wollte sie uns bei jeder Gelegenheit loswerden, um weiß Gott wo hinzugehen.

Sie tat alles, um ihre Jugend zurückzuholen, die ihr am Tag der Hochzeit mit meinem Vater genommen worden war, tat alles, um ihre tolle Figur wiederzugewinnen, die dahinging, als sie schwanger wurde und mich zur Welt brachte. Ich hatte sie einmal zu Rachelika sagen hören, der verfluchte Krieg habe ihr das Leben und die Gesundheit zerstört, nichts sei wieder so geworden wie früher vor dem Krieg, vor ihrer Verletzung, vor der Niederkunft, vor ihrer Hochzeit, als sie noch die Schönheitskönigin von Jerusalem war. Und jetzt hasse sie nicht nur ihren Körper und ihr Gesicht, sondern habe auch noch zwei Kinder am Band und einen Ehemann, die sie nur nervten.

Rachelika hatte, wie sie mir später sagte, versucht, meine Mutter zum Schweigen zu bringen, aber die erregte sich: »Ich hab genug von diesem Mädchen, das die ganze Zeit plappert und mir die Ohren abquatscht.«

»Ich bitte dich, Luna«, versuchte Rachelika ihre Schwester zu beschwichtigen, »danke Gott, dass du auf zwei Beinen gehst, dass du zwei Kinder hast. Wer hätte, als du wie tot im Hadassa lagst, geglaubt, dass wir dich noch heil und gesund heimkehren sehen würden und du auch noch ein zweites Kind bekämst?«

»Ich bin nicht heil und gesund heimgekehrt! Das ist genau das, was weder du noch David oder sonst wer von der Familie versteht! Mein Körper ist kaputt, ich habe einen Reißverschluss auf dem Bauch, und was da drinnen ist, Leber, Nieren, alles, wird nie mehr gesund sein. Heißt das heil und gesund heimgekehrt?«

»Lunika, manche haben einen Arm, ein Auge, ein Bein verloren. Schau dir den Rotschopf an, der Ärmste ist im Rollstuhl heimgekehrt, du bist Gott sei Dank heil zurückgekommen, so schön wie zuvor. Warum dankst du Gott nicht für das Wunder, das dir geschehen ist, warum bist du dauernd böse auf die ganze Welt und vor allem auf dein Töchterchen, das dir nichts getan hat!«

»Sie liebt mich nicht, meine Tochter«, sagte meine Mutter traurig, »und sie kommt mir immer trotzig.«

»Was heißt, Gabriela liebt dich nicht? Lass ihr Zeit, vergiss nicht, dass sie dich zwei Jahre lang nicht gekannt hat, nicht wusste, wer du bist. Wenn wir sie ins Krankenhaus mitnahmen, hatte sie Angst, zu dir zu gehen, und als du dann nach Hause kamst, hattet ihr kaum Zeit, euch aneinander zu gewöhnen, und schon hattest du noch ein Kind.«

»Genug, Rachelika, warum stellst du dich so auf ihre Seite, warum nicht auf meine?«

»Großer Gott, Luna! Hörst du dich überhaupt selbst? Stehst du etwa im Wettstreit mit einem kleinen Kind?«

»Ich im Wettstreit mit ihr? Sie ist im Wettstreit mit mir! Wenn ihr Vater zur Tür reinkommt, springt sie gleich los, küsst ihn, umarmt ihn, will, dass ich eifersüchtig auf sie werde, weil ihr Papa sie küsst und mich nicht!«

»Luna! Du bist total verrückt geworden, hör mal einen Moment auf, an dich selbst zu denken, und schau dir die Kleine an, sie ist zauberhaft!«

»Zauberhaft oder nicht, mich macht sie verrückt, ich bin nervös, Rachelika, ich habe einen schweren Tag gehabt.«

Alle nervten meine Mutter, Oma Rosa, ich, Ronny und am meisten mein Vater. Sie war ihm ständig böse, knallte Türen, schrie herum, warf sich heulend aufs Bett, und mein Vater sagte: »Wenn du mir noch einmal eine Szene machst, gehe ich weg!«

»Geh nach Gaza und nach Aschkelon und komm nicht wieder!«, kreischte sie, und er verließ das Haus, und ich umarmte Ronny und verkroch mich mit ihm unters Bett.

Ein penetranter Geruch nach Zigaretten und Moder hing in der Luft, als ich die Tür aufmachte. Die Stille stieß mich beinah zurück, ich war noch nie allein in der Wohnung gewesen. Zu allen Tages- und Nachtstunden hielten sich sonst Menschen darin auf, jetzt war niemand da. Ich suchte verzweifelt etwas Haschisch und fand einen Rest in einem Kästchen auf dem Esszimmertisch. Ich begann es in Zigarettenpapier zu drehen, das ich immer in der Handtasche hatte, und legte eine Platte der Three Dog Night auf. »*One is the Loneliest Number*«, sang meine Lieblingsband, und mich überflutete erneut eine Woge des Selbstmitleids, begleitet von Erinnerungen aus meiner Kindheit.

Die angespannten Beziehungen zwischen Opa Gabriel und seiner Mutter, die Animosität zwischen Rosa und Merkada, die niemals zu verhehlen suchte, dass sie ihre Schwiegertochter verachtete. Oma Rosas Worte darüber, wie überstürzt Merkada sie mit Gabriel verheiratet hatte, wie sie von allen Jungfrauen Jerusalems gerade sie, die arme Waise, als Braut für ihren gutaussehenden Sohn erwählt hatte. Ich liebte Oma Rosa innig, aber wenn ich mir Fotos von ihr und Opa in jungen Jahren anschaute, rätselte auch ich, wieso mein hübscher und wohlhabender Großvater eine reiz- und mittellose Waise geheiratet hatte.

Ich dachte an Merkada, was für ein Herz aus Stein sie gehabt haben musste, als sie Opa Gabriel Oma Rosa aufzwang, um ihn von seiner Geliebten fernzuhalten. Ich hätte gern Rachelika und Bekki gefragt, ob sie mehr darüber wussten, oder meine Mutter. Wäre sie nur noch am Leben, würde ich sie vielleicht anrufen.

Würde ich? Ich habe mich doch zu ihren Lebzeiten nie wirklich mit ihr unterhalten. Unsere Gespräche waren kurz, sachlich, niemals habe ich ihr mein Herz ausgeschüttet, niemals ihren Rat eingeholt, und wenn sie mir einen Ratschlag erteilen wollte, weigerte ich mich zuzuhören. Niemals habe ich mich an ihrer Schulter ausgeweint, niemals hat sie mich ans Herz gedrückt und mir tröstende, liebevolle Worte ins Ohr geflüstert.

Nie habe ich mit meiner Mutter geweint, auch nicht, als sie

mir erzählte, dass sie Krebs hatte. »Das ist nicht schlimm«, sagte sie, »man kann davon genesen.« Aber sie wurde nicht wieder gesund, und je schlimmer sie erkrankte, desto mehr rückte ich von ihr ab. Ich konnte mit ihrer Krankheit nicht umgehen. Ich war in der 12. Klasse und verbrachte jede freie Minute mit meinem Freund Amnon, sogar den jüdischen Neujahrsabend, was in unserer Familie unverzeihlich war. Zum ersten Mal hatte ich einem ausdrücklichen Verbot meines Vaters zuwidergehandelt, als ich mit Amnon zu seinen Verwandten in den Kibbuz fuhr, wo mitten in der Nacht, wenige Stunden nach dem Festessen, plötzlich Schreie gellten: »Debora ist tot, Debora ist tot!« Amnons Tante, in deren Haus wir übernachteten, hatte ihre Seele dem Schöpfer zurückgegeben.

Ich war vor meiner todkranken Mutter geflüchtet, aber der Tod hatte mich eingeholt. Die erste Nacht des neuen Jahres verbrachte ich im Haus einer toten Frau, die ich erst wenige Stunden zuvor kennengelernt hatte.

Einige Monate vor dem Tod meiner Mutter, während einer der Rezessionen ihrer schrecklichen Krankheit, verließ sie zum ersten Mal in ihrem Leben das Land und unternahm mit Vater auf der Theodor Herzl eine Kreuzfahrt zu europäischen Häfen. Es war ihr letzter Wunsch gewesen, sie wollte etwas von der Welt sehen, ehe sie starb. So hatte sie zu Rachelika gesagt, und die hatte sie, trotz schwerer Bedenken, fahren lassen. Auch Vater war nicht begeistert über die Idee, hatte Angst, mit seiner kranken Frau allein auf hoher See zu sein, aber die Reisevorbereitungen versetzten meine Mutter in solche Begeisterung, dass alle mitgerissen wurden. Das Schiff sollte vom Hafen in Haifa ablegen, und die ganze Familie fuhr mit, um Vater und Mutter an den Kai zu begleiten.

Mutter war sehr aufgeregt. Am Vortag hatte sie sich im Friseursalon in der Koresch-Straße die Haare machen lassen, und sogar ein neues Kostüm aus weinrotem Jersey hatte sie sich gekauft, das ihr ausgezeichnet stand, obwohl sie so mager war. Das rosige Rouge, das sie aufgelegt hatte, konnte sogar ihre Blässe kaschieren, und am gesamten Kai gab es keine elegantere Passagierin als sie.

Die Familie blieb lange am Kai stehen. Das Schiff lief aus, Mutter stand an Deck und winkte zum Abschied, bis sie unseren Augen entschwand. In diesem Moment meinte Rachelika, meine Mutter habe für immer von ihr Abschied genommen, und fiel Bekki weinend um den Hals. Solange meine Mutter in der Nähe war, hatte sie sich nicht erlaubt zu weinen, doch nach ihrer Abfahrt ließ sich ihr Tränenstrom nicht mehr aufhalten. Bekki weinte mit, und auch Ronny, der den Mann hatte spielen wollen, konnte nicht an sich halten. So standen die drei umschlungen da, befreiten sich von all der Angst und Sorge der letzten Monate, in denen sie sich in Lunas Anwesenheit jegliche Schwäche versagt hatten. Nur ich und Eli Cohen der Schöne, der uns in seinem schwarzen Auto an den Haifaer Hafen gefahren hatte, wahrten die Fasson und weinten nicht. Auf der Steilstrecke am Castel, schon kurz vor Jerusalem, machte Eli Cohen zum ersten Mal den Mund auf und meinte, die Reise werde Luna guttun. Die gute Seeluft und die schönen Orte, die sie unterwegs besuchen werde, würden sie die Krankheit vergessen lassen und, wer weiß, vielleicht sogar die Gesundung einleiten. Aber die gute Luft auf See tat meiner Mutter nicht gut. Ihr wurde, im Gegenteil, so schlecht, dass sie und Vater schon bei der ersten Station in Piräus von Bord gingen und per Flugzeug heimkehrten, worauf meine Mutter sofort ins Krankenhaus eingeliefert wurde.

Als ich ins Krankenhaus kam, waren Rachelika, Bekki, Ronny und Vater schon an ihrem Bett. Sie lächelte schwach, als sie mich sah, und war sehr still.

»Wie geht's, Mama?«, fragte ich nonchalant, als wäre alles in Ordnung, alles normal. Rachelika saß an ihrem Bett und machte ihr die Nägel, sogar auf dem Totenbett waren meiner Mutter gepflegte Nägel wichtig, und Bekki saß auf dem Flur und paffte wie eine Lokomotive. Ich ging hinaus und setzte mich zu ihr.

»Was tust du hier?«, fragte Bekki. »Geh rein und sitz ein bisschen bei deiner Mutter.«

»Ich brauche Luft«, antwortete ich.

»Kaum bist du da, schon brauchst du Luft? Schäm dich!«

»Okay, okay«, sagte ich und ging wieder hinein. Ich stand an ihrem Bett, wusste nicht recht, was ich tun sollte, ließ keine Gefühle zu. Ich war unfähig, den Schmerz zuzulassen, der mir auf der Brust lastete, und statt zu zeigen, wie sehr es mir weh tat, verhielt ich mich gleichgültig, als hätte meine Mutter nichts als eine Frühjahrsgrippe, die in ein paar Tagen überstanden wäre. Ich wollte mir einfach nicht eingestehen, dass sie unheilbar krank war.

»Na du Zicke«, sagte Ronny und versetzte mir einen Klaps auf den Hinterkopf. Er war jetzt fünfzehn Jahre alt, gutaussehend und gertenschlank. Wie sehr ich ihn liebte. Als er klein war, hatte ich ihm zugesetzt und ihn an den Haaren gezogen. »Genau wie deine Mama«, sagte Rachelika dann, »die hat mich als Kind auch immer an den Haaren gezogen.« Noch jetzt, als Ronny und ich schon große Esel waren, machten wir dauernd weiter damit. Gegenseitige Sticheleien, Schläge, Püffe, Klapse, wie zwei Kleinkinder, rügte unsere Mutter. Und nun sah ich diesen Jungen, meinen Bruder, an. Obwohl er alles tat, um seinen Schmerz zu verbergen, wirkten seine Züge sehr verletzlich, und seine Augen schimmerten, als würde er im nächsten Moment in Tränen ausbrechen.

»Komm mit raus«, sagte ich.

»Ich geh hier nicht weg.«
»Wie lange sitzt du schon so da?«, flüsterte ich ihm zu.
»Seit sie Mama im Krankenwagen hergebracht haben.«
»Lass uns nur für ein paar Minuten rausgehen«, bat ich.
»Die Ärmste«, sagte er, als wir den Korridor zum Ausgang entlanggingen, »sie wollte so gern Piräus sehen, wie in dem Aliki-Film, zum Schluss hat sie gar nichts gesehen.«
Und ich erinnerte mich, wie sehr meine Mutter die lebhafte griechische Filmschauspielerin liebte und dass sie keinen ihrer Filme verpasste, ebenso wie sie keinen Film mit Rock Hudson oder Paul Newman ausließ. Ich habe nie jemanden gekannt, der filmvernarrter war oder mehr für Filmstars schwärmte als meine Mutter.
»Sie hätte in Hollywood leben sollen«, sagte ich zu Ronny.
»Dafür ist es zu spät«, erwiderte mein kleiner Bruder tiefernst, »komm zurück auf die Station.«
»Ich kann nicht in Mamas Zimmer sein«, gab ich zurück.
»Es ist kein Geheimnis, dass du ein Herz aus Stein hast.«
»Warum sagst du das? Ich hasse Krankenhäuser, sie machen mir Angst.«
»Ich bin auch nicht gerade verrückt nach Krankenhäusern, aber ich kann Mama nicht alleinlassen.«
»Du hängst mehr an ihr als ich.«
»Vielleicht bin ich ein besserer Mensch als du.«
»Du bist mit Sicherheit ein besserer Mensch als ich.«
Ronny schwieg eine lange Weile und sagte dann: »Du fürchtest dich vor Krankenhäusern, seit man dich als Baby mitgenommen hat, um deine Mama zu besuchen.«
»Seit wann bist du denn so neunmalklug?«
»Seit Mama im Sterben liegt.«
»Still, red nicht so.«
»Und wenn ich nicht so rede, stirbt sie nicht? Das sind un-

sere letzten Tage mit Mama, und ich empfehle dir, ein bisschen bei ihr zu bleiben, sonst wirst du es dein Leben lang bedauern.«

Mein süßer fünfzehnjähriger Bruder, wie recht er hatte, wie sehr ich es bedaure, entgegen seinem Rat nicht bei meiner Mutter geblieben zu sein, bis sie die Augen schloss. Was war ich dumm, was war ich verbohrt, wie ließ ich die einzige Gelegenheit verstreichen, zu vergeben und Vergebung zu erlangen.

»Papa«, sagte Ronny, »der ist zu bedauern.«

»Wir sind alle zu bedauern, Ronny.«

»Ja, aber er am meisten. Mama redet nicht mit ihm. Er tut alles für sie, umsorgt sie, wartet nur auf eine Äußerung von ihr, doch sie schweigt, spricht kein Wort mit ihm.«

»Spricht sie denn mit dir?«

»Sie spricht nur mit mir und mit Rachelika und Bekki. Sie möchte sonst keinen Besuch haben. Die Leute sollen sie nicht so sehen, wie sie jetzt aussieht.«

Meine Mutter starb bald darauf. Ihre letzten Tage verbrachte sie im Hospiz bei den Nonnen des Klosters Notre Dame an der Grenze zu Ost-Jerusalem. Zu diesem Kloster hatten wir vor dem Sechstagekrieg am Schabbat Familienspaziergänge unternommen, als die Altstadt noch jenseits der Grenze lag. Wir stiegen aufs Dach und versuchten vergeblich, die Westmauer zu sehen, die von den Altstadtmauern umschlossen wurde.

Einen Tag vor ihrem Tod ging ich sie im Hospiz besuchen. Sie war schon sehr schwach. Mein Vater bemühte sich, sie mit dem Teelöffel zu füttern, aber sie spuckte alles wieder aus. »Du musst essen, Luna«, flehte er, »du musst zu Kräften kommen.«

Mutter starrte ihn an und gab keine Antwort. Vater schob

sie in ihrem Rollstuhl auf den Balkon, der auf die Straße hinunter zur Altstadt blickte.

»Weißt du noch, Luna, wie wir vor dem Unabhängigkeitskrieg an die Westmauer gegangen sind? Erinnerst du dich, wie wir damals beide auf denselben Zettel die Bitte an Gott geschrieben haben, er möge uns ein langes Leben schenken ...«

»Ich habe auch um ein glückliches Leben gebeten«, flüsterte sie fast unhörbar, »Gott hat nicht alle meine Bitten erfüllt.«

Ich betrachtete meine Mutter, die auch an der Schwelle zum Tod die schönste Frau war, die ich je gesehen habe. Die Blässe ihres markanten Gesichts mit den hohen Wangenknochen betonte ihre großen grünen Augen und die dunklen Wimpern, ihr herzförmig geschminkter Mund leuchtete aus dem Weiß, und nur ihre roten Locken, auf die sie so stolz war, hatten ihren berühmten Glanz verloren und waren schütter geworden. Ich wollte sie umarmen, wollte in ihren Armen weinen und konnte es nicht. Ich war unfähig, mich vom Fleck zu rühren und diesen kleinen Schritt zu tun, der mich vielleicht für immer von meinem Leid erlöst, meine Mutter und mich vom Schmerz befreit hätte.

»Ich bin müde«, sagte Mutter zu meinem Vater, »bring mich ins Zimmer.«

Er brachte sie in ihr Zimmer, und ich machte mich hastig davon. Am nächsten Tag war sie tot.

Ich hätte gehen, mir eine andere Bleibe suchen, den ewig zugedröhnten Phillip und die verlotterte Wohnung in der Finchley Road für immer verlassen können. Aber ich blieb, hatte nicht die seelische Kraft zum Auszug, brachte es nicht fertig, eine Entscheidung zu treffen. Ich setzte mein kleines Leben neben Phillip fort, glitt mit ihm zusehends in die Dekadenz und Leere ab, in der wir lebten. Ich war eine so grottenschlechte Kellnerin, dass man mich nicht einmal in dem schäbigen griechischen Restaurant weiterbeschäftigen wollte. Das Geld, das meine Tanten und mein Vater mir schickten, reichte nicht, doch ich schämte mich, um mehr zu bitten.

Ich beschloss, das jüdische Herz anzusprechen, durchforstete die Stellenangebote im *Jewish Chronicle* und gelangte zu einem prächtigen Gebäude mit geräumiger Eingangshalle in der Gegend des Marble Arch. Nachdem der Portier bei der Hausherrin nachgefragt hatte, gestattete er mir, zu dem Stockwerk hinaufzufahren, in dem die Dame wohnte. Ich trat zu den Aufzügen, wurde aber sogleich vom Portier aufgehalten.

»Dieser Aufzug ist nicht für Sie bestimmt, junge Frau«, sagte er und deutete auf einen anderen Lift. »Sie nehmen den Personalaufzug.«

Großer Gott, wenn meine Mutter mich jetzt mit dem Dienstbotenaufzug hochfahren sieht, wird sie sich im Grab umdrehen.

An jenem Tag putzte ich drei Toiletten und drei Bäder, drei Schlafzimmer und einen Salon. Ich schrubbte, polierte, saugte und fluchte, erinnerte mich aber die ganze Zeit an das, was Oma Rosa mir gesagt hatte: »Falls du einmal, tfu tfu tfu, in die Situation kommst, dass dir nichts anderes übrigbleibt, dann ist es auch keine Schande, Klos von Ingländern zu putzen.«

II

Das Leben hätte so weitergehen können, wäre nicht eines Tages ein Brief von meiner Tante Rachelika eingetroffen, in dem sie mir mitteilte, wenn der Berg nicht zum Propheten käme, käme der Prophet eben zum Berg, und sie werde nach

London reisen, um zu sehen, ob bei mir alles in Ordnung sei.

Erst als ich sie sah, merkte ich, wie sehr ich mich gesehnt hatte. Ich fiel ihr um den Hals, und sie umarmte mich, wiegte mich wie ein Baby.

»Lass dich anschauen, was bist du denn so mager, dünn wie ein Strich? Gott bewahre, gibt man dir in London nichts zu essen? Und woher diese dunklen Augenringe? Warum bist du so blass? Vielleicht hast du Anämie? Bist du zum Arzt gegangen?«

»Moment, Rachelika, lass mich zu Atem kommen, du bist noch gar nicht ganz da und schon so viele Fragen.«

Ich hielt ein Taxi an, und wir stiegen ein.

»Also, wie geht's dir, Kind?«, überhäufte meine Tante mich weiter mit Fragen. »Was machst du so lange hier in London? Hast du irgendein Studium aufgenommen?«

»Nein«, antwortete ich trocken, »ich studiere nicht.«

»Wenn du nicht studierst, was machst du dann hier in dieser Hundekälte?«

»Leben.«

»Leben?« Rachelika drehte sich zu mir um, musterte mich von oben bis unten und wieder zurück. »Das nennt sich Leben? Du bist nichts als Haut und Knochen. Mit wem lebst du?«

»Mit einem Mitbewohner.«

»Israeli?«

»Kein Israeli, nicht mal Jude.«

»Das hat uns gerade noch gefehlt!«

»Genug von mir geredet«, wechselte ich hastig das Thema, »erzähl mir, wie's allen geht.«

»Allen geht es gut, abgesehen davon, dass sie vor Sehnsucht umkommen und nicht verstehen, warum du so lange wegbleibst. Dein Vater ist halb verrückt.«

Ich erwiderte nichts.

»Bist du noch böse, Kind? Ist dir der Zorn nicht vergangen? Warum böse sein? Das Leben ist ohnehin kurz genug, du hast ja gesehen, wie deine Mama eingegangen ist, ohne dich noch als Braut zu sehen. Man muss leben, Gabriela, und dein Vater möchte leben. Lass ihn machen, gib nach, du solltest dich lieber damit abfinden.«

Der Fahrer setzte uns vorm Hotel ab, und nachdem meine Tante den Koffer im Zimmer abgestellt und sich ein wenig frischgemacht hatte, fieberte sie wie ein junges Mädchen danach, einen Stadtbummel zu machen. Es war ihre erste Auslandsreise, und sie wollte alles in sich aufnehmen: Hyde Park und Buckingham Palace, Big Ben und Trafalgar Square.

Jeden Tag besichtigten wir einen anderen Stadtteil. Ein paarmal übernachtete ich sogar bei ihr im Hotel. Phillip riss sich kein Bein aus, um sie zu beeindrucken, und sie war sichtlich nicht begeistert von ihm. Auch von unserer Wohnung war sie, gelinde gesagt, nicht begeistert.

»Widerlich«, empörte sie sich, »was für ein Dreck!« Sie schickte mich sofort zum Gemischtwarenladen, um Putzmittel zu kaufen, und schrubbte dann einen halben Tag auf den Knien die Wohnung.

»Wenn dein Vater sähe, wo du lebst, würde er herkommen und dich an den Haaren nach Hause schleifen. Und dein Freund, *wai de mi sola*, wie der aussieht! Der Struwwelpeter wirkt ordentlich neben ihm. Was ist das bloß für eine Mode, Haare bis zum Po, und überhaupt, warum ein Engländer, warum hast du keinen israelischen Freund?«

»Hatte ich.« Ich dachte an Amnon. »Ich glaube, er ist nach Israel zurückgekehrt.«

»Schade, dass du nicht mit ihm heimgekommen bist«, erklärte sie und wollte die Wohnung nicht mehr betreten. »Was ich gesehen habe, hat mir gereicht«, sagte sie, »ich will mich nicht ärgern.«

Ich lief mit ihr sämtliche Londoner Straßen ab, führte sie in die großen Kaufhäuser, sie leerte ganze Regale bei Marks & Spencer und kaufte mir ein Kleid von Miss Selfridge. Ich zeigte ihr alle Touristenattraktionen, bis mir die Füße weh taten, aber sie wurde nicht müde.

»Mir scheint, du machst mich mit Absicht fertig«, sagte ich zu ihr.

»Wenn ich dich nicht mit dem Kopf zu Verstand bringe, dann vielleicht über die Füße.«

»Was meinst du damit?«

»Dass du aussiehst wie meine Plagen, dünn wie ein Besenstiel, bleich wie der Todesengel. Wenn du herumläufst, dich bewegst, bekommst du vielleicht Appetit und isst was.«

»Ich bitte dich, Rachelika, dazu klappern wir Londons Straßen ab? Damit ich Appetit bekomme?«

»Dazu, und weil ich Touristin bin.«

»Du bringst mich um, mir tun die Füße weh, lass uns mal sitzen.«

»Wenn wir uns setzen, hörst du dir dann an, was ich dir zu sagen habe, und unterbrichst mich nicht?«

»Ich höre die ganze Zeit, was du mir zu sagen hast, und unterbreche dich nicht.«

»Ich meine, du steckst einen gesunden Kopf in ein krankes Bett«, sagte sie ohne weitere Vorrede. »Ich meine, dein Freund, *de mi kulo*, dieses Arschloch, ist nichts für dich, er kann dir nicht das Wasser reichen. Was hast du bei ihm zu suchen?«

»Ich bin bei ihm, bis ich jemanden zum Lieben finde.«

»Bis du jemanden zum Lieben findest, brauchst du wen, der dich liebt«, sagte meine Tante, die weiseste aller Frauen. »Ist es nicht schade um deine Zeit? Was frisst du Stroh bei einem Mann, von dem du ebenso gut weißt wie ich, dass du keine Zukunft mit ihm hast? Komm heim, Gabriela, hier tust du ja sowieso nichts, komm heim nach Jerusalem, sei unter Menschen, die dich lieben, es tut mir im Herzen weh, dich so zu sehen. Seit meiner Ankunft habe ich dich nicht lächeln sehen. Wann hast du das letzte Mal gelacht, Gabriela? Sag deiner Tante, wann du glücklich warst. Ich kenne dich, seit deine Mutter dich geboren hat, und jetzt, da sie tot ist, bin ich deine Mutter, ich und Bekki. Ich lass dich nicht in London bleiben, Gott sei mein Zeuge. Diese Stadt hat dich in eine traurige junge Frau verwandelt. Das hast du nicht verdient, Gabriela, kein Mensch hat verdient, in einer Stadt zu leben, die ihn traurig macht.«

Der Trafalgar Square wimmelte von Tauben, leerte sich ansonsten aber zusehends. Wir saßen auf einer Bank, und Rachelika redete unablässig. »Hier.« Ich gab ihr eine Handvoll Körner, die ich für fünf Penny erworben hatte. »Damit kannst du die Tauben füttern.«

»Lenk nicht vom Thema ab, Gabriela.«

»Gut, was wirst du denn so steif, bist du nun zu deinem Vergnügen nach London gekommen oder um mir Predigten zu halten?«

»Ich bin nicht zum Vergnügen nach London gekommen, sondern um dich nach Hause zu holen.«

»Ich will nicht nach Hause.«

»Klar willst du nicht. Wenn es von dir abhinge, bräuchten wir uns die nächsten zehn Jahre nicht wiederzusehen. Was ist Familie für dich, Gabriela, Luft? Gar nichts?«

»Ich geh nicht zurück! Ich lebe hier.«

»Was für ein Leben hast du hier? Möge Gott dir helfen, mit einem Nichtsnutz, der aussieht wie der Struwwelpeter? Was tust du? Häuser von Engländern putzen?«

»Oma Rosa selbst hat mir gesagt, das sei keine Schande.«

»Oma Rosa dreht sich im Grab um allein bei dem Gedanken, dass du eine Arbeit verrichtest, die sie mal tun musste, weil sie arm und verwaist war.«

»Ich bin auch eine Waise.«

»*Pishkado i limón*, Gabriela, dein Vater lebt noch, und du brichst ihm das Herz. Komm zurück nach Jerusalem, geh auf die Universität, such dir einen guten Jungen, einen von uns, statt des Hippies, den du jetzt hast. Wenn es dir wenigstens gutginge mit ihm, könnte ich ja noch drüber hinwegsehen, dass er ein Goi ist, aber dir geht es schlecht!«

»Genug, Rachelika«, erwiderte ich ungeduldig, »wie oft muss ich dir noch sagen: Ich werde ihn nicht heiraten, ich verbringe nur die Zeit mit ihm.«

»Stur wie deine Mutter. Ich schau dich an und sehe Luna.«

»Na, ich bitte dich, Rachelika.«

»Ich sehe Luna nicht bloß, ich höre sie auch«, beharrte sie. »Ihr seht nicht nur gleich aus, du redest auch genau wie sie.«

Das wollte ich schon gar nicht hören. Ich war nicht aus meinem vorigen Leben abgehauen, nicht vor allem, was an meine Mutter erinnerte, geflohen, damit meine Tante herkam und behauptete, ich sei genau wie sie.

»Ich sehe nicht so aus wie meine Mutter, und ich rede nicht wie meine Mutter«, sagte ich ärgerlich. »Ich bin nicht wie meine Mutter, ich bin wie ich.«

»Du redest nicht nur wie deine Mutter, du benimmst dich auch wie sie«, fuhr Rachelika fort, als hätte sie meine Worte nicht gehört. »Du bist wie eine Kopie von ihr.«

Mir riss langsam der Geduldsfaden. »Meine Mutter und ich haben nichts gemeinsam. Wenn ich ihr äußerlich nicht ähnlich sähe, würde uns keiner für Mutter und Tochter halten.«

»Wie sehr du dich irrst, Gabriela, wie wenig du deine Mutter gekannt hast, und noch weniger kennst du dich selbst. Deine Mutter war genauso ein großer Starrkopf wie du, wenn sie etwas wollte, hörte sie auf keinen. Sie hatte die gleiche Gabe wie du, einen gesunden Kopf in ein krankes Bett zu stecken, und wenn das nicht reichte, auch noch mit dem Kopf durch die Wand zu gehen, besonders wenn es um eines ging.«

»Worum?«

»Um einen Mann. Wenn es um einen Mann ging, hörte deine Mutter auf niemanden, folgte ihrem Willen bis zum bitteren Ende.«

»Was für ein Mann, was für ein bitteres Ende, wovon sprichst du?«

»Deine Mutter hat viel gelitten im Leben, und ich rede nicht nur von den zwei Jahren der Krankheit. Vom Tag ihrer Hochzeit mit deinem Vater an hat sie gelitten.«

»Gelitten? Sie sind nicht so gut miteinander ausgekommen, haben debattiert, gestritten, aber gelitten? Ich habe nicht gesehen, dass sie gelitten hat.«

»Du warst ein kleines Mädchen, was hast du schon vom Leben verstanden? Was wusstest du von dem, was im Schlafzimmer deiner Eltern geschah?«

»Das will ich auch jetzt nicht wissen.«

In den nächsten Tagen ging mir meine Mutter nicht aus dem Sinn. Ihre Gestalt trat mir immer wieder vor Augen. Ich sah sie schön und schlank in ihren gutgeschnittenen Kostümen, das Haar sorgfältig frisiert, sah sie in ihre hohen Pumps schlüpfen, mich und Ronny flüchtig küssen und davongehen, uns mit Oma Rosa oder Bekki allein lassen, immer in Eile irgendwohin. Was hatte meine Mutter vor, von dem Ronny und ich nichts wussten?

Ich erinnere mich, dass meine Mutter auch nach der Genesung noch unter ihrer Verletzung litt. Oft klagte sie über Leibschmerzen. An manchen Tagen schottete sie sich im Schlafzimmer ab, und Ronny und ich gingen auf Zehenspitzen, weil man keinen Lärm machen durfte. Man schickte uns rauf aufs Dach, das unser Spielplatz war, um Mama nicht zu stören.

Als sie sich eines Tages ausruhen ging, fand ich ein fesselnderes Spiel als das auf dem Dach. Ich stöberte in Vaters Wandschrank im Wohnzimmer und fand, was ich suchte: einen braunen Holzkasten, der seit jeher meine Neugier erregte. Welche Schätze mein Vater darin wohl versteckte? Jedes Mal, wenn er sich mit dem Kasten beschäftigte, schloss er ihn hinterher sorgfältig ab und steckte den Schlüssel in die Hosentasche. Aber diesmal war er überraschenderweise unverschlossen, und ich hob aufgeregt den Deckel. In dem Kasten lagen Vaters Medaillen von der britischen Armee und die Spange, die er für seine Teilnahme am Unabhängigkeitskrieg erhalten hatte, außerdem allerlei Dokumente und Briefe und ein Stapel Bilder. Ich setzte mich auf den Boden und begann sie durchzusehen. Mein Vater trug darauf eine britische Armeeuniform und sah sehr jung aus. Es gab auch Fotos von ihm mit einer jungen Frau in Shorts, die ihr Fahrrad hielt. Mein Vater stand hinter ihr, die Arme um ihre Taille gelegt. Sie tauchte auf fast allen Fotos auf: eine bildschöne Schwarzhaarige mit großen Augen, langen Wimpern, vollen Lippen und weißen Zähnen, die glücklich in die Kamera strahlte.

Ehe ich mich noch fragen konnte, wer die mit Vater Abgelichtete sein mochte und warum sie so glücklich lächelte, stand meine Mutter hinter mir, riss mir das Foto, das ich gerade hielt, aus der Hand und schrie: »Du Schnüfflerin! Überall steckst du deine Finger rein!« Dann drehte sie es hin und her, versuchte zu entziffern, was auf der Rückseite geschrieben stand. Sie setzte sich aufs Sofa, begann, ohne mich zu beachten, fieberhaft in Vaters Kasten zu kramen, besah sich alle Bilder, versuchte die Briefe zu lesen, die nicht in hebräischen Buchstaben geschrieben waren. Ich stand neben ihr und wagte kaum zu atmen, damit sie vergaß, dass ich da war. Plötzlich sprang sie auf.

»Dieser Hundesohn!«, rief sie. »Dieser verlogene Hundesohn! Und du«, kreischte sie, als sie mich bemerkte, »du gehst sofort auf dein Zimmer, du Schnüfflerin, du schlimmes Kind, lauf, bevor ich dich totschlage!«

Meine Mutter hat mich nicht totgeschlagen, tatsächlich hat sie nie die Hand gegen mich erhoben, es immer nur angedroht, aber wenn sie drohte, sprühten ihre grünen Augen Funken, was mich vor Angst lähmte.

»Hau ab!«, schrie sie erneut, und ich stürmte wild in meines und Ronnys Zimmer und blieb dort auf dem Bett sitzen, bis Vater aus der Bank zurückkam.

An normalen Tagen aßen wir, sobald Vater von der Arbeit kam, gemeinsam zu Abend: Omelett und Salat, saure Sahne, Quark und frisches Weißbrot. Aber dieser Tag war nicht normal. Kaum war mein Vater zur Tür herein, begann Mutter zu heulen und ihn anzuschreien, er sei ein elender Lügner und warum habe er sie überhaupt geheiratet, und Ähnliches mehr. Sie wollte von ihm wissen, wer die schwarzhaarige Frau auf dem Bild sei, wiederholte ein paarmal das Wort *amore* und kreischte, das stehe auf der Rückseite aller Fotos, und auch ohne Italienischkenntnisse wisse sie sehr wohl die Bedeutung dieses Wortes, denn es sei dasselbe wie im Spaniolischen, und er könne ihr keine Märchen auftischen.

Vater sprach ruhig. Ich hörte ihn sagen, er tische ihr keine Märchen auf, die schwarzhaarige Frau habe er während des Krieges in Italien gekannt, lange bevor er Mutter getroffen habe, und wozu rege sie sich jetzt über Dinge auf, die geschehen seien, bevor sie sich kennengelernt und geheiratet hatten, bevor die Kinder geboren wurden.

»Warum hast du dann die Fotos vor mir verborgen? Warum hast du sie in dem Kasten unter Verschluss gehalten? Warum hast du mir nie von der Frau erzählt, die dich *amore* nennt?«

»Als du und ich uns kennenlernten, habe ich dir gesagt, man muss einander nicht alles erzählen«, antwortete Vater mit derselben eisigen Ruhe. »Es gibt Dinge, die du für dich behalten musst und ich für mich.«

»So willst du es haben?«, fragte meine Mutter in drohendem Ton, »dass du Dinge für dich behältst und ich welche für mich?«

»Ja«, antwortete mein Vater leise, »so will ich es haben.«

»In Ordnung«, sagte Mutter, »nur wundere dich später nicht und komm mir nicht mit Vorwürfen.«

»Sehr gut«, sagte mein Vater, »kein Problem.«

Meine Mutter verzieh mir nicht, dass ich Vaters Geheimschatulle geöffnet hatte. Sie vergab mir nicht, dass sie das Geheimnis seiner Liebe zu der Frau entdeckt hatte, die ihn *amore* nannte. Mit eigenen Ohren hörte ich sie zu Rachelika sagen, wenn ich nicht so eine kleine Schnüfflerin wäre, hätte sie rein gar nichts von der Italienerin gewusst, und wenn sie nichts gewusst hätte, wäre ihr nicht das Herz verbrannt.

»Warum sollte dir das Herz verbrennen?«, fragte ihre Schwester. »Das war während des Krieges, bevor ihr euch kanntet, was hat das mit dir zu tun?«

»Das hat mit mir zu tun, und wie es das hat!«, beharrte meine Mutter. »David hat nie aufgehört, diese Frau zu lieben. Das erklärt alles.«

»Red keinen Unsinn«, sagte Rachelika, »du suchst Probleme, wo keine sind. Die da ist weit weg in Italien, und du bist hier, und ihr habt zwei Kinder.«

»Ich war naiv, als ich ihn heiratete«, entgegnete meine Mutter, »ich dachte, er liebt mich, und die ganze Zeit hat er eine andere Frau geliebt.«

»Aber geheiratet hat er dich. Hör auf damit, Luna«, versuchte Rachelika zu beschwichtigen, »*chalas*, fertig aus, sie hat sicher auch geheiratet und Kinder bekommen.«

»Was ändert das?«, ereiferte sich meine Mutter. »Er hat mich angelogen. Bis zur Hochzeit war er der reinste Honigseim, nach der Hochzeit war er plötzlich distanziert, als sei er ein Fremder. Was ist es dann für ein Wunder?«

Von welchem Wunder meine Mutter sprach, wusste ich nicht. Rachelika ließ sie nicht weiterreden, aber von dem Tag an, da ich das Geheimkästchen meines Vaters geöffnet hatte, war nichts mehr wie früher. Vater und Mutter stritten sich immer häufiger, ich hörte sie durch die Wand zwischen unserem Kinderzimmer und ihrem Schlafzimmer. Dann krümmte ich mich im Bett zusammen, zog mir die Decke über den Kopf, um nichts zu hören, hoffte, dass Ronny selig schlief und nicht so verstört über ihre Streitereien war wie ich. Ich steckte mir die Finger in die Ohren und versank in eine Welt der Stille, bis mir die Finger müde wurden und ich sie herausnahm und erneut das Wortgefecht jenseits der Wand hörte.

Es machte jetzt keinen Spaß mehr, am Schabbat Makkaroni-Chamin mit der ganzen Familie zu essen und hinterher zu Klara und Jakotel zu gehen, um das Fußballspiel auf dem YMCA-Platz zu sehen, und gewiss machte es keinen Spaß, im Auto des schönen Eli Cohen zum Picknick in die Jerusalemer Berge zu fahren. Die Spannung zwischen Vater und Mutter trübte fast immer die Stimmung.

Irgendwann hörten die Diskussionen und Streitereien auf,

und Vater und Mutter wechselten kaum noch ein Wort. An die Stelle der Worte trat angespannte Stille. Scheinbar verlief das Leben weiter in gewohnten Bahnen. Vater kam jeden Mittag von der Bank heim, und die Familie aß gemeinsam. Am Nachmittag ging er wieder in die Bank, und Mutter nahm uns mit zu Rachelika, oder Rachelika kam mit ihren Kindern zu uns. Wir spielten draußen, und die beiden unterhielten sich in der Küche. Oft schaute auch Bekki oder eine andere Verwandte mit ihren Kindern herein. Zu Abend aßen wir mal bei Rachelika, mal bei uns, und Vater kam nach Feierabend dazu.

Unser Haus blieb weiterhin ein Anziehungspunkt für Verwandte und Freunde. Jeder, der zufällig das Dreieck Jaffa-, King-George- und Ben-Jehuda-Straße passierte, kam zu Kaffee und Kuchen zu uns herauf. Nichts zu sagen, meine Eltern waren gesellig, sie liebten Menschen und hatten gerne Gäste, und vor allem gingen sie gern aus. Auch in der Zeit, die ich als schwierig in Erinnerung habe, ließen sie es nicht bleiben. Oma Rosa wurde mehrmals die Woche geholt, um für Ronny und mich Babysitter zu spielen, während sie in die zweite Kinovorstellung gingen oder zum Tanzen mit Freunden in den Menora-Club. Langsam verebbte der Ärger, und mir schien, der alte Frieden sei wieder eingekehrt.

Bis ich einmal krank wurde und mein Vater sich erbot, mit mir zum Arzt zu gehen. Doch statt zur Poliklinik gingen wir zu einer Arbeitskollegin von ihm, die Kinder in meinem Alter hatte, mit denen ich spielen sollte. Es war das erste Mal, dass ich Vera sah. Als wir bei ihr ankamen, wurde ich mit ihren zwei Kindern zum Spielen runtergeschickt, und erst viel später rief Vater mich, um den Heimweg anzutreten. Kurz vor unserer Haustür, ehe wir die Treppen hinaufstiegen, ging er in die Hocke, nahm mein Kinn in die Hand und sagte:

»Gabriela, Liebling, wenn Mama fragt, wo wir waren, dann sag, in der Poliklinik.«

Kaum waren wir drinnen, fragte meine Mutter: »Was denn, habt ihr neue Arzneimittel erfunden? Wie lange kann ein Besuch in der Poliklinik dauern?« Und ehe mein Vater noch antworten konnte, sagte ich: »Wir waren nicht in der Poliklinik.«

»Wo wart ihr denn dann?«, fragte meine Mutter.

»Wir waren bei Vera von der Bank«, gab ich zurück.

Warum hatte ich das getan? Ich meine, es war aus Trotz. Meine Mutter sagte immer, ich täte alles aus Trotz, und auch diesmal war mein trotziges Handeln der Auslöser für einen furchtbaren Streit zwischen meinen Eltern und für den abgrundtiefen Hass, den meine Mutter seither und bis zu ihrem letzten Atemzug gegen Vera hegte. Vera von der Bank, mit der mein Vater jetzt im Bett meiner Mutter schlief. Jahrelang hatte er eine geheime Liebesaffäre mit ihr gehabt, und nun führte er sie in aller Öffentlichkeit fort. Allein schon bei dem Gedanken an meinen Vater und Vera drehte es mir den Magen um. Ich konnte ihm die Untreue gegenüber meiner Mutter nicht verzeihen, obwohl ich es gewesen war, die sein Geheimnis boshaft preisgegeben hatte.

Rachelika stand im Begriff, ihre London-Reise zu beenden und nach Jerusalem zurückzufliegen, hatte aber nicht vor, mit leeren Händen wiederzukommen. Sie wollte mich als Neujahrsgeschenk für die Familie mitbringen.

»Ich war heute bei El Al«, informierte sie mich, »und habe ein Flugticket für dich gekauft.«

»Schade um dein Geld, ich bleibe in London.«

»Kommt gar nicht in die Tüte«, erklärte Rachelika. »Ich frage dich nicht, ob du willst oder nicht, ich teile dir mit: Du kehrst mit mir heim.«

Ich aber blieb stur, und all ihre Überredungskünste halfen nichts. Doch als sie eines Tages, kurz vor ihrem Abflug, bei uns in der Wohnung war und mich ein letztes Mal zur Rückkehr zu bewegen suchte, kam Phillip aus seinem Zimmer und schrie: »Können Sie nicht endlich zurückgehen in Ihr beschissenes Land und die da mitnehmen?«, und an mich gewandt: »Hau ab, damit hier endlich Ruhe einkehrt!«

Bevor ich eine Silbe herausbringen konnte, stand Rachelika auf, stellte sich vor ihn hin und wies ihn auf Englisch zurecht: »Sprich nicht so mit meiner Nichte, du englischer Flegel! Bitte sie sofort um Verzeihung!«

Phillip war sprachlos und sah ziemlich lächerlich aus, wie er so vor ihr stand und idiotisch aus der Wäsche guckte. Nach kurzem Schweigen kehrte er ihr derb den Rücken und verschwand in sein Zimmer.

»Gib mir einen Moment«, sagte ich zu Rachelika, ging nach nebenan, holte meinen Rucksack vom Schrank herunter und fing an, wahllos alles hineinzustopfen, was mir in die Hände fiel. Unterdessen lag Phillip auf dem Bett und rauchte gemächlich seinen Joint. Er sagte kein Wort, blickte nicht mal in meine Richtung. Ich machte den Rucksack zu. Der Großteil meiner Kleider und Sachen passte nicht hinein, ich ließ sie da, ging aus dem Zimmer und knallte die Tür hinter mir zu.

Die El-Al-Maschine befand sich schon fern von London auf dem Weg nach Tel Aviv. »Ich brauche eine Zigarette«, sagte ich zu Rachelika und ging in den hinteren Teil des Flugzeugs, der für Raucher vorgesehen war. Ich betrat die Toilette und steckte die Hand tief in die Hosentasche, wo ich ein paar Lines Kokain in Silberpapier bei mir trug. Ich setzte mich auf den Klodeckel, bemühte mich, eine Line auf einen kleinen

Taschenspiegel zu platzieren, doch gerade als ich sie durch die Nase ziehen wollte, wackelte das Flugzeug heftig. Der Spiegel fiel zu Boden und zersprang in kleine Splitter, und das weißliche Pulver zerstob in alle Richtungen. Das war ein Zeichen, da war ich mir sicher. Das war das Signal dafür, dass ich, wenn ich weiter schnupfte, niemals Ruhe, niemals Vergebung finden würde. Ich atmete tief durch, nahm das Silberpapier mit dem restlichen Kokain, kippte das Pulver in die Toilettenschüssel und betätigte die Spülung. Ich schob mit dem Fuß die Glassplitter hinters Klo, blies die Pulverreste weg, wischte mir das Gesicht ab, wusch mir die Hände mit Seife und verließ die Toilette.

»Jetzt geht's mir viel besser«, sagte ich zu Rachelika, als ich meinen Sitz wieder einnahm.

»Das sieht man«, sagte sie lächelnd.

Ich versuchte nicht einmal Freude zu heucheln beim Anblick des respektablen Empfangskomitees, das mich am Flughafen erwartete: Die engere Familie, mit meinem Vater an der Spitze, war vollständig angerückt: Vater und Ronny, Bekki und Eli Cohen der Schöne, Moise und sämtliche Cousins und Cousinen von groß bis klein. Sie hielten Luftballons in Händen und ein Schild, auf dem in bunten Lettern stand: »Willkommen daheim, Gabriela.« Ronny lief als Erster auf mich zu und erdrückte mich schier, so fest umarmte er mich. Er war gewachsen und ein hübscher junger Mann geworden. »Lass dich einen Augenblick ansehen«, sagte ich und hielt ihn ein Stück von mir ab. Was hatte er sich verändert! Ich hatte ihn als Kind verlassen und fand ihn als Mann wieder, sein kleines Näschen war gewachsen und hatte sein Gesicht, auf dem jetzt Bartstoppeln sprossen, stark verändert.

»Wie soll ich dich jetzt in die Backen kneifen«, fragte ich

ihn, »du pikst ja.« Sein schönes Haar war militärisch kurz geschnitten. »Und wie soll ich dich an den Haaren ziehen?«

Im Augenwinkel sah ich meinen Vater leicht zögern, bevor er zu mir trat und mich umarmte, an die Brust drückte. Ich legte den Kopf in seine Halsbeuge, wie ich es als Kind getan hatte, bevor unser ganzes Leben aus den Fugen geraten, unser Verhältnis getrübt worden war. Aber anders als früher löste ich mich schnell wieder aus seiner Umarmung, die Wut war mir noch nicht ganz vergangen.

»Ich habe dich vermisst, mein Mädchen«, sagte er, »furchtbar vermisst.«

Ich konnte förmlich sein Herz brechen hören, als ich mich hastig wieder aus seiner Umarmung befreite und erst Moise, dann Eli Cohen den Schönen in die Arme schloss und schließlich Bekki um den Hals fiel. Sie hatte geduldig gewartet, bis sie an der Reihe war, aber als sie mich einmal beim Wickel hatte, ließ sie mich gar nicht wieder los, herzte und küsste mich, hielt mich dann ein Stück von sich ab und sagte: »Großer Gott, was ist das denn, gibt's in London nichts zu essen? Man sieht dich ja kaum noch, so dünn, wie du bist.«

Hohl, dachte ich, ist wohl der passendere Ausdruck. In meinem Innern ist nichts mehr übrig geblieben, auch das bisschen, das mal drin war, hat sich verflüchtigt.

»Wohin gehe ich jetzt?«, fragte ich Bekki flüsternd, damit mein Vater es nicht hörte.

»Was heißt, wohin? Nach Hause.«

»Ich fahre nicht zu Papa und seiner Vera.«

»Er hat sie weggeschickt«, flüsterte sie zurück. »Er hat ihr gesagt, sie soll in ihre Wohnung gehen, damit du ihr nicht begegnen musst.«

»Und wie lange wird sie in ihrer Wohnung bleiben? Die nächsten zwei Stunden?«

»Gabriela, dein Vater ist schier verrückt geworden vor Sehnsucht, wir alle sind verrückt geworden, er hat dir ein großes Willkommen bereitet, bitte enttäusche ihn nicht.«

Ich enttäuschte ihn nicht. Ich stieg in sein Auto, aber als er mir den Beifahrersitz anbot, lehnte ich ab, quetschte mich lieber zwischen Boas und Ronny auf die Rückbank.

Und so fuhren wir die ganze Strecke nach Jerusalem, Vater vorne allein wie ein Chauffeur, Ronny, Boas und ich gedrängt im Fond. Die wenigen Fragen, die man mir stellte, beantwortete ich mit ja oder nein. Alle drei begriffen, dass es sinnlos war, in mich zu dringen, und man mich lieber in Ruhe lassen sollte, bis ich mich eingewöhnt und wieder zu mir gefunden hatte.

Vera war tatsächlich nicht im Haus, aber Spuren von ihr waren überall, vor allem, weil ich sie suchte. Im Badezimmer stand eine Flasche Parfüm von Nina Ricci. Meine Mutter mochte Nina Ricci nicht, sie sagte, das sei ein Alte-Frauen-Duft.

Auch im Kleiderschrank hingen Sachen, die nicht von meiner Mutter stammten.

»Wo sind Mamas Kleider?«, fragte ich meinen Vater, der mir ins Schlafzimmer gefolgt war.

»Sie sind im Schrank auf dem Flur«, sagte er, »du kannst dir nehmen, was du möchtest.«

»Ich soll ein Kleid von Mama anziehen?«, gab ich entrüstet zurück. »Bin ich von anno dazumal?«

»Gabriela«, sagte er matt, »du bist eben erst zurückgekehrt, warst zwei Jahre nicht hier, und schon gehst du auf die Barrikaden? Kannst du die Waffen nicht ein wenig ruhen lassen? Ich verlange nicht, dass du mich so liebst, wie ich dich liebe, oder mir erzählst, du hättest mich so vermisst wie ich dich, ich bitte nur um Waffenruhe.«

Er saß auf seinem und Mutters Bett und sah so verletzlich aus, als wäre er das Kind und ich seine Mutter. Ich wollte ihn umarmen, ihm sagen, dass ich ihn liebte, dass ich mich so nach ihm gesehnt, er mir so gefehlt hatte. Aber mir fiel ein, dass er die Ehre meiner Mutter auf eben dem Bett beschmutzt hatte, auf dem er jetzt saß, und mein Herz wurde hart wie Stein.

»Ich bin schrecklich müde«, sagte ich hastig und rannte in mein ehemaliges Kinderzimmer.

Zu meiner Überraschung war das Zimmer genau so, wie ich es verlassen hatte.

»Hat keiner hier geschlafen?«, fragte ich Ronny, der nach mir eingetreten war.

»Papa hat Veras Kindern nicht erlaubt, in deinem Zimmer zu schlafen.«

»Wo haben sie dann geschlafen?«

»Im kleinen Wohnzimmer.«

»Und wo habt ihr Fernsehen guckt, wo habt ihr zu Abend gegessen?«

»Im großen Wohnzimmer.«

»Wow, Mama ist sicher noch mal gestorben allein bei dem Gedanken, dass ihr das große Wohnzimmer nicht nur für Gäste benutzt habt. Wo stecken sie überhaupt?«

Ronnys Miene wurde ernst. »Papa wollte, dass du heimkommst, deshalb hat er Vera gesagt, sie solle ihre Kinder nehmen und in ihre Wohnung gehen.«

»Für immer?«

»Nein, nur bis du dich eingewöhnt hast und bereit bist, sie anzunehmen. Ich glaube, er möchte sie heiraten.«

»Was?«

»Benimm dich nicht wie ein Kleinkind, Gabriela! Akzeptier Vera endlich, sie ist jetzt Papas Frau, sie ist gut zu ihm, und sie ist auch gut zu mir, sie ist eine gute Frau. Sie kocht für mich, und sie wäscht meine Uniform, wenn ich vom Dienst heimkomme, sie sorgt für mich.«

»Verräter«, fauchte ich ihn an, »von dir hätte ich das nicht erwartet.«

»Mama ist tot, Lela.« Seine Stimme wurde weicher, und er redete mich mit dem Kosenamen an, den er als Kind benutzt hatte, weil er Gabriela noch nicht richtig herausbekam.

»Sehnst du dich denn nicht nach ihr?«

»Ich sehne mich, aber ich bin realistisch, und real ist Vera jetzt Papas Frau.«

»Ja, aber sie war Papas Frau auch schon, als Mama noch am Leben war, er hat Mama die ganze Zeit betrogen.«

»Ich will das nicht hören. Das Leben ist kurz, schau dir Mama an, sie ist so jung gestorben, was muss ich mich jetzt mit den beschissenen Seiten des Lebens beschäftigen? Ich beginne es doch gerade erst, und ich rate dir, das Gleiche zu tun. Es hat keinen Sinn, weiter böse zu sein und in der Vergangenheit zu stochern.«

Aber es half alles nichts, ich war weiter böse, dermaßen böse, dass ich schon am nächsten Tag zu Rachelika ging und ihr sagte, dass ich bei ihr wohnen wolle.

»Nein, Gabriela, du kannst nicht bei mir wohnen, du kannst deinen Vater nicht so beleidigen. Überwinde dich, es ist an der Zeit, du bist schon ein großer Esel, akzeptiere deinen Vater und Vera, glaub mir, es wird dir das Leben leichter machen.«

»Danke für den guten Rat, aber ich brauche ihn nicht, ich komm schon zurecht«, sagte ich und stand im Begriff, ihr Haus zu verlassen.

»Wo willst du denn hin?«

»Einen Kellnerjob suchen und ein Zimmer in Nachlaot mieten.«

»Du mietest kein Zimmer in Nachlaot, du kehrst in dein Haus zurück und wohnst in deinem Zimmer. Finde Arbeit, schreib dich an der Universität ein, und dann mietest du ein Zimmer in Nachlaot, bis dahin wohnst du zu Hause.«

»Rachelika, seit wann schreibst du mir vor, was ich zu tun habe?«

»Was hat dieser englische Nichtsnutz bloß mit dir gemacht, dass du dein angestautes Gift in alle Welt verspritzt und besonders auf deinen Vater?«

»Was hat das mit dem Engländer zu tun?«

»Wenn es nichts mit dem Engländer zu tun hat, was willst du dann, sag mal? Willst du, dass wir deine Mutter wieder zum Leben erwecken? Wozu eigentlich, damit du ihr das Leben versauern kannst, wie du es getan hast, als sie noch lebte?«

Ich verstummte. Und Rachelika, durch mein Schweigen ermutigt, warf mir all das an den Kopf, was sie mir seit unserem Wiedersehen in London hatte sagen wollen: »Keinen einzigen Moment Freude hat sie an dir gehabt. Du bist nie mit ihr ausgekommen, hast immer deinen Trotz an ihr ausgelassen, hast mir immer geklagt, sie sei keine gute Mutter, würde dich nicht verstehen, nicht sehen, würde nur an sich selbst denken, würde sich für nichts interessieren außer für ihre Kleider und ihren Lippenstift und ihr Hollywood. Hast du nicht so gesagt? Warum verwandelst du sie dann jetzt in eine Heilige? Und deinen Vater in Amalek? Plötzlich hast du vergessen, wie gut er zu dir gewesen ist, wie er sich all die Jahre um dich gekümmert hat, wie du dich an seiner Schulter ausgeweint hast, weil deine Mutter dich nicht verstand? Plötzlich hast du vergessen, wer dir jeden Abend ›Schlaf, mein Kind, schlaf ein‹ vorgesungen hat? Wer mit dir in den Zoo, in den

Zirkus Medrano gegangen ist, wer dich gewaschen und dir den Pyjama angezogen hat und wer mit dir in der Schule erschienen ist, wenn es Probleme gab?«

»Was ist denn mit dir los, Rachelika«, fragte ich entsetzt, »du verteidigst Papa und besudelst Mama?«

»Besudeln? Schäm dich, Gabriela, wie du redest. Ich erinnere dich nur an deine Beschwerden über deine Mutter und an die Beziehung, die du mit deinem Vater gehabt hast. Ich sage nur, dass der Teufel allein weiß, warum du deine Mutter seit ihrem Tod zur Heiligen erhebst, obwohl wir beide wissen, dass sie keine gewesen ist.«

»Das wissen wir beide? Ich dachte, du hieltest sie für vollkommen, du hast sie immer mehr geliebt als jeden anderen Menschen auf Erden.«

»Wie mein Leben, wie Moise, wie meine Kinder«, sagte Rachelika ruhig, »aber das bedeutet nicht, dass ich nicht auch ihre weniger guten Eigenschaften gesehen habe. Sie war meine Lieblingsschwester, sie war, nach Moise, der Mensch, der mir am nächsten stand, all meine Geheimnisse habe ich ihr erzählt und sie mir ihre. Aber das heißt nicht, dass ich blind gewesen wäre, ich habe sehr gut gesehen, wie wenig Geduld sie für dich aufbrachte, wie sie dich anschaute, ohne dich zu sehen, wie sie dich hielt, aber nicht berührte. Wie sie, als sie nach zwei Jahren aus dem Krankenhaus heimkam, gleich wieder flüchten wollte und dich bei mir und Bekki und Oma gelassen hat. Denkst du denn, meine grenzenlose und unbedingte Liebe zu meiner Schwester hätte mich blind gemacht? Aber du warst auch kein Unschuldsengel. Weißt du, was es für eine Mutter bedeutet, wenn ihre Tochter sie nicht haben will? Weißt du, wie es für sie war, als sie krank und kaputt im Krankenhaus lag und sich mit Mühe, mit übermenschlicher Anstrengung in den Garten hinuntergequält hat, um dich zu treffen, und du, kaum dass du sie erblicktest, losgebrüllt hast, als wollte man dich abschlachten, partout nicht auf ihre Arme wolltest, sie abgewiesen hast? Weißt du, was es für sie bedeutete, dass ihre Tochter, ihr eigen Fleisch und Blut, sie nicht wollte? Weißt du, wie lange du gebraucht hast, um ›Mama‹ zu sagen? Du, die du schon mit zwei Jahren das ganze hebräische Wörterbuch auswendig kanntest, jedes Wort aussprechen konntest, außer einem einzigen: ›Mama‹. Weißt du, wann du es zum ersten Mal gesagt hast? Mit drei Jahren. Als du mit Mama zum Schuhkauf bei Freimann & Bein warst, hat dich die Verkäuferin gefragt, wer die schöne Frau sei, die das schöne kleine Mädchen herbegleitet habe, um Schuhe zu kaufen, und da hast du gesagt: ›Meine Mama.‹ Und deine Mutter ist an dem Tag durch die Straßen getanzt, war glücklich, als hätte sie das große Los gezogen.«

»Daran erinnere ich mich nicht«, sagte ich. »Ich erinnere mich nicht, dass sie durch die Straßen getanzt ist, als ich ›Mama‹ gesagt habe, ich erinnere mich nicht, dass sie glücklich gewesen ist, ich kann mich auch nicht erinnern, dass sie mich je geherzt oder geküsst hätte.«

»Gut, deine Mutter hatte ein Problem mit Herzen und Küssen, auch wenn ich ihr einen Kuss gab, mochte sie es nicht. Deine Mutter mochte nicht gern angefasst werden.«

»Meinen Bruder hat sie sehr wohl geherzt und geküsst, Ronny liebte sie, mich nicht.«

»Ronny hat sie seit dem Tag seiner Geburt großgezogen. Er war ein Musterbaby, aß, schlief, lächelte. Du warst das genaue Gegenteil, hast ihr die Hölle heißgemacht.«

»Eine Mutter muss ihr Kind lieben, auch wenn es kein Musterbaby ist.«

»Ich weiß, Mädchen, ich weiß. Deine Mutter hat es nicht leicht mit dir gehabt, sie hat dich schon fix und fertig bekommen, aber sie hat dich geliebt und für dich gesorgt, wusste nur nicht, wie sie dich ansprechen, mit dir umgehen soll. Wann immer man ihr sagte, du sähst ihr ähnlich, hat sie widersprochen: ›Gabriela ist viel schöner als ich!‹ Und weißt du, was es für deine Mutter bedeutete, zu sagen, eine andere sei schöner als sie? Sogar wenn es um ihre Tochter ging? Sie war stolz auf dich, Gabriela. Wenn du gute Noten heimbrachtest oder jemand dir ein Kompliment machte, war sie ganz aufgeplustert vor Stolz, sie konnte es dir bloß nicht zeigen. Sie hat dich sehr liebgehabt. Glaub es mir, Kind, du musst es mir glauben, damit du fähig bist, ihr zu vergeben, dir zu vergeben, dein Leben weiterzuleben, ohne so wütend zu sein.«

Ich hörte Rachelika zu, versuchte ihr zu glauben, konnte aber mein Herz noch immer nicht erweichen, konnte nicht vergeben, nicht meiner Mutter, nicht meinem Vater und gewiss nicht mir selbst. Statt meiner Tante in die Arme zu fallen, sagte ich mit eisiger Ruhe: »Dieses Gespräch wird langsam zäh, ich gehe.«

Rachelika holte tief Atem, sichtlich bemüht, nicht zu explodieren. »Geh in Frieden, Gabriela, aber geradewegs nach Hause. Dein Vater hat einen großen Schritt auf dich zu gemacht, als er Vera gebeten hat, das Haus zu verlassen und in ihre eigene Wohnung zurückzukehren, du solltest das anerkennen.«

»Was anerkennen? Dass er seine Geliebte in Mamas Bett geholt hat? Er hat sie ja nicht erst nach Mamas Tod gefunden, sie war schon die ganze Zeit seine Geliebte.«

Rachelika stand am Fenster und zögerte lange, ehe sie mir mit leiser, kaum hörbarer Stimme sagte: »So einfach ist es nicht, Gabriela.«

»Es ist sehr einfach: Er hat Mama betrogen.«

»Das Leben ist nicht nur schwarz und weiß, Gabriela, das

müsstest du nach zwei Jahren in London schon begriffen haben.«

Mir fiel ein, was Onkel Moise mir gesagt hatte, als er mich mit Vater in Amnons Wohnung in Tel Aviv besuchte: »Geh zu deiner Tante und bitte sie, dir ein paar Dinge über deine Mutter Luna zu erzählen, und tu es bald, damit du nicht unwissend stirbst.«

»Rachelika, vielleicht rückst du endlich mit dem raus, was du mir dauernd verschweigst?«

»Ich halte das nicht für meine Aufgabe, Gabriela, vielleicht solltest du lieber deinen Vater fragen, warum er bei Vera Liebe gesucht hat, warum ihm die Liebe deiner Mutter nicht reichte.«

»Unmöglich, eine Tochter stellt ihrem Vater nicht solche Fragen.«

»Und vielleicht auch nicht ihrer Tante«, sagte sie leise.

»Du hast gesagt, jetzt, nachdem meine Mutter tot ist, seist du wie meine Mutter, du hast mir gesagt, du seist in allem meine erste Ansprechpartnerin, und so wende ich mich jetzt an dich: Liebe Tante Rachelika, du möchtest, dass ich meine Wut ablege, dass ich im Leben weiterkomme, aber wie kann ich das angesichts all der Geheimnisse, die ihr vor mir hütet. Ich weiß, es gibt Geheimnisse, nun bin ich schon bereit, sie zu hören ...«

»Meine Liebe«, Tante Rachelika schloss mich in die Arme, »meine Süße, ich weiß nicht mal, wo ich anfangen soll.«

»Fang beim Anfang an und erspare mir auch nicht die schmerzlichen Einzelheiten.«

Und so, in den Armen meiner Tante gewiegt, die mich auch dann nicht losließ, als ich mich aus ihrer Umarmung zu befreien suchte, hörte ich die Geschichte meiner Mutter.

»Deine Mutter, *miskenika*, hatte Träume, sie dachte, sie wäre eine Prinzessin und hätte einen Märchenprinzen verdient, bis das wahre Leben kam und ihre Träume platzen ließ. Dein Vater war nun mal nicht der Märchenprinz, auf den sie gewartet hatte. Sie merkte das kurz nach der Hochzeit, aber da war es zu spät, und sie musste sich abfinden mit dem, was sie hatte. Gerade ich, die keinen großen Träumen nachhing, habe den Traummann bekommen, keinen Märchenprinzen, wie Luna ihn sich vorstellte, aber einen Prinzen mit goldenem Herzen. Und Bekki, gesund soll sie sein, hat einen Mann gefunden, der die Erde küsst, auf die sie tritt. Und nur Luna, die Schönheitskönigin von Jerusalem, ist mit ihrem Mann reingefallen. Es hat niemals große Liebe zwischen deinem Vater und deiner Mutter gegeben. Anfangs meinte sie noch, Glöckchen läuten zu hören, aber recht bald verwandelten sich die Glockenschläge in Hammerschläge auf ihren Kopf.

Sie bekamen dich, und sie hoffte, nun, da sie ein Töchterchen hatten, würde alles endlich besser werden. Aber dann brach der Krieg aus, und sie wurde verletzt und lag zwei Jahre im Krankenhaus, und dort im Krankenhaus geschah etwas, was ihr ganzes Leben verändert hat.«

»Was ist im Krankenhaus geschehen?«

»Sie hat ihren Märchenprinzen gefunden.«

»Meine Mutter hat ihren Märchenprinzen gefunden, als sie verletzt im Krankenhaus lag?«

»Er war schwerer verwundet als sie. Zunächst haben sie nur geredet, gemeinsam Trost für ihre Schmerzen gesucht, vom gesunden Leben geträumt, waren Freunde. Aber nach der Entlassung aus dem Krankenhaus haben sie angefangen, sich heimlich zu treffen, ohne dass irgendjemand davon wusste. Jeden Tag haben sie sich getroffen, und da hat deine Mutter endlich begriffen, was wahre Liebe ist, was es bedeutet, an einen anderen Menschen zu denken, ehe man an sich selbst denkt, wie es ist, wenn zwei Seelen sich miteinander verbinden.«

»Meine Mutter hat ihren Geliebten tagtäglich getroffen? Dann ist Ronny vielleicht sein Sohn?«

»Gott bewahre, Gabriela, Ronny ist nicht sein Sohn, er konnte keine Kinder zeugen, er war von der Hüfte abwärts gelähmt. Weißt du jetzt, was reine Liebe bedeutet? Deine Mutter hat seine Seele mehr geliebt als seinen Körper. Sie war so glücklich wie nie zuvor im Leben, und sosehr ich sie warnte, sie balanciere auf einem Drahtseil, gefährde sich und ihre Ehe, sie wollte nicht hören. Jeden Tag traf sie ihn, ließ dich und Ronny bei Oma und Bekki und ging zu ihm. Und dann war er eines Tages tot, er hatte sich nie ganz von seiner Verwundung erholt, und als er starb, starb auch deine Mutter. Es war der Tag, an dem dein Vater erkannte, dass das Herz deiner Mutter wegen eines anderen Mannes gebrochen war, dass deine Mutter fast all die Jahre ihrer Ehe einen Mann geliebt hatte, aber nicht ihn.

Damals, als ihr Geliebter gestorben war, hat er mich mitten in der Nacht geholt und gebeten, bei ihr zu sein, er hatte Angst, sie könnte sich umbringen vor lauter Trauer, ich sollte auf sie aufpassen, damit sie sich nichts antat.

Dein Vater hat ihr letzten Endes vergeben, aber es wurde nie wieder so wie früher. Nach dem Tod ihres Geliebten war sie nicht mehr dieselbe, etwas in ihrem Innern war abgestorben. Bis zu ihrem letzten Tag hat sie sich nach ihrem Geliebten gesehnt. Weißt du, was sie zu mir gesagt hat, bevor sie die Augen schloss? Sie sagte: ›Ich habe keine Angst vorm Sterben, Rachelika, ich gehe Gidi treffen.‹ So hieß er. Und was sollte dein Vater wohl machen, wenn seine Frau ihn nicht wollte? Ihm blieb nur, Trost bei einer anderen zu suchen. So hat er Vera gefunden, und Vera liebt ihn und gibt ihm all das, was

Luna ihm vorenthalten hat. Deshalb solltest du ihn nicht bestrafen: Deine Mutter hat ihn Vera in die Arme getrieben.«

Endlich war die Katze aus dem Sack, endlich hatte man mir ein weiteres Glied aus der Kette der Familiengeheimnisse der Ermozas offenbart. Wer hätte geglaubt, dass meine Mutter eine geheime Affäre unterhielt, dass sich hinter ihrer kühlen und gesitteten Fassade ein Vulkan verbarg.

Meine Mutter war eigentlich eine heimliche Kriegswitwe, die Ärmste. Sie führte ein Doppelleben: einerseits Ehefrau und Mutter, andererseits eine gebrochene Frau, die den Tod ihres Geliebten nie überwand. Was wunderte es dann, dass sie sich mit Veras Rolle im Leben meines Vaters abfand und nie daran dachte, sich von ihm scheiden zu lassen? Was sie allerdings nicht daran hinderte, Vera auf den Tod zu hassen.

Plötzlich sah ich meine Mutter in einem anderen Licht. Menschlich, verletzlich, verständlich. Und endlich überkam mich Ruhe.

Der Har Hamenuchot in Jerusalem ist ein kahler und trauriger Berg, Gräberreihen ziehen sich den Hang hinauf, ohne eine einzige Blume oder einen Baum dazwischen, ein karger Felsen, der die Einfahrt in die Stadt überblickt, drohend und furchterregend. Das ist das Ende des Weges, hierher bringt man die Einwohner Jerusalems, wenn ihre Zeit gekommen ist. Männer, Frauen, Kinder, Junge und Alte, Sefarden und Aschkenasen, jeder wird in dem seiner Volksgruppe zugedachten Bereich zur ewigen Ruhe gebettet. Hierher hatte man Opa Gabriel und Oma Rosa gebracht, und hier, im Bereich der Spaniolen, liegt auch meine Mutter begraben.

Wenn sie noch lebte, würde ihr Grab ihr nicht gefallen. Ein weißer Marmorblock und darauf, in erhabenen Lettern, die Worte:

Hier ruht meine Frau, unsere Mutter und Schwester
die teure Frau Luna Siton
Tochter von Gabriel und Rosa Ermoza
Möge ihre Seele eingebunden sein im Bund des Lebens

Ein zu schlichter Grabstein für eine Frau, die so viel Stil und guten Geschmack hatte. Meine Mutter liebte Blumen so sehr, und keine einzige Blume blühte an ihrem Grab, um etwas Leben an diesen furchtbaren Ort zu bringen, an dem sie ihre letzte Ruhe gefunden hatte.

Wie viele unerfüllte Träume hatte meine Mutter, wie viele Orte hätte sie gern bereist, ohne je dorthin zu gelangen? Sie hat es nicht geschafft, eine ältere Frau zu werden, ihre Haut hatte noch keine Falten, ihr Haar keine weißen Strähnen. Es war ihr nicht vergönnt, ihre Kinder unter den Hochzeitsbaldachin zu führen, ihre Enkel werden sie nur von Fotos kennen. Ich war nicht ihr Wunschkind, nicht die Frucht junger Liebe. Mit meiner Geburt war ihre Jugend abrupt zu Ende, und sie hatte sich von einem freizügigen, frohen und lebenslustigen jungen Mädchen in eine Frau verwandelt, die die Last der Verantwortung nicht zu tragen vermochte. Sogar ihr Körper hatte sich ja gegen die Mutterschaft gesträubt, ihre Brust keine Milch gegeben.

Es ist ihr fünfter Todestag. Ich stehe an ihrem Grab, in der Hand einen Strauß roter Nelken, ihre Lieblingsblumen, mein Vater und Ronny sagen Kaddisch, Rachelika und Bekki weinen leise, jede am Arm ihres Ehemanns, die Kinder neben sich, Dutzende Verwandte und Freunde umringen die Familie. Es sieht aus wie eine Beerdigung, nicht wie eine Gedenkfeier, überlege ich, so viele Menschen liebten und ehren meine Mutter.

Einige treten ans Grab, legen ein Steinchen darauf, die Fernerstehenden verabschieden sich und gehen, es bleibt nur die engere Familie. Rachelika nimmt einen Lappen, Bekki füllt eine Plastikflasche am nahen Wasserhahn, und behutsam waschen sie die Grabplatte, als wüschen sie den Körper meiner Mutter. Besondere Aufmerksamkeit schenken sie den Buchstaben ihres Namens, sie fahren mit dem Finger über jeden einzelnen, als streichelten sie ihn.

Ich stehe abseits, beteilige mich nicht an ihrem Tun, warte, dass sie fertig werden, möchte, dass sie gehen, damit sie nicht sehen, wie nahe ich den Tränen bin, möchte mit meiner Mutter allein bleiben, meine Lippen auf den kalten Stein drücken und Abschied nehmen. Ich möchte sie im Tod umarmen, wie sie es mich im Leben nie hat tun lassen, wie ich es mir nie erlaubt habe. Ich möchte Frieden mit ihr schließen, mich von der steten Beklemmung in der Brust befreien. Warum habe ich mich nicht von ihr verabschiedet, als sie es noch spüren konnte? Wenn meine Mutter mich jetzt von ihrem Platz im Himmel aus sieht, wedelt sie sicher ungläubig mit ihren Engelsflügeln, ihre Tochter, die merkwürdigste aller Kreaturen, das stets trotzige Straßenmädchen, steht jetzt an ihrem Grab und sehnt sich.

»Wir müssen los, Gabriela«, sagt Bekki, »es wird langsam spät.«
»Geht«, sage ich, »ich komme gleich nach.«

Bekki entfernt sich am Arm des schönen Eli Cohen, und ich erinnere mich, dass damals, als Opa starb und Bekki nach einem Streit mit meiner Mutter mitten in der Schiva weglief und ich ihr nach und wir auf dem Mäuerchen des Wallach-Krankenhauses saßen, sie zu mir gesagt hatte: »Du wirst einen Jungen wie meinen Eli finden und ihn heiraten und glücklich werden.« Aber ich habe meinen schönen Eli Cohen noch nicht gefunden, und als es einmal in meinem Leben eine winzige Chance gab, dass ich ihn vielleicht gefunden hatte, als ich mit Amnon zusammen war, habe ich nicht auf mein Herz gehört, die Zeichen nicht beachtet, das Geschenk nicht gesehen, das auf meiner Schwelle lag. Und jetzt ist es zu spät, denn seither ist der schmale Spalt, der sich in meinem Herzen aufgetan hatte, wieder zugegangen, und das Herz ist von einem Schutzwall umgeben, den auch eine Kanone nicht aufbrechen kann.

Die Witterung wird kühler, es fängt an zu regnen, ich ziehe den Mantel enger und denke an letzten Herbst, Herbst in London. Goldfarbenes Laub häufte sich um die Baumstämme. Ich durchquerte den Regent Park, trat nur ganz vorsichtig auf die goldenen Blätter, um ihre Schönheit nicht derb zu zertrampeln, freute mich am Gold-Orange des Parks. Ich hob die Augen zum Himmel, atmete die klare, kühle Luft, blickte in die Baumwipfel und die im Wind wirbelnden Blätter – ein so herrliches Bild hatte ich noch nie gesehen. Mein zweiundzwanzigster Geburtstag stand vor der Tür, ich befand mich im Zenit meiner Jugend und fühlte mich wie eine herbstlich welkende Frau, eine reife Frau, die sich vom Leben hat unterkriegen lassen.

Ich hockte mich auf den goldenen Laubteppich des Parks und spielte mit den bunten Blättern, hob eine Handvoll auf und ließ sie mir über Kopf, Gesicht, Körper rieseln, wie Regen. Da war ich noch ein Glied in der Kette der unglücklichen Frauen unserer Familie: Merkada-Rosa-Luna-Gabriela. Ich fühlte mich ihnen durch ein verfluchtes Band verbunden. Ein Glück, dass wenigstens Rachelika und Bekki dem Fluch entgangen waren, der offenbar nur die Erstgeborenen und ihre Frauen betraf, wie mir nun aufging. Ein Glück, dass der Fluch mit mir enden würde, denn ich würde keine Kinder in die Welt setzen, beschloss ich. Die Töchter meiner Tanten, die Frauen, die mein Bruder oder die Söhne meiner Tanten heiraten würden, standen als Nachgeborene oder deren Frauen nicht unter dem Fluch. Ich würde die letzte unglückliche Frau des Ermoza-Clans sein.

Der Regen hört auf, ein Fleckchen Azur lugt durch die Wolken, ich hebe die Augen zum Himmel auf und atme tief den guten Geruch nach dem Regen ein – dem Regen, der es Rachelika und Bekki nachgetan und das Grab meiner Mutter gewaschen hat. Ich nehme den Mantelzipfel und wische mit dem Saum die Regentropfen vom Stein, wie eine Mutter ihrem kleinen Sohn die Speisereste aus den Mundwinkeln wischt.

Ich bin allein. Meine Familie ist die Treppen vom Gräberbereich zur Zufahrtsstraße hinuntergegangen, wo Elis schwarzer Wagen und der weiße Lark meines Vaters warten, in die sich alle hineinquetschen werden wie Sardinen, um zum Essen zu Rachelika zu fahren.

Es ist ein bisschen unheimlich auf dem Friedhof, ein Schauder läuft mir über den Rücken, ich sehe nach rechts und nach links, um mich zu vergewissern, dass kein Mensch in der Nähe ist, und nun erst, als ich sicher bin, dass keiner mir zuschaut, hole ich einen roten Lippenstift aus der Handtasche und male meine Lippen herzförmig an, wie meine Mutter es tat, sorgfältig, um nicht die Linien zu übermalen. Ich bringe die Lippen an die Grabplatte und küsse sie sanft, hinterlasse meinen roten Lippenabdruck auf dem kalten, weißen Stein, belebe ihren schlichten, langweiligen Grabstein ein wenig. Ich schäle den Blumenstrauß aus dem Zellophan und verteile die blutroten Nelken kreuz und quer über die Platte.

»Mama«, flüstere ich, küsse erneut, ein letztes Mal, die Grabplatte und steige die Stufen hinab.

Meine ganze Familie steht bei den Autos.

Und dann sehe ich ihn und reibe mir ungläubig die Augen.

»Was machst du denn hier?«

»Ich habe die Anzeige in der Zeitung gesehen.«

»Du bist die ganze Zeit hier gewesen?«

»Die ganze Zeit.«

»Kommst du?«, ruft Ronny mir zu, ehe er in den Wagen meines Vaters steigt.

»Fahrt ab«, sage ich zu Ronny, »ich komme gleich nach.«

Die Autos entfernen sich, und Amnon und ich bleiben allein.

»Weißt du«, sage ich zu ihm, »als ich am Grab meiner Mutter stand, habe ich an dich gedacht.«

»Tatsächlich?«, staunt er. »Woran hast du gedacht?«

»Ich dachte, früher hatte ich mal die Chance, zu lieben, und hab sie verpasst.«

»Es gibt keinen Tag in meinem Leben, an dem ich nicht an jene verpasste Gelegenheit denke«, sagt er leise.

Ich sehe in sein gutes Gesicht, in seine Augen, die mir immer in die Seele geblickt haben, und falle ihm in die Arme. Amnon hält mich ein Stück von sich weg und fragt: »Also, wie geht's dir?«

»Jetzt gut, aber vorher schrecklich schlecht.«

Und ich erzähle ihm von Phillip, und von meinem Großvater, und von meiner Mutter und ihrem toten Geliebten, und ich sage ihm, ich wüsste, dass meine Mutter ihn mir wieder zugeführt hat, weil ich aufgehört habe, zornig zu sein.

Und Amnon sagt gar nichts, drückt mich nur an sich, und ich verschwinde schier in seinen Armen.

Ägyptische Finsternis auf dem Har Hamenuchot, die Toten sind schlafen gegangen. Unter uns auf der Straße, die Jerusalem mit Tel Aviv verbindet, strömt der Verkehr, die Scheinwerfer malen ein verwunschenes Bild. Wir sitzen am Saum des Hangs, unterhalb des Grabs meiner Mutter, aneinandergeschmiegt.

»Und du«, flüstere ich, »wie ist es dir diese ganze Zeit ergangen?«

»Bis nach Indien bin ich deinetwegen geflüchtet«, sagt er. »Ich war auf einer langen Reise mit mir selbst. Habe Linderung für meinen Schmerz gesucht, für das Gefühl des Versäumnisses. Anfangs war ich wütend auf dich und deine Blindheit, auf deine falsche Wahl. Danach war ich wütend auf mich selbst, fragte mich, warum ich nicht um dich kämpfte, warum ich aufgab.

Ich bin kreuz und quer durch Indien gereist, war in Manali und in Dharamsala, im Himalaja, in Kasol und im Parvati-Tal, in Rajasthan im Süden und schließlich im Paradies von Goa. Und dort, wo Ebbe und Flut den Seelenzustand des Menschen beeinflussen, wo der Dschungel auf den goldenen Meeressand trifft und die Kühe sich wie Menschen am Strand sonnen, habe ich beschlossen, drei Dinge zu tun: mir den Bart abzurasieren, heimzukehren und dich zu suchen. Dein Vater hat mir gesagt, du seist noch in London, und mir ein spaniolisches Wort beigebracht: *pasensia*. Also habe ich tief Atem geholt und geduldig gewartet. Ich wusste, du würdest zurückkommen, und ich wusste, wenn wir uns wiederträfen, würden wir zusammenbleiben. Ich verlass dich nicht mehr, Gabriela.«

»Und ich dachte, ich hätte dich verloren, hätte meine einzige Gelegenheit verpasst«, flüsterte ich. »Ich dachte, ich würde niemals lieben und niemals Kinder gebären, schwor mir, die Kette der unglücklichen Frauen der Familie Ermoza zu durchbrechen. Und nun bist du da, bist zurückgekommen.«

Ich küsste ihn, schmolz in seinen Armen. Das ist ein Wunder, dachte ich, das reinste Wunder, da spüre ich die Liebe genau dort, wo Bekki es mir versprochen hat: zwischen Brüsten und Bauch, dort, wo mein Herz sitzt.

Danksagung

Mein Vater, Mordechai Yishai, gesegneten Angedenkens, hat lange darauf gewartet, dass ich mit dem Schreiben fertig würde, damit er mein Buch lesen könnte. Auch ich fieberte dem Augenblick entgegen, in dem ich ihm mein Manuskript mit Widmung überreichen würde.

Mein Vater starb wenige Monate vor Erscheinen des Buches. Ich kann ihm gar nicht genug danken für die vielen Stunden, die er sich hinsetzte und mir die Geschichten seines Jerusalem erzählte, einen ganzen Lebensabschnitt mit unendlicher Liebe und Geduld vor meinen Augen erstehen ließ. Ich denke sehr gern an diese Zeit zurück. Mein Vater hat den Nachnamen Ermoza für meine literarische Familie ausgesucht.

Und wenn ich an meinen Vater denke, denke ich immer auch an meine Mutter, Levana Yishai, geborene Nachmias. Sie kommen mir stets gemeinsam in den Sinn. So war es zu ihren Lebzeiten, und so ist es nach ihrem Tod, es vergeht kein Tag, an dem ich nicht an sie denke.

Zu tiefstem Dank bin ich meiner geliebten und klugen Tante Miriam Nachum, der Schwester meiner Mutter, verpflichtet, die mir alle erbetene Zeit widmete, mir spaniolische Worte und Wendungen beibrachte und mich auf Zeitreise in die dreißiger, vierziger und fünfziger Jahre entführte. Aufgrund ihrer Erzählungen nahmen jene Jahre lebendige Gestalt vor meinen Augen an.

Ihr Leben lang hat meine Mutter mir geraten, zu ihrem Vetter Ben Zion, in unserer Familie »Benzi« genannt, aufzublicken, von ihm zu lernen, klug zu werden. Und da habe ich gelernt und bin klug geworden: Mein Dank gilt dem Schriftsteller Ben Zion Nachmias, aus dessen großartigem Buch *Chamsa* ich vieles über Jerusalemer Bräuche und über die Stimmung dort zu Anfang des 20. Jahrhunderts erfahren habe.

Danke der Familie Nachmias und der Familie Yishai aller Generationen für die Inspiration und die Liebe, mit der sie mich seit dem Tag meiner Geburt überschütten, vor allem meinen beiden Brüdern, Raffi und Alon.
 Besonderen Dank meinen ewig jungen Tanten Esther Mizrachi und Miriam Kadosh.

Ein großes Dankeschön meiner lieben Ronny Modan. Ich erzählte Ronny von meinem Traum, einen Roman zu schreiben, zeigte ihr die ersten fertigen Seiten, und aufgrund des wenigen, das sie gelesen hatte, beschloss sie, das Buch herauszubringen. Das war ein Vertrauensbeweis, den ich nie vergessen werde. Und im selben Atemzug danke ich Shula und Oded Modan und dem ganzen Haus Modan, vor allem Keren Uri, Naama Carmeli, Tali Tchelet und Ada Vardi für die volle Unterstützung, die sie mir seit unserem ersten Treffen geben.

Von tiefstem Herzen danke ich meinen hervorragenden Lektoren Michal Heruti und Shimon Riklin, deren Anmerkungen und Hinweise mir eine unbeschreiblich große Hilfe waren. Danke, Michal, für die Expertise, die Sorgfalt, die Anleitung, die Unterstützung und die Neugier, die du gezeigt hast. Danke, Shimon, für die Geduld, die Detailgenauigkeit und deine Art, mein stürmisches Gemüt zu beruhigen – ohne euch wäre das Buch kein großes Ganzes geworden.

Mein Dank einer großartigen Frau, die Wunder wirkt, meiner geliebten Freundin Raya Strauss Ben Dror. Danke, Raya, dass du vom ersten Tag an mich geglaubt und mir den Auftrag zu meinem ersten Buch, *Strauss – Geschichte einer Familie und einer Industrie*, der Geschichte deiner Familie, erteilt hast. Du hast an mich geglaubt, als ich selbst noch nicht glaubte, dass ich ein ganzes Buch schreiben könnte, hast mir meine erste Chance gegeben. Ich werde dir immer dankbar sein.

Dank an Chana Levi, Rocheleh Kerstein, Kami Wahaba und Ariella Aflallo, jede von euch ist auf ihre Weise einzigartig und etwas Besonderes für mich, und ich weiß es sehr zu schätzen, dass ihr immer für mich da seid und mich mit bedingungsloser Liebe umgebt.

Danke den Freunden von *Olam Haisha*, Avi Dassa, Haggai Malamud und Michal Hamri, und besonders der Chefredakteurin Mary York für die jahrelange Zusammenarbeit und die guten Dinge, die ich von euch gelernt habe.

Und meinen innig geliebten Kindern Maya, Dan und Uri – danke.

**Kristin Hannah
Die Nachtigall**
Aus dem Englischen
von Karolina Fell
Roman
608 Seiten
ISBN 978-3-352-00885-6
Auch als E-Book erhältlich

Die eine kämpft für die Freiheit. Die andere für die Liebe.

Zwei Schwestern im von den Deutschen besetzten Frankreich: Während Vianne ums Überleben ihrer Familie kämpft, schließt sich die jüngere Isabelle der Résistance an und sucht die Freiheit auf dem Pfad der Nachtigall, einem geheimen Fluchtweg über die Pyrenäen. Doch wie weit darf man gehen, um zu überleben? Und wie kann man die schützen, die man liebt?

In diesem epischen, kraftvollen und zutiefst berührenden Roman erzählt Kristin Hannah die Geschichte zweier Frauen, die ihr Schicksal auf ganz eigene Weise meistern.

In den USA begeisterte *Die Nachtigall* Millionen von Lesern und steht seit über einem Jahr auf der Bestsellerliste.

»Ich liebe dieses Buch – große Charaktere, große Geschichten, große Gefühle.« ISABEL ALLENDE

»Ein großartiges Buch über Krieg und Liebe und den Mut, über sich hinauszuwachsen.« EMOTION

Regelmäßige Informationen erhalten Sie über unseren Newsletter. Jetzt anmelden unter: www.aufbau-verlag.de/newsletter

Gusel Jachina
Suleika öffnet die Augen
Aus dem Russischen
von Helmut Ettinger
Roman
541 Seiten
ISBN 978-3-351-03670-6
Auch als E-Book erhältlich

»Dieser Roman trifft mitten ins Herz.« Ljudmila Ulitzkaja

Suleika ist eine tatarische Bäuerin. Eingeschüchtert und rechtlos lebt die Mutter von vier im Säuglingsalter gestorbenen Kindern auf dem Hof ihres viel älteren Mannes. Ihr Weg zu sich selbst führt durch die Hölle, das Sibirien der von Stalin Ausgesiedelten. Ein anrührendes und meisterhaftes Debüt, das in 21 Sprachen übersetzt ist.

Vielfach preisgekrönt, u.a. als Großes Buch 2015 und mit dem Jasnaja Poljana-Preis 2015.

»Für mich bleibt es ein Rätsel, wie es einer so jungen Autorin gelungen ist, ein so eindringliches Werk zu schaffen.« Ljudmila Ulitzkaja

Regelmäßige Informationen erhalten Sie über unseren Newsletter. Jetzt anmelden unter: www.aufbau-verlag.de/newsletter

Hédi Kaddour
Die Großmächtigen
Aus dem Französischen
von Grete Osterwald
Roman
477 Seiten
ISBN 978-3-351-03681-2
Auch als E-Book erhältlich

»Der Zündstoff einer ganzen Epoche« Le Monde des Livres

1922 ist die Welt in der maghrebinischen Stadt Nahbès zu aller Zufriedenheit aufgeteilt. Bis ein amerikanisches Filmteam wie ein Meteor in dem Wüstenort einschlägt. Für einen Moment begegnen sich die Amerikanerin Kathryn und Raouf, der Sohn des Caïd, die junge Witwe Ranja, der altersmilde Kolonialist Ganthier und die kesse Pariser Journalistin Gabrielle in einer ebenso unbeschwerten wie abenteuerlichen Utopie – ehe das Rad der Geschichte einen jeden wieder an seinen Platz verweist. In seinem vielfach ausgezeichneten Roman erzählt Kaddour mit Witz und Weisheit, Poesie und Tempo von einer vergangenen, verblüffend vertrauten Epoche voller Aufbrüche und dramatischer Kollisionen.

»Kaddour versteht es, den Leser von der ersten Seite an zu fesseln: mit psychologischem Feingefühl genauso wie mit stilistischen Finessen und verdecktem ironischen Augenzwinkern.« DEUTSCHLANDFUNK

Regelmäßige Informationen erhalten Sie über unseren Newsletter. Jetzt anmelden unter: www.aufbau-verlag.de/newsletter

Linda Winterberg
Solange die Hoffnung uns gehört
Roman
471 Seiten
ISBN 978-3-7466-3289-6
Auch als E-Book erhältlich

Bis wir einander wiederfinden

Frankfurt, 1938: Als Sängerin darf die Jüdin Anni nicht mehr auftreten. Nur mit Mühe kann sie für sich und ihre kleine Tochter Ruth sorgen. Die Angst vor dem NS-Regime wird immer größer, aber all ihre Bemühungen, gemeinsam auszureisen, scheitern. Schließlich ringt sich Anni zu der wohl schwersten Entscheidung für eine Mutter durch: Um wenigstens ihre Tochter in Sicherheit zu wissen, schickt sie Ruth mit einem der Kindertransporte nach England. So bald wie möglich will Anni ihr folgen. Doch dann bricht der Krieg aus, und sie kann das Land nicht mehr verlassen ...

Die berührende Geschichte einer jungen Mutter, die ihr Kind zu retten versucht, indem sie es auf eine Reise ins Ungewisse schickt.

Regelmäßige Informationen erhalten Sie über unseren Newsletter. Jetzt anmelden unter: www.aufbau-verlag.de/newsletter

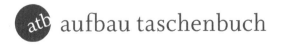